Les dejo el mar
María de Lourdes Victoria Muguira

Barcelona • Bogotá • Buenos Aires • Caracas • Madrid • México, D.F. • Montevideo • Quito • Santiago de Chile

1.ª edición: octubre 2005
1.ª reimpresión: febrero 2006

© María de Lourdes Victoria Muguira

© 2005 Ediciones B, S.A. de C.V.
   Bradley 52, Colonia Anzures. 11590, México, D.F.
   www.edicionesb-america.com

ISBN: 970-710-190-3

Impreso por Quebecor World

Les dejo el mar

María de Lourdes Victoria Muguira

Para Licho, por iluminar mi camino.

Para Geoff, por recorrerlo a mi lado.

Para Nicholas y Manolo, por aportar dicha a cada paso.

Agradecimientos

Escribir esta novela ha sido sólo un pretexto para compartir vida con mis seres queridos. Pocas cosas he disfrutado tanto como esas entrevistas en las que compartimos al parejo, lágrimas y carcajadas, penitencias y certezas, añoranzas y sueños. Largas pláticas al comenzar o al terminar el día, saboreando una buena taza de café o una copa de vino. Lo de escuchar mil versiones de una misma historia, de verlos disputarse los hechos, nunca poniéndose de acuerdo…, eso ha sido algo grande. Por ello, este trabajo no es mío, sino de todos ustedes que han tenido la paciencia y la buena voluntad de aguantar mis miles de preguntas, casi siempre impertinentes, sin ofenderse. Les agradezco, más que nada, el haberme permitido alargar y encoger las anécdotas hasta dejarlas a mi gusto, aunque tal distorsión muchas veces cayera en vil mentira.

Gracias Lichito, mi principal compañero en esta aventura, por abrazar la idea desde el principio y por haberme abierto el libro de tu vida como lo has hecho: con amor y sin reserva. Esta historia es tuya, tú la has dictado, yo sólo la he escrito.

Gracias Geoff por dármelo todo, sin ti nada hubiese sido posible.

Gracias a ti, Nicholas, por tus oportunos comentarios, siempre sinceros y por tus talentos artísticos que con tanto amor regalaste a la portada de esta novela. Gracias Melissa, por ser la musa que lo eleva a lo más bello de la vida. Y a ti, Manolo, por tu cariñoso interés y por ese inolvidable viaje de investigación y convivencia.

Desde lo más profundo de mi ser, gracias a los cuatro ángeles que por años laboriosamente vigilaron cada frase, cada palabra, cada coma, cada acento, al derecho y al revés, y que con sus amorosos y sabios toques de pluma, han transformado este trabajo en algo mucho mejor. Mi hermana y madre suplente, Pilar Victoria Muguira de Salazar, cuyo amor y fe incondicional me rescató miles de veces del tormentoso abismo de la incertidumbre; mi hermano, consejero de alma y vida, Neftalí Victoria Muguira quien, con esa elegancia inigualable logró negociar un espacio a este relato en el mundo de la publicación; mi querida amiga Lupita Salazar Narváez quien, a pesar de apenas conocerme, obsequió sus vastos conocimientos a cambio de nada; y mi hermana española, colega autora, Mónica Casla Veiga, quien con arduo esmero aportó veracidad y belleza a todo lo referente a España.

A mis hermanos, Manolo, Noris y Teresita, compañeros en orfandad y travesuras, y Alicita, Silvia y Bety, hermanas chiquitas, les doy las gracias por su paciencia cuando, hartos como estaban ya del tema, me dejaban leer y releer mis capítulos, sobre todo a ti, Copis, por permitirme elaborar mis escenas durante nuestras corridas por el bulevar de Veracruz; y a ti, Mano, por tolerar mis excesos que con frecuencia resucitaban tristezas.

Gracias a Alicia Friederich de Victoria, devota esposa de mi padre, y a mis hermanos y hermanas políticos les doy las gracias por haberme prestado a sus respectivos compañeros de vida durante innumerables horas, sobre todo a mi cuñado Gustavo Salazar, por compartir a Pilar en tantos viajes. Gracias a Paulina Contreras, por haber hecho de su casita un armonioso refugio en donde pude encontrar el punto final de esta historia.

Gracias a mi grupo de escritoras, Laura González y Toni Carter, cuyas porras durante tres maravillosos años me alentaron siempre a continuar, y cuyos trabajos me inspiraron seguir su ejemplo.

A todos mis tíos y tías, gracias por regalarme su historia, la de sus abuelos y la de sus tatarabuelos, aunque a veces tuviéramos que inventarla. Sobre todo, gracias a ti, tío Domingo Muguira Revuelta, por haber compartido España conmigo y por contarme todo muy a tu estilo, sin pelos en la lengua. Gracias a ti querida tía y madrina, Cristina Muguira, viuda de San Martín, por soportar mis entrevistas a pesar de darte tanta flojera. Muchas gracias también a la tía Berta Antonia Victoria, viuda de Coutiño, y a mi prima Elena Coutiño, viuda de Coutiño, por ayudarme con varios capítulos, así como a mi primo Mario Coutiño Victoria quien cariñosamente se ofreció a ayudarme con la portada. A las tías Marina Palacios, viuda de Mabarack y Josefa Gómez, viuda de Barquín, gracias por compartir sus memorias de aquella mujer que fue mi madre. Y a ustedes, tía María Elena y tío Leopoldo Victoria por toda su ayuda pero, sobre todo, por el cariño que me han dado a todas horas, a través de los años.

Gracias al resto de mi familia, principalmente mis sobrinos y mis sobrinas, en particular a Paola Salazar Victoria y Manuel Victoria González por sus sabios comentarios y sus aportaciones. A Pilita Victoria de Sosa, Mayín Rodríguez Victoria y a Martha Angélica García, gracias por ayudar a Lichito con los e-mails; sin ustedes gran parte de la novela se hubiese extraviado en los recónditos laberintos de la computadora.

A mis amigas las *ya-yas*, Debbie Cressman, Sharalyn Ferrell, Linda Nichol, Nancy Bowman, Gwen Van Loos, Tina Burgess, gracias por haberme apoyado en esta maravillosa odisea, a pesar de no poder leer ni media palabra del idioma.

A la organización Hedgebrook, mil gracias por darme hospedaje y sustento en la bellísima Isla de Whidbey, donde logré avanzar sin interrupciones.

Muchas gracias a mi amigo y maestro Juan Hernández Luna que, desde un principio, acogió la historia con verdadero cariño, mejoró mi relato y con infinita paciencia sobrevivió mis inseguridades. Gracias a Carmina Rufrancos por guiarme sabiamente por el mundo de la publicación, así como a todo el equipo de Ediciones B por tener fe en mi trabajo. Gracias también a Heberto Ruz por sus sabios consejos desde un principio.

Por último, agradezco a todas aquellas personas que tan desinteresadamente me han ayudado, de alguna manera u otra, con la elaboración de esta novela. Aunque me es imposible nombrarlos a todos en tan limitado espacio, confío en que mi cariño y mi agradecimiento son palpables a través de las palabras aquí escritas.

FAMILIA MUGUIRA

Nicasio Gómez y Esperanza Allende

Adelaida Astudillo de Álvarez de la Reguera

Esperanza Gómez Allende y Domingo Muguira Arrizabalaga

Pilar Álvarez de la Reguera y Vicente Revuelta San Román

Felicia Revuelta Álvarez de la Reguera y Manuel Muguira Gómez
(Abuela Feli) y (Abuelo Manuel)

PILAR MUGUIRA REVUELTA (Pilar)

FAMILIA VICTORIA

Silviano María Victoria y María Rivera

Antonio Armengual Uscanga y Anita Moreno (Mamá Anita)

Leonor Armengual Moreno y Neftalí Victoria Rivera
(Mamá Noya)   (Papá Talí)

NEFTALÍ VICTORIA ARMENGUAL (Licho)

FAMILIA VICTORIA MUGUIRA

Pilar Muguira Revuelta y Neftalí Victoria Armengual

Pili, Talí, Manolo, Noris, Lourdes y Teresita

SIN PILAR

La abuela Feli regresó a la cordura de trancazo.

Un buen día se le secaron los ojos de tanto llorar y vio a su nieta acurrucada en su regazo, flaca, ojerosa y pálida como salamanquesa. Primero pensó, asustadísima, que la niña había muerto. Luego notó el moco colgando de la pecosa nariz, al ritmo de su respiración, y supo que la criatura aún respiraba, pero que estaba a punto de morir por desnutrición.

Su fiel sirvienta, Meche, ya llevaba días advirtiéndole:

—Por la Virgen Purísima de la Misericordia, doña Feli, entre en juicio, ¿no ve que se nos va la niña?

Pero nada. Desde el día en que la abuela regresó de Veracruz después de ver el cadáver de su hija mayor, Pilar, no hacía más que arrullarse en su sillón, día y noche, sin hablar ni entender y sin una pizca de ganas de hacerlo. En aquel terrible instante en que sus ojos reconocieron a la hija cuyo cuerpo había parido treinta y tres años antes, algo adentro se le había quebrado y así, toda rota, regresó a entregarse al consuelo del *riquirrán* de su silla mecedora en su casa de la ciudad de Tuxtla Gutiérrez, en Chiapas. Y la nieta había acabado en su regazo porque el abuelo Manuel ahí la había instalado, pensando que el calor del pequeño cuerpo desenredaría el cerebro hecho nudos de su mujer.

Al principio, con la prisa del entierro, nadie cayó en cuenta de la verdadera condición de la abuela. Doña Feli simplemente aparentaba un terrible aturdimiento, cosa que todo el mundo achacó a la tragedia. Y por eso, a la hora del repartidero de los seis nietos se dio por hecho que Pilita, la mayor, y Lourditas, la penúltima, se quedarían con los abuelos maternos un tiempo. Esto hasta que se supiera con certeza si Licho, el marido de la difunta, sobreviviría al mismo accidente o si moriría por una de sus tantas lesiones, dejando así a sus hijos completamente huérfanos. Pero tal como fueron las cosas, Licho se aferró a la vida, más que nada por no abandonar a su mujer la cual, le aseguraban los médicos, yacía en el mismo hospital tranquilamente recuperándose de sus leves heridas.

Cuando sonó la llamada telefónica dándoles la noticia de que un borracho había matado a Pilar, a Silviano, el hermano de Licho, y casi de chiripa también a Licho, Pilita y Lourditas estaban de visita con los abuelos. Éstos, incrédulos, dejaron a las niñas al cuidado de Meche y corrieron a Veracruz a identificar y a sepultar muertos. Y quizás, si la abuela hubiese pasado del aturdimiento al dolor, en su debida secuencia, las dos niñas se hubiesen criado juntas por más tiempo. Pero como fue, cuando la abuela regresó a su casa y vio los ojos interrogantes de Pilita, ahí mismito se le secaron las palabras, se le atiborraron los pensamientos y se escabulló al laberinto de la confusión en el que la muerte no existe. Fue don Manuel quien tuvo que contestar la silenciosa pregunta de su nieta con la mentira más grande que jamás partiera de sus labios:

—Tu mamá se fue al cielo, mi hijita.

Mentira, no porque Pilar no se hubiese ido al cielo, sino porque para el abuelo eso de los cielos y los infiernos, en ese entonces, no eran más que cuentos infantiles. Así que, para evitar hacerse líos con explicaciones religiosas, rápidamente despachó a la niña de regreso a Veracruz, donde gentes coherentes estuvieran dispuestas a explicar lo inexplicable con fábulas bíblicas. Y en cuanto a Lourditas, más valía dejarla acurrucada en la panza de la abuela para que la acompañara en su demente travesía, por si acaso la niña lograba el milagro de inspirarle a Felicia un poco de ganas por la vida.

Sin embargo, no tardó mucho en darse cuenta que a la gente loca hay que dejarla disfrutar de su locura. Conclusión a la cual llegó después de haber intentado con su mujer una serie de actos desesperados. Primero empezó por ignorarla, pero esto sólo logró acelerar el ritmo del *riquirrán* de la mecedora. De ahí, intentó recitarle sermones aprendidos y memorizados, quien sabe en qué etapa previa de su vida, sin resultado alguno —seguramente por la falta de fe del ateo evangelista, por un lado, y por la falta del uso de razón de la oyente por el otro—. Los gritos igualmente fueron un fracaso. Al tercer grito salió disparada de su boca la dentadura postiza recientemente colocada por un nefasto dentista —quien trató de explicar que el problema no era la placa, porque esos dientes estaban precisamente diseñados para gritar a gusto, sino la exagerada pronunciación gachupina del abuelo de la letra «z»—. Por último, ante las súplicas de su sirvienta, el abuelo permitió que Meche practicara sus brujerías con huevos y plumas de gallina directamente sobre el vientre de su mujer, corriendo el riesgo de embrujar de remate a la pobre nieta. Pero al desistir Meche, él también desistió, porque para entonces ya había caído en cuenta de que la huída mental de su mujer iba para largo, y que no quedaba más que sentarse a darle tiempo al tiempo. Lo cual hizo, chupando sus cigarrillos sin filtro frente a su eterno juego de ajedrez.

Esto no quiere decir que al abuelo no le pesara el cuerpo por la muerte de su propia hija. Todo lo contrario. De los once hijos que su mujer le había parido ninguno le parecía de la categoría de Pilar. Ninguna de sus otras seis hijas, por ejemplo, rezaba para pedir por el bien de sus semejantes sino sólo para que el Espíritu Santo les mandara a algún muchacho guapo que las llevara a los bailes del *Club España*. Y cuando dichas oraciones se perdían en el abismo de las peticiones frívolas no se compungían, simplemente optaban por pedir milagros a todos los santos, enterrando estatuas de cabeza en el jardín. No. Ninguna otra hija (ni siquiera su propia mujer) sabía cómo sazonar la sopa de ajo como lo hacía Pilar. Y de no haber sido por el aturdimiento de las noticias, el viaje, el entierro apresurado y el voluntario enclaustramiento mental de Felicia, sí hubiera caído en cuenta de su verdadera pérdida. Y de haber sido así, jamás hubiera esperado veinte años a que se le reventaran los intestinos y a que se le pudriera el páncreas para irse con ella. No señor, de haber caído en cuenta de su verdadera pérdida, el abuelo se habría esfumado en ese instante de este mundo, con gusto y sin dejar propina.

De momento, ante tanto alboroto, sus sentimientos se habían mezclado como moros con cristianos, y tal revoltijo se había convertido en un vago y molesto dolor fácil de exhalar con el humo de los cigarrillos sin filtro. Hacia arriba, hacia el techo y hacia el frío de la noche, soplaba el abuelo su gran pena por la muerte de Pilar, su hija. Y así merito, apestando el ambiente, envuelto en humo, se lo vino a encontrar el doctor Solís el día que por fin la abuela regresó a su juicio. No acababa de pronunciar el diagnóstico el buen doctor: «Su mujer padece de fiebre hepática», cuando ya lo corría de la casa, no tanto por el atrevimiento de ir a dar consultas gratis sin que nadie se lo pidiera, sino por la arrogancia con la que el hombre procedía a recetar una larga lista de píldoras embrutecedoras.

—Hágame el favor de irse usted a la mierda —le ordenó, añadiendo—: En esta casa, mi mujer va a disfrutar su locura en santa paz porque estos líos sólo Dios los cura.

Y entonces Dios, seguramente sorprendido por la repentina fe del abuelo, o quizás por sentirse obligado a probar su omnipotencia, ahí mismito curó a la abuela.

1

La tatarabuela Adelaida:
En búsqueda de yernos y de Sevilla.

Mérida, Yucatán. 1905

Adelaida Astudillo de Álvarez de la Reguera poseía el nombre más largo y rebuscado de toda la Nueva y la Vieja España. Y fiel a su nombre, Adelaida era una mujer complicada. Por un lado, terriblemente cariñosa con sus afortunados seres queridos y, por otro lado, capaz de odiar sin misericordia a aquellos que en algún momento cometían el grave error de contrariarla. Y de momento, la señorita Lolita Oneto, casamentera de profesión, estaba a punto de atravesar la frontera de un lado al otro, por no haberle prestado la debida atención a las solicitudes de matrimonio de sus hijas. Ya hacía cuatro meses que había contratado sus servicios para que les consiguiera marido a sus dos hijas, Joaquina y Pilar, y que ella supiera, hasta ese día, la mujer no había conseguido ni una sola propuesta.

La familia de Adelaida conocía a la familia Oneto desde hacía décadas, antes de huir de España por venir de pueblos colindantes. Por los años que la familia llevaba viviendo en el país, nadie conocía mejor a la sociedad española en México que ellos, especialmente Lolita. La mujer era averiguadora como ninguna y de su vista no escapaba alma alguna, pero mucho menos, de su lengua. Y a pesar de la repugnancia que Adelaida sentía por ese tipo de gente, había tenido que recurrir a ella porque era imperativo que sus hijas aseguraran su futuro contrayendo nupcias con hombres de familias respetables y solventes, lo más pronto posible. Sólo así dejarían a su pobre hijo José, con quien vivían desde hacia años, continuar su vida de casado en paz y con privacidad. Era casi seguro que su nuera Amelia no podría darle nietos hasta no verse liberada de la suegra y de las cuñadas.

El carruaje se detuvo frente a la residencia y el cochero corrió a ayudarla a descender. Con ese caminar suyo que emanaba determinación, se dirigió directamente hasta la puerta de la imponente residencia, donde un estirado mozo la esperaba. Al verla, abrió el gran portón, le sostuvo la mantilla y los guantes negros, y la condujo con toda cortesía y formalidad hacia la salita de espera.

—¿Qué le ofrezco mientras espera, doña Adelaida?

—Un vaso de agua fría, si fuera usted tan amable.

El calor era sofocante. Se acercó a la ventana y sin pedir permiso, la abrió de par en par. Después extrajo del puño de su amplia blusa negra su pañuelo bordado y se enjugó levemente el sudor de la frente. En el jardín un hombre regaba las buganvilias. Pero era obvio que desconocía su oficio, porque esa planta, para que floreciera, había que castigarla, había que negarle el agua. Y ahí estaba aquél, ahogándolas como si el sagrado líquido sobrara. Con qué derroche vivían algunas gentes, desperdiciando lo que bien podrían utilizar para otras cosas, como para lavar esas cortinas que, ya viéndolas así de cerca, amenazaban desplomarse del cochambre. Ese tipo de extravagancias en tiempos tan difíciles era imperdonable. Pero bueno, no dejaría que esas cosas empeoraran su mal humor. Era importante mantener control durante esta entrevista. Porque aunque Lolita era más astuta para los negocios y abusada para sacar ventaja si el cliente se descuidaba, no sabía la pobre con quién estaba lidiando. De ahí no saldría con las manos vacías.

Para distraerse, se acercó a contemplar las obras de arte que decoraban la pared. Ésas sí que eran de mal gusto. Pura pornografía ilustrando gordas en cueros. Pronto el suave crujir de las faldas largas de la señorita Oneto advirtió la entrada en la estancia de la casamentera. La joven se parecía cada día más a su madre, siempre elegante e impecable en su apariencia.

—Adelaida, querida —le extendía los brazos dándole besos, infinitamente leves, en cada mejilla—. Es un deleite tu visita. ¿Pero qué hospitalidad es ésta? —se dirigió al mozo—. ¿Qué es eso de ofrecerle a mi querida clienta sólo un vaso de agua? Mande usted a Matilde inmediatamente con la limonada y que traiga también el turrón.

—Gracias, Lolita, pero agua fría es lo único que me apetece de momento. Mi visita será breve.

—Siéntate, Adelaida, por caridad de Dios, que te tengo buenas noticias y a lo mejor te desmayas del gozo —con un gesto de la mano le señaló la silla más próxima—. Así es, querida mía. Déjame participarte que la propuesta de compromiso entre la ilustre señorita Joaquina Álvarez de la Reguera y el caballero Francisco Muñoz ha sido aceptada por dicha familia.

—Gracias a Dios —Adelaida sintió que su mal humor comenzaba a evaporarse.

—Y lo que es más —continuó la anfitriona—, tengo también en mi posesión la formal petición de mano de la bella señorita María del Pilar Álvarez de la Reguera.

Eso sí que no se lo esperaba. Porque algo había oído del interés del señor Muñoz hacia Joaquina pero de Pilar, de eso sí que no sabía nada. Observó que Lolita la miraba con picardía, saboreando el momento de suspenso, pero no le daría el gusto. Fingiendo indiferencia, bebió un trago de su vaso de agua.

—¿Piden a Pilar?

—¡Augusto! Tráigame el expediente que está en el escritorio de mi despacho en la carpeta azul. —Sus ojos la estudiaban divertidos. De veras que la mujer se daba su importancia. Porque tampoco era como si sus hijas estuvieran desesperadas. Eso tampoco. Pero bueno, tal parecía que ahora sí la mujer se había abocado a ayudarla. Eso había que reconocerlo.

—¿Y de quién viene tal propuesta, podría saber?

—Nunca lo adivinarías —la casamentera abrió el expediente—. Nada más y menos que del ilustre don Vicente Revuelta San Román. Vecino de mis padres en la ciudad de México, amiga. ¿Recuerdas *El Competidor*?

—¿El sastre?

—Bueno. No exactamente. Él no es sastre solamente, sino que también es socio con su hermano don Santos Revuelta de la tienda *El Competidor*. Este hombre, Adelaida déjame asegurarte, no necesita trabajar. Entiéndeme querida. Este hombre ya hizo su fortuna con los cubanos.

—¿Cubanos?

—Así es, el ejército cubano. Vendiéndoles uniformes para pelear contra los Norteamericanos.

Lolita hizo una pausa para mordisquear un pedazo de turrón y observar a su invitada digerir la información.

—¡Ese hombre es un anciano!

—Cuarenta y cuatro años. No es joven, de acuerdo, pero tampoco es un anciano.

—Pero si Pilar tiene apenas veinticuatro años.

—Difícilmente en edad de ponerse con exigencias, ¿no crees? Además —continuó— el hombre tiene planes de volver al pueblo... ¿No sería fabuloso que te llevaran de regreso a tu vieja patria? Sería delicioso, ¿cierto? —Tomándola por los hombros le susurró al oído—: Imagínate Adelaida... los toros, los cerros, los biscotes.

Adelaida se levantó del sofá y extendió las manos en breve despedida. Había escuchado lo suficiente. El futuro de Joaquina estaba asegurado y el de Pilar... bueno, ése estaba por verse.

—Arregla por favor una visita lo más pronto posible. Si a Pilar le simpatiza el hombre y si mis hijas no tienen ninguna objeción, me gustaría una boda doble... Aquí mismo. En Mérida.

Las mujeres se besaron nuevamente y Adelaida, poniéndose apresuradamente los guantes y la mantilla negra que el rígido mozo le extendía, salió a la calle empedrada en busca de su carruaje. Caminó aprisa como para alcanzar a su mente y a su corazón que ya habían huido, desde hacía rato, hacia los olores y sabores de su adorada Sevilla.

2

El bisabuelo Vicente: El corazón jala a la izquierda

México, D. F. 1905.

La tienda de casimires ingleses de nombre *El Competidor* estaba situada en la calle de Isabel La Católica, en la Ciudad de México. No era una tienda ostentosa y, a pesar del pequeño espacio que ocupaba en dicha manzana, disfrutaba de buena reputación y producía lo suficiente para mantenerse con las puertas abiertas. Esto satisfacía enormemente a Vicente Revuelta San Román quien nunca dudó que, tarde o temprano, el negocio prosperaría, aunque tampoco esperó que lo hiciera antes de celebrar el primer año de su inauguración. *El Competidor* se había convertido en una de las sastrerías predilectas de los jóvenes opulentos de la ciudad.

Vicente despidió el carruaje y, saltando un par de charcos, entró a la tienda a refugiarse de la lluvia fría, que amenazaba inundar las calles de toda la ciudad. Al entrar se despojó de su capa mojada y gorro de solapa y, después de extendérselos al portero que ya le abría la puerta, se dirigió directamente a la oficina en la parte trasera del depósito. Encima del escritorio yacían las cuentas que el contador Uranga había mandado con los antecedentes del corte del mes anterior. El porcentaje de ventas continuaba aumentando en la proporción anticipada.

Después de dictar a la secretaria una breve carta para el contador, salió a la tienda a revisar el inventario de rollos de tela perfectamente alineados detrás de los mostradores. De camino notó, tirado sobre el brillante piso de mármol, un pequeño trazo de tela que se apresuró a recoger antes de atravesar el umbral para llegar a la sala de costura. Al llegar observó, con ojo crítico, a sus tres sastres deslizar con precisión los cortes bajo las agujas de las máquinas de coser. Deteniéndose detrás del nuevo empleado, se ajustó las gafas e inspeccionó la solapa del saco de casimir inglés que cosía.

—Cambia el hilo —sugirió al nervioso principiante.

—Sí, señor.

Una vez satisfecho con el resto de la producción, salió al mostrador en busca de su hermano Santos, quien en ese momento atendía a un nuevo cliente. Reconoció al caballero; era socio frecuente del *Club España* e hijo primogénito del dueño de un periódico local. Con una leve inclinación de la cabeza, lo saludó y observó la escena. El joven escogía dos paños de lana combinada mientras el sastre tomaba medidas bajo la supervisión de Santos.

Todo en la tienda era orden y, si debiese creer al contador, su presencia en *El Competidor* ya no era indispensable. Cosa que le agradaba bastante, porque su intención era regresar a Vargas inmediatamente, después de contraer nupcias con la bella señorita María del Pilar Álvarez de la Reguera. Por eso precisamente había ido a la tienda esa mañana; a darle la noticia a Santos antes de que terminara su turno. De momento, Vicente llevaba el negocio por las tardes y Santos por las mañanas y, salvo los breves desayunos en el *Club España* durante los que se discutían los pormenores del negocio, los hermanos mantenían sus vidas separadas. En cuanto Santos terminara de despachar al muchacho, le daría la noticia de su boda.

Al pensar en la proximidad de su matrimonio, la imagen de Pilar con su cascada de cabellos negros que escapaban por debajo de la mantilla, invadió su mente. Desde el día que se había tropezado con ella a la salida de misa en la catedral de Mérida, no dejaba de pensar en ella. El encuentro había sido cosa de la providencia porque Vicente nunca había ido a Mérida. Y de no haberse enfermado gravemente su tía Jimena, quien desafortunadamente había fallecido minutos antes de su llegada, seguro nunca hubiese conocido esa ciudad. Pero como fueron las cosas, la tía, siendo una mujer profundamente católica, había pedido como último deseo que el obispo celebrara una misa, en la catedral de la ciudad. Y en medio de esos arreglos estaba Vicente, cuando al salir de la iglesia, por poco se tropieza con Pilar.

Lo único que Vicente había podido averiguar aquel domingo fue que la joven radicaba en Mérida con un hermano, que era huérfana de padre y, además, que era soltera. Pero hasta ahí había llegado su indagación pues, no acababa de contemplar la idea de formar una familia, cuando ya su mente la rechazaba como otra de aquellas ocurrencias extravagantes que últimamente lo asaltaban, tenía que reconocer, con preocupante frecuencia. Rechazó la idea no sólo por su edad avanzada sino también por su predilección de esa paz que siempre le había proporcionado su rutina de soltero. Como fuese, ya era tarde para esos pensamientos, porque ese cruce con Pilar había dado vuelta rotunda a su travesía. Desde ese día, algo se había apoderado de su razón y la misma escena del encuentro en aquellos viejos escalones de la catedral de Mérida se repetía, una y otra vez, en su mente. Algo en la mirada de la joven, sus ojos, o quizás la leve sonrisa que le había ofrecido al disculpar su torpeza, lo transportaba de inmediato de regreso a la iglesia. El recuerdo de su rostro invadía la tranquilidad de su vida sin intención alguna de dejarlo en paz. Hasta al leer el periódico volaba su pensamiento de la bolsa de valores a los caireles oscuros, que seguramente llegarían hasta la espalda desnuda de la joven. Poseído de tales visiones durante su acostumbrada caminata matutina, sus piernas lo conducían como por inercia, a la casa de los padres de la casamentera, que vivían apenas a una cuadra de la suya. Vicente sabía que la hija de ellos, una tal señorita Lolita Oneto, trabajaba precisamente en la ciudad de Mérida y seguramente conocía los antecedentes de la familia de la joven. Obtenerlos sería sólo cosa de un telegrama.

Así dividido, su mente jalando a la derecha y su corazón a la izquierda, había pasado días, semanas, hasta que un día, agotado por el constante calor del vientre, las palpitaciones rítmicas y la pérdida de sueño, se había resignado a tocar la puerta de la mansión de los padres de la señorita Oneto con la propuesta de matrimonio en la mano, rogándoles la hicieran llegar a su hija Lolita a Mérida lo más pronto posible. Quedaría eternamente agradecido, explicó con bastante torpeza, si doña Lolita contactaba a la madre de la agraciada señorita, con el fin de hacerle saber su deseo de hacerla madre de sus hijos.

La respuesta de la casamentera había llegado sólo al cabo de un par de semanas. La mujer lo felicitaba por su acertada elección y le aseguraba que la familia Álvarez de la Reguera era de excelente reputación. Su propuesta había sido casi inmediatamente aceptada por la viuda y este hecho lo complacía tremendamente. Era tiempo de empezar una familia y atender esa parte de su vida, que hasta la fecha había ignorado con tanta determinación.

Desde el umbral observó a su hermano terminar con el cliente y al hacerlo, un vago y desagradable sentimiento aprisionó su pecho.

Tener que dejarlo a cargo de *El Competidor* de alguna manera le molestaba. En más de una ocasión, Santos había cometido estupideces con consecuencias desastrosas. Porque a pesar de su buena voluntad e incansable energía, era intrépido y descuidado. Por otro lado, reflexionó, ya era hora que Santos se independizara económicamente de él. De una manera u otra, tendría que aprender de sus propios errores, así como él había aprendido al cometer los suyos. Además, su situación financiera no se vería seriamente comprometida, aunque la tienda fracasara. El resto de sus inversiones aseguraban su futuro y el de su familia.

El joven cliente, satisfecho con su compra, estrechó la mano de Santos, inclinó su sombrero estilo inglés hacia Vicente y salió de la tienda. Armándose de valor, Vicente se dirigió a su hermano:

—Anda, escucha que tengo algo importante que decirte. A finales de este mes parto a Vargas.

Santos colocó el rollo de tela en su lugar. Vicente viajaba a España con regularidad, generalmente a comprar tela y el que lo hiciera de nuevo no le sorprendía.

—Bueno, allá tú, pero aquí no hace falta nada. El inventario está completo.

—No me escuchas —Vicente se ajustó la corbata—. Te digo que parto a Vargas. A vivir para siempre.

La gravedad en el tono de Vicente era extraña.

—¿Y eso?

—Me caso.

—¿De qué hablas? —Santos creyó no haberlo oído bien.

—Hombre, joder, ¿es que acaso estás sordo? Que te digo que me caso. Y bueno, pues nada. Desde ahora tendrás que atender la tienda, vamos, confío que lo harás con sabiduría y paciencia.

Lo miraba con ojos penetrantes.

—Esto es una locura —exclamó, incrédulo—. ¿A estas alturas te casas? ¿Y para qué, coño?

—Para qué será. Me caso por lo mismo por lo que toda la gente se casa, joder, para empezar una familia.

Vicente sintió un leve calor invadir su cara y, disgustado consigo mismo, continuó de prisa.

—Me parece que es hora de hacerlo.

Santos estudió cuidadosamente el rostro de su hermano. ¡El hombre hablaba en serio! Mil y una ideas se le atiborraban en la mente.

—Has perdido el juicio —declaró, al fin—. Estás demente.

—Al contrario. Estoy perfectamente cuerdo.

Decidió dar la plática por terminada y con un gesto de la mano, pidió al mozo su capa y gorro.

—La boda es en Mérida y tú sabrás si quieres asistir. Habrá que cerrar la tienda.

Y sin decir más, salió del negocio a desafiar el diluvio de la mañana.

3

La bisabuela Pilar: Un puente de regreso al principio

Mérida, Yucatán. 1905.

Pocas cosas enfurecían más a Adelaida Astudillo de Álvarez de la Reguera que la gente terca. Y por lo visto la vida insistía en probar los límites de su paciencia regalándole nada menos que un yerno terco. Tres veces había regresado la lista de invitados que el mozo de Vicente, un chimuelo sacado de a saber qué pueblo, había hecho llegar a sus manos. Y tres veces Vicente se la había devuelto intacta, ignorando —¿por capricho o terquedad?—, su súplica de reducir el número de los invitados. Era obvio que su futuro yerno no comprendía la precaria situación económica de su futura suegra. Si no, ya hubiera desistido de solicitar la amabilísima presencia de cuanto cristiano tuviese la suerte de poseer un traje sastre diseñado, confeccionado o modificado por *El Competidor*. Jamás cabrían en la iglesia tantos hombres encorbatados, ni aunque la misa fuera en la Santísima Catedral de la ciudad de Mérida. Pero aunque cupieran, ése no era el punto. El punto era la poca educación que demostraba el hombre al sugerir esa cantidad de gente. ¿Acaso no le había explicado claramente por correspondencia que los festejos se llevarían a cabo en el jardín de la casa de su hijo Pepe? Sin duda, en su última visita, Vicente tuvo que haber apreciado el limitado espacio del jardín cuando, sentado campechanamente a la sombra del árbol de tamarindo, había consumido el espumoso chocolate que Pilar le había servido y que había teñido, sin que el hombre lo percibiera, sus blancos bigotes.

Exasperada, remojó la pluma en tinta y prosiguió a redactar, de manera sucinta y clara, la primera lección de etiqueta que habría de impartir a su futuro yerno.

—Mamá, ¿vas al rosario? —la interrumpió Pilar, entrando a la alcoba.

—Sí, hija, ya voy.

—¿Qué haces, mamá?

—Educo a tu futuro marido —derritió la cera y selló el sobre.

—Mamá, por favor, no me haga pasar vergüenzas.

—No, hija, al contrario. Te ahorro vergüenzas. Porque eso de pasear por toda Sevilla a un marido que no sabe vivir con recato sería, eso sí, hijita, no sólo pecado sino una verdadera vergüenza.

Pilar dudaba que su madre pudiera influir la manera de ser de don Vicente, hombre de cuarenta y cuatro años acostumbrado a dar órdenes y no a recibirlas. Pero eso no quería decir que su madre, quien hasta ese momento aparentaba, casi al propósito, ignorar la edad de Vicente, no intentara hacerlo. De alguna manera u otra lo educaría, según ella, no sólo para el beneficio del resto de la humanidad, sino también para evitar los disgustos que después se convertían en piedras duras que luego tenía uno que orinar.

Pilar no conocía a ser humano capaz de intimidar a su madre. Nadie, ni curas, ni carniceros, ni políticos, ni militares se salvaban de sus reprimendas. Jamás olvidaría la cara de asombro de aquel necio capitán, por ejemplo, que había rehusado darle cuentas de la muerte de su padre. Al recibir la noticia que su marido había muerto en defensa de su patria, Adelaida había agarrado a los hijos de la mano y había viajado toda una semana hasta llegar al campamento militar de donde había partido la correspondencia. Ningún guardia logró detenerla cuando llegó a interrumpir el rifado juego de barajas.

—¿Es usted el capitán?

—A sus órdenes, señora —respondió malhumorado.

—Entonces, dígame usted algo más. ¿Es ésta su firma? –Le extendió el telegrama que proclamaba gratitud de toda la patria.

—Sí, señora.

–Bueno, pues ahora me escucha usted bien. Mi nombre es Adelaida Astudillo de Álvarez de la Reguera. Vengo por las medallas de mi marido.

—¿Qué dice, mujer?

—Lo que ya le he dicho. Usted mandó a mi marido a matarse en su guerra contra Cuba y ahora nada, ahora usted mismo me va a dar las medallas que le debió otorgar ésta, la agradecida patria. Vengo por ellas.

El único desenlace que Pilar conocía de aquel incidente era que, como siempre, su madre se había salido con la suya. Las medallas habían aparecido milagrosamente, y al final se habían usado para pagar la renta del último mes de la casita de Sevilla. Un mes después, sin mirar para atrás, Adelaida había subido a sus hijos al barco que habría de llevarlas rumbo a una vida nueva en la Nueva España. Era irónico, pensaba Pilar, que mientras su padre se desangraba en un barco naval defendiendo la terquedad imperial de subyugar a Cuba, Vicente, su futuro marido, se enriqueciera uniformando a los soldados que morían por liberarla. Algo había de indecente en una guerra que en tan poco tiempo despojaba de vida a tantos hombres para beneficio económico de unos cuantos. ¡De sastres! Viéndolo así, se le ocurría, su matrimonio resultaba ser nada menos que un puente de regreso al principio, a Sevilla.

La verdad era que sí quería, más que nada en este mundo, regalarle a su madre su principio y con ello también lo que la guerra tan bruscamente le había arrebatado: España. Esto, aunque el costo fuera tener que casarse con un anciano bigotudo. No que Vicente le resultara completamente repugnante. Al contrario. A pesar de la blancura de sus cabellos y bigotes, Pilar reconocía que, en sus tiempos, Vicente seguramente había sido un hombre de buen porte, quizás hasta apuesto. Además, las pocas veces que había podido convivir con él la habían convencido de que su decisión de aceptarlo como esposo era acertada. El hombre era cortés, inteligente y demostraba cierto afecto por ella. Esa insistente mirada que, por un lado, le provocaba vergüenza, también le inspiraba confianza. O quizás seguridad. Eso era, algo en ese hombre la hacía sentirse equilibrada y a sus veinticuatro años, qué mejor que empezar un hogar con tranquilidad. Claro que, por otro lado, estaba el hecho de que Vicente nunca se hubiera casado. Eso era intrigante. Y además, ¿por qué decidir hacerlo apenas ahora? La explicación que ofrecía la Señora Oneto al respecto era ridícula.

—Simple e irremediablemente quedó prendado de ti, querida.

Pilar no se engañaba a sí misma. Bien sabía que no era fea pero tampoco una belleza capaz de enloquecer a un hombre maduro económicamente bien situado. Sin embargo, tenía que admitir que había algo peculiar en la manera en que lo había sorprendido mirándola. Sin mover los labios le sonreía y sin articular palabras le hablaba. Y cuando al servirle el chocolate accidentalmente había rozado su mano con su trenza, juró haber percibido un leve temblor en la blanca barbilla. Se ruborizó al acordarse del incidente y para disimular su repentina confusión, volvió al asunto con su madre.

—Tu nuera Amelia insiste que empaquemos esto —sacó del armario dos candelabros de plata.

—De ninguna manera. Regrésalos a su lugar.

—Mamá, no estaría mal que lleváramos algo con qué defendernos, no hay que depender del todo de Vicente.

—Eso déjamelo a mi, hijita. Tú preocúpate con mantener a tu futuro marido contento.

—Mamá, escúchame.

—Pilar —su tono daba la plática por terminada—, no me pongas de mal humor, anda y llévale esta cartita al chimuelo ése, para que la entregue a Vicente.

—El chimuelo se llama Lucio, mamá y, por cierto, lleva un buen rato esperándote.

—¿A mí?

—Sí —extendió un sobre encima de la mesa—. Se le olvidó darte esta carta que Vicente mandó junto con la lista de invitados.

—Indio zonzo —la abrió con el afilado abrecartas. Leyó en silencio.

—¿Qué dice?

—Nada. Que todos los gastos de la boda van por su cuenta.

Ambas mujeres contemplaron el sobre sin cruzar palabra. A Adelaida se le ocurría que no era terquedad la de Vicente sino más bien soberbia. Lo cual no era nada sorprendente siendo norteño el hombre. De esa gente que, por el simple hecho de no haberse dejado dominar por los moros, ahora resultaban ser mejores que nadie. Qué bien se olvidaban de lo que verdaderamente eran: nada más que pastores de cabras.

—Pues bien —declaró en voz alta—, que se deje venir a todos los distinguidos clientes de *El Competidor* a nuestra humilde casa. Que atiborren las bancas de la catedral y el jardín de mi hijo Pepe. Y ojalá que se cuezan en sus propios jugos, guardaditos dentro de sus preciados casimires ingleses, bajo el sol tropical de Yucatán. Me tiene sin cuidado.

Las campanas de la iglesia resonaron el último cuarto para las seis de la tarde.

—¡El rosario, mamá! —la apresuró Pilar.

—Vámonos —se colocó aprisa la mantilla con su peineta—. ¿Viene Amelia?

—Nos espera abajo, ¿qué le digo de los candelabros?

—Ya lo he dicho. Nada, que no sea terca, bien sabe que me choca la gente terca.

En la planta baja Amelia las esperaba con doña Lola, la cocinera. Alzando las enaguas para evitar los charcos de la inundación del día anterior, las enmantilladas mujeres salieron a la calle y caminaron dos cuadras hacia abajo hasta llegar a la iglesia. La fila de creyentes que aguardaban el confesionario empezaba ya a formarse desde la esquina. Adentro, en la oscuridad del bellísimo templo iluminado sólo por candiles, un párroco tocaba el órgano y entonaba dulcemente el Ave María.

Después de saludar a varias señoras conocidas, Adelaida buscó su acostumbrado lugar ante la imagen de su patrón de bautizo: el Sagrado Corazón de Jesús. Arrodillándose se persignó. Alguien le había apagado las velas al Santísimo, notó con irritación. ¿Dónde andaría el perezoso del Sacristán? ¡Y qué descuidada tenían la capilla! Las flores marchitas, las velas apagadas y las plumas de gallinas, que segurito alguna india hereje se había atrevido a ofrecer, volaban por todos lados. ¡El colmo! Con razón el Patrón se negaba a hacer milagros últimamente. Se incorporó, sobándose las rodillas , prendió las dos velas, sacudió las plumas con el pañuelo y volvió a arrodillarse. Tenía mucho que consultar con Dios, así es que, persignándose y brincándose los Padres Nuestros y Aves Marías, fue directamente al punto:

—Misericordioso, Sagrado Corazón. Ilumíname. ¿Hago bien en casar a Pilar con ese hombre arrogante?

Años después Adelaida recordaría con toda claridad los pies de la mendiga que por poco pisó al salir de la iglesia. Estaban cubiertos de ampollas y moscas. Con repugnancia sacó dos monedas de su bolsillo y, sin mirarle la cara, las depositó en la canasta sucia que le extendía. De repente, la mujer se apoderó de su mano enguantada y, jalándola hacia ella, murmuró con urgencia:

—Dos Pilares, cuántos nietos huérfanos, pobre de usted, doñita, que Dios la ampare…

Sorprendida, y a la vez aterrada por el aspecto deforme de la mendiga, liberó su mano con fuerza.

—Suélteme. ¿Qué dice mujer?

La mujer repitió con el mismo tono histérico en la voz.

—Dos Pilares, cuídelas de los séptimos embarazos porque la historia mi doña, se repite. ¡Cuántos huérfanos!

Adelaida sintió una ola de náuseas instalarse en su vientre. Ligeramente mareada se apoyó en el brazo que su hija le extendía.

—Mamá, ¿qué pasa, te sientes bien?

—Vámonos —logró contestar.

—Esperemos a Amelia, todavía no se confiesa…

—Vámonos, hija, que doña Lola la espere —se alejó, apresurada.

Más tarde, al llegar a casa, se avergonzó de sí misma. Era una tontería darle importancia a ese desafortunado encuentro. Esa haraposa estaba enferma. Además, reflexionó, no se lo permitiría. No estaba dispuesta a pasar más disgustos ese día para luego tener que orinar piedras duras. Yernos tercos, capillas sucias y viejas locas. ¡Vaya día! En cuanto llegara doña Lola le pediría un té de hierbabuena para calmarse los nervios. El problema de los limosneros de la iglesia se ponía cada vez peor. De nada servía que las monjas carmelitas los recogieran y los alimentaran antes y después de misa. Ahí seguían. Pero bueno, pensó, pronto ése no sería su problema, en menos de un mes, estaría de regreso en su patria, en donde los pordioseros no salían de sus propios barrios a molestar a la gente de bien.

Aquella noche Adelaida despertó bruscamente por el escándalo de los truenos de la tormenta tropical . Soñaba con la doble boda de sus hijas en el jardín de Pepe. Los invitados llegaban a montones y pronto unos se encaramaban encima de otros porque no cabían. Al fin, una novia aparecía, pero no era ni Pilar ni Joaquina; era la limosnera de la iglesia. Grotesca, adentro de los encajes del vestido nupcial, la mujer se acercaba a Adelaida, y extendiéndole la mano huesuda intentaba agarrarle el brazo. En la oscuridad Adelaida, agradecida de que la visión hubiera sido sólo una pesadilla, se persignó, prendió su vela y abrió su Biblia. Buscó su pasaje favorito: Proverbios, trece y catorce. En suspiros leyó: «¿No yerran los que piensan el mal? Misericordia y verdad alcanzarán los que piensan bien.»

Eso era todo. Había que pensar sólo en el Bien. Dios mío, musitó, ayúdame a pensar sólo en el Bien, el Bien, el Bien. Sintiéndose mejor, continuó leyendo hasta que las palabras del Santísimo, poco a poco, fueron ordenando el ritmo de los latidos de su corazón. De repente, al llegar al proverbio veintisiete, un pensamiento la detuvo en seco: ¿Cómo demonios habría sabido esa pordiosera el sagrado nombre de su hija Pilar?

4

La abuela Feli: Concebida y parida

Vargas, España. 1906.

Vicente tocó su campana y al instante apareció en la puerta de su despacho su fiel mozo Rigoberto.

—Rigoberto. Marcha por la carroza para el diputado Altamar, que hoy pasará hambre. Lo he invitado a almorzar pero rehúsa. Vamos ya, que será para la próxima. Su mujer no lo suelta este día.

El diputado Altamar, siempre al tanto de los intereses del banco que por años había manejado la cartera de Vicente, se había presentado esa mañana a proponer una inversión, según él, prometedora.

—Vaya que eres injusto, Vicente. Sabes que nada me gustaría más que comer esa fabada que tan bien huele —El banquero estrechó la mano de Vicente en gesto de despedida—. Pero bueno, así es esto. Hay que trabajar como mulas, no hay de otra. Tú bien sabes cómo están de jodidas las cosas en estos momentos.

Rigoberto partió a buscar la carroza y Vicente, palmando amistosamente la espalda de su invitado, lo acompañó a la entrada de la casa donde una joven, hija menor de Rigoberto, los esperaba con la capa, gorra y guantes del diputado.

—Vale, amigo –se despidió—. Avísame si hay algo más que hacer. Muchas gracias por la confianza y verás que nuestra sociedad será un éxito, tanto para nosotros como para vosotros.

—Sin duda más para vosotros —rió él—, pero bueno, hay que cuidar las inversiones, sobre todo ahora que crece la familia.

—Hombre, claro. Por cierto, ¿ya se alivió tu majísima mujer?

—En ésas estamos en estos momentos —sacó el reloj de su bolsillo como para confirmar el evento del parto—. Con la ayuda de Dios seré padre antes del alba. ¿Vendréis el domingo a la catedral para el bautizo?

—Dios mediante estaremos en primera fila. Menciónale a doña Pilar que nuestras oraciones están con ella. Que tengas un buen día y felicidades anticipadas.

Vicente despidió al banquero y regresó a su despacho. Con la campana, llamó una vez más a Rigoberto.

—Dígame.

—¿Qué sabemos del lío de arriba? —abrió la ventana y enjugó el sudor de su frente. Rigoberto abrió una segunda ventana y sirvió a su patrón una copa de jerez de la barra.

—Todo en orden —le ofreció la bebida—. Hace apenas media hora doña Adelaida pidió más paños pero no se preocupe, así es este negocio, lento. Doña Pilar es fuerte y joven. La niña se le logrará completa y sana

—¿Cómo sabes que es hembra? —preguntó, sorprendido.

—Bueno, porque así lo ha deseado la suegra y lo que ella quiere, se hace.

Vicente se echó una carcajada y Rigoberto rió con él. Después se aflojó el cinturón y se sentó en su gran sillón de cuero. Con agilidad, levantó las piernas y las extendió sobre el escritorio. De la solapa extrajo un puro que Rigoberto se apresuró a encender.

—Dime Rigoberto, ¿qué piensas del azúcar?

—¿Azúcar?

—Sí. Azúcar. Que me invita el diputado a invertir en azúcar. ¿Pero tú qué piensas?

—Bueno, no quiero ofenderlo don Vicente, hombre, la verdad es que usted sólo sabe hacer dinero con cortes de tela.

Volvió a reír y de un trago vació su copa. Rigoberto tenía toda la razón. ¿Qué cosa hacía arriesgando su dinero en mercados desconocidos? A su edad, cuando nada le faltaba, su fortuna hecha, una mujer bella a punto de hacerlo padre del primero de sólo Dios sabía cuántos hijos. Se limpió los bigotes con la servilleta que Rigoberto le ofrecía y al hacerlo se supo el hombre más afortunado de toda España. Pilar había aportado a su vida una dimensión que jamás hubiese sospechado existía. Era cierto que su madre, en paz descanse, había inculcado en sus hijos aprecio por todo lo elevado de la vida —obras de arte, música, poesía—, con la esperanza de inspirarlos cuando menos a lo romántico, y de preferencia al amor. Pero sus esfuerzos habían sido en vano, porque ni en su lecho de muerte había podido la pobre mujer disipar las sospecha de que para sus hijos el amor no era más que un acto carnal comercializado y, por ello, una peligrosa inversión económica. Vicente juraba que el día que la mirada de Pilar lo detuvo en seco al salir de la iglesia, Satanás se había cobrado el alma de su santa y difunta madre, quien con tal de saberlo enamorado, seguro había aceptado renunciar a los placeres de la siguiente vida. Era una lástima que no estuviera presente para poder tomar en sus brazos a su primer nieto. De haber conocido a Pilar, seguro hubiese encontrado en ella a la hija que siempre deseó y nunca tuvo. Era algo tremendo eso de sentirse amado. Porque así lo hacía sentirse Pilar cada vez que reposaba en él su mirada. Vicente jamás había aspirado a tanto consciente como estaba de su edad. Y lo cierto era que, al entregarle su propuesta de matrimonio a la señorita Oneto, su única expectativa había sido el ser respetado y tolerado. Sin embargo, Pilar le demostraba su afecto de mil y una maneras, y eso no dejaba de sorprenderle.

Después de la boda, durante la larga travesía en barco de regreso a España, Vicente había respetado el arreglo de camarotes separados. Estaba consciente de la virginidad de Pilar y sabía que lo prudente era llevar las cosas con calma. Además, doña Adelaida no había dejado a su hija sola ni un solo momento, a excepción de aquella memorable noche cuando Pilar había requerido su presencia por medio de una carta perfumada, que le había hecho llegar con el camarero al cuarto de billar.

Excusándose de la partida de dominó, Vicente leyó sorprendido la elegante caligrafía: «Querido esposo. Te agradecería mucho que vinieras a mi camarote esta misma noche, en cuanto suene la campana que anuncia el comienzo de la misa de gallo». Desde el principio de la travesía doña Adelaida y Pilar no habían faltado a una sola misa de la media noche. La rutina de la embarcación era que, una vez servido el postre, todas las damas se retiraban al fresco de la terraza a escuchar la lectura de poesías que la esposa del capitán con su voz chillona, leía bajo la leve luz de una linterna. Mientras tanto, los caballeros huían con sus licores y puros al cuarto de billar a buscar suerte en los juegos de azar, que casi siempre se prolongaban hasta el otro día. A las once cuarenta y cinco de la noche, con rigurosa exactitud, la campana de la pequeña capilla anunciaba la misa de gallo. Y a esa hora Vicente se reunía con las dos damas para acompañarlas a la capilla. No era su costumbre quedarse a misa, pero sí lo era dejarlas en la puerta del pequeño templo, donde también las recogía para de ahí dejarlas instaladas en su camarote.

Aquella memorable noche, doña Adelaida estaba sola en la terraza. Al verlo aproximarse, había sacado la imagen del Sagrado Corazón de Jesús de entre las páginas de su Biblia y, golpeándola contra su pecho levemente para encomendarle su alma, así como el alma de sus hijos y nietos por venir, había explicado a Vicente que Pilar sufría una severa jaqueca, que seguramente se debía al cambio de temperatura que amenazaba interrumpir lo que hasta ese momento había sido un viaje sin ningún trastorno.

—Tranquila, Doña Adelaida, no pasa nada —aseguró Vicente—, estamos en las expertas manos de uno de los mejores capitanes y el mar así lo entiende.

Por todo esto, al recibir la carta de su mujer, Vicente no había sabido cómo interpretarla. Obviamente Pilar había escogido esa hora para facilitar un encuentro con él en privado. Pero ¿por qué y para qué? ¿Estaría disgustada con él y necesitaba confrontarlo a solas? Eso era poco probable. Su conducta había sido irreprochable durante toda la travesía y nada en el temperamento de su esposa sugería contrariedad de ningún tipo. Alguna otra explicación debía existir. Quizás quería confesarle algo y no quería mortificar a su madre con lo mismo. Pero de ser así, ¿por qué citarlo en su camarote habiendo la misma privacidad en la biblioteca? Si Vicente hubiera sido cualquier otro, habría sospechado que la carta era una invitación a un encuentro físico e íntimo. Pero no podía darse el lujo de pensar tal cosa. Sabía perfectamente bien que llegar a ese punto tomaría su tiempo. Intrigado, Vicente se disculpó del juego de billar y se presentó a su cita puntualmente con unos paños calientes decorados con un clavel. Pilar abrió la puerta y al verlo se sonrojó intensamente.

—Me ha dicho tu madre que padeces de una terrible jaqueca —sonrió, entregándole el clavel—. Y pues bueno, aquí te he traído unos paños para tu frente.

Pilar aceptó la flor y sin decir palabra lo tomó del brazo y lo introdujo al camarote.

—No tengo ninguna jaqueca —explicó, nerviosa—, sólo un gran deseo de ser madre. Anda, haz lo que tengas que hacer aunque me lastimes, pero rápido, antes de que llegue mi madre. Quiero darte un hijo.

Vicente contempló el rubor en las mejillas de su joven esposa, así como el temblor de sus manos y comprendió la situación al instante. Entonces tomó las manos frías y sudorosas y la llevó hacia el pequeño lecho donde se sentó con ella. Sin soltarla, besó cada pálido dedo rozándolos suavemente con sus bigotes.

—El problema es —besó también sus palmas—, que hacerte un hijo me llevaría mucho más tiempo que lo que lleva una corta misa de gallo.

El sorprendido rostro cambiaba del color rosa intenso de su rubor a una palidez alarmante. Se levantó de la cama y preguntó:

—¿Más tiempo? ¿De qué hablas? ¿Exactamente cuánto tiene uno que aguantar?

Vicente soltó una carcajada, levantó el clavel que había caído al suelo y ofreciéndoselo de nuevo, respondió:

—Tú no tendrás que aguantar ni un segundo, Pilar. Eso es cierto. Déjame asegurarte que disfrutarás haciendo a nuestro hijo quizás más de lo que yo lo disfrutaré. Vamos, eso te lo prometo. Y por ello, querrás que el proceso se alargue hasta la coronación del próximo Papa.

Riéndose de sus propias palabras y de la expresión de confusión en el rostro de Pilar, le había besado la frente castamente, se había despedido y había regresado al cuarto de billar, sintiéndose el hombre más afortunado sobre el planeta, para continuar su juego de dominó con el resto de los caballeros navegantes.

Perdido como estaba en el recuerdo de aquella extraordinaria noche, no escuchó la entrada de Adelaida a su privado. De golpe, la voz de Rigoberto lo volvió al presente.

—¿Todo bien, señora? —preguntaba el mozo.

Trató de incorporarse, pero al ver la imponente figura de su suegra, que abarcaba el muro de la entrada, limpiando las manos ensangrentadas en un lienzo blanco, sus piernas flaquearon. De repente, doña Adelaida aparentaba diez años más de su debida edad.

—Todo bien, gracias —contestó, cansada. Y luego, dirigiéndose a su yerno, agregó—: Ya puedes subir, Vicente. Anda, vamos, te digo que subas. Y tú, Rigoberto, manda por el padre Isidro.

—¿El padre Isidro? —Vicente se sintió ahorcado por la angustia.

—Sí, claro, el padre Isidro. Que venga a dar su bendición a nuestras hijas.

—¿Nuestras hijas?

—Sí, hombre. Nuestras hijas. Mi hija Pilar y tu hija Felicia.

SIN RESPUESTAS, CONSUELO NI OLVIDO

Dice la tía Cris que su madre, una vez recuperado el juicio, inmediatamente empacó los pedazos de dolor en una cajita de suspenso y los ocultó en lo más profundo de su panza. Cuenta que las historias que contaba el abuelo, con todas sus mentiras y exageraciones, así como los apapachos de la abuela, pronto calentaron mis huesos y pintaron mis cachetes de vida. Dice también que cuando la abuela finalmente miró a su alrededor y descubrió, por primera vez en mucho tiempo, a Güichita y a Manuel, los dos hijos que todavía le faltaban por criar, aplastados frente a la televisión, se acordó que el atender las travesuras del niño y las rebeldías de la adolescente eran su obligación. Luto o no luto. Y que tal constatación de esa realidad le regresó un apetito pavoroso, por lo que enseguida ordenó y devoró sus acostumbrados bolillos tostados, bien untados con mantequilla, para remojarlos en su café con leche. Entonces, la tía Cris, viendo cumplida su obligación de espanta-locuras, empacó sus maletas y regresó al rancho, *El Coyol*, a refugiarse en los fuertes brazos de Jorge, su marido.

Ya curada de su «fiebre hepática», la abuela Feli volvió a sentir sus acostumbradas depresiones, inesperados alborozos y su obsesión por el orden y la limpieza. Meche, feliz de reconocer a su patrona, volvió a prepararle el baño de jabones *Maja* y volvió a trenzar y a enrollar su largo cabello, ajustándolo en la base del cráneo con una peineta española de carey. Una vez más, la abuela consultó el calendario de la cocina salpicado de grasa de chorizo y, después de arrancar todas las hojas del mes de diciembre (el mes de la muerte de su hija), volvió a marcar el primer día de cada mes como fecha obligatoria para el movimiento mensual de todos los muebles de la casa. De cuarto en cuarto y de rincón a rincón, acarreaba la abuela sillas y sillones, mesas y espejos, camas y sofás para quitarle lo aburrido al ambiente y para espantar los malos olores, especialmente los que despiden los cigarrillos sin filtro. Y con ello el abuelo supo, con absoluta certeza, que los nudos de la cabeza de su mujer se habían por fin desenredado.

El desfile de la gente vestida de luto que venía, según el abuelo, nada más a joder la paciencia, comenzó en cuanto se supo que doña Feli había vuelto a juicio. Meche los recibía con el delantal almidonado y el café bien cargado. Llegaban a sentarse en los sofás, a comer galletas y a mirar atentamente la cara de la abuela. Traían flores, ates y turrones importados de España, y hablaban en voz baja a pesar de que nadie dormía la siesta. Todos querían saber los detalles de la «tragedia»; de cómo había sido el accidente, de cómo habían muerto Pilar y Silviano, de cómo seguía el yerno Licho, cuál era su diagnóstico y si ya estaba fuera de peligro. Pero más que nada querían saber, entre galleta y galleta, qué cosa iba a pasar con los seis nietos: «¿qué cosa van a hacer con tantos niños, doña Feli?»

El carnaval de visitas no duró mucho. En cuanto el abuelo vio que el tiempo pasaba y la abuela continuaba contestando preguntas impertinentes y regalando galletas con café cargado, se le acabó su poca paciencia y, subiéndonos a todos en el tren, nos embarcó rumbo a Acapulco «para escapar del veneno que escupen las lenguas de gente morbosa.»

En Acapulco nadie encontró el consuelo que la gente de luto aseguró encontraríamos. Sólo encontramos conchitas rosadas y pintas, que sirvieron de adorno para el ventanal de la salita de la casa de verano que el abuelo había rentado. Ni siquiera la abuela encontró las respuestas pero estuvo bien, pues el caminar descalza en el agua salada sirvió para deshincharle los pies, que se le habían inflado de tanto estar sentada en la mecedora. Y el abuelo, lejos de encontrar el olvido durmiendo a todas horas al arrullo del canto de las ranas que vivían en su garganta (hasta que la abuela lo corrió del cuarto, porque tal escándalo le producía insomnio y le destruía los nervios), encontró en su lugar, primero en sus sueños y luego sin estar dormido, el rostro de su hija Pilar, sonriéndole como si nada hubiese pasado. Y mientras tanto Manolo, Güichita y yo nos escapábamos al mar, como cangrejos, huyendo de los largos silencios de los abuelos que todos los días comenzaban en cuanto el mar se tragaba al sol, y continuaban hasta que lo vomitaba.

Y a pesar de que regresamos al departamento de la ciudad de México sin consuelo, ni respuestas, ni olvido, todos volvimos descansados de la gente morbosa y listos para empezar el ritmo de la vida sin Pilar... Sin hijas estudiosas de fe verdadera que sabían sazonar, mejor que nadie, las sopas de ajo.

5

Los abuelos Victoria: Sueños jarochos

Catemaco, Veracruz. 1922.

Estreñimiento (receta de papá Talí). Bicarbonato de Na 2.00,
Magnesia calcinada 1.00, polvo hojas de Belladona 0.02.
Un sobrecito después de cada alimento.

—Nos vamos a Veracruz —anunció Neftalí Victoria Rivera a su mujer.

Leonor alzó sus grandes ojos color café de la cazuela que tallaba vigorosamente y los plantó brevemente en la cara de su marido. No era la primera vez que lo oía decir barbaridades, pero en ese momento, con los frijoles tercamente pegados a la olla, no se le antojaba inventarse otro mundo más que el presente: lleno de chiquillos —tres, precisamente—, harto trabajo y frijoles quemados.

—Te digo que nos vamos —insistió él.

Trató de ignorarlo, abandonó la esponja y recurrió al ataque del cochambre con una piedra pómez. El agua hirviendo quemaba sus manos pero el brillo poco a poco volvía a la cazuela. Su marido volvía al tema.

—Ya le escribí a Abelardo Correa. El señor de la *Farmacia Cinco de Mayo*. ¿Te acuerdas?

Por ese tono de voz, comprendió que la cuestión no acabaría hasta no brindarle inmediata y absoluta atención o cuando menos, hasta aparentar hacerlo. Resignada, se secó las manos en el delantal, apartó bruscamente el rizado mechón de su frente y giró el cuerpo para hacerle frente a esas ideas descabelladas de una vida en Veracruz. Pero como solía sucederle, al encontrarse con el azul-verdoso de la mirada de Neftalí, el enojo se le quedó suspendido en un malestar de espalda.

Cada vez que se hundía en el abismo de la mirada de su güero, sentía, sin tocarlo, el calor de sus brazos. Y sin acercarse adivinó también el olor a su loción barata: Agua Florida. Entonces su indiferencia ante las metas, sueños y locuras de su esposo la avergonzó. Era una insoportable y más le valía corregir su carácter o acabaría peor de agria que los frijoles. ¿Qué le costaba escuchar a su güero? Le pondría atención, aunque fuera un ratito, mientras los frijoles se ablandaban.

Neftalí notó el cambio repentino en la actitud de su mujer y, animado, se apresuró a trazar el plan.

—Me ofrece el señor Correa que me vaya a Toluca a sacar el título de farmacéutico y de ahí, a trabajar con él en Veracruz. Me iría yo primero y después tú vendrías con los niños. ¿Cómo ves?

Le sonrió y sin quitarle la vista, volvió a llenar la olla de agua caliente. Al tocarla sintió un ligero dolor en la mano. Observó su dedo índice de cerca y descubrió una pequeña rajada. Seguramente se había cortado al picar la cebolla con ese cuchillo asesino que acababa de afilar en la mañana.

—Ya hice las cuentas y si trabajo y me hospedo con doña Clemente en Toluca no necesitaría mucho para sacar el título —continuaba aquél—. La colegiatura estaría pagada en menos de un año de trabajo. Una vez instalado en Veracruz, mandaría por ti y los niños y todos viviríamos en la parte de arriba de la farmacia. Sería cosa de poco tiempo, hasta ahorrar lo suficiente para el enganche de algún terrenito...

Emocionado con el plan, depositó su maletín en la mesa, lo abrió bruscamente y sacó una carta rotulada con letra de caligrafía y tinta dorada. Leonor se secó las manos una vez más y tomó el sobre que su marido le entregaba. Aparentó leerlo mientras su mente buscaba alguna manera de volverlo a la cordura, sin pleito. Al no encontrarla, cruzó los brazos y se resignó a seguir escuchándolo.

Bien sabía que Catemaco le quedaba chico a Neftalí y que, tarde o temprano, se independizaría de su padre. Su suegro, don Silviano María Victoria, era un hombre recto y trabajador pero desgraciadamente de carácter fuerte, imponente y difícil, tan difícil como el de su hijo. Algo de temor le tenía a ese hombre bigotudo que padecía crónicamente de estreñimiento y que, habiendo enviudado dos veces (la última vez de la madre de Neftalí), apenas hacía un par de años, había contraído terceras nupcias recientemente con la tía Josefa, hermana de mamá Anita, la mamá de Leonor. La tía Josefa, bendita mujer, procuraba aliviar las confrontaciones entre padre e hijo, pero aquéllas eran inevitables dada la similitud de sus personalidades. Por ello, compartir la casa con sus suegros no era fácil. Mientras estuvieran solos Josefa, Leonor y los niños, todo era paz y armonía en el hogar. Pero en cuanto llegaban los hombres, no sabían a qué atenerse. Cuando empezaban sus pleitos todos, hasta el loro de la cocina, escapaban al refugio que les brindaba el barandal del patio.

Desde pequeño, Neftalí había trabajado como empleado de su padre en la *Farmacia Victoria*. Primero ordenando alfabéticamente bolsitas de polvos y jarabes en las vitrinas, después sacudiendo mostradores empolvados y descifrando recetas escritas con la mala caligrafía del doctor Urza, el único médico en Catemaco. Más tarde, bajo la estricta supervisión de Silviano, Neftalí había aprendido también a mezclar los polvos para las cápsulas, los líquidos para los jarabes y las soluciones para los desinfectantes. A los catorce años, el hijo ya entendía todos los aspectos del negocio, desde la cobranza de los servicios hasta los tratamientos médicos que frecuentemente había que dispensar a la gente sin recursos, que apuradamente podían pagar las consultas del doctor Urza.

Pero a Leonor le quedaba claro que Neftalí anhelaba ser más que el asistente de la cocina barbitúrica de su padre. Su sueño era colgar algún día su propio título de farmacéutico en una de las cuatro paredes de su propia farmacia, que seguramente estarían igual de atiborradas de muestras médicas, jeringas y ampolletas. Y por más que don Silviano insistiera en que la *Farmacia Victoria* era negocio de todos, porque era de la familia, Leonor sabía perfectamente bien que jamás aceptaría las ideas modernas del hijo de patentar productos, ofrecer la mercancía al mayoreo, o de vender en abonos. De tal manera que esa confrontación de egos, era inevitable. Neftalí simplemente no sabía cómo acomodarse en su posición de mano derecha de la farmacia de don Silviano. Tarde o temprano pelearía por su independencia y no había nada que Leonor pudiese hacer al respecto.

Sin embargo, hasta ese momento, los sueños profesionales de Neftalí nunca alcanzaban a materializarse. Quizás por los crecientes gastos de la casa o quizás por los hijos que se les venían con regularidad alarmante, por lo que fuera, el caso era que sus ambiciones continuaban suspendidas, como telarañas, entre ellos dos, siempre tangibles, enrollándolos y paralizándolos en su red invisible. Y eso de vivir arrimados con los suegros empeoraba la situación, más para el gusto de Neftalí que para ella, quien en plena crianza de sus hijos, Chatita, Toña y Silviano, todos menores de siete años, no tenía tiempo para andar con exigencias.

—¿Y qué pretendes hacer con mis papás y mis hermanos? —le preguntó—. No pensarás que los voy a abandonar en Catemaco mientras corremos al puerto de Veracruz a la aventura, ¿verdad?

Leonor jamás dejaría a su padre, don Antonio Armengual Uscanga, sobre todo ahora que su salud flaqueaba. Ni siquiera por una mansión frente al mar en el puerto más alegre del país.

—Nos los llevaremos, por supuesto.

—¿A todos?

—Claro que sí, a todos.

De repente comprendió que Neftalí tendría la respuesta perfecta a cualquier objeción que se le pudiera ocurrir. Y en ese momento discutir con él le provocaba flojera. El día había sido largo, el trabajo arduo y ahorita lo único que deseaba era el firme colchón de su cama. En silencio, dobló la carta del doctor Correa en tres y la sepultó en lo más recóndito de su seno izquierdo.

—Hablemos mañana, güerito, ¿quieres? —y sin darle oportunidad de contestar, devolvió su completa atención a lo que de verdad era importante, la olla de frijoles quemados.

6

Los abuelos Victoria: La farmacia de Cinco de Mayo

Veracruz, Veracruz. 1926.

Insomnio (receta de papá Talí). Agua Destilada 300.00,
Bromuro de K 3.00, Luminal 0.02. 1 cucharadita tres veces al día.

La farmacia del señor Abelardo Correa estaba situada en la esquina
de las calles de Esteban Morales y Cinco de Mayo, en el mero centro
de la ciudad de Veracruz. Era una casa vieja de dos pisos, cuya planta
baja se había acondicionado para vender medicinas bajo el nombre de
Farmacia Cinco de Mayo. Durante varios años la planta alta había servido de albergue a la familia del señor Correa, hombre de gran corazón
y generosidad, quien posteriormente tuvo la posibilidad de mudarse
frente al mar. Y era por ello, y por su desinteresado aprecio a Neftalí,
que le había ofrecido el departamento a cambio de una renta modesta.

A Leonor el departamento le parecía magnífico. Cargando a «Pollito» en la cadera, recorrió las habitaciones tocando las paredes, apreciando el espacio, el piso de cemento, el lavadero y el horno de barro. Lo
mejor de todo eran los grandes ventiladores de techo que el señor Correa, bendito sea, les había dejado instalados. Las tres recámaras, serían
más que suficientes para toda la familia. Sus papás ocuparían la más
grande por tener acceso a un baño con tina y excusado. En el otro cuarto,
acomodarían a sus hermanos Antonio, Ismael y Leopoldo y con ellos a
los varoncitos, Silviano y Licho. La última recámara sería para Margarita, su hermana, y para las niñas, Chata y Toña. Ella se acomodaría con
Neftalí y el bebé, Pollo, en el cuarto de servicio en la azotea, donde, le
habían asegurado, por la noche pegaba una buena brisa refrescante.

Cuatro años habían transcurrido desde el día en que había guardado en su seno izquierdo la carta del señor Correa invitándolos a

buscar fortuna en Veracruz. Cuatro años y dos hijos más tarde, ya que los dos chiquillos, Licho y Pollo, habían sido engendrados, de puro milagro, durante las breves visitas de Neftalí a Catemaco. Y qué duro había sido para ella la ausencia de Neftalí. De la noche a la mañana, se había quedado al cuidado de tres criaturas, y después de cinco, en la casa de sus suegros, mientras él partía a Toluca en busca de su dichoso título. No faltaron momentos en que, en su desesperación, se le antojó salir corriendo a China, Australia o cuando menos a la casa de sus propios padres, pero eso sí, sola, sin niños ni suegros ni loros de cocina. Porque no sólo había tenido que asumir las riendas de la casa ella sola, sino que además, había tenido que sustituir a Neftalí como mano derecha de Don Silviano en la farmacia. Y eso sí que no había sido fácil. El carácter de su suegro empeoraba con la edad y qué difícil había sido el torear sus necedades. Ahora comprendía la necesidad de su marido de independizarse.

Su salvación, durante esos días agobiantes, había sido el constante apoyo y cariño de mamá Anita y de la tía Josefa, quienes a todo le habían entrado por parejo, desde trenzar los pelos a las chamacas, hasta bajar la fiebre a los bebés a media noche. Por fortuna, entre tanto trabajo y responsabilidad, se le había olvidado contar los días y cuando había venido a ver, había llegado el esperado día de la graduación de su marido. Neftalí, fiel a su promesa, al día siguiente de haber recibido su diploma, le había enviado el telegrama informándole de su traslado al histórico puerto de Veracruz, donde Leonor habría de desplazarse en cuanto la situación económica lo permitiera.

La llegada de Neftalí a la *Farmacia Cinco de Mayo* había sido causa de gran alivio para el pobre señor Correa, a quien las plagas del puerto lo tenían completamente agobiado. No acababa de desempacar sus pocas pertenencias, cuando el hombre ya lo despachaba a repartir vacunas por toda la ciudad, siendo ésta la orden del gobernador Tejada, con el fin de combatir la peste bubónica y la fiebre amarilla que tan despiadadamente habían invadido el puerto.

Gracias a Dios, Neftalí conocía bien los terribles síntomas de esas enfermedades; en más de una ocasión había tenido la oportunidad de estudiar casos que se habían dado hasta las orillas de Toluca. Bien recordaba Leonor ese primer caso tan mencionado en una de sus cartas. El paciente era un extranjero, chino, vendedor de relojes, que había recurrido al hospital con los síntomas clásicos de la peste bubónica. Así lo narraba Neftalí: «El chino presentaba abultamientos en las regiones femoral, inguinal y axilar, debido a tumores gangrenosos; delirios, vómito y diarrea. En menos de ocho días, el pobre hombre había muerto, no sin antes haber contagiado a su hijo, a quien los médicos inmediatamente aislaron y vacunaron, salvándole así la vida». Después se había dado también el caso de unas monjas que habían sido contagiadas durante una concurrida tertulia en Veracruz. Tertulia que precisamente ellas habían organizado, con la asistencia de la Cruz Roja, con el fin de obtener fondos para la compra de dos mil ratoneras que el pueblo usaría contra la Peste Negra. «Desgraciadamente», narraba Neftalí, «las monjitas llegaron al hospital ya manifestando los últimos síntomas de vómito negro, y tras una uremia, finalmente fallecieron. Me impresionó la más joven porque no aparentaba más de 25 años y quizás por su sonrisa, o por la curva de sus cejas, me recordó a ti, mi amor. Confieso que por primera vez, sentí la impotencia y el temor de pérdida de un ser querido, al punto de preguntarme si el exponer a la familia al riesgo de las plagas de Veracruz vale la pena.»

A pesar de la aprensión que esto le causaba, Leonor comprendió que la incertidumbre de Neftalí se debía sólo al cansancio de las noches en vela del trabajo y de los estudios. Al día siguiente, luego de dormir doce horas seguidas, y de haberse acordado que el regresar a Catemaco significaría regresar a la *Farmacia Victoria*, su marido había escrito con su acostumbrada convicción: «Te suplico no tomes en cuenta las palabras de mi carta anterior. He decidido ponerme a estudiar, con redoblado ímpetu, estas enfermedades que con terrible indiferencia y velocidad arrasan con ricos, pobres, cristianos, ateos, ancianos y niños». Al cabo de escaso un mes, a la hora del almuerzo, Leonor leía en voz alta al resto de la familia el resultado de tal resolución: «Predican mis maestros que la peste bubónica llegó a Veracruz por medio de un barco, procedente de Nueva Orleáns, el cual traía ratas infectadas que pronto desembarcaron en el muelle cuatro del puerto. Explican que la enfermedad se transmite de las ratas al hombre por la picadura de las pulgas *Xenopsylla Cheops*. Su tratamiento requiere de la aplicación del suero antipestoso, estricto aislamiento e higiene personal y de la vivienda. En cuanto a la fiebre amarilla, ésta terrible enfermedad infecciosa epidémica y endémica, caracterizada por la degeneración adiposa del hígado y la congestión de las mucosas del estómago e intestino, brotó un mes después de la peste, a causa de las luchas revolucionarias por las que se han descuidado las medidas sanitarias de seguridad. Su existencia se debe a un virus filtrable transmitido por la picadura del mosquito *Stegomyia*. Después de una incubación de dos a quince días, la enfermedad se manifiesta con escalofríos, dolor de cabeza y, sobre todo, dolor en la región lumbar y vómito. La fiebre se eleva rápidamente, y produce estreñimiento y vómitos de color rojo o negro por presencia de sangre. Hacia el octavo día, los síntomas entran en regresión y el paciente se cura, o bien se produce una ictericia grave. La profilaxis impone aislar al enfermo, combatir el mosquito, suministrar agua potable y destruir los charcos que son reserva de las larvas. Y ésta, mi querida familia, es precisamente la batalla diaria en Veracruz y otras partes de nuestro país en la cual, Dios mediante, pronto participaremos. Dios nos dé fuerzas y salud para ganar el pleito a este temible adversario que son las epidemias.»

En un principio Leonor, toda alarmada, había contestado esa última carta rogándole recapacitara su decisión de mudar a la familia al puerto cuando terminara los estudios. Era tarde. Neftalí había tomado la decisión de seguir adelante con el plan como lo contemplara desde hacía años: «Efectivamente, la condición en el puerto es difícil, pero gracias a Dios, el gobierno del estado ha empleado medidas de precaución, que incluyen vacunación general, autopsia de roedores, exámenes de pulgas, fumigaciones y desagües de los pantanos, así como el empleo de personas capacitadas, como un servidor, para combatir las epidemias. Estate tranquila mujer, no pasa nada.»

Pero si bien se había preparado Neftalí para enfrentar las plagas, nada lo pudo haber preparado para la realidad que atacó sus cinco sentidos al bajarse del tren procedente de Toluca. El Veracruz que lo recibió presentaba un aspecto de abandono. No obstante los esfuerzos del gobierno por combatir las pestes, la salubridad del puerto aún dejaba mucho que desear. Las calles y los mercados estaban inundados de charcos y lagunatos que los hacían intransitables; a un costado de la estación de ferrocarriles, por donde pasaba la vía de los trenes eléctricos, la calle estaba convertida en un lodazal. Las plagas continuaban, quizás no al grado de años antes, pero continuaban, y por ello los turistas evitaban la región, privando así al pueblo de aquel derrame económico. El departamento de salubridad continuaba mandando a contagiados al Lazareto de Casa Mata y al Lazareto de Sacrificios. Por ello, después de una breve bienvenida, su nuevo patrón, el bondadoso señor Correa, lo había mandado de inmediato a perderse por las calles del puerto a repartir vacunas antipestosas, sin más armas que su botiquín y su aspiración de algún día poseer una pequeña farmacia. Había sido entonces, al poco de haberse instalado, que Neftalí había comenzado a padecer de un insomnio crónico que, sin saberlo todavía, lo achacaría el resto de sus días. Y ni siquiera la fórmula magistral que años después elaboraría y tanto éxito tendría para con sus semejantes, lograría el milagro de hacerlo dormir más de cuatro horas seguidas.

Al poco de haber acumulado una pequeña cantidad, Neftalí mandó, por fin, el ansiado telegrama que requería la inmediata presencia de la señora Leonor Armengual de Victoria, así como la de sus hijos, hermanos y padres, en el Puerto de Veracruz «con la finalidad de radicar permanentemente con su amado y devoto esposo». Junto al telegrama, venían los boletos del tren y la cantidad de dos pesos «para comprar unos cacahuates calientitos para los niños en la parada de V. Asueta». En menos de un día, Leonor había empacado a su gente y, después de despedirse apresuradamente de aquel hombre bigotudo con aspecto áspero que era su suegro así como de su encantadora mujer, la tía Josefa, había trepado a los niños al tren que la conduciría a vivir el sueño de su marido.

Era increíble pero cierto, atrás había quedado el pueblo que por generaciones había atrapado en sus raíces, a la familia Victoria Armengual.

—¿Te gusta? —preguntó Neftalí, depositando el pequeño baúl en medio de la estancia del departamento.

—Me encanta —contestó ella, besando la manita del niño que insistía en jalarle los rizos que escapaban de su trenza.

7

Los bisabuelos Armengual: Antonio, Anita y el caldo largo

Veracruz, Veracruz. 1928.

Verrugas (receta de papá Talí). Ácido Solicítrico 3.00, Novocaína 0.15 Adrenalina Of. 5.00, Agua destilada 5.00. Póngase en frasco estéril.

Leonor acabó de planchar la bata blanca de Neftalí mientras él terminaba de cargar el calentador de leña. Los niños empezaban a despertar y Chata, la hija mayor, se acercaba a prender la estufa de tractolina para guisar los huevos del desayuno. De un trago, Neftalí tomó su café y, después de besar brevemente la mejilla acalorada de su mujer, bajó apresurado a abrir la puerta de la botica.

La vida empezaba a tomar aspecto de rutina y para Leonor esta nueva vida era perfecta. Sus padres, don Antonio Armengual Uscanga y doña Anita Moreno de Armengual, habían aceptado mudarse a vivir con ellos y esto le aliviaba el trabajo tremendamente. Con su mamá atendiendo el quehacer de la casa y sus hijas Chatita y Toñita al cuidado de los pequeños, estaba en libertad de ganarse unos cuantos pesos lavando ropa ajena. Prefería mil veces restregar calzones sucios de los empleados de la farmacia que despachar clientes en Catemaco bajo la constante supervisión de su suegro. Además, la privacidad de la azotea le brindaba la paz necesaria para organizar su mente la cual, entre tanto alboroto de la casa, se le revolvía con frecuencia. Cómo disfrutaba la sencillez de esta labor con olor a jabón de pan que le permitía mover su cuerpo sobre el lavadero al ritmo de la música de su cantante favorita, María Conesa. Tres veces al día mamá Anita le subía a Pollito para arrullarlo a la sombra de las sábanas que blanqueaban, colgadas de la reata, bajo los fuertes rayos del sol. Y ya en la nochecita, después de la hora del mosco, era cosa de sacar el burro al fresco del balcón y planchar, con la plancha de carbón vegetal, viendo a la gente ir y venir por las calles del centro. Qué diferente era su vida. Y todo por la terquedad de su marido. Porque si por ella hubiese sido, seguirían en Catemaco en esos momentos, abriendo la farmacia con don Silviano. Gracias a Dios que Neftalí había insistido en emigrar a Veracruz a pesar de la poca fe que ella le había demostrado. Eso porque nunca se imaginó que cambiar todo un destino resultase tan fácil.

El lloriqueo de Pollito la regresó al presente. Después de cambiarle el pijama, mandó a su hija Chatita a poner la mesa, a despertar a sus hermanos y a servir el desayuno. Justo entonces la abuela Anita salió de su recámara y rescató a la nieta de los quehaceres.

—Fuera de aquí, chamaca, vaya a desenredarse ese pelo que parece usted leona.

—Buenos días, mamá, ¿dormiste bien? —preguntó Leonor.

—Sí, hijita. El problema fue tu padre. Ya sabes, con tanto viaje ya no me hallo con él en el mismo cuarto… Y ¡ay! Nomás hay que oírlo roncar.

Don Antonio viajaba frecuentemente del Real a Catemaco siguiendo el rastro preciso del róbalo y la mojarra. Cada vez que el clima lo permitía, huía a Sontecomapan para llevar a los ocho hombres que trabajaban con él al timón de su piragua, hacia los más recónditos y fértiles rincones de la laguna. Su precisión tenía fama entre los pescadores, quienes sabían que estando con don Antonio pescarían en abundancia donde fuera que tiraran sus redes y anzuelos. Su regreso al puerto era invariablemente ocasión de fiesta en el barrio, ya que siempre llegaba cargando canastas rebosantes de pescados frescos. Y todo aquél que se acercaba a darle la bienvenida, era recibido con un buen plato de caldo largo que enseguida preparaba mamá Anita con bastante cilantro, tomate, chile y cebolla.

Como si lo hubieran llamado con la mente, don Antonio salió del cuarto acariciando su cara desafeitada.

—¿Qué pasó? —preguntó, bostezando—. ¿Ahora de qué te quejas, vieja?

—Que ya no me hallo contigo en el cuarto —respondió ella, alzando la voz para penetrar la sordera de su marido.

—¡Bah! —respondió él, espantando con las manos los reproches como si fueran moscas—. Puros chillidos.

La altura extraordinaria de su padre nunca dejaba de asombrarla. Llamaba la atención por dondequiera que fuera. La gente, sobre todo los niños mal educados, lo miraban de hito, admirando no sólo su dimensión gigantesca sino también su pelo canoso y sus ojos azules. Encogido adentro de las guayaberas que siempre le quedaban chicas, caminaba jorobado tratando de disimular su tamaño. No existía en todo el puerto una zapatería capaz de calzar al hombre. De tal manera que había que contratar al chino de la esquina quien, tan sólo con la chamba que le daba el abuelo, mantenía a toda su familia. Pero a pesar de su prominencia titánica, don Antonio inspiraba ternura. Sobre todo por su genuina predilección por los niños.

«Qué chistosa es la vida», pensó Leonor. Que un hombre tan grandote como su padre no espantara, mientras que uno tan chaparro pero robusto como su suegro, aterrorizara. Nada en común tenían esos dos hombres que ocupaban tan importantes papeles en su vida. Donde don Silviano contaba el tiempo de acuerdo a la hora en que se abría y se cerraba la farmacia, su padre lo hacía observando los cambios de la marea. Y mientras don Silviano estudiaba atentamente los pormenores de la venta al menudeo, el único negocio que le preocupaba a don Antonio era la repartida justa de la pesca al final de cada día. Igual así, mientras don Silviano publicaba sus poesías a la sociedad de Catemaco en el único periódico del pueblo, don Antonio regalaba sus desentonadas canciones a cuanta sirena del mar se le antojara acercarse a su piragua a escucharlo. Nada en común existía entre los dos hombres con excepción, quizás, de los bigotes blancos que ambos lucían, pero que don Silviano, de acuerdo a la moda, cuidaba de engomar y respingar hacia arriba.

Su padre era de esas gentes afortunadas que siempre encontraban la fórmula fácil para cambiar el destino. Porque lo cierto era que el destino que la vida le había planteado a don Antonio había sido el de la política. Y como político hubiese vivido el resto de su vida si no fuera por el mar, que llevaba metido en las venas. Aunque don Antonio rechazó la política para sí mismo, cuidó de legársela a su hijo Antonio Armengual, devoto cadete Carrancista, quien en más de una ocasión había arriesgado la vida por su patria. Sus conocimientos de la entrada del mar a la laguna, aprendidos directamente de su padre, no pasaron inadvertidos a la fuerza naval, que requirió de sus servicios para guiar la nave al mando del General Portas a Sontecomapan. Más de una vez Leonor había tenido que escuchar a su padre relatar, con profundo orgullo, el acto más heroico de su hijo Antonio: el haberle salvado la vida a don Miguel Alemán, quien en eterno agradecimiento acabó nombrándolo alcalde y propietario de las islas. De la misma manera el pueblo, en reconocimiento a su talento y valor, lo había declarado tres veces consecutivas presidente municipal de Catemaco. Entonces el hijo Antonio, ejerciendo su autoridad de alcalde, rápidamente había ofrecido a su padre el rango de sub-comandante, poniendo a sus pies la directiva de la entrada y salida a la laguna. Sin embargo, y a pesar de su estatura, a don Antonio los títulos le quedaban grandes. Y este hecho, así como su intenso deseo de arrullar sus huesos en las corrientes del mar, finalmente lo convencieron de dejar la política sembrada en su hijo y regresar a su barca de remos en busca de algo sin nombre. Y así había sido. Con la carnada en el anzuelo y la caña firmemente entre los puños, el hombre había dejado atrás, poco a poco, los horrores de una guerra provocada por ideas absurdas y convenios firmados con tinta dorada, pero sin convicción. Éste era el padre de Leonor: alto, jorobado, padre de héroe-presidente que no cabía en sus propias guayaberas y vivía felizmente para disfrutar, más que nada, de los tesoros del mar.

Leonor le entregó a su madre a Pollito para eructarlo y de ahí acudió a terminar de alistar a los niños para la escuela. Una vez listos, Chata, Toña y Silviano bajaron a la carrera a la farmacia a despedirse de su padre quien, distraído por atender a un cliente, apenas reconoció el cariñoso gesto de sus hijos. Poco a poco, fueron saliendo también de la casa sus hermanos Luisa, Margarita e Ismael para el colegio, y Leopoldo a ayudar a Neftalí en la farmacia. Mientras don Antonio preparaba los rieles para otra travesía, mamá Anita recogía la cocina. Licho, gracias a Dios, continuaba dormido en su cama, dándoles tiempo para terminar los quehaceres matutinos, pues todos sabían que el verdadero trabajo del día comenzaba en cuanto ese pequeño de cinco años abriera sus verdes ojos. Un torbellino de energía le había regalado la providencia a la hora de su concepción. Y desde haberlo traído al mundo hubo que redoblar las Aves Marías porque si no era un chichón en la cabeza, era un moretón en la rodilla, pero con alguna herida siempre acababa el chiquillo.

Después de un rápido baño, Leonor dejó a Licho y a Pollo al cuidado de su madre, y subió a la azotea a empezar el lavado del día. Últimamente la palma de la mano se le llenaba de verrugas. Tendría que encontrar un sapo que le orinara encima y se las quemara de una vez por todas. Pero no le daría importancia al asunto. Su primer cliente pasaría a las cuatro de la tarde a recoger la ropa y con los cinco pesos que ganaría tenía toda la intención de llevar a la familia en el tranvía al zócalo a comprarles helados de limón. Y con los tres pesos sobrantes, trataría de convencer a Neftalí para ir a bailar a Villa de Mar al ritmo de los Chinos Ramírez. Ésas eran las delicias de vivir en el puerto; los bailes, el danzón, *fox-trot*, charlestón, los paseos, los balnearios, y las idas a los teatros *Carrillo Puerto* y *Variedades*.

Veracruz, a pesar del bochorno infernal y las terribles plagas, era el lugar ideal para vivir los sueños desbocados de su marido.

8

Los abuelos Victoria: Una casita con jardín

Veracruz, Veracruz. 1929.

Bronquitis (receta de papá Talí). Acetato de amonio 4.00, Benzoato
de Na 4.00, Kermess mineral 0.15, Jarabe de naranja 60.00,
Agua destilada c.s.p. 180.cc. Una cucharada cada 3 horas.

Los niños jugueteaban en la banqueta mientras Leonor, Neftalí
y mamá Anita esperaban la llegada del tranvía eléctrico. Ahí mismo,
en la calle Independencia, pasaba negro y brillante cada media hora
rumbo a los balnearios. Mamá Anita había empacado unas tortas de
frijoles con queso. Ya en la playa comprarían cocos con hielo.

La mañana estaba bastante fresca y, a pesar de que la capitanía del
puerto había anunciado mal tiempo, no se veía en el cielo ni una sola
nube. Leonor pensó en su padre, quien había partido a pescar a media
madrugada, desafiando ciencias y profecías. Rezó en silencio un Ave
María.

—Eso se siente en los huesos —le había asegurado esa mañana al
pillarlo, escapando de puntitas por la puerta—, y hoy los huesos se
sienten como si tuviera veinticuatro años.

Chillidos metálicos anunciaron la llegada del tranvía y Silviano,
Toña y Chata subieron, empujándose el uno al otro para ganar el
asiento de atrás. La brisa del mar, las palmeras y el gozo general de las
familias como ellos que disfrutaban su día libre, llenaban el ambiente
de alegría. Neftalí llevaba en brazos a Pollito y Leonor mantenía a Licho con firmeza de la mano. La rutina de los domingos era siempre la
misma. Después de misa, los chamacos corrían a la casa a cambiarse
para ir a los balnearios. Iban a veces al *Club Regatas* o al *Nereida* a

nadar en el mar y a ver los barcos hundidos y encallados, que eran una verdadera atracción turística.

Neftalí pidió parada y la familia se bajó del tranvía en la calle Xicoténcatl para caminar una cuadra hacia el *Club Regatas*. Ahí, pagó unos centavos para alquilar una caseta y entró con Silviano y Lichito al vestidor a ponerse sus trajes de baño rentados. Leonor entró después con las niñas, mientras mamá Anita paseaba a Pollito. Una vez listos, los niños corrieron a la orilla del mar, saltando las olas y salpicándose el uno al otro hasta hundirse por completo en las aguas tibias.

—Quédense en lo bajito —gritó tras ellos la preocupada abuela.

Desplegaron las sillitas de madera y la sombrilla para mamá Anita quien, a pesar del calor bochornoso, vestía su acostumbrada falda negra hasta los tobillos, su mantilla y su rebozo. Ya estando las mujeres instaladas, Neftalí tomó de la mano a Licho y se lo llevó al mar al encuentro de sus hermanos. Pronto, Pollito dormía.

—El terco de tu padre —comentó mamá Anita, abanicando las moscas que amenazaban mordisquear el rostro del pequeño—. Y con la bronquitis que trae. No se le quita con nada. A ver si se regresa.

Leonor dormitaba, arrullándose al opaco sonido de las olas del mar.

—Hace buen tiempo, mamá. No te apures.

Mamá Anita miró hacia al cielo, hacia el horizonte y luego hacia sus nietos que jugueteaban en el mar.

—Y tú, hija, te estás durmiendo… trabajas demasiado.

—Me gusta trabajar —sintió la brisa acariciar su cara.

—Y eso de la lechería. Eso sí que es una locura.

Reconoció la contrariedad en la voz de su madre; pero no iba a discutir con ella. Los gastos de la casa aumentaban y el ingreso de la lavada de ropa ya no rendía. Gracias a Dios, Neftalí había conseguido otra chamba en la *Farmacia Principal*, en la esquina de Independencia y Esteban Morales. Pero aunque su sueldo con el señor Correa era bueno, no era suficiente para cubrir los gastos, especialmente ahora que las niñas iban a una escuela particular. No podía exigirle a su marido que trabajara más de lo que el buen hombre ya hacía. De por sí empezaba sus días abriendo la *Farmacia Cinco de Mayo* y terminaba cerrando la *Farmacia Principal*. Y aunque como titulado tenía derecho a prestar sus servicios hasta a tres farmacias, Leonor comprendía que un trabajo más lo mataría. El único remedio era ponerse a trabajar como él para aumentar el ingreso familiar. Además, la verdad era que le gustaba trabajar. El alboroto de la casa con tanto chiquillo le destruía los nervios y la monotonía de la rutina de la casa la aburría. No había nada como el trabajo para espantar las depresiones y si de casualidad quedaban algunas horas huecas que llenar al final del día, entonces ¿qué mejor terapia que meter las manos en la tierra tibia y húmeda de algún jardín a plantar sus flores? Eso era lo que más extrañaba de Catemaco porque ahí sí, en la casa de sus suegros, se había dado gusto con las buganvilias, tulipanes y margaritas. En cambio, en el departamento, por más que acarreaba las macetas hasta la azotea, por más que las regaba y atendía los tiernos injertos que la vecina le había regalado, no conseguía cosechar más que dos tristes hortensias. Y eso de plantar en la azotea había sido un fracaso por los malditos nortes. Sabía que ese deseo de poner un jardín, más que nada, había sido lo que más la había atraído de aquella casita, la cual disponía de un patiecito en la parte de atrás, bien protegido del viento y los azotes de las lluvias tropicales.

Leonor se había enterado de que la casita se pondría en renta por pura casualidad. En realidad, había ocurrido por la triste muerte de su dueña, doña Juliana. Todos los días la doña, que era diabética, mandaba a su muchacha a la *Farmacia Cinco de Mayo* a recoger su dosis de insulina. Cuando pasaron tres días y la sirvienta no recogió el medicamento de su patrona, Neftalí se había preocupado y la había mandado a investigar la situación. Fue ahí cuando descubrió el cadáver de la ancianita a quien la sirvienta había despojado de las pocas joyas que poseía, así como de las monedas de plata que escondía en el ropero de la recámara y que en alguna ocasión, quizás presintiendo la proximidad de su muerte, le había enseñado. Leonor había tenido que avisar a los hijos de doña Juliana, que vivían en Zacatecas, de la muerte de su madre. Y entonces fue que se había enterado que la casita de dos pisos en Esteban Morales número 33 se daría en renta. Y al mencionarle el modesto precio que pedirían, a Leonor se le había venido todo el plan a la cabeza. Pondría un negocio. La casita era fresca y su ubicación perfecta y habría más que suficiente espacio para poner alguna tienda. Podría ser una tiendita de abarrotes o quizás un almacén. Resuelta, apenas terminado el funeral de doña Juliana, Leonor se había presentado a extenderles a los herederos el pésame, el contrato y hasta el primer depósito.

—¿Y cómo piensas que vamos a poder pagar la renta? —había preguntado Neftalí al enterarse del asunto.

—Vendiendo leche —había sido su respuesta.

Al arrullo de las olas del mar, acompañada por el disgusto de su madre, Leonor durmió y soñó con la fragancia de las flores que pronto emergerían del jardín de su casita en la calle de Esteban Morales.

9

El abuelo Victoria: La amistad vale más que el dinero

Veracruz, Veracruz. 1931.

Purgante (receta de papá Talí). Benzonaftol 2.00, Carbón de Belloc 2.00, Magnesia 2.50, Loción Joverva 120.00. 1 cucharada cada hora.

Neftalí esperaba impaciente la llegada del señor Rafael Soler, propietario de la peluquería *Luis XV*, ubicada en el portal junto al hotel *Colonial*. El hombre era su última esperanza de otorgarle un préstamo para la apertura de su farmacia.

El señor Soler poseía fama de bondadoso, y aunque para Neftalí era vergonzoso pedir préstamos, era la única manera de dar inicio a su nuevo proyecto.

Inquieto, hundió la mano en la profundidad del bolsillo de sus únicos pantalones de casimir y sacó su reloj de cadena: eran las seis de la tarde. La cita había sido fijada para las cinco y media. Después de vacilar unos minutos, decidió armarse de paciencia y esperar. No se rendiría fácilmente. Sobre todo cuando la tardanza del señor Soler bien podría ser debida a algún inesperado percance.

Ordenó otro lechero y miró a su alrededor, reconociendo a varios hombres de negocios por todo el local. El café *La Parroquia* no era sólo un restaurante. Era, en efecto, el lugar ideal para bolearse los zapatos, fumar cigarros y puros y cerrar contratos. Ahí, a pesar de la bulla del ambiente, con un simple estrechar de manos se firmaban documentos, se establecían sociedades y se hacían todo tipo de inversiones económicas. Ahí mero también se resolvían conflictos, se aclaraban las diferencias de opiniones y se gestionaban transacciones legales e ilegales. Todo empresario importante del puerto acudía a tomarse su café para así asesorar la verdadera estabilidad de sus inversiones y de la bolsa de valores. En ningún otro lado se debatía la política tan acaloradamente. Y en la historia del puerto, jamás se había elegido para puestos importantes de gobierno a ningún hombre que desconociera el sabor amargo del café *La Parroquia*. Y si se trataba de arreglar matrimonios, qué mejor lugar para aclarar quién habría de pagar la iglesia y quién contratar la música.

Para distraerse, sacó de su maletín sus expedientes y volvió a analizar cuidadosamente las cifras elaboradas por su contador. La cantidad de ahorros, que entre él y Leonor habían logrado acumular desde su llegada a Veracruz, era sorprendente. Y eso se debía, no a que las ganancias hubiesen sido fuertes, sino a la manera extraordinaria con la que su mujer estiraba los pesos. Leonor había tenido razón. El cambio a la casita de Esteban Morales, lejos de incrementar gastos había significado un ahorro. La lechería progresaba y, a pesar de aportar un estrecho margen de ingresos, había facilitado el embotellamiento no sólo de la leche, sino también de los bálsamos médicos que en un próximo futuro patentaría. De la misma manera, las etiquetas se habían podido conseguir con descuento por comprar al mayoreo junto a las etiquetas para las leches. Así es que mientras Leonor embotellaba y vendía la leche, Chatita y Toña embotellaban los jarabes que los niños, Silviano y Licho, salían a vender a los pueblos. El incremento de ventas del *Epazoformo*, su fórmula magistral que combatía parásitos y distribuía —a bajo costo— a los enfermos anémicos y desnutridos, era para dar orgullo a cualquiera. ¡Qué bien había acogido el público ese medicamento!

Pero quizás el producto que los sacaría de pobres, reflexionó, era su reconstituyente antianémico bautizado por él mismo con el nombre de *Tónico Vital de Victoria*. Sonrió al recordar el verso que su colega, el doctor Guillermo Zamudio, en un momento de inspiración había compuesto para su publicidad: «Desde el cielo a la gloria, en tierra de frío y calor, toman tónico Victoria, que da salud y vigor.»

Miró a su alrededor en búsqueda del señor Soler. Ni modo, algo había detenido al buen hombre. Resignándose, pidió la cuenta y se disponía a pagarla cuando oyó la voz del peluquero.

—Neftalí, qué pena tenerte esperando —apenado, el hombre ya se le acercaba a la mesa.

—No hay problema, Rafael —respondió, estrechando calurosamente su mano y sintiendo súbitamente los nervios y la esperanza empaparle la camisa de sudor—. Por favor, acompáñame a tomar algo. Mesero, tómele el pedido al señor Soler.

El señor Soler pidió un jugo de papaya y de ahí pasó a explicar el motivo de su tardanza. El último cliente lo había retrasado.

—Un anciano muy simpático, por cierto, que primero pidió un simple corte y de ahí exigió que le tiñera las canas porque, según él, ese corte lo hacía verse veinte años más viejo. Y luego, no satisfecho con el color, no por el tono del tinte sino más bien por la falta de pelos, insistió en un peluquín. Imagínate, y no hubo poder humano que lo convenciera a desistir de tan repugnante idea.

—Qué barbaridad —comentó, sin ocurrírsele algo mejor.

—Todo porque el hombre tenía una cita con cierta cuarentona de dudosa reputación. —Guiñó el ojo y añadió—: Creo que tú también le hubieras hecho el favor, ¿o a poco no, compadre?

Rafael soltó una carcajada y lo codeó. Neftalí rió con él, más que nada, para disimular sus nervios.

—Así son los negocios Neftalí, tiene uno que complacer a los clientes. No hay de otra. Pero qué bien joden a veces, ¿verdad? Dios nos dé paciencia. Ya, dime, compadre, ¿pa' cuándo celebramos la inauguración de tu changarro?

De esa sutil manera, el peluquero lo animaba a abordar el tema del préstamo sin perder su orgullo. Tal gesto de cortesía era típico del peluquero. Conmovido, decidió ir al punto.

—Necesito dos mil pesos, Rafael. De momento ningún banco ni particular han querido ayudarme.

El peluquero aspiró con su popote el resto de su jugo, se limpió la boca y después de eructar, se sobó la panza.

—¿Para cuándo los necesitas?

—Para el primero de mes, si es que quiero rentar el local de Xicoténcatl —le entregó los documentos del contador y continuó—. Aquí están los números, con la ayuda de Dios te podría hacer el primer pago a finales del año.

El señor Solís hizo el expediente a un lado y tomó la servilleta que Neftalí no había tocado todavía. Con movimientos deliberados, la extendió sobre la mesa, sacó la pluma dorada del bolsillo izquierdo de su camisa y en ella empezó a hacer sumas, multiplicaciones y restas. Al cabo de unos minutos, aparentemente satisfecho con sus cálculos matemáticos, anunció:

—Pasa por la casa el lunes en la mañana antes de las siete. Le dejaré a Conchita el sobre con el dinero. Y ya nomás me avisas cuándo va a ser la fiesta de inauguración, para que ahí te caiga con mi vieja.

—Me da mucha pena tener que molestarte con esto, Rafael.

—De ninguna manera, compadre. Acuérdate que no es un cobarde el que pide dinero, sino el que no lo paga pudiendo hacerlo. Y si de algo tengo la mayor certeza es que tú no eres uno de esos. No por nada te apellidas Victoria.

—Por supuesto que mis pagos incluirían su debido interés. Y además…

—A ver, un momentito —interrumpió el peluquero—. Si quisiera yo hacerme rico con eso de los intereses pos tendría un banco y no una peluquería. ¿No crees? No, compadre, para mí la amistad vale mucho más que los centavos que me pudiera yo ganar con tu dinero. Págame como puedas y cuando puedas.

Un último lechero y otro jugo de papaya acompañaron el resto de la plática de los dos hombres que con ese gesto de generosidad sellaban la amistad que duraría el resto de sus vidas. Después de un estrecho abrazo, Neftalí partió a su casa haciendo dibujos mentales del cartel de luz que anunciaría a todo Veracruz, con grandes letras romanas, la presencia de su propia farmacia. La llamaría, en honor al gran científico francés, la *Farmacia Pasteur*.

EL LUTO SE LLEVA EN EL ALMA

Lo mejor de la ida a Acapulco fue que a la abuela Feli se le destapó la cajita escondida de dolor y por ahí dejó, al fin, escapar los gritos de elefantes africanos. Con mi cachete pegado a su panza, a través de su vestido de seda negro con bolitas blancas, los escuchaba con toda claridad. A veces gritaban tan fuerte que despertaban a todo ser viviente, menos al abuelo porque él, explicaba Meche, nunca oía ni a sus propias ranas. Éstas ya llevaban años radicando en su garganta y daban serenata siempre que tenían oportunidad, pero por ley, siempre que el abuelo dormía su siesta.

Cada vez que Meche oía a los elefantes de la abuela se persignaba. Estaba segura que eran espíritus del mal de ojo, cosa que el doctor Solís —quien ya había olvidado las groserías del abuelo, convencido que no habían sido más que el resultado de un *shock* a raíz de la tragedia—, disputaba. Tal escándalo, alegaba el médico, no era más que el resultado de las malas digestiones. Lo cual el abuelo traducía diciendo:

—Hombre, hija, que no son más que tremendos pedos.

Pero tanto a la tía Cris como a mí nos quedaba claro de dónde venían los gritos de los elefantes. Venían de la cajita de dolor enterrada en la mera panza de la abuela. Pero de donde vinieran, el caso era, que con tanto alarido de elefante y ronroneo de ranas, pronto mi cuarto se convirtió en una jungla tropical, en donde a media noche se desataba el diluvio que invariablemente empapaba mi cama todas las mañanas. Por eso fue que entonces a Merceditas, la hija de Meche, que dormía conmigo, le entró el hábito de jalarme las trenzas.

–Chamaca meona —me gritaba—. Tás requete loca, como la doña. Qué lluvia ni que nada. Las escuinclas meonas como tú se van al infierno por puercas.

Hasta que un día, cuando ya casi me dejaba pelona de tanto jalón, la descubrió la tía Güicha con un mechón de mis greñas rubias en la mano.

—Voy a hacer que te corran a ti y a tu madre de esta casa —la amenazó, y después, ocurriéndosele algo mejor, la sobornó—. A menos que me digas en dónde carajos escondió mi mamá el tocadiscos.

Ya llevaba días la tía buscando el sagrado aparato eléctrico que, desde habernos puesto en luto, la abuela Feli había escondido en algún recóndito lugar. Lo encontraron sepultado bajo unas mantas dentro del baúl de la sala y la tía, feliz como nunca, después de desempolvarlo y asegurarse que su madre se había ido al mercado, plantó su disco favorito de los *Beatles* a todo volumen y bailó, como una poseída, al ritmo de *Twist and Shout*. Así fue como volvió la música a la casa de los abuelos. Y como por magia, esa sacudida de caderas y pelos engomados transformó el ambiente y espantó, de una vez por todas, la peste a funerales y pésames que ni las mensuales cambiadas de muebles de la abuela Feli habían logrado dispersar. Todos, hasta Meche, nos sentimos inmensamente felices al escuchar ese ritmo contagioso que volvía a llenar vacíos. Todos menos la abuela Feli, es decir, quien al enterarse de esos conciertos prohibidos, por semanas rehusó dirigirle la palabra a su hija hasta que por fin un día, casi contra su voluntad, sus labios apretados soltaron todos los sentimientos reprimidos.

—En esta casa estamos de luto, jovencita, por si no te has dado cuenta.

—Déjala, Felicia —intercedió el abuelo—, es joven y tiene derecho a divertirse.

Y para divertirse, decía Meche, habría que tenerle envidia a la tía Güicha. Ni siquiera las tertulias del *Club España* eran tan divertidas como las fiestas que ella organizaba en su recámara, a escondidas. Con sus tubos de plástico rosados enrollados por toda la cabeza, sus medias de nailon y el delineador embarrado a la Sofía Loren, la tía Güicha se quitaba el luto para ejecutar los últimos pasos del *rock and roll*. Las invitadas eran únicamente sus amigas pero conmigo hacía una excepción sólo por el hecho de ser una huérfana desamparada. Claro, siempre y cuando no chismorreara a nadie de lo que ocurría dentro de su cuarto.

En el cuarto de la tía, enfrente del espejo, practicábamos todo tipo de sonrisas: las pícaras, las tímidas, las llamativas y hasta las desesperadas. Bajo su tutela, estudiábamos las técnicas del ajustamiento del liguero y el relleno del sostén, aunque a mí no me quedaban ni el primero ni lo último, pero eso nadie me lo criticaba. También aprendíamos la correcta aplicación del maquillaje y del lápiz labial. Fue ahí donde aprendí que cuando creciera me saldrían unos pelos rizados y rebeldes que tendría que rasurar para que no se me escaparan de las pantaletas. Y que cuando eso sucediera, entonces podría enlacar las puntas de mi pelo rubio con bastante fijador hacia arriba y me pintaría, de color café, un lunar cerca de mi boca a la Brigitte Bardot. Y así, toda embellecida, por fin podría ir al cine a besarme en plena boca, apasionadamente, con alguien tan guapo como Demetrio, el novio que la tía Güicha a veces escondía debajo de su cama.

Lo único malo de las fiestas del cuarto de la tía Güicha es que no eran gratis. Todas teníamos que pagar la entrada con algo, ya fueran cervezas robadas; cacahuates garapiñados o chicharrones con chilorio. Mi precio de entrada era siempre el mismo: los cigarros sin filtro del abuelo que, de una u otra manera, tenía que robarle durante la siesta. Yacían junto a su cartera, en la mesita de noche, justo junto a sus dientes postizos. Porque en cuanto el abuelo plantaba la cabeza en la almohada, procedía a desinflar su sonrisa quitándoselos de un jalón para después depositarlos en un vaso transparente lleno de agua. Y ahí flotaban, grandotes y amarillos en perpetua sonrisa cadavérica protegiendo sus cigarros. A veces abiertos, a veces cerrados, esperaban mi llegada fugitiva igual que la de la abuela quien, en cuanto las ranas del abuelo empezaban a dar serenata, entraba de puntitas a sacarle los billetes de la cartera. Y atrás de ella iba yo a robar los cigarros que enseguida escondía bajo mi falda y que presentaba triunfante en la puerta del cuarto de la tía Güicha, como entrada a la función.

A pesar de mis temores, jamás me gané ni una mordida de dentadura postiza ni una paliza por mi delincuencia, ya que al poco de volver la música a la casa de la abuela, las fiestas del cuarto de la tía Güicha quedaron clausuradas para siempre. Un mal día, al terminar la abuela su cambio mensual de los muebles de la casa —para espantar lo aburrido del ambiente y los malos olores de los cigarrillos sin filtro—, anunció al resto de la familia que a partir de ese momento el luto se llevaría en el alma. Y anunció también que las fiestas en cuartos con puertas cerradas quedaban permanentemente prohibidas y serían reemplazadas por bonitas tertulias en la sala de visitas, donde la gente pudiera mirar y cuidar, durante horas decentes, a las jovencitas de secundaria. Y que a ninguna huérfana desamparada sin pechos se le permitiría participar en dichos festejos, cigarros o no cigarros, hasta no haber cumplido la edad de los quince años. Tal sentencia inmediatamente provocó mi llanto pero el abuelo, guiñándome el ojo y regalándome su mejor sonrisa postiza, enseguida me aseguró que tal decreto no era más que otra pendejada que no duraría ni un mes. Y así fue, porque aunque efectivamente las fiestas comenzaron a llevarse a cabo en la sala de visitas, nadie reparó en la continua presencia de esa niña para quien la vida había sido más divertida, antes de tener que llevar el luto en el alma.

10

El bisabuelo Vicente: De regreso a México, sin Adelaida

Vargas, España. 1908.

Pilar tocó la campanilla y la sirvienta se apresuró a servir la fruta. Vicente extendió su servilleta sobre la solapa y, aflojando un poco la corbata, esperó a que su mujer lo sirviera. Adelaida emergió de la cocina y colocó en la mesa el pan recién horneado y la mantequilla batida.

—He recibido noticias de Santos —anunció Vicente.

—¡Vaya! ¿O sea que está vivo? —preguntó Adelaida.

Pilar suplicó a su madre prudencia con su mirada pero ella, ignorándola como siempre, continuó.

—Permíteme adivinar. Necesita más dinero.

—¡Mamá! —imploró Pilar.

Vicente sonrió ligeramente. Le divertía el modo sardónico de su suegra. Adelaida era una mujer sin complicaciones y su mundo era predecible. En él existían sólo dos tipos de gente: los santos y los malditos. Y gracias a Dios, hasta ese momento él se había sabido mantener en el bando de los primeros. Esto le había sido relativamente fácil ya que, en su opinión, lo único que su suegra requería era pequeñas muestras de afecto y grandes dosis de tolerancia.

—¿Y qué dice Santos, Vicente? –preguntó Pilar, sirviendo el café.

—Lo mismo de siempre. Que no me puede pagar.

Adelaida rió entre dientes.

—Mamá —interrumpió Pilar—, ¿podrías traer las niñas a la mesa, por favor?

—No hagas que se pare tu madre de la mesa. —Vicente tomó la mano de su contrariada mujer y la besó levemente—. Este tema nos afecta a todos. Además, doña Adelaida tiene derecho a escuchar.

—No. Yo no digo nada —se apresuró a asegurar Adelaida—, vosotros sabréis lo que hacéis. Pero vamos, no se necesita ser un genio para darse cuenta que tu hermano Santos es un sinvergüenza, que acabará llevándolos a la ruina.

—¡Mamá! —exclamó, sin ocultar su disgusto—. Estás hablando de *su* hermano.

Vicente se carcajeó y por hábito acarició sus bigotes blancos.

— Tiene usted la razón, doña Adelaida. He sido un idiota al pensar que Santos podría llevar *El Competidor* por sí solo. Joder.

—No te mortifiques, Vicente, igual las cosas se mejoran —lo consoló Pilar—. Además, a lo mejor no es todo culpa de Santos. Podría ser la economía tan insegura con todo el relajo que está causando ese anti-reelectista, ¿Cómo se llama? Madero.

—Qué va. Es cierto que la cosa no está fácil. Pero por mucho que digan otra cosa, Porfirio será elegido de nuevo. Hombre, eso te lo aseguro. Madero acabará en la cárcel, eso sí, sobre todo ahora con esa publicación suya de *La Sucesión Presidencial*. ¿Lo leyeron? Un suicidio.

—Pero si tú mismo leíste la entrevista en donde Díaz decía que ya era hora de que México tuviera una democracia…

—Nada, mujer, que son puras palabras. Don Porfirio ganará su sexta reelección, escucha lo que digo. La economía se mantendrá estable.

—Bueno, pero dime, ¿qué harás con Santos? —los interrumpió Adelaida para cambiar el tema. Odiaba la política porque, a su manera de ver las cosas, los gobernantes no eran más que una parvada de animales que razonaban poco y opinaban mucho.

Vicente se limpió los bigotes con la servilleta, encendió su puro e inhaló profundo.

—Regresaremos a México. Santos me debe ya diez mil pesos y no puedo seguir ignorando la deuda.

Su decisión no sorprendía a Pilar. Sabía que tarde o temprano esto sucedería. Y la idea de regresar a México con sus hijas, Feli y Agustina, no le desagradaba. Extrañaba *su* México, la bondad de sus gentes, la música alegre, la comida, sus tradiciones. Sobre todo, extrañaba a sus hermanos, José y Joaquina. José y Amalia ya llevaban unos años viviendo en la colonia San Rafael en la ciudad de México. ¡Podrían ser vecinos! Joaquina seguía en Mérida, pero ir a verla sería cuestión de un día por tren. ¡Cómo ansiaba presumirles sus dos niñas! Además, sabía que Vicente necesitaba trabajar. Porque aunque aseguraba que amaba la tranquilidad de la vida doméstica, era fácil detectar en él una inquietud que, de vez en cuando, se manifestaba en planes de negocios descabellados: un plantío de nueces de la India en África, un negocio de importación de textiles exóticos en Arabia o una planta de hilos de seda en Japón. El oírlo hablar así la alarmaba. Tenía que aceptar que Vicente necesitaba estar ocupado y ¿qué mejor ocupación que la de cuidar el negocio que aparentemente su hermano descuidaba? El problema sería su madre, ¿cómo hacer para sacarla de España?

—Pues que tengan buen viaje —declaró Adelaida, como si leyera la mente—. Yo de aquí no me muevo.

—Nada, suegra. No sabe lo que dice. No la vamos a dejar aquí sola.

—¿Y por qué no?

—Porque no lo soportaríamos. Hombre, piense en sus nietas, su hija.

—Lo he pensado. Y por favor no intentéis convencerme. Yo aquí me quedo.

—Mamita —le tocó su turno a Pilar—, no hablemos de eso ahora, ¿quieres?

Vicente sabía que el asunto de ahí en adelante quedaba en manos de su mujer. Extinguió su puro, se levantó de la mesa y besó a Pilar en la frente. Sin más, se colocó el sombrero e inclinándose con un gesto de despedida hacia su suegra, agregó:

—Vale. Esa decisión es obviamente suya, doña Adelaida. Pero bueno, yo quiero que sepa que pase lo que pase usted cuenta con mi apoyo, moral y económico. Con nada le pago todas las bondades que hoy disfruto gracias a la buena voluntad que siempre ha tenido conmigo.

Pero a pesar de haberlo intentado, la tarea de convencimiento de Pilar durante la sobremesa había sido un fracaso. En lo único en lo que las mujeres habían quedado de acuerdo había sido en dejar la decisión en las manos de Dios. Y por eso, desde ese instante, el doble de oraciones comenzó a elevarse de esa casa al cielo. Así mismo, las misas redoblaron y se agregó un rosario después de las comidas. Todo con la esperanza de que al acariciar una y otra vez las benditas bolitas negras de la cadena, el Señor diera a saber Su voluntad.

No tuvieron que esperar mucho. Al tercer día, el mozo se presentó con un telegrama dirigido a la Distinguida Señora Adelaida Astudillo, viuda de Álvarez de la Reguera con remite de la Señora Lolita Oneto, viuda de Figueroa, su gran amiga, madre de Lolita, la casamentera. Decía así:

«Mi muy queridísima Adelaida: Con gran emoción te participo mi llegada a Sevilla el día 23 del siguiente mes, Dios mediante, con el fin de radicar permanentemente en nuestra amada ciudad. Esta ha sido mi decisión dada la reciente pérdida de mi amado esposo, Alfonso, que en paz descanse. Mientras llega el día de estrecharte en mis brazos, mis recuerdos a Pilar y Vicente, reservándote a ti el verdadero afecto de tu amiga, Lolita.»

—Ya lo ven —exclamó Adelaida entusiasmada—. Así lo quiere el Señor, ustedes a México y yo a Sevilla.

11

El bisabuelo Vicente: El olor fragante del cabello de Pilar

México D.F. 1908.

A la semana de haber regresado a la ciudad de México, Vicente no tuvo más remedio que aceptar la verdad: su hermano Santos era un ladrón. Ya llevaba días albergando esa terrible sospecha, pero por alguna razón su mente simple y sencillamente se negaba a contemplar esa única y lógica conclusión. Aun ahora, cuando el contador Uranga pacientemente explicaba los números que claramente denotaban el delito, Vicente no podía creerlo.

—¿Le queda claro que esto es de lo más serio? ¿Está usted seguro?

—No sabe cómo me apena tener que darle esta noticia, señor Revuelta.

Todavía esperanzado por descubrir alguna otra explicación, Vicente había contratado a un auditor, el señor Mimbrel, para hacer una investigación discreta e independiente. Su informe sólo confirmaba lo ocurrido.

—Es mi opinión profesional, don Vicente, su hermano Santos le está robando.

Si su madre no estuviera ya dos metros bajo tierra, pensó Vicente, ahí derechito la hubiese mandado esta noticia. Qué acertadamente había escogido la buena mujer la fecha de su despedida. Y qué injusto para aquellos que habían quedado atrás, los sobrevivientes, los hermanos mayores como él, que siempre acababan por pagar las consecuencias de las malas crianzas. Vicente no se lo explicaba ¿No había procurado siempre dar el buen ejemplo a Santos? Y al faltar su padre a tan temprana edad, ¿no había dedicado su vida a llevar esa responsabilidad de la mejor manera que le fue posible? A los catorce años se había tenido que negar los estudios y se había puesto a trabajar para poder mandar a Santos a las mejores escuelas jesuitas. Pero qué desperdicio de dinero; era obvio que su hermano no había aprendido nada. En sucesión rápida, una serie de imágenes atravesaron por su mente: Santos peleándose en la escuela, Vicente defendiéndolo; Santos huyendo al no pagar un préstamo, Vicente repartiendo billetes; Santos negándose a reconocer a su hijo ilegítimo, Vicente haciendo arreglos con las monjas del hospicio para que atendieran a la muchachita. Le quedaba claro que sus acciones, lejos de ayudar a Santos, le habían causado un gran daño. Pero y ahora ¿qué podría hacer al respecto? ¿Cuánto tiempo más tendría que cargar con ese hombre que, casi a propósito, se empeñaba en arruinar su vida? ¿Y tan estúpido podría ser robándole a él, Vicente, la única persona en el mundo que todavía le guardaba afecto? Estaba claro, Santos no sólo era un ladrón sino también un idiota.

Al levantarse del escritorio, Vicente sintió el peso de sus años. Sacando una llave del bolsillo, abrió la caja fuerte, extrajo un número de monedas de oro y las repartió en partes iguales entre el contador Uranga y el señor Mimbrel. Después de estrecharles la mano, los despidió en la entrada del negocio.

—Por supuesto que este asunto de aquí no sale, ¿vale? Cuento con vuestra discreción, caballeros.

—Absolutamente —contestó el contador.

—Es parte de mi negocio —añadió el investigador.

Vicente encendió un puro y atravesó la calle. Desde enfrente observó la fachada de la tienda. Jamás hubiera creído la magnitud de dejadez y abandono de *El Competidor* de no estarlo viendo con sus propios ojos. ¿Cómo era posible que en sólo un par de años estuviera todo reducido a tal deterioro? El letrero de la entrada estaba a punto de caerse y descalabrar a algún cristiano. La pintura carcomida, los ventanales cuarteados, la banqueta cubierta de hierba mala y basura. Pero Vicente sabía que el problema no era la falta de higiene y cosmética porque eso, con unos cuantos martillazos, pintura y agua, se corregiría fácilmente. Eso era lo de menos. El verdadero problema era la carencia total de administración; el número alarmante de deudas, el inventario insuficiente a pesar de las retiradas fuertes de fondos para suplirlo, la lista de pedidos de cortes con un mínimo de tres meses de atraso sin razón justificada, el personal nuevo, un número de empleados ineptos contratados apuradamente para llenar los puestos vacantes de sus sastres, a quienes Vicente había entrenado con tanto cuidado, y quienes, según explicaron, no habían tenido más remedio que ir a trabajar con la competencia por el mal trato de su hermano. El reparo de los problemas internos del negocio, eso sí que requería trabajo arduo, inteligencia y experiencia.

Desde el otro lado de la banqueta, reconoció el reto. No lo espantaba. No era la primera vez que agarraba al toro por los cuernos. Es más, al recordar todas las veces que había triunfado ante las adversidades de la vida, una sensación de energía invadió su cuerpo y, como toque eléctrico, recorrió su columna. Mágicamente, su mirada empezó a enfocar y a reconocer las posibilidades; no todo estaba perdido. Quizás todo esto había sucedido porque al negocio le urgía un cambio de imagen.

En su mente, el edificio dilapidado comenzó a transformarse. Elevándose sobre las ruinas, apareció una fachada moderna con un letrero enorme, inclinado para romper la simetría de la cuadra. Lucía un interior de lujo con mostradores de mármol, paredes cubiertas de espejos importados de la India y pisos alfombrados de azul rey. No, de blanco. La imagen tomaba forma concreta. Sería importante invocar el contraste de lo oscuro y de lo claro. De lo negro y de lo blanco. Ya está, decidió. El tema que dominaría la decoración y la publicidad del *Nuevo Competidor* tendría que ser: «Una noche de gala, espléndida.»

—Al diablo con Santos —murmuró, con renovado entusiasmo.

El *Nuevo Competidor* emergería triunfante. Llegarían los empleados y detrás de ellos los clientes. No habría hombres mejor trajeados en toda la Ciudad de México que aquéllos que lucieran la marca de su sastrería. Será una tienda digna de la admiración de sus hijas y especialmente de Pilar.

Pilar. La debilidad que sentía por su mujer, lejos de avergonzarlo, lo divertía. Quién hubiera pensado que a su edad fuese capaz de perderse tan infantilmente en ese laberinto de complicaciones que era el sexo femenino. Con qué habilidad esa mujer le calmaba sus inquietudes, satisfacía sus deseos, llenaba su vida. Y qué delicia permitirse perder el control y hundirse sin resistencia en el abismo de sus caricias. Nada lo conmovía más que la mirada serena y la sonrisa constante de su esposa, su amante, su compañera. Sabía que si en ese momento Pilar no fuese parte de su vida, la traición de Santos lo estaría consumiendo. Pero, gracias a ella, la situación adquiría la perspectiva adecuada. Le quedaba clarísimo que lo único que realmente importaba en esta vida era el olor fragante de aquel cabello en el que su cara encontraba refugio noche tras noche.

De Santos no sabía nada, a excepción de una carta que alguien había hecho llegar a sus manos en la que les daba la bienvenida y pedía disculpas por su ausencia inesperada y debida, según esto, a un asunto urgente que requería de su presencia y que explicaría, con ameritado detalle, a su regreso.

—Que te digo que es mejor así —había comentado a Pilar—, porque si se me acerca en estos momentos, lo mato.

Pero de ninguna manera permitiría que su hermano acabara con su paz y armonía interna, ni ahora ni nunca. Su vida estaba completa; era un hombre feliz y quizás este incidente no era más que una breve distracción, una jugada de la divina providencia para llevarlos de regreso a México. Porque a pesar de que en esos momentos la política amenazaba cierta inestabilidad, estaba convencido que México era el país preferible para criar a sus hijas. El asunto de Porfirio Díaz se resolvería, el presidente controlaría a los insurgentes y si era inteligente, dejaría la presidencia al terminar su próximo sexenio. México era un país joven con gran abundancia de recursos naturales. En España los problemas eran más serios, sobre todo cuando el rey Alfonso XIII parecía ignorar el disgusto de los catalanes con su general, Miguel Primo de Rivera. Vicente estaba seguro de que los regionalistas, auxiliados por los liberales, tarde o temprano se levantarían en armas. Y él no estaba dispuesto a exponer a su familia a los percances de ninguna guerra.

Resuelto, cerró el negocio y partió hacia la colonia Roma, a la casa que apenas unos días antes habían alquilado. La búsqueda que bien pudo haberles tomado meses se les había facilitado tremendamente por la ayuda de la cuñada Amelia; quien se había encargado de las niñas mientras ellos recorrían la ciudad de arriba abajo buscado morada. La casa era grande y antigua pero bien conservada. Su principal atractivo era su ubicación céntrica, bastante próxima a *El Competidor*. Esto le permitiría ir y venir al negocio cuantas veces le fuera necesario. La casa, además de estar a buen precio y amueblada, contaba con la ayuda de personal, ya que los inquilinos anteriores, al tener que mudarse inesperadamente por motivos de trabajo, los habían dejado a su disposición. De tal manera que a la semana de haberse bajado del barco, no sólo habían asegurado casa, sino que también contaban con el servicio de una cocinera, recamarera y una nana. Las cosas parecían haberse arreglado sin mayores contratiempos.

Al llegar a su casa encontró a Pilar en la sala ocupadísima desempacando baúles. Rigoberto, que había insistido en atravesar el continente con ellos, la ayudaba. Mientras colgaban cortinas, desempolvaban candelabros y colocaban muebles, las niñas jugaban en el pequeño jardín interior en el centro del cual yacía una fuente, con la estatua de un niño orinando.

—Vaya, venga. Que algo huele delicioso —exclamó, al entrar. Rigoberto rápidamente recibió la capa y el gorro de su amo. Las niñas corrieron a abrazarlo.

—Fabada —sonrió Pilar—, para que no extrañes tu patria ¡si vieras que rápido aprendió a hacerla doña Soledad!

A la hora de la comida Santos hizo su aparición. El hecho de que llevara varias copas encima fue evidente desde que Rigoberto le abrió la puerta. Su olor a alcohol inmediatamente impregnó la casa.

—Su hermano Santos, don Vicente —anunció el mozo.

Antes de poder reaccionar, Pilar ya corría a abrazarlo.

—Santos, bendito sea Dios que estás bien, nos tenías preocupados.

El aspecto de su hermano lo enmudeció. Era obvio que Santos llevaba días sin asearse. La ropa holgada delataba pérdida de peso. La cara demacrada y pálida lo hacía verse enfermo. Apuradamente lograba mantener el equilibrio, especialmente después del abrazo espontáneo de Pilar, que casi lo había botado al suelo. Santos caminó, tambaleándose, hasta localizar el respaldo de una silla y, una vez recuperada la compostura, enfrentó la mirada reprobadora de su hermano.

—Vicente… –inició, pero Santos no pudo decir más. Por más que abría y cerraba la boca su voz rehusaba articular sonido alguno.

—Por caridad de Dios, Santos —salió a su rescate Pilar—, siéntate. Has de estar muerto de hambre. Rigoberto, dígale usted a Soledad que le sirva la sopa de inmediato a mi cuñado.

—Santos no tiene hambre, Pilar —la interrumpió secamente su marido levantándose de la mesa—. Y yo, de repente, he perdido el apetito.

Con brusquedad, Vicente limpió sus bigotes, empujó el plato y colocó la servilleta en la mesa. Tomó a su hermano firmemente del brazo y lo condujo a la oficina.

—Que nos sirvan café bien cargado en el despacho.

Santos no intentó negar lo ocurrido. Llorando como un niño, entre sollozo y sollozo, explicó la situación. Las idas al hipódromo habían comenzado en cuanto Vicente partió a España. Al principio los «préstamos» habían sido inofensivos. *El Chocolate*, el caballo más fino, un árabe robusto que tenía un récord impresionante, nunca fallaba; le llegó a ganar hasta el triple de la apuesta al día. Santos no tenía idea de cuándo o porqué empezaron a ir mal las cosas, pero de pronto debía una fortuna y de la noche a la mañana empezó a vivir una pesadilla. Amenazaron con matarlo. No había tenido más remedio que pagar. Sabía que Vicente entendería. Por supuesto que le pagaría hasta el último centavo. Estaba dispuesto a trabajar sin sueldo en *El Competidor* hasta cubrir la deuda.

—En *El Competidor* no pondrás el pie nunca jamás —interrumpió el melodrama Vicente.

Santos lo miró sin comprenderlo. Su hermano nunca le había hablado en ese tono.

—¿Estás loco? No puedes despedirme como un perro. Soy tu socio.

—*Eras* mi socio, Santos. Ahora mismo no eres más que mi hermano y, joder, sólo por ello no te meto en la cárcel.

Santos comprendió, con gran alarma, que Vicente era otro hombre. Es más, mirándolo bien se podría decir que del Vicente que él conocía no quedaba rastro. ¿O sería el alcohol que lo estaba cegando?

—¿Qué me estás diciendo? ¿No ves que no tengo nada? No serías capaz de aventarme a la calle.

—Vaya, qué descaro. Porque mira que debería haberlo hecho desde hace tiempo, y si no lo he hecho, es sólo porque mi mujer se compadece de ti. Las cosas están así. Si te da la gana, puedes vivir con nosotros. Pero al trabajo no regresas.

—¿Y de qué piensas que voy a vivir? —preguntó, al borde de la histeria.

—¿Pero es que no me has escuchado? Que ése no es problema mío. Por el amor a nuestra difunta madre, puedes trabajar como tutor de mis hijas. Eso sí, no recibirás ni un quinto hasta no haberme pagado lo que me has robado. Si quieres, y si no, me da lo mismo. Ahí está la puerta.

—No puedes hacerme esto.

Vicente acortó la distancia entre ellos y lo agarró por las solapas del saco. El tufo del aliento alcohólico de su hermano penetró su olfato. Con gran esfuerzo controló su furia y reprimió el impulso de aventarlo contra la pared.

—Escúchame bien, Santos. Hasta aquí llegaron tus abusos. Ve a bañarte y no regreses hasta que estés sobrio.

Santos regresó a la semana siguiente cargando en una mano una pequeña maleta y en la otra un libro de cuentos infantiles. Entregándoselo directamente a su cuñada, explicó:

—Me imagino que a Felicia le gustan los cuentos de hadas.

—Le fascinan —contestó Pilar abriéndole los brazos y con ellos, su hogar.

12

La tatarabuela Adelaida: Los primeros huérfanos

México, D. F. 1914.

Adelaida sintió la muerte de Pilar antes de que nadie se la platicara. Estaba en la iglesia a punto de participar en el sacramento de la eucaristía, cuando de repente sintió su alma desplomarse de la Gloria —a donde se escapaba frecuentemente gracias al fervor de sus oraciones—. Aterrizó con tal violencia de regreso en su pecho, que el golpe por poco y la hace caer encima de la limosnera que siempre invadía, con todo y canasta, su espacio favorito, el oratorio de su santísimo patrón: el Sagrado Corazón de Jesús.

—¿Está usted bien, doñita? —preguntó la mujer aquella, alarmada.

—Yo sí —contestó, levantándose con firmeza de la rodillera—, pero algo grave le pasa a mi hija.

Fue en ese instante, al mirar los pies descalzos de la pordiosera, que reconoció su presentimiento. Al mismo tiempo que sus ojos captaban, con repugnancia, los callos y el tejido muerto y rayado de los talones ásperos de la mujer, sus oídos escuchaban, con toda claridad, la misma voz que durante años, la había atormentado: «Dos Pilares, cuantos nietos huérfanos, pobre de usted doñita, que Dios la ampare.»

Corrió a su casa como si un demonio la persiguiera, convencida de que su amiga Lolita ya la estaría buscando para darle la terrible noticia. Pero lejos de eso, Lolita tomaba su té mientras leía plácidamente en la terraza. La recibió sonriente, igual que siempre, aunque algo sorprendida de verla llegar tan pronto de la iglesia. De Pilar no sabía absolutamente nada, le aseguró.

—Que no mientas —insistió Adelaida, jadeando por falta de aire—. Dime lo que tienes que decir que tu silencio es tortura.

Lolita tuvo que jurar el nombre de Dios en vano un par de veces, pero ni así logró convencerla de que decía la verdad. Entonces, alarmada por el estado de su amiga, la obligó a sentarse hasta que los latidos de su corazón volvieran a su ritmo normal. Después se apuró a prepararle y servirle un té de hierbabuena para calmarle los nervios.

—Aplácate, mujer, antes de que nos mates a las dos de un susto.

Pero ni el té de hierbabuena ni las palabras de su amiga lograron tranquilizar a Adelaida. Sabía que Pilar había muerto, con tal certeza, que cuando al cabo de unos días por fin llegó el telegrama; justificando el dolor que su cuerpo y su alma venían acarreando desde aquel día en la iglesia, lo recibió casi con alivio. Sin abrirlo, se lo entregó a la pasmada Lolita y anunció.

—Me voy a México a criar a mis nietos.

Pilar había muerto dando a luz a su séptimo hijo. Fiebre puerperal, era todo lo que había mencionado la breve correspondencia de Rigoberto. La presencia de Adelaida era requerida cuanto antes. Los preparativos necesarios para su traslado a México ya estaban hechos. «Favor de hablar con el diputado Altamar si algo más se le ofrece.»

La reacción inmediata de Adelaida al enterarse del motivo de la muerte de su hija había sido furia. El sólo pensar en ese asunto la hacía temblar de coraje. Era obvio que ese hombre, ese… salvaje, animal, la había matado. Siete hijos en ocho años de matrimonio le había tenido que parir su hija. Como si fuera una rata. Y aquél, no contento todavía, la había vuelto a embarazar, aun sabiendo el riesgo que esto significaba para la salud de Pilar. ¿Quién se hubiera imaginado que un hombre mayor como él fuera capaz de semejantes apetitos? A su edad, era para dar vergüenza. ¿Acaso no se había dado cuenta de la manera en la que Pilar se había ido consumiendo con cada embarazo? Las daguerrotipias que Adelaida recibía en España delataban claramente su deterioro. Tanto la habían alarmado, que en su última carta había respondido a la noticia de su hija de que «el Señor los bendecía una vez más con otro pequeño en el verano», tocándole el desagradable tema de las duchas con vinagre. Y si eso no funcionaba, la había aconsejado, entonces, por caridad de Dios, exige tu propia alcoba y ciérrala con candado. Si tanta es la necesidad del hombre que vaya a pagarle a alguna mujerzuela que para eso están. Pero era tarde, era obvio que su yerno no había podido controlar sus instintos bajos, aunque ello hubiese costado la vida de su mujer. Asesino. Cómo se arrepentía Adelaida de haberla casado con ese hombre tan egoísta, tan… depravado.

Adelaida nunca llegó a dar rienda suelta a sus furores. Todo el odio acumulado y cosechado contra Vicente durante esa travesía en el barco de regreso a México, se le había atorado en la garganta, al encontrarse con la apariencia fúnebre de su yerno; el hombre estaba más muerto que vivo. Quedaba clarísimo que la esencia de su ser se había esfumado, había partido con Pilar de este mundo, y lo único que quedaba atrás eran los desperdicios que ni el mismo Satanás se hubiera preocupado por pelearle a los buitres.

—Así ha estado desde que se nos fue la señora —comentó con tristeza Rigoberto.

Adelaida no supo qué hacer con tantos sentimientos encontrados. Ahora resultaba que no habría nadie a quien culpar. Ni tampoco habría tiempo para llorar la ausencia de su hija porque lo que sí había, y en abundancia, gracias a los excesos de Vicente, eran criaturas. Siete nietos que pronto aprenderían lo injusta que podía ser esta vida, la cual, en lugar de otorgarles el amor de un padre y una madre, los dejaba abandonados a la merced de una abuela vieja, amargada y repleta de coraje reprimido.

Cuando los vio, Adelaida apenas sí reconoció a la niña de siete años que entraba a la sala arrastrando de una mano a una hilera de chiquillos almidonados. Cargaba, con el otro brazo, al bebé cuya existencia había costado la vida de su madre. Felicia, su nieta mayor resultaba ser la imagen de Pilar. Sin embargo, algo en su manera de ser era diferente, su caminar autoritario, su semblante firme, su mirada directa y abierta. Esta niña ha de ser terca como su padre, pensó, sin desagradarle la idea, para su propia sorpresa. Mientras seis caritas la observaban de hito en hito con curiosidad, su nieta Felicia acomodaba moños, estiraba faldas y repartía pescozones.

—Bienvenida a casa, abuelita —la saludó, codeando a los hermanos para que le hicieran coro.

—Sí, bienvenida, abuela —dijeron todos.

—Venid, dadme un abrazo —contestó ella, sin saber qué más decir—, que me duelen todos los huesos.

Los niños se acercaron tímidamente a tocar sus enaguas, severas y negras que caían hasta el suelo. Tocaron también la enorme cruz de plata que colgaba en su pecho, la mantilla que cubría su pelo recogido en la nuca así como los anteojos que sostenían un listón de cuentas doradas. Toleró pacientemente la detallada inspección y acarició, primero con cautela y luego con creciente ternura, las mejillas, las cabecitas rapadas de los varones y las manos regordetas.

Por su parte, Felicia, que había pasado toda la mañana planchando, boleando zapatos y enrollando caireles hasta quedar satisfecha de que sus hermanitos estaban presentables, suspiró con alivio. Después, en un momento de espontaneidad, colocó al bebé en los brazos de aquella viejita altanera que de repente, delante de todos, se transformaba de bruja mala en hada buena. El milagro, como lo llamaría Adelaida al pasar de los años, había ocurrido en ese instante en que la niña había depositado a su nieto José en su regazo. Al tocarlo, una luz penetró su alma vaciándola de odios y corajes y la llenó, en cambio, de aquel amor que rociaría sobre sus nietos por el resto de sus días.

13

Rigoberto: La importancia de la discreción

México, D. F. 1923.

El cucharón para servir la sopa había desaparecido. Y Rigoberto no tuvo que contar los tenedores para saber que también faltaban cuando menos cinco de ellos. Terminando de pulir la plata, la colocó en su recipiente de madera forrada de terciopelo y la volvió a guardar en el antiguo armario de la sala.

La cualidad que distinguía a un mayordomo profesional de un mozo cualquiera, reflexionó, era la habilidad de no meterse en asuntos ajenos. La ética del trabajo requería que prestara oído y comprensión a los problemas de los amos, pero hasta ahí. No era propio tener opiniones acerca de nada ni nadie, mucho menos compartirlas. De tal manera que el hecho de que don Santos robara la vajilla de plata de la cocina, cada vez más descaradamente, o las monedas de oro que don Vicente les daba a los niños todos los domingos, no era asunto suyo. Mientras nadie le echara la culpa a Rigoberto, él sería el último en crear un escándalo y alborotar la paz que tan frágilmente mantenía lo que quedaba de esa familia. Además, ya bastantes preocupaciones tenía don Vicente tratando de sacar *El Competidor* adelante en momentos en que el país se encontraba en guerra y el resto de los estados castigaban al Distrito Federal con un embargo de alimentos frescos.

Por su parte, Rigoberto no tenía tiempo de resolver más problemas que los suyos. Desde la muerte de doña Pilar, hacía ya nueve años, sus responsabilidades se habían duplicado, ya que nadie más que él se había preocupado de llevar el manejo de la casa. Don Vicente ahogaba el dolor de la pérdida de su mujer con las distracciones del negocio. Don Santos vivía de cantina en cantina, cuidándose de salir cuando su hermano entraba, y de llegar cuando salía. Doña Adelaida, bendita mujer, había llegado de España a entregarse exclusivamente al cuidado de sus nietos, acaparando al resto de la servidumbre, imponiendo nuevas reglas de aseo personal, es decir, baños diarios y ropa almidonada para cada miembro de la familia. Entregados como estaban todos a sus propios mundos, nadie más que Rigoberto aparentaba percibir el terrible deterioro que lentamente se apoderaba de la casa. El polvo amenazaba sofocarlo todo en su neblina; las arañas, sintiéndose bienvenidas, poblaban los rincones de los techos, los candelabros y las repisas; la cocinera, a quien originalmente se le había contratado para guisar la famosa fabada para cinco hambrientos, ahora tenía que alimentar a doce personas, y esto sin poder diluir la sopa (pues sacrificar su sabor sería un insulto a su difunta patrona). A diario perdía la lucha contra las ratas quienes, atraídas por las ollas y cazuelas mal lavadas, invadían la cocina.

—O lavo platos todo el día —se quejaba doña Soledad, desesperada—, o guiso para este ejército de criaturas.

El colmo fue el día que una de esas ratas se paseó, descaradamente, sobre el periódico de don Vicente sin que éste se inmutara. En ese instante Rigoberto comprendió que él mismo tendría que tomar las riendas de ese zoológico. Después de todo, la segunda cualidad de un mozo profesional era exhibir flexibilidad cuando fuese necesario porque, finalmente, el compromiso era asistir a la familia, aunque esto requiriera rebajarse a tener que agarrar una escoba de vez en cuando.

Después de volver la casa a un estado habitable, Rigoberto, respaldado por don Vicente, había impuesto su autoridad sobre el resto de la servidumbre, repartiendo las responsabilidades que hasta entonces tan hábilmente había sabido llevar la señora Pilar. La cocinera se volvió responsable de la higiene de la cocina, así como de la preparación de los alimentos. Rigoberto comenzó a hacer todos los viajes al mercado para surtir la despensa. La nana empezó a responder directamente a las órdenes de doña Adelaida para asistirla en todo lo relacionado a los niños, incluyendo la preparación de los baños diarios que la buena abuela exigía, y el aseo de la casa quedó en manos de la recamarera. Tres veces a la semana la mujer del jardinero se presentaba a lavar, planchar y almidonar la ropa al gusto de la abuela. Rigoberto se encargó de la carrocería y ayudó a servir los alimentos, encargándose de las compras necesarias para el buen funcionamiento de la casa, así como de la supervisión general de los empleados. En sólo un año el sistema ofreció magníficos resultados. Doña Pilar, dulce mujer, hubiese estado orgullosa de ese hogar que el Santísimo había dispuesto abandonara con su prematura muerte.

Doña Adelaida, gracias a Dios, había mejorado radicalmente la cuestión de la educación de los niños la cual, hasta entonces, había estado en manos de don Santos. El tutor cancelaba las lecciones, un día sí y otro también, siempre quejándose de padecer indigestión. Estando en vida doña Pilar había manejado la irresponsabilidad de su cuñado con sutileza y paciencia, mandándole a la recámara su té de palo de naranja. Sin una sola queja, había dado las lecciones a sus hijos ella misma. Pero a Rigoberto le quedaba claro que doña Adelaida estaba hecha de diferente madera que su hija. El primer día que don Santos se había puesto indigesto, la abuela había mandado a Rigoberto a entregarle un huevo crudo con el siguiente recado: «Tiene usted media hora para bajar a dar su cátedra a mis nietos. Si no se presenta, su ausencia será indicio de su deseo de abandonar, irrevocablemente, el puesto como tutor que hasta ahora tan generosamente le ha ofrecido mi yerno.»

Don Vicente había resuelto el conflicto dejando por un lado que Adelaida contratara a una maestra de verdad (una viuda que gustosamente habría sido monja si tan sólo la Iglesia la hubiese aceptado sin ser virgen) y por el otro, manteniendo el sueldo de su hermano Santos intacto. La verdad era, reflexionó Rigoberto, que don Vicente odiaba los conflictos, sobre todo de tipo doméstico. Y precisamente para evitarlos, llegaba cada día menos a comer a su casa, prolongando su ausencia hasta bien entrada la noche. Los rumores de la servidumbre eran que don Vicente había encontrado refugio en el lecho de una mulata del poblado de Trinidad. Rumoreaban que el hospicio de sus cálidos muslos era el único lugar en el mundo en donde no cabían los recuerdos de su amada esposa. Rigoberto jamás participaba en tales chismorreos, porque ese no era asunto suyo, además, él sería el último en juzgar a don Vicente. Eso que lo hicieran otros, aquellos mozos para quienes la ética profesional no valía nada.

Rigoberto tomó inventario de la despensa y entró a la sala donde la abuela Adelaida supervisaba el bordado de la señorita Felicia.

—Si quisiera usted darme su lista de encargos, doña Adelaida, parto al mercado.

La abuela hizo doble nudo al punto y se lo entregó a su nieta.

—Así sigue, hija —indicó, dándole el aro ligero de mimbre—, sólo nuditos, que no queden gruesos.

—Ya casi la tengo terminada, Rigoberto —contestó al mozo sacando un papel de la manga—, sólo le pido que le agregue usted otra pizarra, la maestra quiere que Juanita empiece a hacer su caligrafía. Y vea usted también si ya venden naranjas. Qué no daría yo por una naranja rellena de coco. Maldito embargo.

Rigoberto se acomodó la lente en el ojo derecho e inspeccionó la lista. Al margen agregó: pizarra y naranjas.

—Voy con Rigoberto —exclamó Felicia, levantándose.

—No, hijita, no has avanzado nada en el bordado.

—Por favor, abuelita, prometo terminarlo mañana.

—Y qué pasó con el cine, ¿no que me ibas a acompañar?

Felicia titubeó un instante pues ir al cine era una de sus actividades favoritas. Aun así, el acompañar a Rigoberto era prioridad.

—Lleva a Pepe y a Juana, abuelita, les toca a ellos. Además, voy a ver si te encuentro un poco de tul azul para que le pongamos lazos al vestido de Agustina.

Rigoberto sabía perfectamente bien que el interés de Felicia en acompañarlo no era el ir a comprar ningún tul azul sino polvos y lápices de maquillaje los cuales, a escondidas de su abuela, empezaba a usar cada vez que salía con él a la calle. Varias veces la había observado embarrarse la cara hasta esconder su belleza natural y quedar tan decorada como una muñeca de trapo. El asombro y burla de los marchantes del mercado al verla así, pintarrajeada, no la desanimaban, todo lo contrario. Felicia disfrutaba ser el centro de atención por primera vez en su vida. Y Rigoberto no era nadie para andar juzgando a niñas sin madre. Si la niña Felicia quería andar por toda la ciudad luciéndose como una ramera enana, pues así sería el asunto. Su trabajo no era el educar a nadie más que a sus propios hijos y con eso, gracias a Dios, ya había terminado hacía tiempo. La niña sabía perfectamente que Rigoberto jamás la delataría, así que sus embadurnadas continuarían, sin ser descubiertas, siempre y cuando se acordara de limpiarse la cara antes de regresar a la casa.

Además era justo, pensó Rigoberto, que Felicia se diera sus escapadas. Siendo la hija mayor, había tenido que asumir responsabilidades que normalmente no deberían de corresponder a una chiquilla de su edad. A pesar de los cuidados de la abuela y la nana, desde la muerte de doña Pilar, los seis hermanitos la buscaban como si fuera su madre. A la hora de las enfermedades, Felicia era quien los velaba porque sólo bajo sus cuidados parecían recuperarse. Sólo ella era capaz de espantar del cuarto los monstruos de sus pesadillas y sólo sus besos curaban mágicamente heridas y chichones. Aunque era obvio que la abuela se preocupaba por ellos, su entrega total a la religión consumía gran parte de su tiempo y contribuía a que los niños buscaran en Felicia a una madre. Las eternas misas, los rosarios, las encrucijadas requerían de su constante ausencia y, cuando esto sucedía, Felicia quedaba a cargo de ellos. Y la nana, como cualquier otra mujer irresponsable, sin orgullo por su trabajo, hacía sólo lo indispensable. Por eso para Rigoberto lo mejor sería reemplazarla lo más pronto posible, aunque también comprendía que con los años, los niños le habían tomado cierta estima y por ello doña Adelaida rehusaba separarlos de nadie más, a menos que fuera indispensable. Desde un principio había quedado establecido que la educación de los niños era la responsabilidad de doña Adelaida, y por eso Rigoberto mejor no opinaba. No era asunto suyo.

De lo que no le quedaba duda alguna era que la niña Felicia sería feliz en esta vida. Eso por su capacidad de aceptar retos con alegría y bastante ligereza. La niña lidiaba con sus sentimientos como una buena torera. Plantaba los pies en la tierra y les daba frente. Y nadie tenía que adivinar su humor porque lo vestía a todas horas y a plena vista. Si Felicia era feliz, todo el mundo lo sabía; y si era infeliz, nadie escapaba a sus reclamos, sus quejas o sus resentimientos. La mujercita era el prototipo de la causa y el efecto instantáneo, y esa falta de recato, sobre todo verbal, preocupaban a Rigoberto. Sólo en circunstancias extremas Felicia recurría al aislamiento de alma y cuerpo, encerrándose en su cuarto. El proceso consistía en retraerse a su recámara y dejar de comer. Pero al cabo de un par de días la niña siempre reaparecía hambrienta, pidiendo sus bolillos con mantequilla, y volvía a ser la misma máquina habladora de siempre. La muerte de su madre, que Rigoberto recordara, había sido la razón del más largo enclaustramiento. Duró tres días, pero esto, de cierta manera, había ayudado a don Vicente a distraerlo de su propio dolor, preocupado por como andaba por su hija.

Por más que Rigoberto tratara de encontrarle parecido a su madre, Felicia le parecía más bien una pequeña copia de la abuela materna. Físicamente más agradable, por supuesto. Su frente estrecha y sus ojos verdes inspiraban confianza; sus labios regordetes y su mentón firme dejaban clara su determinación. Cuando formulaba un criterio o una opinión, no había poder humano que la hiciera cambiar. En eso era exactamente el retrato de su abuela y quizás por ello mismo su consentida. Sus cabellos largos, castaño oscuro y ondulados eran la única herencia de doña Pilar, pero tristemente la niña insistía en trenzarlos y enrollarlos en la nuca, como serpiente, y rara vez se dejaba ver con los caireles sueltos.

Para consternación de doña Adelaida, Felicia no era devota. Eso de los santos y las miles de vírgenes la aburrían. Y en cuanto a la literatura, eso mejor dejarlo para personas estudiosas. Los cuentos de hadas que de pequeña vorazmente leía habían perdido su encanto el día que Felicia había visto su primera película. El evento la había transformado, convirtiéndola en una fiel entusiasta. Todas las películas le agradaban sin discriminar ninguna. Acudir al cine con su abuela era su actividad predilecta.

Al terminar las compras del mercado, Rigoberto y Felicia pasaron a recoger los puros de don Vicente a la casa del único hombre que los importaba, por aquello de las raciones de la Revolución. Vicente nunca tenía que decirle a Rigoberto cuando sus puros escaseaban. El mozo automáticamente revisaba el inventario de la biblioteca con regularidad, pues entendía la importancia de ese pequeño placer que don Vicente se daba al final de cada día. Un trago de ron y un puro para mantener la sangre ligera y el corazón tranquilo. Hubo una temporada, después de la muerte de doña Pilar, en la que esa forma de relajación le había preocupado al mozo. Esto porque lenta y progresivamente, el número de tragos aumentaba. Al principio, Rigoberto trató de ignorar la mirada expresiva, bajo las cejas arqueadas de doña Soledad que criticaba la frecuencia con la que la basura se llenaba de botellas vacías de alcohol. Pero conforme pasaba el tiempo y la situación continuaba, Rigoberto acabó por añadir a su lista de responsabilidades el sacar la basura al patio él mismo para proteger a don Vicente de las malas lenguas. Sabía que, con el tiempo, el consumo volvería a la normalidad. Y así había sido. El día que don Vicente había amanecido en la biblioteca bañado en vómito, después de toda una noche de ron, vinos, licores importados y hasta mezcal, la rutina de un puro y un trago habían vuelto a implementarse, para la tranquilidad del mozo.

Rigoberto estacionó el carruaje en la caballeriza y, mientras soltaba a los caballos, Felicia se apuró a despintarse la cara con su pañuelo. Al entrar en la casa, la niña corrió a la sala a enseñar a la abuela el tul que había encontrado en la mercería a la vuelta del mercado. En la sala Felicia encontró a su padre tendido a lo largo del sofá.

—Papá ¿qué haces en casa? —preguntó extrañada—. ¿Dónde está la abuela?

—Aún no regresa del cine —contestó Vicente con voz débil, tratando de incorporarse—. No me siento bien, hijita.

Felicia observó con alarma el color enfermizo de su padre y, antes de captar ninguna conclusión lo vio, como en cámara lenta, desplomarse al suelo. Cuando Rigoberto escuchó el grito de la niña, comprendió la situación al instante. Su patrón había muerto. Los niños eran huérfanos, don Santos acabaría con la herencia y doña Adelaida y los niños quedarían en la pobreza. De golpe, adivinó que su trabajo en esa familia había terminado. Encontró a Felicia en el despacho, postrada sobre el cuerpo de su padre tratando en vano de revivirlo. Sin lograrlo, se abalanzó a refugiarse en los brazos de Rigoberto.

La cualidad que distingue a un mayordomo profesional de un mozo cualquiera, reflexionó Rigoberto mientras la niña lloraba sobre su hombro sin consuelo, es la habilidad de no meterse en asuntos ajenos. El futuro de esta familia no era problema suyo, se convenció, bastante tenía con el propio. La ética del trabajo requería que prestara oído y comprensión a los problemas de los amos, pero hasta ahí. Dejaría a la niña llorar lo que quisiera. No era propio el tener opiniones acerca de nada ni nadie ni mucho menos compartirlas… Con el puño de su camisola Rigoberto secó la humedad de su rostro.

14

La tatarabuela Adelaida: De ricos a pobres

México, D.F. 1923.

No cabía duda, el Sagrado Corazón de Jesús estaba sordo. Por más que Adelaida le rezara pidiéndole ayuda, no tanto para ella, sino para sus nietos, las siete criaturas que ahora quedaban completamente huérfanas, sus oraciones eran ignoradas.

—Acéptelo, señora —le aconsejaba Rigoberto—, ha sido la voluntad de Dios.

—Precisamente por eso —contestó, furiosa—, acepto que haya querido llevarse a los padres de estos niños porque, a últimas, el sufrimiento es bueno para todos, pero encima de eso ¿dejarlos también en la ruina? Eso sí ya es un abuso y yo no tengo por qué conformarme. ¡Protesto!

Y para que quedara bien claro su desacuerdo, decidió que a partir de ese momento, aplicaría a su Santísimo Patrón el régimen de la indiferencia. Dejaría que los escombros se acumularan alrededor del nicho que albergaba la imagen en la iglesia. Lo visitaría igual que siempre, eso sí, pero no limpiaría ni un grano de polvo, ni recogería las flores marchitas, ni la cera derretida alrededor de sus sagrados pies en los que los torpes de sus devotos siempre derramaban al volcar las veladoras. Eso que lo atendiera el sacristán. A él seguramente sí le concedía todas sus peticiones.

Adelaida no había planeado ir la capilla antes de su cita con Santos, sobre todo ahora que su disgusto, a riesgo de condenar su alma para siempre, había transportado al Sagrado Corazón de Jesús de la frontera de sus divinidades favoritas a la orilla de las menospreciadas. Pero cuando la carroza pasó enfrente del templo y las campanas anunciaron la misa de las seis, impulsivamente cambió de parecer y pidió a Rigoberto que parara.

—No me tardo nada —aseguró al mozo.

Le rezaría a la Virgen María, decidió, bajando del carruaje. Al fin y al cabo, ciertas situaciones se resolvían mejor entre mujeres. Además, María tendría que recordar la devoción que su hija Pilar le había tenido estando en vida, la cual, pensó amargamente, de poco le había servido. Quizás ahora que los ángeles habían recluido a su difunta hija antes de tiempo, la Virgen estaría más dispuesta, en esta ocasión, a escuchar sus oraciones y así recompensar un poco la firme fe de su difunta hija.

Atravesó el pasillo con rapidez, saludando con una breve sonrisa a los practicantes de todos los días. Nunca faltaban, y si lo hacían, era sólo cuando ya estaban en su lecho de muerte. Era impresionante la manera en que la congregación de los devotos diarios había disminuido durante su ausencia en España. Sin embargo, para los que quedaban, la palabra de Dios, esa cita diaria con el Omnipotente, era precisamente lo que los sostenía, lo que los preparaba para su última e inevitable jornada hacia la vida eterna.

Al pasar frente al Sagrado Corazón, Adelaida de inmediato reparó en el hilo de telaraña que plácidamente se columpiaba desde la punta de su nariz hasta el dedo índice, con el que el Señor señalaba su corazón sangrante. ¡Era el colmo! ¿Cómo era posible que el sacerdote permitiera tanta pereza? El estado de deterioro que persistía, a pesar de haberse quejado del sacristán miles de veces, era una vergüenza. Y era una tristeza que la iglesia no insistiera en contratar a alguien que valorara el privilegio que suponía trabajar en la casa de Dios. Pero bien, que así siguiera porque, al fin y al cabo, desde el momento en que sus oraciones seguían siendo ignoradas, no era problema suyo. Adelaida dio la espalda a la entelarañada figura y siguió de largo, ignorando las miradas sorprendidas de los presentes, quienes celosamente guardaban su lugar. Caminó de frente, hacia la Virgen Purísima de la Concepción, y no fue sino casi al llegar al final del pasillo que reparó en la ausencia de la imagen. Su bóveda estaba vacía. ¿La habrían robado? ¿Se le habría caído al idiota del acólito? Se acercó a la depresión de la pared y, ajustándose las gafas, descifró con dificultad el letrero que anunciaba con pésima caligrafía: «Nuestra Señora de la Concepción ha sido trasladada temporalmente al convento de las Carmelitas, a fin de que nuestras hermanas la vistan y preparen para la celebración con motivo de las fiestas de Nuestra Purísima María Reina.»

Era un mensaje divino, concluyó. No cabía duda. Seguramente desde el cielo su hija Pilar la mandaba a reconciliarse con Dios. Y, pensándolo bien, seguramente rezarle a la Virgen, mientras su alma albergaba tanto rencor contra el Hijo, no funcionaría nunca. Pues bien, le rezaría una vez más. Pero sólo una última vez para darle oportunidad de corregir semejante sordera.

Adelaida regresó a su lugar de siempre para la tranquilidad de los concurrentes. Arrodillándose, fijó la mirada en esos ojos café, infinitamente bondadosos, que por tantos años la habían sabido consolar.

—Me tienes harta —le reprochó—. Mira que te he sido fiel, todo lo que me has pedido te lo he dado. Y en cuanto a nuestros tratos, siempre he cumplido. Pero claro, ahora he tenido que hacerte tantas promesas que tendrás que dejarme vivir hasta los quinientos años para poder cumplirlas. Y allá tú si quieres hacer ese milagro de darme tanta vida, porque por mi parte, si Moisés pudo cargar con tantos años, pues no veo por qué no podría hacerlo... —Adelaida comprendió que su mente divagaba y regresó de inmediato al punto—. No permitas que quedemos en la miseria. No es justo y tú lo sabes.

Sin más, se levantó del reclinatorio y se dirigió a la puerta caminando erguida. En el camino se paró en seco, se dio la media vuelta y regresó al nicho del Sagrado Corazón. De un golpe, con el abanico, retiró bruscamente la telaraña. Al hacerlo, algo le paralizó el corazón. Con el rabillo del ojo juraría haber visto una sonrisa aparecer en los labios del Cristo. Sólo eso faltaba, que encima de todo se estuviera volviendo loca. Temblando de frustración e incertidumbre, salió apresurada justo cuando la misa comenzaba.

En la esquina de la iglesia, Rigoberto la esperaba en el carruaje. Llovía ligeramente y al verla el mozo corrió a extenderle el paraguas. Adelaida subió al vagón con dificultad, le dolían los huesos más que nunca pero no se daría por vencida. El cuerpo y el espíritu le rendirían porque no iba a permitir que nadie abusara de sus nietos; mucho menos el imbécil de Santos.

Además, no sería la primera vez que sus hombros cargaban con la responsabilidad de chiquillos desamparados. Sin poder evitarlo, su mente divagó y trajo de vuelta, de algún rincón, las imágenes de aquel desastre que había sido su vida. Aparecieron cronológicamente, nublando su vista, abriendo llagas incurables, que ni el pasar del tiempo había logrado cerrar. Recordó en sus manos el telegrama mojado y amarillento que el cartero le entregaba sin poder mirarla a los ojos. Las palabras atropelladas, irreversibles que parecían bailar dentro de los márgenes del papel arrugado y que con tanta crueldad la declaraban viuda. «Con profundo pesar...lamentamos informarle... Cumpliendo con su deber... dio la vida por su patria...» Aquel viaje infame arrastrando hijos por todos los campos militares, buscando medallas simbólicas de una vida perdida. El hambre, el frío, su impotencia y el súbito conocimiento de que el quedarse en España sería suicidio; la subida a ese barco inmenso rumbo a América y la larga travesía; la tormenta; los latigazos del agua congelada que interminablemente azotaban el buque sin misericordia, aterrorizándolos hasta dejarlos mareados, confundidos y apenas concientes de estar vivos. A todo eso había sobrevivido. Y de alguna manera sus hijos se habían criado. Gracias a ese país que tan desinteresadamente les había proporcionado refugio y oportunidades, no sólo a ellos, sino a miles de sus compatriotas expatriados. Y gracias también a la hospitalidad y a la bondad de su gente que los habían recibido tal como si fuesen familia extraviada que por fin regresa a casa. En el centro de su ser Adelaida supo, con toda certeza, que lo que la vida le pusiera enfrente, cual fuera el reto, lo sobrevivirían de nuevo. Reconfortada, poco a poco el frió abandonó su cuerpo y por fin pudo relajarse por el trote de la carroza. No existía obstáculo que no pudieran dominar. Claro, siempre y cuando contaran con la ayuda de Dios.

Al llegar a *El Competidor*, Adelaida apenas sí reconoció el bazar. No había sido su costumbre visitar la tienda pero, de vez en cuando, Pilar había insistido en llevarla; la última vez justo antes de partir a España, cuando celebraban la despedida de Vicente. Qué lejos había estado su difunto yerno, en esa ocasión, de sospechar que la sociedad con su hermano acabaría en fraude. Esto cualquiera de los invitados pudo habérselo advertido. Porque a pesar del buen nombre de la familia y los esfuerzos de Vicente por conservarlo intacto, la reputación de Santos entre varios de los comerciantes era la de un embustero. Nada le sorprendió a Adelaida que el negocio fracasara en cuanto quedó en sus manos. Ni tampoco que Vicente tuviese que regresar de España a volver a emprenderlo. Lo cual, reflexionaba Adelaida con tristeza, había logrado con esfuerzo y habilidad en el corto plazo de dos años.

La tienda era el resultado de ese esfuerzo. Era una belleza. Su fachada moderna con un letrero enorme exigía la atención de los transeúntes. Al entrar, un ambiente íntimo y elegante acogía al cliente. Los mostradores de mármol, las paredes cubiertas de espejos importados de la India y los pisos alfombrados con carpetas blancas, daban la sensación de un mundo exótico y al mismo tiempo cálido. Era una verdadera lástima que tanta vida, tanta ilusión, terminaran de manera tan injusta, tan inesperada, en manos de un bueno para nada.

Santos la esperaba en el despacho que, apenas unos meses antes, había sido de Vicente. Con los pies en el escritorio fumaba uno de los puros que durante tantos años y con tanto esmero, Rigoberto le conseguía a su patrón en el mercado negro. Enfrente de él, recargado en un sillón de piel, un hombre flaco, de bigotes respingados, escuchaba cautivado, el chiste colorado que Santos relataba con gran entusiasmo. Al oír lo vulgar del vocabulario, Adelaida se detuvo entreteniéndose en el mostrador hasta que las risas se apagaron. Respirando profundamente, se acercó a la puerta dispuesta a hacerle frente, lo más pronto posible, a tan desagradable momento. Al entrar, de inmediato notó la botella de alcohol que Santos acababa de vaciar en su copa y comprendió que la reunión no sería fácil. Dirigiéndose al empleado más próximo, mandó llamar a Rigoberto. Cuando el bigotudo percibió su presencia se levantó ofreciéndole asiento mientras que Santos, fiel a su mala educación, no hizo esfuerzo alguno por levantarse. Adelaida, a pesar del dolor de sus piernas, insistió en quedarse parada. Rigoberto entró al despacho y calladamente se instaló junto a la puerta.

—Doña Adelaida —comenzó Santos—. Permítame presentarle al abogado Guzmán.

El hombre extendió la mano pero ella, sin verlo siquiera, declaró.

—Los asuntos de mi yerno Vicente los maneja el contador Uranga.

Los dos hombres compartieron una mirada fugaz. Santos no pudo ocultar una chispa de burla en sus pupilas, la cual no escapó ni a Adelaida ni a Rigoberto. Bebiendo el resto de su copa le sonrió:

—El contador Uranga, temo informarle, doña Adelaida, lleva tiempo de no ocuparse de este negocio.

—¿Desde cuándo? ¿Y por qué razón?

—Señora, no nos confundamos –contestó, empezando a perder la paciencia—. El motivo de esta reunión es simplemente informarle, por pura cortesía, que Vicente ha muerto intestado.

—De eso me he enterado.

—Y por ello, de acuerdo a la ley, sus bienes serán divididos en partes iguales entre sus hijos y un servidor —Santos hizo una reverencia y sonrió con descaro. Adelaida guardó silencio y resistió el poderoso impulso de darle una bofetada.

— Y únicamente porque usted ha deseado asumir la custodia de los niños, lo cual por ley debería ser mi responsabilidad…

—Eso sólo sobre mi tumba.

—Como decía, siendo ése el caso… Y por pura cortesía, convine esta reunión con el fin de que tenga usted una idea de la situación económica de sus nietos. El abogado Guzmán nos ha hecho el favor de evaluar las propiedades de mi hermano. He aquí la lista.

Con un gesto de la mano, dio orden al abogado de mostrarle el documento. El hombre bigotón lo extrajo de su portafolio y se lo entregó a Adelaida quien, colocando sus gafas, leyó en silencio. Al terminar, sin decir una palabra, se lo extendió a Rigoberto. Un prolongado silencio invadió la habitación. Adelaida miraba fijamente a Santos pero éste la evitaba, concentrándose en cambio en el consumo de su puro. Por fin, la anciana habló:

—El único activo mencionado en la lista es *El Competidor*. Evidentemente el abogado Guzmán no está enterado de la existencia de los bienes de mi yerno.

Santos arqueó las cejas levemente sorprendido pero reponiéndose rápidamente se dirigió al abogado, calculando el peso de cada una de sus palabras:

—Señor Guzmán, ¿quiere hacer el favor de explicar a la dama la situación actual del patrimonio de mi hermano?

—Con gusto —respondió éste, retorciendo la punta de sus bigotes—. Don Vicente efectivamente fue dueño de un gran número de inversiones las cuales, temo informarle, liquidó ya hace varios años, para poder invertir en la restauración de *El Competidor*.

La mente de Adelaida procesó lentamente el contenido de las palabras del tipo. ¿Vicente, liquidar todas sus inversiones? Imposible. Su yerno era, o mejor dicho, había sido, un hombre inteligente que entendía perfectamente bien la importancia de la diversificación de los activos. Era cierto que desde que había regresado de España parecía haberse obsesionado con levantar la tienda contra viento y marea. Y efectivamente, no dudaba que entusiasmado como había estado con la remodelación, hubiera liquidado algunos activos. No tenía más que observar el lujo de la decoración para apreciar su alto costo. Las antigüedades, la tapicería, las obras de arte importadas. Aun así, conociendo a Vicente como Adelaida lo conocía, era un hecho que jamás se hubiese permitido el lujo de liquidar todas sus propiedades. Por extravagantes que hubieran sido los gastos, su prudencia lo habría refrenado y nunca se habría permitido tal despilfarro. No era eso lo que la enfermaba, lo grave del asunto era que aunque Adelaida sabía de la existencia de su patrimonio, no tenía la menor idea de su valor. El asunto de las finanzas era algo que nunca había discutido ni con Vicente ni con Pilar, por el simple motivo de que ni en sueños se hubiese imaginado que habría de sobrevivirlos a los dos. ¿Cómo entonces comprobar la falsedad de las representaciones que ahora aquellos dos pillos hacían? Aunque se hiciera una evaluación del costo de la reconstrucción de la tienda, ¿cómo alegar la improbabilidad del consumo total del resto de su fortuna? Seguramente Santos ya se habría encargado de esconder cualquier documento que pudiera contradecirlo. Poco a poco Adelaida fue asimilando el significado de la situación, con todas sus ramificaciones. Por más que quiso evitarlo, una ola de náusea se apoderó de ella haciéndole insoportable el sostener su peso. Rigoberto, adivinando que las piernas de la anciana flaqueaban, aproximó una silla y la obligó a tomar asiento. Adelaida sintió rabia contra sí misma; su espíritu deseaba, más que nada en el mundo, proyectar fortaleza y valor pero su cuerpo la traicionaba y se doblaba, cediendo al peso de los años. Toda la humillación contenida brotó de su garganta.

—Creo que lo que ustedes desearían es que yo aceptara como cierto lo que dicen. En pocas palabras, que Vicente murió sin dejarles a sus hijos nada más que este negocio.

—Parte del negocio —corrigió el abogado—, ya que la otra parte es de su tío, quien tiene todo el derecho a manejarlo para proteger su interés y, por supuesto, también el interés de sus sobrinos.

Adelaida soltó una carcajada. ¡Qué descaro! Pero rápidamente contuvo su histeria. De nada serviría discutir con éstos. Le quedaba claro que todo estaba perdido; todo menos su orgullo, su integridad y la de sus nietos. Y por eso, no les concedería el gusto de verla vencida. ¡Jamás se rebajaría al nivel de tales ladrones!

—Mis nietos rehúsan entrar en ninguna sociedad con este embustero —levantándose aventó el documento al escritorio—. Ellos exigen que se les liquide su parte de la herencia de inmediato.

—Lo cual podrán hacer en cuanto lleguen a su mayoría de edad —contestó Santos ignorando el insulto—. Mientras tanto el negocio, y la situación económica de los niños, quedan en mis manos.

Adelaida buscó en su pecho la medalla del Sagrado Corazón que siempre vestía. Arrancándosela bruscamente del cuello, se acercó hacia Santos mirándolo con todo el desprecio imaginable. Despacio, como si fuese a hechizarlo, meneó el emblema enfrente de la sorprendida cara del hombre, haciendo con ella la señal de la cruz. Santos retrocedió horrorizado, hasta tocar con pared.

—Jura por Dios —exigió la anciana—, jura por Él, y por el alma de mi hija y por el alma de tu propio hermano, que este documento contiene la verdad.

Una capa de sudor brotó en la frente de Santos. Con brusquedad, apartó el brazo amenazante de la mujer y dando paso a un lado se alejó de ella como si tuviese lepra.

—Está usted loca.

—Júralo —repitió Adelaida.

—Lárguese de aquí —contestó Santos.

Rigoberto se apresuró a tomar a Adelaida por los hombros y gentilmente la condujo hacia la puerta.

—Ya lo sabía —le comentó al mozo casi en susurro, exhausta, pero al mismo tiempo tranquila—. Al final, los hijos de Satanás son todos unos cobardes.

—Resígnese, dona Adelaida —aconsejó una vez más el buen mozo—, es la voluntad de Dios.

—Y bendita sea su Santísima Voluntad —contestó la resignada mujer, persignándose.

SIN REYES MAGOS

Los Reyes Magos llegaron a Manzanillo y se fueron sin dejarme ningún regalo. Debajo del árbol reseco de Navidad, que las tías-abuelas Judith y Ana María decoraron con cadenas de papel de china de muchos colores y con palomitas rancias y aguadas, aparecen sólo los regalos de mis hermanas Pili y Noris. Las tías-abuelas buscan por toda la casa los juguetes que deberían tener mi nombre y que juraron haber visto cuando se pararon a orinar a medianoche. Pero nada. No aparecen. Ni debajo del sofá, ni de las camas, ni en el cuarto de las muchachas y tampoco adentro del buró, donde las tías guardan sus ajuares que nunca usaron porque nomás no sirven para encontrar nada, ni regalos ni maridos. En medio de la sala que huele a viejo me suelto a chillar sin consuelo.

—Pos no es pa' menos —opina Chola, la muchacha de las tías-abuelas—, con lo mal que se porta esta chamaca. Sólo ella sabe qué pecado mortal habrá cometido. ¿Así cómo espera que los buenos hombres le traigan nada?

Chillo con más ganas.

—Cállese usted, Chola —ordena la tía Judith—. En esta casa los Reyes Magos siempre les traen regalos a todas las niñas. Además, Lourditas no está en edad de cometer ningún pecado mortal. Ándele, ayúdenos a buscar.

Despreocupada, Chola levanta la tapa del basurero apestoso, lleno de moscas, al cual ningún Rey Mago se hubiese acercado ni por equivocación. Chola tiene veinte años y trabaja, no por necesidad, sino porque quiere. En su pueblo tiene un hombre que tranquilamente dejaría a su mujer y le pondría una casa bien puesta, si tan sólo se lo pidiera. Pero no se lo pide porque ella ya se «halló» con las tías-abuelas y «pos ya no me da la gana irme». Además, explica a todo quien pregunta, «ahí que le lave los calzones cagados su vieja», porque ella no va a andar de criada de ningún hombre, por mucho que tenga coche y ande de corbata.

—Pos si viera usté, doñita, qué diferentes son los Reyes Magos de mi pueblo —comenta, sin callarse—. Ahí sí, nomás les traen juguetes a las chamacas buenas. ¿O será, oiga, que en mi pueblo hasta los Reyes Magos son pobres y pos nomás no les alcanza pal repartidero?

—Está usted confundida, Chola —le asegura la tía Ana María, buscando adentro del clóset de los blancos—. Usted está pensando en *Santa Clos*, y ése sí puede darse el lujo de llevar la cuenta de cuál niño se porta bien y cuál no.

Las tías-abuelas buscan aquí y allá y después de un buen rato se rinden. La tía Judith se sienta con cuidado en el sofá de terciopelo verde y, soplándose la cara con su pañuelo desteñido, sube las piernas hinchadas en la mesita de la sala. Su hermana Ana María se sirve un vaso de jerez con hielo, se suelta el brassiere y se sienta a acompañarla. Jadeando y sudorosas, adentro de sus batotas de algodón, me jalan y me sientan entre las dos, apachurrándome con sus abrazos gordos que no logran consolarme.

—Ya, niña. Ya verás que sí aparecen.

No sé por qué nos mandaron a Manzanillo a pasar los Reyes Magos con estas tías. Estábamos contentos en Veracruz esperado la Navidad, cuando alguien decidió que a papá Licho le sería más fácil pasar esos días difíciles del aniversario de la tragedia sin tener que consolar a tanto chamaco. Y sin pedir nuestra opinión, nos separaron. A mis hermanos Talí y Manolo los mandaron con la tía Cris al rancho y a nosotras nos treparon en un tren, rumbo a la casa de las tías-abuelas en Manzanillo.

Lloro. Quiero estar con mi papá Licho, pero con el Licho de antes, el que camina solito y no al hombre flaco que a cada rato se tropieza. No quiero estar en Manzanillo con estas tías-abuelas quedadas, que viven en una casa que apesta a viejo. Y no quiero que Chola me peine; quiero que me peine Merceditas, aunque me jale las trenzas y me pellizque. Quiero estar con Licho. Quiero a mis abuelos. Quiero poner mi cachete en la panza de mi abuela Feli, contar las bolitas blancas de su vestido de seda y oír sus elefantes africanos. Quiero que mi abuelo Manuel me cuente sus cuentos gachupines, aunque no sean ciertos. Pero más que nada quiero que los Reyes Magos se den cuenta que olvidaron darme mis juguetes y que regresen, aunque tenga que verlos a plena luz del día y por ello ya no vuelvan a dejarme juguetes nunca más.

—Ya, niña, no llores —me consuelan—, verás que sí aparecen.

Observo a las tías-abuelas. Ninguna se parece a mamá Noya. Ella es chiquita y estas tías son grandotas. Mamá Noya trabaja mucho y no dice nada, y estas tías no hacen nada y hablan mucho. Tampoco entiendo por qué mamá Noya y papá Talí nunca nos visitan en México. Merceditas dice que es porque les caen gordos los españoles. Piensan que todos son una bola de ladrones pedantes que viven en este país sólo para esclavizar a los pobres.

—Eso de que son ladrones es cierto —le digo a Merceditas—, la abuela Feli se roba los billetes de la cartera de mi abuelo Manuel.

—Pos no es eso —contesta—. Porque aunque así fuera, eso ya no importa porque eso era antes y ahora es ahora. Ahora que tu mamá se fue al cielo, a los abuelos jarochos ya no les importa eso de los orígenes ni de las patrias. ¿Qué no sabes, chamaca? —explica—. Es mucho más fácil querer a los muertos que a los vivos. Aunque sean despatriados. Además, ahora sí que están todos igual de jodidos: a tus abuelos gachupines se les murió la hija y a tus abuelos jarochos, el hijo. Te digo, eso de la muerte convierte a todos en la misma raza.

Por eso, porque ahora sí son todos de la misma raza, los cuatro abuelos se han reunido en Veracruz a pasar Navidad por primera vez. Querían estar con papá Licho para acompañarlo a todas las misas y a los rosarios del aniversario del accidente. Y por ser días de sufrimiento no han cabido, ni en sus hogares ni en sus corazones, festejos de árboles decorados, posadas, ni piñatas, ni Reyes Magos que habrían de olvidarse de llevar mis regalos a Manzanillo.

La tía Ana María es la tía mayor, pero dice Chola que siempre ha estado así de arrugada por una gran decepción que sufrió cuando tenía veinte años. Cuenta que su enamorado la traicionó por una mujer de chichis grandotas y pelos rojos. Platica también que la tía Judith tuvo varios pretendientes, pero que todos le parecieron muy prietos y al final no quiso dejar a su hermana solita, así que a todos los mandó a la tiznada.

—Pero estuvo bien —nos dice—, porque con los cinco chamacos malcriados que tuvo mamá Noya les alcanzó y hasta sobró escuincles pa' todas las primas. Y además —sigue explicando—, ya ven qué bien sabe el tren a quién llevarse y a quién dejar. Porque de haberse echado encima maridos, hijos y nietos, las tías-abuelas no podrían andar cuidando chamacas huérfanas de padre destartalado.

A pesar del ruido de mis lloriqueos, mis hermanas duermen en el cuarto de los invitados. Por fin, Pili se despierta y entra en la sala embarrándose las lagañas en los cachetes. Se acerca, besa a las tías sin ganas y se va derechito al árbol a abrir sus regalos. Entonces me ve llorando.

—¿Por qué chillas?

—No aparecen los regalos que le trajeron los Reyes a tu hermana —se apura a contestar la tía.

Pili examina los regalos y pone los suyos a un lado sin abrirlos.

—¿Y por qué no le trajeron nada los Reyes Magos a mi hermana?

Como las tías no contestan, Chola le explica:

—Lo que pasa es que Melchor, Gaspar y Baltasar están requete viejos y pos se les olvidó.

—Claro que no —alega Pili, abriendo sus crayones nuevos. No están tan viejos.

Me pone la caja enfrente y me da una hoja de su libro nuevo de colorear. Tiene una foto de Cenicienta. De puro coraje, le pinto el pelo de negro.

—Reteque viejos —insiste Chola.

—¿Verdad que no? —pregunta a las tías—. A ver, si estuvieran tan viejos, ¿cómo es que pueden encaramarse a un caballo, a un camello o, peor tantito, a un elefante? Además —agrega—, son magos. Y a ningún mago, ni siquiera al mago Merlín que está mucho más viejo, se le olvidaría nada. Porque para eso tienen su varita mágica. Cuando algo se les olvida o se les pierde, sólo mueven la vara y ¡ya! ¡Abracadabra! Ahí está.

Chola deja de poner la mesa, va directamente a la mesita en donde las tías-abuelas pusieron el nacimiento, agarra las figuras de barro de los tres Reyes Magos y se las enseña a Pili.

—A ver, pues. ¿Dónde están las varas?

Pili examina las figuras. Melchor está manco y Baltasar, ya casi todo despintado, parece un moro albino con barba blanca.

—Ay, qué ignorante eres, Chola —le dice, regresándoselas—. ¿No estás oyendo que son reyes?

—¿Y qué?

—¿Has visto algún día a un rey cargar algo?

—Pos no me he topado con ningún rey últimamente.

—Se nota. Para que sepas los reyes tienen mozos y ellos cargan todo, hasta las varas mágicas. Eres una boba.

—¡Pili! —la regaña la tía Judith—. Gracias a Dios que no vive tu madre para oírte hablar a la gente de esa manera. De los labios de una dama sólo salen palabras bellas, muchachita. Pídale a Chola una disculpa. 'Orita mismo.

—Perdón —dice, sin remordimiento—, pero a los Reyes no se les olvidó nada. Lo más seguro es que entró un ladrón a medianoche y se robó los juguetes.

Vuelvo a llorar. Las tías-abuelas me dan un dulce de mazapán y no lo toco. Me dan una cocada y la aviento al suelo. Pero sé que es pecado tirar la comida al piso, así es que me arrepiento y la recojo. Las tías-abuelas prometen llevarme al centro a comprarme una muñeca nueva, cuando abran las tiendas. Pero yo no quiero una muñeca, quiero irme a México, quiero a mi abuela, quiero a mi papá Licho, quiero a Merceditas. Entonces las tías deciden que no hay más remedio, Pili y Noris tendrán que compartir uno de sus juguetes y para que decidan cuál mandan a despertar a Noris.

Cuando entramos al cuarto, encontramos a Noris tapada hasta la cabeza. Pili le arrebata la sábana y le grita en la oreja.

—Despiértate, que ya llegaron los Reyes y no le trajeron nada a Lourdes.

Pero no se mueve. Pili la jalonea pero ella no se despierta. La jala otra vez y nada. Le metemos la punta de la sábana en la boca que tiene abiertota pero tampoco. No se mueve. Espantadas, corremos a avisarles a las tías-abuelas que Noris está muerta. Las tías llegan corriendo y descubren a mi hermana acostada en la cama y en medio de un charco de orina. Las tías se calman, se sientan junto a ella y nos explican que no está muerta porque los muertos de verdad no se hacen chis en la cama. De ahí le ordenan a Noris que se levante en ese instante. Pero la meona no se mueve. Las tías la menean de aquí para acá pero nada. Ella sigue igual de tiesa y con los ojos apretados. Finalmente Chola las ayuda a cargarla y entre todas la sientan en una mecedora. Noris sigue con los ojos cerrados.

—Vamos a ver qué tan grave es el asunto —dice la tía Ana María. Con fuerza empuja el respaldo de la silla mecedora hacia adelante. Pero justo antes de irse de trompa al piso la muerta se entiesa y se detiene. La tía empuja el respaldo otra vez y de nuevo se entiesa y se salva. Pili y yo nos carcajeamos y al instante Noris resucita y se nos abalanza repartiendo trancazos.

—¡Ah! Ya regresó del infierno —exclama Chola divertida—. Y miren nomás que bien aprendió a dar madrazos con los diablitos.

En el lavadero de la azotea mi hermana Noris se pasa la tarde lavando la sábana orinada. No está castigada por mearse en la cama ni por pegarnos, sino por esconder debajo de su cama los regalos que los Reyes Magos me trajeron hasta Manzanillo. Los escondió, explicó a las tías, porque soy una envidiosa que no le presto mi vestido rojo de crinolina. Y también por traidora, porque siempre las abandono y me voy a vivir con los abuelos a México. Y además, porque la abuela Feli siempre me compra vestidos y nunca le compra uno a ella, y eso no es justo.

Mientras la niña ladrona de regalos de Navidad talla la sábana meada con jabón de pan, sus hermanas la esperan, sin tocar sus juguetes nuevos. Aburridísimas desean, más que nada en el mundo, poder jugar con ella y con las burbujas que de repente brincan del lavadero.

15

El bisabuelo Antonio: «Y a mis nietos les dejo el mar»

Veracruz, Veracruz. 1931.

*Gastritis: Niño*s (receta de papá Talí). Citrato de Sodio 2.00,
Tint. Belladona VI gotas, Jarabe limón 3.5 cc, Agua segunda de cal 70 cc.
Una cucharadita antes de cada comida.

El ataúd negro que contenía los restos de Antonio Armengual era tan largo que no había manera de cerrar la puerta de la carroza que habría de trasladarlo al panteón público del puerto de Veracruz.

—Pues que la cierren con una reata —ordenó Leonor, exasperada.

La desconsideración de la gente ignorante no dejaba de sorprenderla. Viéndola ahí doblada de dolor por la muerte de su padre, ¿cómo se atrevían a molestarla con este tipo de burradas? Nada más eso faltaba, que a media procesión rodara por toda la Avenida Independencia el cuerpo de su adorado padre, porque los tarados no sabían cómo cerrar la puerta de la carroza. Pero no era sólo la falta de imaginación lo que la enfurecía, sino la falta de decoro del mismo carpintero, quien esa misma madrugada había osado presentarse a entregar al difunto por un lado y a cobrar la cuenta por el otro, alegando que la extraordinaria altura de don Antonio había implicado gastos adicionales no contemplados en el presupuesto previamente negociado. Por ejemplo, se había atrevido a alegar el hombre, la madera había tenido que comprarse a doble cantidad para poder alargar la caja y así evitar la necesidad de amputar extremidades, los pies para ser más precisos, que por tantos años el chino del barrio se había ocupado de calzar. Y los clavos, había explicado, ésos había tenido que comprarlos al mayoreo pues si uno estaba hablando de más madera pues también se tenía que hablar de más clavos.

—Y pos ya me va entendiendo usté doñita, más madera, más clavos, más barniz, más tela y bueno, más de todo, pero ni modo, es lo que pasa cuando un hombre llega así de grandote, como su santo padre, a ocupar el espacio de dos gentes en este mundo. A la hora de las despedidas, hay que pagar el doble.

Incrédula de que tal discusión transcurriera a medio velorio, no había podido responder. Simplemente se había dado la media vuelta y lo había dejado hablando solo y regresado a la capilla a acompañar ese tieso cadáver, que nada tenía que ver con su padre.

A decir verdad, Leonor no entendía nada. No entendía ni la rapidez con la que la neumonía había ahogado los pulmones de Don Antonio, ni la naturalidad con la que el resto del mundo hablaba de cofres, panteones y puertas de carrozas que no cerraban como Dios manda. No entendía, por ejemplo, cómo nadie hablaba del azul verdoso que siempre había alumbrado la mirada de su padre. O de los callos que toda su vida decoraron sus manos grandotas y que con tanto orgullo había lucido, como medallas de batallas marítimas, ganadas sin más armas que las de sus rieles, redes y remos. Ni entendía tampoco por qué nadie hablaba del olor a caldo largo que tantas veces había anunciado su llegada al barrio. Con alguien quería discutir la injusticia de esa muerte que, debiendo haber sido en medio de aquella tormenta que su padre siempre temió y al mismo tiempo siempre ansió enfrentar, fue en cambio por una triste gripe. Con alguien quería filosofar las últimas palabras que su padre emitiera en ese terrible momento en el que por fin comprendió que se ahogaba adentro de una corriente producida por sus propios pulmones:

—Mi hijita —había dicho, tomándole la mano—. Éste es mi último y único testamento: mi cuerpo a los peces; mis balsas a mis lancheros; y a mis nietos… les dejo el mar.

Ella sabía que el cuerpo de su padre jamás sería carnada para los peces. Dada la resurrección de Nuestro Señor Jesucristo, quien según su madre y el padre Salomón pronto vendría a levantar a los muertos de sus tumbas, don Antonio sería sepultado de acuerdo a los ritos y tradiciones de un santo entierro católico, apostólico y romano. Y si el difunto no estaba de acuerdo, pues allá que se fuera a quejar con el Omnipotente, que bien le caería pedir una santa audiencia y confesar, aunque fuera muerto, todas sus herejías. Y por ello más que otra cosa, por la terquedad de su madre y las amenazas del padre Salomón, Leonor no había tenido más remedio que mandar a construir el cofre ridículamente largo que había requerido gastos adicionales, y que en este momento amenazaba reventar la reata que apuradamente lo sostenía adentro de la carroza.

La muerte de su padre había llegado precisamente cuando la vida en el puerto de Veracruz mejoraba. Las pestes sucumbían, la *Farmacia Pasteur* progresaba y la lechería aportaba más de lo que nadie se hubiera imaginado. Modestamente podría decir que su pequeño negocio había sido todo un éxito. Cierto que su apertura le había costado un gran disgusto...

Trató de sacudirse de la cabeza el desagradable recuerdo, pero como seguido solía sucederle cuando recordaba la lechería, una ola de vergüenza, coraje y humillación se le trepó a la garganta. Sin poder impedirlo, su mente la transportaba al pasado, a la oficina del doctor Franco, hombre de dudosa reputación a quien jamás hubiera asistido de no ser el único médico en todo el puerto autorizado, por el Director de Salubridad, para dispensar licencias a negocios como el suyo. Por desgracia el documento se adquiría sólo después de someterse a un examen físico que requería su reanudación anual. Desde aquel día cuando Leonor había puesto pie en el consultorio del obeso hombre, su aspecto le había inspirado desconfianza. Ésta se había convertido en alarma y después en pánico, cuando el médico despidió a la enfermera de la sala de exploración, en contra de la práctica general de la mayoría de doctores que Leonor conocía. Sin perder el tiempo, con los ojos vidriosos y la respiración irregular, el doctor había empezado a palpar primero sus pantorrillas, después sus rodillas y finalmente, alzando el borde de sus enaguas, sus torneados muslos. Leonor, paralizada por el repentino asalto, reaccionó con un manotazo que brevemente removió las sudorosas manos de encima.

—¿Qué cree que está haciendo, doctor? —preguntó, incrédula.

—¿Quiere o no abrir su negocio, señora? —respondió el hombre, disfrutando el momento.

—Sí, doctor, precisamente por eso estoy aquí.

—Pues entonces, hágame usted el favor de estarse quietecita. Su lechería requiere una licencia de salubridad y si quiere salir de esta oficina con dicho documento, me va usted permitir que termine mi exploración como a mí me dé la gana.

Por lo que le pareció toda una eternidad, Leonor había tenido que soportar los manoseos del hombre. Pero eso sí, no había acabado de secarse la tinta de la firma del doctor Franco en el documento, cuando ya le había plantado, con toda la fuerza de su pequeño cuerpo, la bofetada más sonora que habría de depositar en mejilla ajena. Golpe que el hombre había recibido con una carcajada cínica.

Leonor no tenía idea de por qué su mente osaba atormentarla con tan desagradable recuerdo, sobre todo en esos momentos, cuando el cuerpo de su padre yacía inerte adentro de una capilla que jamás habría visitado a no ser de estar bien muerto. Quizás tenía que ver con el hecho que esa humillante experiencia había sido causa de un acercamiento aún más íntimo entre padre e hija, ya que nadie más que don Antonio se había enterado de lo acontecido. Neftalí, ocupado con los problemas de la farmacia, apenas se había percatado del trámite de la licencia. Ni tampoco mamá Anita había sabido a qué achacar el mal genio que de repente habría de acompañar su hija por varias semanas. Sólo la tranquila mirada azul verdosa de su padre había de alguna manera adivinado el origen de su enfado. Y por ello al año siguiente, cuando Leonor se había presentado a renovar la licencia, esta vez armada con un cuchillo afilado escondido adentro del liguero, poco le había sorprendido la presencia de don Antonio en la sala de espera del doctor Franco. Tieso adentro de su uniforme almidonado de la Naval Mexicana, Antonio Armengual Uscanga coqueteaba descaradamente con la secretaria, platicándole con lujo de detalle los actos de valor y heroísmo que le habían aportado cada medalla que decoraba su pecho. Y cuando el doctor intentó meter a Leonor a la sala de exploración, el filo de la espada plateada de don Antonio lo detuvo en seco. Sin palabras ni explicaciones, el obeso doctor Franco acabó firmando la reanudación de la licencia agregando, al margen del documento a petición de su padre, que la firma era en perpetuidad y válida por los próximos cinco años de existencia de la lechería.

La carroza atravesó la Avenida Independencia y después la carretera hacia al panteón público del puerto de Veracruz, sin derramar a media calle el cofre exageradamente largo que contenía los restos de don Antonio Armengual. En el cementerio una mujer —diestra en arreglar coronas de alcatraces blancos para decorar las tumbas—, se embolsó en el seno los cincuenta pesos que Leonor le pagó para así acabar de cumplir los dogmas y tradiciones propias de un entierro al estilo tradicional. Y después de completar el rito, Leonor, todavía sin entender nada, regresó a su casa a comenzar una vida sin su padre.

Y nadie supo nunca que esa misma noche, antes de que el sol volviera a aparecer en el horizonte invitando al resto del mundo a seguir viviendo como si nada hubiera pasado, los pescadores, herederos de balsas, se robarían el cuerpo de su patrón para enterrarlo como Dios manda. Cumpliendo una promesa, los ocho lancheros lo arrojarían de la piragua a los recónditos y fértiles rincones de la laguna de Sontecomapan. Y las sirenas, recibiendo felices a su perpetuo enamorado, inmediatamente les agradecerían el gesto cantándoles, con su bellísima voz, una de las melodías que tantas veces les habría tarareado su querido don Antonio.

16

El abuelo Victoria: Las epidemias y el pinche chino

Veracruz, Veracruz. 1932.

Dolor de Muelas y Gingivitis (receta de papá Talí). Tint. de Yodo 5 cc., Tint. de Aconito 5 cc., Tint. de Agallas 5 cc. Toque en las encías.

En el pequeño laboratorio de la *Farmacia Pasteur*, Neftalí escogió una tercera pieza de la caja de madera que contenía los lentes de su microscopio, cada uno envueltos en bolsitas de terciopelo. El microscopio era alemán, marca *Carl Zeiss Jena*, su más reciente inversión adquirida con los ingresos del jarabe *Kita Dolor*, su analgésico más popular. Con infinito cuidado, colocó el lente en el extremo ancho y opuesto del ocular, y seleccionó la laminilla de cristal que contenía la muestra de saliva del señor Víver hasta lograr enfocarlo. Al instante reconoció la apariencia familiar de los organismos, collares de pequeñas esferas, que sugerían estreptococos, grupo A. Habría que mandar la muestra al laboratorio para confirmarlo. Pero el resultado explicaba los síntomas del pobre hombre: dolor de garganta, fiebre, náusea y vómito. Con suerte, con unos toques de nitrato de plata y mucho descanso se lograría contener el grupo de bacterias que de otra manera avanzarían, invisibles, a los oídos, pulmones o peor aún, a los riñones. Una fiebre reumática mandaría a la tumba al señor Víver en un par de meses. Y habría que hacerle también los análisis al resto de la familia, por supuesto. Satisfecho, se quitó los guantes y en la bandeja de porcelana, se lavó las manos con agua fría. Después salió a la sala de espera a darle su diagnóstico al paciente. Éste lo esperaba, junto con su mujer, en la sala de espera enrollando, ansioso, el ala de su sombrero de paja.

Por hábito, se ajustó la corbata, se colocó los lentes y explicó:

—Mire usted, señor Víver. Yo no soy un hombre que me ando con rodeos, así es que me va a permitir serle franco.

—Claro que sí, profe —el hombre le sostenía la mirada y consolaba a su mujer que ya lloraba.

—Tiene usted una enfermedad que puede ser delicada si no la trata con la seriedad que esto requiere. Si sigue el tratamiento que le voy a dar, al pie de la letra, vivirá hasta ver a sus bisnietos. Pero si usted ignora mis indicaciones, lo estaremos velando en un par de meses. ¿Soy claro?

—No, profe. Dígame usted nomás qué hay que hacer.

—Muy bien —Neftalí abrió la vitrina y esculcó las repisas—, vamos a hacerle así. Para empezar, va a tomar estos suplementos, éstos se los regalo y lo de los análisis, ahí se arregla usted con Leonor cuando le haga su siguiente pedido de leche.

El enfermo aceptó las medicinas, agradecido.

—Se tiene usted que quedar en cama un par de semanas, así es que nada de trabajo. Va a venir a darse sus toques de nitrato de plata, un día sí y un día no, y por último, tómese un traguito de tequila antes de dormir. Sólo un trago, ¿me entiende? Mientras tanto, pase usted señora, que esto es contagioso y quisiera hacerle a usted también la prueba. Ya verá que es un procedimiento bien sencillo.

El hecho de que la mujer presentara los mismos síntomas no lo sorprendió. Lo alarmante era que esa misma tarde había recibido a dos personas más con el mismo diagnóstico. Era obvio que la situación no era una simple coincidencia. Una cosa era dos o tres casos al mes, y otra dos o tres al día. Preocupado, dejó la farmacia a cargo de su cuñado Ismael y, ajustándose la corbata y el sombrero, salió a la calle a tomar el tranvía hacia el Hospital General. Lo último que necesitaba el puerto era otra epidemia, justo cuando la ciudad empezaba a recuperarse de tanta enfermedad y sufrimiento. Pero así era la cosa, era una lucha constante contra los gérmenes que cada día se volvían más inmunes a los medicamentos.

En el tranvía recordó de repente que era el último día del mes. ¡La lotería! Ese pinche chino otra vez no se había presentado a venderle el boleto que todos los meses le compraba con el mismo numero, el 10230. Era ese chino zapatero que por años había calzado a su suegro don Antonio. Pero qué incumplido le había salido el desgraciado últimamente. Nunca prestaba oídos a las malas lenguas del callejón, pero empezaba a creer que el hombre le estaba entrando mucho al trago porque su mujer lo había dejado por otro chino. Pero ése no era ningún pretexto. Le urgía su billete y ahora tendría que mandar a amenazar al hombre antes de que se le fuera el día. Pidió la parada del tranvía y se bajó en el bulevar donde, acercándose al primer cacahuatero, un niño sin zapatos y con síntomas de tuberculosis, lo contrató.

—Te doy un peso si vas a al quiosco del malecón a buscar al chino de la lotería —ofreció—. Dile que dice el profesor Neftalí que si no me trae mi billete a la farmacia el día de hoy le voy a partir la madre.

No tuvo que pedírselo dos veces. El chamaco agarró el peso, empacó su morral y se encaminó hacia el centro. Neftalí detuvo al siguiente tranvía.

Al llegar al Hospital General, localizó a la enfermera de planta y pidió hablar con el director, su colega y amigo el doctor Marcelino Fuentes Barrera.

—Mi visita es de carácter urgente —explicó a la secretaria.

Al cabo de unos minutos, las puertas del despacho del doctor Fuentes se abrían y el mismo doctor lo abrazaba afectuoso.

—Vaya sorpresa, mi queridísimo profesor Victoria, ¿a qué se debe el placer de tu visita?

—Ya sabes, Marcelino, puros problemas.

—¿Ahora qué, amigo? Pásale, siéntate. Trabajas demasiado. Acuérdate que todos los problemas, es decir, menos los conyugales, tienen solución.

Los hombres rieron y Neftalí se sentó en el sillón que su amigo le ofrecía.

—No te quito tu preciado tiempo, Marcelino. He atendido a tres pacientes el día de hoy con estreptococos. Dos rancheros y una costurera. No me ha confirmado el diagnóstico preliminar el laboratorio, pero tú sabes lo efectivo que me ha salido el alemán.

—Sí, claro, tu microscopio, es un *Carl Zeiss Jena,* ¿verdad? ¡Un aparatazo! ¿Cuánto te costó si no es indiscreción?

—Me lo dejó barato un cliente, Ralph, ¿lo recuerdas? Aquel alemán grandote que se agarró a golpes con cuatro y no pudieron con él. Tú mismo le metiste como veinte puntadas en el vientre, ¿lo ubicas?

—¡Cómo no me voy a acordar! No me permitió que lo anestesiara porque le daba terror la aguja. «Cosa lo que usted quiera, doctor, pero a mí no me inyecta nadie». Imagínate. Y no fueron veinte sino como cuarenta puntadas si bien recuerdo.

Se carcajearon recordando al hombre.

—Estreptococos… Dios quiera y te equivoques, amigo.

—Me preocupa, Marcelino. ¿Cuántos has recibido en el hospital?

—No me he enterado de ninguno pero a ver, ahora mismo lo investigamos.

El doctor Fuentes tocó la campanilla y en breve, una enfermera entró a la oficina.

—Gracielita, háblale por favor al residente, ¿quién está de guardia? ¿El doctor Muñiz? De una vez pregúntele, por favor, si hemos atendido algún caso de estreptococos el día de hoy.

—Sí, doctor, enseguida.

Mientras esperaban, el doctor Fuentes quiso saber todo acerca de los productos que Neftalí estaba elaborando en su laboratorio. El tratamiento, explico él, era una combinación de dos recetas que hasta ese momento le estaban dando buen resultado. El llamado *Epazoformo* combatía la parasitosis que, como ya sabía el doctor, afectaba a un gran número de la población. La anemia no era más que una consecuencia de la cantidad de parásitos que llegaban a vivir en los intestinos de la gente por comer frutas y verduras sin lavar, y por no tener hábitos higiénicos de lavarse las manos antes de comer o después de evacuar. Esa reproducción de parásitos disminuía los glóbulos rojos y la hemoglobina en la sangre y por ello, después de eliminarlos se trataba la misma anemia con su segundo producto, el *Tónico Vital*. Este medicamento se enriquecía con mucho hierro para aumentar la hemoglobina de la sangre, suficientes vitaminas y otras sustancias que abrían el apetito.

—Y qué bien se han vendido estos productos. Te felicito.

—Muchas gracias, Marcelino. Yo creo que lo importante ha sido mantener su costo bajo. Uno lo hace por ayudar y ya ves, al final Dios acaba por recompensar las buenas intenciones.

—¿Y cuándo los vas a patentar?

—En eso estoy precisamente. Ese viaje a México lo estoy viendo carísimo. ¿Sabías que acaban de subir el precio del ferrocarril, otra vez? Son unos ladrones, esos desgraciados burócratas.

—No, hombre, no me había enterado, qué mala noticia. Ya de plano cómprate un cochecito, Neftalí.

—No, Marcelino. Me ha ido bien gracias a Dios, pero no tan bien como para un gasto así. Además, tendría que aprender a manejar primero.

La entrada al despacho del doctor Muñiz, con las manos cargadas de expedientes, interrumpió el diálogo. Neftalí lo reconoció al instante. Era un joven recién graduado, que había hecho su tesis acerca del tratamiento de la tuberculosis pulmonar. Su estudio había incluido una entrevista con él mismo, por sus aportes farmacéuticos en esta área. El joven se miraba cansado, aparentaba no haber dormido en una semana. Y por su aspecto pálido, era obvio que padecía de una primera etapa de anemia, la cual desaparecería con una buena dosis de su tónico vital. Se la mandaría con Silviano en cuanto regresara a la farmacia.

—Buenas tardes, doctor Fuentes, profesor Victoria. Entiendo que querían saber de pacientes con diagnósticos de estreptococos.

—Sí doctor, pase. ¿Hemos visto algún caso recientemente?

—Casualmente sí, doctor. Precisamente acabo de recibir los estudios del laboratorio que confirman seis casos. Uno de ellos, ya con síntomas de fiebre reumática.

—¡Seis casos! ¿Y por qué demonios me entero hasta ahora?

El residente enmudeció y se balanceó adentro de sus zapatos de charol blanco. Neftalí se compadeció del chico pero comprendió que ese incómodo momento de silencio, que ya se prolongaba, era necesario. Dos moscas entraron a la oficina, giraron alrededor del ventilador y de ahí intentaron, sin conseguirlo, salir por la ventana. Neftalí sacó su pañuelo del bolsillo y quitándose las gafas, las limpió lentamente.

—Tiene usted razón, doctor Fuentes —se atrevió a decir el muchacho, al fin—, la próxima vez no espero los resultados de laboratorio y le aviso a usted de inmediato.

—Veo que usted no entiende, doctor. En esta profesión no existen las «próximas veces». Cada error que usted comete, bien puede costarle la vida a su paciente. Y yo no sé usted cómo la vea, doctor Muñiz, pero yo hace rato que no me encuentro con ningún Jesucristo para que resucite a mis muertos. Déjeme aquí los expedientes y vaya usted a dormir un buen rato, que me pone de mal humor hablar con sonámbulos.

Por lo que restó la reunión, Neftalí y el doctor Fuentes planearon la guerra en contra de los estreptococos. El primer paso era alertar al resto de farmacéuticos y médicos del puerto. De ahí convocarían una convención de emergencia, esa misma noche, en las oficinas del director de Salubridad del puerto.

Entrada la noche, muerto de cansancio pero orgulloso de sí mismo, Neftalí llegó por fin a su casa. En la mesa del comedor yacía su billete de lotería, junto a una nota escrita por el puño de su mujer: «Que dice el chino que por respeto a mí, tu mujer, no te mienta la madre». No fue sino hasta poco antes de acostarse cuando, sentado en el excusado, reconoció los números del billete premiado; eran sus números, 10230.

17

Silviano: El jodón

Veracruz, Veracruz. 1932.

Tónico Reconstituyente (receta de papá Talí). Extracto fluido de quina roja 10.00 cc, Arrhenal 2.00 cc, Jerez 475.00, Aceite de hígado de Bacalao 475.00, Glicerofosfato de cal 20 cc, Goma arábiga para emulsionar cbp, Cocoa en polvo 20.00 grs., Jbe. Naranja 50.00 cc. Tomar una cucharada antes de cada comida.

Licho supo que algo andaba mal cuando no vio a Silviano en la parada de Playa Bravo. Casi siempre, en la esquina de Prim y Troncoso, él y Pollo se encontraban con su hermano mayor justo antes de subirse al tranvía eléctrico que los conduciría a la escuela.

Silviano odiaba la escuela con toda la pasión capaz de su joven alma, y como cuando no iba a la escuela nadie iba, estaban acostumbrados a encontrárselo ahí, un día sí y otro también, con la mano extendida para arrebatarles las tarjetas de treinta centavos que eran sus pasajes.

Licho anticipaba esos encuentros con su hermano favorito con una mezcla de temor y júbilo: la presencia de Silviano era siempre una desviación hacia mejores pasatiempos, y seguido dichas aventuras resultaban peligrosas.

—Oigan —les preguntaba, en cuanto los veía doblar la cuadra—, ¿a dónde creen que van?

—A la escuela —contestaban.

—Qué escuela ni qué nada, vénganse pa'cá conmigo.

Sólo que ese día no había rastro de Silviano por ningún lado y el silbido del tranvía ya anunciaba su llegada. Rechinando sobre los rieles oxidados, se aproximaba luciendo su placa con luces de colores, amarilla, verde y roja. Ascendieron de un brinco y enseguida el asistente del conductor recogió y perforó dos agujeros en cada tarjeta de cartón, cobrándose así el abono del día. Tal parecía que hoy irían a escuela, pensó Licho, así es que no había de otra, tendría que terminar la tarea. Sacó de la mochila el libro de geografía y sin más, comenzó a memorizar las capitales de América del Sur.

A pesar de los riesgos, a Licho le gustaban las idas de pinta con Silviano aunque casi siempre tuviera que demostrar lo macho que era. Ya fuera recogiendo cotufas o tunas coloradas, que espinaban las manos, o lanzando piedras a los almendros que a veces estrellaban contra las ventanas de los vecinos. Cualquiera que fuera el reto, lo importante era entrarle al asunto sin titubear, para dejar bien claro que él no era ningún marica. Y si papá Talí o mamá Noya se llegaban a enterar y luego los castigaban, mejor tantito. Porque como decía Silviano, más valían dos o tres cuerazos que el suplicio de desperdiciar horas y horas de vida en un pupitre, viendo la cara de algún maestro pedante.

La prueba de valor el día de hoy le hubiera tocado a Pollo. Pero ahora que Silviano no había llegado a la estación del tranvía, nadie montaría el burro. La apuesta había sido que el asno de don Jerónimo tumbaría a Pollo en menos de un minuto. Y Licho estaba seguro de ganarla, porque apenas ayer él mismo lo había intentado y tan pronto como se había trepado al lomo del animal, éste se había encabritado y lo había mandado a aterrizar de panza en los médanos, de donde había salido cubierto de cadillos. Estaba seguro que ahí también acabaría Pollo. Pero éste, había aceptado el reto, prefiriendo perder dos de sus mejores canicas a su orgullo. Sólo que ahora no habría apuesta y, de acuerdo a las reglas, Pollo automáticamente ganaba y se convertía en dueño de la lagartija que con tanto trabajo, después de montonal de peripecias, Licho había logrado cazar en la zanja de la calle Uribe.

Esto no lo consternaba tanto. Sabía que a la siguiente apuesta recuperaría su preciado reptil.

En cuanto llegó a la escuela comprendió la ausencia de Silviano. Al parecer, alguien había chismorreado a papá Talí que en el muelle un chamaco rubio, con caireles de niña, pescaba jiníguaros desde la cuaresma. «Simpático pero mal hablado.»

A don Neftalí no le había quedado duda de que el rubio mal hablado era su hijo Silviano. Porque a pesar de que todos sus hijos eran güeritos, Silviano era inconfundible. Enseguida había cerrado la farmacia y había salido a buscarlo al malecón. Ahí, en el muelle a plena luz del día, lo encontró justo cuando el chamaco negociaba un bagre negro todavía en el anzuelo.

Cuando a Licho le contaron lo ocurrido, imaginó la escena que le esperaría al llegar a casa. Siempre era la misma: Silviano subía y bajaba escaleras, se metía en los roperos, debajo de la mesa, hábilmente escurriéndosele a su padre entre las piernas. Y no era la agilidad de su hermano para esquivar el cuero lo que más enfurecía a papá Talí, sino las carcajadas con las que parecía disfrutar del castigo. Por días, la furia de su padre impregnaba la casa y todos, hasta el loro de mamá Noya, tenían que soportar su mal humor. Ni modo, tendría que andar de puntitas en su presencia hasta que se le esfumara el disgusto.

El problema con el castigo de Silviano era que ahora Licho tendría que ir a los pueblos solito, cargando el doble de la mercancía. Así es que el castigo también sería para él, porque odiaba, sobre todas las cosas, tener que ir solo a vender. Todos los fines de semana, Papá Talí les entregaba, a él y a Silviano, sus pasajes de tren de segunda clase para ir a surtir a las farmacias y a los curanderos de los caseríos. Les daba sólo para el pasaje de ida y para pagarle el día a Isidoro, el muchachito que los ayudaba a cargar las cajas. El dinero para el pasaje de regreso, así como para su comida, tenía que salir de los ingresos de sus ventas. Pero eso estaba bien; los dos ansiaban esas escapadas, que normalmente hasta les dejaban suficientes centavos para las bicicletas que rentaban los domingos por la tarde en el parque Pelón. Sólo que ahora, con esto de la paliza, Silviano se quedaría castigado en la farmacia y sin él las ventas serían aburridas y, además, pocas. Licho reconocía que nadie tenía la labia de su hermano para descargar mercancía.

Acabó su tarea pero decidió esperar a que Pollo terminara para irse juntos a trabajar en la farmacia. Y ahí, detrás del almacén, encontraron a Silviano despachando un frasco de ácido muriático. Para variar, no demostraba síntomas de haberse encontrado con ningún cuero, ni en la piel ni en el alma. Después de cobrarle al cliente, se les acercó riéndose, como si nada hubiese pasado.

—Me debes una canica, maricón —le reclamó a Pollo.

—No te debo nada, no fuiste…

—Y eso ¿qué?

—Pues que no fuiste. Así es que Licho me debe la lagartija, dámela.

—No seas idiota, ¿no ves que hay clientes?

El resto de la tarde se les fue en embotellar el jarabe *Kita Tos*. Licho vaciaba el líquido viscoso y colorado, y Pollo embadurnaba las etiquetas con engrudo que después pegaba a los frascos de vidrio. Mientras tanto, Silviano surtía recetas y, cuando vinieron a ver, el día había terminado. No fue sino hasta que papá Talí llegó a cerrar el negocio que se enteraron de la sentencia.

—Mañana sábado se me van los dos a los pueblos como siempre, pero eso sí, cualquier ganancia la quiero aquí en mis manos. Porque quiero que te quede bien claro —advirtió a Silviano—: O estudias, o me ayudas a mantener a la familia. Además, ya estás grandulón para andar rentando bicicletas.

Al día siguiente, en la estación de tren, Isidro ya llevaba rato esperándolos. Para ayudarlos a cargar las cajas usaba su paliacate que sostenía, con todo y carga, a pura fuerza de pescuezo. Papá Talí lo había contratado hacía varios años, cuando respondiendo al volante que Licho y Silviano habían repartido por todos los muelles del puerto, que anunciaba: «Se busca joven sano y fuerte, capaz de aguantar peso», se había presentado a ocupar su turno en la fila enfrente de la botica, desde las seis de la mañana. Una hilera de gente, que incluía ancianas y niños, hacía la cola, sin importarles los requisitos.

—Es que no saben leer —los justificaba mamá Noya, despidiéndolos, no sin antes llenarles los morrales de tortillas y sus tazas de leche bronca. Isidoro estaba igual de flaco pero, a pesar del calorón y la larga espera a pleno rayo del sol, sonreía de oreja a oreja como si alguien le estuviera contando chistes. Por eso, y por lo bien que sabía balancear sus propios huesos bajo el peso de la caja llena de medicinas, papá Talí lo había contratado.

Mientras esperaban al tren, Silviano contó y repartió los productos a vender: diez botellas de *Kita Dolor*, seis del *Bálsamo de San Nicolás*, ocho botellas del *Vermífugo* para matar los parásitos, cuatro del *Epazoformo* con epazote y ocho del *Tónico Vital de Victoria*. El polvo de sulfato de quinina para el paludismo, que se vendería a granel, iba empacado en tres latas de alcohol, una para cada uno. Después de asignar el paquete más pesado para Isidoro, Silviano compró los boletos rumbo a Soledad de Doblado.

Los viajes eran a diferentes pueblos: Piedras Negras, Alvarado, Tlacotalpan, Tierra Blanca, Atoyac. Pero Licho disfrutaba más que ningún otro los viajes a Maltrata. Porque ahí mero, en el cerro, la señora de la casa donde a veces se hospedaban si los agarraba la noche, horneaba sus tartas de frutas. De manzana, ciruela pasa, nuez o piña, las tartas se enfriaban en el brocal de ladrillos alrededor del pozo. Y fuera cual fuera la ganancia del día, los hermanos se cuidaban de guardar unos centavos para sus rebanadas. En más de una ocasión, cuando la ganancia no les alcanzaba, la mujer se compadecía de ellos y se los regalaba, alegando que ya no eran más que las sobras que ni el mismo puerco comería, harto como estaba de tanta tarta.

Con su boleto en mano, Licho se apresuró a subir al tren para coger buen sitio. No todos los asientos, hechos de varillas de madera con respaldo crudo, tenían en dónde poner la mercancía. Cuando el lugar era malo, había que poner las cajas en las tablas y aguantar el viaje de pie, tambaleándose todo el camino. Afortunadamente, habían llegado temprano y los asientos sobraban. Así es que, después de acomodar las cajas en la parte de arriba, Licho se sentó a pelar las almendras que a pedradas habían tirado del árbol de la vecina.

—Oye, tú —dijo Silviano–, más vale que vendas el doble.

—¿Por qué?

—¿No oíste a papá Talí? Tenemos que entregar la ganancia completa.

Isidoro olfateó pleito y los miró divertido. Nada le causaba más placer que ver al par de hermanos amarrarse a golpes. Licho resistió el impulso de darle una patada por meterse en lo que no le importaba. No le daría gusto a ninguno, decidió ignorarlos.

—Tú eres el que tienes que entregar tu ganancia, yo no estoy castigado.

—No me entendiste bien, maricón, todo lo que yo gane va pa'l jefe. Y de todo lo que tú ganes, la mitad viene pa'ca.

—Eso no es justo.

—¿Ah, no? —no vio venir el golpe y cuando lo sintió, ya estaba tirado en el suelo.

–Y esto, ¿esto sí te parece justo? Me aburre que siempre tengo que madrearte pa' que entiendas.

Isidoro reía ampliamente enseñando sus muelas podridas. De reojo vió venir al asistente del conductor quien, agarrando a Licho de la oreja lo levantó del suelo y lo obligó a sentarse en su lugar. Gritó de dolor.

—De ahí no te pares, escuincle —rugió y después, regañando a Silviano, le advirtió–. Y a ti, te bajo en el siguiente pueblo si vuelves a tocar a tu hermano. ¿Oíste? Métete con los de tu tamaño, cabrón, a ver si eres tan machito.

Durante el resto del viaje, Licho peló almendras e hizo cuentas matemáticas. Ni aunque vendiera todas las medicinas le alcanzaría para las bicicletas del domingo, si encima de todo tenía que darle la mitad de su ganancia al idiota de su hermano. Pues no. No se dejaría. De alguna manera tendría que defenderse. Se imaginó el pleito. Esta vez, le metería un derechazo en la barriga, de esos que le había enseñado el volovanero, con el puño bien cerrado. Después le llegaría a las costillas con un izquierdazo, no le daría tiempo ni de respirar. Una vez que lo tuviera botado en el suelo, le pondría la pata en el pescuezo hasta ahogarlo, hasta que se rindiera, hasta que rogara por su vida. Miró la cara burlona de su hermano y quiso aventársele encima, ahí mismo, de una vez por todas. Pero como siempre, el brillo de sus ojos azules lo pararon en seco. Conocía esa mirada que de pronto revivía los miles de golpes que desde siempre le había plantado en diferentes partes de su cuerpo: la nariz rota, el chichón en la frente, el brazo torcido, las patadas en la panza. Entonces supo que quien acabaría en el suelo, chillando como una niña, sería él. Y supo también que después de madreárselo, Silviano de cualquier manera le quitaría su dinero. Sintió rabia y ganas de llorar. Pero eso sí que no. No iba a chillar como marica. Para disimular, se metió a la boca otra almendra, casi ahogándose al no poder tragársela. Un día de éstos, cuando creciera un poco más, le tumbaría todos los dientes; un día lo aplastaría y todas sus tripas servirían de carnada pa' los pescados. Y con ellas, con sus tripas, sacaría el huachinango más grande que mamá Noya nunca hubiera preparado. Lo guisaría empapelado, y rendiría tanto que para no desperdiciarlo, tendrían que invitar a comer a todos sus amigos del barrio.

El tren paró y el asistente del conductor anunció la llegada al pueblo Soledad de Doblado.

Levantó su carga con dificultad, pesaba como un carajo. Podría jurar que pesaba el doble de lo normal. Y lo peor era que el camino de la estación del tren al pueblo de Soledad de Doblado era largo. Pues ni modo, se resignó, así era la cosa. El comienzo del día de ventas siempre era lo más difícil pero ya conforme la gente empezaba a comprar, la carga se alivianaba y el mundo volvía a ser un lugar agradable. De momento eran las diez de la mañana y el sol hervía la arena que con los pies levantaban por el camino. Pronto el calor empapaba de sudor las camisas que mamá Noya había insistido vistieran para no verse como niños huérfanos, o peor tantito, como chamacos abandonados. A pesar de que Isidoro cargaba el triple de cajas, ni sudaba ni se quejaba, sólo se reía viéndolos tambalearse bajo el peso de sus respectivas cargas. De sombra de árbol a sombra de palmera, caminaron acompañados por una nube de moscas que, al detectar el olor dulce de los jarabes, zumbaban a su alrededor. Licho rezó para que el curandero, el primer cliente del día, comprara bastante. Pero no fue así, el hombre no estaba en casa. Nadie sabía ni dónde estaba ni cuándo regresaría. Llevaban meses buscándolo.

—Y cuando aparezca —explicó una mujer arrugada como pasita que hacía tamales de cazuela en el patio—, más vale que encomiende su alma a Dios, porque con estas meras manos lo mato.

La mujer continuó maldiciendo a su hombre hasta terminar con todo su repertorio de majaderías. Después, viéndolos ahí sudorosos, se compadeció y mandó a un niño encuerado y moquiento a traerles agua. Al final acabó entregándoles un peso descolorido con el que compró una botella de *Vermífugo* para que el niño, hijo del hombre maldito, empezara a cagar lombrices.

Rumbo al pueblo, al pasar por el río, no lo pensaron dos veces, se encueraron y columpiándose de una rama del guayabo, se aventaron al agua helada.

—Tienes el pájaro morado, cabrón —se burló Silviano.

—Tú también. Míralo, Isidoro, mira qué chiquito lo tiene, parece una verruga.

Isidoro nunca se metía al agua porque no sabía nadar y además, alguien tenía que cuidar las cajas. Feliz, se acostó a dormir la siesta a la sombra del árbol y a chupar el mezcal que cargaba en una vejiga de toro. Así pasaron el resto de la mañana jugueteando, salpicándose y olvidándose por completo de las ventas. No fue sino hasta que les entró el hambre que se acordaron que no tenían ni un quinto para comer.

En el pueblo, la gente ya empezaba a poner sus mesas y sus puestos de chicharrones, tacos de pibil y pollos rostizados. Y ahora resultaba que ellos, los meros mercaderes de remedios médicos, no habían hecho ni una sola venta en todo el día. Las tripas les rechinaban de hambre y para colmo, su última esperanza, el único farmacéutico del pueblo, ya estaba comiendo.

—Que regresen después de mi siesta —gritó aquél desde la cocina de su casa.

—Es que se nos va el tren —respondieron los tres a coro.

—Está bien, entonces cuando termine mi postre.

Con la panza vacía, esperaron hasta que por fin el hombre se dignó a recibirlos. En su changarro, un cuarto hecho con trapos y palma dentro de una caja de mangos, estaba su báscula. En ella fue midiendo, una por una, las bolsitas del sulfato de quinina para comprobar su peso. Después de regatearles hasta el último centavo, compró dos kilos y también, gracias a los poderes de convencimiento de Silviano, cuatro botellas de *Tónico Vital de Victoria* y dos del *Espazoformo*.

—¿No va a llevar usted nada del *Kita Tos*? —probó su suerte Licho.

—¿Y yo pa' qué quiero esa mierda?, que alguien me explique, si igual un trago de tequila y miel resuelven el problema.

A las seis de la tarde, los vendedores de medicinas por fin juntaron lo suficiente para comprarse un caldo de gallina y dos tortillas. El ingreso también alcanzó para comprar el boleto de regreso en el último tren del día. Entrada la noche por fin llegaron a casa, doliéndoles hasta las encías, a entregar a su padre la ganancia del día: cinco pesos. Acto seguido papá Talí, sin cruzar media palabra con ninguno de los dos, extendió a Licho dos pesos y se guardó el resto en el bolsillo.

Licho dio las buenas noches y se fue directo a su recámara. Tras de él, sintió los pasos de su hermano pisándole los tobillos. Con fuerza, apretó los pesos que bailaban en su bolsillo mientras su mente repasaba sus opciones. Madrazos y Licho sin peso, o rendirse y Licho sin peso. De cualquier manera, estaba jodido. Furioso, sacó un peso y se lo aventó a Silviano con todas las fuerzas de su enojo.

—Trágatelo, cabrón –gritó—, pero tienes suerte que estoy cansado porque si no… si no ya serías carnada de huachinango.

18

Los abuelos Victoria: Repartiendo farmacias

Veracruz, Veracruz. 1935.

Calmante de la tos (receta de papá Talí). Benzoato de Sodio 3.00, Polvo de Dover 1.00, Codeína 0.20, Semilla de gordolobo 0.10. Para XII cápsulas.

A las tres y media de la madrugada Neftalí descubrió el secreto del jarabe para la tos que habría de ayudarle a construir la casita de la calle Prim: la semilla de gordolobo. Una pizca solamente, para no cambiarle el sabor. La receta estaba completa y el jarabe listo para su consumo. Lo llamaría *El Jarabe de Cerezo*, y la casita se llamaría *La Casita Dulce*, porque sería construida con las ganancias de ese expectorante que, Dios mediante, sería un éxito en el mercado.

En la calle Prim, Leonor había encontrado el terreno de mil metros en el que crecían, casi como maleza, una gran cantidad de árboles frutales, chicozapotes, mameyes, nanches, limoneros, naranjos y aguacates. Y sin pensarlo mucho había negociado el precio, ajustándolo al presupuesto que habían acordado entre ellos: lo del premio de la lotería, 18 mil pesos menos los 400 pesos que habían pagado por su *Marmon* morado, modelo 1931, que había corrido a comprarse al día siguiente de haber recibido el dinero en sus manos. Leonor había tratado de convencerlo de que la compra del coche era un error, sobre todo por aquello de que ninguno de los dos sabía manejar.

—Mira a tu alrededor, cualquier gente respetable de este pueblo tiene coche.

—Cuando miro a mi alrededor —había respondido ella— veo que sólo existen dos calles pavimentadas en todo el puerto, Independencia y Cinco de Mayo. Por eso la gente respetable, si es que existen y si es que tienen coche, lo tienen guardado hasta para el próximo milenio.

Al final Neftalí había ganado el pleito. El coche era indispensable si es que algún día iban a lograr registrar sus patentes al Distrito Federal. Y lo de la manejada era lo de menos, porque en todos lados había choferes baratos que por cualquier propina les resolverían el problema.

En el laboratorio, Neftalí mojó la pluma en la tinta y marcó un círculo alrededor de la receta número 94 de su libro de fórmulas magistrales experimentales. Era increíble que el secreto del jarabe de tos fuera simplemente la semilla de gordolobo; había que agregárselo, bien molido, como último ingrediente. Revisó su libreta y contó el número de recetas desechadas que había elaborado hasta encontrar el sabor exacto del jarabe. En total, habían sido noventa y cuatro intentos. Su padre Silviano, en paz descanse, se hubiera horrorizado ante tal desperdicio de productos y de tiempo. Sintió una ola de remordimiento. ¿Habría sido un error invertirle tanto esfuerzo al medicamento? Como por instinto, sus ojos buscaron la fotografía de su padre que colgaba en la pared de la farmacia. Le bastó mirarlo para rechazar su incertidumbre. Precisamente había sido la aversión de su padre a tomar riesgos lo que lo había mantenido recluido en Catemaco, en ese recóndito pueblo olvidado hasta por Dios mismo, pasando hambres al lado de su clientela. No, había hecho bien en arriesgarse, porque él sí haría algo con su vida. Y por eso mismo no se permitiría arrepentirse aunque sus primeros intentos fracasaran. Algo muy dentro le aseguraba que el *Jarabe de Cerezo* se vendería bien. Además, pudo haber sido peor. La fórmula exacta del *Espazoformo*, por ejemplo, le había costado 126 recetas. ¿Y cuántas habían sido con el *Kita Tos*? Neftalí no quería ni acordarse. Pero de eso se trataba el asunto, de usar los conocimientos científicos para producir y patentar productos. El siguiente paso sería simplemente registrarlos con el Departamento de Salubridad en el Distrito Federal y prepararse para los pedidos que, tarde o temprano, lloverían a cántaros desde el cielo. Neftalí imaginó vívidamente la bicicleta del cartero, tambaleándose bajo el peso de la canasta, desbordando de pedidos procedentes de todas partes del país: desde Sonora hasta Mérida y desde Tamaulipas hasta Chiapas. Sintiéndose tranquilo aunque cansado, se quitó las gafas y se levantó del banco, tallándose la espalda.

Lo único que faltaba era analizar la competencia. Porque antes de poder registrar la fórmula, había que cerciorarse que ninguna receta existente en el mercado contuviera los mismos ingredientes. De sus archivos sacó el expediente voluminoso que le había proporcionado el notario Bustamante. No recordaba haber visto la semilla de gordolobo en ningún otro jarabe la última vez que había ojeado el expediente, pero dormiría mejor sabiendo que la receta era auténticamente suya. Empeñado en confirmar la validez de su patente, se volvió a colocar los anteojos y se sentó a estudiar el tomo, cosa que le llevó casi toda la noche. Por fin, a las cinco de la mañana, ya convencido que ninguna patente en existencia contenía las mismas sustancias, cerró el libro, la farmacia y se encaminó a su casa.

La luna alumbraba la calle y lo estrellado del cielo anunciaba el despuntar de un día caluroso. La noche era la única hora, durante el verano, en que se podía caminar todo lo que uno quisiera, sin temor de empapar de sudor la ropa. A lo lejos, alguien tocaba la guitarra y un coro de borrachos desafinados acompañaban la melodía. Las carcajadas delataban la proximidad de alguna taberna. Así era el puerto, pensó sonriendo, siempre alegre, música y parrandas constantes. Y qué bien los habían tratado los jarochos. Pronto disfrutarían también de sus productos patentados, lo cual le permitiría vivir con tranquilidad sin preocuparse si el corte de caja cubriría los gastos del día, para así concentrar su atención en la elaboración del siguiente remedio medicinal.

Al llegar a la casa decidió no despertar a Leonor pues en su estado de excitación por haber finalizado su fórmula, jamás podría conciliar el sueño. Además, en menos de un par de horas, su mujer tendría que levantarse a abrir el negocio. Era chambeadora, siempre lo había sido. La dejaría descansar y mejor se prepararía un café bien cargado en la cocina y desde el balcón de la casa se relajaría a contemplar el amanecer.

En la despensa buscó el café sin localizarlo. La alacena era un total caos. Sin lógica alguna aparecían los frijoles junto a los chiles pasilla, la manteca junto a la pasta seca y las papas coloradas junto al saco de harina. Estudió el desorden con más detalle, tratando de encontrar lógica al acomodo de los productos. El aceite, por ejemplo, sustancia lubricante, nada tenía que hacer junto al vinagre, un líquido cortante. La avena, que era polvo, estaría mejor junto a la sal y no junto a la lata de té de manzanilla. Este alboroto explicaba por qué las mujeres se tardaban tantas horas en la cocina; jamás encontraban ni un carajo. Lo sorprendente era que Leonor permitiera tal desorden estando acostumbrada a la farmacia, en donde nunca se perdían los ingredientes. En la botica, sobre los anaqueles, yacían en perfecto orden alfabético los frascos que contenían las sustancias. Frascos de porcelana fina, color blanco, claramente marcados con tinte dorado con el nombre de sus contenidos: sulfato de quinina, azufre precipitado, hidrato de coral. En la farmacia todo era armonía lo cual facilitaba el rápido acceso a la mercancía. En cambio, la alacena merecía la mención honorífica del desparramo. Por impulso y sin tener más que hacer, decidió «farmatizar» la despensa de su mujer y así rescatarla del desperdicio de tiempo en búsqueda de alimentos extraviados. Comenzaba a arreglarla cuando Leonor apareció en la cocina. Le dió los buenos días, enjuagó la cafetera, acto seguido sacó el café de la despensa y comenzó a prepararlo.

—¿Dónde estaba? –preguntó, sorprendido.

—¿Qué?

—El café, ¿de dónde lo sacaste?

—¿Pues de dónde va a ser? —contestó, señalando la alacena— De ahí, enfrente de tí.

Con gran dificultad, resistió el impulso de reprocharle el deplorable estado de la alacena pero decidió mejor mantener la paz matrimonial y cambió el tema.

—Prepárale a Silviano una maleta, me lo llevo mañana a México.

Leonor comprendió el verdadero significado de las palabras de su marido y sonriéndole entusiasmada, le sirvió el café.

—¿Qué, a poco ya estuvo?

—Ya estuvo. Diez miligramos de semilla de gordolobo.

—¿Eso era todo?

—No sé cómo no se me ocurrió antes. Se llamará: *Jarabe de Cerezo.* ¿Te parece?

—Me parece. ¿Y quién va a manejar el *Marmon*? ¿Ya conseguiste chofer?

Sopló el café caliente y tomó un trago antes de contestar.

—He decidido contratar al señor Domínguez.

La respuesta no sorprendió a Leonor. Así era su marido y después de tantos años juntos, había aprendido a esperar de él precisamente lo inesperado: el hombre que quería contratar como chofer, ése tal señor Domínguez, era el mismo que hacía sólo un par de meses había matado a la tía Josefa, la viuda de don Silviano. La había atropellado con una camioneta cargada de plátanos cuando la anciana cruzaba la calle Independencia. Llevaba de la mano a Licho y Pollo cuando el camión se les había echado encima. La anciana apenas había tenido tiempo de empujar a los chamacos con toda la fuerza de

su frágil cuerpo. Sólo de esa manera había evitado llevárselos con ella al cielo. Su muerte había sido tan rápida y sorprendente que todavía no acababan de creerla. Muy diferente a la de su suegro, don Silviano quien, apenas hacía tres años, había cesado su existencia explotando su corazón al treparse a la última repisa de la farmacia para esconder ahí la ganancia del final del día.

Al morir su padre, Neftalí había hecho un corto y desagradable viaje a Catemaco, aquel pueblo que apuradamente aparecía en los mapas. Ahí, rápidamente había rentado a una pareja de turcos la casa en la que se había criado. Y la *Farmacia Victoria*, la misma que bien pudo hacerlo feliz si tan sólo hubiera aprendido a ser un hijo dócil, había quedado en manos de su cuñado Ismael, quien la trabajaría por el resto de sus días, y después sus hijos y nietos continuarían manteniéndola con las puertas abiertas. Por último Neftalí había empacado lo único que deseaba conservar de su pasado: su amada madrastra y el loro, el cual sin remordimiento alguno, acabaría sobreviviendo a sus dos dueños.

Los niños se habían encariñado con la tía Josefa desde el primer día que la anciana había llegado a vivir con ellos. De cariño la llamaban, mamá Chepita. Era ella quien los «descastigaba», los consentía y con el poco dinero que guardaba en una media de encaje importada de Europa —que alguna vez había invitado a don Silviano a la intimidad—, les compraba dulces de mazapán todos los viernes, en cuanto les entregaban sus calificaciones, fueran éstas buenas o malas. Con un último acto de bondad, mamá Chepita les había salvado la vida dando con ello testimonio de lo que había sido su amorosa persona.

El consternado señor Domínguez se había presentado al velorio con su mujer y sus ocho hijos, formados en fila, a pedirles perdón. Postrado de rodillas había explicado que los frenos de su camioneta no habían respondido, que llevaba años manejando y nunca había tenido un problema así. Lloraba más que ningún otro de los invitados. Lloraba con tal amargura que Neftalí y Leonor no habían tenido más remedio que perdonarlo y consolarlo.

—Levántese usted, señor Domínguez —había dicho Neftalí, avergonzado—. Aquí usted no fue sino un instrumento de la voluntad de Dios.

Y desde ese día, cada vez que Leonor iba al cementerio, se encontraba en la tumba de mamá Chepita un clavel blanco, su flor favorita, gesto del arrepentidísimo camionero.

—¿Vas a querer que me vaya a *La Central*? —preguntó Leonor aceptando con ligereza la decisión de su marido de contratar al señor Domínguez.

—¿No te importaría? Porque si quieres, la cerramos.

Hacía ya casi un año que Neftalí había comprado *La Central*, su segunda farmacia. El dueño, un yucateco, se la había legado a sus hijos pero ninguno de ellos deseaba seguir adelante con ese negocio tan sacrificado, prefiriendo ganarse la vida en las apuestas de peleas de gallos. Al fallecer el hombre los herederos rápidamente se la habían ofrecido a Neftalí, dándole todo tipo de facilidades de pagos. Al principio Neftalí había rehusado la oferta por temor a no poder cumplir, o peor, a tener que pagar intereses.

—He tenido suerte —había explicado a su mujer—, pero me pregunto, ¿cuántas veces tiene uno derecho a recibir la bondad del Señor?

—A Dios no lo metas en estos líos mundanos —había respondido Leonor—, y deja de usarlo de pretexto. Aquí lo único que vamos a necesitar es buena voluntad y muchas ganas de trabajar. Cerramos la lechería, yo llevo la *Pasteur*, tú *La Central* y san se acabó.

Neftalí sabía que en cuestiones de negocios su mujer tenía mejor instinto y por ello, al cabo de unos meses, había recapacitado y dado su primer depósito. No se arrepentía. Y Leonor, fiel a su palabra, había cerrado la lechería y se había entregado por completo a llevar ella sola la *Farmacia Pasteur*. Al frente de la farmacia *La Central* habían colocado a la hija mayor, Chata, quien ya estaba en edad de despachar. Y así repartidos, Neftalí había podido concentrase a la consulta de los pacientes y sus fórmulas. Los pacientes pronto aprendieron a ir a buscarlo a *La Central* y el arreglo había funcionado tan bien que desde hacía un par de meses su segunda farmacia mostraba ganancias aún mayores que la *Pauster*.

Era hora de hacer el viaje a México a patentar productos, decidió Neftalí. Y era hora de que su hijo Silviano aprendiera algo de la vida, acompañándolo a esa travesía. Silviano estudiaría la carrera de abogacía en el Distrito Federal en cuanto tuviera edad y su hermano Licho lo alcanzaría al poco tiempo para estudiar farmacología. Uno se ocuparía en seguir produciendo los productos y el otro en patentarlos. Neftalí se iría de este mundo tranquilo dejando las farmacias en manos de sus hijos.

—Prepárale su maleta a Silviano, porque salimos a las cinco de la mañana. Y por cierto, pídele a mamá Anita que te ayude a organizar esta despensa. Es una vergüenza. Nunca puede uno encontrar nada.

19

Los abuelos Victoria: Viaje a México

Veracruz, Veracruz. 1935.

Tratamiento para úlceras (receta de papá Talí). Papaína 10 gr.,
Agua destilada 100 gr., Jarabe de azúcar 100 gr., Alcohol a 80° 80 cc,
Vino blanco de Málaga, cantidad suficiente para 1 litro.
Tomar una copa del licor después de cada comida.

En la *Farmacia Pasteur*, Neftalí se despidió de su hija Chata dándole las últimas instrucciones.

—No dejes que Leoncio toque la caja. Tú cobra y él que se dedique a despachar. Así al final del día, si no te salen las cuentas, sabrás que la culpa es solamente tuya.

—Está bien, papá—contestó la Chata.

—Y no se te olvide el pedido de la señora Mustiel, acuérdate que pasa por él a las dos de la tarde.

—Está listo. Un estuche para enemas, dos frascos de *Jarabe de Cerezo*, dos cartones *Kita Dolor* y una loción de lavanda.

—Así es. Bueno, creo que ésos son todos los pendientes.

Neftalí sabía que no había nadie más capaz de llevar la farmacia durante su ausencia que su hija Chata. Sin embargo, ahora que el momento de la despedida se acercaba, una ola de incertidumbre le pegaba en la boca del estómago, causándole agruras al grado de requerir medicamento. En la vitrina localizó la leche de magnesia y sirviéndose dos cucharadas se las bajó con un vaso de agua. No tenía de qué preocuparse, pensó calmando su ansiedad, Leonor se quedaba al frente de *La Central* y en caso de que a la Chata se le atravesara cualquier percance en la *Pasteur*, ahí estaría su madre para sacarla de apuros.

Tranquilizándose, dio una última vuelta al negocio, revisó bien el candado de la caja fuerte y volvió, una vez más, a ojear los documentos. La libreta de recetas, su más preciado tesoro, lucía flamante ya pasada en limpio a puño y letra de su hija Toña quien, con su caligrafía, había dado a cada fórmula aspecto de poesía; tan elegante había quedado el manuscrito, que no resistió mandarlo a empastar cubriéndolo en piel teñida color azul claro, el color del mar de Veracruz. El registro de las farmacias iba también incluido, así como su matrícula profesional y su licencia de conductor automovilístico recién adquirida. Con cuidado de no doblarlos, colocó los archivos cuidadosamente en su portafolio y repasó su lista de pendientes. Algo le faltaba, ¿pero qué? La *Pasteur* quedaba en las buenas manos de su hija, *La Central* con su mujer, el inventario estaba completo, los pedidos al día, las cuentas exactas, el coche listo y el chofer contratado. En México ya tenían albergue asegurado en casa de los primos de Leonor… ¡Ah! Eso era, recordó de repente, el regalo para los primos. Debajo del fregadero del laboratorio localizó una botella de vidrio vacía y enjuagándola con agua caliente salió a buscar a su hijo Licho, que en ese instante ordenaba cápsulas en la vitrina de la entrada.

—Hijo —ordenó—, corre a la *Nueva Bomba* y tráeme un galoncito de licor de nanche.

Licho, harto como estaba de limpiar vitrinas y ordenar medicamentos, obedeció al instante. Feliz, salió a la calle y encaramándose en la bicicleta que compartía con Silviano, pedaleó lánguidamente hacia la cantina. Sabía el camino perfectamente bien porque, cuando menos una vez a la semana, papá Talí lo mandaba a comprar el aguardiente que todos los días bebía con mamá Noya en una copita de cristal, justo antes de la comida para abrir el apetito. Pero eso sí, nunca bebían más de un trago porque beber más, aseguraba su padre, sería exceso y todos los excesos, tarde o temprano, se pagaban caros.

—El alcohol, por ejemplo —aleccionaba papá Talí—, se paga con pedazos de hígado. Y a ver, díganme niños, ¿cuánto creen que pueda valer un hígado? ¿Acaso podríamos comprar uno nuevo en el mercado?

A Licho le gustaba ir a la *Nueva Bomba* porque el dueño, don Ignacio, siempre le regalaba una bola de tamarindo azucarada. Además, papá Talí tenía razón, en ningún lado del puerto vendían mejor pulque enfrutado y encurtido que en esa pulpería. Licho sabía esto porque ahora que su padre iba perdiendo el sentido del gusto, por comer tanto chile, todo les daba a probar a sus hijos. Con las lenguas de Licho y Silviano controlaba la calidad de los productos para que no le sobrara azúcar a los jarabes y la acidez a los purgantes.

Sólo cuando el licor escaseaba en la *Nueva Bomba*, Licho tenía que ir a buscarlo con don Julián, tenedor de libros, cuyo segundo negocio era la preparación de licores. Pero no le quedaban tan sabrosos y además, como preparaba pocas cantidades, nunca había para escoger. En aquellas raras ocasiones, cuando de plano no se encontraba el néctar por ningún lado, entonces su padre se arremangaba las mangas de su bata blanca y lo preparaba él mismo con las pipetas del laboratorio, midiendo y mezclando el pulque, tequila o mezcal con naranjas, tunas o chabacanos. Porque por nada del mundo perdonaba la rutina del aperitivo, que sólo sabía bueno cuando se consumía bien frío.

Licho entró en la cantina y saludando a don Ignacio, le entregó la botella de vidrio.

—¿De qué la quieres? —preguntó, regalándole su tamarindo.

—De nanche, por favor. ¿Tiene?

—Sí hay. Espérame un ratito.

Eran apenas las nueve de la mañana y la fonda ya estaba llena de gente. La baraja se repartía en varias mesas. En otras, hombres que terminaban el turno de la noche se anestesiaban con cinco o seis cervezas cosa que, según papá Talí, era necesario antes de ir a casa porque «viven con brujas y llegar sobrios es invitación segura a cometer delitos no premeditados». A la salida, un hombre se despedía abrazando a otro, pidiéndole perdón por algo que Licho no llegó a escuchar. Primero lloraba, luego reía y al final se sentó en la banqueta quedando profundamente dormido. Contempló la escena divertido, mordisqueando su tamarindo. El humo impregnaba el ambiente subiendo la temperatura que ya amenazaba convertir la ciudad en un horno sin escape. Empalagado por el dulce, sintió una sed espantosa. Al acercarse a la cocina a pedir un vaso de agua fría reparó, por primera vez, en el hombre sentado al final de la barra. Lo reconoció inmediatamente por los tirantes anaranjados que apenas lograban sujetar sus amplios pantalones. Era don Rafael, paciente de papá Talí. Padecía de insuficiencia del riñón. Todos los días pasaba a la farmacia por su medicina y todos los días lo regañaba su padre por tomar alcohol en contra de su consejo profesional y de la vida misma. Seguro había visto llegar a Licho y por eso ahora trataba de esconderse detrás del periódico. Se le acercó sonriendo.

—Ya sé que es usted, don Rafael. Ni se esconda.

El hombre le dio la espalda y se tapó la cara con la sección de deportes. Lichó caminó hasta párársele otra vez enfrente.

—No se apure, don Rafael, que no lo acuso.

Detrás del diario surgió una voz fingida de mujer contestándole.

—No me hable usted, jovencito, que soy una dama decente y no tengo el gusto de conocerlo. Aléjese, no me moleste.

Licho rió a carcajadas y contestó.

—Usted es la dama decente más fea que yo conozco.

Don Rafael dobló el periódico en forma de taco y comenzó a golpearlo, dándole de batazos en la cabeza.

—Majadero —exclamó.

—No lo acuso. Lo prometo —juró cubriéndose la cabeza.

—Y de qué me vas a acusar, escuincle éste, si no estoy haciendo nada malo.

—Sí, está usted tomando.

—¿Y que acaso no puedo tomar mi agua de piña cuando me dé la gana?

Miró el tarro frío lleno del líquido amarillento y espumoso.

—Es cerveza —declaró.

—Jugo de piña.

Don Ignacio regresó y depositó el licor de nanche en la barra enfrente de Licho.

—¿Verdad, don Ignacio, que esto no es jugo de piña? —preguntó, señalando el tarro.

Don Ignacio ignoró la pregunta, se dirigió a la registradora y sacando su libreta de cuentas, se la entregó.

—Anda, firma aquí, que te espera tu padre.

—¿Vende usted jugos de piña, don Ignacio?—volvió a preguntar.

—Que no, niño. Aquí no se venden jugos. ¿Qué te crees que es esto, una fuente de sodas?

—Es cerveza, ¿verdad?

—No. Tampoco es cerveza. Aquí se siguen las órdenes de tu padre y no se le sirve alcohol a ningún cliente con riñones jodidos.

Buscó alguna evidencia de sarcasmo en el semblante del cantinero y luego en el de don Rafael. Los dos hombres se mantenían igual de serios. Perplejo, observó más detalladamente el líquido amarillento.

—¿Entonces, qué es lo que toma don Rafael?

—Eso es secreto.

—Yo sé guardar secretos.

Don Ignacio lo miró de arriba abajo, midiéndolo. Luego, considerándolo digno de confianza, lo invitó a acercarse con un gesto de la mano.

—Bueno, ven acá y te digo —jalándole la oreja, le susurró al oído—. Le serví un tarro congelado de meados de burro prieto.

Licho peló los ojos y lo miró incrédulo.

—No es cierto.

—Coño, pero yo no sé para qué pierdo el tiempo contigo —rugió don Ignacio—. A ver, Rafael, dale un trago a este niño del jugo ése de piña que dices que estás tomando.

Don Rafael eructó ruidosamente y haciendo una caravana le ofreció el tarro a Licho. Pero éste, sin poder ocultar su asco, retrocedió meneando la cabeza.

—No, gracias.

—Pruébalo.

—No, gracias, no quiero.

Licho puso una tacha en la libreta de abonos del pulquero y despidiéndose con un rápido «adiós», salió apresurado a la calle. No había andado ni media cuadra cuando oyó estallar las carcajadas provenientes de la *Nueva Bomba*.

—Mentirosos —pedaleó furioso—. A ver qué hace don Rafael cuando se le pudra el hígado y no encuentre ni uno en el mercado.

Regresó a la farmacia mucho antes que su padre acabara de subir las provisiones al coche para su viaje a México. Se moría por acompañarlos. No era justo que todo lo bueno le tocara a Silviano y a él nada. Y todo por haber nacido después que su hermano, lo cual era la aberración de naturaleza más grande que conocía. Era obvio que en la jerarquía de su familia él hubiese quedado mucho mejor colocado como hijo mayor. Su hermano era un vago, eso nadie lo dudaba, además, no obedecía y constantemente decía mentiras para evitar el cuero. Si tan solo papá Talí supiera el chantaje que había ocurrido apenas hacía unos días antes, cuando acompañaban al chofer a recoger la llanta de repuesto. Tres jiníguaros le había propuesto Silviano al señor Domínguez para que éste le prestara el volante del *Marmon* sin que papá Talí se enterara. Al principio el hombre se había negado pero luego, harto de las súplicas insistentes de Silviano, no había tenido más remedio que dar su brazo a torcer.

—Pero que sean tres, ¿me escuchas? Y que estén grandotes y bien frescos.

—Todavía respirando —prometió Silviano—, es más, si quiere se los llevo en cubeta y ahí mismo se los limpio a su mujer en el fregadero del patio.

Licho admiraba el poder de convencimiento de Silviano. El trato bien le podría haber costado su trabajo al señor Domínguez; era increíble que lo hubiese arriesgado todo por tres pinches pescados. Pero así había sido. El chofer le había soltado el volante del coche nuevecito de papá Talí a su hermano y Licho no había tenido tiempo de bajarse del auto para salvar el pellejo. Aterrado, supo con certeza que su breve vida estaba a punto de terminar, y si no la suya, la de algún pobre elotero vendiendo en el bulevar, o mínimo, la de algún caballo desnutrido jalando carretas de verdura fresca. Pero nada de eso había sucedido, al contrario, al tomar posesión absoluta del automóvil, había manejado las calles del puerto, todavía por pavimentar, como un experto. Tal pareciera que ésta no fuera la primera vez que lo manejaba. Tal pareciera que su hermano había invertido toda una red de jiníguaros frescos en clases de manejo.

Licho llegó a la farmacia y le entregó a su padre el licor de nanche. Sin darse por vencido suplicó:

—Papá, quiero ir con ustedes.

Papá Talí colocaba las latas llenas de gasolina en la cajuela. Si les iba bien, el viaje consumiría dos de ellas al día.

—Pero de veras que eres Armengual —respondió exasperado metiendo también, hasta arriba, una pala para excavar en caso de quedarse estancados en alguna zanja—. Terco como una mula.

—Yo también quiero aprender a manejar.

—Todo a su debido tiempo, hijo. Anda, déjate de tanta bulla y dile a tu madre que ya nos vamos. Que te dé las tortas y que no se le olviden los chiles.

No había manera de convencerlo. Frustrado, subió a la casa trepando los escalones de dos en dos. Encontró a su madre en la cocina envolviendo tortas y a mamá Anita llenando el termo con hielo y agua de horchata. La abuela, adivinando su sed y sin preguntarle, le sirvió hasta el tope un vaso del líquido dulce y lechoso. Lo bebió hasta el fondo y después, cerciorándose de que Silviano no anduviera por ahí cerca, decidió quejarse, cosa que raramente hacía y nunca enfrente de su hermano para el cual no existía mariconada más grande en este mundo que llorarle a las viejas, sobre todo yéndolas a buscar a la cocina.

—No es justo —empezó.

La abuela y la madre se miraron brevemente y voltearon a verlo, sonriéndole. Licho, al no saber cómo interpretar la silenciosa comunicación matriarcal, continuó.

—Todo le toca a Silviano y a mí nada. Papá Talí cree que todavía soy un niño.

Leonor entregó a su hijo una pila de tortas envueltas en una servilleta de manta.

—Dile que ya estoy grande, mamá.

Mamá Anita vaciaba los chiles en una bolsita y apilaba los melocotones en un tarro.

—No vas —respondió por fin Leonor—, porque yo le pedí a tu padre que no fueras.

Su confesión dejó a Licho pasmado.

—¿Y por qué hiciste eso? —preguntó con voz de traicionado.

—Porque necesito tu ayuda. La semana que entra llegan los pájaros. Necesito que tú, mi futuro doctor, los revises, no me vayan a vender uno enfermo.

Una serie de sentimientos se atiborraron, simultáneamente, en la mente de Licho. Confundido, trató de ordenarlos uno por uno, guardando el más complicado hasta el final. Primero estaba la noticia de que su mamá por fin estaba a punto de conseguir su deseadísimo pavo real. Ya llevaba tiempo mamá Noya con la ilusión de colocar —entre los tulipanes, las no me olvides y margaritas en el jardín de la casita de calle Prim—, el colorido animal. La belleza imperial del pájaro, aseguraba su madre, resaltaría el tono de las flores y alegraría ese bello refugio que algún día, no lejano, sería el oasis de la familia entera. Licho se alegró por mamá Noya, pues sabía lo feliz que debía sentirse al saberse casi dueña de su guajolote decorado. Por otro lado, su mamá lo necesitaba para ver si el pájaro venía enfermo. ¿Cómo le había dicho?, ¿«mi futuro doctor»? Sí, así le había dicho, «Mi Futuro Doctor» y al recordar la expresión, una ola de orgullo se le trepó a la garganta. La imagen apareció clarísima: estaba de corbata y bata blanca, con estetoscopio en la mano, alzando las alas del paciente pavo real, tomándole la temperatura; y el estetoscopio marcaba nada menos que… ¡68 centígrados! La aparición se le congeló en la frente, el orgullo se le evaporó, y le desinfló el pecho, reduciéndolo a ser de nuevo solamente Licho. El procedimiento podría ser complicado, ¿qué tal que se le enfermaba el bendito pájaro y se le ponía grave? Tendría que estudiar las enciclopedias de la oficina de papá Talí para ver si de milagro cubrían la anatomía del ave. Las leería ya mismo, después de la comida aunque le llevara toda la noche porque no iba, de ninguna manera, a perder el respeto recién logrado de mamá Noya.

Finalmente, Licho jaló de su mente el último y más oculto de sus sentimientos. Si papá Talí de veras se lo hubiese querido llevar a México, no habría permitido que mamá Noya lo convenciera de dejarlo. Porque en su casa, lo que papá Talí quería, se hacía. No había de otra. Y ahí estaba, la única, terrible y lógica conclusión: Su padre lo había dejado en Veracruz porque prefería la compañía de su hermano. En el catálogo de su razonamiento, ese sentimiento de rechazo, siendo el más poderoso, escaló hasta arriba, le picó los ojos y lo impulsó a romper algo. Antes de poder reaccionar, los brazos de mamá Anita lo contuvieron, apretándolo contra su pecho, dándole de besos y nalgadas al mismo tiempo.

—Qué suerte tenemos de tener un doctor en la familia. Anda, lleva a tu padre la canasta de comida.

—Sí, hijo. Ve y despídete de tu padre —concertó Leonor.

Temblando de furia contenida agarró la canasta, bajó las escaleras, abrió la puerta del coche y, sin preguntar, la depositó en el asiento delantero. Después, antes de que nadie notara su presencia, se encaramó a la bicicleta y pedaleó, con toda la fuerza que daban sus piernas, hacia el muelle. Desde ahí aventó piedras al mar sin parar, hasta que el hombro y el brazo le ardieron. Empapado en sudor, bajó a la playa y debajo del mismo muelle se encueró, escondiendo su ropa y sus zapatos detrás de una pila de algas y madera mojada, acarreada por la marea. Se metió al mar y nadó, por toda la orilla, dejándose empujar por las olas. Nadó con furia, contra la resaca, hasta que sus piernas y brazos amenazaron rendirse, entumecidos como estaban de cansancio.

Cuando por fin regresó a su casa, después de la comida, papá Talí tenía rato de haberse ido. En la cocina no encontró nada más que frijoles fríos. Se los comió así, a cucharadas.

El hambre y la fatiga habían calmado las ganas de romper algo pero su enojo continuaba. Entonces supo que de alguna manera u otra tenía que sacarse el diablo de adentro. Y para ello necesitaría la ayuda de su hermano Pollo. Lo encontró en el patio baldío atrapando grillos.

—Vamos a la azotea —ordenó Licho con toda la autoridad propia de hermano mayor.

—¿Para qué?

—Ven y te enseño.

Que Licho recordara, el árbol de papaya de la vecina nunca antes había dado fruta. Su follaje verde se desbordaba sobre toda una esquina de la azotea proveyéndoles el escondite perfecto a la hora de las cuerizas. Y así precisamente, refugiándose de la furia de mamá Noya hacía apenas unos días, había descubierto Licho las dos papayotas verdes que colgaban de sus ramas. Sería cosa de treparse, empinar el ramaje hacia la azotea y cortarlas de un machetazo. El truco estaba en no quebrar la palma y por ello la ayuda de Pollo era indispensable. Licho pesaba mucho más y además, Pollo no sabría cómo usar el machete.

El plan no le gustó a Pollo para nada.

—Órale, no seas maricón.

—Soy maricón.

—¿Cuántos grillos llevas?

—Tres.

—Te regalo los míos.

—Tú no tienes grillos.

—Ahora no, pero si me ayudas, te agarro diez.

Pollo respetaba las habilidades de su hermano como caza-grillos. Sabía que cuando Licho se lo proponía, todo saltamontes corría peligro de extinción. La señora Ruiz necesitaba grillos para alimentar la iguana que su marido le había traído de las Islas Canarias, y por cada cinco les regalaba una canica.

—Doce grillos —puso Pollo como precio final escogiendo ya, con la mente, tres canicas marmoleadas.

—Hecho.

Los hermanos escupieron gargajos en las palmas de las manos antes de estrecharlas y sellar el trato. Licho corrió a sacar el machete oxidado de la caja de herramientas de papá Talí y Pollo se quitó la camisa, para no mancharla de la baba que siempre brotaba de la corteza del árbol.

Si tan sólo Pollo no se hubiera amariconado a la hora en que la vecina empezó a dar de gritos, todo habría salido bien. Ya habían jalado el follaje, ya habían cortado las papayas con el machete y éstas ya habían caído a la azotea, cuando el plan se vino abajo. Pollo, atemorizado por los machetazos que Licho daba por no tener filo la herramienta, trató de esquivarlos y comenzó a zangolotearse armando escándalo y alertando la atención de los perros quienes, con sus ladridos feroces, despertaron de la siesta a la vecina.

—¡Pillos! —gritó la mujer.

Asustadísimo, Pollo perdió el equilibrio y comenzó a resbalarse por todo el tronco del árbol, quemándose la piel de su pecho encuerado hasta aterrizar, de nalgas y a gritos, en el jardín de la vecina. Apuradamente tuvo tiempo la buena mujer de controlar a los perros que corrían listos a devorar al intruso. La vecina gritaba del enojo, Pollo lloraba de dolor y Licho, espantado de ver a Pollo rostizado de cabeza a pies, corrió a confesar el pecado a mamá Noya.

El cuerpo achicharrado de su hermano Pollo tardó una semana en curarse a base de puros baños de miel. Licho, castigado en la cocina por toda esa semana, ayudó a mamá Anita a pelar y cortar la papaya verde robada, a hervir canela y a derretir el azúcar que curtiría el delicioso manjar. El domingo siguiente, el par de ladrones, bien vestidos y bañados, hicieron acto de presencia en casa de la vecina para pedir perdón y aceptar cualquier castigo que la víctima considerara justo. Entraron en su casa cargando las palanganas del dulce de papaya, cuyo delicioso aroma los venía martirizando desde hacía días. Ella los recibió conmovida.

—Gracias, pero lo que yo quisiera son mis papayas porque necesito las semillas negras de la pulpa para curarle a mi marido una úlcera que lo está matando de dolor.

Esa noche Licho se encerró en la oficina de papá Talí a estudiar sus enciclopedias. Primero leyó todo lo referente a úlceras, su causa y su diagnóstico. Luego buscó, en la libreta de recetas de su padre que nadie había pasado en limpio todavía, la fórmula para su tratamiento. Satisfecho, empezó su segunda investigación. En el primer capítulo del tercer volumen, encontró el artículo que exponía la anatomía descriptiva de aves, incluyendo la de pavos reales, así como las enfermedades y parásitos frecuentes en su especie. Finalmente Licho buscó en todos los tomos, sin encontrar, las propiedades curativas de los meados de burros prietos.

Papá Talí regresó de la ciudad de México feliz, con sus patentes en la mano. Para celebrar, mamá Anita preparó arroz con mole, el cual comieron en el jardín de la casita de la calle Prim, cuidándose de no sentarse encima de la mierda que el pavo real de mamá Noya regaba por todos lados. Entrada ya la tarde, alguien se presentó a acompañarlos. Era la vecina. Venía a compartir con ellos la papaya en dulce de mamá Anita y a darle las gracias por la medicina que Chata, a petición de Licho, había preparado y que milagrosamente, de la noche a la mañana, había sacado a su marido de la cama.

20

Los abuelos Victoria: En las buenas y en las malas

Veracruz, Veracruz. 1937.

Menopausia (receta de papá Talí). Bitestin Richter.
Una ampolleta intramuscular cada tercer día.

La cantidad de ingresos del mes alcanzaría para contratar a don Julián por un par de días. Pero primero, decidió Leonor, pasaría a la fábrica del panteón a comprar los bollos de Santa Rosa que, según el buen obrero, eran los de mejor calidad. Compraría suficientes para terminar la última pared de la cocina. Así, si por cualquier motivo tenían que parar la construcción de la casita de Prim, cuando menos tendrían ya una recámara lista y un fogón en donde prender la leña y guisar un caldo largo en honor a su difunto padre, don Antonio.

Leonor terminó el corte de caja y con el dinero en la mano se dirigió a la rebotica donde, encima del anaquel, estaba el recipiente vacío titulado «Alumbre Pulverizado». Lo abrió y, cerciorándose de que nadie la observaba, depositó dentro la mayor parte del dinero, separando un par de billetes que enrolló y sepultó en las profundidades de su sostén. Al hacerlo, aprovechó para acomodarse bien las varillas de las copas de la prenda, que pellizcaban.

Miró el reloj de la pared: eran las dos de la tarde; si se apuraba encontraría todavía a don Julián en su casa a la hora de la siesta, que el hombre no perdonaba ni aunque llegaran las trompetas celestiales a anunciar el fin del mundo. Apurándose, pasó al baño del laboratorio a embarrarse los labios con un lápiz despuntado color naranja y a pincharse las mejillas, para de ahí salir corriendo al mostrador a despedirse de su hermano.

—Ismael.— le avisó—. Voy a donde los bollos y de ahí a buscar a don Julián, no me esperen a comer.

—Está bueno —contestó distraído, despachando al último cliente.

El camión venía retrasado, le informaron en la parada, y sólo Dios sabía hasta qué horas pasaría el siguiente. Sin más remedio que esperar, decidió comprar un raspado de frambuesa para así distraer el hambre que empezaba a martirizarla. Lo comió con lentitud, presionando sus labios anaranjados contra los trocitos del hielo, que pronto se derretían por el calor insoportable del medio día. Saboreó cada gota del dulce empalagoso, procurando no dar importancia a la pérdida de tiempo que era estar ahí parada, cuando había tantísimo trabajo en la farmacia y en su casa. Porque si había algo que ella odiaba, más que nada en esta vida, era la ociosidad. A su manera de ver las cosas, la gente que no sabía mantenerse ocupada se dedicaba a pensar, y cuando esto sucedía, tarde o temprano, acababan con alguna enfermedad que ninguna fórmula de farmacia lograba curar. Por eso precisamente ella se mantenía sana, por andar siempre de arriba para abajo, en una carrera perpetua contra las manecillas del reloj.

La glucosa de la miel del raspado pronto hizo su efecto y la sumergió en un estado de estupor. Agotada, se recostó contra una palmera y entrecerró los ojos. Pronto el ruido de la calle, con su tráfico de gente que corría de regreso a sus casas a almorzar, chiquillos llorando y perros que ladraban sólo para espantarse las moscas de encima, se convirtió en un murmullo distante. Trató, sin lograrlo, de sacudirse la inercia y mantenerse alerta pero no pudo. Poco a poco su cuerpo se fue relajando, resignándose a no hacer nada más que aguardar la llegada del bendito camión y a pensar en cosas triviales que nada más la confundían.

Por ejemplo, algo que de plano no comprendía era la manera extraordinaria con la que la vida parecía cambiar de color de la noche a la mañana. Y nada tenía que ver con el clima, pues seguido, cuando el gris del cielo anunciaba tormenta segura, ella juraría que todo era rosado como sus flores, que por fin brotaban en el terreno de la calle Prim. Y así igual otros días, a pesar de amanecer con un sol brillante, el mundo parecía teñirse de una neblina imposible de penetrar. Como el día de hoy, precisamente, desde que se levantó de la cama, aquella misteriosa oscuridad la había envuelto en una nube espesa, impidiéndole descifrar sus sentimientos.

Leonor quiso, por un lado, entregarse a esa sensación de pesadumbre para verla de frente, analizarla y, con suerte, identificar su origen. Por otro lado, ese tipo de reflexiones internas le parecían una indulgencia imperdonable. Porque seguro era pecado que, sabiéndose tan afortunada, todavía estuviera dispuesta a perder vida dándole realidad a un sentimiento que no tenía por qué existir. Seguramente empezaba a sufrir cambios hormonales, eso era todo. Y por ello, mañana mismo, empezaría un tratamiento del laboratorio *Lilly*, dos veces al día, y que según le contaban las pacientes, enseguida las regresaba a la cordura.

Resuelta a no repasar más el asunto, abandonó el apoyo de la palmera, se enderezó y caminó a buscar un basurero en donde depositar el cono aguado del raspado. Lo localizó junto al puesto de empanadas donde una mujer sudaba copiosamente, abanicando las brasas que mantenían la manteca hirviendo. Nadie le compraba y varias docenas, envueltas en sus bolsitas de periódico, se ablandaban, chorreando de grasa. A sus pies, dos chiquillos con ojos cóncavos y narices atascadas de mocos verdes, la miraban indiferentes. Necesitan antibióticos, diagnosticó Leonor, observándolos, y dado lo inflado de sus panzas no estaría mal darles una buena purga para desparasitarlos.

Con ansias de dejar atrás ese cuadro tan deprimente, aventó el papel a la basura y se alejó hacia la parada de camión nuevamente. Qué dura era la vida para algunas gentes, filosofó, por eso era imperdonable que ella anduviera ahí lamentando cosas que no podía ni siquiera nombrar. No había más que ver a esa pobre mujer para sentirse agradecida de tener hijos sanos y fuertes como los suyos. Porque hasta la salud de Toña, siempre delicada, dejaba de ser motivo de angustia ahora que vivía en el clima frío de Xalapa con sus tíos; la Chata, ni hablar, siempre fuerte, haciéndole frente a la farmacia *La Central* para que su padre pudiera dedicarse tranquilo a la confección de sus barbitúricos; Silviano estaba mejor que nunca, desde que decidió seguir el consejo de su padre de estudiar abogacía, se aplicaba más en la escuela y a punto estaba, gracias a Dios, de terminar su bachillerato; Licho y Pollo, ni hablar, jamás daban problemas. Leonor no se podía quejar, porque además de ir sacando a sus hijos adelante, económicamente no les faltaba nada. No llevaban una vida de lujo, eso era cierto, pero tampoco una vida sacrificada como la de esta mujer, que seguramente sólo se alimentaba de empanadas menospreciadas. Por ello, no se permitiría sentir nada que no fuese gratitud con Dios y con el destino.

En la parada, la gente seguía acumulándose y empezaban a formar una gran cola. ¿En dónde estaba ese maldito camión? Se preguntó, empezando a desesperarse. Miró el reloj, eran ya casi las tres de la tarde, quizás lo mejor era regresar a su casa y dejar los bollos para otro día. Claro que esto significaría retrasar un proceso que ya de por sí iba bastante lento. ¡Qué horror!, murmuró en voz alta, al paso que iban las cosas pasaría la hora de la siesta y poder encontrar a don Julián, estaría difícil. Pero ni modo, no podía desperdiciar más tiempo sin hacer nada. Resignándose, abrió su bolsa y buscó el monedero para guardar la morralla del camión. Al hacerlo, sus ojos repararon en el recorte de la revista que llevaba a todos lados. El papel mostraba la foto de la residencia que había servido de modelo para el diseño de su casita de la calle Prim. Leonor la miró una vez más, sintiendo una mezcla de ilusión y melancolía.

La fotografía le había llamado la atención un día que esperaba pacientemente a que el señor Soler, gran amigo y dueño de la peluquería *Luis XV*, terminara de cortarle el pelo a Neftalí. Sentada en la única silla de la salita de espera, Leonor se distraía hojeando la revista cuando reparó en la imagen de esa casa sencilla pero bellísima, de estilo colonial californiano.

—Rafael —había preguntado al barbero—, ¿me regalas esta página de tu revista?

—Bueno… —había contestado aquél, tijereteando alrededor de las orejas de su marido—, pero te advierto que algo te costará —bromeó.

Lo mejor de la casa, le parecía a Leonor, era la terraza amplia y circular que daba al jardín. Era fácil imaginarse a sí misma ahí adentro, recargada en el barandal blanco, regando los verdes helechos que crecerían en sus macetas o picando las flores marchitas de las copas de oro que, trenzándose por los pilares, subirían hasta la teja. La anchura de las ventanas de las recámaras era igual de impresionante. Permitía tal lluvia de rayos de sol que seguro nutrirían a toda una selva de arbustos, los cuales claro, habría de sacar de las recámaras por la noche para no envenenar a los durmientes y también para aprovechar el rocío de la madrugada. Pero cuánta alegría daría tanto verdor a la morada, se imaginó. Sería tal como vivir adentro de un vivero, rodeada de energía expresándose en los colores brillantes de las flores que tan sólo con un poco de sol, agua y cariño florecerían perpetuamente. Leonor supo en ese instante que, tarde o temprano, esa casa sería suya.

—Aquí tienes nuestro futuro hogar —profetizó a su afeitado marido cuando, momentos después, tomaban un café en los portales, justo enfrente del hotel *Colonial*.

Cuál no habría sido la sorpresa de Neftalí cuando, apenas al cabo de un par de meses después, su número de lotería había salido premiado. No hubo mucho que pensarle, porque su mujer ya para entonces tenía bien visto ese terreno en donde cabía perfectamente el diseño de la casa de los gringos. Tan prodigiosa había sida toda la maniobra que, a pesar de resistirlo, la mente científica de Neftalí tuvo que contemplar la posibilidad de que su mujer poseía, tal como ella misma aseguraba, poderes misteriosos. Esto con el pasar del tiempo lo llenaría de aprensión, y acabaría por mandarlo a reclutarse al amparo de su laboratorio.

Por fin, al final de la calle aparecía el camión tambaleándose con una lentitud exasperante.

—Bendito sea Dios —exclamó guardando el papel otra vez en su bolsa.

Después de juntar de nuevo la morralla, se apresuró a formarse. Todavía, en la parte trasera logró alcanzar asiento junto a la ventana. Desplomándose, con gran alivio, se quitó de inmediato los zapatos para liberar sus pies, los cuales, por la humedad del bochorno, se hinchaban el doble de su tamaño normal. Entre eso y las várices, que cada día empeoraban de tanto estar parada en el negocio, era un verdadero sacrificio calzar algo que no fuera chanclas del mercado.

El camión emprendió su marcha perezosa y enseguida la brisa salada del mar, que olía a una mezcla de mariscos y drenaje, entró por la ventana a acariciar su rostro. Recargó la cabeza, cerró los ojos y se entregó a la deliciosa sensación que refrescaba todo su acalorado cuerpo. Distraída, comenzó a juguetear con su anillo de boda, una banda delgada de catorce quilates sin más adorno que unas pequeñísimas rayas en forma de cruz y tallado en toda su superficie. Dándole vueltas reparó, sin pensar, en las manchas de sol que cubrían la piel de sus manos, en sus uñas quebradas por tanto mezclar sustancias químicas y en las venas que corrían, como ríos azulados, desde sus nudillos hasta su muñeca. Parecían las manos de una anciana, concluyó sorprendida. ¿Estaría ya tan acabada? Sin poder contener su repentina curiosidad, abrió su bolsa, extrajo un pequeño espejo y, para que el vecino de asiento no la creyera vanidosa, fingió delinear sus labios con su lápiz color naranja mientras observaba su rostro, parte por parte. Varias arrugas parecían haber aparecido de la noche a la mañana bajo sus ojos, en su entrecejo y, aún más pronunciadamente, a cada lado de su boca. Azorada, cerró el espejo. Era obvio que la transformación no había sucedido apenas ayer en la noche. Entonces, se preguntó perpleja, ¿cómo era posible no haberlas notado antes? Volvió a abrir el espejo, esta vez importándole un comino la opinión del hombre que ya la miraba sonriendo, como si leyera su mente y quisiera darle el pésame. Leonor le dio la espalda y se concentró en analizar el daño en sus rasgos. Era cierto, a pesar de que sus ojos café seguían siendo los mismos, su mentón pequeño igual de firme y su cabello igual de oscuro, era otra. La Leonor de boca anaranjada, reflejada en el espejo, era una mujer de edad madura o, como diría la gente común, una matrona, hecha y derecha.

Ofuscada, trató de absorber el descubrimiento con serenidad. Era de esperarse que algún día envejeciera, decidió, así como también era lógico que un día la vida se le acabara. Lo que le sorprendía era que sucediera de tan abrupta manera. Su metamorfosis parecía haber ocurrido sin advertencia alguna, de sopetón. Pero bueno, especuló, seguro que la sorpresa era igual de inmensa para todas las mujeres quienes como ella, llenas de trabajo, hijos y el resto de la faena que nunca acababa, no tenían tiempo de contemplarse a sí mismas ni por dentro ni por fuera. Y quizás así era mejor la cosa. Más fácil envejecer de golpe porque así el susto era pronto y, una vez digerido, pasaba a ser cosa de risa. Y además, se le ocurrió de repente, gracias a Dios por haberla hecho normal y no bella. Porque ya se podría imaginar lo duro que sería para aquellas mujeres, a las que en otra etapa de su vida hubiese envidiado por su hermosura, cuando un buen día se descubrían no sólo viejas, sino también feas. Pero por Dios, pensó enojada, ¿a qué horas se le había ocurrido que la vida corría para todos menos para ella? ¡La insolencia de creerse eternamente joven! Y su marido, se cuestionó, ¿cuánto tiempo llevaría habiéndose percatado de sus miles de arrugas sin decir media palabra o manifestar asombro alguno? ¿Sería posible que él, igual que ella, ni siquiera las había advertido? Nada le asombraría que así fuera, pues últimamente Neftalí apenas si notaba su existencia…

De repente, con una fuerza incontrolable, aquel sentimiento de desaliento que tan cuidadosamente había tratado de esquivar toda la tarde, volvió a apoderarse de ella. Sin resistir más, permitió que su esencia la penetrara como un remolino, hundiéndola en el abismo de la mirada azul-verdosa de su marido, en el calor de sus brazos y en el olor de su loción barata, llenando sus sentidos de nostalgia. Eso era, nostalgia, porque por más que quería Leonor no podía recordar la última vez que Neftalí la hubiera tocado. El contacto físico más común entre ellos llevaba rato de ser solamente un beso rápido de despedida en las mañanas. Claro, sabía que mucho tenía que ver lo agobiante del trabajo. Desde que patentó los productos, los pedidos llegaban a montones y de todos lados de la república. Apuradamente se daban abasto en las dos farmacias para llenarlos, siendo el problema, casi siempre, la carencia de sustancias, especialmente la hoja de belladona, que a diario escaseaba en el mercado. También estaba el hecho, reflexionó Leonor, de que los doctores, reconociendo la entrega total de Neftalí a la investigación, lo buscaban más que nunca. Era de esperarse que cada día llegara a comer más tarde y que a veces de plano no llegara, encerrado como estaba en el laboratorio. Por eso no era justo esperar, encima de todo, que el hombre viniera a casa cargado de energías y dispuesto a hacerle el amor.

Leonor quiso llevar hasta ahí su indagación. Quiso frenar sus reflexiones, justificándolo todo con esa lista de pretextos. Pero no pudo engañarse más a sí misma. No quiso ignorar esa fosa que, poco a poco, crecía entre ella y su marido. Porque no era tanto el contacto físico lo que añoraba, sino más que nada la vida en aquellos años, no tan lejanos, cuando salían a pasear al zócalo, a bailar o nadar en los balnearios. De alguna manera, quería volver a sentir estremecimiento al encontrar la mirada fugaz de su güero espiándole el escote desde el otro lado del mostrador. Quería, desesperadamente, sentir ternura, en vez de resentimiento, al verlo empinado sobre su microscopio, terco en encontrar fórmulas perfectas para curar al mundo. Leonor anhelaba, más que nada en el mundo, regresar a aquellos tiempos cuando al dirigirse a ella, Neftalí usaba palabras de amor y no ese tono despectivo, casi humillante que tanto la avergonzaba. Algo fundamental había cambiado en la relación entre ellos, y no entendía cómo o cuándo había sucedido y aunque pudiera, carecía de palabras para explicárselo a sí misma.

En la calle de Matamoros, a unos pasos del panteón, pidió su parada. Se bajó y esperó que el camión se alejara tras una nube de polvo que pronto la cubrió completa. Ajustó la bolsa firmemente bajo el brazo y emprendió la larga caminata sobre la carretera, enjugándose de vez en cuando el sudor de la frente con el pañuelo que siempre llevaba a mano, dentro de la manga de su vestido. El camino estaba casi desierto, era la hora del sol, la hora del infierno cuando la vida cesaba por completo, cuando el sólo respirar costaba un esfuerzo sobrehumano. Las casuchas esparcidas al borde de la vía despedían un aroma a fritanga. Al olerlas, Leonor se percató del hambre feroz que hacía rechinar su vientre. Más que nada sintió una inmensa sed que le secaba la garganta y la hacía alucinar con imágenes de horchatas, sodas o limonadas frías. Apresuró el paso para llegar a la esquina y doblar monte arriba y al hacerlo distinguió, con gran alivio, el hogar del albañil.

La casa de don Julián estaba construida con cuatro paredes de hojas de cartón sumergidas en chapopote, un techo de láminas cubría la estructura que formaban. Alrededor, una cerca de alambre oxidado servía para marcar la propiedad y contener a tres pollos escuálidos quienes, sin darse por vencidos, excavaban la tierra árida con gran vehemencia. Bajo el austero cobertizo, en una hamaca descolorida, una mujer yacía tendida, abanicándose con un periódico.

—Buenas tardes —saludó Leonor, desde la reja.

La mujer dejó de mecerse y la miró sorprendida. Después, la examinó con desconfianza de pies a cabeza. Leonor sostuvo la mirada con paciencia. Sabía que la mujer la juzgaba para poder acomodarla en esa pirámide de castas que ponía a todo cristiano en su lugar. Toleró el escrutinio que, sin discreción, reparaba en el color blanco de su tez, en la hechura de su vestido, la cual delataba la calidad de su costurera y, por último, en los zapatos enlodados que anunciaban que andaba a pie. En breve la mujer, aparentemente satisfecha de haberla ubicado, respondió con obvia antipatía:

—Sí, dígame.

—Disculpe, ando buscando a don Julián.

—¿Sí? ¿Y pa' que lo quiere, oiga?

—Soy la señora Leonor Armengual de Victoria, lo vengo a contratar un par de días.

Al oírla, la mujer reafirmó lo que ya sabía. La forastera era educada, seguro sabía leer y escribir bien el castellano. Seguro también era adinerada. A regañadientes y con gran dificultad por lo abultado de su vientre, se paró de la hamaca y, abriendo las cortinas desgarradas que cubrían la entrada a su casa, gritó hacia adentro:

—Chamaco, avisa a tu papá que aquí lo buscan.

Por su parte, Leonor calculó que el embarazo andaría por ahí de las treinta y dos semanas. ¿Sería la hija o la mujer de don Julián? Imposible de adivinar, pero por su aspecto no podía tener más de los treinta años. Claro que con esa gente uno nunca sabía, reconoció, porque tenían una piel envidiable que jamás mostraba los vestigios del tiempo. Sólo había que acordarse de su propio reflejo en el espejillo para confirmar lo acertado de su conjetura; la piel blanca era una desgracia.

La embarazada se sobó la espalda, caminó hacia Leonor con actitud de soberana y le abrió la reja.

—Pase —dijo, rascándose el abdomen.

—Muchas gracias.

—Siéntese —ordenó, señalando un banquito de madera.

—Aquí estoy bien —respondió Leonor.

Al lado de la casa, en una maceta crecía una planta que apenas empezaba a dar botones. Leonor se acercó a acariciarla.

—Azucenas —pronunció, después de analizar la forma de las hojas—. ¿Se dan bien?

—Ahí van —respondió aquélla, esquivando la amistosa mirada. Le sorprendía que ésta mujer reconociera la planta, las señoras como ella generalmente dejaban esas cosas en las manos de jardineros.

—¿Las sembró usted?

—Sí, planté el bulbito, eso fue todo. No son latosas, sólo hay que echarles un poco de la arena gruesa del río.

—¿Arena del río?

—Un poco, hasta que asiente, para que así se absorba bien el agua.

Leonor asimiló la información registrándola en su cerebro. El proceso le parecía lógico.

—Pero, ¿y que les echa usted de abono?

—Ah, los pollos… puro desperdicio de pollo. Se dan bien, viera como florecieron ahora en mayo.

Leonor se inclinó sobre la maceta analizándola de cerca. La peste a mierda de los pollos penetró por las ventanas de su nariz. El fertilizante formaba una capa de merengue prieto sobre la tierra. A ella nunca se le habría ocurrido colocarla así nada más encima a las matas sin medir cantidades ni mezclarla. Pero era obvio que funcionaba, porque el verdor de las hojas era impresionante. Decidió que en cuanto regresara a su casa haría el experimento. Pero, ¿tendría que comprar un par de pollos? O ¿podría suplirlo con el excremento de su pavo real? No se atrevió a preguntarle, más que nada, por temor a verse ridícula, pero de cualquier manera lo intentaría porque a final de cuentas, las aves eran las aves. Con suerte, la receta la ayudaría a lograr las dos hileras de jacintos y tulipanes que planeaba plantar al borde del camino de la entrada de su casita. Leonor se sintió repentinamente agradecida con la mujer que tan buen consejo le daba. Para corresponder, le dijo también su propia fórmula.

—¿Sabe para qué también son buenos los bulbos de azucena?

—¿Pa' qué?

—Para apurar el parto y expulsar la placenta.—La mujer la miró sin comprender y Leonor se apresuró a explicarle—. Hierva usted un bulbo en agua con un poco de azúcar. Lo deja hervir un buen rato, hasta que espese. Luego lo enfría y se lo toma, pero sólo si tiene problemas a la mera hora y no sale la criatura a su debido tiempo. El jarabe empuja al niño y tras él, saldrá la bolsa. Verá qué bien funciona.

La mujer se agarró instintivamente la panza y miró a Leonor con gran interés.

—Ah, ¿es usté partera?

—No, pero seguido preparo ese jarabe para las parteras.

Un tiempo indefinido transcurrió durante el cual el único ruido cercano era el piar de los pollos. Después la mujer, como si de repente recordara algo importante, se secó en la falda la palma sudorosa de su mano y extendiéndola a Leonor se presentó.

—Me llamo María Carrión. Soy la esposa de Julián.

Una mirada de mutuo respeto transcurrió entre ellas y atravesó esa pared imperceptible que sus orígenes, tan diferentes, habían erigido en un principio. De repente, las dos mujeres se reconocieron por lo que verdaderamente eran: aficionadas a flores y sujetas a los mismos e inevitables dolores de parto. Con renovada complicidad, se sonrieron.

—¿Le doy algo? –preguntó María.

—Sí, por favor, ¿me regala un vaso de agua?

Cuando don Julián por fin emergió de su quinto sueño, con los ojos hinchados y la cara marcada por la almohada, ya las mujeres habían sellado el trato. Don Julián recogería los bollos de Santa Rosa de camino a la obra, y empezaría a construir la pared de la cocina esa misma tarde. Y Leonor, en cuanto terminara de consumir las chalupas y el agua de tamarindo que María le servía, iría con ella a su vivero a la casa de sus suegros para escoger las anémonas, así como los jacintos y claveles, que faltaban alrededor de la fuente de su jardín.

Emocionada, Leonor sacó de su bolso la pluma de su pavo real que, al igual que la fotografía de su casa, a todos lados cargaba.

—Quiero que sean —explicó mostrándosela— de todos estos colores. Moradas, magenta y sobre todo de este dorado intenso que se mira aquí, en la punta de la cola.

Horas después, tambaleándose dentro del camión que la regresaba a la botica, Leonor percibió el cambio repentino del color de la vida. Y supo que el cálido baño de sol que de súbito matizaba su alrededor sería el dorado que por su propia elección impregnaría, para siempre su existencia.

SIN EDAD PARA CRIAR NIETAS HUÉRFANAS

Las chamacas desobedientes se quedan sin domingo. Yo soy una chamaca desobediente, grosera y sin domingo, y por eso no pude comprar mi muñeca de recortes para jugar con mis hermanas en el balcón de la casa de la abuela Feli. Todo porque según Merceditas, estoy mal educada. Y estoy mal educada porque los abuelos sencillamente ya no están en edad de criar nietas huérfanas como Dios manda.

Mis hermanas vinieron de Veracruz a visitarme a la casa de los abuelos en la ciudad de México y ahí están, jugando con sus muñecas nuevas en el balcón porque a ellas nadie las ha consentido. A ellas, dice Merceditas, sí les ha caído bien el sufrimiento. A Noris por rodar junto con mis hermanos como canica por todo Veracruz, de casa en casa de parientes hasta que los doctores terminen de armar el cuerpo destartalado de papá Licho, como rompecabezas. Y a Tere, por tener la suerte de haber sido adoptada por la tía Chata. Adoptada para siempre. Después de tres varones, la tía Chata ya se había cansado de pedirle a la cigüeña una niña cuando le cayó Teresita, como premio del cielo, derechito a su regazo. Y Tere no está tan consentida como yo, porque la tía Chata es joven. Y como dice Merceditas, a la gente se le quitan las ganas de disciplinar escuincles en el mismo instante en que se les acaban las ganas de tenerlos. Y por eso yo estoy consentida. Porque los abuelos son viejos y ya hace rato que se les acabaron las ganas de tener hijos.

La muñeca de Noris es la más bonita. Trae vestidos de moda y minifaldas; bolsas y botas de cuero con plataforma, como las botas rojas de la tía Güicha. Lleva también bufandas de colores fosforescentes, pantalones pescadores y hasta un traje de baño amarillo perico con lunares color limón. Noris pide que su muñeca sea Rocío Durcal. Tere pide que su muñeca sea Marisol y que además sea millonaria. Tere siempre pide lo mejor. Pero está bien porque su muñeca parece millonaria. Trae vestidos largos con estolas y guantes de terciopelo y hasta joyas y esmeraldas. Yo no tengo muñeca porque me quedé sin domingo: soy una chamaca desobediente.

El juego comienza y, mientras mis hermanas inventan que si las muñecas van al cine o que a la playa o que a los toros, todo va bien. Pero en cuanto empiezan las fiestas de gala y Rocío tiene que pedirle ropa prestada a la millonaria, empiezan los problemas. Esto porque Marisol es coda y no le presta nada. Así es que Rocío acaba por ir al baile de la coronación del príncipe Ernesto de España, vestida en una de sus minifaldas psicodélicas, escandalizando así a toda la realeza mientras que la coda y millonaria de la Marisol, en su traje escotado bordado de lentejuelas, acaba por enamorar al príncipe y por anunciar su próxima boda en el Palacio Municipal de Catemaco. Y Rocío no está invitada a la boda, claro, por impúdica. Y yo, que hasta entonces aparento ignorarlas leyendo un cuento, no me aguanto la risa y me carcajeo. Entonces Noris me da un porrazo en la cabeza.

El juego continúa y yo vuelvo a la lectura de mi cuento. Dentro del bolsillo de mis pantalones siento las monedas plateadas que mi abuelo me dio a escondidas cuando regresé de la tienda sin muñeca.

—Esto no es ningún domingo —aclaró el abuelo—, es un lunes…

Acaricio mis monedas y espero a que llegue la tarde, porque en la tarde, mientras los abuelos duermen su siesta, Merceditas nos prometió pasar por la tienda de camino al parque. El trato es que si Merceditas nos lleva a comprar mi muñeca de recortes, nadie la delatará con su mamá por encontrarse en la esquina con José, su novio. Y nadie la acusará tampoco cuando nos deje solas en los columpios mientras corre a esconderse con él detrás de los arbustos para besarse en la mera boca. A plena luz del día, sin una pizca de pudor.

La abuela nos llama a comer y corremos a la cocina. Al entrar se me aprieta la panza porque todo huele a sopa de fideos y a carne asada. Y a mí no me gusta ni la sopa de fideos ni la carne asada. Sentados en la mesa nos esperan ya la tía Güicha y el tío Manolo. Mis hermanas Noris y Tere se plantan en los lugares de los abuelos porque ellos siempre comen cuando desocupamos la mesa. Desde la barra de la cocina el abuelo nos mira sonriendo, fumando su cigarro sin filtro. La abuela pone y quita platos en la mesa mientras Meche asa la carne.

—Sírvele más sopa a esa niña, Felicia —dice el abuelo, señalando el plato vacío de Noris.

—Mira qué bien come tu hermana —comenta la abuela, viéndome menear la cuchara en la sopa—. Por eso está fuerte. Anda, Lourditas, come, hija.

Mis hermanas repiten la sopa de fideos y después se acaban todo el filete con papas. Mis tíos también terminan y se van a dormir la siesta. Yo juego con las bolitas de grasa anaranjadas que flotan en el caldo y que se endurecen como cera de vela, al enfriarse la sopa. Merceditas planta el platón de galletas de chocolate enfrente de mis hermanas y ellas se las atragantan sin darle a nadie las gracias. Después salen corriendo al balcón a seguir jugando. Entonces los abuelos se sientan a comer conmigo.

—¡Qué barbaridad con esta niña! —se queja la abuela—. No hay manera de que coma.

El abuelo no dice nada así es que comen en silencio. Por eso oigo lo que mis hermanas discuten en la terraza. Noris quiere cambiar muñecas y Tere no quiere. Yo cuento los fideos largos y resbalosos flotando como serpientes marinas en el plato hondo. Uno, dos, tres, cuatro… Meche, viendo que el abuelo ha terminado de comer, le sirve su café de olla.

—Anda, hija —le dice el abuelo encendiendo su cigarro—, pásale los bolillos a la niña.

Pero Meche lo ignora así es que la abuela repite.

—Meche, pásale a Lourditas los bolillos, por favor.

—Ay, doña Feli —Meche se limpia las manos en el delantal y mira al abuelo con coraje—. Ahí va usté otra vez. ¿No vé que nomás le está haciendo daño a esta niña? Puro bolillo come.

—¿Pero qué más se le puede hacer? —se queja la abuela, dándome un pan—. Ni la pobre Pilar podía hacerla comer.

—Pos entonces castíguela usté, doña Feli —insiste Meche.

Con la cuchara levanto un fideo lentamente balanceándolo hacia mi boca. Lo agarro de la puntita con los dientes y lo sacudo hasta que vuelve a caer al plato salpicándome la blusa.

—Que no vaya al parque —sugiere Meche.

Me tapo las orejas y después mordisqueo mi bolillo. El abuelo apachurra la colilla en el cenicero y guiñándome el ojo, se levanta.

—Gracias, y buen provecho —dice, abandonándome.

Cuando el abuelo me abandona me entra el pánico. El pánico de no ir al parque, de no jugar a las muñecas, de tener que vivir sentada en la mesa frente a la fría sopa de fideos por el resto de mi vida, me encoge la garganta.

—Anda, niña, vete a jugar, pero nada de galletas —me dice por fin la abuela, retirándome el plato.

La chamaca desobediente y sin domingo es libre y así, feliz, corre al balcón para seguir ignorando el juego de Rocío y Marisol, la coda. Al correr, me pregunto si además de comprar una muñeca de recortes con las monedas de mi *lunes* que me dio el abuelo Manuel a escondidas, me alcanzará el dinero para comprarme también unas galletas de chocolate.

21

El abuelo Manuel: Escapando muertes africanas

Ramales de la Victoria, España. 1923.

El camión que había de llevar a Manuel de regreso a su pueblo, Ramales de la Victoria, apareció por fin detrás de la última curva de la carretera. Con gozo, reconoció a su conductor favorito, Álvaro, y éste, al verlo allí de pie, pacientemente esperando bajo la sombra del roble, le regaló su mejor sonrisa.

El camionero conocía al jovenzuelo de toda la vida. La rapidez con la que el muchacho había alargado el cuerpo hacia el cielo, como hierba salvaje, no dejaba de sorprenderle. Tal parecía que fuese apenas ayer cuando, por primera vez, lo había depositado, solito y temeroso, en esa misma última parada del pueblo de Limpias. Ahí habían dejado los padres al niño de ocho años, para que asistiera a la única escuela privada de las cercanías. Pero Manuel, convencido de que estaba a punto de ser abandonado para siempre, se había aferrado, con toda la fuerza de sus pequeñas manos, al asiento. Y al llegar, había rehusado bajarse del autobús hasta que el camionero le diera algo como garantía de que regresaría a recogerlo en cuanto terminara la cosecha. Entonces Álvaro, forzado a decidir entre tener que desprenderse de algún objeto o hacer sus recorridos por el resto de su vida con un niño permanentemente pegado al camión, no tuvo más remedio que entregarle su más preciada posesión, la medalla con la imagen de San Cristóbal, patrón de los camioneros, que su mujer le había regalado por haber conseguido ese trabajo.

Álvaro detuvo el autobús con la destreza que sólo los años conceden a los buenos conductores. De un volantazo paró justo enfrente del muchacho, casi pisándole los botines. Manuel brincó hacia atrás y al hacerlo tropezó con una piedra y cayó de nalgas. Se incorporó, sacudiéndose el trasero, riendo y al subir estrechó efusivamente la vellosa mano que el camionero le ofrecía, aunque se resistió al impulso de abrazarlo, como siempre lo había hecho desde niño.

—Arriba, arriba —lo recibió—. No me digas. ¿Hoy sí puedes pagar el billete o sigues siendo pobre?

Feliz, se acomodó en el asiento asignado y rascando las profundidades de su bolsillo sacó orgullosamente varias monedas.

—Se acabaron las pobrezas —anunció, entregándole el importe—. Me he graduado.

—¡Coño! ¿Sí? Lo que nos espera. Nos llevarás a la ruina. Porque ahora, ¿qué? ¿Te dedicarás sólo a los bolos?

— Don Álvaro, usted olvida que yo también pierdo en los bolos.

—Mientes. Nos limpias a todos.

—El limpiado fui yo en el último partido, no tuve para un solo bocadillo en toda la semana. Pero eso se acabó porque ahora, pues… ahora tendré que ayudar a mi padre y después quizás a mi patria.

Álvaro rió con gusto, pero viendo la seriedad del muchacho, se contuvo y meneó la cabeza.

—Vamos, hombre, quita esa cara de enfado que no te pega —lo regañó—. Y bueno, el trabajo siempre es saludable y vuestro padre necesita ayuda en el campo. Además, será bueno tenerte en el pueblo. Pero, hijo, oye bien lo que te digo, que a la patria tu pequeño culo le sirve de poco.

Manuel sabía que su padre, Domingo Muguira Arrizabalaga, compartía la opinión de Álvaro en cuanto al servicio militar. Era un riesgo injustificado que había de evitarse a cualquier precio. Los pocos jóvenes de Ramales que lograban sobrevivir las enfermedades en África, a donde se les mandaba a entrenar, regresaban invariablemente incapacitados, con amputaciones de brazos, manos y piernas o en el peor de los casos, sufriendo alguna demencia permanente. Y su padre, habiendo perdido cinco hijos por la peste bubónica apenas hacía unos años en el transcurso de una semana, no estaba dispuesto a arriesgar la vida de los dos hijos varones que le quedaban, Manuel y su hermano menor Martín.

La muerte de sus hermanos había sido un golpe atroz del cual ninguno de sus padres lograba recuperarse. Domingo, encerrado en las minas de carbón de su suegro, había sido uno de los últimos en enterarse de la tragedia. En cuanto la noticia de que las plagas había devastado Ramales llegó a sus oídos, el hombre había descendido al valle corriendo como un loco. Pero ya era tarde. El cuadro aterrador que los mineros encontrarían quedaría grabado para siempre en sus mentes. El pueblo, con su población drásticamente reducida, parecía desierto y por las calles, cargando palas y empujando carretas repletas de muertos, deambulaban apenas dos o tres almas aparentemente sumidas en un estado sonámbulo de desesperación. Esperanza, la mujer de Domingo, enterraba en una fosa común a cinco de los diez hijos que había parido. Los cinco que sobrevivían, Manuel, Martín y sus tres hermanas llevaban días refugiados en el sótano de la casa de sus abuelos, aterrados de su propia madre desquiciada cuyo pelo había caído, de la noche a la mañana, dejándola completamente calva. Por primera vez en su vida, Manuel deseó apasionadamente volver a su escuela de Limpias, lejos de tanta miseria pero cuando lo hizo la realidad lo abofeteó, martirizándolo con el número enorme de pupitres permanentemente vacíos. No. Su padre haría hasta lo imposible por evitar que lo mandaran a morir a África.

—Sé que mi padre no querrá que me registre —replicó por fin Manuel en voz alta—. Pero a ver ahora qué pretende que haga con mi título.

El camión ascendió perezoso la empinada cuesta, acercándose peligrosamente a la orilla del precipicio para poder librar las curvas que cada vez se hacían más y más cerradas. Desde lo alto, a través de una lluvia ligera, Manuel pudo apreciar el paisaje que ofrecían las hondonadas formadas a los pies de las sierras en donde prados, salpicados con casitas habitadas, se extendían. Bosques de hayas, encinas y robles cubrían densamente la superficie de la cordillera de las montañas. Aquí y allá, esparcidos sin ningún arbolado, cerros pelones que brindaban albergue a rebaños de borregos. Cantabria era una belleza, pensó Manuel recordando las palabras que en alguna ocasión había dicho su madre.

—Nuestro pueblo es de campesinos, pescadores y pastores. Tal como la tierra de Jesucristo.

Esto era cierto. Pero cuando Manuel inocentemente había repetido el comentario a su maestro de geografía, éste rápidamente lo había puesto en su lugar ridiculizándolo enfrente de toda la clase.

—¿La tierra de Jesucristo, dices? Claro, eso antes de que llegaran los mineros a extraer el carbón de nuestras minas para enriquecerse y apoderarse de todas nuestras tierras.

De esta desagradable manera, Manuel había tomado conciencia de que sus abuelos Nicasio Gómez y Esperanza Allende eran los dueños de las minas en la cumbre del Moro. O sea, los apoderados de la tierra.

Por generaciones, la familia de su abuela se había dedicado a extraer el carbón para venderlo al mismo pueblo y a los residentes de las cercanías. Y no era cierto que el abuelo fuera sólo carbonero como siempre había dicho a los nietos, sino que era el terrateniente, y por ello, el indeseable. Ni tampoco era cierto que su padre Domingo era únicamente constructor como explicaba en casa, sino que también era un forastero, que llegó a Ramales para casarse con la hija de los ricos del pueblo. Manuel no supo como defender el oficio de su abuelo ni el de su padre y mucho menos la versión de los hechos que relataba el maestro de que su padre Domingo, incapaz de valerse por sí mismo con su profesión de cantero, había enamorado a la hija rica, con cartas escritas por su hermano José, ya que él ni siquiera sabía el castellano. Y que sólo así, valiéndose de la fortuna de su mujer, había logrado convertirse en propietario de montes y fincas, donde sembraba semillas y pinos y donde también construía viviendas para después arrendarlas a los mismos mineros que su suegro empleaba en San Vicente.

—Mineros —les recordaba a los alumnos el maestro—, que son vuestros abuelos, tíos, padres y hermanos.

Pero afortunadamente para Manuel, nadie había reparado en el comentario segregacionista del profesor y sus amigos continuaron tratándolo igual que siempre, ya que todos lo conocían como cualquier otro niño criado en la aldea, sin distinción alguna y bajo los mismos porrazos que todos habían recibido de cualquiera de las madres más próximas a sus travesuras.

—¿Y dónde te dejo? —preguntó Álvaro.

—Donde pueda encontrar a mi padre.

—Bueno, entonces te dejaré en los pinos porque, últimamente, no sale de ahí.

A lo lejos, Manuel distinguió la entrada a la finca que bordeaba el río Asón. Hileras de pinos bloqueaban la vista de las bodegas donde seguramente su padre inspeccionaba el inventario. Manuel ansiaba ver a su padre y sabía que Domingo estaría feliz de verlo llegar a casa con su diploma de contable en la mano. Porque para Domingo era importantísimo que Manuel y Martín recibieran la educación que a él le había negado el destino, colocándolo como hijo mayor de una familia humilde de campesinos vascos. Domingo había nacido en la localidad de Markina, en Vizcaya, donde se hablaba únicamente el euskera. Dicha lengua había servido bien a su gente desde antes de los tiempos de los romanos.

—Así es que para los vascos —aseguraba su padre—, cualquier otra forma de comunicación sobra, sobre todo para trabajar el campo.

Aún así, el que sus hijos hablasen las dos lenguas con fluidez era para Domingo motivo de gran orgullo. Esto a pesar de que para su familia, los Muguira Arrizabalaga, y para el resto de sus compatriotas vascos, el verdadero orgullo no estaba en el idioma, sino en continuar a perpetuidad sus tradiciones vascas, especialmente ese idilio con la tierra que desde siempre les había proporcionado el sustento. Manuel había aprendido de su padre que las raíces profundamente arraigadas de los vascos continuaban, aun ahora, manteniéndolos felizmente sujetos a ese suelo montañoso que nada tenía que ver con el resto de España. Y dada esa actitud furiosamente independiente, era lógico que cuando Domingo hizo saber a su propio padre que su destino no estaba en los campos, sino en labrar la piedra, la noticia casi lo hubiese matado del disgusto.

—Pero, y ¿qué coño les hace falta a ti y a tu generación, si aquí todo lo tenéis? —había dicho su abuelo vasco—. Vosotros sois afortunados, las tierras ya son vuestras. Porque bien se ha dicho, si al vasco le quitan la tierra, el vasco es nada. Pero ahora resulta que serás cantero, ¡por Dios! ¿Pero acaso estás ciego? Las fábricas y las constructoras vienen a arrancarnos de nuestra tierra. Vienen a llevarse a nuestros hijos. Abre los ojos. ¡Maldición!

Domingo se había desterrado y partido a la provincia cantabra donde el labrado de la piedra era un oficio solicitado que le había permitido, por un tiempo, ganarse la vida sin necesidad de aprender el castellano. Como les explicaba a sus hijos: «para pulir piedra sólo se necesitan las manos.»

Y efectivamente, tal como alegaba el maestro de geografía, al llegar a Ramales, Domingo había enamorado a Esperanza a través de cartas escritas por su hermano. El hecho de que no leyera ni escribiera el castellano no se supo, hasta el momento en que el juez le dio a firmar el acta de matrimonio, lo cual hizo marcando la línea del papel con una cruz. Ése y otros momentos embarazosos habían reafirmado la convicción de Domingo de que sus hijos dominarían las dos lenguas.

Que Manuel supiera, su padre jamás había regresado a Markina de Vizcaya. A él le hubiese gustado mucho visitar ese país de gente incomparablemente orgullosa, pero entendía que la jornada no hubiese sido nada fácil. A pesar de su proximidad a la provincia cantábrica, el atravesar las montañas les hubiera llevado más de una cosecha.

En la entrada a la finca de pinos, Álvaro paró el camión.

—Aquí te quedas, hijo —se despidió abriéndole la puerta—. Nos vemos en los bolos.

—Gracias, don Álvaro. Y recuerde, no me espere en la parada el lunes que viene, que no regreso a la escuela nunca jamás.

—Eso me ha quedado claro. Te extrañaré, hijo, de eso no hay duda.

Manuel corrió por el prado sin sentir siquiera el peso de la mochila cargada de libros y de uniformes. Eran las tres menos cuarto y los trabajadores, emergiendo de la oscuridad del bosque, se encaminaban a la bodega y comenzaban a guardar las herramientas. La primera flotilla terminaba de cortar el cerro y la segunda, la que Domingo supervisaba en esos momentos, rasgaba el suelo duro preparando la tierra para la siembra.

—¡Oídme todos vosotros! —gritó, a toda voz Manuel—. ¿A que no sabéis lo que traigo aquí en la mano?

Sacudiendo el diploma blanco como bandera de paz corrió a abrazar a su padre.

—No digas —contestó Fabio, capitán de los rasgadores—, que le has llenado la tripa a alguna fulana y sus padres os han casado. Es el acta de matrimonio lo que muestras tan orgulloso.

La flotilla rió con gusto. Domingo arrebató el documento de la mano de su hijo y se lo entregó a Fabio.

—Dime si es cierto que mi hijo es contable.

Fabio se limpió las manos en los pantalones, sacó las gafas de un bolsillo y leyó en silencio.

—Bueno, debe ser oficial, tiene sello y aquí dice su nombre: Manuel Muguira Gómez. Así lo han bautizado en la iglesia.

Domingo se encaminó a la bodega y de allí salió con su lapicero de tinta y una hoja de papel en la mano. Entregándosela a su hijo, ordenó.

—A ver, chico rubio, márchate a la bodega y dime cuántos azadones y palas tenemos. También he de saber cuántos trascabos y picos hay en el desván.

—Pero, padre —protestó el joven—, esto es un insulto, tú sabes bien que sé contar.

—Vamos, aprisa, que me urge saberlo y tu madre nos espera en casa.

Resignándose, Manuel obedeció y desapareció dentro de la bodega. Los hombres, después de lavarse sus cuerpos sudados a la orilla del río, se sentaron a esperarlo. Alguien pasó una botella de jerez y muchos encendieron sus cigarros. Con varas secas, se marcaron las líneas en el suelo y comenzaron las apuestas.

—Tres tragos que no cuenta bien —dijo uno.

—Cuatro que sí puede —comentó otro.

—Se ve que nunca lo has visto jugar a los bolos.

—Eso no es cuestión de título, eso es suerte.

Al cabo de un rato, Manuel emergió con el papel bien marcado.

—Son: treinta y ocho palas, diez azadones, trece trascabos y veinte picos.

Domingo se carcajeó y le dio un cariñoso coscorrón en la cabeza.

—¡Es cierto! Pero coño, qué buen cerebro tiene mi hijo. Ahora, anda a casa del abuelo que anda por verte.

A pesar de las miles de veces que Manuel había visitado la casa de sus abuelos, nunca había reparado en lo imponente que era su fachada. En el pueblo se le conocía como el palacio Gómez Allende. Con sus murallas de cantera, enormes jardines y su arquitectura morisca era, después de la iglesia, la estructura más grande del pueblo. Ahora al verla, por algún motivo extraño, lo ostentoso de la vivienda le causó vergüenza. Ramales en su totalidad no tenía más de dos cuadras de casas. Que la de sus abuelos ocupase casi una de ellas tenía que ser pecado. De repente agradeció la sencillez de sus padres. Su morada, situada justo enfrente de la de sus abuelos, era mucho más modesta de aspecto. Ahí el único lujo eran las galerías que tapizaban el largo de las paredes y que invitaban a una lluvia de rayos de sol a penetrar su interior. Tanta luz parecía agradar también a una colonia de abejas quienes, en su temporada, se instalaban entre sus muros. Por ello la casa de los Muguira, al pasar de los años, se conocería como la *Casa de las abejas*.

El abuelo Nicasio, ya lo esperaba en su estudio.

—Ni deshagas las maletas, hijo, porque mañana partes hacia América. Siéntate —señaló el sillón.

Manuel se sentó y aceptó, algo sorprendido, el cigarro que su abuelo le encendía. Hasta ese día, fumar en su presencia había sido algo prohibido.

—Escucha bien. En el transcurso de tu vida habrá momentos así. Tendrás que elegir entre un camino u otro. He aquí en mi mano derecha tu cartilla militar. Y aquí en la izquierda, la invitación que te hacen mis hijos, Victoriano y Eusebio, para trabajar con ellos en México.

—Abuelo, yo prefiero ir a África —se apresuró a opinar Manuel—. Es cuestión de dos años y además, a mí las enfermedades no me tocan.

—Bueno vamos, hasta ahora te ha amparado la Providencia, eso es cierto. Pero no podemos siempre contar con ello. Por eso la decisión ya la he tomado yo. ¿Y acaso hay alguien que os quiera más que yo?

—Pero, abuelo…

—Bueno, pues entonces tenme un poco de fe. Vas a trabajar con mis hijos.

—Mi padre me necesita en el campo.

—Tu padre te necesita con vida y tus tíos sabrán regresarte vivo. Mañana partirás a Santander. El barco zarpa de allí hacia América a finales del mes.

Sin más, el abuelo Nicasio rompió en pedacitos el documento que mandaría a su nieto al otro lado del Mediterráneo a una muerte segura. Concluida la plática, apagó el cigarro intacto que colgaba de los dedos inertes de su nieto. Después abrió la puerta del despacho y lo despidió.

—Ahora, almorcemos. Después de la siesta, iremos al pueblo a invitar a todos a la merienda de churros con chocolate que ha preparado tu abuela.

22

El abuelo Manuel: La Nueva España

México, D.F. 1925.

El papel anaranjado clavado al poste, justo enfrente de la *Casa Gómez Allende*, anunciaba que la romería se llevaría a cabo esa misma noche, en la colonia Española. De un jalón, Manuel lo descolgó de la madera y lo leyó cuidadosamente. Para amenizar el ambiente, decía la propaganda, se había contratado a una orquesta cuyo nombre no reconocía. Pero eso no importaba. Lo único importante era que habría baile. Porque para él, además de los bolos, no existía placer más enorme en este mundo que zarandear el trasero al compás de algún ritmo. Cualquier música, siempre y cuando fuese animada, o jacarandosa, como decían en estas tierras, y le permitiera menear a gusto a su pareja, era buena. Guardando el papel en la solapa de su chaleco, atravesó la calle para comenzar un día más de trabajo.

La *Casa Gómez Allende*, de nombre oficial *Empresa Comercial Exportadora e Importadora Gómez Allende Hnos.*, estaba ubicada en la calle de Mesones 58, en el centro de la ciudad de México. En esa misma manzana se encontraban la mayoría de los negocios de abarrotes de la ciudad cuyos propietarios eran españoles. Y por ello, siempre que caminaba por la avenida, Manuel se sentía tal como si estuviese en España. No precisamente en las calles empedradas de su adorado y pequeñísimo pueblo de Ramales de la Victoria, sino más bien en una de las amplias y prósperas alamedas del centro comercial de Santander, ciudad que por primera vez había visitado al embarcarse hacia México.

Igual que en Santander, el ambiente de la calle de Mesones era totalmente ibérico. O sea, nadie que trabajara en esa cuadra, ya fueran jefes, empleados o barrenderos, se perdía una sola corrida de toros.

Ni tampoco existía alma capaz de resistir, aunque fuera solamente observando, la reñida y perpetua partida de dominó que se jugaba, todas las noches, a las nueve precisamente, en el café *La Central*. Asimismo, en aquel barrio, toda noticia concerniente a la madre patria era argumentada y discutida apasionadamente, a veces acabando en golpes, especialmente si se trataba de política, tema sobre el cual, todos opinaban. Los telegramas de esposas, hijos, padres y a veces hasta de amantes eran igualmente compartidos sin discriminación. Y fueran buenas o malas las noticias, todas eran celebradas con un trago de jerez al final del día.

En la puerta de la bodega encontró al chofer de turno, fumando un cigarrillo. José era un buen hombre, cuidadoso y sobre todo puntual. Una de las primeras personas que él personalmente había contratado, más que nada porque, a pesar de sus rasgos indígenas, le recordaba a don Álvaro, el camionero favorito de su pueblo. Igual que él, José tenía el hábito peculiar de sonreír por todo su camino a cuanto semblante se le pusiera enfrente. Y esa gran virtud, de tomar la vida a la ligera, era quizás la que Manuel más apreciaba.

José, al reconocer a su jefe, rápidamente apagó la colilla de su cigarrillo con su bota de vaquero, se quitó el sombrero y sonrió ampliamente, extendiéndole la mano.

—Buenos días, don Manuel.

—Buenas —contestó, incómodo con ese título de «don» que la gente en México insistía en colgarle encima—, pero hombre, no lo apagues y convídame uno —pidió.

—Claro que sí —José rápidamente extrajo otro cigarrillo de su cajetilla de Delicados.

Observó su reloj, era temprano. Con los labios apretados prensó el cigarro que el chofer le encendía y, después de darle dos chupadas, sacó un gran manojo de llaves del bolsillo y comenzó a tratar de abrir el enorme candado del negocio. Al otro lado de la barda los perros guardianes ladraban desaforadamente y con increíble fuerza aventaban sus cuerpos contra el metal del portón. Esperó a que el vigilante los alejara y los amarrara antes de separar las puertas y entrar.

—¿Y qué cargas hoy? —preguntó a José, dejándolo pasar.

—Parece que frijol.

—Frijol. ¿Cuánto cargas? —entregó las llaves al custodio para que acabara de abrir las bodegas.

—Creo que cuatro o cinco furgones para don Luis, el patrón de Córdoba.

—Vale. No se te olvide la firma.

Alejándose, comenzó su ronda matutina alrededor de todo el perímetro del negocio. La *Casa Gómez Allende* era un almacén de abarrotes; en sus grandes bodegas se almacenaban los granos, especies y semillas que los tíos, Victoriano y Eusebio, siendo mayoristas y distribuidores, se dedicaban a comprar y vender. En cualquier momento las despensas podían estar llenas de canela, frijol, maíz, comino, eneldo o café. Los pedidos se manejaban por medio de cobro o devolución, a excepción de los clientes de confianza. Estos recibían un documento de pago, generalmente a treinta días. Con frecuencia, las cartas a los clientes eran sólo para informarles de algún cambio en el precio de la mercancía. Y eso, precisamente, era lo que tenía que hacer ese día, informar a los clientes que la canela había bajado de precio. Y bastante.

Era casi seguro que el nuevo costo de la canela desataría ese efecto dominó que invariablemente culminaría con la cancelación de varios pedidos. Pero por fortuna, los últimos vagones se habían despachado apenas el día anterior dejando la bodega completamente vacía. Lo mejor de todo era que esa venta la había propiciado él mismo y esto, con suerte, agradaría a sus tíos. Rara vez hacía las ventas él personalmente, ya que el negocio contaba con cuatro agentes representantes. Pero ayer, al faltar el hombre que cubría el territorio del norte por motivo de enfermedad, él mismo se había hecho cargo del cliente de Sonora a quien le urgía el producto y quien, en estos momentos, imaginaba, lo estaría recibiendo, jurando en hebreo por no haberse esperado un día más para hacer la compra.

El resto de los empleados comenzaban a llegar. En los elevadores, los maquinistas echaban a andar las máquinas que habrían de llenar los camiones para el traslado de la mercancía al ferrocarril. Las palas se repartían; en cada bodega los barredores acumulaban la basura y los camioneros de turno aguardaban el papeleo que los capataces verificaban, volviendo a revisar las cantidades de pedidos contra el número de costales. Su misión era ir saludando y recogiendo los documentos que habría de transferir a las libretas de contaduría. Le gustaba su trabajo, le gustaba su nueva vida y le gustaba este país de gente apasionada e ideología progresista.

Tres años llevaba viviendo en México. Tres años desde aquel día en que sus pies habían pisado, por primera vez, ese suelo conquistado que por tantas generaciones había recibido a refugiados como él, en su caso, por la situación del Ejercito Español en Marruecos, la cual había podido eludir comprando una extensión del servicio militar. Esta opción legal, conocida como «sacar al mozo de la cuota», era lo que le había permitido emigrar a México sin temor a una denuncia por prófugo si algún día decidía regresar a España.

—Partes con la bendición de tu padre, tu abuelo y tu patria —se había despedido su padre Domingo, hablándole en euskera—. Por ello, ante todo y sobre todo, respeta el país que te alberga. Sé un hombre honesto, chico rubio.

El trayecto de Ramales a Laredo se había realizado sin grandes contratiempos en coche de línea. De allí, un carro de viajeros lo había llevado a Santander en donde había tenido que esperar dos días antes de que el barco de la *Compañía Trasatlántica Española* zarpara. Tal demora había sido un regalo de la providencia ya que le había permitido vagar por toda esa hermosísima ciudad.

Era la primera vez que veía el Cantábrico. Dos mares le mostraba Santander; el mar casero, doméstico, con su playa principal, El Sardinero, donde todos los años veraneaba la Familia Real, y el mar libre, bravo, indomable que tendría que atravesar al partir hacia América. Cómo le hubiese gustado quedarse en Santander. Cuando partió, se había enamorado para siempre de los arenales de Pedreña, la Magdalena y la punta del Cabo Menor. Le alegraba pensar que el día que regresara a Ramales desembarcaría en esa bahía de mujeres bellas, que pudorosamente disfrutaban todos los veranos de sus baños de olas.

Finalmente, con un pasaje de segunda y con poco equipaje, había comenzado ese largo periplo que desde los tiempos de la conquista miles de compatriotas habían emprendido antes que él. Desde la proa de la embarcación, con gran emoción por un lado e incertidumbre por el otro, había observado la línea de esa costa amada desaparecer lentamente en la neblina. Pero todas las inquietudes y dudas que durante los veinticuatro días de navegación lo habían atormentado, se evaporaron en el instante que descendió de la embarcación al muelle del puerto más alegre del mundo, Veracruz.

No había sido solamente el delicioso olor a caña de azúcar, café, tabaco y marisco lo que lo había cautivado, ni la música caribeña que a todas horas del día y de la noche se escuchaba por las calles, ni siquiera los bailes importados de Cuba como el danzón, ni tampoco sus voluptuosas mujeres de cintura breve y caderas generosas; no, lo que había enamorado, más que nada, había sido la simpatía de su gente. Los jarochos, apodo regional de los habitantes del puerto, eran las personas más alegres que hubiese conocido. Y eso a pesar de las epidemias que recientemente habían devastado sus vidas. Una vez más había lamentado la brevedad de su visita. Al subirse al tren que habría de conducirlo al centro del país, juró regresar, lo más pronto posible, para disfrutar con calma todas las delicias que el puerto ofrecía.

Manuel observó que José discutía con el capataz. A pesar del trato hosco del hombre, José mantenía la sonrisa de siempre en el rostro.

—¿Qué pasa? —preguntó, acercándose.

El capataz señaló el camión.

—José insiste en que este cliente firma.

Manuel revisó la carta.

—Bueno, es que así siempre ha sido.

—Me huele mal —explicó el capataz—, apenas el mes pasado le despachamos el doble de su pedido normal. Nunca consume tanto frijol.

El capataz tenía razón, don Luis nunca había pedido tanto frijol. Sin embargo, conocía al cliente. Un cordobés bien plantado con varias hijas guapas. Precisamente le acababa de llegar la invitación a los quince años de la más pequeña. Y no se lo perdería, pues tenía entendido que el hombre echaría la casa por la ventana. A lo mejor serviría solamente frijoles a los invitados pero aun así, lo que sí sabía, de buena tinta, era que le acababa de comprar a la hija un auto como regalo de cumpleaños. Quizás el hombre había recibido una herencia y nadie lo sabía.

—Lo que hace con el frijol no es problema nuestro —alegó.

—Eso siempre y cuando pague —contestó el capataz—. Yo le digo aquí a José que esta vez le cobre a la entrega de la semilla.

—No estoy de acuerdo –insistió—. Es buen cliente, que pague a un mes, como siempre.

Lo cierto era que no le desagradaba su trabajo, al contrario. Le gustaba el reto que era anticipar el temple del mercado y actuar de acuerdo a su pronóstico. Bajo la tutela de sus tíos, rápidamente había aprendido el verdadero significado de ese concepto, que tanto lo había esquivado en su clase de física: el fenómeno de la causa y el efecto.

Así pensando caminó hacia su oficina. Era afortunado. Tenía un buen trabajo, un futuro prometedor y vivía en un país excitante. A primera vista, a cualquier forastero como él, recién desembarcado, le sería fácil concluir que México era la segunda España. Cuando menos ésa había sido su primera impresión durante el corto viaje por tren de Veracruz a México. Esto porque por todos lados aparecían iglesias, que eran réplicas exactas de las que había observado al atravesar las montañas cantábricas a través de la ventana del coche de viajeros.

Asimismo, la arquitectura de las casas reflejaba un inconfundible estilo morisco, con arcos, bóvedas y diseños rebuscados en su cerámica. La influencia española era evidente por dondequiera que mirara: en el idioma, los nombres de las calles, los pueblos, la religión, los bocadillos, y muchas otras costumbres. De tal manera que al principio, se había sentido como si hubiese llegado a casa. Pero cada vez con más frecuencia, conforme descubría los encantos del país, iba comprendiendo que tal sentimiento no era más que un espejismo. México poseía una dimensión indígena, arraigada en lo más profundo de sus entrañas que tres siglos de conquista no habían logrado destruir. Y esta extensión cultural florecía, de manera exótica, anómala y única, en los coloridos brillantes de la vestimenta de su gente, en los sonidos agudos de los instrumentos de aire de su música, y en la veneración de esos dioses paganos que según entendía, todo concedían. Y también se manifestaba, más que nada, en el temple sereno y sabio de su gente. Pero además de las diferencias físicas del terreno, de sus expresiones artísticas y espirituales, le quedaba claro que México vivía, políticamente hablando, una experiencia completamente diferente a la de España.

Al llegar a México a sus diecinueve años, su ideología política no traspasaba los perímetros firmemente incrustados en su cerebro, de la opinión de su padre y de su abuelo. Para ellos, todo lo que tuviera que ver con el partido liberal eran disparates. El problema del rey Alfonso XIII, alegaba el abuelo Nicasio, era su ineptitud en controlar a los sindicatos y a los anarquistas cuyo único fin era crear desorden. Y esa falta de cojones por parte del monarca amenazaba con destruir el bienestar económico del país el cual, gracias a que España se había mantenido neutral durante la guerra, apenas prosperaba. Para el abuelo Nicasio, la reciente decisión del rey Alfonso de otorgar al Capitán General Miguel Primo Rivera poderes especiales propios de una dictadura para reestablecer el orden, había sido excelente. Lo primero era lo primero, y eso era prohibir la existencia de la Confederación Nacional del Trabajo, así como el Partido Comunista.

México fue entonces, para él, toda una revelación. Con la etapa militar de la Revolución ya terminada, el presidente Plutarco Elías Calles parecía resuelto a integrar a los indígenas en la sociedad mexicana educándolos, celebrando su arte, dotándolos de tierra. Calles no podía ocultar sus tendencias comunistas, alegaba el abuelo Nicasio, era amante de los sindicatos, de la reforma agraria y enemigo de la Iglesia. Sus tendencias radicales, estaba convencido, llevarían al país a la ruina. Tendrían suerte si el hombre no decidía arrebatarles a sus hijos sus propiedades adquiridas con tanto mérito para regalárselas a cualquier indio que, al no saberlas trabajar, las abandonaría al albur de la misma naturaleza.

Pero él, lejos de la influencia de su padre y su abuelo, pudo por primera vez, escuchar a fondo el argumento que ellos juzgarían izquierdista. Y a decir verdad, la exhortación de la gente pobre no le parecía tan imprudente. Era justo que los indígenas aprendieran a leer y a escribir. Era justo también que los empleados fuesen tratados con dignidad y respeto por sus jefes. Y nada había de malo en defender los derechos humanos que en España, bajo el poder de Primo de Rivera, parecían desaparecer día a día sin que a nadie le importara. Por primera vez se le ocurría que quizás era mejor separar a la Iglesia del Estado, quizás era importante que los campesinos poseyeran y trabajaran sus propias tierras aunque, claro, para ello sería necesario primero educarlos. Esto último, bien lo sabía, era una idea que jamás se atrevería a defender dentro del círculo de su familia. Sin embargo, el movimiento radical de Calles lo seducía. Además, nada era más excitante que el contradecir las ideas conservadoras y anticuadas de su padre y su abuelo Nicasio.

Entró en su oficina e inmediatamente encendió la radio. El compás de la música invadió el espacio y lo transportó a otro mundo, y sus pies, como siempre sucedía cuando la escuchaba, comenzaron rítmicamente a talonear la plataforma de madera. Si alguien le hubiese preguntado en ese instante qué era lo mejor que México poseía, hubiese contestado, sin titubear, su música. Las melodías mexicanas eran únicas: combinaban el sentimiento indígena con lo africano y desde luego, con las expresiones sonoras musicales de su propia patria. A pesar de que los sonidos tradicionales, indiscutiblemente españoles, tendían a llenarlo de nostalgia, ese nuevo género, con rasgos tan particulares, chispeantes, vibrantes, lo impulsaba, con mucha más fuerza, a bailar. Aún antes de que el barco tocara el muelle de Veracruz, él ya había sucumbido a la magia del son que los braceros cantaban después del consumo diario de alcohol. En un par de meses había perfeccionado los pasodobles, las marchas, los valses, los danzones, las poleas y los chotis que darían sosiego a sus pies bailarines por el resto de su vida.

Concentrándose, revisó la correspondencia que yacía encima del escritorio. Empezaría con las cartas en las que anunciaría el nuevo costo de la canela, y después haría el segundo recorrido del día a las bodegas. Tomando papel y pincel se hallaba en un tris de comenzar su escritura, cuando alguien tocó la puerta.

—Adelante —invitó, sin levantar la vista de los documentos.

María Eugenia, secretaria oficial del tío Victoriano, se deslizó dentro del cuarto, silenciosamente. Lo supo por el olor de su perfume. Sin pedir permiso, la mujer cerró la puerta. Era mucho mayor que él, era cierto, pero con esos senos de quinceañera nadie lo sospecharía. Era también una amante experta. De momento estaría enfadada con él, eso era segurísimo. La noche anterior la había dejado plantada en la Alameda. La partida de dominó se había alargado y había concluido en el lecho de una mesera de inmensos ojos cafés. Cautivado por ellos, tuvo que saber si su piel, igual de achocolatada, era tan suave como su mirada. No resistió seducirla. La cita con María Eugenia había quedado en el olvido hasta ese mismo instante en que entró en su oficina y aventó tras ella la puerta. La mañana comenzaba mal, pensó. Armándose de valor, se preparó para la guerra. Forzó una sonrisa y comenzó a recitar su primera mentira del día.

—Se escapó un toro de la plaza y me persiguió durante toda la noche —balbuceó—. Por poco me entierra un cuerno en el mismísimo culo.

Pero ella no escuchó ni media palabra. Ciega de rabia, se le echó encima intentando golpearle. Manuel se levantó con increíble agilidad del escritorio y logró esquivarla. En lo que María Eugenia se recuperaba y reanudaba el ataque, Manuel corrió a subir el volumen a la radio. Ella fue tras él, pero entonces él, atrapándola a medio camino, la tomó en sus brazos y le dio la media vuelta. No le permitió zafarse. La apretó contra a su cuerpo, la contuvo con firmeza por la cintura y la forzó a seguir su ritmo al compás de la melodía.

—Dos pasos adelante, uno al lado y dos atrás, chachachá —le susurró a la oreja—. Se repite. Dos pasos adelante, uno al lado y otro atrás, chachachá.

María Eugenia intentó cachetearlo.

—¡Sinvergüenza! —gritaba, enfurecida.

Aguantó los gritos y los golpes, concentrándose en la amplitud de las caderas. Liviano, y sin hacer caso a los forcejeos que comenzaban a decaer, la siguió bailando, tarareando, a carcajadas, cantándole la canción al pie de la letra. «Los marcianos llegaron ya. Y llegaron bailado el chachachá.» De repente la melodía cambió y comenzó una cumbia lenta. Doblándole la muñeca, la obligó a hacer una pirueta y con un leve pero experto tirón, restregó su cara mal rasurada contra la de ella. Luego buscó con la pierna ese hueco entre sus muslos que tanto placer le otorgaba y poco a poco fueron cediendo, abriéndose, dejándole paso libre, permitiéndole guiarla suavemente por toda la oficina. Al terminar la música, la dobló de espalda, hasta hundir la nariz en el escote generoso de sus firmes senos. Luego, en armonía con la última nota de la canción, exclamó triunfante:

—¡Olé!

Así los encontró el tío Victoriano. Y por la expresión de furia en su cara, Manuel supo que la oportuna venta de la canela le importaría un comino. María Eugenia se arregló el cabello desordenado, se estiró la falda y salió apresurada de la oficina. Manuel bajó el volumen a la radio y saludó a su tío.

—Buenos días, tío.

—Buenos, no sé para quién —contestó el hombre, tratando de contener su enojo—. Porque para mí, el día ha empezado pésimamente mal.

—Discúlpame, tío —se apresuró a explicar—, la música se puso buena y pues María Eugenia es una gran bailarina…

—María Eugenia es mi secretaria y le pago para que me asista en mis asuntos, no para que se manoseé con un fanfarrón como tú.

—Claro, eso se entiende… —trató de calmarlo.

—Y a ti –continuó el tío, igual de enojado—, a ti se te paga para que produzcas, no para que te enredes con mi secretaria.

—Por supuesto. Se me paga para que produzca y hablando de eso os dará gusto saber, a tí y al tío Eusebio, que ayer vendí toda la canela.

Si el tío comprendió el significado de la buena noticia, no lo demostró. Mirándolo con desprecio arrojó contra su escritorio una pila de recibos y sin decir media palabra, se marchó, cerrando tras él la puerta, con un fuerte portazo.

—Vaya pero qué genio —murmuró para sí y después, sin darle más importancia al incidente regresó a la radio y volvió a subir el volumen. Bailoteando unos pasos ligeros, volvió a sentarse a terminar las cartas del día.

Estaba acostumbrado al áspero trato de sus tíos. Nunca olvidaría, por ejemplo, la hosca bienvenida el primer día que se había presentado en la *Casa Gómez Allende.* Los tíos llegaban de las minas y Manuel llevaba horas esperándolos en la oficina. No se había aburrido, al contrario, se había entretenido bastante espiando el generoso escote de María Eugenia quien, al darse cuenta del afanado interés del jovencito, se la había pasado el tiempo recogiendo lápices, plumas y papeles que, con aparente descuido, dejaba caer de sus manos a cada rato.

—Señores Gómez Allende —lo había presentado la secretaria—, ha llegado su sobrino Manuel, de España.

Al levantarse, la erección que respingaba su calzoncillo, había sido obvia.

Los tíos lo habían revisado de hito en hito, reparando en su braqueta y sin contestar su saludo, habían discutido su presencia frente a él, como si no existiera.

—Dijiste que llegaba el mes que viene —dijo Victoriano al hermano.

—Joder. Y yo qué voy a saber, esto no es cosa mía.

—¿Y ahora, dónde lo metemos?

—¿Y yo qué mierda sé? Hombre, mándalo al carajo si quieres, pero a mí no me molestes.

Entonces el tío se había dignado a dirigirse a él por primera vez.

—Bueno, pues aquí tendrás que empezar desde abajo, ¿vale? Anda, sígueme.

En la bodega los trabajadores lo habían mirado con curiosidad. El tío Victoriano, acercándose al primer barrendero en su camino, le había arrebatado la escoba y la había puesto en sus manos.

—Anda, aquí tienes. Barre hasta que dejes esta bodega como para lamerla. Y no nos fastidies hasta que hayas terminado.

Seis meses había hecho de barrendero, un año de mozo, tres semanas de camionero, cinco de capataz y ahora, por fin, ejercía su carrera de contable llevando los libros. Los días eran largos y el sueldo mínimo. Pero estaba acostumbrado, sabía que las órdenes del abuelo Nicasio eran ésas, que aprendiera el negocio desde abajo. Comprendía que sólo así podía haber sido. Extrañaba a su madre, era cierto, y extrañaba, más que nada, la calidez del trato de su padre. Pero si alguien le hubiese ofrecido un billete de regreso a su patria, no lo habría aceptado. No ahora que empezaba a amar su independencia más que nada en el mundo. Y en ocasiones como ésta, cuando se le bajaba el espíritu al suelo, que se le pasase esa sensación era sólo cosa de vestir la sonrisa de José, de don Álvaro, y de la gente jarocha del puerto de Veracruz. Mañana le caería mejor el café al tío Victoriano y con suerte ni recordaría el incidente de esa mañana.

Al final del día, cuando el mozo ya había llevado las cartas al correo y cuando los recibos habían quedado perfectamente anotados en la libreta, Manuel se acordó del papel arrugado en su solapa. Volvió a leerlo. El baile empezaba a las ocho de la noche, y eso era exactamente lo que necesitaba, divertirse. Y aunque lo ideal sería invitar a María Eugenia y bajar así sus malos humores, no se atrevía. Lo sensato era dejar pasar un tiempo antes de volver a «enredarse con ella», como había dicho el tío Victoriano. Además, tenía que ser honesto, empezaba a aburrirle la actitud posesiva de la mujer. Una cosa era llevársela a la cama y otra muy diferente tener la obligación de pasearla a diario. Mejor iría solo y bailaría con una docena de chicas jóvenes y bellas, hasta que sus madres las reclamaran para llevárselas a sus casas.

A las nueve de la noche se presentó, debidamente bañado y perfumado en el club de la Colonia Española. La pista estaba llena de parejas bailando vals, tango y algunos pasodobles. En una esquina, varios jóvenes jugaban a la ruleta. Ansiaban ganar el premio, una caja de bombones, para regalarla a sus compañeras. Sentadas, alrededor de la pista, siempre alertas, las mamás cuidaban a sus hijas. Pero por más que estiraban los cuellos buscándolas, era raro que las encontraran. Cualquier joven medianamente inteligente sabía llevárselas, alejándolas entre canción y canción, a la otra esquina de la pista. Tarde o temprano las señoras se rendían a la imposibilidad de perseguirlas y se resignaban a comadrear entre ellas los últimos chismes.

Compró una cerveza y se la bebió despacio. Su estrategia siempre era la misma. Las primeras tres canciones, observaba detenidamente la pista hasta identificar a la chica con mejor soltura. Si la joven sabía menearse, poco importaba su apariencia. La danza, igual que el tenis, exigía una pareja capaz de seguir sus pasos, apta en anticiparlos, audaz para retarlo, devolviendo paso por paso, pirueta por pirueta y movimiento por movimiento.

Al terminar la primera canción la pista se aligeró un poco, permitiéndole ver mejor a cada pareja. A su izquierda un muchacho alto y moreno localizaba su botín. La intensidad de su mirada le llamó la atención. Alguien, irresistible, tiraba de él con un riel invisible desde el otro lado del salón. Divertido, advirtió cómo el joven atravesaba la pista hasta colocarse enfrente de un grupo de muchachas. Luego, al llegar a ellas, impulsivamente arrancaba un clavel del ramo de flores que decoraba la mesa cercana y, extendiendo el brazo, lo ofrecía a una chica. Desde donde estaba en pie apenas si lograba distinguir a la merecedora de tal galantería. Por curiosidad, más que por otra cosa, se aproximó a observar la escena más de cerca.

Entonces fué cuando reparó en ella. La chica, con una gracia enternecedora, aceptó el clavel y atrevidamente lo colocó en su boca. Después descansó las manos en los hombros del joven y se dejó deslizar hacia el centro de la pista. Los ojos coquetos, la boca sonriente, el mentón firme y la elegancia de su andar, lo paralizaron. Todo en ella era exquisitez. Sus pequeños pies apenas sí tocaban la plataforma, siguiendo sin esfuerzo alguno, el disonante compás del muchacho. Con sutileza, su cuerpo corregía y disimulaba la torpeza del joven que de otra manera la hubiera mutilado. Perdida en el sonido de cada nota se dejaba llevar, absorta en cada movimiento, indiferente a nada más que no fuera el placer de bailar. Tal parecía que la música nacía de ella y para ella. Jamás había visto cosa parecida.

Alguien tropezó con Manuel derramándole encima lo que quedaba de su cerveza. Las gotas del líquido frío aterrizaron en sus mejillas sacándolo de su estupor. Entonces, obedeciendo su instinto, caminó resuelto a través de la pista, eludiendo a los demás bailarines, hasta plantarse enfrente de la pareja. El joven, asombrado y luego disgustado, trató de ignorarlo pero ella, fijando en Manuel su chispeante mirada, como buscando una explicación, quedó clavada en la profundidad de sus ojos. Y se paró en seco. Su sonrisa fue desapareciendo y con ella los hoyuelos de sus sonrojadas mejillas. La música continuaba pero ninguno de los tres daba un paso. Cediendo a un impulso, Manuel extendió la mano y con gran delicadeza retiró el clavel rojo de los labios de la chica. Lo tiró al suelo sin dejar de mirarla y luego, apoderándose del pequeño cuerpo, comenzó a bailarla, trasladándola de inmediato a aquel mundo, a donde nadie antes que ella había logrado acompañarlo.

Bailaron sin interrupción hasta que una anciana, vestida de luto de pies a cabeza, se les plantó en medio. Y no fue hasta que la mujer se dirigió a la chica que Manuel oyó, por primera vez, su nombre.

—Es hora de partir, Felicia. Vámonos.

«Felicia», repitió Manuel toda esa noche sin poder dormir, el nombre de su única y verdadera alma gemela, era ése.

23

El abuelo Manuel: Semillas, granos y caramelos de limón

México, D.F. 1927.

Manuel despachó el último camión de la mañana, cargado de ajonjolí. Eran las dos de la tarde y la mayoría de los empleados ya partían a sus casas a comer. Aquellos a los que no les rendía el tiempo para ir y volver, cruzaban a la taquería de enfrente y de allí al parque, a dormir la siesta, que duraría hasta las cuatro de la tarde. Los jueves almorzaba en la casa de su hermana Esperanza y de su marido, el tío Victoriano. Le gustaba comer con ellos pues su hermana lo consentía, siempre preparándole sus platillos favoritos. Hoy le tenía prometida la mejor sopa del mundo, sopa de ajo coronada con un huevo crudo flotando sobre un trozo de pan gratinado. El sólo pensar en ello le agudizó el hambre por lo que, sin pensarlo más, se apresuró a echar una última ojeada al negocio, se despidió del ayudante de turno y salió a la calle.

Los tíos lo esperaban ya sentados, con la servilleta enrollada al cuello, bebiendo la primera copa de vino tinto, que teñía de colorado las placas dentales del tío Eusebio. Sus sobrinos, al verlo entrar, se levantaron de un brinco de la mesa y corrieron a abrazarlo y a revisarle los bolsillos, que siempre rebosaban de caramelos amargos de limón. Manuel pellizcó barbillas regordetas y nalgueó traseros pequeños con gran deleite, porque lo cierto era que le encantaban los chiquillos. Nadie deambulaba por el mundo con tanta juerga como ellos, tal parecía que bailaran un perpetuo tableado. En cuanto sus sobrinos crecieran un poquitín más, les enseñaría a jugar a los bolos.

Esperanza emergió de las entrañas de la cocina cargando un platón de aceitunas y rebanadas de jamón de pierna. Al verla, Manuel se apresuró a quitarle el peso de encima y a besarle las mejillas acaloradas. Después, colocando los bocadillos en el centro de la mesa, se sentó a ocupar la silla que los sobrinos siempre le reservaban en medio de ellos. La madre, viendo que ya empezaban a quitar el papel de los dulces se los arrebató de las manos.

—Nadie come golosinas hasta la hora del postre —advirtió.

Pero antes de que protestaran, Manuel ya les guiñaba el ojo y los niños, captando la clave secreta del tío, se apresuraban a extender las manitas por debajo de la mesa para recibir otro tanto de caramelos.

—Nos deshicimos del último furgón de ajonjolí —anunció, para disimular los movimientos tenebrosos que ocurrían debajo del mantel.

La noticia fue recibida, para su gusto, con poca alegría y nada más no supo cómo interpretar la mirada silenciosa que los tíos intercambiaban. Lo que sí reconocía era el mismo gesto de cabeza que su abuelo Nicasio frecuentemente empleaba cada vez que no le apetecía prestar atención a la gente. Por lo visto, la venta no les impresionaba mucho. Igual daba, decidió, mordisqueando un trozo de jamón de pierna, no permitiría que su actitud lo desanimara.

—Con esto ya tenemos dos bodegas vacías —continuó—. Sería bueno llenarlas con café.

De nuevo su sugerencia cayó en un vacío en el que el único ruido era el crujido de quijadas postizas, que separaban metódicamente las semillas de aceitunas de su pulpa verde y carnosa. Estarán de mal humor, pensó perplejo ante tanta indiferencia. Seguro que les había ido mal en las minas, de donde recién regresaban. O quizás la amenaza constante de la expropiación agraria empezaba a inquietarlos. De repente, antes de poder especular más sobre el asunto, un olor exquisito lo trasportó a los campos de su amado pueblo, Ramales de la Victoria, al verdor de sus prados, a la neblina que perpetuamente coronaba el pico de sus cerros. Doña Lupe, la cocinera, se acercaba a la mesa con los platos humeantes del caldo. Esperanza percibió el repentino añoro de su hermano y le sirvió antes que a nadie. Al darle su plato, le sonrió.

Manuel saboreó la primera cucharada gozando de la mezcla de sabores como si llevase años sin haberse alimentado. La sopa, el vino y la agradable compañía de su hermana y sus sobrinos rápidamente sanaron su nostalgia y le devolvieron su alegría natural. Con redoblado entusiasmo preguntó:

—¿Pero qué opinas tú, tío Eusebio, no sería bueno llenar las bodegas vacías con café?

El tío Eusebio vació el contenido de la copa de vino y, sirviéndose otro tanto, contestó con un tono áspero y severo.

—Me cago en la leche, que no he querido hablar de negocios en la mesa —comentó a nadie y a todos al mismo tiempo—. Pero ya que insistes en hacerlo, has de saber que si tenemos bodegas vacías, las tendremos que llenar con frijol. Ahí lo tienes. Con frijol.

Vaya que le había caído mal el caldo al tío, concluyó Manuel sorprendido.

—¿Frijol? Pero si ya tenemos tres bodegas llenas de frijol.

El tío Victoriano interrumpió el diálogo y rió con sarcasmo.

—Pues resulta que ahora tendremos cinco.

La risa forzada de los tíos era generalmente precursora de malas noticias. Era obvio que estaban enfadados con él por algo, y ese *algo* tenía que ver con el frijol. Pero precisamente qué, era un misterio, porque en esos momentos el frijol era el grano más estable en el mercado y además, el que mejor se vendía. Y todo esto era bueno. Con algo de angustia, recorrió los archivos de su mente con rapidez, examinando todo lo referente al frijol, tratando de descubrir el origen del disgusto. Al no hallarlo, buscó alguna pista en la cara de su hermana, quien escuchaba la conversación con el ceño fruncido, fijando la vista en el plato y meneando la cuchara para enfriar la sopa. A propósito eludía su mirada y su actitud sólo confirmaba lo que ya empezaba a sospechar: estaba metido en algún embrollo. De repente, el caldo le supo amargo y esto lo enfadó más que nada. Si había problemas, mejor era saberlo de una vez por todas. Se armó de valor. Se limpió los labios con la servilleta y listo para la batalla, que de antemano sabía perdida, preguntó.

—¿Me pueden explicar qué pasa?

Los tíos estallaron a carcajadas. Sus panzas sacudían convulsivamente la mesa, los platos y los vasos de cristal. Reían como si alguien les hubiese contado un chiste verde, cada vez con más ganas, contagiándose el uno al otro, hasta verse forzados a desenrollar las servilletas de sus cuellos y limpiar las lágrimas que ya resbalaban por sus rostros. Esperanza los observó con desprecio y después, consolando a Manuel con una mirada, levantó los platos sucios de la mesa y escapó al ambiente de cordura que siempre reinaba en su cocina. Manuel resistió el impulso de salir tras ella.

Poco a poco, el ataque de risa fue disminuyendo. Los tíos tosieron un poco, tomaron agua para despejar sus gargantas y después volvieron, como si nada hubiese sucedido, a afilar los cuchillos y a atacar el segundo plato de filete de res encebollado, que doña Lupe en ese momento les servía. Por fin, como acordándose de la sugerencia impertinente del sobrino, el tío Eusebio lo miró a los ojos y con exagerada paciencia, explicó.

—Tu cliente favorito, el cordobés, ¿Cómo se llama?

—¿Don Luis?

—Ese mismo. Empezaste mandándole seis furgones de frijol.

—Bueno, es que es cliente de hace años.

—Sí, pero después mandaste el doble de mercancía.

—Bueno, porque así me lo pidió. Se lo dimos como siempre, a treinta días, nunca ha fallado.

El tío hizo una pausa dramática y Manuel sintió que los latidos de su corazón se aceleraban sin control.

—Pues dime tú si nos ha fallado –anunció por fin el tío—. Resulta que el día de ayer, se ha pegado un tiro en la cabeza.

Manuel miró a los tíos sin comprender. No podía ser cierto. Don Luis tenía una bella familia, era feliz y no tenía por qué quitarse la vida. Seguro había un error o quizás alguien sólo deseaba asustar a los tíos. Quiso expresar todo esto a la vez pero mientras decidía por dónde comenzar, el tío Victoriano ya tomaba la palabra.

—Entiendes lo que dice Eusebio, ¿vale? El hombre se ha volado el cerebro en su coche nuevo. Y parece que no ha manchado el parabrisas de sangre sino de caldo de frijoles, saturado como estaba, hasta el copete, de los kilos y más kilos que le has mandado.

Los dos hombres echaron a reír de nuevo, poniendo otra vez la mesa a temblar y los sobrinos, que hasta entonces habían estado pendientes de la charla, hicieron coro.

—El pobre idiota —se ahogaba de risa el tío Eusebio—, bien pudo ahorrarse la bala y mejor asfixiarse con la peste de sus propios pedos.

El escándalo aumentó al doble, los sobrinos brincaban en sus sillas y los tíos palmearon la mesa salpicando el mantel de vino y rociando al vecino con papilla de res mal masticada. Esperanza, enojadísima, repartía coscorrones.

Pasmado, Manuel los contempló todavía sin entender. ¿Acaso estaban borrachos? ¿Cómo podían celebrar tan terrible tragedia de esa manera, riéndose, bebiendo vino y sirviéndose más filete? ¿Acaso no se daban cuenta de la calamidad que significaba esa muerte inesperada? ¡El hombre les debía una fortuna! Por lo visto no tenían idea de la magnitud de la pérdida. Seguro que no sabían que la cantidad equivalía a casi un año de su salario. De así serlo, su reacción sería muy diferente, pues en ese negocio la única persona optimista que él conocía era él mismo. Sabía que la culpa del embrollo era suya, por supuesto.

Porque bien se lo había advertido el capataz, durante aquella conversación que ahora recordaba como si fuese un sueño o más bien, una pesadilla. El cordobés estaba comprando demasiado frijol y lo mejor sería no extenderle más crédito. Pero claro, Manuel se había puesto necio, y no había hecho caso porque a decir verdad, nunca se había imaginado que don Luis acabaría huyéndole a la vida.

De pronto, sintió que el almuerzo que apenas había probado se le subió del estómago a la garganta. Enfermo, empujó la silla y corrió al lavabo. Sobre el lavabo, se salpicó la cara con agua fría y trató de controlar el mareo que revolvía la perspectiva de su mundo. Con una toalla se empapó las sienes para aplacar a su vez el dolor de cabeza que de pronto amenazaba con reventarle los sesos y mandarlo al infierno tras el embustero cordobés que, seguro ahora mismo, se burlaba de todos ellos. Qué desesperado debía de haber estado el hombre para cometer semejante estupidez, concluyó. Pero bueno, al mal tiempo buena cara. Todo en la vida tenía solución, y seguro habría manera de salir de esta maraña. Además, no permitiría que este tropiezo le amargara el día, que prometía ser prodigioso ya que a las ocho de la noche tenía cita en la casa de Felicia. Por primera vez, doña Adelaida, la abuela malencarada, lo invitaba a tomar atole con la familia, y eso sí que era progreso: después de cortejar a la chica por dos años seguidos, sus pies no habían logrado traspasar el portal de la entrada. Se concentró en la imagen de la joven y su mal humor se evaporó poco a poco. Envuelto en tan feliz pensamiento, se enjuagó la boca, buscó en el bolsillo el último caramelo de limón que sus sobrinos habían despreciado porque estaba partido en dos y metiéndoselo en la boca, salió a enfrentar a los tíos, quienes ya saboreaban sus habanos, en el despacho de la casa.

—Creo que la culpa ha sido mía.

Con un movimiento de la mano, el tío Victoriano interrumpió su ofrenda de paz.

—Escucha. Tu padre y tu abuelo te necesitan en el campo y hemos decidido que te convendría regresar a España por un tiempo.

Las palabras lo dejaron frío. Creía a los tíos capaces de cualquier cosa, pero nunca de echarlo del trabajo. ¿Mandarlo a España? ¡Querían despacharlo! Y qué manera tan degradante de hacerlo, mandándolo de vuelta por donde vino. El insulto le paralizó la mente. Una corriente de furia recorrió sus venas hasta brotarle por la boca.

—¿Me estáis despidiendo por una pérdida de seis furgones de frijol? Pero si os pagaré hasta el último centavo…

—No, hijo —intercedió Eusebio—, que no es este lío el motivo por el que te vas. Nada tiene una cosa que ver con la otra. Después de ayudar a tu padre, regresarás a tu mismo puesto.

—Mentís —los enjuició, furioso—. Sabéis bien que a mi padre le sobra ayuda en el campo y, además, mi puesto no puede quedar vacante. Alguien tiene que llevar los libros.

Victoriano sumergió el puro en su vaso de jerez; esforzándose se levantó despacio del sillón, caminó al escritorio y abriendo un pliego extendió a Manuel una carta.

—Lee por ti mismo. Tu abuelo te quiere en España y eso es todo.

Manuel leyó la caligrafía inconfundible de su abuelo Nicasio. Era una carta breve que cumplía el simple propósito de dar la orden de su retorno. La situación en México era una desgracia bajo el control de Calles, alegaba el patriarca y más valía mandar al nieto de regreso a su tierra, favor de avisar la fecha de su llegada lo más pronto posible. Al margen del papel observó que el mensaje había sido escrito el mes pasado, mucho antes del suicidio de don Luis.

—El abuelo exagera —argumentó inútilmente—. Calles no hará nada. Además, si es tanto el temor, ¿por qué no liquidarlo todo, por qué ustedes no vuelven a España conmigo?

Los tíos no estaban dispuestos a discutir un tema zanjado. Sin responder, se encaminaron cada uno a sus habitaciones para ir a dormir la siesta.

—Partes a principios del mes que entra —se despidió el tío Eusebio—. Y no olvides preparar las bodegas esta misma tarde. Mañana llegan los camiones con el frijol que hemos podido recuperar del difunto.

Victoriano encontró la puerta de su recámara abierta. Esperanza separaba las cortinas y abría las ventanas para invitar la luz del sol y la fragancia del jardín a que entraran a refrescar el cuarto. La presencia de su mujer en su alcoba sorprendió y halagó bastante a su marido. Pero el encanto duró sólo el instante que tardó en reconocer la furia contenida en su rostro.

—Sois unos embusteros —lo acusó, retirando con violencia las manos que ya la ceñían por la cintura.

Victoriano, sabiéndola incapaz de mantener su enojo por más de diez minutos, ignoró el enfado y continuó concentrándose en deshacer el complicado nudo del moño en la espalda de su falda.

—Tu hermano no sabe lo que quiere —empezó a besarla en el cuello pero ella lo apartó bruscamente.

—Lo mandáis a España por la chica, ¿cierto? —volvió a empujar-lo—. El presidente Calles nada tiene que ver con este asunto. Lo que ustedes pretenden es casarlo con la pueblerina, con Concha. No lo niegues, Victoriano, que no estoy ciega.

El marido comprendió que esa tarde la siesta estaría suspendida, no por tener que cumplir con su agradable y sagrada obligación conyugal sino por discordia, cosa que inmediatamente lo puso de mal humor. Cansado, se sentó en la cama, se aflojó la corbata y se quitó los zapatos.

—Por principio —explicó, enojado—, la chica mexicana ésta, ¿cómo se llama?... ¿Felicia? Es huérfana. El padre la ha dejado en la miseria, vive arrimada en la casa de los tíos, con cinco hermanos y una abuela, cuyo mal genio es legendario por toda Sevilla.

—Felicia, por si no lo sabes —corrigió ella—, ha nacido en Espa-ña, en Vargas precisamente.

—Pero la han criado y educado en este país socialista, indígena y antirreligioso.

—Manuel está enamorado —protestó Esperanza.

—Escucha, mujer. Manuel está enamorado del amor. Tu hermano no sabe lo que quiere. Todo son bailes, ocio, paseos y romerías. El chico no sabe cómo ganarse la vida y, al paso que va, nunca aprenderá. A todo mundo le presta dinero, pregúntale a cualquier camionero y ¡por favor, vender el doble a un idiota y además a crédito! Como si fuéramos qué, ¿una casa de caridad?

—Es espléndido, amoroso —imploró la hermana—, ya aprenderá con la edad.

—Nada tiene que ver. La edad no sirve para los negocios, eso que-da claro. Es exactamente como su padre Domingo y por eso, para sobrevivir, necesita casarse con la mujer rica del pueblo, no con una cualquiera, muerta de hambre.

Victoriano lamentó sus palabras antes de terminar de expresarlas. Supo, por instinto, el tamaño de la herida y el dolor que acababa de ocasionar a su mujer. Comprendió también lo inútil que sería tratar de remediarlo. Frustrado, se resignó a tolerar el prolongado silencio que sabía que vendría a continuación y que tendría el efecto preciso de acentuar su ofensa. Esperanza recibió el golpe del insulto a su padre con la dignidad y el control cultivado a través de toda una vida, y re-servado para ocasiones como ésta, de humillación total. Sus ojos mi-raron a su marido con la frialdad absoluta que le regalaría, a partir de ese momento, hasta el resto de sus días.

—Te suplico no vuelvas a mencionar el santo nombre de mis padres en mi presencia.

Sin decir más, salió apresurada dando un portazo en busca de Manuel, a quien encontró, boina en mano, despidiéndose de sus hijos. Manuel abrazó a su hermana, sujetándola estrechamente entre sus brazos, descargando en ella, sin decir media palabra, toda su angustia, impotencia y tristeza.

—No pasa nada —le aseguró Esperanza, sonriéndole a través de sus lágrimas—. Verás cómo el amor verdadero lo sobrevive todo.

Manuel repitió para sí durante toda la tarde las sabias palabras de su hermana. Tenía toda la razón, no había nada que temer, pues si Felicia lo amaba verdaderamente, lo esperaría toda una vida si fuera necesario.

Al final de la jornada, las bodegas quedaron limpias y vacías, listas para recibir el grano. En su oficina, una vez calculada detalladamente la cantidad de la pérdida del frijol, la situación no le parecía tan grave como había temido. Antes de irse, vendería la cantidad recuperada, de eso estaba seguro. De tal manera que con un poco de suerte, para fines de año, nadie se acordaría siquiera del incidente.

A la siete y media de la noche, en el pequeño lavabo de su oficina se afeitó y se cambió de ropa. Echó un último vistazo a su escritorio y, acordándose de los hermanitos de Felicia, extrajo del cajón de arriba un puñado de caramelos de limón con los que llenó sus bolsillos. Después apagó la radio que tanto ánimo le había infundido toda la tarde y, dándole un rápido beso en la frente a María Eugenia quien, ahora que se había juntado con José, volvía a quererlo, le entregó las llaves al ayudante y salió a la calle.

Afuera empezaba a llover. Las marchantes que se instalaban alrededor del quiosco del parque, estaban levantando sus puestos temprano. Doña Sol, la mujer de las flores, fiel a su compra de todos los jueves, lo esperaba con el clavel en la mano. Aguantaba, sin quejarse, el peso de los bultos que firmemente acomodaba dentro del rebozo en el cual, apenas hacía unos meses, cargaba a su hija. Hoy la chiquilla esperaba junto a su madre lloriqueando, mojándose, acarreando cubetas más altas que ella. Manuel sacó toda su morralla y pagó por el clavel sin pedir un quinto de cambio. Después, ansioso por el llanto de la niña y deseando verla sonreír, depositó impulsivamente el puñado de caramelos de limón en su cubeta. Ésta, sorprendida, lloró con más fuerza y corrió a refugiarse a las faldas de su madre.

A las ocho de la noche en punto tocaba la puerta de la casa de la tía

Amelia en la colonia Roma. No tuvo que aguardar mucho pues Felicia, que lo había esperado ansiosa toda la tarde, le abrió de inmediato. Tardó un instante en reconocerla. La chica lucía radiante en un vestido sencillo de color celeste. Era la primera vez que la veía vestir una prenda que no fuese negra ya que Felicia, de acuerdo a las normas establecidas por la gente de la buena sociedad y en honor a la muerte de su padre, había guardado luto riguroso hasta ese día. A pesar de que Manuel le aseguraba que el color negro, lejos de ocultar su belleza, la resaltaba, la joven moría por volver a vestir los colores de la alegría. Y por fin ese día, la abuela Adelaida le había permitido el azul cielo, ya que para ella era uno de los tonos más discretos, el color indicado para dejar de anunciar su pena al resto del mundo.

El cambio en la apariencia de Felicia de inmediato desató la imaginación de Manuel. La transformación de su novia, precisamente ese día en el que habría de anunciar su regreso a España, le parecía profética. Así vestida, la chica era una sirena envuelta en las olas del Cantábrico. Y el contraste del color castaño oscuro de su pelo sobre los pliegues añiles de su vestido, era exactamente una réplica de los prados pardos del Pico de San Vicente, brillando contra el azul purísimo del cielo de su amado pueblo. Felicia había nacido al sur de su pueblo, pensó Manuel, pero le quedaba claro que su verdadero hogar estaba en la cúspide de las montañas cántabras, lo más cerca posible de las alturas, de los dioses y el eterno vacío del más allá.

Aturdido ante tan inesperada aparición, quedó agarrotado como pedruzco de río, con el clavel en la mano. Felicia, alarmada por el silencio total de su novio, borró los hoyuelos de sus mejillas y preguntó:

—¿Te sientes bien, Manuel?

Él reaccionó proyectando el brazo hacia delante para ofrecer la flor, la cual ella recibió capturando entre sus dos manos, la de él. Sin soltarlo, la chica dejó que el calor y la suavidad de su piel rescataran al joven del aparente hipnotismo y lo instalaran, una vez más, en el umbral de la puerta de su casa.

—Te ves… —balbuceó Manuel.

—¿Me veo?

—…bellísima.

Felicia soltó una carcajada y tiró de él hacia adentro. Su risa de repente lo hizo sentir ridículo. Recobró la compostura y se ajustó la chamarra. La siguió hasta una puerta, a mano derecha, que conducía a una pequeña sala amueblada con un amplio sofá y una silla mecedora. El único adorno en todo el cuarto, además de la imagen del Sagrado

Corazón de Jesús que colgaba en una pared, eran dos candelabros de plata con velas blancas situados en el centro de la mesita de sala.

La abuela Adelaida los esperaba impaciente y junto a ella, de pie —en hilera, enfrente del sofá—, cinco chiquillos le sonreían, mirándolo con curiosidad. Se empujaban el uno al otro carcajeándose y le hacían muecas; una niña le sacaba la lengua. Eran tan parecidos entre ellos que Manuel hubiese jurado que no eran más que chispas de Felicia. La abuela avanzó para estrecharle la mano que hasta entonces su nieta había mantenido nerviosamente sujeta y que de repente soltó como si le quemara los dedos. Manuel se quitó la boina y haciendo una reverencia besó la mano que la anciana le ofrecía.

—Buenas noches, doña Adelaida.

—Buenas noches, Manuel. Nos agrada tenerte aquí en tu casa, ¿has conocido al resto de mis nietos?

—No. Formalmente no, señora.

—Bueno, pues venid aquí, niños.

Los pequeños hicieron cola y pasaron, uno por uno, a saludarlo.

—Ésta es Agustina, éste José, aquél Antonio, aquélla Juana, y éste de aquí… éste es tu tocayo, Manuel. A ver Marcelina, acércate tú también y dale la mano al joven.

Los conocía bien porque Felicia hablaba de ellos con frecuencia. Antonio y Manuel eran los rebeldes; José, el más pequeño, dulce como la miel; Agustina la sombra de Felicia, su amiga inseparable; Juana, la tímida y Marcelina, ésta era la niña con problemas por culpa de una nodriza que de bebé la había envenenado mezclando opio en su biberón. Manuel metió las manos en sus bolsillos y quiso ofrecerles dulces, pero estaban vacíos por haberlos depositado en la cubeta de la hija de doña Sol. Lamentó haberlo hecho, ya que la niña apenas sí se había percatado de su amistoso gesto. Bueno, pensó, perdonándose enseguida, ya habrá ocasión de traerles más a estos chiquillos. Los niños reían porque Manuel, queriendo conquistarlos, hacía ceremonias exageradas hacia las niñas y estrechaba con fuerza la mano de los varones, como si fuesen caballeros de alta alcurnia.

—Vamos, a la cama todos —ordenó la abuela, interrumpiendo sus payasadas—. Despídanse ya del joven.

La visita duró dos largas horas. Felicia sirvió el atole de arroz con canela que ella misma había preparado con canela fina.

—La mandé a comprar a la almacenaría *Gómez Allende* —bromeó.

Pero aún así, la conversación fue embarazosa. A pleno oído y juicio de la abuela quien, sentada como de por vida en la silla mecedora justo frente a ellos, bordaba un enorme mantel. Manuel comprendió que no era el momento indicado para darle a Felicia la mala noticia de su regreso a España, sobre todo enfrente de la anciana quien, de vez en cuando levantaba la mirada por encima de sus anteojos gruesos. Incómodo bajo tal severo escrutinio, respiró con gran alivio cuando la mujer por fin, al cabo de un rato de silencios prolongados, dio por concluida la visita.

Manuel tomó las pequeñas manos de Felicia al despedirse.

—Creo que habrá luna llena —murmuró, guiñándole el ojo.

—Seguro que sale ese toro enamorado —contestó ella, sonrojándose.

Algo en la despedida de los jóvenes debió haber alarmado a Adelaida pero, cansada como estaba, decidió ignorar su instinto y acostarse temprano. Todavía le faltaba rezar un último rosario por el descanso final del alma de los penitentes, que bien podría incluir la de su difunto yerno, Vicente.

Adelaida cerró las cortinas de la sala, apagó la pequeña lámpara de petróleo y por último, sopló las velas de los candelabros. Al hacerlo, su mirada se detuvo brevemente en las famosas reliquias que tanta vida habían compartido con ella. No pensaría en ello, decidió, resuelta a meterse en la cama lo más pronto posible. Se disponía a dirigirse a su recámara cuando la llama de la vela volvió, como por magia, a la vida. La sopló con más fuerza pero aún así el fuego rehusó apagarse. Maldita sea, exclamó, soplando con todas las fuerzas de sus débiles pulmones. Finalmente la vela se apagó, para entonces sus manos ya tocaban, temblorosas, la plata fría. Al hacerlo, se supo presa del pasado. Supo que de nada serviría tratar de evitar la imagen de su hija Pilar que ahora mismo aparecía al otro lado de la sala, bella como siempre, sonriéndole, cargando los candelabros. La conversación durante esas ocasiones en las que su hija la visitaba desde el más allá, era siempre la misma: «Mamá, tu nuera Amelia insiste que empaquemos esto». Pilar le mostraba los candelabros. «De ninguna manera, le contestaba, regrésalos a su lugar». «Mamá, no estaría mal que lleváramos algo con qué defendernos, no hay que depender del todo de Vicente». Con infinita tristeza, Adelaida extendió el brazo hacia la imagen de su hija y quiso, más que nada en esta vida, tocar aunque fuese el pliegue de su mantilla. Pero el peso de su brazo y de su cuerpo era insoportable, algo la comprimía, la paralizaba y pronto reconoció esa tremenda fatiga que últimamente y, cada día con más frecuencia, se apoderaba de ella. Sólo cuando no hacía esfuerzo alguno por resistirla, cuando dejaba que la invadiera en su totalidad, se calmaba. Abatida, se dejó caer en el sofá, respiró profundo y procuró no pensar en nada que no fuera cada inhalación y exhalación que lograban sus pulmones. Concentrándose, forzó cada fibra de su cansado cuerpo a relajarse. Al cabo de un rato abrió los ojos, convencida de que Pilar la estaría observando preocupada, reprendiéndola por no cuidar su salud. Pero la sala estaba vacía, el candelabro yacía en su pecho y lo único fuera de la normalidad era su mente que, para qué negarlo, la traicionaba.

Se incorporó con lentitud y depositó el candelabro en su lugar, sobre la mesita de la sala. ¡Cuánta razón había tenido Pilar en insistir en que se los llevaran a España! Pensó con amargura, aunque la pobre jamás se hubiese imaginado que al final, éstos y las monedas de oro que Rigoberto había logrado recuperar de Santos, acabarían siendo la única herencia para sus hijos. Su nuera Amelia era una santa permitiéndoles invadir su hogar ya que Santos, al vender la casa de su hermano, había acabado con el único patrimonio de sus nietos. Subió a su recámara y tras recitar el último rosario del día, cerró los ojos. Esperó a que el sueño se compadeciera y la poseyera, llevándosela a ese abismo donde sus penas quedaban de momento suspendidas.

Afuera, al otro lado de la calle, resguardándose de la lluvia bajo el techo de la tiendita de la esquina, Manuel observó que por fin, la luz de la recámara de la abuela se apagaba. Casi al mismo tiempo, en la planta baja, en la recámara que Felicia compartía con sus hermanas, la luz de una vela comenzaba a titilar tras las cortinas de tul, proyectando imágenes temblorosas. Ansioso, apagó su cigarrillo y atravesó la calle corriendo. Pronto la ventana se abría revelando la sonrisa de Felicia. Desesperado por tocarla, metió los brazos por los barrotes y tiró del pequeño cuerpo hacia el suyo, ignorando la lluvia y el frío de la reja de la ventana. Sus labios buscaron vorazmente los de ella humedeciéndolos, mordiéndolos, acariciando con su lengua sus contornos. Bebió su aliento, sus suspiros, las gotas de lluvia que resbalaban sus mejillas. Después de un largo rato, se fue separando poco a poco, jadeante, temblando por ella. Sólo entonces Felicia pudo enfocar el rostro de Manuel. Algo tenía de raro. Para cerciorarse, alzó la vela y lo alumbró directamente. Al confirmar sus sospechas, una chispa pícara brotó en sus ojos y de inmediato, rió a carcajadas.

—¡Shhhh! Silencio —susurró Manuel alarmado—, que despiertas a la abuela.

Felicia reía incontrolablemente, tapándose la boca para tratar de ahogar su escándalo.

—¿De qué te ríes? –preguntó, un poco ofendido—. ¿Acaso tengo monos en la cara?

—Me río de tí —contestó ella al fin.

Manuel proyectó la luz de la vela sobre el rostro de su novia. Los barrotes de la ventana marcaban sus mejillas, como colmillos de rinoceronte.

Cuando la risa se apagó, Manuel volvió con devoción imparable a besar su brazo desnudo. Comenzó por la punta de sus dedos hacia la palma de su mano, siguió el hoyuelo de su codo y subió hasta encontrarse con la curva de su cuello. Con exquisita delicadeza sus dedos delinearon la silueta de su quijada, de su cabello, sus hombros, y después, temblando, levemente, sus senos. Felicia trató de detenerlo pero él regresaba, insistiendo ansioso, a dibujar el mismo trayecto desde su mejilla hasta sus pechos, atesorándolos uno en cada mano. Y ella, perdida en el placer de sus caricias, presionaba su cuerpo aún más, a través de los barrotes, para que Manuel pudiese repetir el recorrido, solo que ésta vez, con sus labios.

Manuel supo entonces que todo estaba perdido. No podía dejarla, la amaba, la necesitaba. Angustiado, las palabras escaparon a exponer la desgracia que todo el día oprimía su pecho:

—Me ha mandado llamar mi abuelo Nicasio, parto a España a final del mes.

Felicia observó el rostro consternado de Manuel. Era hermoso. Con dulzura acarició las cejas espesas que enmarcaban esos ojos verdes que delataban pasión reprimida. Rozó los labios gruesos, la tupida, ondulada cabellera y por último, el hueco de su mentón partido en donde cabía, a la perfección, la yema de su dedo índice.

—No te vayas —suplicó.

—Me tengo que ir, mis tíos me mandan. Si me quedo, no tengo trabajo.

Felicia dejó que un prolongado silencio ordenara sus sentimientos y calmara los latidos perturbados de su corazón.

—¿Cuándo regresas? —preguntó finalmente.

—No me lo han dicho, pero en cuanto pueda, vendré por ti. Nos casaremos, eso es definitivo. Y tú me esperarás, ¿vale? Porque bueno, nuestro amor es verdadero y un amor verdadero, lo sobrevive todo.

La lluvia empeoraba y Manuel comenzaba a temblar de frío. Felicia se separó y corrió a su cama a coger una manta. Se la pasó por los barrotes y lo cubrió de pies a cabeza.

—Ése no me parece un buen plan —sentenció al fin, secándole la cara—, ni siquiera para un amor verdadero.

Los novios se miraron a través de la oscuridad sin parpadear. Un relámpago brotó en las alturas, iluminando sus rostros brevemente. Por encima de ellos, un trueno retumbó, asustándolos, mandándolos a refugiarse en aquel abrazo nervioso, empapado, sólido.

—Vale, entonces, lo mejor sería que nos casemos primero y después nos vayamos juntos a España.

En la profundidad de las verdes pupilas de Manuel, Felicia buscó y encontró una promesa llena de música y aventura. Y así, soldando ese panorama para siempre dentro de su alma contestó:

—Ese plan me agrada mucho más.

24

La tatarabuela Adelaida: Enlazados de por vida

México, D. F. 1927.

No había remedio. Tendrían que disfrazar al párroco de mujer para meterlo a escondidas en el sótano de la casa, tal como si se tratara de vil contrabando. Y si los descubrían y los encarcelaban a todos, pues eso ya sería la voluntad de Dios, porque a pesar del gran riesgo que significaba para la familia dicho acto de subversión, Adelaida no permitiría, de ninguna manera, que su nieta Felicia empezara el sagrado sacramento del matrimonio sin la bendición de Dios Nuestro Señor.

En el ropero encontró un bolso viejo y en él empacó la chalina, la mantilla y la peineta de carey que en algún momento había comprado en Sevilla y que Felicia usaba cada vez que podía. Revisó su ropa y, localizando el traje más holgado que poseía, lo extendió sobre la cama. ¿Cabría dentro la gran panza del padre Anacleto? Se preguntó, inspeccionándolo. Estiró la falda todo lo que daba de sí el ancho de la cintura y trató de recordar el tamaño exacto del buen hombre. Seguro que tendría que contraerla, calculó, pero eso no le vendría nada mal, necesitaba un poco de penitencia por tanta gula. Sin pensarlo más, dobló las prendas procurando no arrugarlas y las guardó. El atuendo estaba completo y a pesar de que no era perfecto serviría su propósito de encubrir al Ministro del Señor.

A qué grado había llegado la insensatez de los gobernantes, pensó frustrada. El presidente Calles era un idiota si de verdad creía que la gente se rendiría tan fácilmente. Porque una cosa era prohibir el catequismo en las escuelas y otra negar a la gente el derecho a recibir la Sagrada Eucaristía; y la situación iba de mal en peor. Las campanas de las iglesias mudas, no más bautizos, no más misas, no más confesiones, no más bendiciones para los enfermos. ¡Todos a la deriva sin poder comunicarse con Dios en su santísimo templo! Eso de clausurar monasterios y exigir, como lo hacían ahora en Tabasco, que los curas se casaran ¡Bueno!, eso sí que era una locura. La reacción del pueblo había sido inmediata; armados con el permiso del papa Pío XI se habían lanzado a las calles con rifles, machetes, palos y cuchillos. En las puertas de las iglesias se habían plantado a defender con sus vidas, si fuese necesario, las imágenes de Cristo Rey y la virgen de Guadalupe. Y así había empezado el derramamiento de sangre. Los del ejército no vacilaron en abrir fuego sin importarles el género o la edad de los mártires. Y lo increíble era que el gobierno negara todo, asegurando al resto del mundo que el problema era «sólo una reacción de indios embrutecidos por el clero y sumidos en el fanatismo». El periódico igual, ocultaba la inconformidad del pueblo que brotaba por todos lados del país. En Tlajomulco, Etzatlán, Belén del Refugio, Tepatitlán, Zapotlanejo, Ciudad Guzmán, Chapala, Atengo, Ayutla, Tecolotitlán y muchos pueblos más, los devotos morían, y a montones, en manos de un gobierno déspota y tirano. Y así lo reflejaban las fotografías que aparecían en esa única revista católica, *David*, la cual, a pesar de la censura, continuaba llegando a las casas como la de Adelaida. Bajo el lema «Dios, Patria y Libertad», la revista divulgaba escenas grotescas de hombres colgados a todo lo largo de la vía férrea y federales luciendo en cada mano, como si fueran trofeos, las cabezas de los cristianos cuyas últimas palabras casi siempre eran: «Sólo Dios no muere ni morirá jamás. Cristo vive, Cristo reina, Cristo impera ¡Viva Cristo Rey!»

El padre Anacleto no tenía por qué arriesgar así su vida, reflexionó. Sin embargo, hasta él, un hombre dócil y bonachón, estaba harto de las infamias que sufrían sus practicantes a manos del gobierno. Por eso había aceptado, muerto de risa, embutirse en el apretado atuendo de mujer que pronto llegaría a sus manos. Estaba ansioso, comentó a Adelaida, de dar una misa completa con comunión y toda la cosa, sobre todo tratándose de una ocasión tan feliz como la boda de Felicia.

Adelaida cerró el ropero y se dirigió a su escritorio en el cual localizó papel y pluma. Con su mejor caligrafía, escribió: «Distinguidos caballeros, los esperamos en casa a las siete y media de la noche». Después, revisando el pesado manojo de llaves que colgaba de su cinturón, eligió la que abría la puerta del sótano. La desprendió del aro de metal y la depositó dentro de un sobre junto con su recado. No faltaba nada. Por último, selló el sobre, lo sepultó en las profundidades del morral, cubriéndolo con la ropa y salió del cuarto resuelta, más que nunca en su vida, a violar la ley.

En la cocina Amelia, sin sospechar los trámites de su suegra, preparaba natillas que servirían como postre para después de la boda.

—¿Dónde conseguiste los huevos, hija? —le preguntó, asombrada.

—José fue a buscarlos al rancho de Chencha.

—¡Cómo! ¿Manejó el auto?

El silencio de Amelia respondió a su pregunta. Pero qué terco era su hijo José, pensó frustrada, gastando gasolina en violación al boicot que el clero había organizado contra el gobierno por tanto ultraje. José bien sabía que respetar el boicot era la manera más fácil de demostrar apoyo a la Iglesia, que tantas medidas había tomado para evitar la violencia. Porque eso de la demanda, todos estaban de acuerdo, había sido un desastre. Dos millones de gentes la habían firmado ante el congreso y de nada había servido. Las cámaras, con el pretexto de que, al haber manifestado su sumisión al Papa extranjero habían perdido su calidad de ciudadanos mexicanos y por ende el derecho de petición, la habían rechazado inmediatamente. Fue entonces que la población había optado por ejercer, contra el gobierno, el boicot que incluía, principalmente, la abstención del pago de impuestos y minimizar el consumo de productos ofrecidos por el Estado, entre ellos la gasolina. La obligación de todo buen católico, alegaba Adelaida a su familia, era brindar su apoyo. Aunque esto significara tener que andar a pie y hacer largas colas para comprar pan, leche o chorizo.

—Pues que no lo sorprendan los de la Liga —comentó, disgustada.

—Suegra —se acercó a abrazarla Amelia—, usted sabe cómo le gustan las natillas a Felicia. Además, ¡Es su boda!

—Una boda ridícula —declaró—. Una boda apresurada, en plena guerra y para colmo, en contra de la familia del novio. Menos mal que ni Vicente ni Pilar están en vida para presenciar este embrollo.

Enojada, cubrió el morral con su rebozo besó a su nuera en las dos mejillas y se despidió.

—Voy por el pan.

—Ándele, suegrita. Tenga cuidado.

Al salir, el frío de la mañana golpeó su rostro, robándole el aliento. Titubeó. Se agarró con fuerza del marco de la puerta y esperó hasta controlar su repentino mareo. No se sentía bien. La altitud de la ciudad la estaba matando. Apoyó su cuerpo en el umbral, recuperó el equilibrio y después sostuvo en sus manos la medalla que colgaba de su cuello con la imagen de su patrón. La besó y rezó en silencio.

—Sagrado Corazón de Jesús, dame fuerzas, dame valor.

Respiró profundo, llenando sus pulmones con el aire gélido y poco a poco el mareo fue desapareciendo. Sintiéndose mejor, se cubrió la cabeza con el rebozo, sujetó el morral bajo el brazo y, abrigando sus manos artríticas, que ya se le entumecían, en los bolsillos de su gabán de lana, se puso en marcha. Al caminar, fijó la vista en el suelo para no apreciar la distancia que iba a recorrer y que, de repente, le parecía eterna. Para distraerse, contó las alcantarillas que expelían su vaho a la intemperie por toda la avenida de la colonia Roma. Pronto la humedad del invierno penetró a través de su ropaje, impregnándolo, hasta instalarse en la médula de sus huesos. Ignoró el malestar y siguió adelante, cambiando el morral de brazo a brazo, para nivelar el peso del bulto que parecía aumentar. Por fin, a lo lejos, distinguió la cola enfrente de la panadería; llegaba hasta la rotonda. Avanzaba lentamente conforme los bolillos iban saliendo del horno. La gente se agrupaba en círculos, procurando, con su proximidad, compartir el calor de sus cuerpos y con su charla, espantar el hambre y el tedio.

Rigoberto llevaba media hora esperándola. Al verla, corrió a aliviarle el peso del bolso. Juntos, recuperaron sus lugares que el vecino les había reservado en la fila.

—¿Qué pan va a querer, doña Adelaida?

—Veinte bolillos, por favor —contestó la anciana, apoyándose en su brazo.

—No luce usted bien —comentó, observándola preocupado.

—Es la altura —respondió, respirando con dificultad y después, guiñándole el ojo, agregó—. Y los años.

Rieron juntos y sellaron, con una mirada, su mutuo afecto. Qué acabada estaba la mujer, pensó Rigoberto, pero no era para menos, a su edad y cargando con el peso de tanto sufrimiento.

—No me gusta nada su aspecto —le insistió—, regrese a la casa, que yo le llevo el pan. Y no se preocupe por nada, que ahí estaremos en la nochecita.

Adelaida dio un apretón cariñoso al brazo que la sostenía.

—¿Estás seguro? ¿Sabes que por ayudarme estás a punto de convertirte en un bandido?

—Como ya lo he dicho, doña Adelaida, nos vemos allí a las siete y media —y luego, bajando la voz le susurró al oído—. ¡Viva Cristo Rey!

La fidelidad de ese hombre que por tantos años los había socorrido era impresionante. Todo ello a pesar de haber perdido su empleo a raíz del fraude que los había dejado a todos en la miseria. Porque la única compensación que Rigoberto había aceptado de doña Adelaida, cuando ésta se vio forzada a despedirlo, había sido un retrato de la familia en el cual Vicente posaba rodeado de sus hijos. La cualidad que distinguía a un mayordomo profesional de un mozo cualquiera, había dicho a Adelaida, era saber mostrarse agradecido.

—¡Viva Cristo Rey! —contestó, conmovida.

De regreso, al abrir la puerta de la casa, un delicioso olor a azúcar quemada se apoderó de sus sentidos. Hambrienta y exhausta se dejó caer en la silla más próxima al braserillo. Pronto, el calor del horno desentumió su cuerpo y la devolvió a la vida. Había mil cosas por hacer y las dos mujeres que Amelia había contratado para ayudar con los preparativos de la modesta boda, corrían por toda la cocina, como gallinas culecas, haciendo demasiada bulla; el sólo verlas le alteraba los nervios.

—A ver, hija —ordenó a una de ellas—. Ahora mismo las ayudo, pero primero prepárame un café bien cargado y úntame un par de bolillos con mantequilla.

La mujer se apresuró a obedecer casi chocando con Felicia quien en ese momento, todavía en camisón, entraba a la cocina.

—Que sean cuatro —sonrió, bostezando.

—¡Vaya! Buenos días a la novia —exclamó Adelaida, admirando la belleza natural de su nieta favorita que ahora mismo irradiaba de felicidad. Felicia abrazó a su abuela, besándola varias veces en ambas mejillas.

—¿Qué cosa huele tan deliciosa? —preguntó, abriendo el horno.

Adelaida señaló la repisa en la que enfriaban las natillas.

—¡Mis favoritas! —exclamó, feliz—. ¿Las hiciste tú, abuela?

—No, las hizo Amelia —y para justificar su tono de reproche, explicó—. José manejó el coche hasta el rancho para traer los huevos. Sin mi autorización.

—Bendito sea el tío José —se carcajeó la joven—. Ven, abuelita —la ayudó a levantarse de la silla—. ¿Nos pueden servir en el comedor? –pidió a las muchachas.

Juntas se sentaron a remojar sus bolillos en unos tarros gigantescos de café con leche.

—Ésas dos de la cocina son un par de inútiles —comentó Adelaida, sin importarle que la oyeran—, quién sabe de qué rancho las sacaron pero mira —señaló el pan quemado—, ni siquiera saben hacer una tostada.

—Pues de dónde va a ser —respondió Felicia, cambiando su pan por el pan quemado del plato de su abuela—, seguro que del pueblo de Chencha. Pero no te mortifiques, que hoy es un día maravilloso.

—Y triste —agregó Adelaida, evitando su mirada.

Felicia dejó de comer y acarició la mano deforme y retorcida de su abuela, estaba helada. La cubrió con sus dos manos y la frotó con delicadeza hasta sentirla cálida.

—Que ya te dije que pronto te vienes con nosotros a España, abuela. Manuel te mandará el importe del barco en cuanto reciba su primer sueldo.

Adelaida no tuvo que mirar a su nieta para saber que ni ella misma creía sus propias palabras y por ello, el rubor natural de sus mejillas se intensificaba, matizando hasta la piel de su cuello. Felicia no podía decir mentiras, y bien lo sabía. Todo lo que pensaba, bueno o malo, brotaba de su boca con la misma fuerza y certeza con la que brotaban los torrentes de agua de una catarata. Sin recato alguno, repartía halagos y censuras conforme se le iban ocurriendo y la gente, sin saber cómo interpretar tanta honestidad, respondía como cualquier persona sensata respondería: catalogándola de imprudente. Y esa, precisamente, era la virtud que Adelaida más apreciaba en su nieta, porque estaba de acuerdo que los piropos no eran más que palabras huecas que si fueran ciertas, no tendrían por qué expresarse nunca. En cuanto a lo del viaje a España, Felicia bien sabía que eso nunca sucedería. Y Adelaida así le quiso responder pero al mirar a su nieta, toda avergonzada consigo misma por decir tonterías sólo por tratar de consolarla, sintió lástima.

—Bueno, hija —contestó, sorbiendo a cucharadas el pan que quedaba asentado en el fondo del tazón. Pero dile a Manuel que no se tarde mucho, porque se me acaba la vida.

El olor a falsedad de la conversación impregnó el ambiente, sumiéndolas a las dos en un armonioso silencio. Todo lo que debían decirse entre ellas ya tenía tiempo de haberse hablado. A través de conversaciones interminables, lágrimas, abrazos y consejos, Adelaida había compartido con Felicia todos sus temores. Su decisión de casarse con Manuel y de irse a vivir a España, por ejemplo, le parecía precipitada. La vida en Ramales la aburriría, le advirtió. Porque acostumbrada como estaba a los bailes, al cine, al teatro, y demás diversiones de una ciudad grande como México, jamás se conformaría con las romerías infrecuentes que apuradamente llenaban la plaza del pueblo. Además, le aseguró, se consumiría de tristeza sin sus hermanos, su abuela y sus tíos. Por muy cariñosos que fueran los Muguira, nada remplazaba el amor de la propia sangre. El modo hosco de la gente de su patria la asustaría y la sencillez de su vestimenta la aburriría, porque en el pueblo a nadie le importaba si la bolsa hacía juego con el vestido o con los zapatos. Eso de la moda, que a Felicia le encantaba, simplemente no llegaba a los Pirineos. Y encima de todo, estaba la ausencia del epazote, los atoles, los tamales y el resto de los platos que Felicia adoraba del país que la había visto crecer. Pero sus palabras rebotaban en la armadura de indiferencia que cubría el ser enamorado que era su nieta. Nada que no fuera gestos de aprobación o de ánimo la penetraba. Porque por su parte, lo único que la joven comprendía era que Manuel estaba dispuesto a desafiar a sus tíos y a perder su trabajo por ella. Y lo único que sabía también, con toda certeza, y que trataba de explicar a la abuela, era que nadie como Manuel lograba llevarla más allá de lo sublime de la música, nadie la adivinaba como él, ni la vaciaba, para después volverla a llenar, de aquello que no tenía nombre en ningún idioma. Al final de esos diálogos entre la abuela y la nieta, el semblante de la anciana seguía siendo el mismo: una cara llena de angustia, mirando con lástima a la joven que había criado desde su infancia, como si supiera algo que quería, pero no podía compartir. Y en cuanto a Felicia, ella continuaba sin inmutarse con su rostro perpetuamente pintado de anhelos y de euforias que nada tenían que ver con este mundo.

—Ayudemos en la cocina —propuso al fin Adelaida, regresándolas a ambas al presente.

A las seis de la tarde todo estaba listo. Las mujeres del pueblo de Chencha, tuvo que reconocer Adelaida, habían resultado bastante buenas. Bajo su estricta supervisión, pronto habían desnucado, desplumado y desangrado al guajolote. Después de vaciarlo habían demostrado buena sazón, preparando el adobo con mucha sal y poco ajo. Ahora que finalmente se horneaba el ave, la casa se impregnaba del olor delicioso de su relleno de manzanas y almendras. Las cazuelas se mostraban repletas de patatas y judías. Los bolillos, que Rigoberto había llevado, se mantenían tibios en sus paneras.

Inspeccionó el resto de la casa. La mesa puesta, los pisos lavados, las persianas sacudidas, las flores del jardín colocadas al centro de la mesa, todo listo para recibir a Manuel y a su familia quienes, a pesar de estar en contra del matrimonio, habían prometido asistir en representación de los padres del novio. Amelia se había ocupado de los niños, bañándolos a todos a cubetazos, de dos en dos, trenzando los cabellos enmarañados de las hijas y sobrinas y dominando con gomina los pelos parados de los sobrinos. Con los vestidos almidonados y los botines bien limpios y abrillantados, sus nietos estaban listos para el retrato en sepia que colocaría en la mesita de su recámara para que al apagar su vela por las noches, después de sus oraciones, le alegrara lo que le quedara de vida.

Los tíos de Manuel se presentaron puntualmente a las siete de la noche. Rígidos dentro de sus trajes negros, tal parecía que asistían a un funeral y no una boda. Pero tenían toda la razón en estar disgustados, reflexionó Adelaida, Manuel y Felicia, con 23 y 21 años respectivamente, eran demasiado jóvenes para casarse. Además, era comprensible que quisieran que Manuel hiciera su fortuna antes de echarse encima la responsabilidad de una mujer, sobre todo una muchacha pobre y huérfana, como Felicia. El hecho de presentarse a la boda ya tenía mucho valor y la frialdad de su actitud era de esperarse.

Por su parte, Manuel alumbraba el ámbito con una luz intensa de su gran dicha. Sonreía y jugueteaba con los pequeños y éstos, obedeciendo órdenes estrictas, sufrían tratando de comportarse como Dios manda, para no ensuciar sus trajes nuevos. Mientras tanto José y Amelia se desvivían atendiendo a los invitados.

El cambio repentino en la conducta de Manuel anunció la presencia de Felicia. Jugaba bullicioso con los chamacos, revolviéndoles los flecos tiesos cuando, de repente, su mirada quedó clavada en la figura de la joven que descendía las escaleras, lentamente, cuidándose de no tropezar con la cola del vestido.

Que Manuel quedase hechizado, no sorprendía nada a Adelaida. Se veía preciosa. El caoba de sus cabellos, el carmesí de sus mejillas y de sus labios y el verdor de sus ojos, resaltaban sobre la blancura de su tez, como pinceladas en un fresco. El vestido blanco de talle bajo, cuello redondo y mangas largas que Adelaida había bordado con el encaje del velo de su hija Pilar, caía justo debajo de sus pantorrillas, revelando sus tobillos, así como los elegantes zapatos forrados de raso. Un listón de seda delineaba el perchero en forma de V y era el único adorno del vestido. Los cabellos recortados a la moda, justo debajo de sus orejas, yacían coquetamente atrapados por una capucha transparente de tul, decorada con piedritas de cristal. Sujetaba el bonete de lado a lado un delgado y largo lienzo de velo, que atravesaba su cuello y caía sobre su hombro hasta alcanzar lo largo de la cola.

Adelaida sintió un nudo en la garganta. Deseó, con toda la fuerza de su alma, que Pilar estuviese mirando a su hija desde el cielo. ¡Que diferentes bodas la de su hija y la de su nieta! El gentío que el terco de Vicente había insistido en invitar, recordó sonriendo, a pesar de sus reproches, y aquí estaba su hija, bendita niña, casándose a escondidas y en plena guerra con un párroco disfrazado de vieja y sin más invitados que el círculo pequeño de su familia; jamás se hubiese imaginado su yerno algo así para Felicia.

Ella, riendo con picardía, corrió a abrazar a Manuel y, sin pudor alguno, lo besó apasionadamente delante de todos. Los sobrinos aplaudieron y se carcajearon, levantándole la cola del vestido. Pero los tíos Gómez Allende no pudieron disimular su contrariedad. El comportamiento de Felicia demostraba esa falta de recato típica de las jovencitas mexicanas. Era una vulgaridad. No era culpa de ella, porque qué se podía esperar de una huérfana, carente de la mano sabia de sus padres. Adelaida, como leyéndoles la mente, se les acercó y comentó.

—Da gusto verlos tan enamorados, ¿verdad?

Los anfitriones sirvieron más vino y, al cabo de un rato, cuando los aperitivos y la conversación escaseaban, Victoriano preguntó impaciente:

—José, ¿a qué horas esperamos al juez?

—Ya no tarda —contestó Adelaida, sorprendiendo a su hijo.

Casi al mismo tiempo las muchachas, instruidas previamente por Adelaida, comenzaron a cerrar persianas y cortinas y apagar las luces de toda la casa. Los huéspedes, extrañados, observaron el proceso en silencio. Sólo entonces comenzó Adelaida a repartir las velas pidiendo que no las encendieran todavía. De repente, el crujir de la pesada puerta que daba al sótano atrajo la atención de todos. Rigoberto salía de ella, sacudiéndose el polvo de la cabeza. Al verlo, Felicia corrió a besarlo.

—Por aquí, por favor —pidió el mozo a la concurrencia, señalando hacia las oscuras escaleras.

Pero nadie se movía. Por fin, José, comprendiendo la situación, sonrió a su madre y después, tomando la mano de su esposa Amelia que lo miraba asustada, la condujo hacia la puerta deteniéndose junto al marco para ayudar y dar paso a los perplejos invitados.

—¿Podría alguien explicar qué está pasando? —preguntó Victoriano, mirando a la anciana con firmeza.

—Me parece que ha llegado el juez —contestó José con tranquilidad—. Conduciremos la ceremonia en la privacidad de nuestro sótano. Espero no haya inconveniente —y luego, haciendo un gesto de cortesía con su mano, lo invitó a descender—. Por favor, usted primero.

No tuvo tiempo de negarse. Los niños ya corrían, curiosos y entusiasmados, al «cuarto de los fantasmas», en donde encerraban a los traviesos que no obedecían a sus papás. El resto fue descendiendo, poco a poco, y pronto sus cuerpos llenaron el espacio frío y oscuro de la bóveda. Un olor fuerte a humedad impregnaba el ambiente, forzando a las damas a sacar sus pañuelos perfumados y a cubrirse la nariz. Acto seguido, Adelaida encendió las velas y, de inmediato, una luz tenue iluminó el humilde altar que Felicia había edificado con una mesa, cubriéndola con un mantel blanco, flores frescas e imágenes de Cristo. A un lado del Jesús crucificado, un candelabro de plata recién pulido, que brillaba, resaltando el reflejo del fuego de las candelas. Adelaida se acercó y encendió las dos velas blancas cuya cera lucía grabados los nombres de Felicia y Manuel.

De repente, alguien golpeó con suavidad la puerta que daba directamente de la calle al sótano. Se escucharon tres golpes, silencio y luego dos golpes más. Rigoberto reconoció la señal e hizo a todos un ademán de guardar completo silencio. La familia quedó quieta, paralizada, mirando con ansiedad la puerta. Los niños, presintiendo peligro, se acercaron a refugiarse en las faldas de sus madres y de la abuela.

Rigoberto sacó del bolsillo una llave y con ella dio tres vueltas al candado. La puerta se abrió crujiendo y una mujer gorda se introdujo deprisa, jadeando, como si hubiese corrido diez kilómetros. Los invitados se miraron los unos a los otros sin comprender. Pero nadie se preocupó por dar explicaciones y la mujer, sin pedir permiso, comenzó de inmediato a desvestirse enfrente de todos. Horrorizados, los invitados la observaron quitarse la mantilla, el rebozo, el blusón y por último, con gran dificultad, la falda. Soltando un chiflido de alivio, el párroco se sobó su panza apachurrada y después, descubriendo su pasmado público, les sonrió.

—¿Padre Anacleto? —lo reconoció Felicia.

Los niños dejaron brotar carcajadas y las manos de los adultos inmediatamente cubrieron sus bocas. Mientras tanto, de un morral Rigoberto ya sacaba la sotana, la toga y dos copas doradas que, con gran reverencia, colocaba sobre la mesa. Contenían las hostias que en un momento se convertirían en la sagrada Eucaristía. Una vez dentro de su hábito religioso, el ministro del Señor se colocó detrás del altar, cerró los ojos y, poniendo las palmas de sus manos sobre la mesa, se hincó hasta tocar con su frente el mantel. Rezó.

—Hijos —se levantó en breve, regalándoles una mirada de infinita bondad y amor—. Bienvenidos sean a la casa del Señor.

Fue una misa completa. Frente a Dios y sus seres queridos, Felicia y Manuel prometieron ser fieles en lo próspero y lo adverso, en la salud y la enfermedad, y juraron amarse y respetarse todos los días de su vida. Doña Adelaida contempló a su nieta iniciar el sagrado sacramento del matrimonio con la bendición del Señor. ¡Bendito sea Dios! Postrada de rodillas en ese suelo húmedo y frío, dejó, como frecuentemente lo hacía, que su alma escapara a la gloria y después de llenarla de paz infinita, la regresó a este mundo dispuesta a terminar sus días de acuerdo con la voluntad del Santísimo.

LA MUERTE DEL MEÓN

Vamos a sepultar el alma de Chucho, el amigo imaginario de mi hermana Noris. Y para ello hemos escogido el lugar perfecto en el patio baldío, junto a la casa de papá Licho en Veracruz. A mí no me gusta escarbar porque no quiero llenarme las uñas de tierra con huevos de lombrices, pero Noris dice que si no sepultamos el alma de Chucho cometeremos pecado mortal y entonces su amigo se irá derechito al infierno. Así es que no queda otra; hay que enterrarlo.

Para escarbar me he robado una cuchara de la cocina sin que me viera María Carrión, la sirvienta de la casa. Pero por más que escarbo el agujero no crece, el polvo de la tierra se me mete a la nariz y me pica, y encima de eso hace calor y me arden los brazos. Odio a Chucho. Me choca la burra de mi hermana que se lo trajo a vivir a casa de papá Licho, ahora que ya salió del hospital; y me choca mi tío Nicasio por haber ahogado a Chucho y por eso, ahora tenemos que enterrarlo. Bueno, no a Chucho, sino a su alma que según mi hermana Noris, es lo único que ha quedado de él.

—¿Cuánto más hay que escarbar? –pregunto, quitándome los mechones de pelos de la cara.

—Cierto —pregunta mi hermana Tere—, ¿qué tan grande es el alma de Chucho?

—Del tamaño de esta caja —contesta Noris.

La miro. Es la caja en la que venían envueltos los zapatos de charol que la abuela me compró en el mercado.

—¿Así de grande? —Me imagino el tamaño de mi propia alma. Seguro que es más grande que la de Chucho—. ¿Sabes que Chucho era malo? ¿Muy malo? Apuesto que su alma no era tan grande.

—Ajá —concuerda Tere—. Ni que Chucho hubiera sido tan bueno, o estado tan grande. A ver —pregunta—, ¿de qué tamaño era Chucho?

—No sé —contesta Noris, enojándose—. Ya cállense y sigan escarbando.

Tere se me queda viendo. Si Noris podía ver a Chucho tan claramente, o cuando menos así le decía a todo el mundo, pues entonces bien que sabría su tamaño. Pero no decimos nada. Obedecemos y seguimos escarbando porque sabemos que a Noris no le gusta hablar de Chucho; ni siquiera ahora que ya está bien muerto.

Me acuerdo bien el día que Noris se lo inventó. La abuela Feli y yo estábamos de visita en Veracruz para ayudar a papá Licho a instalarse de nuevo en su casa, ahora que los doctores por fin lo habían dado de alta. Nos sentábamos a desayunar cuando de repente oímos los gritos de María Carrión. Corrimos al cuarto y ahí la encontramos, furiosa, jalando las sábanas empapadas de la cama de Noris.

—Otra vez te orinaste, chamaca —gritaba—, no sé qué les pasa a ustedes niñas que se orinan y orinan. Yo he de ser una imbécil por seguir trabajando en esta casa de puro desorden, donde no pagan bien, de chamacos malcriados y meones. Y el patrón, Dios lo ampare, sólo sufriendo. Pero aquí sigo, y lo hago sólo por el cariño a la difunta doña Pilar.

Así gritaba mientras Noris, parada frente al espejo, se peinaba.

—Pues fíjate que no fui yo —se defendió al fin.

—¿No? –preguntó aquélla, más enojada—. Entonces ¿quién? ¿Se puede saber?

Y ahí fue cuando todo empezó.

—Fue Chucho.

—¿Fue quién?— preguntamos todos, a la misma vez.

—Chucho –respondió Noris, señalando con la mano al aire vacío—. Éste es mi amigo Chucho y de ahora en adelante va a vivir conmigo.

Al oír tal burrada Tere y yo nos carcajeamos, María Carrión se persignó y corrió a quejarse con papá Licho pero él, todo triste, sólo meneó la cabeza. Entonces la abuela Feli ordenó que ignoráramos las tonterías de nuestra hermana y que saliéramos a jugar al patio.

Pero a partir de ese momento, Noris nunca nos dejó ignorar a Chucho. Si queríamos jugar con ella, teníamos que jugar también con él. Si jugábamos a la comidita, había que servirle todo el menú, hasta el postre. Si jugábamos al doctor, había que hacerle curaciones y cirugías, y cuando íbamos al cine había también que apartarle asiento. Hasta el día de su muerte, Tere y yo tuvimos que jugar, dormir y acarrear con Chucho, para arriba y para abajo, aunque no quisiéramos. Y a pesar de que Noris insistía que ahí estaba, enfrente de nuestras meras narices, ni Tere ni yo llegamos a verlo jamás. Claro, eso no lo podíamos admitir, ni siquiera a la hora de su entierro.

—Está listo —dice Noris cuando finalmente coloca la caja en el agujero.

—¿Estás segura que el alma de Chucho está adentro? —pregunta Tere.

—Sí. Échale un poco más de tierra encima.

Al fin terminamos y la tumba queda decorada con piedritas y palos secos. Mi hermana Noris la contempla sin llorar porque desde el día que el tío Nicasio ahogó a su Chucho, se le han vaciado los ojos de lágrimas.

El crimen sucedió cuando el tío nos llevó a pasear en su *Cadillac* nuevo. Íbamos por el bulevar cuando, de repente, Chucho tuvo un accidente. Por estar sentada junto de él, fui la primera en sentir el líquido caliente que empapaba mis pantalones. De un brinco, me paré del asiento.

—Siéntate —que me ordena el tío.

—No puedo.

—¿Por qué no? —me pregunta, enojándose.

—Porque aquí atrás hay un lago de orines más grande que el río Bravo.

El tío Nicasio plantó los frenos de trancazo y nuestras cabezas rebotaron en el respaldo del asiento. Furibundo, volteó a mirar a mi hermana Noris y con sus cejas espesas vociferó:

—¿Y dónde carajos está ese mentado Chucho?

—Aquí —contestamos Tere y yo simultáneamente señalando lados opuestos. Pero el tío, sin parpadear, miraba sólo a Noris.

—Aquí esta, junto a mí —contestó ella, temblando de miedo. Y ahí fue cuando el tío agarró a Chucho por los pelos, dio un portazo y se lo llevó pataleando, hacia el precipicio. Alzando sus brazos velludos, lo aventó sobre la barda del bulevar derechito al mar.

—¡A los tiburones! —gritó, furibundo. Después, sacudiéndose las manos, regresó al coche y obligó a mi hermana Noris a mirarlo directamente a sus cejas retorcidas.

—¿Queda claro, niña? Chucho está muerto. ¿Oíste? Muerto. No hay más *Chucho*.

Durante el camino de regreso mis hermanas y yo lloramos, más que nada de susto, porque ninguna sabemos nadar. Dábamos gracias a Dios de que el que se había ido al mar había sido Chucho.

Yo por mi parte sabía que ni siquiera lo iba a extrañar.

En la casa, María Carrión, al escuchar nuestra versión del asesinato, declaró al tío Nicasio «una bestia poseída por Satanás». Y para que se nos baje el susto nos da pan dulce a remojar en chocolate caliente. La abuela Feli, también se enoja con el tío Nicasio y le ordena ir a misa de la media noche a confesarse. Esto por espantar a niñas huérfanas y por matar a amigos inventados. Y desde entonces mi hermana Noris nunca volvió a mencionar a Chucho hasta ahora, el día de su entierro, cuando tuve que robar la cuchara de la cocina para no llenarme las uñas de tierra con huevos de lombrices.

En el terreno baldío, junto a la casa de papá Licho, ante la tumba decorada con piedritas, mis hermanas y yo rezamos para que Chucho, el meón, se vaya al cielo a vivir con nuestra difunta mamá Pilar. Y también damos gracias a Dios de que ninguna de las tres tuvimos que acompañarlo hasta allá arriba, donde viven los ángeles, porque aunque tenemos ganas de volver a verla, preferimos quedarnos a ayudar a papá Licho ahora que no puede, ni siquiera, amarrarse los zapatos.

25

Licho: El precio de la duda, dos Padres Nuestros

Veracruz, Veracruz. 1937.

O era marica o no lo era, pero de alguna manera Licho quería que el asunto quedara bien claro de una vez por todas. Porque eso de que Silviano le dijera maricón enfrente de todo mundo, a cada rato, lo tenía harto. Tanto lo fregaba con el asunto que a veces la inmadurez de sus trece años le ganaba y lo ponía en duda. Entonces el terror se le trepaba al alma y esto lo hacía cometer actos que, nada más de acordarse, le daban vergüenza.

—Disculpe usted —se había atrevido a preguntar el día anterior a la marchante de fruta en el mercado—, ¿verdad que no soy marica?

—¿Y a mí eso qué me interesa? —había contestado la mujer, enojadísima—. Chamaco éste, pensando en porquerías. ¿Vas a pagar la papaya o te la saco del morral de una vez?

Pero esa mañana, de camino a la escuela secundaria, entendió lo que debía hacer. Tendría que pedir una opinión profesional a las putas de la calle Guerrero. Varias veces las había visto con sus amigos durante las noches cuando, al no tener nada mejor que hacer, decidían ir a atormentarlas. Las mujeres, de todas edades, se paseaban lentamente en zapatillas altísimas fumando cigarrillos. Con gracia y habilidad conducían a los clientes, ya sea a la puerta del prostíbulo si estaban dispuestos a ocupar a cualquiera de ellas, o a formarse en la cola si requerían los servicios de alguna chica en particular. Además de las profesionales había las otras, las callejoneras; ésas se enredaban con el cliente ahí mismo, paradas en el callejón, sin importarles quién las viera. Nunca les faltaban espectadores los que, al no poder pagar, se consolaban masturbándose. Desde la esquina Licho y sus amigos les gritaban:

—¡Cuidado! ¡Ahí viene la poli!

Entonces los clientes se trepaban los pantalones y salían corriendo muchas veces sin pagar. Esa diversión se les había acabado el día que uno de los padrotes salió persiguiéndolos y por poco los agarra.

Había mujeres de un peso, de uno cincuenta y hasta de tres pesos si se deseaba un servicio completo que incluía «francés». Pero Licho no tenía ninguna intención de meterle el pájaro en la boca a nadie; ni aunque tuviera tres pesos. La posibilidad de que alguna mujer se lo mordiera, por equivocación o coraje, como le había pasado a don Laureano, el bolero, lo aterraba. Se había enterado de lo ocurrido por los enfermeros de la Cruz Roja que contaban todo con lujo de detalles, cada vez que pasaban a la farmacia *La Central* a surtirse de medicinas. Según esto, la mujer se había enfurecido al enterarse de que el anillo de rubíes que don Laureano llevaba tiempo prometiéndole, y que por fin había comprado en la joyería *La Perla*, había acabado en manos de su esposa legítima, ya que ésta se lo había encontrado en su caja de herramientas entre las ceras y los cepillos.

—Le voló la cabeza a la salchicha —contaban los enfermeros.

Por días, no había podido dormir imaginándose el miembro guillotinado de don Laureano. Ahora mismo, al acordarse, sintió un dolor de simpatía en la ingle. Por ello metió la mano para comprobar, con alivio, la anatomía intacta de su miembro virgen.

Pero no eran las mordidas lo único que temía, sino también la gonorrea, la sífilis, el chancro blando y el chancro duro, que a cada rato diagnosticaba papá Talí en la farmacia.

—Ven a ver esto —lo llamaba su padre al laboratorio, donde hombres parados con los pantalones enroscados en los tobillos lucían una variedad de penes con verrugas, lesiones y hasta deformidades.

—Por eso hay que mantener la bragueta bien cerrada, ¿ya viste?

No había de otra, necesitaba saber que su pene servía y funcionaba exactamente como Dios había intentado que funcionara cuando creó al hombre al sexto día; o sea, fornicando con mujeres y no con hombres o animales. Hasta ahora, el mejor consejo que había recibido al respecto era del peluquero, que se decía un experto en la materia y regalaba recetas de la vida sexual a cuanto cliente pasaba por sus tijeras.

—Hay que educar al pájaro desde pequeño –decía—, no sea que en invierno quiera volar al Norte en vez del Sur.

Pero esto sólo lo confundía más. Si era cierto lo que decía el padre Artemio, que la masturbación era pecado mortal, entonces ¿cómo educarlo sin una puta? ¿Y qué pasaba con ese mandamiento de no fornicar? ¿Era pecado mortal o no el pagar un peso en la calle Guerrero? Por más que le daba vueltas al asunto no encontraba otra salida. Como decía el peluquero, había que aprender a volar al Sur. Además, más valía vivir en pecado mortal con el pájaro hinchado, llagado o degollado a seguir aguantando los insultos de su hermano Silviano.

Iba preparado. Había investigado bien sus opciones y estaba listo a pedir a la Chapina, porque según todo el mundo ella era la buena. Había otra también muy famosa por su cuerpo, la Cubana, pero ésa era de uno cincuenta y Licho apenas tenía un peso. El único problema de pedir a la Chapina era que tenía mucha clientela así es que tendría que llegar temprano, sobre todo por los marineros que llegaban al puerto e iban corriendo a buscarla. La conocía. Ya la había espiado toda una noche y sabía que los hombres de su fila se formaban paraditos con un ramo de flores. O sea que además de su peso tendría que robar unas cuantas margaritas del jardín de mamá Noya.

De algo estaba seguro: era el único casto entre sus amigos. Y por más que intentaba disimular, sabía que su ignorancia era obvia.

—A ver pues, si tanto sabes —preguntaba Silviano enfrente de todos—, dinos a qué huele la cola de las viejas.

—Pues a qué va a ser —contestaba, desesperado, tratando de acordarse del olor del baño después de que lo usaban sus hermanas Chata y Toña—, a talco.

¡Cómo hubiese querido confesar su virginidad a alguno de sus amigos para que lo acompañaran esa noche! Pero sabía que eso era imposible. Una cosa era admitir públicamente que nadie se había preocupado por estrenarlo, y otra cosa era declararse un mentiroso. Porque eso de engañar a sus semejantes, especialmente a sus mejores amigos, ya era cuestión de honor. Por eso más que nada, urgía la visita a la calle Guerrero, para convertir una mentira en verdad y así recuperar, lo más pronto posible, su integridad.

Al llegar a la escuela se encontró a todos sus amigos en el patio. Jugaban a la locita. El objeto era tirar el dinero al aire para ver cual caía más próximo al centro del cuadro. El que ganaba se llevaba todos los centavos y la distancia se medía con los dedos. Justo entonces pasó el merenguero cargando volovanes de camarón recién horneados. El merenguero le entraba a la locita pero en vez de monedas apostaba con volovanes. Cuando ganaba, casi siempre, se llevaba toda la lana. Cuando perdía, pagaba con volovanes.

—Órale merenguero, éntrale —lo picaban.

Licho decidió apostar su último centavo, con el cual debería de ir al mercado a comprar flores para la Chapina en lugar de robarse las de mamá Noya. Pero se sintió con suerte y además, tenía hambre. Con lo que tenía, no le alcanzaba ni para la mitad de un volován. Aventó la moneda, rodó fuera del cuadro y rápidamente perdió.

—No chilles, güero —lo vaciló el merenguero—, si me prestas a tu hermana te regalo toda la canasta.

—¡Tu madre! —contestó, enojado.

Todas las tardes se paseaba el merenguero por la farmacia *La Central* sólo para ver a su hermana Chata trabajando. La Chata no era una belleza, pero su cabello espeso y rubio y sus ojos verdes llamaban la atención de la gente, pero eso no le daba derecho al merenguero de faltarle el respeto. ¿Quién se creía? Sintió ganas de aventársele a chingadazos, pero la verdad era que el chavo le caía bien y además tenía hambre. Mejor lo acusaría con Silviano y él *sí* le partiría la madre.

De un tiro el merenguero les ganó a todos. Su moneda había caído perfectamente en el mero centro de la loza. Su tino era impresionante. ¿Cómo lo hacía?

La presencia del doctor Fuentes, maestro de biología, interrumpió el juego. Ni modo, tendría que tomar la clase muerto de hambre. La clase le gustaba, porque la realidad era que, desde que había comenzado la secundaria, su experiencia escolar había cambiado. Le gustaba ese ambiente semi-militarista que exigía uniforme blanco con gorra militar y camisola con charreteras. No era tanto la formalidad del traje lo que estimulaba su interés en el estudio, sino sus profesores quienes, siendo todos profesionales, asistían puntualmente, a pesar del ridículo salario. Admiraba en particular al doctor Fuentes, quien seguido decía que no existía carrera más noble y satisfactoria que la medicina; de esto lo había convencido un día después de revisarle las manos cuidadosamente.

—Mírate las manos, Victoria —había ordenado delante de todos. Lo hizo, tenía mugre en las uñas—. Obsérvalas bien. Son las manos de un cirujano.

Sólo su madre compartía la opinión del doctor Fuentes que su vocación era ser médico y no farmacéutico, como su padre le había aleccionado desde pequeño. Según papá Talí, el ser farmacólogo, como su padre y su abuelo, era de esas cosas que se heredaban por nacimiento, como el ser católico o el ser judío. El plan de su vida profesional se había escrito desde el comienzo de la creación por la mano divina. Silviano, el primogénito, sería abogado; él sería farmacéutico y Pollo, el pequeño, sería ingeniero. Porque nunca estaba de más tener a un ingeniero en la familia. Y así lo había aceptado Licho, hasta aquel día cuando las palabras del maestro lo hicieron dudar. Volvió a mirar sus manos con incredulidad. ¿Sería posible que su fisiología contradijera la ley paterna de manera tan determinante? La idea lo había entusiasmado de tal manera que enseguida abandonó la escuela y corrió, derechito a la farmacia, a darle la noticia a su padre. Lo encontró como siempre en el laboratorio, absorto en el análisis de una muestra de flujo vaginal.

—Papá, no puedo ser farmacéutico porque, mira, tengo manos de cirujano –extendió las manos enfrente de su padre pero al no recibir reacción alguna, insistió—. Papá, ¿me escuchas? Voy a ser doctor.

Papá Talí hizo un gesto con la mano para que Licho se acercara y después de enfocar los lentes del telescopio se los ofreció.

—Asómate —ordenó, acomodándole la cabeza rubia en el telescopio—. Volvovaginitis banal. ¿Cuál es la fórmula hijo, te acuerdas?

—¿Rivanol?

—Ajá. ¿Con qué?

—Agua…

—Eso, agua y aceite láctico.

Papá Talí empezó a medir las cantidades mientras Licho esperaba pacientemente viéndolo vaciar la pasta en un frasco transparente.

—Pollo podría ser mejor farmacéutico que yo —sugirió, sin saber que más decir. Entonces Papá Talí escribió las indicaciones de uso de la pomada en una hoja de recetario, la dobló en cuatro porciones y la amarró al medicamento con una liga.

—¿Y quién te metió en la cabeza tal tontería?

—El doctor Fuentes.

—Ah. Ya me lo debía haber imaginado… Pues dile al doctor que pase por aquí para que arreglemos el asunto de tu colegiatura. Supongo que teniendo interés en tu vocación también estará dispuesto a pagar tus gastos.

Licho supo entonces que la plática había terminado, sin embargo, algo adentro de sí mismo había cambiado. De repente su padre ya no le parecía ni tan grande, ni tan sabio, ni tan fuerte. Más bien lo vio viejo y cansado parado ahí como estaba, dentro de su bata blanca, perpetuamente inclinado sobre el microscopio, sin comer ni rasurar y sin importarle nada que no fueran sus experimentos químicos. Por primera vez comprendió las quejas de mamá Noya cuando decía que los microorganismos habían ganado la guerra. Se habían raptado a su marido al planeta de las bacterias, sin intención de regresarlo por alta que fuera la recompensa. Desde que papá Talí se había sacado la lotería no quería saber de nada más que sus menjurjes y sus patentes. En las capaces manos de mamá Noya había depositado las farmacias porque, según él, alguien tenía que echarse encima la importantísima labor de encontrarle cura al verdadero demonio y a sus manifestaciones: las enfermedades. Sobre todo ahora cuando los gobernantes, no contentos con las desgracias y epidemias de la Revolución, contemplaban entrarle a otra guerra en Europa.

Licho siguió con su rutina del día cargando el peso de la melancolía. Mañana todo sería diferente. Y aunque no quisiera, el mañana llegaría. La sensación de impotencia era idéntica a lo que sentía siempre justo antes de montar el burro de don Jerónimo. Había que aceptarlo y aventarse, no había de otra. Pasara lo que pasara.

En la calle Guerrero, a las cinco de la tarde, se formó a hacer cola con el resto de hombres que querían a la Chapina, la reina de los estudiantes. Delante de él, un borracho cantaba un corrido. Atrás, un hombre lo miraba insistentemente.

—¿Y cuantos años tienes tú, hijo? —preguntó, sin resistir el hombre.

—Dieciocho —mintió.

El hombre rió y sacó la cartera del bolsillo.

—Mira bien aquí. Es mi esposa.

Miró una foto desteñida en donde una mujer sonreía con un niño en los brazos.

—La extraño. Llevo meses sin verla. Éste es mi hijo, ya debe tener tu edad, ¿catorce años?

No contestó nada. El hombre borracho se apartó de la línea y, apuntando a la pared del callejón, orinó copiosamente.

—¿Es tu primera vez? —preguntó el hombre de la esposa.

—No. Vengo a cada rato.

El hombre rió de nuevo y encendió un cigarro.

—No pasa nada, hijo. La Chapina es buena, hará todo el trabajo. Tú nada más dile que quieres de todo un poco.

Contó los hombres que quedaban en la fila. Tres enlistados más un borracho.

—Toma —le ofreció el hombre un cigarro—. Échatelo. Te calmará los nervios.

—No, gracias —contestó sin mirarlo.

Deseó que el hombre lo dejara en paz. Y por un instante, contempló la posibilidad de irse y regresar otro día; pero ya estaba ahí, con sus margaritas robadas en las manos. No se iba a rajar.

El sueño venció al borracho y todos tuvieron cuidado de no despertarlo brincándole por encima. Por fin tocó su turno. Al entrar a la alcoba oscura, un remolino de sensaciones invadió su alma simultáneamente: temor, curiosidad, deseo, repugnancia y curiosidad una vez más. El calor del cuarto y el olor eran sofocantes. Debido a la oscuridad, jamás vio a la reina, sólo sintió su presencia. En su debida secuencia la experiencia fue así: un par de brazos lo jalaron impacientes; las margaritas cayeron al suelo; una rápida maniobra aflojó el cinturón y los pantalones también cayeron al suelo; un par de senos agrietados apachurraron su cara y unas manos expertas guiaron su cuerpo como títere. Licho sintió abundancia, demasiada abundancia al hundirse en las carnes de esa mujer, que parecía aspirarlo y vaciarlo. Y eso fue todo. En lo que le pareció un instante, alguien le cobraba un peso y lo despedía, entregándole al salir, una palangana de agua caliente y una toalla sucia.

Afuera, en la calle del mundo nuevo, eran apenas las seis de la tarde. Aturdido, apuradamente reconoció al hombre de la esposa que ahora le sonreía y le daba una palmada paternal de aprobación en la espalda. El borracho seguía roncando en el suelo. Caminó varias cuadras sin rumbo fijo tratando de asimilar lo ocurrido. Al no llegar a ninguna conclusión filosófica que valiera la pena contemplar, dejó que sus piernas lo llevaran corriendo, con todas sus fuerzas, a la farmacia donde Silviano cortaba papel periódico para envolver pedidos.

—Huelen a almeja —le dijo, jadeando.

—¿De qué hablas?

—Las mujeres. Huelen a almeja.

De la farmacia a la iglesia, habiendo sólo cuatro cuadras, llegó todavía a la misa de las siete. La cola para el confesionario era la segunda fila que hacía en el día.

Hincándose, se persignó y vació la basura de su conciencia.

—Pagué un peso a la Chapina en la calle Guerrero padre, ¿me voy a ir al infierno?

Después de una larga pausa el párroco contestó.

—Depende, hijo. ¿Estás arrepentido?

La respuesta salió de sus labios sin esfuerzo alguno.

—No, padre.

—Bueno, entonces más vale que ofrezcas dos Padres Nuestros.

26

Licho: La cadena de los dieces

Veracruz, Veracruz. 1940.

En el zócalo, a las siete de la noche, Licho hizo a sus amigos la pregunta crítica de todos los sábados.

—¿Hay hueso pa' la noche?

—Parece que sí —contestó Laning—. Hay una boda en Villa del Mar.

—También hay unos quince años —añadió Zamudio—, de Lupita Calderón, la hermana de Quique, pero no creo que esté muy buena, va a estar llena de chiquillas apretadas.

—¿Y a la boda, quién nos cuela? —preguntó Zurita.

—Pues ¿quién va a ser? —contestó Laning—, nuestro estimado amigo, Benito Hernández.

Todos rieron y se encaminaron al billar de los portales para hacer tiempo antes de tomar el tranvía a Villa del Mar. Sus amigos, Isidro Laning, Cristóbal Castro, Guillermo Zamudio, Juan Manuel Zurita, Mario Vidal Ocampo y Carlos Lamothe, eran expertos en la colación a eventos. Sabían mejor que nadie cómo entrar a cualquier fiesta sin estar invitados. El proceso era todo un arte. Primero, había que bañarse, rasurarse, perfumarse y ponerse sus mejores trapos. Si los zapatos eran viejos, había que bolearlos. El segundo paso era elegir el momento preciso para presentarse a la fiesta. Esto era clave y requería estrategia ya que, generalmente, era mejor llegar atrasito de los ancianos y los parientes, cuya requerida pero aburrida presencia, amenazaba destruir el ambiente de la pachanga. La idea era que al tocar la puerta la familia misma empezara a sentir la carencia de jóvenes atractivos y divertidos, como ellos. El tercer paso, quizás el más importante, quedaba en manos de Zurita, quien ya en la puerta del evento, tocaba el timbre dos veces seguidas. Tenían que ser dos veces pues más, bordearía con majadería e impaciencia y delataría inseguridad. En cuanto la puerta se abría, casi siempre por algún anfitrión atolondrado por los tragos y el escándalo de la orquesta, Zurita, con su cara de inocencia, les regalaba su mejor sonrisa enmarcada con hoyuelos en los cachetes.

—Buenas noches, señor, soy Juan Manuel Zurita, a sus órdenes. Disculpe ¿ya llegó mi primo Benito Hernández?

—¿Cuál Benito Hernández?

—Mi primo, nos invitó a la boda. ¿No ha llegado todavía?

Sólo en el peor de los casos los convidados, sospechando, pero confundidos con tanta muestra de educación y cortesía y no queriendo corresponder con ningún insulto, mandaban llamar a las hijas.

—Hija, estos jóvenes buscan a un tal Benito Hernández, ¿lo conoces? –y ellas, viendo a siete jóvenes guapos y aparentemente decentes, no titubeaban.

—Claro que sí, papá. Pásenle, ya no debe tardar.

Jamás fallaba. Siempre se colaban en las fiestas.

En el billar, a medio juego que Zamudio siempre ganaba, el mesero entregó a Licho un papelito sucio, arrugado y doblado demasiadas veces. No tuvo que abrirlo para saber que era un recado de los tahúres, jugadores de baraja empedernidos que venían de Tabasco a hacer sus trampas. Seguramente necesitaban víctimas. El arreglo era que por cada persona que Licho y sus amigos lograban convencer de ir a jugar y a perder con ellos, los tahúres les pagaban un peso. El truco era no dejarse alcanzar cuando invariablemente los agraviados descubrían que se los habían agarrado de idiotas. Tarde o temprano se enteraban que la técnica de los tabasqueños era jugar con cartas extras bajo las mangas y por eso, más que nada, Licho y sus amigos siempre andaban juntos. Porque difícilmente alguien se atrevía a meterse con todos. Por ello también era importante que las víctimas fueran gente suelta. O sea, de preferencia gente sin conexiones, enviciadas por el juego y acostumbradas a perderlo todo, incluyendo el orgullo.

—Hoy a la una de la mañana en la casa de Librado —anunciaba con pésima ortografía el papel—. Póker.

—Es de los tahúres —anunció Licho.

—Órale —se alegró Lamoth—, ya nos hacían falta unos centavos.

—Necesitan gentes para hoy en la noche. Vamos a ver qué encontramos.

—Un momentito, de aquí nadie se me raja —protestó Zamudio,

metiendo dos bolas de un tiro.

—Si vamos a la boda tenemos que movernos —comentó Zurita.

—Yo no sé, pero de este juego no nos vamos —calculó espacios geométricos— hasta que les dé en la madre a todos.

En cuanto ganó Zamudio, los siete amigos salieron a los portales a hacer negocio. En menos de una hora consiguieron dos jugadores dispuestos a arriesgar su suerte y presentarse, a la una de la mañana, en la casa de Librado. Eran de Puebla; venían al puerto por primera vez a explorar la oportunidad de una inversión en el plantío del tabaco. Se decían expertos en la baraja y de buena gana aceptaron la cerveza que los muchachos les habían invitado. Licho y sus amigos, asegurando el negocio, tomaron el tranvía rumbo a Villa del Mar.

Agarrado del palo del tranvía, con la brisa del mar golpeándole el rostro, sintió de repente una corriente de energía. La noche prometía un sinfín de posibilidades que apenas cabían en su imaginación. Se supo dueño de lo mejor que existía en el mundo: un sábado por la noche en el puerto de Veracruz en compañía de sus cuates. Nada, ni siquiera el fastidioso de su hermano Silviano, hubiese podido arrebatarle la euforia repentina que sentía en ese momento y que aparentemente contagiaba a sus amigos a carcajadas para consternación del conductor y el resto de los pasajeros.

El hecho de que la boda resultara una pérdida de tiempo no logró disipar su buen humor ni el de su flota. El problema no había sido la entrada sino la falta de señoritas interesantes. Por cada una de ellas había diez pelados haciendo fila para invitarlas a bailar.

—¿Dónde crees que hayan escondido al sexo femenino? —preguntó Licho.

—Lo que pasa es que no las invitaron –respondió Vidal—. Ve nada más qué fea está la novia, algo tenían que hacer para que resaltara.

A la una de la mañana, cuando les quedó claro que el asunto no mejoraría, se despidieron respetuosamente y se encaminaron a la casa de Castro esperanzados de no perderse lo que quedaba del Malvinazo, la fiesta que organizaban sus hermanas de vez en cuando. Se bautizaban así las reuniones en honor a la mamá, doña Malvina, mujer cubana que tenía fama de guardar, escondidas en su casa, a las hijas más guapas de todo Veracruz.

—No te enojes, Castro —lo vacilaban todos—, pero tus hermanas están bien buenas.

A pesar de sus bromas, ninguno se hubiera atrevido a faltarles el respeto. Para eso estaban las extranjeras, las que venían de países lejanos y liberados buscando el amor en las playas de Veracruz, donde, según Agustín Lara, hacían su nido las olas del mar. Las hermanitas Castro, a pesar de sus tentadoras curvas, eran de otro calibre. Eran jóvenes de buena familia y a ellas sólo se les admiraba de lejos, respetando los derechos que reclamarían los afortunados hombres que algún día lograran llevarlas al altar.

El Malvinazo estaba en pleno apogeo cuando llegaron, pero el gusto no les duró demasiado, pues a las dos de la mañana doña Malvina salió de su cuarto, en bata de franela y con tubos enrollados por la cabeza, a correrlos a todos de su casa.

—Se me largan en este instante. Y tú, Cristóbal, 'orita mismo se te acabó la noche.

Nadie se preocupó por Cristóbal. Por un lado la mujer regresaba a su alcoba y por el otro el hijo se escapaba de su casa, por la puerta de atrás, a alcanzarlos en la playa en donde siempre se reunían hasta que el sol los saludaba en el horizonte.

Licho llegó por fin a su casa a las cinco de la mañana del día siguiente. Empezaba a dormitarse cuando Papá Talí entró a despertarlo abruptamente.

—Hay cliente y hoy te toca. Levántate.

Gimió de cansancio. Era cierto, ese fin de semana era su turno ya que Silviano había tenido guardia la semana pasada. Arrastrando el cuerpo se volvió a poner los pantalones, se abotonó la guayabera y salió a la sala. En el sofá, el señor Bustamante lo esperaba ansioso.

—Ah, qué bueno que estás aquí —explicó avergonzado—, se nos acabó el oxígeno y apenas 'orita nos dimos cuenta.

—¿Está completamente vacío el tanque? —preguntó, sintiendo la adrenalina correr por sus venas despertándolo por completo.

—No, todavía aguanta un rato. Pero cuanto antes lo cambiemos, mejor.

Caminaron de prisa a la farmacia en donde ambos sacaron el tanque y empezaron a llenar la bolsa de repuesto. El servicio de oxígeno para enfermos graves que su padre había comenzado hacía un año, era uno de los trabajos que más aborrecía. Precisamente porque nunca sabía uno cuándo o a qué hora, algún paciente decidiría ahogarse en la estrechez de sus mismos pulmones que, casi siempre, corroídos por cáncer o dañados por enfisema, dejaban de trabajar sin dar aviso. Entonces había que correr a la farmacia a llenar las enormes bolsas de hule que inflaban con un tanque de oxígeno. Eso de conectar la llavecita de plástico que le ponían al enfermo para que respirara por la boca era un maratón contra la muerte que a veces se perdía. Y aunque la responsabilidad de mantener los aparatos llenos del preciado gas en todo momento, y a todas horas, no era del farmacéutico ni de sus hijos, sino de la familia del cliente, cada vez que algún paciente moría, Licho se sentía culpable. El argumento de su padre a favor de proporcionar ese servicio a los enfermos no lo convencía.

—Si no lo hacemos nosotros —justificaba papá Talí— ¿quién más lo haría? Esta gente no tiene para los hospitales.

Aun así, odiaba ese servicio que por un lado alargaba la vida del paciente pero por otro prolongaba también su sufrimiento. Estaba seguro que en más de una ocasión los parientes, incapaces de ver a su ser amado sufrir un día más, olvidaban a propósito llenar de aire las bolsas. ¿Y quién era él para culparlos? porque a final de cuentas, ¿era un beneficio dar a las familias la opción de inflar de vida los órganos de sus seres queridos cuando en realidad estaban ya bien muertos?

En el caso de la señora Bustamante, la pobre enferma no tenía ninguna opción. Su marido le exprimiría hasta el último aliento artificial, costara lo que costara, doliera lo que doliera, porque el despertar un día y saberse sin ella estaba más allá de lo que su marido hubiese podido soportar. Pero él no juzgaba. Porque, como decía papá Talí, ¿qué podría saber él de la necesidad infinita de un hombre enamorado de ver su mirada reflejada en los ojos vivos de su mujer?

Licho despidió al señor Bustamante y regresó a su casa a darse un baño y a recoger sus libros. No habría oportunidad de recuperar el sueño hasta la noche, ya que había quedado con Vidal, Zamudio y Zurita en verse en casa de Zamudio para estudiar juntos para el examen de Química. El sacarse diez era obligatorio si es que querían preservar su título de *La cadena de los dieces.* Así les decían, porque invariablemente los cinco sacaban calificación excelente en todos sus exámenes. La competencia entre ellos era sagrada y en ese asunto ni Castro, ni Lanning ni Lamothe —compañeros de clase— participaban, ya que ninguno de ellos «sentían la necesidad de comprobar su inteligencia». A Castro especialmente, con los Malvinazos, le sobraba popularidad y las puertas del mundo se le abrirían a pesar de llevarse casi todas las materias a exámenes extraordinarios. Hasta los maestros, querían ser sus amigos.

—No hay que ser envidiosos —decía—. Mejor que repartan sus calificaciones entre los pobres diablos con hermanas feas.

Pero para Licho, ser parte de *La cadena de los dieces* era importante. Si algún día iba a ser doctor, necesitaba una beca para la universidad. Ni un quinto le daría papá Talí, eso se lo había repetido un millón de veces. Y hubiese preferido bolear zapatos en el malecón que seguir trabajando en la farmacia de su padre por el resto de sus días. Lo que no entendía, era la lógica de papá Talí por la que a Silviano, por ser el mayor, le correspondía ser abogado y a él, por ser el segundo, le tocaba hacerse cargo de las farmacias. Tampoco le parecía justo que papá Talí le pagara la universidad a Silviano sólo porque hacía lo que su papá quería. ¿Por qué no obligarlo a él a llevar las farmacias? ¿Qué culpa tenía él que a su hermano nunca le hubiese gustado la escuela y la abogacía fuese una carrera para gente de pocas aptitudes de servicio? En el fondo de su alma sabía que no había remedio, sólo tendría que buscar la manera de pagarse sus estudios y así dar oportunidad a sus manos de practicar su verdadero destino: la cirugía.

27

Licho: Cadáveres, medias y orgullos recuperados

México, D.F. 1941.

A las cinco de la mañana Licho se metió al baño a ducharse con el agua fría que, según su hermana Toña, habría de protegerlo contra una gripe segura. Con rapidez se enjabonó y enjuagó para acabar con el martirio del regaderazo lo más pronto posible. Tiritando, agarró la toalla y con movimientos bruscos frotó su cuerpo hasta desentumirlo y sentirse seco. La lámpara apenas alumbraba el cuarto, así que a tientas localizó la ropa del día. Una vez abotonada la camisa, salió del cuartito de servicio que compartía con Silviano en la casa de su hermana Toña en la ciudad de México.

La casa, ubicada en la colonia Roma, era de dos pisos y contaba con dos recámaras. El marido de Toña, el licenciado Ezequiel Coutiño, generosamente había permitido que vinieran de Veracruz a vivir con ellos mientras estudiaban su carrera en la Universidad, Silviano abogacía y él, al fin, medicina. Pero esto siempre y cuando no interrumpieran la paz y tranquilidad de su vida matrimonial, lo cual quería decir que, cualquier opinión que tuvieran en cuanto a sus impertinencias, habrían de callársela. Ezequiel tenía un temperamento difícil y quizás por ello había juzgado conveniente instalarlos en la azotea, en el cuarto de las sirvientas, lo más lejos posible de su mujer y sus hijos.

En realidad, ni a él ni a Silviano les importaba el hecho de que el cuñado tomara de vez en cuando, ya que luego de unos tragos Ezequiel tendía a mostrarse más cariñoso que nunca. Y si Toña debía lidiar con vómitos, a ellos no les afectaba. Más bien lo preocupante eran sus indiscreciones las cuales, con el pasar del tiempo, habrían de dejar a su hermana en un estado permanente de amargura. Licho recordaba las palabras de papá Talí: ¿quién era él para juzgarlo? Ezequiel era un buen hombre que cumplía con su familia al grado de recibirlo a él y a su hermano de *arrimados* sin cobrar un centavo. Además, a Toña no le faltaba absolutamente nada. Su marido era un hombre respetado dentro de la política del país, asalariado, burócrata, culto y entregado a su profesión con admirable devoción. Toña tenía mucho que agradecerle al destino por haberla entregado a ese hombre, especialmente dada la condición de enferma crónica que desde niña había padecido y que tanto amenazó negarle la posibilidad de casarse y formar una familia.

Deprisa, bajó las escaleras de dos en dos. Al pasar por la cocina agarró rápidamente un plátano y sin hacer ruido salió a la calle. El autobús Roma-Piedad pasaba a las seis de la mañana y lo dejaba en la calle de Tacuba. De ahí tendría que correr hasta la esquina de Argentina y Brasil para llegar a tiempo a la Escuela de Medicina. No podía darse el lujo de llegar tarde a su primera clase: Anatomía Descriptiva.

Anatomía era la materia más difícil. Pocos eran los que la pasaban al primer intento y cuando por fin lo hacían, el logro era celebrado entre ellos mismos titulándose como «médicos». Él tenía toda la intención de aprobarla al primer intento, pasara lo que pasara y costara lo que costara. Necesitaba dejar bien claro a maestros y a colegas que él no estaba ahí para perder el tiempo. La gente moría todos los días en el puerto de Veracruz y sus servicios como médico eran requeridos en su estado natal.

El hecho de que el libro de texto para la clase fuera en francés, no era pretexto para no alcanzar su meta. Era cierto que la primera vez que había hojeado el libro se le había congelado la sangre. El volumen era impresionantemente enorme y traducir el primer párrafo le había llevado fácilmente una hora. Pero siendo Armengual, y por ello terco, había encarado el reto de frente. Dominar el francés, lengua romance como la suya, no podría ser más difícil que su rival, la lengua inglesa, para la cual había que memorizar miles de excepciones a las reglas gramaticales. Todo era cosa de hacer uso de la misma técnica que tanto le había ayudado con su aprendizaje de la lengua anglosajona. Había que aflojar la mente y resistir el impulso de traducir palabra por palabra. El francés requería fe y totalidad, no era sino hasta el final de la sentencia que el idioma revelaba al oyente el significado de los sonidos, que tan seductoramente acariciaban el oído. Por ello había que tener paciencia. El único inconveniente era que el texto, debido a su costo prohibitivo, no era suyo y jamás lo sería. Licho estaba acostumbrado a las pobrezas que, como diría papá Talí, mucho ayudaban a la formación de su carácter. Todos los días siete estudiantes se reunían en sesiones de estudio durante las cuales uno leía cincuenta páginas, mientras los demás tomaban notas. Y él, por demostrar más agilidad que cualquier otro en su traducción, era el lector predilecto. Finalmente esa distinción le había garantizado el uso del libro con más frecuencia que a ningún otro alumno.

Al terminar Anatomía, se presentó a Disecciones en Cadáver. Lo entretenido no eran los difuntos grisáceos, arrugados y apestosos a formol que el maestro repartía como si fueran libretas de apuntes, sino sus compañeros, a los cuales dividía en dos distintas categorías: los puros y los cínicos. Los puros jamás habían visto un muerto. De alguna manera u otra habían llegado a sus veinte y tantos años sin satisfacer la curiosidad de espiar el ataúd de algún pariente durante su velorio. Así estaba, por ejemplo, Ana María Peralta, una chica de Jalisco que más había tardado en recibir su asignado cadáver nauseabundo que en desmayarse. El aspecto del cuerpo, una mujer cuya etiqueta indicaba estrangulamiento como causa oficial de muerte, era exactamente igual a los demás: frío y uniformemente incoloro. La única diferencia era, quizás, que la mujer yacía intacta porque aparentemente nadie le había aplicado el bisturí todavía, mientras que el resto de los cadáveres mostraban cortes y amputaciones de extremidades, y en un par de casos de órganos sexuales.

El primer día de clases había sido todo un espectáculo. Igual que Ana María, a la hora de abrir la cavidad abdominal, tres estudiantes habían caído al suelo, desparramándose sin ningún decoro. Lo repugnante no había sido tanto el líquido baboso y aceitoso que brotaba con cada incisión, sino el olor putrefacto a formol que penetraba hasta la garganta, quemándoles los ojos. Dos vomitaron y tres abandonaron la escuela permanentemente. El maestro, acostumbrado a tales peripecias, había continuado la clase como si nada hubiese pasado. Y él, resistiendo el impulso de auxiliar a sus compañeros, había enfocado su concentración en el torso de su propio cadáver identificando, por encima de la piel, los órganos primarios con banderillas de diferentes colores, colocándolos de acuerdo a las instrucciones del maestro.

En el lado opuesto de los puros estaban los cínicos. Siendo el grupo más numeroso, impregnaban el ambiente de la clase con su actitud de descaro. Definitivamente, carecían de todo respeto hacia los expirados y por ello, lejos de sentirse agradecidos con ellos por permitir ser descuartizados para beneficio de la humanidad, los estudiantes se sentían con el derecho de utilizarlos para lo que les diera la gana. O sea, el desmadre. Sin inmutarse, cortaban un testículo y lo escondían en la bolsa de la primera estudiante distraída. Con la misma frescura, remplazaban el jamón de las tortas de la cafetería del hospital con orejas y las salchichas con penes entiesados.

—Relájate, Licho —le había aconsejado Rodolfo Porres, el líder de los cínicos, al notar su censura—. Son viles trozos de filetes, como los que venden en el mercado.

Para Licho, desmembrar a los muertos era más que una broma pesada; era un sacrilegio para el cual no bastarían cien años de penitencia. Esto seguramente porque desde que tuviera uso de la razón, papá Talí le había inculcado el respeto hacia la muerte.

—Dos cosas en la vida hacemos completamente solos —le recordaba a sus hijos durante la sobremesa—, nacemos solos y morimos solos.

Licho no conocía a nadie que no hubiese perdido a algún ser querido debido a la tuberculosis, el paludismo o la peste bubónica en Veracruz. Las pestes de los años 20 habían hecho de la muerte el pan de cada día, dejando a su paso un legado de huérfanos y viudos. Todos los días, al final del día, la familia Victoria repasaba la lista de enfermos y difuntos que el periódico, *El Dictamen*, publicaba en la columna de la primera página. La rutina era importantísima, opinaba papá Talí, para que sus hijos apreciaran la magnitud de esa horrorosa experiencia que tanta desolación había causado, pero también, principalmente, para que apreciaran lo crítico que era la investigación de su prevención y tratamiento.

En su mente, grabadas para el resto de sus días, quedaban las imágenes de las camionetas de salubridad que paseaban por todo el puerto con sus cucharones soperos y sus linternas, iluminando los charcos hasta asegurase que la larva del mosquito transmisor había desaparecido. Tampoco olvidaba el riego del petróleo y las puertas marcadas con un trapo amarillo, que señalaba la presencia infame en los hogares de gente conocida. Pero nada había sido más impresionante que la persecución y el aislamiento de los contaminados. Bien recordaba, como si fuera ayer, el llanto de su hermana Chata una noche cuando, a la hora de acostarlo, le había platicado la muerte de Jacoba, su mejor amiga.

—Yo la maté —gemía la Chata—. Yo les dije que estaba escondida en la iglesia.

Tres días llevaba el periódico anunciando la fuga de la muchachita de catorce años quien, según proclamaba el artículo, había escapado de su casa cuando las autoridades de salubridad llegaron a recogerla: Decía el noticiero: «Se busca a la hija del carnicero, la señorita Jacoba Alcalá, quien muestra síntomas de un comienzo de peste Bubónica. Se suplica al público su cooperación en entregar a la jovencita por su propia seguridad». La Chata, queriendo ayudar a su amiga, delató su escondite y apenas una semana después del comienzo de su cuarentena, en el Lazareto de la Isla de Sacrificios, el nombre de Jacoba había aparecido, inconfundiblemente, en la columna de los fallecidos. No había sabido cómo consolar a su hermana.

Con infinito cuidado, Licho abrió el torso de su cadáver asignado. De inmediato la pestilencia invadió sus sentidos. Lo único positivo de la experiencia, reflexionó, era la náusea que el tufo le producía. Ayudaba a aplacar el gruñir de sus tripas que repelaban ruidosamente y que anunciaban, a todos sus compañeros, que se moría de hambre. Daba vergüenza, pero desde haber llegado a la Ciudad de México, su estado de apetencia era crónico. Quizás era el frío, o quizás el boxeo en el gimnasio, el hecho era que siempre estaba hambriento. Los cuarenta pesos con los que había llegado a México a empezar su carrera rápidamente habían desaparecido en el puesto de tacos frente a la Universidad, donde casi siempre corría al terminar las clases de la mañana. La comida en casa de Toña era escasa pero no culpaba a su hermana. Los dos miserables pesos diarios que papá Talí le mandaba para cubrir su cuarto y sus comidas eran risibles y seguramente no cubrían ni la mitad de lo que consumía. Al principio, papá Talí había mandado cuatro pesos, lo cual había terminado con la compra de la máquina para encapsular el *Kita Dolor*. La máquina había sido una buena inversión y Licho comprendía lo útil que era en la farmacia. Él mismo la había localizado en la Ciudad de México y había convencido a su padre de comprársela al turco, representante del laboratorio *Lilly*, porque el aparato no sólo servía para empastillar el sulfato de quinina, sino también para todo un sinnúmero de recetas, como los antiespasmódicos con extracto de opio y polvo de belladona; los desensibilizantes con lactato de calcio y luminar; el calmante para tos con benzolato de sodio, polvo doler y codeína. Papá Talí estaba feliz con su compra pero el fuerte pago en mensualidades, a las cuales se había comprometido para poder comprarla, representaba una limitación en la aportación que podía asignar para los estudios de Licho y Silviano.

—Pero por nosotros no te preocupes —habían alegado sus hijos—, que ya conseguiremos trabajo.

Una vez terminada la clase, tomó el camión de regreso a la casa de Toña. Ahí comió como un desesperado y de inmediato empezó a preparar las clases de la tarde: Histología, Neuroanatomía, Fisiología y Embriología, hasta que Toña interrumpió sus estudios.

—Te habló la judía —le dijo—. Necesita surtido. Va a estar en la tienda hasta las diez de la noche.

La judía, como todo el mundo le decían, se llamaba Rebeca. Era una mujer bella, hija del dueño de un almacén de ropa femenina en el centro de la ciudad. Y el surtido eran las medias de seda y de nailon que Toña compraba todas las mañanas en las fábricas, y que Licho y Silviano vendían a quien podían. Con eso se ganaban unos centavos. La mayoría de las medias tenían algún defecto y por ello las fábricas casi las regalaban. Pero Toña era experta en escoger aquellas cuyas imperfecciones podrían fácilmente ocultarse bajo cualquier falda. Si se trataba de alguna corrida, generalmente era microscópica y casi siempre al nivel del liguero. Marchantes como Rebeca hacían negocio vendiéndolas después de zurcirlas y dejarlas como nuevas.

Las medias venían en diferentes colores y se vendían por cuatro o cinco pesos, dependiendo en la magnitud del defecto. Y la verdad era que le agradaba el trabajo, sobre todo por el contacto íntimo y directo con los clientes, que generalmente eran mujeres. El negocio con la judía, por ejemplo, era el más interesante, especialmente ahora que la mujer insistía en atenderlo en persona. Con el cuerpo de modelo que tenía, era fácil ignorar su nariz aguileña.

—Escoge las medias que creas se me vean mejor, Licho —había insistido durante su última visita, cuando le había mostrado coquetamente las piernas.

Eran unas piernas bien torneadas, recordó, sintiendo la sangre correrle a la ingle. Venderle a esa mujer era toda una aventura y, con un poco de paciencia, seguro que sería pan comido. El triunfo anticipado en este próximo encuentro con ella, le prohibió concentrarse en sus estudios. Trenzadas entre las frases didácticas que describían la anatomía del cerebro humano, aparecían imágenes de Rebeca, la curva de sus caderas, la brevedad de su talle y el lunar que aparecía justo arriba de sus labios; imposible continuar con los estudios, estaba jodido. De golpe cerró los libros y decidió ir al gimnasio a practicar boxeo.

Aunque no era socio del *Club La Hacienda* le era fácil colarse como si lo fuera. La chica del mostrador era fanática de las medias negras de nailon. El arreglo entre ellos era tácito y efectivo. Él la mantenía surtida y ella hacía la vista gorda cada vez que entraba. En el club, no perdió el tiempo. Se puso los guantes y corrió a enredarse a golpes con el primer voluntario. Pronto los madrazos secos de su contrincante aplacaron su imaginación. Y al cabo de un par de horas, después de un segundo regaderazo y sintiéndose apaciguado, se presentó en la universidad a tomar el resto de sus clases. A las ocho de la noche, adolorido pero relajado, agarró el camión que habría de dejarlo casi en la puerta del almacén de la judía.

El anuncio en la puerta del negocio indicaba que estaba cerrado, pero dentro, bajo la luz de la lámpara, la hermosa mujer lo estaba esperando. Al verla, sintió la sangre correr aceleradamente por sus venas. Aturdido, abrió la puerta, cruzó el umbral y al hacerlo, inmediatamente tropezó con el escalón de entrada. Medias de nailon de todos colores tapizaron el suelo. Sin inmutarse, la judía se acercó y se agachó a recoger media por media, sonriéndole. Licho, fascinado por el espectáculo que regalaba el escote de su vestido, quedó paralizado, incapaz de arrancar la vista de esos senos perturbantes. La mujer acabó de llenar las cajas y, colocándolas encima de la vitrina, escogió un par de seda, color magenta. Después de inspeccionarlas, se las entregó.

—¿Me podrías ayudar a ponerme éstas?

Licho las recibió enmudecido y, sacándolas del paquete de plástico, las separó con cuidado. Un leve temblor de manos delataba su estado de nervios. Contrólate, se regañó a sí mismo. Pareces un chiquillo. Mientras tanto, Rebeca se sentaba encima del armario de madera y con agilidad se quitaba la zapatilla del pie izquierdo. Extendiendo la pierna, alzó el vestido hasta la rodilla y esperó su ayuda.

Jamás había colocado ninguna media que no fuera quirúrgica en extremidad ajena. El procedimiento, por lo normal, era que los clientes revisaban la mercancía en sus cajas y después de una inspección hacían su pedido por cantidades que Licho con todo cuidado anotaba en su libreta. Titubeó. La joven lo miraba sonriéndole coqueta con la pierna descubierta y extendida. Su comportamiento aparentaba ser una invitación abierta a la intimidad, pero ¿qué tal si se equivocaba? La situación era delicada y requería claridad de pensamiento. Rebeca era su mejor clienta y faltarle el respeto sería error fatal. Necesitaba dinero y, además, él era un hombre recto. Su madre bien le había enseñado cómo tratar a las damas. Era imperativo actuar con cautela. Decidió no hacer absolutamente nada. Resuelto, se limitó a acariciar la suavidad de la seda. Si algo iba a pasar ahí, Rebeca tendría que dar el primer paso.

La joven penetró sus pensamientos y, leyendo su mente, depositó su pequeño y tibio pie directamente justo en la palma de su mano. Las uñas lucían esmalte rojo y, por un instante, Licho sintió un impulso poderoso de besar apasionadamente cada uno de los delicados dedos. Controlándose, los cubrió apresurado con la punta de la media, pero al hacerlo un temblor ridículo se apoderó de sus manos. Para disimularlo, se valió de todo el poder de su imaginación y fingió estar en el mortuorio, en su clase de disección de cadáveres, vendando la pierna encurtida en formol de la mujer estrangulada. Esta pierna no es más que un filete de carne, se dijo, «como las que venden en el mercado». Con lentitud y control siguió subiendo la media del tobillo a la pantorrilla y de ahí a la rodilla, atacando el procedimiento con precisión y exactitud quirúrgicas. Pero al llegar a la altura de la entrepierna, en cuanto sus manos hicieron contacto con la piel cálida y vibrante de la mujer, quien al tocarla suspiró en voz alta, la imagen ficticia del mortuorio se evaporó de golpe. Sabiéndose vencido, se le aventó encima buscando con ansiedad sus labios, sus senos, sus caderas.

Al instante, un jalón de pelos lo botó al suelo de espaldas. Antes de entender lo que sucedía, un fregadazo a las costillas le sacó el aire. Alguien le estaba golpeando y tenía puños demoledores. Los gritos de Rebeca, lejos de espantar al asaltante, sólo parecían darle ánimos. No fue hasta que el hombre se cansó de madrearlo que Licho reconoció al hermano de la judía. Muchas veces lo había oído mencionar en el gimnasio y en alguna ocasión lo había visto ganar alguna pelea de box. Dos Lichos cabían fácilmente dentro de su musculosa estructura. Justo cuando Licho se resignaba a morir, a sus veintiún años, por andarse metiendo con una de sus clientas, el hombre lo arrojó a la calle gritando.

—No vuelvas a poner pie en esta tienda. ¡Maldito, hijo de puta!

No supo cómo llegó a casa de Toña. Ni siquiera traía llaves pues todo lo había dejado en la mochila, en la tienda de la Rebeca: medias, apuntes, su libreta de pedidos. De puro milagro, Ezequiel llegaba al mismo tiempo pero en su embriaguez, apenas se daba cuenta del estado de su cuñado.

Así los encontró Toña, quien de inmediato subió a la azotea a buscar a Silviano.

—Ahora resulta que hay dos borrachos en esta casa, ayúdame a acostarlos.

Silivano se dio cuenta que Licho estaba golpeado. Y por los golpes en las costillas y directamente a la nariz quedaba claro que no había ofrecido resistencia.

—¿Y ahora a quién te le cuadraste, maricón?

Ese fue su error fatal. De repente Licho sintió un remolino de ira contenida treparsele a la garganta, ahogándolo. Toda la humillación sufrida bajo la tiranía de su hermano explotó. Ciego de coraje, se le fue encima, martillándolo a muerte, cada golpe reviviendo momento por momento de degradación: el día que le robó su ganancia en la venta a los pueblos, el día que le aventó su mejor canica al mar, el día que lo hizo tragar una cucaracha enfrente de todos sus amigos, el día que le bajó el traje de baño para que todos vieran su pequeñez. Sin piedad, Licho golpeaba a ese hermano burlón, jodón, pesado, presumido, envidioso, también al hermano de la judía y después hasta a la misma mujer que nada más le calentaba la sangre para que luego le masacraran. Golpeó con su mente a los idiotas de sus compañeros que se burlaban de los pobres muertos en el mortuorio, al hambre y al frío que toda la vida sentía en la pinche ciudad de México, al maestro de Anatomía que los castigaba con libros en Francés, a las epidemias que mataban a medio mundo, al dolor palpitante de su nariz rota…

Los gritos de Toña cesaron y el silencio lo volvió al juicio. Miró a su alrededor sin comprender bien lo ocurrido. La casa estaba irreconocible, lámparas rotas, mesas volteadas, sillas esparcidas aquí y allá. Sus sobrinos, Héctor y Mario lloraban, agarrándose aterrorizados a las faldas de su mamá. A unos pasos, desparramado en el suelo, Ezequiel roncaba ruidosamente. Silviano yacía inerte bajo su peso. Al verlo, Licho sintió la sangre bajarle hasta los tobillos y automáticamente le tomó el pulso. Estaba vivo. Una corriente de sentimientos encontrados lo invadió simultáneamente. Amaba a su hermano. Lo detestaba. Lo había noqueado. Era más fuerte que Silviano. Amaba a su hermano.

Pujando por el peso y sus heridas, depositó a Silviano en el sillón de la sala. Después recogió a Ezequiel y, con la ayuda de Toña, lo subieron a la recámara y lo metieron en su cama. Se acercó a besar a sus sobrinos pero éstos, acobardados, se encerraron en su cuarto. Poco a poco recogió las sillas, enderezó mesas y barrió los vidrios de las lámparas. Lloró. Lloró sin saber porqué, hasta que Toña le arrebató la escoba.

—Ya vete a dormir, pero antes ponte hielo en la nariz —y besándolo en la frente añadió—. Ya te habías tardado en poner al jodón de Silviano en su lugar.

28

Licho: De cadáveres a parturientas

México, D.F. 1946.

—¿Usted qué opina, Victoria? —preguntó el doctor Vázquez, despertándolo.

Había quedado profundamente dormido a media clase. Una vez más el cansancio lo había vencido llevándoselo, sin su autorización, a un quinto sueño. Últimamente esto le sucedía con frecuencia, especialmente desde haber empezado las guardias en el hospital, cada dos noches, que el currículo de su tercer año de carrera requería. Era impresionante cómo las voces de sus maestros lo arrullaban y su error, en esta ocasión, había sido recargarse contra la pared del hospital. Su cuerpo, al compartir su peso con el muro blanco, se había relajado y ahí había acabado su firme propósito de poner atención y tomar buenos apuntes.

Por lo general el doctor Vázquez, recordando como si fuera ayer su propia experiencia, procuraba perdonar esos incidentes. Sabía que el arte de dormir parado en cualquier lugar y a cualquier hora, aparentando escuchar a los maestros intensamente sin que nadie se diera cuenta, era una técnica de supervivencia que, tarde o temprano, todo estudiante de medicina aprendía a dominar. Pero era obvio que Victoria era un novato porque, en cuanto cerraba los ojos, roncaba descaradamente. Y no sólo roncaba, sino que también babeaba y tal espectáculo, babas colgando y escurriendo hasta empapar las páginas del libro abierto, era imposible de ignorar, sobre todo cuando distraía al resto de la clase como ahora sucedía.

—¿Pregunta usted mi opinión, maestro? —se enderezó, se limpió la boca y trató de enfocar la mente.

—Así es —respondió.

—Bueno, pues yo estoy completamente de acuerdo con usted maestro.

—¿Ah, sí?

—Así es, maestro.

El doctor Vázquez hizo pausa, ajustó sus gafas y cruzó los brazos.

—Y me puede explicar, Victoria, ¿en qué momento ofrecí yo una opinión sobre el asunto?

Sus compañeros lo enfocaron divertidos. Ignoró sus sonrisas burlonas y aclarándose la garganta, fingió convicción.

—Por lo que acaba de decir, maestro. Con todo respeto, quizás no se dio usted cuenta pero la manera en la que se acaba de expresar hace sólo unos momentos indica, en mi opinión, una opinión.

Los estudiantes estallaron a las carcajadas. El doctor Vázquez vaciló. Más convendría dejar el asunto en paz. Tenía que acortar la clase para llegar a tiempo a la función del cine de las siete y media. Su mujer no quería perderse el estreno de la última película de Cantinflas.

—Está bien —interrumpió, para controlar el relajo que escalaba—. Lo que les daba a entender, Victoria, es que a partir de este momento, en este hospital, se les concede el privilegio de poner sus manos inexpertas sobre los cuerpos de sus semejantes. Ese privilegio, no lo olviden nunca, representa un cambio profundo en su carrera y requerirá de ustedes una entrega total.

Como para recalcar su punto, el doctor Vázquez caminó con autoridad por el pasillo, señalando los expedientes a la entrada de cada quirófano.

—Han elegido una carrera de esclavitud, en la cual ustedes existen exclusivamente para el beneficio de sus pacientes. Nada ni nadie tendrá prioridad en sus vidas. Ni sus mujeres, ni sus hijos, ni sus padres y muchos menos ustedes mismos.

El doctor hojeó uno de los expedientes y se lo entregó a Ana María Peralta, la misma alumna que durante el primer año había caído al suelo desplomada después de ver su primer cadáver, y que ahora resultaba ser la más aplicada.

—Dígame usted, Peralta.

—Sí, doctor.

—Los cadáveres que tanto los han entretenido estos últimos años, su manejo, fue relativamente fácil, ¿verdad?

—Bueno… pues sí, doctor.

—O sea, estará usted de acuerdo conmigo que, estando muertos, no existe la posibilidad de agraviar su condición física ni emocional.

—Es cierto, maestro —rio la joven, haciendo coro a sus compañeros.

—Muy diferente el manejo de la materia viva. El tratar de intervenir en la curación de un paciente requiere tomar conciencia no sólo de sus síntomas corporales, sino también, ante todo, de los síntomas espirituales. Nunca lo olviden.

Eso era cierto, reflexionó, su experiencia en la escuela de Medicina había cambiado radicalmente desde haber empezado el tercer año. Tal como había dicho el doctor Vázquez, el contacto con los pacientes era diario e intenso. Algunas clases, como clínica propedéutica médica o quirúrgica, se impartían sobre la marcha, ejerciendo directamente sobre los pacientes del hospital. Explorándolos, aprendían a ejecutar toda la serie de maniobras médicas las cuales, junto con los resultados de los interrogatorios, los ayudaban llegar a un diagnóstico clínico. Y para inspirarles confianza a los pacientes, era obligatorio que los estudiantes vistieran batas de médico.

Ajustó su bata blanca y enderezó el pequeño letrero de plástico que deletreaba su nombre: Doctor Victoria. Era increíble el respeto que el simple atuendo aportaba. Aún después de varias semanas de vestirla, no dejaba de sorprenderse cuando, al caminar distraído por los pasillos del hospital o por la calle, o al tomar el camión de regreso a la casa, la gente espontáneamente lo saludaba con un «buenos días, doctor». Esto lo hacía hincharse como el pavo real de mamá Noya. Con una rapidez impresionante y sin resistencia alguna, su identidad se iba fundiendo en cada fibra de esa tela que por años había aspirado vestir. Sospechaba que tan fuerte e irreversible era esa pasión con la prenda que algún día, a la hora que su cuerpo se rindiera y le suplicara jubilarse, como lo harían sus amigos abogados, maestros o ingenieros, no podría. Licho sería médico para siempre y el día que se despojara de su bata sería el día que se despidiera de la vida.

El resto de sus clases teóricas, como Patología General, Terapia Médica y Quirúrgica, también requerían que se presentara a clases debidamente rasurado y con corbata. Al principio, el vestuario había representado un problema ya que los ingresos de la venta de medias de nailon no le alcanzaban para comprar camisas de vestir. Pero una vez más su hermana Toña había salido al rescate, dándole la idea de comprar sólo los cuellos nuevos almidonados para coserlos a sus camisas viejas, percudidas y de espaldas raídas.

—Lo único que tienes que hacer es nunca quitarte el saco —le aseguró, entregándole el primer cuello.

La solución de Toña había resuelto el problema por un tiempo. Todas las noches, descosía el cuello usado y en las mañanas, con puntadas espaciadas y ligeras, colocaba el cuello nuevo almidonado en cualquiera de sus dos camisas viejas. Y esta maniobra había funcionado, hasta aquel desafortunado día en el que se había visto forzado a quitarse el saco y a exponer sus pobrezas; el recuerdo lo volvía a llenar de vergüenza.

Había sido un pleito del cual no se había podido zafar. Ocurrió cuando llevaba a una amiga a una fiesta y al cruzar la calle un grupo de vagos empezaron a tirarle piropos degradantes. Había tratado de ignorarlos pero ellos, envalentonándose, redoblaron las insolencias. Aún así, y por consideración a la joven que le suplicaba no hacer caso, él siguió caminando. Lo que colmó su paciencia fue una vulgaridad que ni siquiera los pescadores de Veracruz se hubiesen atrevido a articular. Al oírla, aventó el saco al suelo y se les fue encima a los golpes. Y la chica, igual de furiosa, corrió tras él a repartir golpes con su bolsa.

La reacción inesperada y valiente de la muchacha los había agarrado a todos de sorpresa. Y eso, reflexionaba ahora, era sin duda lo que le había salvado el pellejo. Porque los golfos, al no atreverse a tocarla, retrocedieron dándole la ventaja que desesperadamente necesitaba para noquear a un par de ellos. Cuando el resto quiso reaccionar era tarde. Oportunamente, una patrulla aparecía en la esquina y dos policías corrían a pararlos en seco. La pandilla se escabulló, perdiéndose en la oscuridad de la noche y los dos botados quedaron a la merced de las autoridades. Y ahí, a la luz del farol, su camisa había quedado a la intemperie. El cuello almidonado yacía totalmente desprendido y era obvio que las prendas nada tenían que ver una con la otra. La muchacha, comprendiendo la situación, aparentó no percibirlo. Pero su amable gesto no había logrado aliviar el sentimiento de humillación que por siempre se apoderaba de Licho cada vez que recordaba el incidente.

Sabía que había perdido algo importante en aquel pleito: su orgullo. Pero no cabía duda que papá Talí tenía razón. No hay mal que por bien no venga porque sólo gracias a ello había podido adquirir la suficiente humildad para acudir a su hermano mayor a pedir su ayuda. Ya de por sí, desde aquella noche de golpes cuando, por primera vez, le había «dado en la madre», la relación entre ambos había mejorado. Era como si Silviano hubiese estado esperando esos golpes para poder invitarlo al club privado de su vida. Y él, poco a poco y con cautela, había ido penetrando ese mundo; en el cual pocas cosas valían la pena tomarse en serio porque, como aseguraba Silviano, ¿para qué complicarse la existencia con los problemas de la humanidad pudiendo ir de pesca? Su filosofía era sencilla, en esta vida existían aquéllos que necesitaban de alguna misión para mejorar el mundo y aquéllos que tenían la obligación de disfrutar las logradas mejorías. ¿Y quién mejor que él para apreciar tanto sacrificio? Por un lado, envidiaba la habilidad de Silviano para desprenderse de situaciones complejas, aparentemente navegando siempre y únicamente en buen tiempo. Por el otro, sabía que tal convenio con la vida, a él lo dejaba sintiéndose vacío porque por algún motivo inexplicable, quizás genético, quizás accidental, él esperaba algo más de *su* travesía. A pesar de sus diferencias, agradecía el hecho de que Silviano le abriera la puerta de su mente, porque al final tal acercamiento había logrado trascender la rivalidad natural de su hermandad, haciéndola parte de la historia de su infancia.

Había sido un poco ese acercamiento entre hermanos, un poco su humillación, a raíz del incidente de las camisas, y un poco la desesperación de sus pobrezas lo que lo impulsaba a pedirle ayuda. Papá Talí se había desentendido y ya no mandaba ni un quinto; la venta de las medias había bajado considerablemente y el rigor de la escuela no le permitía mantener un trabajo estable. De tal manera que sin un centavo en el bolsillo no tenía ni siquiera para invitar un helado a alguna amiga. Toda la vida andaba muerto de hambre. En comparación, Silviano no sufría. A pesar de que sus condiciones de vida eran prácticamente idénticas, o sea, igual que Licho, compartía el mismo cuarto en la casa de Toña, asistía a la universidad cursando el cuarto año de abogacía y no recibía un quinto de papá Talí, él andaba por la vida sin que nunca le faltara nada. Vestía ropa buena, traía siempre carro prestado y paseaba a cuanta novia quería por toda la ciudad. De alguna manera su hermano había resuelto su situación económica y él quería saber la fórmula.

Una noche que llegaba Silviano de haber ganado la apuesta en el pleito de gallos, se atrevió por fin a tocar el tema.

—Explícame cómo le haces para darte vida de rico —preguntó, sin rodeos.

La reacción de Silviano lo había sorprendido. Ni se había burlado de él, ni lo había tratado como a un niño. Sólo había sacado una botella de ron escondida en una esquina del clóset, y empujando los zapatos bien boleados con los talones para recostarse en la cama, había explicado:

—Yo no soy rico, pero invierto mi tiempo en la gente que me ayudará a llegar a serlo. Si quieres, te invito a ser mi socio.

A pesar de sí mismo, quizás por hábito, enseguida sospechó fraude. Nunca había participado en algún negocio con su hermano del cual no hubiese salido perdiendo. Ya fuesen las ventas en los pueblos, las apuestas de canicas, las montadas de burros, las lagartijas, al final los arreglos con Silviano siempre le habían salido caros. Que él recordara, las únicas sociedades exitosas habían sido siempre con sus cuates de *La cadena de dieces*. El negocio de los tahúres, por ejemplo, ése sí le había dejado buenos ingresos porque siempre, infaliblemente, se repartía la ganancia en partes exactamente iguales.

—¿De qué sociedad hablas? —preguntó, procurando no delatar su falta de confianza.

—De compartir recursos.

Lo miró confundido. ¿Se estaría burlando de él? ¿No era precisamente la falta de recursos lo que había propiciado la conversación?

—¿Recursos, cuáles recursos? Sabes que no tengo nada.

—Tienes mucho, pero no lo aprecias —Silviano se sirvió otro trago—. Hablo de tus conocidos y de mis conocidos. De *la gente*.

—¿La gente?

—Sí, la gente. Ya te lo dije, aquí no se trata de lo que tú sabes o de lo que puedes hacer sino de a quién conoces. Tus conexiones.

—Ah, o sea que quieres que use a mis amigos.

—No seas tonto —contestó, exasperado—. Todos los favores que pidas los tendrás que pagar, a veces al doble de su costo.

La lista de los conocidos elaborada por los hermanos aquella noche incluía a varias personas que apenas conocía. Arriba estaba el nombre de Toño Gálvez, paisano de Veracruz quien tenía la suerte de tener la novia más bonita del puerto. El padre de la chica era el dueño del Centro Químico, proveedor de farmacias y hospitales, quien casi de inmediato les abrió los brazos ofreciéndoles ser agentes de ventas. El trabajo consistía en visitar farmacias y reportar la lista de faltantes. De la venta sacaban un diez por ciento que cobraban los fines de semana. Pronto la compra y venta de medicinas sobrepasaban el ingreso de las medias de nailon.

Siguiendo el orden de importancia en la lista estaba Juanito, hijo del General Barragán y gran amigo de Silviano. Juanito era policía secreto y durante sus días de descanso les prestaba su coche. Los propietarios de los locales, al reconocer las placas, les abrían las puertas de par en par, y así entraban gratis a las luchas, a los bares, y a los salones de baile. Nadie se metía con ellos y siempre los colocaban en los mejores palcos.

Otra relación importante que había nacido a raíz de la sociedad con su hermano, era su amistad con la hija del dueño de la tienda *Coco*. Se llamaba Lupita. Su padre vendía combustible para calentadores y, según Silviano, la chica miraba a Licho con buenos ojos. Él no estaba en condiciones de empezar una relación seria con nadie y así lo había dado a entender a la chica desde un principio. Pero la verdad era que su compañía le era grata y por ello, después de llevarla a dar la vuelta un par de veces en el coche prestado de Silviano, le propuso cándidamente una amistad sin más expectativas. Le explicó que extrañaba enormemente a alguien con quien pasear de vez en cuando, alguien que nada tuviera que ver con su escuela ni con el hospital, alguien que no pidiera nada de él y que estuviera dispuesta a quedar plantada. Con un beso casto en la mejilla, Lupita había aceptado la relación platónica que habría de durar toda su carrera.

Gracias a ella, había iniciado sus consultas. La gente que compraba combustible al papá, sobre todo en el invierno, muchas veces tenían en casa a algún pariente enfermo, a veces de gripe y a veces de pulmonía. Por ello la necesidad de calentar sus pisos. Cuando Lupita se enteraba de que la familia no podía pagarle al doctor, rápidamente le hablaba a Licho y éste, a su vez, corría a darles la consulta. Dada su situación, cualquier tipo de remuneración era buena. Aceptaba pollos de rancho, huevos frescos y guajolotes en engorda, de los granjeros. Toña siempre recibía la aportación agradecida. Del peluquero de la esquina recibía cortes de pelo una vez a la semana. Y del sastre, su cliente favorito, camisas nuevecitas con cuellos almidonados.

La sociedad con Silviano continuaba siendo un éxito. Todos los ingresos se repartían en partes iguales. Económicamente hablando, su vida había mejorado. Lo único que le seguía faltando, y seguramente así sería por varios años, era tiempo. Porque además de su escuela y las guardias obligatorias en el hospital, empezaba a hacer prácticas en un hospital privado, donde poco a poco iba ganándose la confianza del doctor Montebello, jefe del departamento de ginecología y obstetricia. El objetivo de las prácticas era familiarizarse con esa rama de medicina, que lo atraía más que ninguna otra. Desde aquel día en su escuela de secundaria cuando su maestro de Biología, el doctor Fuentes, le había revisado las manos declarándolas ser manos de médico, había presentido que su destino estaba en el ayudar a mujeres parturientas a traer a sus hijos a este mundo.

La voz del doctor Vázquez lo regresó al presente. Miró su reloj. Eran las ocho de la noche y a las nueve había quedado en ir al hospital para ayudar al doctor Montebello. El maestro concluía por fin la clase y sus compañeros, felices de no tener el turno de la noche, hacían planes para ir a la taquería; uno de los tantos placeres que estaba dispuesto a perderse a cambio de adquirir experiencia. El doctor Vázquez asignaba la tarea para el día siguiente.

—Confío, jóvenes, en que mis palabras no los han dormido a todos. Los espero mañana a esta misma hora. Y usted Victoria, venga preparado a explicar el estado de preclampsia de la paciente que ahora mismo tenemos hospedada en la cama veinticuatro de la sala seis.

La reprimenda estaba bien merecida. No había tomado ni un solo apunte y se la había pasado durmiendo, distraído, pensando en tonterías. No tendría más remedio que sobornar a su compañera, Ana María, con algunas percheronas de coco para que le dejara copiar sus notas. Las vendían a la vuelta del hospital y eran el vicio de la joven, su perdición, según ella, ya que desde que las había descubierto había aumentado diez kilos de peso.

A las nueve en punto por fin llegó al hospital donde encontró a todos en estado de pánico. El doctor Montebello no aparecía por ningún lado y una mujer estaba a punto de dar a luz. La enfermera, vestida de pies a cabeza con su vestimenta quirúrgica, la preparaba rasurándola. Con cada contracción la paciente retorcía la sábana de la camilla y gemía de dolor.

—Nueve centímetros de dilatación —informó la enfermera.

—¿Y el doctor?

—No lo sé, más vale que te prepares, Victoria, creo que este parto es tuyo.

Con el corazón palpitándole a cien por hora, se cambió de ropa, se lavó y esterilizó los brazos. Extendiendo las manos esperó impaciente a que la asistente le colocara los guantes y lo coronara con la lámpara, que desde su cabeza iluminaría el proceso. Con cuidado de no tocar nada que no fuera el cuerpo de la parturienta, tomó posición entre sus piernas y comenzó la exploración. De repente la lámpara, resbalando por el copioso sudor de su frente, cayó al suelo ruidosamente. El escándalo del impacto y los gritos de dolor de la paciente aceleraron aún más el temblor de sus manos. La enfermera, riendo bajo la mascarilla, recogió el aparato, lo limpió y, secándole el sudor, lo volvió a colocar en su lugar. Respiró profundo. Tenía que controlarse. La vida de la paciente, y la de su criatura, dependían de él. No era el momento para

salir con mariconadas, tendría que ponerse bien los huevos y responder a la emergencia como Dios mandaba. Con infinito cuidado, separó las piernas de la mujer y comenzó a evaluar el progreso del parto. El cuello estaba blando y efectivamente la dilatación casi llegaba a diez centímetros. La paciente empujaba cada vez más intensamente. Era obvio que la criatura estaba a punto de nacer. La cabeza hacía su aparición indicando que el producto venía en poción normal. Los tejidos expandían sin dificultad, dándole paso. No habría necesidad de una episiotomía, ya que la criatura emergía sin trauma aparente. Con el dedo índice, desenredó el cordón umbilical que venía enredado en el cuello y con la siguiente contracción liberó, primero, un pequeño hombro, después un brazo y, por último, el resto de la criatura. No tuvo que aspirar la sustancia flemática ya que la niña, ansiosa de respirar por sí misma, lloraba con una fuerza sorprendente. Cortó el cordón separándola de su madre y, entregándosela a la enfermera, inmediatamente dirigió toda su atención a las siguientes contracciones que producía la placenta. Justo entonces el doctor Montebello apareció acompañado del pediatra quien, después de revisar a la pequeña paciente brevemente, felicitó a la madre.

—Enhorabuena, señora, tiene usted una linda niña. Le vamos a hacer unos análisis y enseguida se la entregamos.

Licho se hizo a un lado para que el doctor Montebello asumiera su lugar pero él, manteniéndolo fijo con la mano, se negó a moverse.

—Termine, Victoria, yo desde aquí observo.

Entonces revisó la placenta minuciosamente, tal como su maestro le había enseñado. Viendo que estaba completa, la entregó a la enfermera para que la mandara a patología. Acto seguido, comprobó la condición del útero hasta sentirse seguro que no habría posibilidad de hemorragia. Al terminar, se despojó de los guantes, entregó la lámpara a la enfermera y con un gesto de despedida dejó a la paciente en manos de la asistente, quien eficazmente terminaba de asearla e iniciaba su traslado a la sala de maternidad. Tanto la niña como la madre estaban en perfectas condiciones; el parto se había llevado a cabo sin complicaciones de ningún tipo.

—Buen trabajo, Victoria —le palmeó la espalda el doctor Montebello saliendo con él del quirófano.

Quiso darle las gracias pero un nudo en la garganta le impidió responder. Por primera vez captó la magnitud de lo que acababa de suceder. Había atendido su primer parto, solo. Había sentido en carne propia el terror del tener en sus manos la responsabilidad de una vida ajena. Había ejecutado, ni más ni menos, las funciones de un médico. Con el alma desbordándosele de júbilo, corrió por el pasillo a abrazar a la primera enfermera en su camino: una cincuentona distraída quien, lejos de corresponder su entusiasmo, se defendió dándole de porrazos en la cabeza con la charola de las medicinas.

—Atrevido éste —gritó, enderezándose la boina—. Puros doctorcitos calientes mandan a este hospital.

29

Licho: Del infierno a la gloria

México, D. F. 1946.

En el cubículo de los internistas Licho encontró una silla vacía, una pluma y suficiente papel para escribir. Esforzándose por emplear su mejor caligrafía, comenzó a documentar el episodio de su última intervención: un parto normal de mellizos. A las siete de la noche, el doctor Montebello pasaría al hospital a hacer sus rondas y esta narración habría de ponerlo al corriente de los sucesos, así como de la condición actual de la paciente, que se mantenía estable, igual que sus recién nacidos.

A su jefe le daría gusto enterarse de que, pese a haber apostado lo contrario, la madre había logrado empujar a las criaturas por sí misma, por lo que no fue necesario recurrir al bisturí. La narración de los casos era definitivamente la faena que más aborrecía, pero reconocía su importancia, el parto de la paciente de la habitación siete, cama número dos de la sala de maternidad, quedaría propiamente documentado, de principio a fin, con todo lujo de detalle.

Empezaba a describir las características físicas de la madre, cuando una voz que enseguida reconoció, llamó su atención.

—Disculpe —preguntaba una joven, inclinándose sobre el mostrador—. Tengo una cita con el doctor Montebello.

A través de una apertura en la cortina del cubículo que lo mantenía prácticamente fuera de vista, comprobó que se trataba nada menos que de su compañera, Ana María Peralta. Se veía cansada, y su cabello, que siempre llevaba cuidadosamente arreglado en una coleta, lucía enredado, sucio y aplastado a un lado. El desgaste de su apariencia no lo sorprendió nada. Sabía que de seguro él mismo se veía igual de jodido. Y no era para menos con esas desveladas que les metían y que en el tercer año que cursaban, eran el pan de cada día.

En el mostrador, nadie hacía caso a la joven. Decidió levantarse de su asiento para ir a ayudarla cuando algo en el semblante de su amiga lo detuvo. Se mostraba nerviosa, temerosa, como si acabara de cometer algún delito. De reojo miraba fugitivamente a su alrededor, tal como si las autoridades estuvieran a punto de llegar y arrestarla. Observándola bien, no cabía duda de que el comportamiento de Ana María no era normal.

—¿Disculpe? —volvía a preguntar ansiosa.

Por fin, de mala gana, la enfermera del día arrebató la agenda a la recepcionista y, jalando una pluma de su boina blanca, se preparó a tomar nota.

—¿Su nombre? —preguntó, sin mirarla.

—Peralta, Ana María Peralta.

El temor en su respuesta acentuó la curiosidad de Licho. Era extraño que su amiga tuviera cita con el doctor Montebello. El asunto no podía estar relacionado con sus obligaciones escolares, ya que Ana María había sido una de las primeras alumnas en terminar sus prácticas gineco-obstetras. Además, aquél era un sanatorio privado y si él tenía la fortuna de estar ahí, era sólo por la increíble oportunidad que el doctor Montebello le había dado de trabajar con él. Sin sueldo, por supuesto. Y si lo que su amiga buscaba era conseguir empleo, estaba a punto de sufrir un chasco, porque el doctor nunca retenía a más de un ayudante y éstos eran, casi siempre, estudiantes que en verdad mostraban interés en ejercer esa rama de la medicina. Que él supiera, Ana María iba en camino de ser neuróloga. Pero también podría ser que su visita era sólo una consulta médica, pensó. Quizás sufría de alguna complicación fisiológica y estaba ahí simplemente como paciente. Después de todo, la reputación del doctor era bien conocida. En su área era toda una eminencia y las mujeres confiaban en él a ojos cerrados. Podría ser su caso una irregularidad hormonal o más seguro todavía, una menstruación prolongada y dolorosa. Pero bueno, nada de eso era asunto suyo y lo que sí urgía era terminar el expediente porque si no se apuraba, no le daría tiempo de alcanzar a Silviano en el gimnasio. Ahí había quedado de verlo para nadar en la alberca unos quinientos metros antes de ir a la fiesta en la casa de los papás de la novia de su amigo Fausto, quien llevaba tiempo insistiéndole que fuera porque quería presentarle a la comadre de su novia Bibi, una tal Pilar.

Volvió a su narración y trató de concentrarse, pero el modo brusco y grosero de la enfermera lo distrajo nuevamente.

—No se recargue en el mostrador, señorita, que está flojo —la regañaba, como si fuera una niña—. ¿Dígame, cuál es el motivo de su visita?

Ana María quitó las manos del mostrador como si quemara y miró a la mujer con una mezcla de sorpresa, reproche y angustia.

—¿No está ahí ya indicado? —espetó, señalando la agenda.

—No, señorita. No está indicado. Si no, ¿para qué carambas cree usted que se lo estoy preguntando?

La chica titubeó y su prolongado silencio colmó la poca paciencia de su inquisidora.

—¿Motivo de su visita?

El enojo de la enfermera elevó el volumen de su voz y esto comenzaba a llamar la atención de la gente sentada en la salita de espera. No se perdían ni una palabra de la conversación. Ana María, consciente de la audiencia que a propósito la enfermera había convocado se inclinó, cuidándose de no tocar el mostrador, y murmuró una respuesta.

—No la escucho —replicó la enfermera—, haga el favor de hablar más fuerte.

—El doctor va a interrumpir mi embarazo —apuntó Ana María, rindiéndose.

Desde su cubículo, arrinconado y cubierto por la cortina calada de agujeros, Licho escuchó las palabras de su amiga como si alguien le hubiese aventado a la cara un balde de agua fría. ¿Ana María embarazada? ¡Pero si ni siquiera tenía novio! ¿Quién podría haber sido el desgraciado capaz de ultrajarla? Porque con la inteligencia superior que esa muchacha tenía, su embarazo no podía haber sido otra cosa que un agravio a su persona. Teniendo la perseverancia y disciplina que la mantenían en el cuadro de honor desde haber empezado su carrera de medicina, jamás hubiese comprometido su futuro yéndose a la cama con algún tipo, y mucho menos sin protegerse.

—Tome asiento —oyó que le ordenaba la enfermera con indiferencia—. El doctor no tarda.

¿El doctor no tarda? Licho miró su reloj, eran apenas las cinco de la tarde y que él supiera, llegaría hasta las siete de la noche a hacer su ronda. ¿De qué hablaba la secretaria? ¿O sería que el doctor había hecho arreglos para llegar temprano ese día? Si ése era el caso, más valía terminar su narración y salir de ahí corriendo antes de que llegara y se le ocurriera pedirle hacer algo. Lo último que quería, ahora que sabía el motivo de la consulta de Ana María, era que su amiga se enterara de su presencia. Saberlo testigo de su desgracia la mortificaría tremendamente. Y ya bastante humillación había sufrido con esa malencarada enfermera. La reportaría, decidió; mañana mismo la reportaría porque no era posible tratar así a los pacientes. Y lo iba a hacer aunque esto le costara represalias, que sin duda sufriría, porque si algo era cierto en la jerarquía de un hospital era que ahí las enfermeras reinaban. Tendría que asumir ese riesgo porque alguien tenía que enseñar a la tipa un poco de cortesía.

Apresurándose, volvió a su narración, ahora sí sin importarle lo redondeado de las «oes» o la curva de las «erres». Le urgía salir huyendo y al cabo de unos minutos los datos importantes quedaban transcritos como parte de la historia clínica de la paciente. No estaba perfecto el reporte, era cierto, pero quedaba satisfecho. Cuidándose de colocar el expediente en su lugar, checó «ausente» junto a su nombre escrito en la cuarta línea de la pizarra. Tomó su maletín, se sacudió la tiza impregnada en sus manos sobre los pantalones y se dirigió a la puerta. Fue entonces cuando la inconfundible voz del doctor Montebello lo paró en seco.

—Buenas tardes, Victoria —lo saludó, palmeándole la espalda—. ¿Qué tal con los mellizos?

El saludo tuvo el efecto preciso de robarle, en un instante, la velada que tan cuidadosamente había planeado. Supo, de inmediato, que Silviano se cansaría de esperarlo y se metería en la alberca a nadar sin él. Supo también que de ahí se largaría a la fiesta y seguramente acabaría enamorando a la joven que Fausto había prometido presentarle a él, no al mujeriego de su hermano.

—Vine temprano, Victoria —explicó el doctor, leyendo la desazón pintada en su rostro que en vano trataba de ocultar—, porque hay un asunto con el que quiero que me ayude. Pero primero dígame, ¿cómo le fue con el parto?

El vozarrón de barítono que tan peculiarmente distinguía al doctor Montebello participaba, a todo ser viviente, de su presencia. Y sólo que Ana María estuviera sorda ya de seguro se habría enterado de que su compañero estaba ahí, en el consultorio, escondido como un cobarde tras la cortina agujereada de su cubículo. Con alarma, observó cómo su amiga se levantaba y se acercaba, con cara angustiada, a buscarlo. En un instante, no hubo nada qué hacer. Lo encontró ahí parado, a media plática con el médico y una mirada le bastó para comprender que su compañero conocía su vergonzosa circunstancia. Por su parte, Licho no tuvo más remedio que sostenerle esa mirada que tantos sentimientos le transmitía: sorpresa, dolor, indignación. Paralizado observó cómo, gracias al buen corazón de su amiga, su expresión lentamente se suavizaba por último, reflejando más que nada, sólo afecto. Sin saber cómo proceder, levantó la mano que de repente le pesaba horrores para hacerle un gesto débil de saludo. Ella respondió con una sonrisa que todo lo decía y él, reconfortado, volvió su atención al doctor Montebello.

—En el parto nos fue bien, doctor, gracias. Aquí acabo de documentar el evento. No hubo que hacer cesárea después de todo.

—¿En serio?

—Sí, la mujer sacó a las criaturas sin ningún problema.

—¡Vaya! Lo felicito —le palmeó la espalda—, pero después me platica, Victoria, porque en estos momentos tengo prisa y voy a necesitar su ayuda con un procedimiento que puede ser delicado.

—Claro que sí, doctor —se escuchó decir a pesar suyo—, con gusto.

—Vístase y nos vemos en el quirófano.

En la sala de operaciones, envuelto de pies a cabeza en su ropaje esterilizado, escuchó la descripción que el doctor proporcionaba al equipo de intervención del procedimiento que en unos momentos comenzarían.

—La mujer, Ana María Peralta, de peso y estatura normal, de veintitrés años de edad, presenta un primer embarazo con un producto aproximadamente de veinte semanas de gestación, a partir de la fecha de su última menstruación. Desgraciadamente, el feto exhibe lesiones congénitas incompatibles con la vida, por lo cual es necesario interrumpir el embarazo.

—Disculpe, doctor —lo interrumpió, mirándolo sin parpadear—, ¿estamos hablando de mongolismo?

—No, no hay mongolismo.

—¿*Tay sachs*?

—No, no hay evidencia de *tay sachs*.

El silencio a continuación acomodó la mirada tensa que el anestesista y las enfermeras intercambiaban. Licho sabía que si tuviera tan sólo un poco de sensatez hasta ahí llegaría su indagación. Sólo que aquel caso no era un expediente más, apilado de notas indescifrables con «oes» redondeadas. Aquí se estaba hablando de una joven de carne y hueso, cariñosa, que frecuentemente le prestaba sus apuntes de anatomía. Por ello, era imperativo dejar toda cautela a un lado.

—Entonces, doctor —preguntó, yéndose al grano—, ¿quiere decir que estamos a punto de provocar un aborto?

Un movimiento repentino mandó unas pinzas de compresión al suelo. El doctor Montebello, ignorando la agitación a su alrededor, permaneció impasible, mirándolo por encima de sus lentes. Siete líneas paralelas fruncían su frente, denunciando contrariedad.

—Victoria —contestó midiendo cada palabra—, como usted bien sabe, el aborto es ilegal en este país. Por ello, aquí las interrupciones de embarazo siempre se deben a padecimientos fetales de tipo neurológico. Y eso es exactamente lo que usted va a registrar en el expediente de esta paciente. Me imagino que no tiene inconveniente alguno.

Una multitud de emociones desfiló por todo su cuerpo, atropellándose, creando un caos mental que de inmediato le produjo naúseas. Tan palpable era su incomodidad que el doctor, compadeciéndose, entregó el expediente al anestesista y tomándolo del brazo lo guió hasta un rincón, fuera de los oídos de los demás.

—Recuerde esto, Victoria —murmuró—, nadie tiene derecho a imponer su voluntad sobre el cuerpo y el alma de ninguna mujer. Y tan culpable es el hombre que la deshonra como aquél que la obliga a criar el producto de ese ultraje. En mi opinión, la decisión de tener un hijo o no tenerlo, le pertenece única y exclusivamente a aquélla que habrá de parirlo. Así es que ayúdeme y empiece a colocar los instrumentos, que si usted y yo no auxiliamos a esta pobre muchacha, le garantizo que acabará muerta a manos de algún salvaje incompetente.

El resto del grupo los miraba, con detenida atención.

—Perdóneme, doctor, pero no puedo ayudarle. Conozco bien a la señorita Peralta, es mi compañera de clases.

El doctor lo miró sin inmutarse.

—¿Y eso, qué?

—Doctor, yo creo que le ahorraríamos un bochorno a mi amiga si no estoy presente.

La expresión en el rostro del médico era de incredulidad.

—¿Acaso no les enseñan nada en esa escuela? —exclamó, enojado—. Escúcheme, Victoria, la relación que pueda usted tener con esta joven me tiene sin cuidado. Allá afuera podrá ser usted hasta su amante pero aquí adentro, óigame bien, aquí adentro no es más que su paciente. Y acostúmbrese a lidiar con esa gran diferencia, porque créame que pronto llegará el día en que sus hermanas, o quizá sus propias hijas vendrán a pedirle ayuda y usted, doctor, tendrá la obligación profesional de auxiliarlas y además, de guardar sus secretos más íntimos. Por muy en contra que eso vaya con sus principios morales.

Dando la plática por concluida, el doctor se dio la media vuelta y dirigiéndose al personal preguntó:

—Como decía, el procedimiento será una micro-cesárea. ¿Listos? —los ayudantes asintieron unánimes—. Traigan a la paciente, por favor.

En un momento de fantasía se le ocurrió a Licho que quizás, escondido como estaba dentro de su vestimenta quirúrgica y mascarilla, Ana María no lo reconocería. Pero en cuanto la joven entró, acostada en su camilla y lo vio, supo quién era. Ana María forzó una débil sonrisa.

—Que bueno que eres tú, Licho. Ahora sé que estoy en buenas manos.

Nunca antes le había tocado presenciar, y mucho menos asistir, un aborto. Y el impacto de la experiencia quedaría en su conciencia para toda su vida. A diferencia de un parto normal, el evento iba acompañado por una marcada tristeza. Un sentimiento de congoja saturaba el ambiente y remitía los espíritus de los presentes a otro mundo, de tal manera que tanto el doctor como los asistentes efectuaban su trabajo como si fueran muñecos de cuerda. Guardando silencio, dirigiéndose el uno al otro sólo para lo indispensable, repartían instrumentos, colocaban pinzas y acomodaban compresas con la mirada vacía, ansiosos de dar fin a esa labor que alguien tenía qué hacer y que, por desgracia, les había tocado a ellos. La ausencia de ese gozo, esa euforia que generalmente existe en un alumbramiento, era patente. Ahí no había palabras capaces de calmar y aliviar la ansiedad y el dolor de las contracciones de la madre. Nada de: «ya falta poco señora, puje un poco más que pronto tendrá a su bebé en sus brazos». Nada de sugerir nombres chistosos de santos para el bautizo de las criaturas, con el fin de distraer y hacer reír a la parturienta. Ni mucho menos consejos para la crianza del hijo. Todo eso era superfluo y por lo contrario, ahí la terminología era una mina de bombas enterradas que prohibía referirse al producto de alguna otra manera que no fuera feto.

Al final Licho nunca supo, ni quiso saber, las circunstancias que habían orillado a Ana María a terminar su embarazo. Pero lo que sí supo, y nunca olvidaría, es que la criatura que su amiga había parido era una niña que había nacido completita, con pelo y todo, y sin manifestación de deformidades genéticas de ningún tipo. De eso estaba seguro, porque a él le había tocado sostenerla en los brazos brevemente, en lo que el doctor cortaba el delgadísimo cordón umbilical. Una vez separada de su madre, la enfermera se la había arrancado de las manos y enseguida, envolviéndola completa en una toalla, la había arrojado, como si fuera basura, en una cubeta.

En cuanto pudo, Licho salió del quirófano y corrió al baño a vomitar. Ahí, empinado sobre el excusado, comprendió que a pesar del gran cariño y respeto que albergaba por el doctor Montebello, eran incompatibles. Él reconocía que nadie tenía derecho a imponer su voluntad sobre el cuerpo y el alma de Ana María. Sin embargo, se preguntaría una y otra vez a lo largo de su carrera cuando las circunstancias así lo exigían, ¿quién abogaba por esa indefensa criatura envuelta en una toalla ensangrentada muriendo en esa cubeta, mientras él vomitaba? Al mismo tiempo que su cuerpo arrojaba violentamente los contenidos de su estómago, en su corazón se desmoronaba esa imagen del médico que hasta entonces había colocado en un pedestal. Por primera vez, lo vio por lo que en realidad era: un gran doctor, nada más.

Cuando por fin llegó al gimnasio, Silviano ya salía de la alberca. Nunca lo hubiera admitido, ni siquiera a sí mismo, pero al ver la poderosa musculatura de su hermano sintió envidia. Era injusto que a pesar de que rara vez se aparecía por el gimnasio y cuando lo hacía era, casi siempre, a insistencia de Licho, quien le aseguraba que la única manera de mantenerse sano era haciendo ejercicio, y que a pesar de las borracheras, desveladas y parrandas, Silviano poseyera la complexión de un atleta.

—¿Qué te pasó? —preguntó Silviano, chorreando de agua que olía a cloro.

—Nada, llegó el doctor Montebello y me dio en la madre.

Se secaba con la toalla y lo miraba burlón. Pero entonces Silviano reparó en el aspecto de su hermano, y supo que algo había revuelto el alma de Licho profundamente. Tarde o temprano se lo diría.

—Te rajaste, sabías que te iba a ganar como siempre.

—¿Cuánto nadaste?

—Más que tú. Así que me debes la cerveza, cabrón. Por cierto, ahí te dejé tu ropa pero yo no voy.

—¿Por qué no?

—Me salió un plan mejor.

—¿La pelirroja de ayer?

La incredulidad de su cara provocó las carcajadas de su hermano.

—Está bien —comentó—, pero el coche me lo quedo yo, como habíamos quedado.

Silviano registró el bolsillo de los pantalones que estaba a punto de ponerse y extrayendo las llaves del auto se las aventó.

—Llévate esa carcacha, que Juanito me prestó una mejor.

Después de un baño, arropado en sus mejores prendas, Licho llegó a la fiesta en donde ya había bastante algarabía y diversión. Exactamente lo que necesitaba, pensó, rodearse de alegría y de bulla para olvidar los eventos de esa tarde, cuyo recuerdo seguía atormentándolo y estrangulaba sus sienes sin compasión. Enseguida Fausto le salió al encuentro.

—Ven acá, Licho. Deja presentarte a Bibi.

Lo siguió, zigzagueando por el pasillo, abriéndose paso entre los invitados que el amigo se detenía a presentarle. Al caminar, la alegría del ambiente comenzó a embriagarlo, envolviéndolo misericordiosamente en una capa de sensaciones gratas. La música, el olor delicioso de los bocadillos y las carcajadas reventando aquí y allá acrecentaban, con cada paso, su entusiasmo. Era una fiesta fenomenal, pensó alegrándose. Por donde quiera que posara sus ojos, se deleitaban. Estaba rodeado de bellezas. ¡Cómo se arrepentiría Silviano de no haberlo acompañado! Las chicas estaban a la altura de un concurso de Miss Universo. Ésa sería Miss Jalisco, decidió, devolviéndole la sonrisa a unos ojos cafés enormes y almendrados; y ésa otra, Miss Veracruz, concluyó, estrechando la mano suave, color cajeta, que acompañaba una risa escandalosa; la trigueña de la esquina era la viva imagen de María Victoria, no tan dotada como la cantante pero igual de encantadora. No cabía duda. ¡Esto era la gloria! Y era increíble, que en un mismo día su alma hubiese visitado ambos polos opuestos prometidos en la Biblia: infierno y cielo. Tras haber sufrido la monstruosidad de una toalla ensangrentada, ahora se encontraba ahí, campechanamente en esa casa, rodeado de ángeles que poco a poco le devolvían la esperanza. Porque el buen linaje de las concurrentes estaba a la vista. Todo en ellas sugería buena educación. Rodearse de ellas era exactamente lo que necesitaba.

Fausto se detuvo finalmente ante una chica bastante guapa. Era la famosa Bibi, quien ya le presentaba a sus padres.

—Muchas gracias por su hospitalidad —los saludó.

—Es un placer conocerlo —contestó el papá de Bibi—. Cualquier amigo de Fausto es bien recibido en ésta, su humilde casa. Pase y disfrute la fiesta.

No cabía duda, su amigo Fausto era un hombre afortunado. Además de guapa, Bibi era simpática y lista. Que estaba profundamente enamorada era obvio, por la cariñosa sonrisa que a todas horas le disparaba a Fausto con ojos impregnados de embeleso. Y a él le constaba que su devoción era plenamente correspondida pues, a pesar de que todos los cuates lo fregaban sin misericordia, siempre tentándolo al pecado, Fausto se mantenía firme en su compromiso con ella. Participaba en el relajo, eso ni hablar, pero siempre al margen.

—Es una lástima, doctor —apuntó Bibi, tomándole el brazo—, que todavía no llegue mi comadre Pilar, pero si tiene un poquito de paciencia es seguro que llegará con sus hermanas, pues a mí no me puede faltar.

No tuvo que esperar mucho. Saboreaba una tercera torta de jamón cuando sus ojos captaron el ramillete de bellezas que cruzaban el umbral de la puerta y saludaban a la anfitriona, armando gran escándalo con sus efusivos abrazos y besos. Supo de inmediato que de las cuatro alegres jóvenes alguna tenía que ser Pilar porque Fausto le había comentado que la chica era española. Y esas muchachas no podían, por mucho que quisieran, negar su ascendencia gachupina. Las observó, tratando de adivinar cuál sería ella y de refilón descartó a la más alta. Venía muy agarrada de la mano de un compañero. Las otras tres estaban guapas y con cualquiera de ellas se hubiese pasado una velada agradable. Pero su atención regresaba a la más rubia. Algo en ella lo atraía, aunque estando así de lejos, le era imposible descifrar exactamente qué.

Al otro lado de la sala su amigo Fausto meneaba el brazo frenéticamente para llamar su atención. Con gestos ridículos de mimo mal pagado, señalaba a las jóvenes haciéndole saber lo que ya había deducido, que la prometida comadre había llegado por fin a la fiesta. Hizo su plato a un lado, bebió el resto de su limonada de un jalón y apresuró a limpiarse la boca con su servilleta. Después se miró de refilón en el espejo de la sala, se ajustó la corbata, se enderezó el saco y se alisó los cabellos lo mejor que pudo. No era un galán, cierto, pero cuando menos estaba presentable. Resuelto, se encaminó hacia las recién llegadas. Bibi ya venía a su encuentro, jalando de la mano a la guapísima rubia.

—Licho, deja que te presente a mi comadre Pilar.

La joven fijó en él su mirada y Licho comprendió el origen de su atracción. Sus ojos eran verdes, pero no de un verde de pasto recién podado, sino más bien de un verde profundo de pino de montaña en el cual, a través de sus espesas ramas, se filtraban doradas chispas de sol. Lo observaba serenamente, con una mezcla de curiosidad e inocencia bajo unas cejas tupidas, perfectamente arqueadas. El contraste de esas cejas formidables y esos destellos verdes, era algo grande.

—Neftalí Victoria Armengual, a sus órdenes.

Tomó la mano sedosa y ligera que Pilar le ofrecía y al hacerlo, descubrió algo importante acerca de la anatomía humana. Ciertas manos estaban diseñadas para entrelazarse. Supo esto con absoluta certeza porque la pequeña extremidad que ahora retenía, y que deseba no soltar jamás, cabía perfectamente dentro de la suya. La soltó con lentitud, deseando prolongar esa sensación que, siendo sólo una formalidad, le apetecía ser más bien una caricia.

—Pilar Muguira Revuelta, para servir a Dios y a usted.

Con esas sencillas palabras, su cerebro registró, además de una sonrisa ruborizada, un sinfín de características perturbadoras. La armonía en su voz, el hoyuelo dibujado en el mentón, los bucles dorados, que nada tenían que ver con el color trigueño de esas cejas únicas, y la gracia en cada uno de sus gestos, le robaban las palabras y lo dejaban sin saber qué hacer.

—Licho es doctor —dijo Bibi, interrumpiendo ese algo invisible que manaba entre ellos.

Él escuchó el comentario como si viniera de otra vida, como si nada tuviera que ver con el diálogo sin palabras que Pilar y él habían comenzado desde la primera mirada.

—¿Verdad, Licho, que eres doctor?

Arrancó los ojos de ese bosque profundo en el que hubiese querido perderse y contestó, distraído:

—Bueno, en realidad me faltan varios años para titularme.

La sonrisa de Pilar le cobijó el alma.

—¿Le gusta bailar?

—¿Nos hablamos de tú?

—Bueno, ¿quieres bailar?

—Claro que sí.

Las manos se entrelazaron en un feliz reencuentro. La radio tocaba la canción de moda. En silencio, la ciñó por la cintura. Al acercarse sintió su perfume dulce. Los rizos desordenados rozaban su mejilla y de pronto sintió un deseó desquiciante de poder tocarlos.

Pasó con ella toda la noche. Bailaron y platicaron sin perder canción, ni tema, cautivados, completamente ajenos al mundo que giraba a su alrededor. A la hora que Bibi, llena de pena, volvió a interrumpirlos para avisarles de que la fiesta había terminado, apenas sí podían creer la hora. Pilar se apresuró a localizar a sus hermanas, Gloria y Cris, y a su amiga la Muñeca.

—¿Qué pasó con Pepe? —les preguntó, alarmada.

—Se tuvo que ir temprano —contestó Cris.

—¿Y ahora cómo nos vamos a la casa?

—Permítanme que las acompañe a su casa —se ofreció Licho.

Las hermanas y la amiga intercambiaron una sonrisa de cómplices y accedieron de buena gana.

La casa resultó estar cerca del bosque de Chapultepec. Era una reliquia que traía a la mente cuentos de espíritus atormentados, que por las noches vagan en largos y oscuros pasillos. Una fábrica de chocolates ocupaba la planta baja y éste, explicó Pilar, era el negocio de su padre, Manuel Muguira Gómez. La familia vivía en el piso de arriba y ahí mismo lo guió, subiendo unas largas escaleras que crujían escandalosamente con cada pisada. En la puerta de la entrada, a pesar de que ya era tarde, dos chiquillos discutían el desenlace de un juego que Licho desconocía. Pilar los presentó como sus hermanos Nicasio y Mele.

—¡Ya dejen de pelearse, niños! —exclamaba una señora a grandes voces desde la sala.

Pilar saludó a su madre a besos y lo presentó.

—Mamá, te presento a Licho.

—Mucho gusto, señor —saludó ella, levantándose. La mujer no se parecía a Pilar, pero era obvio que de joven había sido también una belleza—. Permítame un momento que tengo que calmar a esos peleoneros. ¡Niños, váyanse ya a dormir, miren nada más la hora que es! Pilar, tú ofrécele algo a tu amigo.

Nada le hubiera gustado a Licho más que quedarse pero creyéndose imprudente, declinó la invitación. Era ya tarde y sería mejor que la familia terminara su día como lo acostumbraban. Pilar lo acompañó a la puerta.

—¿Podría volver a verte?

Una luz iluminó el rostro sonriente de Pilar y esto lo embragó de placer; no podía creer su suerte. La chica parecía corresponderle.

—Claro que sí, Licho, ¿quieres que nos veamos mañana?

—Me encantaría. ¿Dónde quieres que te invite? Mañana no tengo clases, sólo prácticas en la madrugada.

—Invítame a la Sagrada Familia.

—¿Es una película? ¿Dónde la están dando?

La risa de Pilar llenó la noche. ¡Qué bella se veía cuando reía!

—No, Licho, no es película, es una iglesia.

—¿Iglesia?

—Sí. Podríamos vernos ahí para oír la misa de las ocho de la mañana, ¿te parece?

Licho no supo qué contestar, llevaba años sin ir a la iglesia.

—Me parece… —balbuceó al fin, sin poder creerlo. ¡Acababan de fijar su primera cita en una iglesia!

De regreso, caminando al amparo de la luz de una noche de luna llena, Licho decidió que en cuanto llegara a la casa de Toña, la pondría de cabeza hasta encontrar una Biblia. Y de ahí tendría que estudiarla con ganas, porque no permitiría que Pilar se enterara que no se acordaba ni de cómo recitar el credo.

PARA EL EXORCISMO, LOS PERIÓDICOS

Una manera fácil de trastornar a cualquier varón es desmadrándolo. No a golpes, sino literalmente: privándolo de su madre para siempre.

Cuenta la tía Cris que mis hermanos Talí y Manolo se trastornaron justo veinte días después del entierro de su madre. Exactamente el período de tiempo que tardan un par de niños en saberse huérfanos.

Platica que la transformación fue tan impresionante que ni siquiera ella los reconoció el día que se presentó en casa de los abuelos Victoria a rescatarlos, para llevárselos unos días al rancho *El Coyol*. Frente a ella, aparecieron dos chamacos con pelos parados, calcetines chuecos y dientes pozoludos. Con semejante aire de desdén no hacían esfuerzo alguno por ocultar la maldad que aparecía justo detrás de sus sonrisas. Al contrario, cuando vieron entrar a la tía, en vez de abrazarla como acostumbraban, inmediatamente escupieron al suelo ruidosos gargajos para no dejar duda de su conversión satánica.

Talí y Manolo siempre habían sido inquietos, pero sus travesuras, que la tía recordara, nunca habían llegado al grado de desquiciar a sirvientas, maestros, vecinos, abuelos y hasta a un loro. Y aunque era cierto que sus brusquedades destruían cuanto objeto se les atravesaba por su camino: un balonazo a la lámpara de la sala o una pedrada con resortera al espejo del baño; nunca, que la tía recordara, habían llegado al grado de la violencia.

Por ello, la lista de quejas que la tía Cris tuvo que digerir, junto con el vaso helado de agua de jamaica y el pedazo de piloncillo en dulce, la dejaron confusa. Por un lado, era difícil no creer a doña Leonor, pues no existía en todo Veracruz ser capaz de poner en duda su integridad. Pero por otro lado, los actos exagerados que describía y asignaba a sus nietos, entre sonadas de mocos, a la tía le parecían imposibles de concebir por un par de escuincles que ni siquiera sabían cómo limpiarse la cola. La única explicación lógica tenía que ser que la abuela sufría de una aguda confusión, provocada por la desconsiderada decisión de su hijo Silviano de largarse de este mundo sin avisar a nadie, llevándose de paso a su cuñada y por poco también a su hermano Licho.

Era cierto que a Manolito de vez en cuando le daban sus ataques de furia. Pero su temperamento era de esperarse por haber nacido durante un ciclón, un día 29 de Septiembre de 1955. El parto había comenzado de madrugada simultáneamente con la primera ráfaga fuerte del viento. A esa hora había bajado Licho al departamento de su vecino, José Mabarak, a pedir prestado su coche para trasladar a Pilar al hospital de Salubridad. Pero en pocos minutos el viento se había desatado tan violento como las contracciones de la parturienta, y no hubo poder humano que moviera la puerta del garaje. Entonces no quedó más remedio que abrir el portón con el mismo coche.

En medio de ese remolino de mar enfurecido, palmeras zangoloteadas disparando cocos como proyectiles, y olas de arena quemando las pieles y cegando los ojos, nació Manuel. Era inevitable que el niño heredara la furia de los vientos que le dieron la bienvenida a este mundo.

Licho, consciente del temple explosivo de su hijo, y dada la repugnancia que sentía por el castigo corporal, recurrió a un remedio inventado con periódicos. Cuando sintió que Manolo había llegado a la edad de poder empezar a controlar sus propios arranques, le entregó la pila de papeles y le explicó el proceso:

—En cuanto sientas cólera, te encierras en algún cuarto, agarras los periódicos y los rompes en pedazos mientras gritas a todo pulmón. Verás cómo enseguida te compones. Y en caso de que esto no funcione y aún sientas ganas de cometer algún delito, entonces te das de cachetadas, aunque te duelan, hasta que reacciones.

Bien recordaba la tía los alaridos de su sobrino, procedentes del baño de la sala —porque el arrebato no le había dado tiempo de encontrar ningún cuarto—, un buen día que llegó a tomar el café con Pilar. Después de consumir tres tazas apresuradamente, que sólo sirvieron para agudizar aun más su sistema nervioso, comprendió que su hermana no tenía intención de poner fin al suplicio, entonces, sintiéndose molesta y alarmada por el escándalo que sugería tortura inhumana, decidió interferir en el asunto. Abrió la puerta del baño. En el piso, en medio de una nube de periódicos sueltos que aún descendían del techo como plumas sin dueño, zigzagueando al aterrizar, ahí mismo, entre el papel de baño y una pila de toallas esparcidas, yacía el niño, exhausto, casi dormido, con los cachetes colorados hirviendo de calor y las manos negras de tinta, pero tranquilo.

A pesar de su carácter iracundo, la tía era testigo de que Manolito había sido la adoración de su madre. La ternura de ese niño hermoso de ojos azul verdosos, con sonrisa de oreja a oreja, la había cautivado desde haberlo tomado en sus brazos por primera vez. La tía Cris nunca olvidaría la mirada de amor y angustia en los ojos de Pilar aquel día, cuando el chamaco había caído de la terraza del segundo piso del departamento directamente al regazo de su hermana Noris que jugaba en el patio.

No era que Pilar no amara también a su hijo mayor, Talí. Pero como ella, miles de gentes. Lo que le sobraba a ese chamaco era precisamente afecto. Nadie resistía su encanto natural, ni su carisma impresionante con el que conquistaba a quien le diera la gana. Quizás su más arduo admirador, reflexionaba la tía Cris, había sido precisamente el tío Silviano quien, estando en vida, había jalado con el niño para arriba y para abajo como si fuera su propio hijo. Nadie, ni sus propios padres, se preocupaban tanto por su salud y por ello Silviano se aparecía en la casa todos los días después del trabajo con una cuchara en la mano para cerciorarse que Talí tomara la emulsión de *Scocht,* a ver si el aceite de hígado de bacalao lograba el milagro de rellenar sus huesos. Más de una vez había tenido Pilar que regañar a su cuñado por sacarlo de la escuela para llevárselo al muelle a jalar jiníguaros.

—Lo echas a perder —suplicaba Pilar—. Llévatelo los fines de semanas si quieres, pero siquiera déjalo que aprenda a escribir.

—Para eso no necesita ir a la escuela —aseguraba Silviano.

Pilar, sin saber cómo contradecir a ese hombre que todo lo había aprendido en el mar, incluyendo las leyes y los códigos que tan bien ejercía —convirtiéndolo en el abogado más solicitado del puerto—, no volvió a mencionar el asunto.

De por sí no había fin de semana que Silviano no llegara, en su *Packard* con alguna de sus admiradoras colgada del brazo a recoger al niño.

—Mi hijo Talí —lo presentaba a la sorprendida compañera de turno, disfrutando plenamente las expresiones, siempre controladas, en sus semblantes.

A donde fuera: a los toros, a comprar merengues, al malecón, al zócalo o sólo a comer mariscos, Silviano acarreaba con su sobrino como si fuera su sombra. Y por ello precisamente, se le ocurrió de repente a la tía Cris, por llevarlo a todos lados sin reserva, Talí había sido el niño en ese coche que habría de estrellarse transportando a su tío consentido y a su madre al otro mundo.

El que mamá Noya se quejara de que Talí era un fregón incorregible sorprendía a la tía Cris de sobremanera. ¿No reconocía la mujer en su nieto al jodón de su hijo Silviano? Siendo inseparables, algo del tío había tenido que heredar el chamaco. Y nada tenía que ver con su orfandad. Porque al igual que otros hábitos del tío, Talí ya tenía tiempo de haber descubierto el placer infinito de fastidiar a la gente. Especialmente a su hermano porque esa furia que, tarde o temprano estallaba al molestarlo, era un fenómeno fascinante. Iracundo, Manolito era capaz de desplumar el pavo real del jardín de mamá Noya a mano pelada. Y para Talí, el deleite estaba precisamente en anticipar en qué momento se desbordaría el torrente de violencia para así evitar, lo que nunca dudó sería, la muerte segura. De tal manera que teniendo por un lado al escuincle más jodón del puerto y por otro, al más apasionado, era inevitable que hubiera golpes entre ellos. Pero los abuelos, entendía la tía, habiendo vaciado toda su paciencia en sus propios hijos, carecían de las herramientas necesarias para controlarlos, y recurrían a la única que conocían: el cuero.

—Orinaron a la sirvienta —justificaba mamá Noya los cuerazos—. Estaba la pobre mujer lavando el patio y desde ahí la bañaron de meados.

—Así es —interrumpió el abuelo—. También metieron el gato en la jaula del loro.

Aunque eso no había sido lo peor. Lo que había colmado la paciencia de los abuelos había sido la agresión en contra de su amadísimo patrón, San Martín de Porres.

—Lo degollaron —recordó horrorizada la abuela.

Y su disgusto, aseguró a la tía, no había sido tanto el atrevimiento de los chamacos de meterse a la recámara prohibida del recién fallecido tío Silviano, sino la despreocupación con la que habían destruido el altar de fotos, flores, veladoras e incienso, que la abuela había erguido con la esperanza de que el buen santo la ayudara primero a acarrear el alma del amado difunto directamente del purgatorio al cielo y, después, a expulsar el alma de Licho del mundo de los moribundos y regresarlo al de los vivientes. Los chamacos, descubiertos en pleno experimento científico de petrificar pétalos de flores con cera derretida, se habían escondido bajo las faldas de la estatua gigantesca del San Martín de Porres quien, al no poder refugiarlos, había caído al suelo descabezado.

Pero definitivamente lo que terminó por convencer a la tía Cris de que urgía llevarse a los cuatro sobrinos al rancho fue el relato de Papá Talí, quien contó sin el menor remordimiento de conciencia de cómo habían reaccionado al sacrilegio.

—Aleccioné a Pilita —se justificó—, porque a pesar de sus años es la única a quien le hacen caso estos chamacos.

Sentando a la niña en una silla y apuntándole la nariz con el índice, el abuelo había descargado en ella todo su enojo con las palabras más crueles que la tía Cris jamás había escuchado.

—Tus hermanos son unos monstruos y por eso se murió tu madre. Y si siguen así, también se va a morir tu padre. Porque nadie, ni siquiera los santos, quieren vivir en este infierno de chamacos malcriados.

La tía había escuchado suficiente. Quedaba claro que los abuelos, carentes de paciencia para criar a huérfanos descarriados, acabarían ahorcándolos.

—Se me hace tarde —explicó levantándose. Y tomando la caja de cartón que contenía las pocas pertenencias de los niños, se dirigió a la puerta.

—Pero espérate —la detuvo mamá Noya—. Se me olvidó lo principal. Talí tiene tendencias perversas. Corre por toda la casa con la trusa respingada, paseando el bulto tieso como si fuera monería. Y ahí anda detrás de él su hermana Pilar preguntando ¿cómo le haces, cómo le haces?

—Eso no lo puede evitar – la cayó el abuelo—. No tiene la culpa de estar bien dotado como todos los Victoria.

—¡Eso es una cochinada!

—Mujer, déjate de mocherías y mejor preocúpate por los frijoles que se han de estar quemando.

Despidiéndose, la tía huyo por fin con las manos llenas de cajas y de escuincles contrariados al rancho, a los fuertes brazos de su marido Jorge, en donde depositó, sin peligro alguno, todo su coraje contra aquel destino que tan fácilmente despojaba a seis niños de su madre. Cuenta la tía Cris que en el rancho cupieron mejor las travesuras de los varones desmadrados, y que las sirvientas, acostumbradas a un mar de chiquillos abandonados, apenas se dieron cuenta de las cabezas rubias que de repente salpicaban la mesa a la hora de las comidas.

Dice que los furores de Manolito poco a poco se fueron derritiendo en el plomo de las balas del rifle del tío Jorge, que pronto aprendió a disparar a los patos que la tía Cris preparaba en salsa de naranja.

Y dice que Talí, cansado de hacer maldades a gente, que con machete en mano y a pleno rayo del sol cortaban la caña apenas percibiendo su presencia, aprendió el arte de atormentar gallos, vacas y marranos que nada más de verlo huían a refugiarse al campo.

Cuenta también que aunque la niña Pilita jamás dejó de hacerse responsable por las travesuras de sus hermanitos y la ausencia permanente de su madre, volvió, al menos por un rato, a jugar en el río, a treparse a los árboles y a hacer bolitas con masa de tortilla sin que nadie la regañara por ensuciarse el vestido.

30

El abuelo Manuel: una vez más a México

Ramales de la Victoria, España. 1928.

El brillo de las galerías de la casa Muguira, la llamada *Casa de las Abejas*, se podía apreciar, con toda claridad, desde cualquier punto de la entrada al pueblo de Ramales de la Victoria. De pie en la cúspide de la loma, a través de la distancia, Manuel dirigió su mirada hacia el sur y logró distinguir, en medio de aquel caserío blanco que abarcaba las dos manzanas del pueblo, los grandes ventanales que resplandecían como diamantes recién pulidos, reflejando los tonos intensos de dorado, rojo y púrpura del atardecer. Supo, a pesar de no poder comprobarlo con la vista, que en esos momentos detrás de las vidrieras, Felicia escudriñaba el panorama tratando de localizar su silueta. De esto estaba seguro por el juego amoroso que a diario jugaba con ella y que consistía en que Manuel, de regreso del trabajo, al llegar a la cima del cerro, la saludaba sacudiendo alguna prenda, para así anunciarle su eminente llegada. Lo único que Felicia tenía que hacer al llegar su marido a casa, era identificar el color de la prenda que él procuraba variar todos los días.

Siguiendo las reglas del juego, se quitó la bufanda negra del cuello y la sacudió al viento hasta que su brazo protestó de cansancio. Al instante, el frío del anochecer comenzó a infiltrarse a través de su piel descubierta. Volvió a taparse, enrollando la suave lana de borrego y después de ajustarla bajo las solapas del chaleco, se preparó a disfrutar de aquel paisaje que la vida le regalaba. Ese breve instante de soledad con la naturaleza, después de la caminata diaria de regreso del trabajo, era uno de los momentos del día que más disfrutaba.

Sin prisa, se despojó del saco que contenía la trucha que apenas unas horas antes había logrado pescar en el río. Después palpó por encima el bolsillo de sus pantalones, hasta localizar la cajetilla de sus cigarrillos. Extrajo con los labios el último que quedaba y, protegiendo la llama que la leve brisa amenazaba extinguir, con la palma de la mano, lo encendió. Aspiró profundo, disfrutando inmensamente de esa sensación de reencuentro consigo mismo. Entonces extendió los brazos a los lados, como queriendo abrazarlo todo y giró sobre sí mismo a la redonda para abarcar con la mirada aquella vista que, sin duda alguna, era un espejismo del Paraíso Eterno.

El sol descendía tras la cordillera que reposaba sobre los valles y que cubría el bronce rojizo de la tierra. Las nubes, agrupadas como malvaviscos alrededor de los picos cubiertos de nieve, comenzaban a deslizarse y a envolver las calles de Ramales en sus espesas tinieblas. Abajo, culebreando aquí y allá, el río Asón discurría entre los bosques de roble, hasta llegar al llano en el que finalmente sus aguas remansaban. Y en ese instante, al inhalar el aire helado que olía a tabaco y a tierra mojada, se supo el hombre más dichoso del universo.

«Bellísimo pueblo de campesinos, pescadores y pastores», recordó las palabras de su madre.

Cómo había extrañado su patria, reflexionó, apreciando por primera vez, la dimensión inmensa de su añoranza. Sólo ahora se daba cuenta de que México lo había hechizado y que su encanto lo había mantenido embelesado esos últimos tres años de su vida. Sus días en aquel país exótico, habían sido una serie de aventuras repletas de peligros que de alguna manera había logrado sobrevivir sin mayor contratiempo, pero que habían mantenido su atención lejos de Ramales. Viéndolo así, con la claridad que permiten la distancia y el paso del tiempo, se podría decir que la experiencia había sido un remolino de emociones fuertes, las cuales le habían proporcionado una educación apresurada y tormentosa. Cierto que en México había sido feliz y que, a pesar del temperamento difícil de sus tíos, había disfrutado del trabajo en las bodegas, comprando y vendiendo semillas. Pero nada de ello era comparable a la tranquilidad de su posición actual, con su padre y en el campo. Domingo toleraba todos sus errores asumiendo la responsabilidad absoluta del negocio. Y mientras él mantuviera la contabilidad en orden y estuviera dispuesto a ayudar en el bosque cuando faltaba la gente, con eso cumplía.

Ahora, desde esa altura, se sintió reclamado por su patria. Tal pareciera que las raíces de su pueblo ascendían desde su núcleo y al reconectarse con las plantas de sus pies, al tocarlo, al reconocerlo como hijo de sus entrañas, lo enroscaban con sus tubérculos, sin intención alguna de soltarlo nunca jamás. En esa cúspide, empapado por la hermosura del anochecer, se fundió de nuevo con su amado suelo, el mismo que abrigaba los cuerpos de sus cinco hermanos difuntos; aquél en cuyas calles empedradas, tambaleándose, había logrado dar sus primeros pasos. No se confundiría nunca más, amaba a Ramales, amaba a su patria y daba gracias a la vida por haberlo regresado a compartir su belleza con Felicia.

Terminó el cigarro y, acuclillándose, enterró la colilla dentro de la tierra húmeda. Acarició la tierra rojiza que aparecía justo debajo de una delgada costra oscura. Aquí nunca les faltaría nada. Su familia no viviría con lujos, eso era cierto, y quizás sus hijos, cuando los tuvieran, tendrían que salir a estudiar al pueblo de Limpias, como él mismo lo había hecho en su momento. Y después de la escuela, seguro tendrían que cruzar continentes para que entendieran que la vida existía más allá de los Picos. Pero al final, como a él le había sucedido, se cansarían de trotar sin rumbo fijo y regresarían al esplendor de la vida montañesa; en la que cada individuo posee un nombre que todos en el pueblo reconocen por haber pregonado, durante años, de boca en boca desde los tatarabuelos.

Ramales les ofrecía una vida tranquila y estable. Además, era mejor no vivir subyugados a los humores de los tíos Victoriano y Eusebio quienes, al primer disparate, lo habían despedido sin ninguna compasión. Aquí nadie administraba su vida, interviniendo al grado de escogerle esposa, como habían intentado, a pesar de ser obvio que el destino, desde siempre, había elegido para él a Felicia. Y qué acertado había estado en casarse con ella. Sus padres, Domingo y Esperanza, le habían tomado cariño desde el primer día, sobre todo su madre quien, en más de una ocasión, le había confesado lo mucho que le hubiese gustado que sus propias hijas tuvieran, aunque fuera una pizca de la alegría y la espontaneidad que Felicia derramaba por todos lados. «Qué felicidad poder tomarse la vida a la ligera. Como ella», comentaba a cada rato.

Felicia se había adaptado bastante bien a todo. Sólo el trato con sus hermanas Casilda y María Luisa, había sido difícil. Pero esto sólo porque Concha, la esposa que le habían escogido y que él había despreciado, era íntima amiga de ellas. Aún así, tarde o temprano se les tendría que pasar el enojo, reflexionó. Seguro que en el futuro sus hermanas acabarían aceptando la realidad y queriendo bien a Felicia.

El sol descendía ahora con velocidad. Calculó que en media hora, la oscuridad le impediría distinguir los baches del sendero. Observó el paisaje una última vez y, echándose de nuevo el saco al hombro, comenzó su descenso, ansioso por llegar a casa lo más pronto posible a despojarse de su ropa sucia y húmeda, y a devorar el guiso caliente de carne con patatas que, con suerte, ahora mismo perfumaba la casa. Más que nada, ansiaba estrechar a Felicia entre sus brazos para llevársela a ese baile dulce y lento que poco a poco iban perfeccionando bajo las sábanas. Aunque se pasara la hora del almuerzo, decidió, saboreando la idea, harían el amor ya que después no habría tiempo. Ella no lo sabía, pero esa noche tenía planeado llevársela de fiesta. La salida del camión hacia Soba estaba programada a las nueve en punto. El plan era pasar en ese lindo pueblo el fin de semana con unos amigos. Felicia estaba desesperada por pasear y Manuel moría por enseñarle una de las delicias más grandes de los pueblos cantábricos: las Marzas.

Aceleró su paso.

—Marzo florecido, seas bienvenido –canturreó, corriendo cerro abajo—. Florecido marzo, seas bien llegado. A esta casa honrada, señores llegamos, si nos dan licencia, las Marzas cantamos. ¿Si las cantaremos o las rezaremos?

Las Marzas, había explicado a Felicia, era el nombre propio de los cantos del mes de marzo. Todos los años, a finales de febrero, él y sus amigos viajaban a Soba a participar en esa fiesta regional que todo el mundo anticipaba con gran alegría. Al anochecer, provistos de palos, cestas y talegas, recorrían las casas de los vecinos pidiendo aguinaldos a cambio de los cantos que entonaban. Los marzeros, ataviados con pieles de oveja y cencerros de diversos tamaños, iban siempre acompañados por el zarramasquero, un joven enmascarado con ramaje y careta de piel de oveja que portaba un ramo de acebo. La costumbre era dirigirse a los dueños de las casas antes de empezar con la frase: «¿Cantamos o rezamos?» Esto por si acaso en la casa se estaba de luto. A la hora de la despedida, si los dueños habían sido dadivosos, se les daba el «buen dao». Para los más huraños o tacaños, existían las marzas «rutonas» o de «ruimbraga». Todo el pueblo se pintaba de fiesta y cada año el festejo era más divertido.

Felicia, pensó Manuel saltando sobre un par de piedras, se vería hermosa en el traje típico de marzera que le había conseguido prestado, y que le entregaría en cuanto llegara a casa. Era casi seguro que al andar por las calles de Soba se quejaría de frío, se le ocurrió de repente. Pero eso no sería problema, pues entonces la abrigaría con la piel de oveja blanca, con cascabeles ruidosos, que él mismo vestía año tras año.

A sólo a una manzana de distancia, después de cruzar el puente del río, cualquiera podía ya distinguir todo lo que ocurría dentro de la casa. Los quinqués del comedor alumbraban claramente el interior de la sala pero el rostro de Felicia, que normalmente ya estaría sonriéndole, dándole la bienvenida, no aparecía detrás de ninguna galería. Al llegar a la casa, abrió la puerta y enseguida sintió el calor del fogón, hostigándolo. Un olor delicioso a estofado penetró en su nariz y descendió hasta el vacío de su estómago, atrayéndolo directo hacia la cocina. Su hermana Casilda picaba judías mientras su madre concentraba toda su atención en el laborioso y lento proceso de limpiar habas. Las saludó con una reverencia exagerada y, alzando el saco que contenía el pescado, lo presentó como ofrenda.

—He aquí un delicioso bocadillo —exclamó orgulloso, vaciando la trucha en el fregadero. Después, sin tolerar el calor un minuto más, comenzó a despojarse de la ropa sucia y mojada, apilándola sobre la mesa.

—Déjate la camisa encima, por lo menos —se quejó la hermana al verlo desvestirse hasta quedar en paños—, ten un poco de decencia.

Ignoró el regaño y plantó besos en las mejillas acaloradas de las dos mujeres. Acto seguido alzó las tapaderas de las cazuelas y espió los contenidos aromatizados que hervían a todo vapor.

—¿Dónde está Felicia? —preguntó por fin, probando el guiso con el cucharón.

—Tu mujer se ha encerrado en el cuarto toda la tarde —contestó Casilda, arrebatándole el utensilio y empujándolo fuera de la cocina—. Corre a verla, a lo mejor te explica qué enfermedad padece. Se queja de náuseas.

—¿Enfermedad? —respondió, con sarcasmo—, dudo que esté enferma. Pero puede ser que las náuseas las provoque tener que verte la cara fea todo el día.

—¡Idiota! —exclamó Casilda, lanzándole el cucharón que voló, rozándole la cabeza.

—Y con ese genio, peor —se carcajeó—. Enfermas a cualquiera.

Recogió su ropa de la mesa y subió las escaleras hasta llegar a la recámara que durante años, había compartido con su hermano Martín. Despacio, giró el pomo de la puerta y confirmó que no tenía candado. Sigilosamente, se introdujo en el cuarto tratando de no despertar a Felicia, en caso que de verdad estuviera enferma. Y eso sí que sería una tragedia, pensó preocupado, porque el camión a Soba no esperaría a nadie. Con suerte, después de haber descansado, ya se sentiría mejor y seguro que en cuanto viera su atuendo de marzera, se curaría por completo. De alguna manera tendría que convencerla de ir a las marzas.

Adentro, una triste vela titilaba en la mesita de noche. Pronto, sus ojos se ajustaron a la oscuridad y distinguieron su silueta sentada en la mecedora, junto a la ventana. Eso era una buena señal. Porque si algo había aprendido acerca de Felicia, desde que se había casado con ella, era que en sus momentos de mal humor, que no eran muchos, la mejor cura era dejarla sola al consuelo de la mecedora. De alguna manera misteriosa, el vaivén de la silla volvía a acomodar las emociones desbordadas de su esposa dentro de su pequeño cuerpo, siempre regresándola a la armonía.

Ella abrazaba sus rodillas, y se mecía rítmicamente, sonándose la nariz de vez en cuando, con un pañuelo bordado. Por lo hinchado de los ojos, dedujo que había llorado todo el día. Lo raro aquí era que a Felicia le aburría estar enojada y aún en aquella triste ocasión en que había tenido que decir adiós a su familia, la tristeza, que Manuel recordara, no le había durado demasiado. Es más, había evaporado en cuanto llegaron al puerto jarocho para abordar el barco rumbo a España. Porque a pesar del calor y el bochorno que en pleno invierno hubieran tomado a cualquiera de sorpresa, Felicia había disfrutado, enormemente, de los helados de lluvia, de los paseos en el bulevar y sobre todo del danzón en el zócalo, que toda una tarde habían bailado al ritmo de la orquesta de la escuela naval. Ella nunca había visto el mar y Manuel jamás olvidaría la expresión emocionada en su rostro al abrir la ventana del hotel, que daba al muelle.

—Manuel, este hotel tiene una alberca enorme —había exclamado a grandes voces. Y después, al acercarse más a la ventana y descubrir la inmensidad del Golfo de México—. Dios mío, ven a ver esto. ¡Es el mar!

Habían sido un par de días inolvidables y desde entonces su buen humor había perdurado y ni el cruzar del Atlántico, ni durante la escalada de los Picos ni nada, había logrado disipar la alegría natural de Felicia que él tanto admiraba. Los últimos tres meses habían sido para los dos una gran aventura.

Al entrar al cuarto, depositó la ropa sucia encima de la cama y enseguida atravesó la oscuridad de la alcoba, resuelto a resolver cualquier motivo que agobiara a su mujer. Se le acercó y se inclinó a besarla levemente en los labios. Felicia apenas si notó su gesto. Entonces la sujetó por las muñecas, obligándola a levantarse y después, sentándose él mismo en la mecedora, la colocó sobre sus piernas.

—¿Qué pasa, mi vida? —preguntó, arrullándola.

Un sollozo brotó de su garganta y él la abrazó estrechamente. Felicia hundió su rostro bañado en lágrimas en el hueco de su cuello y dio rienda a su tristeza.

—Llévame a mi casa —suplicó—, no puedo vivir aquí.

Manuel apartó los caireles empapados que cubrían los ojos verdes.

—Vamos, hija —la consoló—. No sabes lo que dices, no te sientes bien…

—Es cierto, no me siento bien —admitió—. Tengo asco porque tus hermanas apestan, nunca se bañan.

Manuel soltó una carcajada que convulsionó los cuerpos de los dos. Ella, enojada, trató de alejarse pero él la sujetó con firmeza contra su pecho.

—Algo te habrán hecho mis hermanitas —comentó, divertido—, porque se acaban de bañar, yo mismo les subí la palangana de agua caliente esta mañana.

—Pues ahí sigue llena, enfriándose, porque no la usan —aseguró ella, acusándolas—. Que no se bañan, te digo, y si lo hacen de nada sirve porque igual apestan. Siempre se vuelven a poner la misma ropa sucia.

Manuel rió con más ganas y Felicia continuó con las quejas.

—Les he prestado mi loción y no la tocan, les mostré cómo se aplica el bicarbonato con limón y no me hacen caso. ¡Apestan a sobaco agrio! Me regreso a México, tú dices si te quedas.

Decidida, se sonó la nariz en el pañuelo sonoramente.

—A ver —la miró con picardía—, mañana mismo yo superviso el aseo de mis hermanas. Pero conste que si me golpean será culpa tuya.

Felicia imaginó la cara de Casilda cuando Manuel insistiera en bañarla él mismo.

—Eres un grosero —le golpeó el hombro rindiéndose y, sin aguantar más, se rió con él.

Manuel aprovechó el cambio de humor y le besó los hoyuelos de las mejillas. Continuó mordisqueándole los labios, besando su frente, sus ojos, la punta de la nariz.

—Ea, venga —susurró a su oreja—, la falta de higiene de tus cuñadas te importa poco, ¿cierto? Eso no es lo que te tiene triste.

Los brazos de Felicia rodearon una vez más su cuello y volvió a chillar con más ganas.

—Extraño a mis hermanos –gimió—, extraño a mi abuela. Odio este país frío, de lluvia. Odio este pueblo donde no hay nada más que mascar moscas. Tú te dedicas al trabajo y a los bolos y ¿yo? ¿Qué esperas que haga todo el día? Me paso el tiempo aburrida, Manuel, extraño el cine, el teatro, las fiestas… acuérdate de cómo nos divertíamos.

—Pues te tengo una sorpresa —la interrumpió.

Con el pañuelo moqueado enjugó sus lágrimas y lo miró con sospecha.

—¿De qué me hablas?

Manuel corrió al armario y extrajo del cajón de arriba una bolsa morada. Sin dificultad deshizo el nudo y fue sacando y extendiendo sobre la cama, pieza por pieza el traje de marzera.

—Nos lo han prestado para las marzas —explicó, con un brillo de felicidad en la mirada—. Ven y pruébatelo.

Felicia se acercó tímidamente y tomó las prendas, calibrando, al levantarlas, la medida del atuendo. No tenía que ponérselo para saber que era exactamente de su talla. Alzó el chaleco negro e inspeccionó el detalle del bordado. Era una belleza. Extendió la chalina roja y se la echó a los hombros. Buscó el espejo, detrás de la puerta, y se colocó frente a él, modelando el atuendo. Meneó las caderas, al ritmo de música imaginaria y al moverse observó el baileteo de los largos flecos del mantón, que colgaban hasta sus rodillas. Giró adelante, atrás y haciendo una pirueta, se volvió a mirar a su marido agradecida.

Desde la silla, él observó cómo el rostro de su mujer se transformaba. Ahora irradiaba alegría mientras su cuerpo, como por instinto, danzaba al ritmo de las marzas que él comenzó a canturrear, alzando el volumen de su voz.

—Póntelo para mí —ordenó de repente, lanzándole una mirada cargada de deseo. Felicia recogió el resto de las prendas y se encaminó al baño pero la voz ronca de su marido la detuvo en seco.

—No. Desvístete aquí, enfrente de mí. Quiero verte.

No alcanzó a probarse el traje. Antes de que cayera la última prenda, Manuel, con urgencia contenida, la alzó en el aire en sus brazos y la depositó, con infinita ternura y ansiedad, sobre la cobija. Al acostarse, bajo el peso de su apasionado marido, Felicia sintió que su mareo la sumergía dentro de sí misma. De repente, el vértigo se apoderó de los contenidos de su estómago y la forzó a arrojarlos, con una fuerza violenta, en un vómito incontrolable. Manuel sintió el líquido recorrer su espalda y empapar las sábanas.

—¡Perdóname! —gimió ella, arqueando el cuerpo sobre el borde de la cama, sin poder contenerse.

Manuel brincó de la cama y salió disparado a la cocina:

—¡Mamá! —gritó angustiado—. Algo serio le pasa a Felicia, está enferma, está grave.

Esperanza vio a su hijo asustadísimo, bañado en vómito, completamente pálido.

—Ciérrate le bragueta —comentó sin alarmarse, limpiándose las manos en el delantal—, y sube una palangana con agua tibia.

Toda una eternidad y una cajetilla entera de cigarros transcurrieron antes de que su madre lo dejara volver a entrar al cuarto. Cuando por fin lo hizo, encontró a Felicia en la cama, pálida pero sonriente. Recién bañada y peinada.

—No podemos ir a las marzas —anunció, con un brillo misterioso en los ojos.

—¿Por qué? ¿Qué sucede? ¿Estás enferma?

—Nada le pasa a Felicia —comentó su madre, entregándole las sábanas sucias—, pero el vaivén del camión no le agradaría para nada a mi futura nieta. Así que aquí se quedan.

31

Los abuelos Muguira: una tienda de abarrotes

Chalchicomula, Puebla. 1933.

Ese hombre idiota, siempre dispuesto a trabajar por cualquier miseria, había muerto, decidió Manuel, cerrando tras de sí de un portazo, la puerta de la oficina de su primo Toriano. A ver qué hacían los tíos con todas las bodegas llenas de semillas porque él, Manuel Muguira Gómez, no estaba dispuesto a seguir siendo esclavo de esa empresa ni un minuto más.

Resuelto, entró a su oficina, localizó la primera caja de cartón vacía a la mano e inmediatamente arrojó dentro de ella una pila de archivos, su radio, su agenda y, por último, el retrato de Felicia pintado al óleo por algún artista desconocido en la misma plaza de Ramales. El resto de sus pertenencias podían quedarse atrás y en cuanto a los libros de contabilidad, que se devanasen los sesos tratando de descifrarlos. Sin pensarlo más, se ajustó la boina, se echó el suéter encima y salió a despedirse de la secretaria, la cual, acostumbrada como estaba a los pleitos entre sus jefes, apenas levantó la vista del papeleo.

—Adiós para siempre, María Eugenia —pronunció, con todo el melodrama digno de tal resolución—, ahí te dejo mis caramelos de limón para que los repartas entre todos los hijos de los camioneros.

—¿Y a dónde se va, don Manuel? —preguntó ella sin inmutarse, recibiendo de mala gana el manojo de llaves que Manuel le entregaba.

—Al diablo —contestó, besándole la mejilla y cerrando el cierre de su suéter ruidosamente para que supiera que la cosa ahora sí iba en serio—, ahí me han mandado tus jefes y ahí me voy corriendo feliz de la vida. Y ya verás, que ahora sí que nunca regreso.

Se echó la caja al hombro, bajó las escaleras, y salió al aire fresco de la noche. Afuera, los empleados ponían candado a las bodegas.

Los camioneros, por su parte, ajustaban sus cargas dejando todo listo para el traslado del grano en cuanto despuntara el alba. Al llegar al umbral del portón, se detuvo brevemente, depositó la caja en el suelo y encendió un cigarrillo. Aspiró profundo y enseguida sintió aplacar el mal humor que ya empezaba a destrozarle el hígado. De ahora en adelante, pensó, acariciando la madera del marco, le tocaría cerrarla a algún otro idiota. Él ya nunca tendría que obedecer las órdenes de nadie porque pasara lo que pasara, el resto de su vida, sería su propio jefe. Y no le costaría trabajo hacerlo porque sabía que tenía la capacidad y las facultades necesarias para lograrlo. Ya bastante había tardado en largarse y cuánto se sorprenderían los tíos cuando vieran de lo que era capaz. Un día no muy lejano, su negocio les haría tal competencia que si no se andaban con cuidado, los llevaría a la ruina. Lo único que extrañaría eran los camioneros… ésos sí que le daban lástima porque difícilmente podrían zafarse de semejante trabajo. Quizás debería despedirse de ellos antes de irse para siempre, pensó. Eran buenos hombres y, después de todo, el pleito no era con ellos. El hecho de que sus jefes fueran tacaños, no era culpa suya. Además, sería bueno anunciarles su renuncia él mismo, en persona. Así se evitarían las falsedades que con toda certeza correrían de boca en boca, al día siguiente. Pero bueno, reflexionó cambiando de postura, al fin y al cabo, ¿qué carajo le importaba lo que dijeran los empleados? Todos lo conocían bastante bien y además, no era secreto que desde que el tío Victoriano había vuelto a España, jubilado por razones de salud, las cosas en la empresa habían cambiado. Y tampoco era secreto que por más que lo intentaba, no lograba ponerse de acuerdo con ellos. Cuando él decía blanco, los otros decían negro y así, la cosa no marchaba. La cuestión del aumento de su sueldo, por ejemplo, era una situación típica. Lo que les había pedido era una mirruña, especialmente dado el esfuerzo y el tiempo invertido desde aquel día, hacía ya tres años, en el que los tíos le habían escrito a Ramales pidiéndole que regresara a México a trabajar con ellos. La propuesta casi había matado a Felicia de alegría, por supuesto, y por ello Manuel había aceptado sin pensarlo mucho. Pero lo cierto era también que desde entonces, había trabajado como un negro. Domingos y días festivos, sin interrupción, encerrado en la oficina hasta el grado de no acordarse de la última vez que había tomado un día de descanso, y mucho menos unas vacaciones. Pero, desgraciadamente, los tíos no veían las cosas de la misma manera. Para ellos, el simple hecho de tenerlo ahí de empleado en la *Casa Gómez Allende* era un favor que debía agradecerles de rodillas. Y que, encima de todo, osara pedir aumento de sueldo, eso era, le habían dado a entender, poco menos que un abuso. Pero hasta ahí habían llegado los desacuerdos, el andar de limosnero era cosa del pasado. De ahora en adelante sería dueño de su propio destino porque, después de todo, ya tenía dos hijas y una mujer que mantener, y no estaba dispuesto a pasarse la vida como empleado. Y tampoco tenía por qué despedirse de nadie. Sin pensarlo más, dio una última chupada al cigarrillo, embarró la colilla contra la pared, levantó la caja del suelo y cerrando el portón sonoramente, se encaminó hacia la cafetería de la esquina. Era hora de celebrar una nueva etapa de su vida y qué mejor manera de hacerlo que con su partida de dominó. Buena falta le hacía tomarse un jerez con sus amigos.

Al andar, un sentimiento de euforia se apoderó de todo su cuerpo. Los sucesos del día se habían dado tan precipitadamente que apenas ahora se percataba de esa mezcla de felicidad y temor que le apretaba el alma y que, al mismo tiempo, lo hacía sentirse dueño absoluto de su destino.

La cafetería estaba prácticamente vacía porque era temprano y la gente aún no había salido de sus trabajos. El camarero, al verlo, se acercó a limpiar la mesa que todas las noches ocupaban junto a la ventana.

—Buenas noches, don Manuel, ¿cuatro sillas, como siempre?

—Hola, Apólito. No sé cuántos vienen esta noche, pero apártalas por si acaso. Y tráeme un jerez en cuanto puedas, ¿vale? Y por cierto —agregó, depositando un billete en el mandil del camarero—, guárdame esta caja por ahí en la cocina, porque aquí mismo me molesta.

El juego duró hasta que los echaron. Eso porque Manuel había rehusado levantarse de la mesa sin haber recuperado hasta el último centavo que había perdido. Sabía que de cualquier manera, el asunto le saldría caro. En su mente ya veía la cara furiosa de Felicia por llegar tan tarde. Y peor aún, arruinado, debiendo lo que no tenían.

—Pero a ver —preguntó a sus amigos— ¿qué culpa tengo yo de que la suerte me haya empezado a sonreír hasta la madrugada?

—Tendrás que ensayar ese argumento —comentó uno de ellos—, porque así nada más, no te convences ni a ti mismo.

El tema de las esposas amargadas alegró la despedida y acompañó la extracción de carteras con su debida discusión de quién le debía a quién y cuánto.

—Manuel, vamos a donde don Lucio —propuso su amigo Roberto Fernández, levantándose de la mesa.

¿Don Lucio? ¿Pero es que su amigo estaba loco? Eso sí que les costaría a los dos un divorcio.

—Pero hombre, Roberto, mira ya la hora que es. Seguro que Isabel te castra si llegas aún más tarde.

Roberto rió de buena gana tan sólo de imaginar tremenda salvajada.

—Bueno, Isabel me castra de cualquier forma. Después de las diez de la noche, ya estoy frito.

La lógica del amigo, había que admitir, tenía bastante de acertada. A esas alturas ¿qué más daba llegar a las tres de la mañana? De cualquier manera, Felicia armaría un escándalo. Además, el disgusto iba a ser doble en cuanto se enterara de su renuncia al trabajo. Seguro que intentaría convencerlo de regresar con los tíos, pero lo haría en balde porque esta vez estaba decidido; el asunto no tenía vuelta de hoja.

—Joder, que haces mal en tentarme de esta manera, Roberto, pero bueno, te acompaño. Apólito, por favor, tráeme esa caja que me has guardado en la cocina.

Si la caja de cartón, desbordándose con sus pertenencias, despertó la curiosidad de su amigo, éste no lo demostró. Feliz de haber encontrado un cómplice dispuesto a comprometer la paz conyugal y de paso, quizás también arriesgar su salud, Roberto simplemente le había echado el brazo por los hombros, guiándolo firmemente hacia don Lucio antes de que se arrepintiera. Así, apoyándose el uno al otro, caminaron la distancia de un par de manzanas tarareando una melodía, pasada de moda.

La cantina siempre estaba llena y por ello el único lugar disponible eran los dos bancos en la barra. Allí se acomodaron, justo enfrente de don Lucio quien, sin preguntarles, de inmediato les plantó enfrente una botella de *Río Viejo*. De un trago vaciaron la primera copa y el camarero se apresuró a servirles la segunda. Algo extraño había en la actitud de Manuel, pensó Roberto. Algo distraía e inhibía esa personalidad bromista, que siempre amenizaba la partida y los ponía de buen humor a todos. Decidió no indagar hasta que el consumo llegara cuando menos a la media botella. Al llegar ahí, ya cuando el color de los tragos coloreaba las mejillas de su amigo, indagó.

—¿Qué te pasa, Manuel?

La pregunta agarró a Manuel de sorpresa. El mundo entero adivinaba su humor y seguro también adivinaban si andaba constipado o si traía el culo flojo. Pues bien, que se enteraran, al fin y al cabo pronto todos sabrían la noticia.

—He dejado a los tíos.

—¿Te corrieron?

—Me cago en la mierda —exclamó, frustrado—. Eso es exactamente lo que todos dirán mañana. No me han corrido, coño; he sido yo el que ha renunciado.

Roberto procesó la noticia exhalando humo por las narices.

—Pero ¿y por qué has hecho esa burrada?

—¿Por qué? Porque me ha dado la gana. Porque no me pagan bien. Por eso.

Los amigos fumaron en silencio, permitiendo que el ruido del ambiente llenara el espacio que los separaba. El tema era complicado y Manuel comprendía que Roberto no supiera qué decirle; si felicitarlo o darle el pésame. Pero en realidad, ya a estas alturas, le tenía sin cuidado lo que pensaran otros, incluida su mujer. Era su vida y sólo él tendría que vivirla.

Trató de distraerse mirando a su alrededor. La gente se iba retirando y los que quedaban no se atrevían a levantarse de las sillas porque, ahogados como estaban dentro de su estupor alcohólico, apenas sí atinaban a llevarse la copa de la mesa a la boca.

—Entonces qué, ¿te regresas a España? –rompió el silencio Roberto.

La idea ni siquiera había cruzado su mente. Esto porque sabía, por principio, que Felicia nunca lo permitiría. Además, estaba la promesa irrevocable que había hecho a doña Adelaida de hacerse cargo de los hermanitos de Felicia. Promesa que había hecho por pura cobardía y que había ocurrido apenas una semana después de su llegada a México. No acababan de desempacar sus pocas pertenencias cuando la abuela ya lo citaba, urgentemente, para hablar de algo serio con él, a solas y en la iglesia. A esto último sí que había protestado.

—Con todo el respeto, doña Adelaida, usted sabe lo poco piadoso que soy yo.

—Precisamente por eso —había sido la enérgica respuesta—, no pierdo esperanza que si nos empeñamos en embarrarte algo de fe, quién dice que no se te pegue. Como la mantequilla. Y no te pongas terco, Manuel, que bien sabes cómo detesto a la gente terca.

El sólo recordar los sucesos de esa cita, lo avergonzaba. Doña Adelaida lo había obligado a hincarse ante la imagen del Sagrado Corazón de Jesús, poner la mano derecha sobre la piel que encuadernaba su Santa Biblia y jurar, bajo riesgo de perder su alma por toda la eternidad, cuidar a los huerfanitos tal como si fuera su propio padre. Manuel no tenía duda alguna de que su alma ya llevaba tiempo en el bolsillo de Satanás, pero a pesar de esto y de lo repugnante que el rito religioso le había parecido, había seguido las órdenes de la anciana al pie de la letra. En parte por educación, porque de alguna manera le parecía que negarse hubiera sido falta de respeto; pero más que nada, la había obedecido por cobardía. Y para nada le consolaba el hecho de que cualquiera que conociera a doña Adelaida, hubiese hecho exactamente lo mismo.

Días después, había llegado el recado de la tía Amelia informándoles que esa misma mañana la abuela, después de bañarse y vestirse como si fuera a asistir a la misa de las ocho, se había recostado en su lecho y sin decir adiós, se había marchado de este mundo. En sus manos, descansando sobre su pecho, sujetaba el candelabro de plata que durante años había adornado la mesita de la sala de la casa de su hija Amelia. Su única otra pertenencia, el cuadro del Sagrado Corazón de Jesús, que desde siempre había decorado la cabecera de su cama, ahora adornaba el comedor de la casa de Manuel. Y hasta el día de hoy, ni su mujer ni él sabían cómo interpretar la nota apresurada que la abuela había escrito y entregado a Rigoberto con estrictas instrucciones de no entregársela hasta el mismo día de su entierro: «Les advertí que no bautizaran a ninguna hija con el nombre de Pilar, pero ya que fueron tercos y me desobedecieron, no permitan que mi bisnieta traiga al mundo más de seis hijos.»

Así de fácil, Manuel se había echado encima la responsabilidad de tener que mantener a los hermanitos de Felicia. Y por mucho que deseara regresar a vivir a su adorado Ramales, sabía que su destino era vivir en México.

—No puedo regresar a España —contestó a su amigo—, tengo una cuadrilla de chiquillos que criar en este país.

—¿Y entonces, qué vas a hacer?

—Nada, voy a poner mi tienda de abarrotes y ya está.

—¡Vaya! —le palmeó la espalda Roberto—. Ya sabía que por ahí iba a terminar la cosa. ¡Felicidades!

Roberto alzó la copa y propuso un brindis.

—Por tu nueva tienda, Manuel. Estoy seguro que será un éxito y por cierto, debo hablarte de una oportunidad de la que me he enterado por medio de un amigo mío.

—¿Ah, sí?

—Sí, señor, es una tienda de abarrotes que ahora el dueño vende por razones de salud. El asunto es que está en Chalchicomula.

Manuel pidió un vaso de agua para tratar de despejar su mente. Ese nombre impronunciable requería concentración.

—¿Chalquico qué?

—Chalchicomula. La fui a ver. Está bien la tiendita. Es más, si necesitas socio, cuenta conmigo.

No era la primera vez que al resplandor de la luz de un nuevo día, don Lucio tenía que correr a algún cliente. Comprendía perfectamente, les explicó, lo importante que era que Manuel y Roberto se arreglaran en eso de los pesos pero él, don Lucio, no tenía por qué, además de servirles alcohol, tener encima que darles el desayuno.

—Eso de freír huevos a mí no me corresponde —afirmó, entregándoles la cuenta—. Aquí viene la gente a empedarse. Ya después, si quieren, que se vayan con otro a que les baje la cruda. Órale, paisanos, váyanse que el negocio ya está cerrado.

Lo que don Lucio no sabía, pensó Manuel, era que ningún remedio bajaba la cruda más eficazmente que la furia de Felicia. Y tampoco, ni el buen cantinero ni él, habrían podido adivinar que los únicos blanquillos que su mujer le serviría esa mañana cuando llegara a casa, eran los huevos crudos que desde la puerta le había arrojado a la cabeza afortunadamente para él, con pésima puntería.

Tres días restregó Manuel las paredes con jabón y con limón, pero ni aún así logró quitarle a la casa el hedor a gallinero. Lo cual a Felicia le importó un comino, clausurada como estaba en su recámara sin que nada, ni siquiera los berridos de las niñas, lograran sacarla de su enojo. Por primera vez, la furia de su mujer había durado más de un día y eso agobiaba a Manuel más que cualquier otra cosa. Quizás porque desde entonces ya presentía el día en el que un infinito dolor la haría escabullirse en el laberinto de la confusión dejándolo atrás, sin invitarlo siquiera, para que él solo lidiara con el peso de sus vidas. Desde haberlo recibido a huevazos, acusándolo de infidelidad, se había refundido en su cuarto porque no había manera de convencerla que la visita a la cantina de don Lucio había sido, ni más ni menos, una inocente junta de negocios.

Al final de ese lío, cuando todo había pasado, Manuel nunca supo qué la había enojado más, si el hecho de no haber llegado en toda la noche o el haber renunciado a su trabajo en la *Casa Gómez Allende*. Fuera lo que fuera, había sido un gran alivio despertarse al cuarto día del enfado, y encontrarse con que el baño emitía su olor normal a jabón. El hecho de que la furia de su mujer se había evaporado fue también evidente al entrar a la cocina, donde se la encontró sopeando sus bolillos tostados untados con mantequilla, en su tazón de café. Con el mentón respingado, Felicia le dio los buenos días, como si nada hubiese pasado.

Feliz, Manuel prendió la radio y cautelosamente se acercó hasta quedar frente a ella. Con una servilleta, limpió, con infinita ternura, las migajas del pan que salpicaban las sonrosadas mejillas. Después deslizó sus brazos por debajo de sus senos para ceñirla por la cintura y hundió su rostro en los caireles, aún húmedos, que cosquillearon su nariz.

—Mujer tontita —le susurró al oído—. ¿No sabes que no hay nadie en mi vida más que tú?

Felicia trató de liberarse, pero él la estrechó con más fuerza.

—Si te tengo a ti —continuó, arrullándola al ritmo de la música—, la que se lleva las palmas… mi mejor manjar. ¿Crees que podría conformarme con cualquier otra?

Felicia encontró, bajo las espesas cejas de Manuel, la verdad que necesitaba. Ya tranquila, delineó con su pequeña mano los contornos de ese rostro amado en una caricia que siempre acababa cuando hundía su dedo índice en el hoyuelo de la barba partida, mal afeitada.

—¿Dónde dices que está la tienda ésa que quieres comprar?

—En San Andrés Chalchicomula.

Sin más, se soltó del abrazo de su marido y se levantó a anotar el rebuscado nombre al borde del calendario, salpicado de manteca, que colgaba de la pared enhuevada.

—Bueno —suspiró resignada—, después hablamos de eso, pero por lo menos no es un pueblo de España, a donde no regreso a vivir nunca; eso sí te lo advierto.

32

Los abuelos Muguira: Sacrificios y penitencias

Chalchicomula, Puebla. 1933.

La tienda había fracasado y por más que le diera vueltas al asunto no había salida, tendrían que cerrarla. Sentado en su escritorio, Manuel consumió el último cigarro de la cajetilla y repasó los números, una vez más. Aunque el negocio estuviera en quiebra, tenía que ver la forma de conseguir cuando menos cien pesos. El médico había explicado, sin rodeos, que Gloria, la tercera de sus cuatro hijas, cada día empeoraba en su enfermedad. Había que llevarla a un hospital del Distrito Federal urgentemente. Felicia, desquiciada por la preocupación, había amenazado salir con la niña al día siguiente aunque tuviera que viajar en burro.

—No sé cómo lo vas a hacer, Manuel —le había dicho, desesperada—, pero a esta casa no regreses con los bolsillos vacíos.

Si don Eurasio pudiera pagarles aunque fuera una tercera parte de lo que les debía, con eso podrían cubrir el viaje y las medicinas. Quizás hasta les alcanzaría para liquidar el sueldo de los empleados, a quienes no habían podido pagar desde el mes pasado. Consideró la posibilidad, y con nuevos bríos volvió a contemplar los cálculos garabateados por todo el papel. Pero no llevaba mucho esforzándose cuando una luz de lógica se infiltró dolorosamente en su agotado cerebro. ¿Pero cómo se le ocurría imaginarse tal fantasía? Hombre, don Eurasio estaba metido en un embrollo peor que el suyo y si el pobre señor no les pagaba no era por falta de voluntad, sino porque a él tampoco le soltaba nadie ni un peso. Frustrado, arrancó la página de la libreta de un tirón y la arrojó al basurero sin atinar.

Era momento de enfrentar la realidad. De no haber sido por la emergencia de la enfermedad de su hija, que era lo que lo había orillado a tener que hacer cuentas, seguro que ahí seguiría haciéndose el tonto, ignorando las deudas que se acumulaban como hojarasca en las alcantarillas. Aún esa misma noche se la había pasado evadiendo la verdad en un febril estirar de números. Pero las cifras nunca mienten y con ruda indiferencia le habían confirmado lo que ya bien sabía. El negocio estaba quebrado. Y ahora, topado contra esa muralla imposible de atravesar, tenía que ver la manera de exprimirle unos últimos cien pesos. No se movería de esa oficina hasta lograrlo. Obstinado, se empinó de nuevo sobre las cuentas.

Se sentía enfermo. Le dolía la espalda, le ardían los ojos y las sienes amenazaban con explotarle por la nariz. Se sobó la cabeza con una mano y con la otra esculcó la cajetilla de cigarros. Sabía perfectamente que acababa de fumarse el último y que por eso lo había hecho con lentitud, saboreando cada calada. Aun sabiéndolo, sus dedos temblorosos revisaron el paquete, por si acaso se le concedía el milagro y aparecía alguno en el fondo del envoltorio. Nada, la caja estaba vacía. No era día de milagros, sólo de tragedias, de injusticias, de tener que joderse y más joderse. Empujó la silla, se levantó y se talló el espinazo. La cabeza le retumbaba, le urgía fumar y lo peor era que, al ser domingo, todo en el pueblo estaba cerrado. Trató de controlar la ansiedad que empezaba a treparsele al alma respirando lentamente. Coño, tenía que haber un cigarro extraviado en medio de ese desorden, comentó a las paredes. Sin resignarse, reclutó energía de algún lugar recóndito de su ser y comenzó a buscarlo. Abrió cajones, palpó bolsillos y volcó cajas. Nada. Levantó cojines, registró bolsas y giró muebles. Todo en vano. Lo único que aparecía eran chucherías, que ya hacía tiempo debió de haber tirado a la basura; una caja de alfileres oxidados; galletas a medio comer; una navaja sin filo y demás; pero de tabaco, ni una triste colilla. Al borde de la histeria, comenzó a escudriñar, ya con frenesí, en lugares absurdos, debajo de la alfombra, adentro del florero y en la plantilla de un zapato. De pronto, las campanas de la catedral repiquetearon anunciando la misa de las siete de la mañana. Como por magia, el tañido de la primera campanada lo rescató de su demencia. Entonces miró a su alrededor y cayó en cuenta del daño que su enfermizo rastreo había causado. La oficina era un desastre de papeles desparramados, muebles volcados, cajas apiladas y cerros de libros tirados por todos lados. Increíble pero cierto; él mismo era el autor de tal revoltijo. Bueno, nada debía asombrarle porque últimamente ésa era su especialidad, hacer de todo un revoltijo, enredar negocios, cuentas y vidas. Fatigado, se desplomó en la silla, cerró los ojos y trató de no pensar. Supo que no era un cigarro lo que le hacía falta. Lo que verdaderamente necesitaba, era suficiente valor para aceptar su realidad. Era un fracasado. Era un miserable incapaz de cubrir los gastos médicos de su propia hija. Doblándose sobre el escritorio, lloró.

¡Cuántos errores había cometido! Qué arrogancia la suya al imaginar que, pese a su limitada experiencia, él sabría cómo llevarlos al éxito. Y con qué soberbia se había prohibido ir a pedirles consejo a sus tíos, a pesar de saber que el negocio flaqueaba y a pesar de estar a tiempo de salvar algo de lo invertido. Los tíos lo hubiesen ayudado, porque aunque pecaran de tacaños, no eran malditos. Seguro lo hubiesen regañado y eso se lo tenía merecido, pero al final, le habrían echado una mano. De eso no tenía duda alguna. Pero claro, no había tenido suficiente humildad para pedirles ayuda. Y ahora era demasiado tarde. Ahora estaba hundido en ese lío y su soberbia había llevado a un gentío a la ruina. Porque no era cierto que los números, al acomodarse tercamente detrás del cero lo jodieran sólo a él, sino que arrastraban también a gente como su socio, sus empleados, sus clientes. Gente buena, con mujeres e hijos que mantener.

Sintió una ola de abatimiento invadirlo y arrastrarlo hacia una profundidad escalofriante. Luchó contra ella y se obligó a pensar en el único argumento que conocía en su defensa. La misma explicación que su socio, que ya llevaba meses prediciendo el fracaso del negocio, le venía repitiendo, a fin de consolarlo. La cosa había sido inevitable, aseguraba Roberto, nadie habría podido prevenir el desastre desatado por esa guerra que se les empezaba a venir encima. Los comerciantes habían sucumbido al pánico. Aterrados por los trastornos de transporte, que ya se sentían por todos lados, no movían ni un grano. Se mantenían a la expectativa con las bodegas llenas de costales, sin importarles el efecto que esto provocaba en el mercado. Tan paralizadas estaban las cosas que la gente juraba que el mismo planeta había detenido su giro. Y claro, al no moverse nada, ni a un lado ni al otro, los pequeños almacenes, como el de ellos, se habían venido abajo, desplomándose como pirámides construidas con palillos; sólo los fuertes podían aguantar la marejada y mantenerse a flote, como era el caso de la *Casa Gómez Allende*. Para ellos, esta crisis no era más que un contratiempo pasajero. Quizás su error había estado en extender tanto crédito. Pero ¿qué otra cosa pudieron haber hecho? Así era ese negocio. Funcionaba a base de pura fe. Había que tener cojones para sobrevivir y aquél que carecía de ellos no duraba dentro ni la primera cosecha. No, no era eso lo que los había llevado a la ruina, Roberto tenía razón, aquí lo que había sucedido era que el destino les había jugado una mala pasada. Eso era todo. Manuel se aferró, sin convicción, a esa conclusión para no sucumbir al abismo que ahora mismo lo atraía hacia sus entrañas con la fuerza de un imán, para tragárselo vivo.

Aunque la culpa no hubiera sido suya, ¿ahora qué demonios iba a hacer? ¿De dónde iba a sacar dinero cuando llevaba meses debiéndole a todo el mundo? Y aunque milagrosamente le cayeran los pesos del cielo para salir de esta emergencia y mandar a su hija a la ciudad ¿cómo iba a mantener a su familia de ahí en adelante? Porque a los tíos no les iba a ir a pedir limosna. Eso nunca. Además, no sólo habían contratado a otro tipo, sino que con eso de su quiebra confirmarían lo que siempre habían sospechado: que su sobrino no servía para los negocios y aunque sabía administrar las bodegas, le faltaba colmillo para tomar decisiones difíciles y le sobraba orgullo para pedir auxilio. La *Casa Gómez Allende* estaba mejor sin él, ya bastante habían tratado de ayudarle los tíos. Tampoco podía regresar a España. Su padre, con el lío de la guerra, apenas sí lograba conservar los bosques. Los campos, sin la ayuda de la mano joven, estaban descuidados. Las minas igual, prácticamente abandonadas y la única esperanza de la familia era que Franco pronto tomara el poder y restableciera el orden y la economía.

Pensó en Felicia, la amaba sobre todas las cosas en este mundo. Recordó amargamente su silueta aquel atardecer en el puerto de Veracruz cuando, radiante de felicidad, había abordado el barco que los conduciría hacia un futuro incierto. Con su pequeño baúl y el alma llena de ilusiones, su mujer había dejado atrás a su patria, a su abuela y sus hermanos. Todo con tal de estar con él. Y cuando las cosas cambiaron, cuando hubo que regresar a México, en tres patadas había estado lista para acompañarlo en esa nueva aventura, con el mismo entusiasmo de siempre. Felicia había puesto toda su confianza en él y con el abandono de una mujer enamorada le había entregado su vida. Sólo una vez había resistido hacerlo y esto había sido con el cambio a Chalchicomula. Pero su disgusto, bien recordaba, había durado días. En eso también se había puesto necio. Porque ni los huevazos, ni el enclaustramiento de su esposa, ni su milagrosa resurrección, cuatro días después, a base de bolillos remojados en café con leche, habían logrado disuadirlo. Terco y orgulloso, sintiéndose merecedor de todo, había ignorado cada uno de los argumentos. Felicia trató de hacerle ver la bendición que era el contar con un sueldo fijo, el riesgo que significaba empezar una tienda, el hecho de que la familia crecía y los gastos adicionales que esto implicaba. ¡Y cuánta razón había tenido! Pero él no sólo no la había escuchado, sino que furioso, la había acusado de pesimista, de no amarlo, de no tenerle fe hasta que ella, ansiosa por contener el torbellino de tonterías que brotaban de su boca, lo había callado plantándole un beso. Con ese gesto de cariño había puesto en sus manos, una vez más, su futuro. Y ahora, ¿con qué cara llegar a decirle que lo había perdido todo y ni siquiera contaban con cien pesos para salvar la vida de Gloria?

Sus pequeñas hijas, Pilar, Cris, Gloria y Esperanza... sus cuatro muñecas. Noche tras noche, al besar sus caras mientras dormían, un sentimiento de culpa le desmenuzaba el alma. Llevaban días comiendo arroz y frijoles, porque la quincena ya no alcanzaba ni siquiera para comprar el pan dulce de los domingos. El lechero seguía llegando pero, estaba seguro, sólo por la lástima que le daban las niñas rubias. Por eso, seguramente, se había enfermado Gloria, por esa dieta de huérfanas y esos trapos deshechos que no lograban arropar sus cuerpos contra ese viento de invierno. Recordó los zapatos rojos de Pilar que las tías le habían mandado de España y sintió un puñal desgarrarle el pecho. Ahora los calzaba Gloria, con las suelas carcomidas. Nunca había dinero para repararlos. Pero las benditas niñas, ajenas a su pobreza, pasaban sus días jugando en el campo, correteando gallinas, trepando a los naranjos y haciendo casuchas con costales desechados. Felices, sus facciones siempre irradiaban esa paz que emana de los críos cuando tienen la certeza de que su padre sabrá protegerlas de los azares de la vida. Inocentes, no sospechaban el peligro que corrían siendo hijas de un idiota como él. Estarían mejor viviendo con las monjas de la Inmaculada Concepción porque cuando menos ahí habría manera de mandar a Gloria al médico.

Golpeó el armario con todo el coraje atrapado en su impotencia. Ni siquiera sintió la fractura del nudillo que de inmediato inflamó su dedo índice y apenas le dio tiempo de alzar los brazos y protegerse del bulto que se le venía encima con el impacto del golpe. Al caer, la caja volcó sus contenidos y de reojo vio un objeto metálico deslizarse por el piso, girando en su eje hasta parar contra la esquina. Era el revólver de Roberto. Recordaba haberlo visto hacía tiempo, al principio de su sociedad, cuando su socio orgullosamente se lo había presumido. Era el pago de un cliente endeudado y según él, una alhaja para coleccionistas. Se acercó a la pistola hipnotizado por el brillo de sus cachas de nácar. Trató de levantarla, pero un dolor agudo le impidió ceñirla. Volvió a intentarlo a pesar de que hacerlo agudizaba el dolor de la cabeza, casi cegándolo. Con la mano izquierda asió la culata y al revisar el cañón comprobó que estaba cargada. Un pensamiento congeló todos los demás y de repente, comprendió cuál era el único y último movimiento posible en ese juego de ajedrez que desde tiempo atrás iba perdiendo. Nadie se atrevería a negarle nada a Felicia si se quedaba viuda.

Por el resto de sus días Manuel recordaría el minuto que a continuación siguió. Recordaría el peso exacto del revólver en su mano, el ruido del gatillo retraído y el frío del metal contra su dolorosa sien. Recordaría su asombro al notar que ni su brazo temblaba ni su corazón palpitaba. Nunca sintió temor, sólo una paz absoluta y la certeza de que al disparar esa bala cometía el acto más virtuoso de su vida.

Nunca hubo disparo. No lo hubo porque la voz de una niña detuvo el tiempo y cambió el rumbo al destino. Su hija Pilar llamaba a la puerta. Al oírla, el hombre extraño que había tomado posesión de su cuerpo le devolvió su vida, arrojándosela encima. Manuel no pudo más que recibirla y al hacerlo bajó el brazo y escondió la pistola fuera de la vista de su hija que ya entraba, empujando la puerta que nadie abría.

—¡Papito! —corrió a envolverlo en sus pequeños brazos—. Vine para que me lleves a misa.

Aturdido, estrechó el cuerpo de su hija como si nunca antes lo hubiese hecho. Pilita se dejó abrazar, acariciándole sus mejillas, como siempre lo hacía. Manuel lloró y después rió y después volvió a llorar. Pilita lo miró angustiada y después, apartándolo con gran delicadeza, como si se fuese a romper, le enjugó las lágrimas con su falda desteñida.

—¿Por qué lloras, papito? ¿Qué pasa? Ya no llores... Gloria ya está mejor.

—¿Está mejor? —sollozó, tratando de contenerse.

—Sí, papi —sonrió, queriendo darle ánimos—, y me dijo mamá que te dijera que, de cualquier forma, se va a México. Pero que no te preocupes, porque doña Isabel compró la sala y ya tiene dinero. Hasta sobró para que compremos pan dulce.

Quiso controlar sus gestos pero era tarde. Pilita supo que la noticia, en vez de alegrarle, le había partido el alma y ahora, temerosa de verlo llorar de nuevo, se apresuró a contentarlo.

—Te traje un regalo, papito.

La niña buscó algo en las bolsitas de su vestido. Sacó primero su mantilla de misa y enseguida ensartó la peineta en su rubia cabellera. Después, con infinito cuidado, sacó una estampilla que con gran orgullo presentó a su padre. El pequeño papel contenía la imagen en blanco y negro de Nuestra Señora del Perpetuo Socorro. La virgen aparecía rodeada de ángeles y cargaba en su pecho al niñito Jesús.

—Lee mi dedicatoria —pidió Pilar, ansiosa.

Con la mano temblorosa, dio vuelta la tarjeta y leyó la caligrafía redonda e infantil de su hija: «Para ti papi con todo cariño he ofrecido al niñito Jesús: 60 actos de amor. 20 obediencias. 10 penitencias. Te quiere, Piluca.»

—Me hace falta un acto de amor —confesó, avergonzada—. Pero hoy mismo la cumplo, porque después de misa le voy a cargar el morral del mercado a doña Chencha.

Los ojos verdes de su hija lo miraban a la par, expectantes y preocupados. Convocó un poder sobrehumano y esbozó una sonrisa. Al instante, la carita de Pili se iluminó, borrando toda huella de congoja. Feliz, sus manitas estiraban sus mejillas sin rasurar obligándolo a ampliar ese gesto que le ayudaba a reconocerlo.

—Ya no estás triste, papito, ¿verdad?

Dentro de una burbuja imaginaria, Manuel depositó su angustia, su incertidumbre, su fracaso, su impotencia y por último, su orgullo. La dejó volar hacia el cielo y la observó ascender desde las profundidades del precipicio que minutos antes había amenazado con tragárselo. Volaba temblorosa hacia la luz dorada y verdosa que era la mirada de Pilita. Entonces, colmado de paz, besó la pequeña frente y contestó su angustiada pregunta.

—Ya no, hija.

33

El abuelo Manuel: Esperanza y Escamela

Escamela, Veracruz. 1938.

Si el cielo existe, pensó Manuel, y si los ángeles por error me invitan a entrar cuando me muera, tendré que mandarlos a la porra, a menos que prometan servirme una buena taza de café.

Atraído por el aroma, entró a la cocina de su casa en Escamela, se acercó a la estufa, empinó la olla de barro y llenó su enorme tazón hasta el borde. La fragancia prometía algo bueno y ansioso de comprobarlo, acercó el líquido oscuro a sus labios, tanteó su temperatura y tomó el primer sorbo. Saboreándolo, lo retuvo en su paladar hasta que sus sentidos comprobaron lo que su olfato ya había detectado: era de alta calidad. Nada en este mundo se comparaba con el placer que daba la primera taza de café del día.

Siguiendo su rutina diaria, depositó el tazón en la repisa, localizó su suéter y su boina y se los echó encima. Sin prisa, encendió un cigarro, retomó el tazón y salió a la terraza por la puerta de atrás. Al hacerlo, el frío de la madrugada golpeó su rostro. Olía a hierba mojada, a arroz con leche pero sin canela. Bendita la lluvia, pensó, mirando el cielo nublado. Seguro esa noche habría fiesta en el pueblo. Porque aunque la cosecha iba bastante bien, ya llevaban varios días de sequía. Y aunque así no fuera, para los pueblerinos cualquier pretexto era bueno para beber. A la gente ya le ganaba el ansia por matar un puerco y compartir sus miserias.

Afuera, resguardado bajo el tejado, recargó su cuerpo contra el pilar de la baranda. Gozaba ese comienzo de sus días, esa paz que le brindaban el silencio del amanecer, su café cargado, y su cigarro. Contempló la belleza a su alrededor. El campo era un lienzo coloreado a pinceladas por un artista enamorado del color verde. Era, ni más ni menos, un tapiz de parches tejido en tonos de limón, pino y paja. A lo lejos, un gallo cantaba con fervor como si quisiera apresurar los rayos del sol a que penetraran la espesura de las nubes. El rítmico goteo de la lluvia amortiguaba su canto, reduciéndolo apenas a un murmullo. Una hilera de árboles frondosos delimitaba la finca y a sus espaldas los cerros competían, entremezclándose, para tapar el horizonte. A unos metros de la casa, en el patio, las ramas de los guayabos se erguían, siempre cargadas no de fruto, sino de chiquillos —sus hijos— que anidaban en sus casitas construidas con madera apolillada.

¡Cuánto disfrutaban los chiquillos de la vida en la granja! El cambio a Escamela les había sentado bien a ellos y a toda la familia, que ahora incluía dos hijos más: Nicasio, su primer varón y Mele, la más pequeña. No cabía duda, era un hombre afortunado. Cierto que la vida le había asestado un golpe con la desastrosa experiencia en Chalchicomula, pero también le había dado otra oportunidad de volver a apreciar sus bendiciones, como lo era ese momento. Y por eso era mejor no pensar en el pasado. Sería pecado echar a perder ese hermoso día repasando tristezas.

Miró su reloj, eran casi las siete de la mañana. El cigarro se consumía rápidamente y la llama comenzaba a quemarle los dedos. Inhaló una última vez, arrojó la colilla a un charco y vació el poso del café sobre las matas. Colocó el tarro en la mesita de siempre, y abrigándose, echó a andar por el sendero. La casa estaba situada apenas a cinco minutos, a pie, del beneficio.

Le gustaba esa caminata diaria que le permitía planear los eventos del día. Por ejemplo, vaciar bodegas y mandar el producto a Orizaba. Al día siguiente llegarían dos camiones repletos de costales de café en cerezo y habría que acomodarlos en algún lado. Lloviznaba, y aunque la lluvia apenas rociaba el suelo, los charcos comenzaban a acumularse aquí y allá haciendo el camino resbaladizo. No había remedio, llegaría con los zapatos enlodados y con esa maleza que invadía el sendero, dentro de poco no podría ni recorrerlo.

Olió el excremento antes de verlo y supo que las mulas ya lo estaban esperando. La mierda fresca, todavía humeante, acolchaba la vereda; era imposible no pisarla. Pero qué terquedad la de los tipos, pensó, frustrado. Por más que les pedía que jalaran a los animales por otro lado, no había manera de que le hicieran caso. Pero bueno, tampoco podía alegar que el sendero fuera suyo, porque no lo era. Apretó el paso. La lluvia arreciaba y empezaba a empaparle la ropa. Pronto, detrás del follaje de los árboles, alcanzó a distinguir el letrero que explicaba la presencia de una hilera de bodegas blancas a lo largo de la carretera: «EL NIÁGARA. BENEFICIO DE CAFÉ.»

Contempló el conjunto de letras anaranjadas y, como le sucedía cada vez que las leía, sintió una ola de orgullo atravesar su piel. Su propio negocio. A patadas y sombrerazos, pero al fin había logrado hacerse dueño de su propio negocio. Era cierto que mientras *El Niágara* se dedicara sólo a procesar el café de cerezo a pergamino, no se haría rico. Pero tampoco pasarían las mismas hambres que habían sufrido en Chalchicomula. Jamás volvería a poner a su familia en tan terrible circunstancia.

El beneficio era un negocio noble que no dependía tanto de los caprichos del mercado. Todo era cuestión de saber comprar el fruto, pasarlo por la máquina para quitarle la pulpa y después fermentarlo, para poder lavarlo y secarlo. Después de quitarle el cascabillo, su labor se reducía a empacarlo en los costales, treparlo en las mulas y llevarlo a vender a las vecindades. El trabajo no era fácil, eso ni hablar. Había que mantener la máquina al tiro, las mulas fuertes y a la gente contenta. Había también que llevarse bien con los agricultores, exportadores y con Tláloc, el dios de la lluvia. Pero afortunadamente, desde que había comprado el negocio, un par de años atrás, no había tenido pérdidas. Tampoco se estaba haciendo rico, pero de momento con eso se conformaba. No pedía más que poder dar de comer a su familia. Algún día, quizás no lejano, podría también llegar a realizar el segundo proceso: tostar y exportar el grano, porque ahí era donde estaba el dinero. Para eso primero necesitaría acumular un buen capital, lo cual lograría si seguía teniendo cuidado.

Alguien lo llamaba:

—Don Manuel —saludaba don Juan, abanicando el sombrero al aire—. Ya llegó usted.

El hombre llegó a su encuentro, cargando en el brazo un sarape que ya le ofrecía.

—Cúbrase, patrón, que arrecia la lluvia.

Manuel recibió la prenda que pesaba como si fuera un costal de café y se la echó a los hombros. Olía a humo de leña recién quemada. Juntos corrieron a refugiarse bajo el techo de la bodega más próxima, la que contenía la máquina que removía la pulpa.

—Veo que ya llegaron las mulas —le regresó el sarape a don Juan, sacudiéndolo—, traigo los zapatos embarrados de mierda.

Don Juan rió de buena gana.

—Ah, qué don Manuel tan delicado. Démelos usted, 'orita mismo se los limpio.

Pero Manuel ya los embarraba en la hierba mojada y con la ayuda de una vara cepillaba sus suelas.

—Lo que quiero que limpie Juan es ese camino. Es pura maleza.

—'Tá bueno, patrón, 'tá bueno. 'Orita que afloje el agua le meto el machete, no se apure usté.

—Y las mulas. ¿Ya las habéis cargado?

—Ya tiene rato que acabamos, patrón. La gente nomás lo está esperando pa' que les dé usté algo pal camino.

—Pero, coño, si les acabo de pagar a todos.

—Pos yo ya sé, patrón, yo por eso no le pido nada. Vaya usté a *virigüar* con ellos. Nomás no se tarde, oiga, porque ya tiene rato esperándole un señor allá adentro. Dice que es su amigo.

Don Juan señaló un *Chevrolet* estacionado afuera de la bodega que Manuel no reconoció. Sus amigos nunca iban a verlo a Escamela, porque en el pueblo no había nada más que hacer que trabajar. Cuando se veía con ellos era casi siempre en México, donde la diversión incluía el frontón, los toros y las interminables partidas de ajedrez. La gente que llegaba al beneficio o eran clientes o marchantes que por lo general sólo venían a cobrar. Y seguro que de eso se trataba pero, fuera quien fuera, tendría que esperar. Lo que urgía en ese momento era despachar a las malditas mulas que ahí seguían, afuera del último almacén, amarradas a un tronco. Resoplando bajo el peso de los costales, aligeraban sus mocordos como si estuvieran en un concurso y hubiera premio para la que evacuara la pila más alta de mierda. Tenía que despacharlas antes de que los sepultaran a todos en boñiga.

Cruzó la distancia que los separaba en tres zancadas y se acercó a revisar la atadura de los costales. Más de una vez se había ido el grano al barranco por nudos hechos de mala gana. Las mulas lo dejaron trabajar sin inmutarse, sacudiendo las orejas y la cola para espantar la lluvia y las moscas impertinentes que las cegaban. Estarán ansiosas de hacer el viaje y entregar la carga, pensó, para poder regresar al establo. Sintió algo de lástima por ellas. Los arrieros, que hasta entonces yacían apiñados bajo la palapa, lo vieron revisar las reatas y corrieron a ayudarlo. Cuando se convenció de que los costales quedaban fijos, sacó un cigarro, lo colocó en sus labios y después ofreció la cajetilla al grupo de ensombrerados que lo rodeaba. Uno por uno fueron sonriendo, cabizbajos, negando con la cabeza y dándole las gracias. Manuel fumó medio cigarro en silencio esperando a ver a qué horas se les ocurría soltarle lo de la lana.

Pero aquellos inspeccionaban el suelo atentamente como si entre las piedras fueran a encontrar la solución a todos sus tormentos. Indiferentes a la lluvia y al hecho de que la mañana se les escapaba, sabían bien que Manuel, tarde o temprano, perdería la paciencia.

—Me dice don Juan que queréis dinero.

Sus palabras provocaron un intercambio de miradas. Los rostros morenos y curtidos por el sol, sin cruzar media palabra, designaron al que habría de abogar su causa.

—No nos ajustamos pa'l viaje, patrón –dijo el elegido.

Era el que llevaba más tiempo trabajando en el beneficio. Así era el asunto. Sabían que los clientes necesitaban el café urgentemente y cuando esto sucedía, todos querían sacar provecho. En el pueblo, las prisas se pagaban caras.

—Les acabo de pagar pero vamos, si lo que buscan es un adelanto, tendría que ver qué se puede hacer.

El hombre lo miraba sin borrar la sonrisa de su rostro.

—Pos sí, patrón. 'Tá bueno.

Apagó el cigarro y palmeó la nalga de una mula, sacudiéndole la lluvia de encima.

—¿Cuánto queréis?

Sabía la respuesta antes de que se la diera.

—Pos ahí lo que usté pueda, patrón.

—Vale. Díganle a Juan que pase a la oficina por la morralla.

Dándose la media vuelta, se encaminó a la oficina. Y después, como si de repente se acordara de algo, agregó:

—Si van por el sendero, tengan cuidado. Hoy en la mañana se me han atravesado dos serpientes, largotas.

Sabía que no le habían creído nada, pero con las caras de respingo que habían puesto le bastaba para divertirse un rato.

Entró en la bodega justo cuando echaban a andar la máquina. Quería decir que el grano había llegado. Eso era bueno. Todo acontecía tal como lo había planeado. Sería un buen día.

En el sillón de la salita de espera de su oficina, repasando el periódico del día anterior, un hombre aguardaba su llegada. A pesar de haber subido de peso y de estar más calvo, Roberto Fernández estaba igualito. Al ver a Manuel, el hombre soltó una carcajada y se apresuró a incorporarse. Manuel lo abrazó con verdadero afecto.

—Hombre, pero qué gusto verte, Roberto.

—Ya hacía tiempo que quería venir pero, ya sabes, siempre se atraviesa una cosa u otra.

—Y qué dice Isabel, ¿todavía te aguanta?

—No le queda otra, cada día se pone más fea. ¿Y Felicia?

—Perpetuamente embarazada. Ya tengo ocho hijos, Roberto. Y he decidido no parar hasta llegar a la docena.

Rieron con gusto, con abandono. Rieron con el alivio de dos náufragos que, habiendo sobrevivido a la tormenta, se vuelven a encontrar en tierra firme.

—Pero ven, entra en mi oficina que te voy a dar a probar el mejor café del mundo.

Juan echaba leña a la hoguera y ésta ya empezaba a espantar el frío de la mañana. Al calor de las brasas, disfrutaron el prometido café y compartieron los acontecimientos de sus vidas de esos últimos seis años, desde haberse separado en Chalchicomula.

Después de la quiebra, platicó Roberto, había empacado a la familia y se había empleado con su cuñado en su negocio de ferretería en Morelia. Y ahí seguía. La familia se duplicaba y precisamente ahora su mujer estaba encinta. Esperaban crío para finales de año. Gracias a Dios, todos sanos y salvos.

—Ya es poco lo que le pido a la vida —terminó su relato, fijando la mirada al infinito—, me conformo con el pan de cada día. Pero y tú, Manuel, supe que regresaste a México.

No le avergonzaba admitirlo. Se saltó detalles que nada agregarían a su relato, y resumió que su primo Toriano se había compadecido de él y que no sólo le había vuelto a dar su empleo en la *Casa Gómez Allende*, sino que además le había vendido a plazos las bodegas de Esperanza, en Puebla. El clima de esa región siempre había sido bueno para almacenar los granos y semillas y, sobre todo, la panela. Le faltaba poco para terminar de pagar ese negocio cuyo nombre era nada menos que la *Casa Muguira*.

Roberto escuchó sin parpadear, con las manos entrelazadas en el mentón.

—¿Así de rápido ya vas a liquidar a Toriano? —preguntó—. Te habrá hecho un regalo.

—Qué va —suspiró Manuel—. Cobró lo justo. Lo que pasa es que me entró la prisa por salir de deudas y por eso estoy metido en otro lío, que aunque no es de mi agrado, me ha salvado la vida.

Sostuvo la mirada inquisitiva de su amigo, encendió otro cigarro y confesó.

—Tengo una fábrica de alcohol, en Esperanza.

Roberto soltó la carcajada, divertido.

—Pero de veras que tú no escarmientas, Manuel. Ahí vas, a arriesgarte de nuevo.

—No me apura —se apresuró a contestar—, me faltan dos pagos más y en cuanto liquide a Toriano, la cierro. Además, los ojos del mundo reposan, en este momento, en los alemanes. Que si ayudarán a Franco a echar a los republicanos, que si acabarán metiéndose en España y el resto de Europa, que a ver si no se meten en México. Créemelo, a nadie le interesa lo que viene y va dentro del pueblo de Esperanza.

—Eso es cierto, pero dime, ¿Quién te atiende esos negocios?

—Los hermanos de Felicia, mis cuñados Manuel y Antonio. Buenos chamacos, abusados y trabajadores.

—Pues haces bien, Manuel –sentenció Roberto—. El que no arriesga, no gana.

Con ese amén, los amigos hicieron pausa, cada uno admirando en silencio el valor y la fortaleza del otro al ver cómo habían superado sus dificultades. Juntos se habían echado a la aventura y juntos se habían hundido. Pero lo importante era que seguían de pie, golpeados, pero al fin en pie.

—Y *El Niágara*, ¿de dónde salió todo esto? —con un gesto de mano abarcó la totalidad del espacio.

—Este negocio es mío porque cobré una deuda tardía… Bueno, más bien, un compromiso moral que alguien tenía con mi mujer.

Roberto lo miraba con obvia curiosidad.

—¿Recuerdas el tío aquél de mi mujer que al morir su hermano los corrió a todos de la casa?

—Algo oí a Felicia mencionar de eso. Era hermano de su papá, ¿no?

—Ése mismo, Santos Revuelta, hermano de Vicente, mi suegro, a quien desafortunadamente nunca conocí. Un día me enteré que había oportunidad de comprar este beneficio. Vine a verlo y bueno, enseguida me interesó. Pero claro, estaba hasta los codos con las deudas de Esperanza y el otro negocio del alcohol apenas comenzaba. No tenía ni un quinto para invertir. Y por más que me partía el cerebro ideando la forma de hacerme de unos centavos, no la hallaba. Un día mi mujer, harta de oír mis planes absurdos, comentó: «yo que tú le iba a cobrar mi herencia al tío Santos». Y eso fue todo. Tú sabes de lo que uno es capaz cuando está desesperado. Averigüé dónde vivía y me presenté a exigirle que pagara.

—¿Y te pagó?

—Hombre, a la semana ya nos había liquidado.

—¡Increíble!

—Te soy franco, Roberto, hasta el día de hoy yo tampoco puedo creerlo. Pero eso fue así y lo único que siento es no haber ido a cobrarle antes… no sé, a lo mejor si hubiéramos contado con ese dinero en Chalchicomula las cosas hubieran sido diferentes. A lo mejor.

—Ni lo pienses, Manuel —Roberto se incorporó y reposó la mano en el hombro de su amigo con afecto—. Por cierto, te traje algo.

Recogió su portafolio del piso y depositándolo en el escritorio extrajo un sobre blanco. Era una invitación a la primera comunión de su hijo mayor. Se llevaría acabo en un mes exactamente en la catedral de Morelia.

—No puedes faltar, compadre.

—¿Compadre?

Roberto señaló el nombre del padrino impreso, con letras doradas, en la invitación. Decía: Manuel Muguira Gómez.

—Coño, Roberto —protestó, conmovido—, tú sabes que soy un pésimo cristiano. Acuérdate que nunca me dieron catecismo.

Su amigo ignoró las quejas y le palmeó la espalda.

—Eres el hombre más cristiano que conozco, Manuel. Aunque nunca te aparezcas por la iglesia.

Quiso decir algo más pero la voz se le quebraba. Después de una pausa, se aclaró la garganta y carraspeó.

—No tenías por qué haber asumido toda la deuda de la quiebra. Con nada te pago…

Manuel se apresuró a interrumpirlo dándole el sarape que olía a humo de leña.

—Hombre, ya deja de decir burradas y ponte esto. Vamos a la casa que Felicia estará feliz de verte. A ver si conseguimos que alguien nos fría un par de blanquillos.

Los futuros compadres caminaron el sendero lleno de mierda de mula. Pronto comenzaron a escuchar el escándalo que alegraba los contornos de la casa de Manuel. Al oírlo llegar, pequeñas cabezas rubias brotaron por todos lados: en el gallinero, en los guayabos y en la pocilga. Estiraban los pescuezos como topos para confirmar la inesperada llegada de su padre. Al verlo, corrieron a abrazarlo bañándolo en besos llenos de mugre que alcanzaban hasta para ese señor que decía ser su tío Roberto. Adentro, en la mesa del comedor, Pilita llevaba horas esmerándose en tejer pequeñas cruces de paja.

—Para el domingo de palmas —explicó, mostrándolas orgullosa.

Mientras los huevos se freían en la cocina, Manuel encendió su gramófono nuevo, tomó a la primera hija a su alcance y emprendió el bailoteo de siempre al son de la música, que duraría el resto de la mañana.

BESTIA VEGETARIANA

El día que la vaquilla Liebre casi nos come, fue el mismo día que mi hermano Manolo mató su primer pato. Estábamos en el rancho *El Coyol*, visitando a la tía Cris quien yacía aplastada en su cama para no botar al bebé que, según el abuelo Manuel, se horneaba en su panza. Tres años llevaba la tía pidiendo encargo a las distraídas cigüeñas que apenas ahora habían tomado su pedido en serio. Feliz, no se quejaba ni de sus piernas hinchadas, ni de sus várices y ni siquiera de las hemorroides que habrían de atormentarla por el resto de sus días. Ella lo único que pedía aquel día, era almorzarse un pato a la *orange* que sólo la abuela Felicia sabía guisar como Dios manda. Y como los antojos de las embarazadas hay que tomarlos en serio, y como el tío Jorge no estaba dispuesto a arriesgarse a ser padre de «ningún escuincle que naciera con plumas ni pico anaranjado», la cacería se organizó de inmediato con salida justo al primer canto del gallo.

El primer canto del gallo nunca ocurría antes del mediodía porque el ave, viejo y torpe, comenzaba su día, no cuando salían los primeros rayos del sol, sino cuando lograba la lenta y complicada maniobra de pisarse a un par de gallinas. Por ello, mientras corría por todo el gallinero correteando a las ofendidas pollas, el resto de la comitiva nos tomábamos nuestro tiempo haciendo los preparativos para salir al campo. Don Lázaro alistaba a las perras, el tío engrasaba las escopetas y doña Chole llenaba las cantimploras de limonada y las mochilas de huevos cocidos. Nosotros amarrábamos las reatas al morral de la mula. Nadie sospechaba que, a las pocas horas, estaríamos topándonos con la bestia endemoniada que por poquito nos come.

Dice doña Chole que la Liebre se embrujó cuando era chiquita porque vio cómo mataban a su madre en una corrida de toros. Dice que ya de por sí toreaban a la vaca en la plaza principal de Córdoba de vez en cuando, pero sólo para darles práctica a los banderilleros. Pero que un mal día, un rejoneador de poca experiencia la vio y pidió torearla. Y que a pesar de que todos trataron de convencerlo de que la dejara en paz, porque además de estar flaca estaba vieja, el joven insistió y no hubo más remedio que soltarla. La lanzaron al ruedo y tras ella salió disparada la Liebre, que todavía chupaba teta. Como era de esperarse, la vaca, en cuanto sintió que su becerro estaba en peligro, reaccionó como una fiera. Resoplando, corrió derechito a ensartar los cuernos directamente a la nalga del caballo pinto. Entonces el rejoneador, sorprendido, también reaccionó sin pensar. De un golpe, hundió su afilada espada en la base del cuello del animal, dándole muerte instantánea.

Ahí merito, cuenta doña Chole, fue cuando todos los demonios se le treparon a la Liebre y la convirtieron en la vaca más temida de todo Córdoba. Cuenta que los cuernos le crecieron el doble de lo normal y que se le retorcieron al final con sus puntas afiladas. Que su color café oscureció hasta convertirse en un negro azabache imposible de distinguir a media noche. Y que después de matar fácilmente a un par de toreros que quisieron meterse con ella, la gente decidió mandarla directamente al matadero. Y de ahí, del matadero, la había ido a rescatar el tío Jorge quien, necio en salvar a la vaca, se la llevó a *El Coyol* para espantar a los ladrones de caña y mangos maduros, que todos los días se brincaban la barda de púas del rancho, y también para comerse a las chamacas que a veces se escapan de sus cuartos a medianoche y salen a jugar sin permiso a la orilla del río.

Ese día de cacería, cuando la Liebre casi nos come, mi hermano Manolo era el único que quería ir. Sólo él tenía permiso de disparar la escopeta. Por más que mis hermanas y yo tratamos de zafarnos, porque para llegar hasta la laguna había que caminar kilómetros y kilómetros de sembradío de caña de azúcar y después había también que atravesar un pantano apestoso, lleno de moscas, no lo logramos. Esto por ser las únicas niñas capaces de espantar a los lobos feroces que rondaban las cercanías.

—Desde que se supo de aquel lobo feroz que murió por culpa de una Caperuza Roja y de su abuela desalmada —aseguraba el tío—, todo animal inteligente huye de cualquier viejita arrugada con nietas pecosas.

Por eso, y sobre todo porque la abuela Felicia se quedaría en el rancho, nuestra presencia era indispensable. Sin nosotras, insistió el tío, habría ataque seguro y entonces sí, Manolo jamás mataría un pato, la abuela tendría que guisar un conejo a la *orange* y la tía Cris tendría que criar a un hijo emplumado.

En todas las cacerías cada cual tiene un trabajo y el nuestro, además de espantar lobos feroces, era arrancar los patos muertos del hocico de las perras sin decapitarlos. Cuando por fin abrían las quijadas y soltaban sus presas, entonces había que extender las aves en el pasto, amarrarles las patas con las reatas y cargarlas sobre nuestros hombros. Todo el camino de regreso al rancho marchábamos con un pato tieso colgando al frente y otro atrás rebotando al ritmo de nuestros traseros. Los cargábamos con las patas pa'rriba para no tener que mirar los ojos amarillos-canica que dejaban abiertos a pesar de estar bien muertos.

Aquel día, cuando el gallo por fin cantó, ya tenía rato de haber amanecido. Como siempre, la abuela Feli nos dio su bendición y el abuelo una nalgada y así, armadas con las mochilas y las cantimploras de colores, corrimos a la entrada del *El Coyol* en donde Lázaro ya nos esperaba con la mula malhumorada, que nunca nos dejaban montar porque daba patadas.

—El trabajo de este animal terco y perezoso —explicaba el tío Jorge—, es el de marcar el camino con toda la mierda que va cagando para que no nos perdamos.

Y por más que Lázaro alegara que la mula terca también servía para cargar el petate, la pólvora, las cuerdas, y muchas veces a niñas cansadas, el tío insistía en que los únicos seres indispensables para la cacería de patos eran sus amadas perras, su sobrino favorito y un puñado de chamacas, «caperuzas, pecosas, espanta-lobos.»

La labor de Lázaro era ir adelante abriendo la maleza con su machete. Ante él, las perras corrían hasta perderse o hasta que el tío las llamaba con un chiflido secreto que nosotras nunca pudimos imitar por estar chimuelas. Lo importante era no ser la última, porque las culebras siempre muerden los talones de las niñas flojas que no se apuran; sobre todo si visten pantalones como los que yo llevaba ese día, rojos y brinca-charcos.

Recorrimos el sembradío de caña de azúcar chupando la pulpa peluda de las varas que Lázaro nos cortaba y pelaba y que las perras, brincándonos encima, trataban de arrebatar de nuestras manos pegajosas. Por fin, al llegar al arroyo nos enjuagamos y ahí mismo repartimos los huevos cocidos y las cantimploras llenas de limonada. Sentados bajo la sombra del manglar, el tío Jorge y Lázaro fumaron sus cigarrillos convidándole a Manolo las colillas, que siempre le daban a escondidas de la tía Cris y de la abuela Felicia. Con una última chupada Manolo practicaba sus aros de humo gris que volaban, agrandándose temblorosos, y que nosotras corríamos a romper con los dedos.

Después de comer, atravesamos el arroyo encaramadas en la espalda de Lázaro y del tío Jorge, pero tuvimos que esperar al otro lado porque la mula, terca en no mojarse las patas, no se atrevía a meterse en el agua. Por más que Manolo la jalaba, no se movía hasta que Lázaro, tapándole los ojos con su paliacate, la convenció, cantándole el corrido ranchero de Rosita Alvírez en la mera oreja. Una vez del otro lado, caminamos tranquilos por el huerto abierto sin temor ninguno de culebras ni lobos feroces y sin sospechar que al matar Manolo su primer pato, quedaríamos a merced de la bestia salvaje.

Manolo mató su primer pato al llegar a la laguna. No acabábamos de salir del pantano cuando ya las perras corrían, desaforadas, hacia la orilla. Al acercarse, enseguida pegaron los hocicos al suelo y zigzaguearon, rastreando el terreno, hasta llegar a unos arbustos. Ahí se pararon en tres patas, apuntaron las colas como flechas y nos esperaron, como estatuas, con los cuellos estirados y las narices temblando, sin perder de vista a la manada de patos que plácidamente nadaban en la laguna. Mis hermanas y yo fuimos tras ellas, despacito, sin hacer ruido. Tío Jorge y Manolo cargaron las escopetas. Nos tapamos las orejas, la mula rebuznó y los patos, descubriéndonos, pegaron el grito de alarma y, armando una gran bulla, emprendieron su vuelo desesperado dejando atrás una nube de plumas. Era tarde. Las escopetas explotaron y en ese mismo instante las perras brincaron al agua a recoger cadáveres mojados y tiesos. Regresaron con dos pájaros y entonces Manolo supo que por fin había atinado y que por lo tanto, de acuerdo a las reglas del tío Jorge, ahora sí que era todo un hombre.

Sólo los meros hombres pueden perseguir la manada de patos al otro lado de la laguna. Y por eso, mis hermanas y yo nos quedamos a cuidar los dos patos que habíamos logrado jalar, con todo y cabeza, de los colmillos de las perras. Jugamos a las escondidas, la casita y demás, y los esperamos, felices de no tener que pisar más lodo, corretear perras o taparnos las orejas. A salvo de culebras y lobos feroces, planeamos una siesta sobre el petate después de comer un banquete de toronjas y mangos. Pero la siesta nunca llegó, ya que al poco tiempo tuvimos que pelear por nuestras vidas.

La primera en descubrir a la vaca endemoniada fue Noris. La vio desde arriba del mango en donde se había encaramado para cortar la fruta porque la del suelo ya estaba agusanada. Al principio, cuando gritó que ahí estaba la Liebre, ni Tere ni yo le creímos, pero cuando la vimos botar la mochila llena de mangos y treparse aún más arriba, como una loca, a la rama más alta del árbol, las dos nos abalanzamos a hacer lo mismo. Entonces la vimos. A unos metros de distancia, abanicándose el trasero con la cola para espantar las moscas, estaba la Liebre. Masticaba hierba con su rechinante mazorca y rociaba babas con sus lenguetazos. Mi hermana Tere empezó a gritar.

—¡Auxilio, socorro! —y el animal, oyendo el escándalo, alzó la cabeza encuernada y nos miró. Nerviosa, giró su imponente musculatura a darnos frente y alargando el pescuezo hacia el cielo, pegó el primer grito de guerra.

¡Muuuuuuu!

Aterradas, nos aferramos a la misma rama, columpiándola peligrosamente con nuestro peso.

—Pásate a otro lado —vociferó mi hermana Tere—. Esta rama se está rompiendo.

—Pásate tú, mensa —respondí, abrazándome más al árbol.

Tere brincó al otro lado y la rama por fin dejó de balancearse. Mientras tanto la Liebre, sin desprender la mirada de mis pantalones rojos, se acercó resoplando.

—Encuérate —me ordenó Noris.

—No.

—Rápido —repitió, jalándome la trenza.

—Apúrate, idiota —exclamó Tere—. ¿No ves que nos come?

La Liebre se detuvo directamente debajo del árbol y resopló de nuevo. Con las manos temblorosas traté de encontrar el ojal de los tirantes para desabotonarme los pantalones. Por fin, a los jalones y patadas logré deslizarlos por encima de mis tenis. Arrebatándomelos, Tere los aventó sobre la cabeza de la bestia. Pero la Liebre, después de olerlos y de mirarnos un buen rato, se aburrió de nuestras maromas acrobáticas y volvió a comer su hierba, sin inmutarse más de nuestra ruidosa presencia.

—¿Y ahora qué hacemos? —pregunté, tragándome las lágrimas.

—Nada —contestó Noris—, aquí nos quedamos hasta que regrese tío Jorge.

—¿Y si no regresa?

—Nos petateamos —sentenció Tere.

—Ya, cállate —grité, odiándola.

Abrazadas al tronco del mango las niñas espanta-lobos piden auxilio hasta quedarse roncas. Chiflan con los dientes chimuelos el chiflido del tío Jorge, pero no logran hacer ni un ruido. Entonces rezan con todo el fervor aprendido en la clase de catequismo a la difunta mamá Pilar, al alma de Chucho el meón y a todos los demás muertos y santos para que no se las coma la Liebre. Después, exhaustas, esperan.

Mientras esperan, las niñas descubren miles de hilos de color del arcoiris, que el sol teje a través de las grandes hojas verdes del mango. Observan también, fascinadas, las filas de hormigas coloradas que suben sin cansancio desde la base del tronco hasta su cúspide, acarreando pequeños pedazos de hojas secas. Y aprenden, por primera vez, que los mangos se agusanan aún colgando de la rama y no solamente cuando caen a tierra. Y desde arriba se dan cuenta de que la piel de la Liebre brilla como charol negro y que sus cuernos no son ni afilados ni retorcidos sino más bien rectos, gordos y despuntados.

Por fin, a lo lejos, al caer la tarde, las perras ladran. Detrás de ellas, los meros hombres llegan cargando aun más patos. Y entonces Lázaro, que viene jalando a la mula terca, descubre a la Liebre. Sin nada de miedo, se acerca y a pura nalgada la corre del huerto de mangos.

El tío Jorge baja a las niñas del árbol y revisa, consternado, que tanta lágrima no haya borrado de sus cachetes las pecas que habrán de protegernos de los lobos feroces durante el resto de la travesía. Y después de trepar a mis hermanas a la mula que bien había marcado el camino con su mierda, sube en sus fuertes hombros a la niña en calzones para que las víboras no le muerdan los tobillos.

En el *Coyol*, después de un baño en tina de agua tibia, mis hermanas y yo nos acurrucamos en la cama de la tía Cris a verla saborear los patos que Manolo cazó y que sólo la abuela Felicia sabe guisar a la *orange* como Dios manda. Y cuando doña Chole entra al cuarto a servirle el café, mi hermana Noris le informa que, para que se lo sepa, la Liebre no se come a ninguna niña, ni siquiera las que se escapan al río a medianoche sin permiso, porque la bestia no es tan bestia y además, explica, es vegetariana. Come puro pasto. Y además, que por si doña Chole no lo sabe, que lo vaya sabiendo, Lázaro, a pura nalgada, ya tiene rato de haber espantado a todos los demonios fuera del cuerpo negro de la vaca.

34

Licho: Películas, paletas y bandoleros

El Pozole, Nayarit. 1949.

La vitrina necesitaría una buena desempolvada, observó Licho, buscando a su alrededor algún trapo que sirviera para limpiarla. Sabía que buscaba en vano. El cuarto rectangular, que el Departamento de Salubridad le había asignado para cumplir con el requisito de su servicio social, en el pueblo El Pozole, Nayarit, población de menos de mil habitantes, estaba prácticamente vacío. Además de ser su despacho, la estructura seguiría siendo lo que hasta entonces siempre había sido para los habitantes de El Pozole: el cine del pueblo. Al centro de la pared, empujado contra ella y cubierto con una lona de plástico, estaba el equipo cinematógrafo que, según le habían explicado, se encendía con el generador de la planta eléctrica, tres veces a la semana, para pasar la función de cine al aire libre. El proyector iluminaba una pantalla, erguida al otro lado del gran patio y ahí, por cincuenta centavos, la gente jalaba sus sillas y se sentaba a gozar del espectáculo, que eran, casi siempre, amoríos de Pedro Infante o Dolores del Río. Vaya sorpresa que se llevarían todos, pensó Licho, cuando se enteren que de ahí en adelante, mientras la luz del día lo permitiera, el cine sería también su consultorio.

Miró a su alrededor haciendo inventario mental para familiarizarse con el local que habría también de proveerle albergue. En una esquina yacía un catre viejo, su cama, imaginó, cuyo colchón, nada más de verlo, agredía su espalda. En el lado opuesto, junto a la ventana, estaba un escritorio, de la época del Porfiriato, y dos sillas igual de antiguas. Una para él y la otra para los enfermos, decidió. De algún lado tendría que conseguirse una banca para que los parientes de los enfermos, que entre la gente de pueblo nunca faltaban, tuvieran donde sentarse a esperar. Las vitrinas empolvadas y la cama para las exploraciones habían llegado un día antes en una carreta, tirada por dos asnos, justo detrás de su camión. Eran la generosa aportación de la Cruz Roja del estado de Nayarit. Y hasta ahí llegaba la lista de su inventario. Fuera de esos muebles, su par de maletas y el botiquín que él mismo había depositado junto al portal, el cuarto no tenía más.

Sin prisa, atravesó la sala, abrió la puerta posterior que daba al monte y salió al corredor del patio donde una hamaca colgaba de un par de palos de mango. Recogió uno verde y agusanado, lo olió; esos árboles darían buena cosecha. De ahí sus ojos repararon en el verdadero tesoro del local. El pozo. Se acercó a inspeccionarlo sabiéndose afortunado porque pocas casas en el pueblo de El Pozole contaban con tal lujo. La población no sólo carecía de electricidad sino también de agua potable. Gracias a Dios, el Departamento de Salubridad ahí sí se había puesto firme, exigiendo a las autoridades un local con proximidad inmediata a ese líquido sagrado, sin el cual, le hubiese sido imposible cumplir con sus obligaciones.

Entró de nuevo al cuarto para buscar, una vez más, algo que sirviera de plumero. Ya ríndete se dijo, entre dientes, aquí no hay trapo ni objeto alguno que pueda sustituirlo. De mala gana, subió la maleta al catre, la abrió y escogió, de entre sus pocas pertenencias, la camiseta que juzgó más vieja. Tendría que sacrificarla pues de ninguna manera iba a colocar sus instrumentos, previamente desinfectados, en aquellas asquerosas vitrinas. La extendió sobre el escritorio y de un tajo, con el filo de su navaja, hizo una incisión en la tela rasgándola hasta partirla en dos. La mitad serviría para sacudir, y la otra mitad para compresas.

Asió el paño, se arremangó la camisa y salió al pozo a tirar de la reata y así subir el balde de agua. Hacía tiempo que no se ocupaba en tan sencilla faena y de repente el recuerdo de otro pozo lo transportó a su infancia, al pueblo de Maltrata, a aquellos días en los que iba al cerro a vender las medicinas de papá Talí con su hermano Silviano y les agarraba la noche. Casi idéntico era el pozo de la señora sobre cuyo brocal de ladrillos enfriaba sus tartas de manzana, ciruela pasa, nuez y piña. Era increíble, que esa mujer, a pesar de vivir entre tanta pobreza, siempre se las arreglara para regalarles sus rebanadas. A veces hasta les daba a escoger y cuando eso sucedía, él siempre pedía de sabor piña. Por su parte Silviano enloquecía por las de manzana, pero fuera lo que les regalara, hambreados como siempre andaban, devoraban todo lo que la buena mujer les daba. De repente recordó la manera que las manos arrugadísimas de la anciana temblaban al entregarles el delicioso postre. Tal temblor, ahora comprendía, seguro se debía a un principio de *Parkinson*. ¿Qué habrá sido de la buena doña?, se preguntó. Quizás ya había pasado a mejor vida y en ese instante lo miraba desde el cielo y lo bendecía por acordarse de ella.

Con la camiseta húmeda, retiró el polvo de la vitrina sin gran complicación. Pronto, cualquier paciente hubiera podido pasarle la lengua al mueble sin contaminarse. Lo que convenía era colocar primero las medicinas, lo cual hizo cuidándose de ponerlas en perfecto orden alfabético. Dejaría las vacunas en medio, al alcance de la mano, para comenzar con ellas su trabajo en el pueblo. Ésas eran sus instrucciones: vacunar antes que a nadie a los adultos contra la difteria, tosferina y el tétano. Después continuaría con la neumocosica para combatir la neumonía que según le habían dicho, por el clima extremo de la región, se daba con alarmante frecuencia. En la última repisa, también a la vista, acomodó los sueros contra las mordidas de serpientes y alacranes que tanto hincapié había hecho el doctor Pilot en que trajera:

—Todos los días muere gente de esas mordidas —le había asegurado el médico—, y ahí siguen muriéndose, porque ignorantes como son, insisten que el mejor remedio es una gota de leche caliente en la punta de la lengua. Y sí, es cierto que a veces eso funciona, pero nunca contra la picadura de un alacrán bravo como el de punto negro en la barriga, que abundan en esos montes.

Cuánto lo había ayudado el doctor Pilot con sus consejos, reflexionó, comenzando a limpiar la segunda repisa. Pero definitivamente la persona con quien estaba verdaderamente endeudado era con su tío, don Rafael Tortajada. Sin su ayuda, nunca hubiera podido comenzar esta nueva aventura. Era un alivio saberse amparado por alguien como él.

—Si a fuerzas te tienen que mandar a un pueblo, hijo —le había aconsejado mamá Noya al terminar su carrera—, entonces pídeles, por caridad de Dios, que te manden a Santiago Ixcuintla, Nayarit. Ahí están los Tortajada. Verás cómo te salvan la vida.

Y así había sido. A las dos semanas de haber recibido el mandato oficial de comenzar su servicio social en el pueblo de El Pozole, Licho se había presentado al pueblo vecino de Santiago a tocar la puerta de la casa de su tío, sin más pertenencias en la mano que una maleta casi vacía y dos pesos con cincuenta centavos en el bolsillo. Sabía que su apariencia dejaba que desear porque a pesar de vestir su único traje y corbata, estaba bañado en sudor y polvo. La caminata sobre terracería desde la estación del camión de segunda clase que había tomado en Tepic, hasta la casa de los Tortajada había sido larga y calurosa. Pero tal como se habían suscitado los eventos, nadie había reparado en su desaliñado aspecto. Al enterarse de quién era, tanto los tíos como los primos enseguida lo habían recibido con verdadero afecto.

—¡Tú eres Talí chico! —lo había abrazado el tío Rafael—. Pero cómo te pareces a los Victoria. Mira mujer, este güero es el hijo de Noya. Qué orgullosos estamos de tener un doctor en la familia.

El tío Rafael era dueño de la *Compañía Tabacalera Nacional S.A.*, y por ello uno de los hombres más distinguidos de Santiago. También uno de los más adinerados. La tía le había dado cuatro hijos: dos mujeres, Lita y Blanca y dos varones, Winston y el hijo mayor, Adolfo quien, al poco tiempo de haberse sentado a platicar con ellos en la terraza, apareció, alto y bigotudo, maniobrando el volante de un jeep cargado de cervezas *Carta Blanca*.

—Bienvenido, primo —lo había saludado, estrechándole la mano y quitándose el sombrero que hacía juego con su traje de vaquero—. Has de estar sediento, deja abrirte una de estas cheves bien frías. Son las mejores de todo México.

Licho había aceptado la cerveza, agradecido.

Entrada ya la tarde, después de haberse acabado tanto la plática como las cervezas, así como el pozole que la tía mágicamente había inventado en la cocina, el primo Adolfo tomó las riendas de la situación y besando a cada miembro de la familia se despidió por los dos.

—Bueno, con su permiso, queridos padres y hermanas, 'orita mismo me llevo a Licho a conocer el pueblo y a celebrar su llegada. Vámonos, primo, súbete al *jeep*.

Cómo se había arrepentido de haberse trepado al coche. Porque la bienvenida no sólo había durado el resto del día sino también toda la noche culminando en una cruda que nada más de acordarse todavía le erizaba la piel. El dolor de cabeza le había durado tres días.

—Cantinero —había anunciado Adolfo a los concurrentes de la primera cantina—, les traigo aquí a presentar a mi primo, el doctor Neftalí Victoria Armengual, quien viene a dar consulta en el pueblo de El Pozole. Para celebrar, sírvale usted un trago a todos los aquí presente porque yo mero pago.

Después de la quinta cantina, Licho había dejado de contarlas. Le quedaba clarísimo que el pueblo de Santiago poseía, por lo bajo, el doble de tabernas que el mismo puerto de Veracruz. Hacía tiempo no consumía tanto alcohol y por más que trató de irse midiendo, el envenenamiento y la agresión a su organismo había sido total. De manera que, hasta el día de hoy, no se explicaba en qué momento había consentido meterse a aquel asqueroso burdel y mucho menos acostarse con esa mujer vieja y horrorosa de axilas peludas que apestaban a ajo. El hedor había sido, precisamente, lo que lo había revivido. Al hacerlo, un miedo aterrador se había apoderado de él y lo había atormentado toda esa semana y la siguiente. Pero al no aparecer ningún síntoma alarmante en su miembro que amenazara desprendérselo o pudrírselo, se supo afortunado y de rodillas había agradecido a Dios ese milagro.

En lo que aguardaba el día asignado para salir a El Pozole, su tío se había ocupado en presentarlo, con gran orgullo, a toda la sociedad de Santiago. En una de tantas reuniones del *Club de Leones* lo había recomendado a su gran amigo el doctor Pilot, dueño de la única farmacia del pueblo. El hombre, ya entrado en años, llevaba tiempo lidiando con la fila de doctorcitos que pasaban por el pueblo para cumplir con los requisitos de la facultad de medicina. La mayoría, había opinado el médico sin pelos en la lengua, llegaban mal capacitados no tanto por su falta de conocimientos sino por la falta de compasión, esencial en la verdadera práctica del oficio.

—Porque escucha bien, hijo —sermoneaba el doctor Pilot—, más cura una palabra de consuelo que un bisturí.

Pero Licho, gracias a Dios, le había causado buena impresión. Esto por el dominio que el joven manifestaba en todo lo referente a la farmacología.

—Vaya —había comentado, feliz de enterarse de la devoción de Licho por las recetas patentadas de Papá Talí—, bendito el médico que no depende de laboratorios y es capaz de mezclar sustancias que ofrece la naturaleza misma. Sigue así, hijo —le aconsejó—, como tu padre; no dependas de nadie. Si sabes mezclar, siempre podrás curar a los pobres. Por eso, vente a mi farmacia y llévate lo que necesites, ahí me pagas cuando puedas.

Entre las recomendaciones del doctor y de su tío Rafael, pronto la gente de Santiago comenzó a reconocerlo por las calles.

—Ahí va el doctor Victoria —oía Licho susurrar a sus espaldas—, es el sobrino de don Rafael Tortajada.

Sin duda, lo que lo había librado de pasar vergüenzas, porque al pueblo había llegado con sus dos pesos y cincuenta centavos, había sido el empleo que, sin pedirlo, le había regalado su tío.

—Te he nombrado médico de los empleados de la tabaquería —le comunicó un día—. Y aquí te entrego tu primer sueldo de quinientos pesos para que la libres un poquito.

Cuando por fin llegó el día asignado para mudarse a El Pozole, sus posesiones habían aumentado considerablemente e incluían un botiquín lleno de medicinas y sueros (préstamos del doctor Pilot) y un bolsillo repleto de dinero. Y así había sido que, ansioso por poner en práctica sus conocimientos, había atravesado el río Santiago en una lancha y después se había encaramado en un camión abierto, de bancas al aire libre, bien agarrado de las redilas.

Y ahora nada, ni siquiera el aspecto tan austero del local que habría de ser su consultorio lograba desanimarlo. Estaba más que listo para educar a la gente con sus conferencias, para curar sus enfermedades y sobre todo, para ayudarlos a traer sin complicaciones a sus hijos a este mundo. Quería, más que nada en la vida, empezar a ejercer su verdadera profesión y salvar vidas.

Una vez colocados los instrumentos y medicinas en las vitrinas, se abocó a limpiar el escritorio dentro del cual, archivaría los futuros expedientes clínicos. Remojó otra vez el trapo, abrió el primer cajón y al instante dos cucarachas le brincaron encima. Asqueado, se las sacudió del pecho, y éstas corrieron a refugiarse debajo el colchón. Las persiguió hasta dar con ellas; porque sabía que si no ahora seguro a medianoche, regresarían a buscar el nido abandonado en el más profundo rincón del compartimiento del cajón del escritorio. Las aplastó con la punta del zapato. En el mismo cajón encontró un lápiz despuntado, con el borrador carcomido. Le quedaba mucha vida, decidió, analizándolo de cerca. De su bolsillo sacó su navaja y después de afilarlo lo volvió a depositar en uno de los cajones ya limpios.

Acabó de sacudir y ya satisfecho con el brillo de la madera del mueble, volvió a su maleta de la cual extrajo, con mucho cuidado, su más preciado tesoro. El retrato de Pilar venía envuelto en varias camisas y, por fortuna, había sobrevivido los rebotes del camión. A través del vidrio transparente, los ojos verdes de su amada, enmarcados por sus gruesísimas y tupidas cejas, lo miraban con infinita ternura. ¡Que lejos se sentía de ella! ¡Y cómo la extrañaba! Desde el incidente del burdel no podía pensar en Pilar sin sentir remordimientos. Esto a pesar de haber recibido el perdón oficial del párroco de la catedral de Santiago, con quien había corrido a confesarse al día siguiente:

—Ésa no fue infidelidad, hijo mío —le había dispensado el mensajero de Dios—. Las mujeres de la calle son una necesidad en esta vida porque te ayudan a mantener la relación con tu novia, pura, fuera de pecado. No querrás estar haciendo con ella las mismas porquerías ¿verdad? Entonces vete en paz, y deja unos pesos en la canasta del sacristán.

—¿Cuántos pesos, padre? —había preguntado preocupado, palmeando las dos únicas monedas de su bolsillo.

—Que sea lo que te dicte tu conciencia —sentenció el hombre, sabiendo bien que toda una fortuna no hubiera logrado aplacar los tormentosos remordimientos.

Con el dedo índice delineó los labios de la imagen de Pilar. Entonces, en un momento de arrebato, plantó su boca contra el vidrio del marco, y la besó deseando poder hacerlo en carne viva.

Así lo encontró el paletero, parado en medio de su nuevo consultorio, besando el retrato de su novia, como si fuese un chiquillo de primaria.

—Buenas tardes —tosió el hombre, disfrutando del espectáculo desde el umbral de la puerta.

Licho pegó un brinco, más de vergüenza que de susto, y de inmediato colocó el retrato, con bastante torpeza, en el escritorio.

—Buenas tardes —respondió, abotonándose el cuello—. Pásele usted, por favor.

El hombre aparentaba tener la edad de papá Talí y vestía un pantalón y camisa de manta blanca, una faja y sombrero. Sobre su atuendo típico llevaba puesto un delantal y por ello, a primera vista, Licho supuso que era panadero. ¿Sería su primer paciente? Se preguntó, emocionado. El anciano revisaba la estancia con gran interés, sin moverse de la puerta. Sus ojos danzaban aquí y allá descubriendo las vitrinas, la cama de exploraciones, los instrumentos quirúrgicos y por último el marco que Licho, apenas unos minutos antes, había arrojado avergonzado al escritorio.

—Soy el paletero de aquí al lado —explicó, estirando el cuello, tratando de ver la imagen digna de tan apasionado beso—. Mi nombre es Anastasio Porres, para servirle a usted.

—Mucho gusto, señor Porres —le extendió la mano—, yo soy el doctor Neftalí Victoria Armengual, a sus órdenes.

—Ah, sí —comentó el paletero, dándole su mano morena y callosa sin mirarlo nunca a los ojos—. Eso es lo que vienen diciendo por ahí en el pueblo, que iba a venir un doctor a curar enfermos.

La sonrisa del hombre inspiraba confianza y de inmediato se alegró de conocerlo. Era obvio que el señor Porres tenía algo más que comentarle pero por alguna razón titubeaba. Esperó pacientemente, respetando el incómodo silencio. Sospechaba que, tarde o temprano, fuera lo que fuera que preocupaba al hombre, encontraría las palabras adecuadas para expresarse.

—Nomás que, oiga —se quitaba el sobrero, rascándose la calva—. Usté está muy joven, ¿verdad?

—Sí, señor Porres —tenía que darle la razón—, eso precisamente es lo que le vengo diciendo a mi novia desde hace rato. Porque a fuerzas quiere que ya nos casemos.

Su respuesta tuvo el efecto deseado. El anciano rió y de inmediato se relajó dentro de su delantal. Después se acercó al escritorio y se recargó en el respaldo de la silla de los pacientes. Con curiosidad examinó el retrato de Pilar.

—Oiga, pos está bonita la güera —opinó—, yo que usté sí me aventaba. Venga —lo invitó—, déjeme enseñarle mi changarro.

El local de don Anastasio estaba ubicado al lado del cinema y abarcaba una gran parte de la sala de su casa. Contaba con dos hieleras las cuales el hombre conectaba al generador del cine para mantenerlas refrigeradas. Los sabores de sus paletas eran fresa, mango, sandía, plátano, tamarindo y limón. Casi siempre eran de agua, le explicó, regalándole una de fresa, aunque a veces, cuando el lechero se acordaba de pasar por ahí y cuando la leche no estaba rancia, también las había de leche. Nadie hacía mejores percheronas de maíz que su mujer, le aseguró invitándolo a sentarse en una de las dos sillas de mimbre bajo la sombra de su framboyán. El arreglo que tenía con el hombre encargado de pasar las películas, le platicaba, era que tanto él como su familia tenían derecho a cuanta paleta se les antojara a la hora que quisieran. Pero por desgracia, los chiquillos del técnico eran diabéticos y sólo Dios sabía cuánto más le vivirían al pobre hombre. Por ello casi nunca consumían paletas y esto a pesar que su mujer, en más de una ocasión, se las había preparado sin azúcar.

—Pos no les gustaron a los niños —se rió el paletero recordando el incidente—, porque estaban insípidas. Por eso.

Los días de cine, explicaba, había que trabajar el doble. Sobre todo antes de la función cuando llegaba la gente desde bien lejos toda acalorada. A veces, la cola frente al puesto llegaba hasta la carretera.

—Pruebe ésta —le regaló ahora una de limón.

—Muchas gracias, don Anastasio, pero por favor que sea la última. Si me como otra no podré moverme y pues tengo que mantenerme ágil para poder atender a los pacientes.

Sus palabras, notó Licho intrigado, de alguna manera habían puesto incómodo a su nuevo amigo. Después de un prolongado silencio, don Anastasio continuó,

—Mire, doctor, de eso precisamente quería yo hablarle.

—Sí, dígame, ¿de qué, precisamente?

—De los pacientes.

—¿Los pacientes? —su curiosidad crecía. ¿Qué información podría darle el hombre de los pacientes? ¿Sería curandero además de ser paletero?

—Porque fíjese usté, que aquí en el pueblo ya tenemos un doctor, ¿sabía usté eso?

—No. No estaba enterado.

—Sí, fíjese. Es un militar.

—¿Un militar?

—Sí, de uniforme y todo, dice que es doctor del ejército. A mí la verdad no me agrada. Y que Dios me perdone por hablar mal de él a sus espaldas, pero es antipático, se cree mejor que uno.

Nadie, ni siquiera el doctor Pilot había mencionado otro médico en el pueblo. Y lo más curioso era que, según don Anastasio, fuera un militar. Tendría que ser algún jubilado de la Armada, se imaginó, uno de esos que a pesar de haberse dado de baja insistían en ponerse el uniforme.

—El problema es que gente de aquí ya se entiende con él. Entonces, dígame, ¿cómo va a convencer a los enfermos de que lo busquen a uste' y no a él?

El anciano tenía razón, los pacientes generalmente eran fieles a sus médicos. Tenerle confianza a un doctor nuevo, joven como él, no sería fácil. Pero tampoco imposible, decidió, rehusando desanimarse. Lo importante sería hacerles saber su aptitud lo más pronto posible. Y quizás lo mejor sería comenzar con su vecino quien, sin duda alguna, conocía a medio pueblo.

—Si me lo permite, don Anastasio, ahora mismo regreso.

Corrió al consultorio y del fondo de su maleta sacó sus documentos, entre ellos la carta en la que formalmente se le asignaba al pueblo de El Pozole como médico general. Enseguida regresó a mostrársela al paletero.

—Aquí tiene usted mis papeles —se los dio, enseñándole el sello dorado que decoraba el margen de la primera página—. Éste es el certificado del Departamento de Salubridad comisionándome como médico oficial de las cercanías del pueblo de El Pozole. ¿Cree usted que con esto se convencerán los pacientes de mis habilidades?

El paletero miró los papeles sin atreverse a tocarlos.

—Sí —contestó al fin—, con eso seguro los tiene usté adentro. Y yo con mucho gusto lo puedo recomendar también. Pero la verdad, doctor, es que el problema no va a ser tanto sus habilidades, como usté dice, sino la *Colt* calibre 32 que carga el militar. Desde que supo que usté venía, anda diciendo por todos lados que ojalá no tenga que usarla contra ningún doctorcito, así como usté, que se le meta en su camino. Y ya sabe usté, doctor, cómo son esas pistolas. Bien mañosas, luego se disparan sin que uno quiera.

Era lo único que le faltaba. Lidiar con un salvaje. ¿Qué tipo de gente podría ser ese médico diciendo tanta burrada? ¿Sabría el tío Rafael de su existencia? Pues no, no se iba a dejar intimidar ni mucho menos iba a molestar a su tío con babosadas. Lo mejor sería seguir tranquilo con su plan original de trabajar en cuerpo y alma. Con el tiempo, el pueblo de El Pozole apreciaría sus servicios y con suerte, a lo mejor hasta también el fulano ése aprendería a aceptar su misión.

—Bueno, pues gracias por la información, don Anastasio –dijo, despidiéndose—, pero no se preocupe usted. Los médicos, le puedo asegurar, no andamos lastimando a nadie. Al contrario, nuestra vocación es más bien salvar a la gente de la tumba, no mandarlos a ella. Verá que no pasa nada.

La película de esa noche era *Enamorada*, con María Félix y Pedro Armendáriz. La gente llegó a instalarse en sus mismos lugares mirando de reojo y con curiosidad al joven rubio que según esto, era el nuevo doctor del pueblo. Antes de que la función comenzara, don Anastasio tomó la palabra ante el expectante público que ya saboreaba sus paletas.

—Atención, por favor —comenzó, subiéndose a la tarima—, les suplico sólo unos minutos de su atención. Quiero aquí presentar al doctor Neftalí Victoria Armengual. A ver, acérquese, doctor, ándele, sin pena, súbase aquí.

Licho hizo caso y se encaramó al tablado que amenazaba desplomarse ante el peso de dos personas. Desde arriba, sonrió avergonzado a sus futuros pacientes.

—Trae aquí el doctor —explicó el paletero alzando un papel al cielo—, una carta que dice que es el comisionado por el departamento de… ¿de qué era, doctor? Ah, sí, de Salubridad, nada menos. Así que el que quiera consulta, aquí mismo lo atiende mientras haya luz. De ahora en adelante, éste es su consultorio. Bueno, eso es todo, señores y señoras, y bueno pues, ya lo saben, este doctor viene comisionado. Un aplauso, por favor.

Licho nunca imaginó que esa misma noche tendría su primer paciente. Roncaba profundamente y soñaba (como lo hacía medio pueblo) con los ojos hechizantes de la María Felix, cuando de repente alguien golpeó la puerta como si quisiera botarla. Al levantarse, un dolor de espalda le cortó la respiración, inmovilizándolo. Maldito catre, había acabado con él. Respiró profundo, sobándose la columna hasta que poco a poco volvió a sentir sus extremidades. Mientras tanto los golpes en la puerta arreciaban, amenazando despertar a todo el pueblo.

—Un momentito, por favor —gimió, poniéndose los pantalones con exagerada lentitud—. Ya voy.

El joven en la puerta no podía tener más de veinte años. Su rostro delataba la desesperación típica de alguien que está a punto de perder un ser querido.

—Se nos muere la *Prieta*, doctor —gritó, alarmado—. Ayúdenos, por favor.

—¿Qué pasa? —preguntó, más que nada, para saber qué empacar—. ¿Se está ahogando, se cayó, le dieron un tiro, qué le pasa?

—No. Nada de eso, ya sacó al niño pero ahora no para de sangrar.

Vendas, antisépticos, jeringas y compresas fueron cayendo al botiquín. Luego se echó la camisa encima y sin abotonarla, salió a la calle. Por ningún lado se veía el coche.

—¿Vamos a pie? ¿Vive cerca la enferma? —preguntó, perplejo.

El joven señaló las mulas.

—¿Estás bromeando, verdad?

No, no bromeaba. Lo peor era que ni siquiera estaban ensilladas. Licho sintió un vago cosquilleo en la boca del estómago y pronto sus axilas le empapaban la camisa de sudor. El único animal que había montado a pelo en toda su vida era aquel burro de su infancia, que invariablemente lo aterrizaba de nalgas en los médanos. Bien le había advertido mamá Noya que lo difícil de su profesión no iba ser el ejercerla, sino el sobrevivir las peripecias de la vida de pueblo. El muchacho montó con agilidad y sin gran problema acomodó el botiquín a un lado. Luego jaló las riendas y frenó al animal, a fin de esperarlo.

—Apúrese, doctor, se nos muere la *Prieta*.

Ni modo, tendría que chingarse. Se armó de valor, rezó un Ave María y se le aventó a la mula. Su problema no había sido el encaramarse sobre el animal, sino la resbaladera de la manta que se deslizaba del lomo como manteca, botándolo al otro lado tan pronto como acomodaba el trasero encima. Al tercer intento y con la ayuda del joven, que ya desesperaba ante tanta torpeza, por fin logró dominar la maniobra. Era sólo cuestión de agarrar bien la crin y balancear las piernas. Lo más importante, alguien le había dicho en una ocasión, era no permitir que el animal sintiera su miedo porque entonces sí sería imposible dominarlo. Pero si la mula percibía su pavor o no, lo tenía de momento, sin cuidado. Su concentración estaba aferrada a no caerse y a aliviar la presión en los testículos que seguramente ahora mismo comenzaban a formarle un tremendo hematoma.

En una choza, acostada sobre un petate estaba la mujer, casi una niña, víctima de una hemorragia que la comadrona no lograba controlar. El joven, obedeciendo las instrucciones que Licho había aprovechado darle en el camino, le acercó la palangana de agua hervida y, remojando las compresas, comenzó a ofrecérselas.

—Hágase a un lado —ordenó a la curandera.

De inmediato, con los brazos bien embarrados de antisépticos hasta los codos, se acuclilló sobre el petate y comenzó su exploración. Era una obvia retención de la placenta. Palpando, siguió el trayecto del cordón umbilical a través de la vagina y del útero. No tardó en localizarla. Poco a poco comenzó a identificar y desplegar sus bordes. Una vez libre, extrajo la placenta al exterior. El problema sería la oscuridad de la choza. No le permitiría analizarla. De repente una gota de líquido cayó sobre su brazo. Por primera vez, desde haber comenzado el procedimiento, levantó la vista para identificar su origen. Arriba, un círculo de cabezas de hombres y mujeres, con sombreros y paliacates, observaban detenidamente toda la maniobra. ¡El líquido en su brazo era sudor de la misma gente!

—Óiganme —gritó, furioso—. ¿Qué se creen que es esto, una función de cine? Me hacen el favor de largarse todos de aquí en este instante.

Pero qué ignorancia, Dios mío, pensó, rápidamente desinfectando el área una vez más. Ahí se hubieran quedado los muy idiotas, disfrutando el espectáculo, sin saber que estaban contaminando el ambiente y poniendo la vida de la mujer y su criatura en peligro. Les urgían unas conferencias básicas de higiene, y empezaría por ahí, antes que nada. Las vacunas tendrían que esperar.

Al dispersarse los mirones, la luz del día enseguida penetró el cuarto y entonces pudo revisar la placenta minuciosamente y de ahí las membranas. Al parecer, todo estaba en orden. Volvió su atención a la paciente con el fin de darle el masaje externo al útero, a través de la pared abdominal. Casi de inmediato lo sintió contraerse y con ello vino, por fin, la suspensión del sangrado. ¡Bendito sea Dios! exclamó, agradecido. La paciente se recuperaría pero habría que vigilarla hasta completar la involución uterina. Ése era el problema de las parteras empíricas, reflexionó, sus conocimientos no llegaban a tanto.

Días después, Licho dormitaba en el camión, de camino a Santiago a reponer sus medicinas, cuando un hombre uniformado, ya entrado en años, se sentó a su lado.

—Buenos días —saludó, destellando cuatro dientes dorados al sonreír. Vestía un uniforme sucio y arrugado, que no pertenecía a ninguna rama del servicio militar. Más bien parecía una reliquia sacada del baúl de algún pariente difunto. Difícil adivinar, con certeza, qué tipo de uniforme era, porque tanto podía ser de agente de seguridad, como podría ser de chofer. Fuera lo que fuera, el hombre no era miembro del cuerpo militar.

—Buenos días —respondió, corriéndose a un lado para darle más espacio. A grandes rasgos, la apariencia del fulano definitivamente coincidía con la descripción que Anastasio le había proporcionado del médico militar. Tenía que ser el mismo, concluyó, porque ¿cuántas gentes uniformadas podrían vagar por las calles de El Pozole? Lo bueno era que si el hombre iba a matarlo, no sería el día de hoy. La famosa *Colt* se había quedado olvidada en casa.

—Usted es nuevo por estos rumbos, ¿verdad? —preguntó el uniformado, sacándole plática.

—Sí, ¿usted también?

El hombre se carcajeó, bañándolo de saliva. Demasiados agujeros entre los dientes de oro, reparó asqueado. Controlándose, resistió el impulso de limpiarse su camisa limpia y mudarse a otra banca.

—No, yo no soy nuevo —respondió al fin—, soy de los viejos, de los reteque viejos… Hace muchos años, ya perdí la cuenta, nací aquí mismo, en El Pozole, y ahora, ahora soy el mero médico.

¡Lo sabía! Su intuición rara vez lo defraudaba. Pero qué diferente era a la imagen mental que se había formado del hombre después de hablar con don Anastasio. En principio, se lo había imaginado como el típico bandolero, como el Indio Fernández, militarista y altanero. Aquel hombre, en cambio, era más bien frágil y chaparro y con aquello que le valía madres rociar a sus semejantes de babas, era también descuidado. Imposible imaginárselo a media cirugía.

—Ya había oído hablar de usted, doctor…

—Núñez, Salomón Núñez, a sus órdenes.

—Mucho gusto en conocerlo, doctor Núñez —le extendió la mano—. Yo soy el doctor Neftalí Victoria Armengual para lo que pueda yo servirle.

Un ligero tic nervioso en el ojo, delató la sorpresa en el rostro del médico.

—Ah sí, cómo no —lo miró, escudriñándolo—, en poco tiempo se ha vuelto usted famoso, doctor.

—Lejos de eso, doctor Núñez, no soy más que un principiante.

El doctor Núñez volvió a reír y Licho procuró resguardarse contra esa lluvia de escupitajos.

—Se me estaba ocurriendo, doctor Victoria, que para darle la bienvenida, me gustaría invitarlo a ir conmigo de cacería. Así podríamos platicar, a lo mejor hasta podríamos asociarnos. ¿Cómo ve?

—Es usted muy amable, doctor, pero yo no tengo armas, nunca he ido de cacería.

—Eso no es problema. A mí me sobran, yo lo equipo con mucho gusto. ¿Qué le parece mañana?

—Mire, doctor, yo mañana ya tengo algunos pacientes y la verdad…

—El domingo entonces. Nadie trabaja el domingo. No me puede usted despreciar la invitación, doctor.

Licho asistió el domingo a misa, temprano, más que nada para pedir por su vida. Qué injusticia tan grande sería que acabara así, en un pueblo, balaceado por la competencia. Tardarían meses en encontrar su cuerpo y seguro ahí la misma gente de El Pozole, apoyarían cualquier versión que diera el doctor Núñez del «accidente». Pues no lo permitiría, le advirtió a Dios, si el hombre se ponía peligroso, no tendría más remedio que dispararle primero, pero bueno, le apuntaría a la pierna, así la extracción de la bala no sería tan complicada.

La excursión fue un verdadero tormento chino. Desde un principio las cosas habían empezado mal, ya que el doctor había insistido en dejarlo ir adelante. Todo el camino el hombre iba detrás, escopeta al puño, en libertad total de meterle un tiro por la espalda. Licho también iba armado, por supuesto, pero aunque hubiese querido defenderse, no hubiera podido; las manos le temblaban como si le hubiese dado un ataque de epilepsia y atinarle a algo hubiese sido un verdadero milagro. Lo más vergonzoso no había sido eso sino su intestino, que al tercer disparo del hombre, de plano lo había traicionado. Nunca había sufrido una diarrea semejante.

—Veo que anda usted incómodo, doctor —rio el doctor Núñez, al verlo encuclillarse, por cuarta vez, tras una jacaranda.

—Me cayeron mal los chilaquiles —mintió, deseando que el suplicio terminara, aunque fuera con un tiro.

Cuando tres patos después, el hombre dio la aventura por concluida, Licho apenas sí podía creer su suerte. Estaba jodido pero vivo. El hombre militar de dientes dorados que escupía sus palabras sobre las camisas de las gentes, no había atentado contra su vida. Es más, al regresar al pueblo había insistido en regalarle los tres patos tiesos para que, cuando estuviera mejor de la panza, se hiciera sus buenos tacos.

Más tarde, al terminar la función de la noche y bajo la luz titilante de la última vela que le quedaba, Licho escribió su carta diaria al amor de su vida:

Güerita:

Tengo la certeza de que hoy le pediste al Señor por mi salud y por ello no sabes lo agradecido que me siento. Fue un día difícil, pero creó el principio de una relación sana con el otro doctor del pueblo. Cambiando el tema, no se te ocurra ir a ver esa película de la Pepita Jiménez, es indecente. La que sí te recomiendo es la de los Tres Garcías, está bien simpática y hay bastante tiroteo, que ya sabes cómo me encanta, pero eso sí, sólo de lejitos. También así, gracias por tus oraciones así como por la misa diaria que oyes todos los días. Creo que Dios te está escuchando porque has de saber que la cola enfrente de mi consultorio empieza a ser casi tan larga como la del paletero, ¿Cómo ves? Te agradará saber también que ya llevamos ahorrados 900 pesos con los que, mañana mismo, compraré mi primer boleto de camión para ir a verte. Deseo, más que nada en el mundo, tenerte en mis brazos.

Recibe el amor de siempre,

TU LICHO

35

Licho: Mujer de fe verdadera

Veracruz, Veracruz. 1950.

Licho se despertó de un sobresalto. El corazón le latía contra las costillas como si fuera un pájaro salvaje que al luchar por su libertad, se aventaba contra las rejas de su jaula. Otra pesadilla. Encendió la lamparita de noche y miró el reloj; eran apenas las cinco de la mañana. Se volvió a recostar y respiró profundo hasta sentir que las palpitaciones de su pecho se regularizaban. Hacía un calor insoportable y la cama estaba empapada de sudor. El triste ventilador no hacía más que dispersar la densa humedad que no dejaba respirar. De un golpe se despojó de las sábanas y cerró los ojos. Trató de volverse a dormir pero al hacerlo las imágenes del tormentoso sueño volvían a atiborrarle la mente. Siempre tenían que ver con el examen profesional que en menos de un mes tendría que presentar en la Ciudad de México.

En esta última versión de la pesadilla, se encontraba sentado frente a cinco miembros del jurado en un auditorio de aspecto tenebroso. Era un comité de hombres ceñudos, enfundados en trajes negros de velorio que lo miraban despectivamente y con sospecha. Desde su alta plataforma le lanzaban pregunta tras pregunta, escupiéndolas en rápida sucesión, sin darle tiempo ni de abrir la boca.

«Describa usted el origen de la úlcera pélvica, explique su etiología. ¿Qué nos puede decir de la sintomatología? Por favor elabore algo acerca de su anatomía patológica. ¿Cuál es la parte del organismo que sufre la enfermedad? Por favor haga un resumen...»

Como dardos con puntas venenosas, las preguntas lo ensartaban en su silla, desgarrando su traje nuevo que tanto trabajo le había costado regatearle a la empleada de *Sears*. Y por más que quería protestar y contestarlas, porque sabía todas las respuestas, no podía. Algo le entumía el cuerpo y le paralizaba las cuerdas vocales. Atormentado, comenzaba a gritar y ahí era donde sus propios gemidos lo despertaban.

Tenía que orinar. Para qué hacerse el tonto, sabía que jamás podría reconciliar el sueño. Más valía meterse al baño a darse una ducha de agua fría y ponerse a estudiar porque seguro por eso tenía insomnio, por no aplicarse en los libros como debía hacerlo. Aventó la almohada a un lado y se levantó, rascándose los sobacos. Los olfateó. Olían a madres. Le urgía meterse a la regadera. De repente notó la ausencia de Silviano. Su cama estaba intacta. Por lo visto no había llegado a dormir en toda la noche. Últimamente, con eso de que andaba metidísimo en la organización de las fiestas de Carnaval, nadie le veía ni un pelo. Se acercó a la cama intacta de su hermano y la destendió, cuidándose de aventar la colcha al suelo como Silviano siempre acostumbraba para así fregar a la muchacha. Con la colcha en el suelo nadie más que él repararía en su ausencia. Hoy no se le antojaba oír los pleitos que se desencadenarían en cuanto mamá Noya cayera en cuenta que Silviano se había ido otra vez de parranda.

Entró al baño y después de orinar abrió el botiquín y localizó la pasta dental. Se lavó los dientes y luego, a brochazos, se embarró la cara con su crema de afeitar, una *Williams* que salía cara pero que era buenísima porque nunca le irritaba la piel. Con cuidado de no cortarse, deslizó la navaja del cuello a la barba y de los pómulos a la boca, levantando por su camino senderos de merengue con pelos. Se enjuagó, abrió la llave fría de la regadera y sin pensarlo se sumergió bajo el chorro de agua helada. De inmediato se le fue el aliento. Brincoteó, como si saltara una cuerda invisible, frotándose el cuerpo con el estropajo. Talló con vigor para deshacerse de la pesadilla y en cuanto pudo darse por aseado cerró la llave, jaló su toalla y se secó. Al embarrarse el desodorante *Bon Ami* trazó su plan del día. Iría a desayunar a *La Parroquia*. Era domingo y a esas horas estaría vacía, así es que podría estudiar tranquilo sin que nadie lo distrajera. De ahí, a las once de la mañana se cruzaría a catedral para la misa que oficiaba el obispo. Pilar se lo había pedido en su última carta y le daría ese gusto.

Buscó en el ropero los pantalones y la guayabera más fresca que poseía, y una vez vestido agarró su portafolio y salió de la casa tratando de no hacer ruido. Todavía no daban las seis de la mañana y el puerto dormía. Afuera, en las calles, los vestigios de la fiesta tropical que había alegrado la noche yacían desparramados en las banquetas y las alcantarillas. Botellas de alcohol, conos de raspados, olotes carcomidos y huesos de mango salpicaban el pavimento. Los jarochos no perdonaban ese guateque colectivo que cada sábado llenaba las salas de los hospitales con heridos, víctimas de balas extraviadas, cuchilladas de amantes celosos o golpes de borrachos. Por eso mismo, para los internistas interesados en traumatología, no había mejor lugar en el mundo para poner en práctica sus conocimientos que un hospital del puerto de Veracruz, cualquier fin de semana.

Se encaminó al bulevar a esperar el camión. Quería ver el mar y sentir su brisa porque a pesar de estar recién bañado, el sudor comenzaba a empapar su guayabera. Al final de la calle, en el entronque con la avenida principal, el Golfo de México se comenzaba a distinguir. Detrás de los camellones sembrados con palmeras repletas de cocos, la masa de agua aparecía recostada dócilmente, bajo la línea del horizonte. Justo en medio, una brillante yema de sol se derramaba sobre sus aguas plateadas, creando una gama de colores amarillos, naranjas y púrpuras. Era un glorioso amanecer, y feliz de haber madrugado se acercó a la barda del bulevar a disfrutarlo.

En la playa, con ese cielo esplendoroso como fondo, un par de barcas reposaban sobre la arena. Cerca de ellas, los pescadores se movían acompasados, jalando su red, indiferentes al escándalo de las gaviotas quienes, hambrientas, bullían a su alrededor, apremiándolos. Ráfagas de un viento sureño, oliendo a caldo de algas, caño y marisco, impregnaba el ambiente. El murmullo del suave oleaje golpeaba contra el arrecife, arrullando a una pareja de enamorados que dormitaban, entrelazados bajo un toldo tras una noche de pasiones. Licho observó el panorama y sintió que su alma se elevaba a todo lo divino. Entonces pensó en Pilar.

Cómo le hubiera gustado compartir con ella ese momento. Qué dicha poder tomarla en sus brazos como aquel par, o poder caminar a la orilla de la playa acariciando su mano y así, juntos, contemplar el majestuoso despertar de ese nuevo día. La extrañaba. Las cartas diarias que se mandaban no lo consolaban y mucho menos a ella, quien verdaderamente sufría con esas separaciones. Su estancia en Nayarit había sido un tormento. Y lo peor había sido tener que despedirse tan pronto había regresado. Porque ni modo de quedarse a vivir en la Ciudad de México estando ya graduado. Habría sido un abuso seguir de arrimado en la casa de su hermana Toña. Su única opción había sido regresar a Veracruz a vivir con sus papás para prepararse para el examen profesional que lo estaba enloqueciendo. Por supuesto, sabía que si por Pilar fuera, ya estarían casados, compartiendo sus pobrezas, aunque esto significara vivir en la casa de los suegros. Pero él quería algo mejor para ella. Cuando menos una casita que ofrecerle, por muy pequeña que fuera. Estaba lejos de lograrlo y eso era desesperante.

De repente, la belleza del panorama lo deprimió. Aun después de titularse estaría difícil conseguir trabajo. La experiencia en Nayarit le ayudaría mucho, eso ni hablar, pero aunque pudiera conseguir una plaza en algún hospital le pagarían una miseria. Le llevaría años levantar su propio consultorio y no quería ni siquiera pensar en la inversión que esto significaba. Quizás hubiera sido mejor hacerle caso a su padre que tanto le había advertido que la medicina era para los pobres. Quizás debió haber estudiado farmacología y trabajar con él. De haber optado por esa carrera ahora mismo estaría ganándose la vida. Su mente contempló ese escenario. Se vio instalado detrás del mostrador, vistiendo su bata blanca y repartiendo medicinas, mientras papá Talí daba órdenes desde las profundidades del laboratorio. Hasta ahí llegó su imaginación. Sabía perfectamente bien que esa vida no lo hubiera hecho feliz. No podía ser nada que no fuera médico. Sus manos eran de cirujano. Y además, habiendo experimentado la satisfacción de esa mirada agradecida de sus pacientes cuando se sabían curados, el asunto no tenía vuelta atrás. Ésa era su vocación y punto. Y aunque le costara un huevo lograrlo, y el otro también, algún día abriría su consultorio; con suerte, ahí mismo, enfrentito al mar. Con Pilar a su lado, no habría reto que no pudiesen enfrentar juntos. Claro, primero tenía que pasar ese maldito examen de sus pesadillas.

La parada del camión estaba igual de desierta que las calles. Seguro al camionero se le habían pegado las sábanas, porque el tiempo pasaba y el camión no llegaba. Caminó a la siguiente parada y después a la que seguía, andando a lo largo del bulevar, hasta llegar al club de yates. Ahí por fin hizo su aparición el camión Playa, tambaleándose y despertando a todo ser viviente con el ruido de su motor. Abordó y se sentó en la ventanilla donde el soplo del mar pegaba sabroso. Era el único pasajero así que, a pesar de no estar de humor para ello, tendría que atender la plática del camionero. Por fortuna el hombre parecía sentirse peor que él, ni siquiera volteaba a verlo. Escuchaba las canciones rancheras de su radio y metía el acelerador hasta el fondo, seguramente para rectificar su atraso. En la esquina de Independencia y Zamora, pidió su parada y descendió justo frente de *La Parroquia*. En el restaurante, buscó la mesa que le pareció más apartada en un rincón, y se sentó a estudiar. No se daría permiso de desayunar hasta no haber repasado cuando menos dos capítulos.

Pronto, un mesero apareció a tomarle la orden. Firme en su propósito, pidió sólo un lechero, esto a pesar de no tomar mucho café. Estando en cualquier otro lugar hubiera pedido su jugo de piña pero aquí era pecado no hacer una excepción y participar en ese ritual que desde siempre había sido el lema de *La Parroquia*. Fiel a la tradición, en cuanto el mesero le colocó enfrente el vaso que ya contenía su café cargado, golpeó el vidrio con la cuchara, haciendo ruido para llamar la atención del lechero. Aquél llegó enseguida, balanceando sus cántaros plateados cargados de leche humeante en cada mano. Empinó uno de ellos desde una altura impresionante y atinó el chorro de leche hirviendo, con exacta precisión, justo dentro de su vaso. Ni una gota del lechero manchó el mantel blanco.

No habían pasado ni cinco minutos de estudio cuando un hambre pavorosa comenzó a atormentarlo. Era el olor exquisito a tortilla de huevo de la mesa de los vecinos, que un hombre atacaba con gran entusiasmo. Trató de concentrarse, pero ahora el mesero volvía a aparecer con una bandeja llena de frijoles refritos, enchiladas de mole poblano y un gran plato de chilaquiles verdes. Era inútil, jamás podría estudiar con el estómago vacío. Además, la falta de energía no le permitiría absorber la información en su debida forma. Abrió la carta, revisó los precios y de ahí sacó su cartera para contar una vez más los billetes que le quedaban. Incluyendo la propina, tenía suficiente para pedir una orden de picadas y una gorda de panela. Esculcó los bolsillos y al fondo encontró una moneda de dos pesos. Con eso también le alcanzaba para su canilla. Ésa era de ley, quizás porque al remojarla en su lechero traía a su mente el «pan de Dios» que mamá Noya siempre les dejaba dentro de la panera cuando eran chamacos, para comer después de la escuela. Llamó al mesero y le pidió su orden. Y después, habiéndosele acabado los pretextos, volvió al estudio.

El diagrama ilustraba una sección transversal de la uretra masculina, señalando la posición exacta del peritoneo, el orificio urético derecho e izquierdo, la glándula de la próstata y la uretra. Al voltear la página alguien le golpeó la espalda.

—¿Quihubo, tú?

Silviano, con cara de crudo, le sonreía de oreja a oreja. Estaba con dos amigos con igual aspecto de jodidos y todos apestaban a juerga que nunca acaba. Lo miraba con la expresión de siempre, una mezcla de regocijo y burla. Lo bueno era que estaba acostumbrado a ser la diversión favorita de Silviano y por ello no permitiría que su hermano rompiera su armonía.

—¿Qué haces aquí tan temprano, cabrón?

La pregunta sobraba. Silviano sabía perfectamente que estaba estudiando. ¿Acaso no lo había encontrado con la nariz sumergida en las páginas del libro?

—Vine a desayunar.

Silviano levantó el libro de la mesa, advirtió su grosor, alzó las cejas y giró a enseñárselo a sus amigos. Éstos lo hojearon hasta encontrar la página que contenía la anatomía sexual del órgano masculino. La miraban divertidísimos, haciendo bromas vulgares que empezaban a atraer la atención de la gente decente. No resistió comentarlo.

—Parece que tus amigos nunca han visto un pito. Ha de ser tan difícil tenerlo tan chiquito que a su edad todavía no pueden esculcar el suyo.

Silviano soltó la carcajada. A él todo le caía en gracia, hasta los insultos. Agasajándolo, le palmeó la espalda.

—Deja de estudiar que hoy es domingo, día de descanso —le devolvió el libro—. Hoy nos vamos de pesca. Ya conseguí la lancha del turco.

El mesero se acercó y depositó su canilla en la mesa. Licho se abalanzó sobre ella pero era tarde. Silviano ya le daba la primera mordida.

—Espérame aquí, voy por las cosas y vengo a recogerte.

Atacaba por segunda vez su canilla pero después, asqueado como andaba por la cruda, regresó el pan al plato con aire de quien da sus sobras a un limosnero.

—Paso por ti en un momento.

—No puedo, tengo que estudiar y de ahí voy a la misa de once.

Lo miró con esa mezcla de repugnancia y lástima con la que se mira a un chiflado.

—Que misa ni qué nada, coño, al rato vengo por ti y más vale que estés listo.

Los vio alejarse, atravesar la calle y subirse a su coche estacionado en la calle Zamora. Respiró con alivio porque en ese preciso instante le servían sus gordas y picadas. Las devoró de inmediato, sin disfrutarlas, quemándose la lengua. Después remojó en su café lo que quedaba de la canilla mordisqueada y empinándose sobre el libro, volvió al estudio con redoblado esfuerzo.

Las campanadas de la catedral repiquetearon anunciando, sucesivamente, la misa de ocho, de nueve y de las diez de la mañana. Absorto como estaba, apenas si percibió las ráfagas de gente que entraba al restaurante, después de misa, felices de haber sobrevivido la visita semanal a la casa del Señor. Miró el reloj. Faltaban quince minutos para las once. No tenía el más mínimo deseo de encerrarse en la iglesia. La misa sería un tormento. Ese obispo tenía fama de sermonear mínimo dos horas. La catedral estaría a reventar de gente y con esos ventiladores, reliquias de los tiempos de la conquista, sería un horno infernal. Además, con la mala noche que había pasado y con lo pesado que le había caído el desayuno, sería un milagro si no caía dormido sobre el regazo de alguna anciana piadosa.

Pero Pilar se lo había pedido y él no sabía decirle mentiras, ni siquiera a larga distancia. En su próxima carta lo haría confesar no sólo si había ido, sino también si había comulgado y, sobre todo, si había llegado a tiempo. Esto de la puntualidad había quedado firmemente establecido en su primera cita cuando, bañado y rasurado, se había presentado en la Iglesia de la Sagrada Familia cargando bajo el brazo la Biblia de la casa de Toña. El motivo de su media hora de retraso, había tratado de explicar en susurros a Pilar, había sido algo fuera de su control. No había podido despertarse. Pilar apenas si lo había escuchado, embelesada como estaba con las palabras del siervo de Dios. Así es que Licho, sintiéndose ignorado, se había limitado a acomodarse en su butaca dispuesto a fingir una fe que no sentía. Y la cosa hubiese estado tolerable de no haber sido por el rechinar de sus tripas que por ahí del Padre Nuestro empezaron a anunciar, a toda la congregación, que se moría de hambre. Con las prisas, no había tenido tiempo ni de tomar un jugo y por eso a la hora de la comunión, había devorado la hostia lamiéndose los labios porque, pese a su pequeñez, sabía a gloria. Sólo por decencia resistió el impulso de hacer fila dos veces. Esa misa, bien recordaba, había sido la misa más larga de toda su vida. Y cuando por fin el padre pronunció las anheladas palabras «vayan todos con Dios, la misa ha terminado», su fervorosa respuesta había resonado hasta la cúpula. «¡Aleluya!» A no ser por las risas de los congregantes nunca se habría percatado de su error. Pero eso no fue lo peor; lo peor, lo que curó para siempre su impuntualidad fue la reacción de Pilar quien mirándolo con una sonrisa irresistible, sentenció:

—Licho, la misa no cuenta cuando se llega después del sermón… Pero no te preocupes, con mucho gusto te acompaño a escuchar la siguiente.

Desde ésa su primera cita, Licho se sintió atrapado en una red invisible, sofocante, pero al mismo tiempo deliciosa. Y por más que quiso resistir, por más que quiso huir, simplemente no pudo. Ni siquiera su hermano Silviano, experto en esos asuntos, había podido resolver su dilema.

—Eso te pasa por enamorar a una mujer de fe verdadera.

Ni modo, estaba jodido. Tendría que soplarse la misa del obispo. Pagó la cuenta, recogió los libros y cruzó la calle Independencia. De repente oyó los claxonazos del *Packcard* de Silviano.

—¡Súbete! —le gritaba desde la esquina, abriendo la puerta de pasajeros del coche.

Se acercó a la ventanilla. Las cañas de pesca se proyectaban por la ventana del asiento posterior. Había hablado en serio, se iba de pesca.

—Ya te dije que no puedo.

El policía le daba el pase y Silviano se hizo a un lado, para dejar pasar a los autos que empezaban a formarse en su parachoques.

—Órale cabrón, que te traje algo.

Abanicó un papel que le aventó a la cara. Enseguida lo reconoció. Era el epítome con las oraciones y las referencias bíblicas de la misa de las once. El papel claramente indicaba que el sermón del obispo estaría basado en las cartas de San Pablo a los Corintios. Sería sólo cosa de repasar esa parte de la Biblia y san se acabó.

Miró la carnada, la hielera llena de cervezas, la guitarra y hasta su calzón de baño y su radio portátil, acomodados en el asiento posterior del automóvil. Silviano siguió su mirada y le sonrió con picardía. Las campanas repiquetearon y la gente empezó a entrar a la iglesia. Los conductores, teniendo que dar volantazos, los rebasaban y al hacerlo les mentaban la madre. El calor ardía a su espalda y la brisa del mar cargaba ese olor que prometía buen oleaje. Recordó la red de los pescadores que había visto esa mañana al caminar por el bulevar. Estaba repleta de parguetes. Sin mirar atrás, aventó la mochila al coche y se subió. Y ahí mismo, sin importarle quien lo viera, se encueró y se plantó el traje de baño.

36

Licho: Trío de golfos desentonados

Veracruz, Veracruz. 1950.

Silviano y Licho manejaron a la escuela náutica donde Pollo cursaba el segundo año de ingeniería. Lo encontraron haciendo guardia pero en cuanto oyó el plan de ir a pescar, se apresuró a lograr que un compañero lo supliera. Le prometió trago y también un huachinango fresco y si no, cuando menos un par de sierras. Asunto resuelto, se trepó en la bicicleta y pedaleó, dándole a todo lo que daban sus piernas, siguiendo a sus hermanos detrás del *Packard* hasta llegar al muro de pescadores.

En el muelle, el lanchero del turco ya llevaba rato esperándolos junto a la lancha. Era pequeña, de escasos cinco metros de eslora por uno y medio de manga. Tenía un motor fuera de borda de tres caballos de potencia y se presentaba al mundo con el nombre de *El Pelícano,* pintado en su costado con letras amarillas. Silviano se acomodó en la popa; Pollo se sentó en medio y enseguida comenzó a preparar los rieles. Licho tomó asiento en la bancada de la proa, afinó su guitarra y sin más, entonó su canción favorita: *Por vivir en quinto patio.* A las dos de la tarde los tres hermanos, embarcados con los avíos de pesca, aventaron la soga al lanchero que los despedía desde el muelle y zarparon.

Felices, llevaron la travesía con calma, disfrutando el paseo y a la media hora ya fondeaban el bajo de Pájaros. Ahí mismo tiraron los anzuelos, con su respectiva carnada, a las profundidades, se repartieron las cervezas y comenzaron la pesca.

Al cabo de unas horas, Licho estaría arrepentidísimo de haberse dejado sonsacar y no haber ido a escuchar el sermón de San Pablo, tal como le había prometido a Pilar. Pero de momento, al arrullo de las

— 343 —

olas del mar, con su cerveza bien fría en la mano, y con la cantidad de toletes y jiníguaros que parecían brincarles a las cubetas, no podía creer que por poco se la hubiera perdido. De no ser por la insistencia de Silviano, ahí estaría en esa iglesia oscura y deprimente, curtiéndose como ceviche, en el caldo de su propio sudor. No cabía duda, pensó, estaba mal de la cabeza. Quizás si aprendiera a tomar la vida a la ligera como lo hacían sus hermanos, las cosas se le darían con más facilidad. Quizás si se diera sus escapadas de vez en cuando, podría conciliar el sueño como era debido. Entonces sí lograría embutirse en el cerebro la posición exacta del peritoneo, el orificio derecho e izquierdo y el resto de la información atiborrada en esa enciclopedia que cargaba a todos lados. Por eso, de ahora en adelante, estudiaría no más de cinco horas al día. El resto del tiempo se largaría al mar a pescar, a nadar o simplemente a caminar por la playa para llenarse las patas de arena.

—Este cabrón no quería venir —comentó Silviano a Pollo, señalándolo.

Ya iba a empezar a joder. Coño, se había tardado. Lo bueno que él no iba a permitir que nadie, mucho menos su hermano, interrumpiera el placer que sentía en ese momento de caña, mar y sol.

—Quería largarse a misa —siguió aquél—. Imagínate.

Pollo sonreía, pero no le daba cuerda. Era un experto en mantenerse al margen de las broncas entre sus hermanos mayores.

—Estás jodido, Licho –le soltó Silviano de plano a la cara—. Porque digo, a mí también me encanta Pilar pero al rato te va querer colgar encima una sotana.

Pollo soltó la carcajada. Aquí era donde cualquier otro se hubiera encabronado. Pero cosa rara, el tono de Silviano parecía ser sincero. Sonaba casi como verdadero consejo filial y quizás era su imaginación, o quizás el efecto de la cerveza, pero al mirar sus ojos azules, creyó leer algo parecido a la preocupación, algo parecido a cariño. Contempló su comentario y se imaginó vestido de sotana. En realidad lo que Silviano decía era cierto. A veces el fanatismo de Pilar con eso de la religión le molestaba.

Ya debía haberse acostumbrado a esa parte de Pilar que por un lado admiraba y por el otro, a veces, igual que Silviano, nada más no comprendía. Al principio, cuando la relación empezaba, no había sabido qué pensar de esa muchacha que se la vivía en la iglesia. Porque vaya, él comprendía que las personas quisieran ir a misa los domingos a fin de evitar pecado mortal pero, ¿ir a misa todos los días? Eso ya era cosa de monjas. Y él era un hombre apasionado y necesitaba una pareja que supiera corresponderle con el mismo ardor. No que quisiera una maleada, pero tampoco quería terminar con una mojigata de aquéllas que, con el pretexto de ser pudorosas, se le negaban al marido cada vez que podían. Así exactamente se lo había expuesto a Pilar aquel cinco de diciembre, después de una función de cine, cuando le había declarado su amor.

Su plan original había sido declarársele durante el helado de fresa que compartieron justo antes de entrar a la función. Jamás encontró el momento oportuno. Al rato, durante el intermedio, volvió a intentarlo, pero la siguiente película ya comenzaba. Entonces decidió lanzarse durante el transcurso de la misma, al fin que en la intimidad de la oscuridad serían más fáciles las cosas. Pero cada vez que abría la boca, su mano automáticamente la atiborraba de palomitas hasta acabarse la bolsa entera. Enojado consigo mismo, se prohibió salir del cine a menos que fuera llevándola de la mano. Por ello cuando la función terminó, las cortinas del telón se cerraron, la gente vació la sala y lo único que quedaba en todo el espacio eran los ojos interrogantes de Pilar, entonces el alma se le desbordó y confesó una corriente de sentimientos encontrados que incluían amor intenso, por un lado, y gran temor de enamorarse de una santurrona, por el otro. Ese día, que los dos bautizaron desde entonces como el día de la «valiosa adquisición», Pilar había acallado todos sus temores con el beso más arrebatado que jamás había recibido en su vida. Y con esa caricia a sus labios había comprendido que los sentimientos de Pilar eran siempre intensos, fueran hacia su *creador divino* o hacia el hombre de carne y hueso que de acuerdo a *su* sagrada voluntad, le había puesto en su destino. Claro que todo esto era algo que Silviano nunca comprendería, acostumbrado como estaba a las relaciones frívolas.

—Ya cállate, que yo sé lo que hago —respondió a su comentario—, y pásame otra cerveza.

La tarde se les escapó sin que se dieran cuenta.

Cualquiera que a distancia contemplara la escena hubiera dicho que el cielo y el mar, aburridos de ese trío de golfos desentonados, decidieron correrlos al mismo tiempo. Porque de repente, sin dar previo aviso, las nubes se agruparon envolviéndolos en una repentina oscuridad. A la par, el viento comenzó a desordenar las olas, que a su vez sacudían la embarcación cada vez con más fuerza. Los hermanos no tuvieron ni que discutirlo, de inmediato enrollaron los cordeles, cortaron los anzuelos y echaron a andar el motorcito. En menos de un minuto el oleaje crecía y el bote navegaba. Pronto, el agua comenzaba a salpicarles los pies, invadiéndolos rítmicamente, hasta llegarles a los tobillos. De sopetón, una descarga de agua helada los invadió por la popa. Antes de reaccionar, el agua acarreó con sus camisas, toallas y los pequeños remos.

—¡Licho! —gritó Silviano—. ¡Vete a recuperar ese remo, yo voy por el otro! ¡Tú, Pollo, aligera el peso!

Con el corazón latiéndole a mil por hora, Licho se aventó al mar a recuperar el remo que flotaba a poca distancia subiendo y bajando al compás de la marejada. Se alegró de su entrenamiento de quinientos metros diarios, que simplificaba su objetivo. Lo alcanzó, lo sujetó con la boca y regresó con él a la lancha. Sus hermanos la balancearon y facilitaron su ascenso. El viento arreciaba y las olas seguían invadiendo el casco. Estaban los tres empapados.

—Hay que aligerar el peso —decidió Silviano—. ¡Ayúdenme!

Botaron todo por la borda, los pescados y los avíos de pesca. El motor se quedó pegado, su peso amenazaba hundir la embarcación completa. Silviano se arrojó al mar y aflojando las mariposas pudieron por fin soltarlo. A cubetazos sacaron lo más que pudieron del agua que los invadía por todos lados. La noche comenzó a envolverlos en su oscuro abrazo, pero a lo lejos, las luces de la ciudad alcanzaban a distinguirse, guiándolos a tierra firme. Encucllillándose, Licho y Silviano remaron a gran velocidad impulsados por un miedo que comenzaba a congelarles el alma. Licho sintió los golpes de las olas abofetear su rostro sin misericordia. El agua se le infiltraba por todos los orificios. Trató de respirar por la boca pero enseguida tragó agua salada. La sal ardía sus ojos, cegándolo. Remó a tientas. La lancha se azotaba al precipitarse sobre el declive que formaban las olas. Dudó que la madera aguantara los porrazos. Sabía también, por el silbido del viento que agudizaba, que esto era sólo el calentamiento del verdadero baile que en breve el mar y el viento danzarían. Aceleró el ritmo de la remada ignorando el dolor de sus brazos. Pronto Silviano articuló lo que Licho ya venía temiendo:

—No estamos avanzando.

Pollo detuvo los cubetazos brevemente y miró a sus hermanos, perplejo. Éstos, exhaustos, dejaron de remar pero al hacerlo el golpe de la siguiente ola giró la lancha violentamente aventando la proa en contra de la marea. Algo la detenía.

—¡Pendejo! —gritó Silviano a Pollo—, te dije que subieras el riel.

—¡Lo subí!

—¿Y entonces que es *esto*? —Silviano jaló el cable que habían usado para fondear. Seguía atado al pedazo de riel que todavía los sujetaba.

—Licho, ayúdame. Hay que cortar el cable.

En vano buscaron algo filoso. Todo se había botado al mar. Desesperados, se aventaron al agua y sumergiéndose hasta encontrar la atadura, tiraron de ella a mordidas. Poco a poco, en lo que les pareció una eternidad, el nudo milagrosamente fue cediendo hasta que por fin se deshizo. Abordaron una vez más, arrojándose al amparo del casco resbaloso que, al tambalearse, los aventaba por todos lados. Remaron de nuevo a fuerza de adrenalina y la lancha, encumbrando ola tras ola, avanzó hacia el reflejo de las luces del puerto. Remaron sin parar, como locos.

A las tres de la mañana alcanzaron por fin la bocana, pero el viento, la lluvia y el oleaje no les permitía entrar a la bahía. A lo lejos, la pálida luz de los cigarrillos de unos pescadores les dio esperanza. Gritaron a todo pulmón:

—¡Auxilio! ¡Ayuda!

El viento en contra desviaba sus alaridos desaforados. Gritaron hasta quedar afónicos y de ahí chiflaron y golpearon la lancha con los remos. Era inútil. No los oirían nunca.

—¡Encuérense! —ordenó Silviano—. Tenemos que nadar hasta el muro.

Estaban tan encabronadamente cerca, pensó Licho agotado. Sería una mariconada ahogarse ahí mismo, apenas a unos metros del muro. Pero si abandonaban la lancha, con lo cansados que estaban, jamás la recuperarían. Las olas se estrellaban contra el muro y si no se ahogaban primero, se morirían embarrados contra el cemento. Le quedaba claro. Se iban a ahogar como ratas.

Silviano no perdió tiempo y se aventó al mar. Pollo, siguiendo su ejemplo, se lanzó también. Las olas, furiosas, se los tragaron al instante y Licho apenas pudo distinguir sus desesperadas brazadas. La lancha empezaba a alejarse. Ni modo, no se podía rajar. Se arrancó la ropa y se abalanzó al agua helada. Nadó lleno de rabia. Nadó golpeando esa maldita tormenta que amenazaba, así de fácil, con arrebatarle todo de un jalón: el título que exprimiría a ese pinche comité de hombres ceñudos vestidos de velorio, las miles de gentes que pacientemente esperaban la magia de sus manos balsámicas, su futuro consultorio frente al mar y la casita que, resultado de su amor ardiente por Pilar, pronto poblarían con mocosos narizones, como él. «¡Aquí no me muero!» rugió a la tempestad y también, a sus adoloridos músculos.

Los pescadores se percataron al fin de la situación y corrieron a auxiliar a los hermanos quienes, ya junto al muro, pedían auxilio a grandes voces. Les aventaron sogas que aquéllos enseguida alcanzaron y comenzaron a usar para escalar el muro. Alguien le aventaba una a él. Bendito hombre, bendita su madre, bendita fuera toda su familia, su tribu, su suegra. Nadó hacia la soga. Asiéndola, se jaló y comenzó a ascender la pared. Al pisar el cemento comprendió los alaridos de dolor de Pollo y Silviano. Un dolor agudo acribillaba las plantas de sus pies. El muro estaba cubierto de erizos que al subir les desgarraban la piel, como si fuesen navajas. Trató de no pisar y forzó sus brazos a elevar el peso de su cuerpo. Pronto el golpe de una ola lo arrojó contra el muro, casi arrebatándole la reata. Se aferró a ella y sin tener alternativa, volvió a plantar los pies en la resbalosa pared. Ignoró el dolor y se jaló como pudo. Poco a poco subió, tirando con todas sus fuerzas hasta que varios pares de manos lo asieron por los sobacos y lo elevaron hasta acostarlo sobre el muelle. Temblaba de frío, de miedo y de dolor. Su cuerpo estaba cubierto de astillas de las púas de los erizos. Sangraba por todos lados. Las conchuelas habían rebanado la piel de sus manos, su pecho, sus pies y sus rodillas. Su hermano Silviano aullaba de dolor.

—Algo me quema el pecho y la espalda —gemía.

Quiso levantarse para ir a auxiliarlo, pero su propia debilidad y sobre todo, los brazos de los pescadores se lo prohibieron.

—Le ha de haber caído aceite del motor encima —sugirió alguien.

—No —declaró un pescador, con voz que no dejaba lugar a dudas—. Le ha picado un agua mala.

De inmediato los hombres hicieron círculo a su alrededor y orinaron sobre la espalda y pecho de su hermano. El ardor desapareció como por arte de magia.

En sus chozas construidas de cartón y techos de palma, los pescadores se apuraron a lavarlos, secarlos y arroparlos con sábanas hechas con hilo de manta. Y mientras sus mujeres calentaban sobre las brasas tortillas y caldo de camarón picoso, para hacerlos entrar en calor, uno de ellos comenzó la curación que habría de sacarles las púas de los erizos. Encendió una vela de sebo y regó un chorrito de la cera derretida donde se veían espinas encajadas. El asombro de Licho no tuvo límites cuando al otro día, sin dificultad y sin dolor, el hombre pudo extraer la mayoría, dejándolos como si nada hubiera pasado.

Mi vida:

Recibí tu carta por la cual veo a Dios gracias que estás bien no obstante haber pasado un gran peligro, ya Toña me contó que le había escrito tu papá y le decía que estabas lastimado de un brazo, de esto no me dices nada. ¿Te lastimaste mucho? Licho, por lo que más quieras cuídate mucho. No puedes imaginarte la angustia con la que leí tu carta, Dios quiera y la suspensión de ese deporte sea definitiva pues no quiero ni pensar que pueda pasarte algo. Te dejo porque quiero ir a la basílica de Guadalupe y después pasar a la Iglesia San José pues ahí tengo también una deuda pendiente. Recibe el cariño de quien sabes te adora.

PILAR

P.D. No mencionas nada en tu carta de la misa que ofició el obispo, ¿que tal estuvo?

37

Pilar y Licho: Ultimátum

Tuxtla Gutiérrez, Chiapas. 1951.

México, D.F. a 13 de Abril de 1951

Mi vida:

Aquí me tienes como te prometí platicando nuevamente contigo aunque desgraciadamente no he recibido carta tuya, sabes que me estoy acostumbrando a recibirlas muy seguido y cuando no llegan me siento molesta, me imagino se habrá retrasado el correo. Creo que ya te platiqué que el cartero es muy amigo mío pues casi siempre, a la hora que sé que pasa, lo espero en la puerta, no se le vaya a olvidar tocar en el 13, y el día que no trae nada me dice: «No se apure, doñita, mañana le traigo buenas noticias.»

Por lo que me he dado cuenta aún no comentas con tu mamá nada de nuestros planes de casarnos antes del fin de año como habíamos acordado, y esto ha creado para mí una situación incómoda pues ella tiene planeado para ahora que me vaya yo a Tuxtla, mandarme ropa para vender y hacer algo de negocio, y claro que cuando me habla de ello no sé que contestarle, procuro siempre cambiar la plática, sé que no me voy a ir, y por otro lado no se lo voy a decir yo a ella, pues convenimos que esto lo harías tú. Además, ella tiene muchos deseos de que te especialices: piensa que esto sería lo más conveniente para ti; así es que por este último motivo y según lo que te decía en mi última carta, piensa las cosas bien, por ningún motivo quiero ser un obstáculo en tu porvenir.

Ayer por fin entregué el borrador de mi tesis y a los dos doctores que se la presenté les agradó el tema.

Bueno, mi bien, ahora sí te dejo pronto, mañana tengo que madrugar y ya es tarde. Que pases buenas noches y hasta mañana. Recibe el alma de quien sabes sólo piensa en ti.

Tuya,
PILAR

México, D.F. a 15 de Abril de 1951

Mi vida:

Te decía en mi última carta que papá ha aconsejado que dejemos lo de la recibida para más adelante, pues con lo de la boda de Gloria ha gastado mucho y por el momento no podrá disponer de más dinero para dar lo necesario para la impresión de mi tesis, derecho a examen y demás. También dijo que hagamos las cosas con calma y que si es preciso no moverá a la familia a Tuxtla hasta fin de año; pero que naturalmente si queremos casarnos escojamos un mes que no sea de mucho trabajo para él, pues de lo contrario no podría venir; me dijo que ojalá pudieras venir para los primeros días de mayo que él va a estar aquí para hablar la cosa contigo. Ya me dirás qué opinas al respecto y qué crees que sea más conveniente, yo desde luego preferiría que vinieras ahora en mayo para la boda de Gloria, en fin, tú decidirás y sé perfectamente que no depende de ti sino en lo que dispongan tus jefes.

Te dejo, amor, es un poco tarde y se me cierran los ojos, Hasta mañana y recibe el cariño de quien te adora.

Tuya,
PILAR

México, D.F. a 17 de Abril de 1951

Mi vida:

Acabo de recibir tu carta y siguiendo tu consejo desde hoy no escribiré más que de aquí, de mi casa, pues tienes toda la razón que en el trabajo, por una razón u otra, me distraigo y mis cartas son más bien telegramas mientras que aquí, cómodamente sentada en la sala y oyendo música, la cosa resulta mejor.

Mi rutina no ha cambiado mucho, como siempre estoy a las ocho en Cardiología y estoy ahí en el laboratorio de Hematología; el motivo por el que elegí éste es porque pensé que contamos con microscopio, por lo que me parece que estos análisis hematológicos serán lo primero que practicaremos ya que en la realidad es poco material el que se necesita y me parece que son los más solicitados, ¿no crees? Además, quiero aprender a hacer tomas de las venas y es en dicho laboratorio donde más se practica este asunto. La semana pasada ya hice unas ocho tomas, todas bien pues no di más que un piquete, claro que inicié con venas fáciles, pero poco a poco iré entrenándome hasta que adquiera la práctica suficiente. Procuro fijarme en todo, desde la preparación de los reactivos pues creo que esto nos será de mucha utilidad cuando pongamos nuestro pequeño laboratorio. En cuanto me sienta segura de estos análisis procuraré pasarme a química sanguínea o a orines o bien a serología, en fin, ir poco a poco ¿crees que así esta bien? Ayer llevé a tu mamá al médico pues le duele mucho el brazo derecho, probablemente sea dolor de origen reumático, y ya le dieron algo para que se le calme. El domingo nos fuimos a desayunar temprano y nos fuimos con Pollo, que ya estaba aquí con su amigo, a ver el desfile de las fiestas de primavera. Lo vimos desde el balcón de la casa de una amiga que vive en 20 de Noviembre y muy cómodas. Estuvo a mi parecer muy bonito; en uno de los últimos carros iba María Victoria, sobra decirte que a éste carro le hicieron muchísimo más caso que al de la misma reina; rompieron las vallas y se amontonó todo el mundo (hombres en su mayoría), alrededor de él; había carros hechos con puras flores, no dudo te hubiera gustado verlo.

En cuanto a nuestros planes de boda, estoy de acuerdo contigo respecto a la ropa de cama que quizás sería de más comprarlo ahora, si es que tendremos que vivir en un hotel, esto lo podríamos hacer después. Respecto a que la misa sea en la Sagrada Familia, me gustaría enormemente pues lo mismo que tú, no he olvidado que fue ahí donde tuvimos nuestra primera cita pero creo que hay un «pequeño inconveniente.» Éste es que dicha iglesia es de las más caras de México y tenemos que hacer las cosas de acuerdo a nuestras posibilidades. ¿Verdad, corazón? De todas formas me informaré y te avisaré. Tu mamá aún no recibe tu carta en la que le informas de nuestra próxima boda pero me imagino no pase de mañana cuando la reciba, me alegra inmensamente la pongas al corriente de nuestros planes. Me siento nerviosa y con miedo, se me hace que la cosa no va a agradarle mucho y no sabes lo que me dolería causarle una contrariedad, en fin, vamos a ver qué dice Dios. Ojalá y Dios quiera vengas en mayo, ¡lo deseo tanto, mi bien! Y en cuanto a pedir «mi blanca mano» empezaré desde ahora para que esté bien blanca ¿eh? Bueno, fuera de broma, ya estoy emocionada desde ahorita, imagínate como estaré ese día, creo será para mí el día más importante de mi vida. Bueno, mi Licho, te dejo pero sólo por ahora, Ya sabes que te mando mi corazón en cada una de estas letras. Te beso con inmenso cariño.

Tuya,
Pilar

México, D.F. a 8 de Mayo de 1951

Mi vida:

No obstante no tener hasta la fecha noticias tuyas, pero esperando Dios hayas tenido buen viaje de regreso y estés completamente bien, me adelanto a escribirte pues siento necesidad de hacerlo, en primer lugar para pedir me perdones los malos ratos que te hice pasar durante estos días que estuviste conmigo, que con tanta ilusión esperé y que quería hubieran sido de una felicidad suma para los dos. Sin embargo, ya ves que no fue así y con mis tonterías y estupideces no hice más que echar todo a perder, y hacer que te preocuparas por cosas que no tienen importancia. No encuentro razón suficiente para explicarlo a no ser mi sistema nervioso, que quizás ha estado sumamente alterado por exceso de trabajo y preocupación. Ahora ya más descansada y habiendo meditado las cosas con calma, he pensado en todas las razones que me expusiste y me doy cuenta de que tienes toda la razón y que, como dice tu mamá, sería una locura el que apresuremos nuestro casamiento. Viendo las cosas como son, no creo que nuestro cariño, que a través de estos años ha ido en aumento día a día, se perjudique por una espera más o menos larga. Es más, estoy ahora convencida de que jamás seremos felices hasta contar con una situación sólida, económicamente hablando. He sido hasta hoy sumamente egoísta y sólo he pensado en mí, esto es, en la felicidad que encontraré a tu lado, sin pensar que para ello tienes que sacrificar todo lo que has ambicionado, pues si nos casamos impediría la realización de tus anhelos y yo me sentiría la única culpable de tu infelicidad. He pensado mucho en esto y por ningún motivo quiero mi felicidad a un precio tan elevado, estando dispuesta a esperar el tiempo que sea necesario para que logres independizarte y podamos hacer las cosas desahogadamente. Sólo quiero pedirte que procures venir a verme lo menos que sea posible, pues como bien sabes, vernos trae situaciones molestas tanto para ti como para mí que debemos evitar cuanto sea posible. Vuelvo a pedirte me perdones y a rogarte que no te preocupes. Te quiero con toda mi alma.

Quien sabes es sólo tuya,
PILAR

Tuxtla Gutiérrez, Chis. Noviembre 11, 1951

Mi vida:

Espero hayas recibido mi telegrama en el que te avisaba de mi llegada, Dios gracias, con bien y aquí me tienes enseguida tratando de acercarme a ti pues no sabes lo lejos y sola que me siento. Salimos Cris y yo rumbo a Tuxtla a reunirnos con mi papá y con Nicasio como se había acordado. Esto a pesar mío pues como bien sabes, siempre guardé esperanzas de no tener que mudarme tan lejos de ti.

Una vez que hubo arrancado el camión, sentí algo tremendo y me puse a llorar pues de alguna manera tenía que desahogarme. Pensé en nosotros, en todo lo que hablamos estos últimos días y me sentí triste. Confío en que Dios me ayudará a sobrevivir esta separación que tú sabes me afecta sobremanera.

Ya en Puebla pude empezar a dormitar pues con el frío tan tremendo que hacía y lo incómodo de los asientos no se podía conciliar el sueño. A las siete y media de la mañana llegamos a Oaxaca y como el siguiente camión a abordar no salía hasta las ocho, nos dio tiempo de desayunar y darnos cuenta más o menos de cómo es esa ciudad, es bastante grande y bonita, se ve bastante tranquila y limpia, claro que en tan poco tiempo no es posible darse cuenta exacta de todo. Después, la siguiente etapa fue una ranchería donde tuvimos que detenernos, pues se ponchó una llanta. De ahí salimos rumbo a Salina Cruz, que es muy chico y casi no pudimos verlo pues se detuvo sólo cinco minutos el camión y estaba soplando un viento fuerte, así es que no daban ganas ni de bajarse. De ahí a Tehuantepec que es bastante bonito y se ven todas las mujeres con sus lujosos vestidos y sus buenas joyas de oro. Proseguimos rumbo a Tuxtla y tuvo que detenerse el camión pues se cayó un veliz de arriba y entonces uno de los pasajeros dijo que kilómetros atrás se había caído también una caja pero el camionero no quiso dar vuelta atrás. Ya te podrás imaginar el coraje que me dio al llegar y descubrir que la caja que faltaba era la mía. Bueno, hasta ahorita no se me pasa el disgusto y tal vez sólo me den, cuando mucho 50 pesos. Luego fuimos al hotel a dejar las cosas y a cenar, pero resulta que como había mucha gente de fuera ya no había cena. Entonces fuimos a otro café y después de esperar cerca de dos horas nos salieron con que tampoco había nada. Yo estaba indignadísima, por fin cerca de las 12 de la noche conseguimos comer unos panuchos y tomar un café con leche, y de ahí a dormir pues ya imaginarás cómo nos sentíamos de cansadas.

Al día siguiente fuimos con mi papá a conocer el beneficio San Roque, desde luego me gustó pues está en el campo, tiene unos paisajes muy bonitos, bastante terreno en donde sembró maíz, tiene seis guajolotes y cerca de sesenta gallinas y todo huele a café. De ahí nos regresamos a conocer la casa en donde ayer mismo nos instalamos. Queda en la avenida Central 148 (aquí hay avenidas y calles), es la calle principal. Aun no la terminan de arreglar y por el momento sólo contamos con el baño y dos piezas, una de ellas es la recámara de mi papá y comedor y la otra recámara nuestra, cocina y sala. Ya te darás una idea de cómo está la cosa. Ya sabes que habiendo albañiles trabajando dentro de ella dan ganas de salir corriendo, pero en fin, va a quedar muy bien la casita y vale la pena el sacrificio.

Casi todas las casas aquí son de un piso, las banquetas son angostas, las calles, la mayoría de un solo sentido, las menos pavimentadas y las demás, empedradas. Hay cuatro o cinco iglesias pero un solo sacerdote en la catedral, así es que sólo está abierta y con servicio la catedral que está enfrente al zócalo; éste es bastante bonito y en medio tiene un puente debajo del cual hay refresquerías. Enfrente está el palacio y la oficina de correos, otras casas de comercio de un lado y delante de la iglesia hay una especie de portales y más refresquerías, un hotel, el café París que es de postres y que queda en los altos donde está la parada de los camiones que vienen de México.

Bueno, mi amor, te dejo pues quiero llegar a tiempo a la misa de siete. Desde el domingo no dejo de pensar en ti, estás presente a cada instante y te extraño como nunca. Escríbeme en cuanto puedas, saluda a todos por tu casa y tú, vida mía, recibe el alma entera de tu mujercita que te adora.

Tuya,
PILAR

P. D. Te recuerdo que este viernes es primer viernes.

Tuxtla Gutiérrez, Chis. Noviembre 23, 1951

Mi vida:

Ya ayer me presenté a mi trabajo en Salubridad a eso de las ocho y media de la mañana pues me tardé en dar el desayuno con eso de que contamos sólo con una parrilla eléctrica y aquí la luz es muy baja, resulta que se tardaron mucho en calentar las cosas. Me recibieron muy bien, mi jefe y una compañera que ya lleva ahí trabajando dos años. Se cuenta con poco material pero se hacen toda clase de análisis de sangre, exudados, esputos, parasitoscópicos, lo cual me conviene pues así se aprende más, ¿no crees? Y me doy más o menos idea de lo que se necesita para montar pobremente un laboratorio como hemos planeado. Ahora estoy un poco desentrenada, pero siento confianza en lo que hago y ayer hice yo sola los coprológicos; creo que en unas dos semanas, si hay trabajo, me sentiré capaz de hacer cualquier examen. Me dio gusto que a pesar de que ya hacía tiempo que no sacaba sangre, no fallé ni una sola vena ayer. He andado arreglando un poco la ropa de mi papá y la limpiada de la casa me ha tomado casi toda la mañana, como notarás estoy tratando de aprender a ser una buena ama de casa pues no quisiera desilusionarte; el gasto también lo llevo yo, ojalá sepa administrarlo debidamente. Si Dios me ayuda podré lograrlo y al mismo tiempo aprenderé a llevar una casa, hago todo con gusto pues pienso en ti siempre y tu cariño es el que me ayuda a sobreponerme en las pequeñas dificultades que a veces surgen.

Bueno, mi amor, se acerca la hora de ir al trabajo así es que te dejo esperando tener pronto noticias tuyas. En la tarde le escribiré a tu mamá, mientras tanto saluda a todos cariñosamente de mi parte y tú recibe toda mi alma.

Te adora,
TU PILAR

Tuxtla Gutiérrez, Chis. Diciembre 1, 1951

Mi vida:

Veo por tu carta que no has recibido mi última, la cual debe llegar a tus manos en estos días. Aquí he seguido como siempre, yendo al trabajo y arreglando la casa, la ropa de los señores y demás. El martes fui al cine en la noche con Cris y vimos una película de vaqueros a colores que te hubiera gustado, hubo una de trompones como no te lo imaginas; y la otra fue una mexicana sencillamente horrorosa. Mañana iremos con Nicasio a un rancho que se llama *Morelia* y parece ser que hacen unos quesos riquísimos, si los hay, te mandaré uno para que lo pruebes. También hay buena crema y mantequilla pero imagino que ambas cosas están caras pues la leche por aquí cuesta 25 pesos, carísima, ¿verdad?

Hoy en la noche, si Dios quiere, iremos a jugar canasta con el panadero y su esposa, son paisanos y además irá un muchacho, paisano también, ya te contaré que tal me aburriré, ¿eh? Bueno, mi amor, te dejo pero sólo hasta la próxima, saludos a todos por tu casa y recibe el alma entera de tu,

PILAR

Tuxtla Gutiérrez, Chis. Diciembre, 8, 1951

Lichito,

Acabo de ponerte un telegrama avisándote que siempre no me será posible acompañar a mi papá a México a recoger a mi mamá y a mis hermanos, pues no he podido obtener el permiso en el trabajo para faltar esos días. Él mismo ha tenido gran dificultad en organizar ese viaje cuyo fin, como ya sabes, era reunir a la familia, para que pasemos juntos la Navidad. Pero no podrá ser, resulta que no hay boletos de camión y ni siquiera de avión ya que todo está vendido. Por lo mismo no habrá manera de vernos en México en esta ocasión, como lo habíamos planeado, pero quizás esto sea mejor pues tú sabes lo difícil que es para mí verte y después tener que despedirme. Aquí todo sigue igual, el trabajo me distrae bastante y a insistencia de mis hermanos salgo con ellos de vez en cuando, casi siempre al cine que es el único entretenimiento en esta ciudad, claro además de los bailes, que ahora ha habido más por eso de las posadas, pero sabes que no me agrada ir. Observo que el pasatiempo favorito de la gente aquí es ir a las cantinas. Bueno, mi vida, te dejo pero sólo hasta la próxima, recibe el cariño de siempre,

PILAR

Tuxtla Gutiérrez, Chis. Enero 2, 1952.

Querido Licho:

Me favorece tu grata y cariñosa carta y que hasta mi regreso recibo y como ya habíamos hablado sobre el asunto que tratas en la misma, te comunico como te dije personalmente, que el asunto de Pilar me sigue causando algo de preocupación. El paisano, madrileño, de nombre Heriberto Farías, persiste en su intención de pretenderla a pesar de estar perfectamente enterado del compromiso que ella tiene contigo. A riesgo de entrometerme en asuntos ajenos, me parece justo ponerte al tanto de esta situación a fin de que tomes medidas que sin duda serán las adecuadas. Con saludos a tus hermanos y tus padres, se despide por ahora quien mucho os quiere y veros pronto desea,

MANUEL

TELÉGRAFOS NACIONALES
Srita. María Del Pilar Muguira Revuelta
Domicilio: Avenida Central 148, Tuxtla Gutiérrez, Chis.

CONFIRMANDO MI PRÓXIMA LLEGADA .
PROPÓSITO: MATRIMONIO.
TUYO, LICHO.

38

Pilar y Licho: No sólo de pan vive el hombre

Veracruz, Veracruz. 1960.

La penca de plátanos había vuelto a desaparecer; alguien se la había robado. El tajazo de machete se había hecho con precisión exacta, justo en el cuello del brote del fruto. Y a juzgar por la baba que aún escurría tronco abajo, el delito había ocurrido no hacía mucho. Pero quien fuera el ladrón, pensó Licho, bien sabía su negocio. Porque para llegarle a la mata, primero habían tenido que librar los filosos vidrios colocados en la barda del pequeño jardín, y después al perro. Lo más extraño era eso, que el perro que normalmente le ladraba hasta a su propia sombra, no hubiera chistado en toda la noche.

—Licho, ya está tu desayuno —lo llamó Pilar, desde la cocina.

Ni modo. Tendría que dejar la investigación del saqueo para otra ocasión y le esperaba un día bastante complicado en el trabajo. En la mañana, tenía a tres pacientes a punto de dar a luz: una en el San Francisco y dos en el hospital General. Si tenía suerte, las criaturas se turnarían su llegada al mundo para no tener que andar corriendo entre quirófanos y hospitales. En la tarde, además de las tres consultas, que habrían de dejarle quince pesitos cada una, no tendría más remedio que lidiar con el asunto de la chiquilla ésa de trece años que el padre Orozco le había pedido atendiera. La niña, de buena familia, había quedado embarazada de un futbolista maleado que ahora negaba ser el padre de la criatura. Y no sólo pensaba dejarla desamparada, sino que además, la dejaría contagiada de una sífilis que la chamaca sufriría el resto de su vida. Lo peor del asunto eran los padres, gente que él conocía desde siempre. ¿Ahora cómo caramba les iba dar la cara la próxima vez que se los encontrara en la calle? Su ética profesional, por supuesto, le prohibía alertarlos de esta situación tan penosa que agobiaba a su hija.

—Se te enfrían los huevos, Licho.

En el comedor, Pilar se apresuraba a servirle el desayuno a los chiquillos. Así eran las mañanas en su casa, una corredera de la fregada. Porque eso de alistar a tres mayorcitos para la escuela, con uniformes bien planchados, pelos engomados y tareas completas y, después tener que dejar todo bajo control para que la criada cuidara a los tres más pequeños, eso sí que era una ardua faena. Por eso Pilar caía muerta de cansancio a las seis de la tarde diariamente. El día anterior se había quedado profundamente dormida, sentada en su silla, en plena reunión del Movimiento Familiar Cristiano. Viéndola así, entregada al sueño, no había tenido alma para despertarla, a pesar de que su labor como secretaria de esa organización era el llevar la minuta. Sin moverla, le había quitado la libreta, que ya resbalaba de sus manos, y él mismo había tomado los apuntes. Pero así era siempre la cosa, entre las faenas del hogar, su trabajo como profesora de Microbiología y Parasitología en la Facultad de Medicina y embarazos tan frecuentes, Pilar era una sonámbula ambulante. Tenía el remedio al alcance y eso era lo más frustrante. Porque teniéndolo a él, un marido ginecólogo, fácilmente podría evitar tanto embarazo. Pero se rehusaba. Por más que le suplicaba que tomaran precauciones como lo hacían miles de parejas, Pilar no quería ni discutirlo. Mientras la iglesia prohibiera el uso de los anticonceptivos, esa no era opción y punto. Así era ella, inflexible. Claro que él también tenía la culpa, por acceder a casarse, estando consciente de sus creencias. Bien recordaba el día cuando siendo novios, el tema había salido a colación.

—¿Cómo que cuántos hijos vamos a tener? —le había preguntado, ofendida—. Por supuesto que todos los que Dios nos mande. Y si no estás de acuerdo, me lo dices ahora mismo y aquí termina todo entre nosotros.

De ahí, no la había podido sacar. Porque imposible refutar esos argumentos que, según ella, estaban basados en verdades provenientes de lo divino. Cuando trató de hacerle ver, por ejemplo, que dado el amor tan ardiente que sentían el uno por el otro, la abstinencia jamás sería una buena opción para ellos, ella había contestado: «pues ¿qué mejor manifestación de nuestro amor que un hijo?» Y después, cuando quiso hacerla tomar conciencia de las dificultades económicas de lo que para ellos significarían demasiados hijos, sobre todo dada la situación precaria en la que tendrían que vivir los primeros años del matrimonio, le había salido con un: «¿pero dónde está tu fe, Licho? ¿No sabes que no sólo de pan vive el hombre? Dios nunca nos abandona». Le quedaba claro que ese pleito lo tenía perdido.

En su momento, esa actitud tan intransigente le había dado pausa. Si no se cuidaban, acabarían con quince hijos. Y entonces, ¿cómo lo iba a hacer para mantenerlos? Ahí estaba, por ejemplo, la situación de su suegro, don Manuel, uno entraba a esa casa por un lado y, por el otro, daban ganas de salir corriendo. Chiquillos subían, bajaban, corrían, hacían y deshacían. El ambiente era un caos total. Imposible tener algún objeto de valor porque, en primera, no había recursos para obtenerlo pero en segunda, todo lo destrozaban esos chamacos. El pobre hombre trabajaba como negro y el dinero nunca rendía. Vivía su vida angustiado, viendo la forma de ganarse unos centavos para poder sacar adelante a la familia. Para Licho eso no era vida, eso era un verdadero martirio. Y mientras tanto, los hijos seguían reproduciéndose a una velocidad impresionante. Nunca olvidaría aquel día cuando, estando de visita, Pilar le había pedido consulta para su madre.

—Licho, por favor, dime qué le pasa a mamá que últimamente no se siente nada bien.

El diagnóstico era obvio.

—Usted no tiene ninguna enfermedad, doña Feli. Usted lo que tiene es que está encinta.

Qué bochorno había sentido al darle esa noticia a la madre de su novia. Y cómo había llorado la pobre, suplicándoles no decirle nada a don Manuel para no mortificarlo. Siete meses después, doña Feli había dado luz a su onceavo hijo, Manolito. Afortunadamente, al parecer, hasta ahí había llegado la reproducción de la familia. Porque era casi seguro que su suegra había pasado de ese último embarazo, a la menopausia.

Lo que sí es que el incidente, en su momento, lo había dejado completamente consternado. De repente imaginó así su futuro, lleno de desorden, con una barbaridad de chamacos mocosos y una mujer desquiciada, todos sufriendo carencias. La imagen lo había atormentado de tal manera que, por primera vez en su largo noviazgo, había contemplado seriamente terminar su compromiso con ella. Eso no era lo que él anhelaba para su vida. Él era un hombre ante todo pulcro y meticuloso, ordenado; le gustaba la paz, la pesca, la natación, la lectura y su guitarra. El trabajo no lo espantaba, al contrario, estaba ansioso de ejercer su carrera y estaba dispuesto a trabajar duro, pero eso sí, estaba también resuelto a darle a su familia un estilo de vida desahogado, si bien no con lujos, cuando menos sin pobrezas. Tendrían una casita propia, un auto y algunos centavos para poder pasear de vez en cuando. Y dentro de sus posibilidades, tendría lo suficiente para darle a su mujer sus gustos y a sus hijos una buena educación, ya que era lo único que les dejaría como herencia. Pero si Pilar insistía en tener tantos hijos, tales sueños jamás llegarían a materializarse.

Como fueron las cosas, no había podido dejarla. Por más que intentó hacerlo, no pudo contemplar una vida sin ella, sin sus caricias, sin ese mirar lento que iluminaba su alma. Vencido, la había aceptado con todo y sus condiciones, pero claro, siempre aguardando la esperanza que algún día ella misma cambiaría de parecer; confiando que a la hora que llegaran los hijos y sintiera la tremenda responsabilidad que significaba cada uno de ellos, se cuidaría, como el resto de sus pacientes. Sólo ahora comprendía que la había subestimado y ese día jamás llegaría. Después de seis hijos, y otro en camino, Pilar se mantenía firme en sus principios. «Observa bien a tus hijos», le había dicho apenas ayer, «¿de cuál de ellos te quisieras deshacer, cuál quisieras que no fuera parte de tu vida?» Pero Pilar bien sabía que hacerle esas preguntas era una tremenda injusticia. Ya estando ahí, era imposible no encariñarse con sus pequeños y nadie mejor que ella era testigo del gran amor que sentía por cada uno de ellos. Hasta por Teresita, cuyos torpes ojos siempre buscaban su mirada para enseguida dispararle esa irresistible sonrisa suya.

Observó a Pilar amarrar los zapatos de Manolito. Unas ojeras impresionantes opacaban sus ojos verdes. Estaba demacrada, seguro anémica.

—¿Ya desayunaste, güerita? —le preguntó, preocupado—. ¿Ya tomaste tus vitaminas?

Volteó a verlo y sonrió, asintiendo con la cabeza. Después le quitó el babero a Lourditas, le limpió la boca y extrajo, lo mejor que pudo, el cereal que la niña se había metido hasta por la nariz. Mientras tanto, al otro lado de la mesa, Talí y Manolo se peleaban la última salchicha. Pili, la hija que siempre ayudaba a su madre, desenredaba la melena de leona de su hermana Noris, mientras ésta refunfuñaba pegando de alaridos. En su carreola, Teresita hacía bizcos con el color anaranjado de su sonaja, queriéndosela devorar.

—Ya vámonos, Licho –lo apuró Pilar, dando el último sorbo a su café con leche—. Pilita, si ya acabaste hijita, ve por favor por las mochilas de tus hermanos.

De veras, cómo odiaba esas prisas, pensó Licho. Nunca había tiempo ni para digerir los alimentos como se debía. No, decidió de repente, no se estresaría. Iba a disfrutar a su familia aunque fuera un ratito. Aunque llegaran todos tarde a la escuela, a las clases, al hospital.

—Tengo algo que compartir —anunció, alzando la voz sobre la bulla.

Al instante, seis pares de ojos lo miraron expectantes. Los hijos mayores sabían que cuando Licho hablaba así, en ese tono ronco exagerado, algo divertido estaba a punto de ocurrir. Los pequeños, al percibir el cambio repentino en la actitud de sus hermanos, aguzaron los sentidos, manteniéndose alerta.

—Vámonos, Licho —suplicó Pilar. No era hora de empezar con relajos. Se les iba a hacer tardísimo. Consternada, observó que Licho ya lucía esa expresión de payasada que sus hijos tanto adoraban. Por ello aguardaban sus palabras, cautivados, sin masticar un bocado más, sin acabar de peinar pelos rebeldes, sin traer mochilas de ningún lado. Ni modo, se resignó Pilar, llegarían tarde.

—Alguien se robó otra penca de plátanos —continuaba él, con fingida gravedad—. Alguien se ha llevado nuestros plátanos por tercera vez y en nosotros está resolver este serio delito.

Los hijos lo escuchaban sin mover un párpado.

—Y aquel niño o niña que logre adquirir información, será ampliamente recompensado.

La imaginación de los chiquillos ya volaba al mundo de la fantasía, a tesoros, como la preciada penca de plátanos, y a los malhechores, como el ladrón de machete filoso. De ahí veían ya las ensangrentadas batallas de las cuales siempre emergían victoriosos. En silencio, los hijos calculaban el tamaño de la recompensa. Teresita, acostumbrada a la algarabía de los hermanos, cesó de menear su sonaja y comenzó a mirar su alrededor con ansiedad. Su madre vio el primer puchero formarse en los labios de su bebé y, levantándola de la silla, la consoló.

Un torrente de preguntas escapó simultáneamente de aquellas bocas todavía llenas de salchicha y de huevo sin masticar.

—¿Por qué se robaron los plátanos? ¿Cuál es el premio? ¿Van a llevar al ladrón a la cárcel?

—Bueno —contestó Licho—, eso está por verse. Primero hay que agarrar al culpable. Así es que, atención mi ejército de valientes, hoy en la noche haremos guardia. Al fin que mañana no hay clases. ¿Quién quiere ser mi teniente?

—¡Yo! —gritaron todos al mismo tiempo.

Teresita rompió en llanto y Lourditas, sin saber qué hacer, aventó la cuchara al suelo.

—Licho, por caridad de Dios —imploró Pilar.

—Bueno, calma mi ejército, calma. Primero tenemos que apurarnos para ir a la escuela porque ya es tarde. Pero repórtense por favor aquí mismo, en este cuartel, a las ocho de la noche.

El ladrón de plátanos es capturado durante la primera guardia. A esa hora, las doce de la noche, la única teniente despierta es Pili. Después de un día largo y difícil en el hospital, el general Licho ha quedado dormido en el sofá, encima de las almohadas y sábanas donde se ha situado la trinchera. Junto a él roncan, con la boca abierta, el resto de la tropa. Todos menos Pili, porque ella está resuelta a agarrar al ladrón, aunque esto le lleve el resto de sus días. Con la mirada pegada al árbol de plátanos, los protege, como si de ello dependiera su vida.

De repente, algo se mueve debajo de la reja, haciéndola rechinar. Alguien se escurre entre el agujero, a un lado del portón y la alambrera, introduciéndose al jardín. Es alguien pequeño. ¡Un niño! Ahora se levanta del suelo, sacudiéndose la ropa y Pili lo reconoce. Es Diego, el hijo de la sirvienta del vecino. En la mano lleva un machete y con él brinca y trata de cortar la última penca de plátanos. El perro, en lugar de pelarle los dientes, se acerca a lamerle la cara meneando la cola.

La teniente brinca del sofá, abre la puerta de par en par y se abalanza sobre el ladrón. El machete cae al suelo, deslizándose sobre el pavimento, lejos de ahí. El perro, creyéndolos jugar, se les avienta encima, mordisqueándoles los tobillos. El niño intenta zafarse, meneándose como un demonio. Pero lo hace en vano porque Pili es tres veces más grande y sin gran esfuerzo, lo clava en el piso.

Al oír el escándalo, el resto del ejército sale a la guerra, armas listas. Pero la guerra está ganada: Diego yace en el suelo, vencido, y llora.

—¡Suéltalo, Pilar! —ordena Licho—. Mira nada más como le has raspado el codo a este chamaco.

El ladrón de plátanos confiesa, a moco tendido, que él se ha robado todas y cada una de las pencas. Dice que lo hizo porque se le antojan y porque en la casa de la señora donde su mamá trabaja, no hay árboles de fruta.

La escolta entonces escucha al general Licho dictar su sentencia al malhechor. Lo mira fijo a los ojos, como los mira a ellos a veces, cuando reprueban sus clases.

—Vete a tu casa y no lo vuelvas a hacer —le dice—, y si vas a venir por plátanos, toca la puerta, chamaco, y pídelos.

HIJA RECLAMADA, ABUELA ABANDONADA

En el cuarto de las muchachas de la casa de papá Licho, debajo del colchón donde duerme María Carrión, encontramos las novelas impúdicas que sólo la gente corriente lee. A las chamacas que osan leer esas porquerías se les atrofia el cerebro de pura basura, y al final se les derrite hasta acabar como Jorge, el loquito de la casa de enfrente. Merceditas nos cobra un peso por leérnoslas porque a ella no le da miedo volverse loca. Dice que la locura no existe, y que es sólo un capricho de la gente rica. Pero como sabe que las tenemos prohibidas, nos hace jurar por Dios, por todos los santos, por la virgen de Guadalupe y hasta por Juan Diego, que no le diremos a nadie en esta vida ni en la próxima.

Las *porquerías* son unos libros gorditos que huelen a moho, con caricaturas en blanco y negro de una mujer que siempre anda enseñando las nalgas. Se llama *Rarotonga*. Es una princesa de una tribu lejana, de pelos rizados peinados a la Afro, que vivía muy contenta en la jungla con sus gorilas hasta que un día un hombre violento, guapo y rico se la rapta y se la lleva en su caballo a vivir a una torre en algún lugar exótico sin nombre. Página tras página son puros besos apasionados que, según Merceditas, Rarotonga no disfruta porque es una princesa decente. Pero o Merceditas es una mentirosa o a la princesa se le acaba la decencia por ahí de la quinta página, cuando de repente Rarotonga besa al hombre con toda la pasión de sus labios gordos y lo araña con sus uñas larguísimas, apachurrándolo, como si quisiera asfixiarlo. Si lo mata o no, no lo sabemos, pues hasta ahí llegamos. En la octava página, Merceditas cierra la novela abruptamente y nos corre del cuarto. Noris protesta y le reclama nuestro dinero, pero ella contesta con una majadería. Con ello comprobamos, horrorizadas, que el cerebro se le ha empezado a pudrir ya que salpica pura basura por la boca. Aún así, Noris exige que cuando menos nos diga si Rarotonga comete el delito y estrangula al guapo, pero Merceditas se carcajea más fuerte, nos empuja afuera y nos cierra la puerta.

Al principio, el plan de acción de la tarde había sido tomar venganza y recuperar el peso robado. Pero todo cambia a la hora de la comida cuando la abuela Feli anuncia, justo después de la sopa de chícharos, que el abuelo Manuel ha llamado y que al día siguiente tendremos que tomar el camión de regreso a la Ciudad de México.

—Ya bastante lata le hemos dado a tu papá Licho estas vacaciones.

De tal manera las novelas impúdicas quedan pendientes, para otro día, otras vacaciones o quizás, tememos, para otra vida. La tarde viene y va, y llega la noche y me encuentra sola en la mesa, frente a mi sopa de chícharos congelada. Por fin, justo antes de la cena, María Carrión se compadece y me retira el plato. Y me sirve, de cena de despedida, mis tostadas favoritas de pollo con frijoles y plátanos refritos. Pero la noche también viene y se va sin que yo las coma y al final, cuando la abuela se para a orinar por ahí de la media noche, me quita el castigo y me manda a dormir toda enojada. Entonces me meto en la cama de mi hermana Noris y ella no me corre como casi siempre acostumbra hacerlo.

Al día siguiente, durante el desayuno, mi hermana Pilar, que ha estado enferma de paperas ya varios días, anuncia, con su garganta toda inflada y en voz alta, lo que a mí se me ha quedado atorado en la panza desde que supe que me iba:

—Lourditas no quiere regresarse a México contigo, abuelita.

Al instante, todos dejan de comer sus quesadillas y miran a la abuela detenidamente. María Carrión deja de hacer ruidos en la cocina. Merceditas se acerca de puntitas a poner en la mesa la catsup que nadie le ha pedido. Yo me meto en la boca el bocado más grande que cabe en mis cachetes, cierro los ojos y me tapo las orejas. Aun así, oigo la voz de mi abuela cuando contesta:

—Lourditas tiene que regresar a casa, hijita, la semana que entra empieza su escuela.

En la tarde, empacamos mi maleta azul, decorada con patitos amarillos con sombrillas, y hasta abajo mi hermana Noris esconde la diadema verde que no me quiso prestar el otro día. Yo hago como que no la veo. Merceditas me dice en secreto que tiene que hablar conmigo y me lleva a la recámara de María Carrión. De un jarrito de barro, atrás del lavadero, saca el peso robado y me lo entrega. Pero como me pro-híbe compartirlo con mis hermanas, yo no lo acepto. Porque además, yo no quiero el peso, yo lo que quiero es saber si Rarotonga acaba asfixiando al tipo guapo.

—No, chamaca, no se lo echa. Sólo se lo monta.

Como sigo sin entender me explica, exasperada:

—Como los burros, niña, pa' preñarse —y cuando exijo ver la fo-to del preñamiento me corre del cuarto.

Al subirnos al taxi que habría de llevarnos a la estación, mi herma-na Pilar repite lo que en la mañana tenía atorado en la panza y que ahora me aprieta la garganta.

—Abuelita, Lourditas se quiere quedar a vivir aquí en Veracruz con nosotros.

La abuela le paga al taxista y contesta:

—¿No ves niña que tu papá está enfermo? No puede con tantos niños y además, vamos a regresar a Veracruz, en Semana Santa.

Papá Licho, que hasta entonces no había dicho ni media palabra en todo el día, por fin habla:

—Doña Feli, no estoy enfermo sino incapacitado. Pero con la ayuda de Dios, puedo sacar adelante a todos mis hijos.

Su voz nos sorprende a todos pero más que a nadie a la abuela.

—Claro que puedes, Licho, pero a estas alturas no me puedes quitar a esta niña. Acuérdate que yo la he criado. Si me la quitas, me muero.

La estación de camiones huele a cacahuates recién tostados. Gente entra y sale con bultos grandotes y pequeños, y cajas envueltas con papel periódico. Llevan también guajolotes en rejas de madera cruda. Cargan pájaros, mangos, telas, piloncillo y nanches enfrascados en botes de leche reciclados. Andan deprisa porque se les va el camión jalando a chamacas que moquean porque tampoco quieren irse de Ve-racruz sin sus papás y sus hermanitos. Dice Merceditas que todos los años, millones de niñas se pierden por andar papando moscas en lugar de agarrarse bien de los rebozos de sus abuelas. Dice también que ahí justo, en la estación de camión, es donde vive el «robachicos», porque sabe que detrás de las maletas y cajas de cartón amarradas con pitas, entre las piernas varicosas de mamás, abuelas y tías, están las niñas desobedientes que se aburren de hacer cola y que se arriman a la ca-nasta de los cacahuateros, para ver si les regalan una bolsita con limón y chile. Y sí. Siempre se la regalan, porque es güerita y porque quieren un pedazo de sus trenzas rubias para hacerse un pincel y pintar acua-relas, como dice la canción de Pedro Infante.

La abuela Feli se despide apresuradamente de Licho y después les da a mis hermanas cinco pesos a cada una. Luego me agarra de la mano y me jala. Pero yo abrazo fuertemente las piernas de mi papá, con todo y sus muletas, y no me muevo. Me jala otra vez pero yo más me aferro. Sólo cuando casi lo boto al suelo, me suelto. La abuela Feli le da su bolsa al camionero, que espera pacientemente y trata de cargarme. Me entieso. Entonces la abuela le pide al camionero que por favor la ayude a subirme al camión. El hombre me carga fácilmente y en cuanto me eleva al aire se me sale todo lo atorado y empiezo a llorar a grito pelado. El camionero de cualquier manera me sube al camión pero yo doy patadas y ahora berreo, lo araño y lo muerdo.

Entonces la niña, que no es gente decente porque le gusta leer las novelas impúdicas de Rarotonga, grita con toda la fuerza de sus pulmones:

—¡Quiero quedarme con mi papá y mis hermanitos!

De repente escucho una voz rasposa y extraña que ordena:

—¡Bájenla! Esa niña es mi hija y aquí se queda.

Nadie se mueve. Licho se acerca, tambaleándose, y me extiende la mano. El camionero me suelta y corro a refugiarme en los brazos de mi padre sin mirar atrás a la abuela que llora.

En la estación de la Ciudad de México, el abuelo Manuel recoge a una abuela desnietada que carga, además de un gran dolor, una pequeña maleta de patos amarillos con sombrillas. Y cuando los ojos húmedos de su mujer confirman la ausencia permanente de esa niña que nunca aprendió a comer como Dios manda, ni a robarse bien los billetes de su cartera, el abuelo la abraza y la consuela asegurándole:

—Así lo hubiese querido tu hija Pilar.

Al día siguiente en Veracruz, Licho abre una gran bolsa de plástico y de ella saca ropa nueva para la hija reclamada; un vestido con crinolina blanca, otro de tirantes, un *jumper* de cuadros, unos pantalones rojos, brinca-charcos y cinco calzones de bolitas rosadas. Feliz, la niña que no ha tenido tiempo de extrañar a sus abuelos, lo abraza estrechamente para siempre. Y después, poniéndose sus bermudas nuevas, corre a jugar con sus hermanas al terreno baldío en donde, hasta el día de hoy, descansa el alma del meón de Chucho.

39

El abuelo Manuel: Olvidándose de Dios

Escamela, Veracruz. 1944.

Felicia lloraba incontrolablemente. Con los ojos enrojecidos e hinchados, el cabello enmarañado y el rostro distorsionado en una mueca de dolor que Manuel nunca antes había visto, parecía otra. Aún sus hijos, sentados en las butacas de la iglesia, la miraban espantados, incapaces de reconocerla. Esa señora envejecida no podía ser su madre. Alguien se la había cambiado.

Manuel la abrazó y con firmeza la separó del ataúd que contenía los restos de su hermano Antonio. Alguien lo había asesinado en una de las bodegas de Esperanza. A la hora de abrir el negocio, los estibadores habían descubierto su cuerpo, desangrándose, sobre los costales llenos de semillas. Por desgracia y a pesar del viaje apresurado que Manuel había hecho al enterarse, cuando por fin llegó, su cuñado ya había muerto. Antonio, de sólo diecinueve años, yacía inerte, acuchillado por todo el cuerpo. Nadie había visto nada y nadie tenía idea de quién podría ser el culpable de tan atroz delito.

En la iglesia, la congregación terminó de rezar el Padre Nuestro y un grupo de hombres se aproximaron a cargar el ataúd para transportarlo al cementerio. Detrás de ellos, el sacerdote precedía la procesión, salpicándolos de agua bendita y mascullando una letanía en latín, cuyo propósito sólo él comprendía. Lo mismo daba, pensó Manuel, limpiándose las gotas que habían rociado su rostro, porque aunque hablara en castellano, nadie albergaba esperanza de que el buen hombre pudiera explicar esta terrible tragedia. Era incomprensible que así de fácil, al filo de una navaja, un desgraciado hubiera extinguido para siempre la esencia de ese muchacho cuya vitalidad, apenas hacía un par de días, desbordaba su musculoso cuerpo.

Al recordarlo, sintió una punzada de dolor en el pecho. De todos sus cuñados, Antonio había sido el más amoroso, el más simpático, el más trabajador. Y por eso mismo, por ser tan abusado, se lo había llevado a Esperanza a trabajar en las bodegas. Sabía que teniéndolo ahí, al frente del negocio, junto con su hermano Manolo, no sólo cumplía con la promesa a doña Adelaida de cuidar y mantener a sus cuñados, sino que también los enseñaba a hacerse hombres de provecho. Pero ahora Antonio estaba muerto y esto dejaba claro lo mal que le había quedado a la abuela. No había sabido protegerlo. ¡Qué dura era la vida!

Pero ¿qué tipo de animal había sido capaz de odiar a ese muchacho al grado de matarlo así, con tanta crueldad? Antonio siempre se había dado a querer. Su personalidad carismática había sido legendaria en el pueblo. Prueba de ello era el hecho de que ahora mismo, en su funeral, la iglesia reventaba de gente que lo estimaba con verdadero afecto. Sólo Dios sabía en qué embrollo se había metido el muchacho, pero lo más seguro era que ni cuenta se había dado de la gravedad de su situación, porque de otra manera se lo hubiera dicho. Eso, definitivamente. Si Antonio hubiera sospechado que su vida estaba en peligro, ya habría corrido a pedirle auxilio. Bien sabía que contaba con Manuel como si fuera su padre y además, no sería la primera vez que lo sacara de apuros. Quizás quiso decirle algo, se le ocurrió de repente, y él, distraído como siempre, ni cuenta se había dado. Echó mente atrás y trató de recordar su convivencia con él esos últimos días. El lunes había viajado a Esperanza a revisar las bodegas y después de haber hecho las recomendaciones pertinentes, habían comido juntos a las afueras del pueblo. Antonio había atacado la barbacoa con su acostumbrado apetito voraz. Y cómo había disfrutado el comentario de Manuel cuando expresó envidia de su capacidad de digerir tanto cadáver sin tener que pasar la noche dejando medio intestino en el retrete. Durante el café, en el juego de dominó, su cuñado le había ganado veinte pesos. Y con ello lo había vacilado toda la tarde, porque nada disfrutaba más el joven que joderle a Manuel unos pesos. Su buen humor había perdurado el resto del día. No, concluyó Manuel, el comportamiento de Antonio había sido de lo más normal. El chico no había tenido la más mínima idea de que en un par de días estaría bien muerto.

Las autoridades sospechaban que había sido víctima de un robo. Alegaban que lo más seguro era que al regresar al negocio esa infame noche —nadie explicaba qué cosa estaba haciendo en las bodegas a esa hora de la madrugada—, había sorprendido a los ladrones con las manos en la masa. Pero el problema con esa teoría, y así se lo había expresado a los policías, era que de haber querido dinero, los asesinos lo habrían matado en la oficina, después de obligarlo a abrir la caja de seguridad, y no en la bodega, como lo habían hecho.

—Joder, que los ladrones roban dinero —alegó Manuel—, no costales de café.

Además, ni siquiera le habían quitado la cartera. Ésta había quedado intacta dentro del bolsillo de su pantalón y al abrirla, Manuel había encontrado los mismos veinte pesos que le había jodido en el juego de dominó. Ante su lógica irrefutable, los hombres de la ley cambiaron su táctica y sugirieron que entonces el crimen había sido seguramente un pleito de borrachos. Esto a pesar de que sabían que Antonio rara vez tomaba. Semejante tontería había terminado por convencerlo que, si verdaderamente quería encontrar a los culpables, no tendría más remedio que llevar acabo la investigación él mismo. Por desgracia, la única manera de hacerlo era contratando a gente de la misma categoría de los asesinos.

Felicia dejó de llorar y por la expresión en su mirada, Manuel supo que lo que quedaba de su mujer en la iglesia era sólo una cáscara. Supo, por el vacío de sus ojos, que su esencia hacía rato que había partido a aquel lugar al que a nadie invitaba.

—Me voy a la casa con mis hijos —pronunció, congregando a los chiquillos a su alrededor.

La ansiedad en la voz era el primer síntoma de su inminente huída. Le urgía internarse en su recámara al sosiego de esa cueva en la que de momento sólo ella cabía. Estaba por verse cuántos días duraría en aquella ocasión su enclaustramiento.

—¿No vas al cementerio? —preguntó, queriendo posponer lo inevitable.

Lo miró como si estuviese loco.

—¿Y qué quieres que vaya a hacer al cementerio, me puedes explicar? ¿Ir a ver cómo encierran a mi hermano en un agujero para siempre? Antonio odiaba la oscuridad, siempre la ha odiado eso tú ya lo sabes.

Su hija Pilar, que observaba la escena con creciente alarma, se acercó y le tomó la mano.

—Yo me quedo con papá —anunció, con toda la autoridad que le permitían sus dieciséis años.

Acarició la mano esbelta de su hija. Sabía que los disgustos de sus padres la afectaban sobremanera, sobre todo cuando ocurrían enfrente de sus hermanos. Reparó en su figura acentuada por el color negro del atuendo que el protocolo de esta función ridícula le había obligado vestir. Estaba hecha toda una mujer. Cómo o cuándo había ocurrido la transformación, no tenía ni la menor idea, pero lo cierto era que tan sólo de altura, Pilar ya le sacaba toda una cabeza a su madre. Las mejillas regordetas y los hoyuelos que desde siempre habían enmarcado su sonrisa y que con tanto placer había besuqueado a través de los años, habían desaparecido como por magia. Ahora sus facciones anunciaban, cuando menos a aquéllos que conocían a la familia, que Pilar era nieta del vasco, Domingo Muguira. Cualquier pueblerino en Ramales hubiera podido identificar, a leguas, la barbilla partida y las cejas tupidas. Eran inconfundibles. Y esa mirada serena, única en el mundo, que tantas veces lo había transportado de regreso a su infancia, lo hacía sentirse tal como si estuviera de nuevo en presencia de su padre. Quizás por ello mismo pocas cosas le causaban a Manuel más dicha que la compañía de su hija Pilar.

Felicia los miró con dolor y reproche. Resentía esa afinidad entre hija y padre que a veces la hacía sentirse como un mal tercio. Imposible definir en qué momento su marido se había convertido en el bueno de la película, pero ahora resultaba que Pilar era su protectora permanente. Defendiéndolo siempre, de todo y contra todos… especialmente de su esposa.

Meche, la mujer que apenas hacía un año había llegado a trabajar con ellos a la finca, se acercó a intervenir en el asunto.

—Vente, Pilar, que mira nada más cómo trae el pelo tu madre. Anda, ayúdame con los chiquillos mientras yo le saco esa maraña de nudos de la cabeza.

La mujer era una bendición inesperada. Sus padres la habían corrido del rancho por haberse embarazado de un hombre casado y Manuel se había enterado de la situación porque el hombre, capataz de una de las fincas, había llegado a confesar su pecado tras una noche de tragos.

—Yo soy un hombre tranquilo, don Manuel —había explicado, inundando la oficina con su aliento alcohólico—, pero pos tampoco soy de piedra. Y la mera verdá, oiga usté, es que la Meche me embrujó.

Según el capataz, el maleficio había ocurrido en el río cuando al acercarse a refrescar al caballo, Meche le había echado ojitos. Restregaba trapos sobre una piedra con la falda arremangada hasta arriba de los muslos columpiando los pechos, al vaivén de la frotada.

—Ahí estaba, con todas las pechugas colgando de fuera, sin importarle quién la viera —describió el hombre, abultando su propio pecho—. Y pos como ya le dije, patrón, no soy de piedra. Y la hubiera visto cómo me sonsacaba, oiga. Echándome de risitas. Rete coqueta, la muy putilla. Ya después, a la mera hora, quiso rebuznar. Pero no, oiga, ni modo de quedarme todo así… qué tal que luego ya no me funciona. Eso nomás es lo que no entienden las condenadas viejas, don Manuel, que con un macho no se juega. Y pos ni modo, la tuve que amansar «a la de las fuerzas». Y pos 'ora resultó preñada y sus apás ya la corrieron de la casa. Y pos yo nomás quería pedirle a usté, patrón, si no podría acomodarla ahí en su casa. Sabe echar tortillas, viera, bien buenas. Y sabe lavar, está «juerte.»

Cuando al día siguiente la mujer se había presentado cargando su morral y una panza de siete meses de embarazo, Manuel había quedado mudo de sorpresa. El capataz fácilmente le doblaba la edad a la pobre muchacha. Le bastó mirarla a los ojos para saber exactamente lo que había sucedido. Sin saber porqué, Manuel se había sentido responsable del vil acto, tal como si él mismo la hubiese ultrajado. Y por ello, aun antes de que la mujer se lo pidiera, ya la había contratado. Después se había trepado a su yegua y había cabalgado sin parar hasta llegar a la finca, donde había encontrado al capataz empujándose una cazuela de frijoles con un cerro de tortillas. Y ante el asombro de todos los peatones lo había corrido, amenazando meterle un tiro en la nuca si osaba siquiera volver la cabeza para mirar a la muchacha. El sólo recordarlo le causaba repugnancia. Dos meses después, Meche había dado a luz a una niña escuálida, a quien Felicia había tenido que bautizar a la carrera con el único nombre que se le había ocurrido de momento, el de su madre. Porque estaban seguros que la niña, Merceditas, no llegaría ni al mes. Pero algo ocurrió, la chiquilla ahora ya casi caminaba y cada vez que sus ojotes negros encontraban los de Manuel, le pelaba sus únicos dos dientes y, sin pedir permiso, se le trepaba en la solapa a enroscarse como un gato callejero.

A pesar de sus escasos veinticinco años, Meche poseía la sabiduría de Salomón. En menos del año que llevaba trabajando con ellos, había aprendido a predecir y sobrellevar cuanta manía, antojo o capricho se le ocurría a su mujer. Los largos baños que sucedían, sin falta, dos veces al día; la reciente obsesión de aprisionar en la nuca, con la peineta de carey de la abuela Adelaida, su ondulado cabello, trenzándolo y enrollándolo como si fuera una serpiente, hábito que Manuel detestaba ya que lo privaba del placer de poder sepultar su nariz en esos rizos olorosos a miel, cada vez que le besaba el cuello. Pero lo peor, y lo que Meche manejaba con asombroso talento, era esa manera peculiar de Felicia de huir de la vida atrancando la puerta de su recámara. Sólo la joven sabía cuánto tiempo había que dejar en paz a su patrona y cuál era el momento indicado de servirle sus bolillos sin migajón, bien tostados, embadurnados con mantequilla. Felicia parecía haber encontrado en Meche a una hermana. Quizás sospechaba, ya desde entonces, que ella sería quien le pintaría las uñas y los labios al prepararla para asistir a su propio velorio.

—Anda, tiene razón Meche, hija —Manuel besó la mejilla de Pilar—. Ve con tus hermanos, que ya voy a casa.

La lluvia, que con suerte empaparía bien las fincas, se soltó al llegar al cementerio y bañó a la peregrinación, que apresuró a cobijarse debajo de árboles, periódicos y bolsas de plástico. Un hombre, que Manuel no lograba identificar, pero que juraba haber visto antes en algún lado, se acercó a ofrecerle refugio debajo de su gran paraguas. Manuel aceptó agradecido.

—Don Manuel Muguira —le ofreció aquél, extendiéndole una mano enguantada—, permítame darle mis sinceras condolencias.

—Muchas gracias.

Habría que ser pedante para andar de guantes en un pueblucho como Escamela. ¿Joder, quién era el tipo?

— Perdóneme, caballero, se me escapa su nombre.

—Ernesto. Ernesto Andrade, a sus órdenes, señor Muguira. No nos han presentado formalmente, pero créame que es un honor para mí el finalmente conocerlo.

—Vale, el gusto es mío.

Eso era, lo había visto en el frontón, jugaba un partido con el banquero. No había jugado mal el tío. ¿Pero qué hacía en el entierro? ¿Lo habría conocido Antonio? El señor Andrade captó su mirada perpleja y se apresuró a explicar.

—Si me permite, le agradecería unos minutos de su tiempo cuando usted lo considere prudente, por supuesto. Creo que mi organización podría ayudarlo a localizar a los culpables de la muerte de este chico.

Lo miró sorprendido. Hablaba con una arrogancia impresionante. Y con esos aires de aristócrata, era difícil creer que era capaz de llenarse las manos de mierda buscando matones. Pero bueno, no cabía duda que las apariencias engañan. Su organización… ¿De qué hablaría? ¿La mafia? Porque de organizaciones, asociaciones y sociedades Manuel estaba hasta la madre. ¿Quién demonios se creía ese pendejo? ¿Al Capone?

—Si gusta, nos podríamos ver en mi negocio en cuanto terminemos aquí.

— Claro que sí, señor Muguira. ¿En dónde exactamente quiere que lo vea, la oficina de *Exportadores S. A.?* ¿Gusta que pase por ahí?

¡Vaya! El hombre, ¿cómo había dicho que se llamaba? «Andrade», lo tenía perfectamente ubicado: sabía su nombre completo, el nombre de su negocio y aparentemente, hasta la dirección. ¿Sabría también cuál era su casa? ¿Cuánto ganaba? ¿Cuántas veces cagaba al día? Ése era el problema de vivir en un pueblo miserable. No podía uno echarse un pedo en paz sin que todo el vecindario lo oliera. Y desde el maldito día en que el alcalde de Escamela había decidido nombrar a *El Niágara* como el negocio más próspero de todas las cercanías, el asunto había ido de mal en peor. Jamás debió haberle aceptado al hombre la placa horrorosa ésa, que ni siquiera había querido colgar en las paredes de su oficina. Desde entonces, la ilustre sociedad del pueblo requería el honor de su presencia a un sinfín de eventos, cuyo único propósito era tragar, tomar y perder el tiempo. Que si a la inauguración del salón de baile de las damas del *Club de Leones*, que si a la apertura de la nueva clínica para veteranos de la *Cruz Roja*, que si el desayuno en honor al candidato para gobernador del estado del partido democrático. Y así también, con la misma fanfarronería llegaban a ofrecerle hacerse miembro de las pedantes organizaciones que, según esto, eran exclusivas para caballeros de su talla, la cual nadie previamente se había preocupado en medir. Lo invitaban al *Club Español de Orizaba*, a los *Rotarios*, al *Club Deportivo*, a la *Asociación de Jugadores de Ajedrez*, y ahora, al parecer, estaban a punto de extenderle una cordial invitación a la asociación de matones profesionales, expertos en localizar asesinos en tres patadas.

—Pase usted por *El Niágara* en un par de horas, si me hace el favor.

—Claro que sí, señor Muguira. Estaré allí sin falta —prometió el hombre.

El sacerdote meneó el incensario y bendijo el ataúd que ya colocaban en la brecha. Al terminar, entregó al acólito las herramientas sagradas y, agachándose, recogió del suelo un puñado de tierra, que enseguida arrojó sobre el cofre. Dos hombres que desde hacía rato esperaban pacientemente apoyados sobre sus palas, reconocieron esa señal del párroco que indicaba que la ceremonia religiosa había terminado. En breve cubrieron la hendidura, hasta el tope, con tierra enlodada.

Poco a poco, los congregados se fueron despidiendo y, después de abrazar al último de ellos, Manuel encendió su cigarro y se echó a andar por las calles, esquivando charcos, rumbo al beneficio. La lluvia aflojaba y el sol se perdía tras los cerros. Miró hacia el cielo. La neblina comenzaba su lento descenso y la densidad de las nubes anunciaba que los campos amanecerían empapados. Las fincas se verían preciosas al amanecer con los cafetos, ya casi de dos metros de altura, cubiertos de flores blancas y olorosas y del fruto de baya roja, listo para su cosecha. Se escaparía a los cerros, decidió. Sí, eso haría. Buscaría algún pretexto y se largaría antes del alba para caminar entre esos bellos arbustos, como tantas veces lo había hecho con Antonio. Cómo había disfrutado de la charla alegre del muchacho bajo esos árboles altos y frondosos, que protegían las matas de los rayos del sol y que proporcionaban una sombra fresca y acogedora. Lo extrañaría terriblemente. Pero bueno, había que seguir adelante porque la cosecha no esperaba. Aprovecharía para inspeccionar el grano y cerciorarse de su punto justo de maduración, no fuera que se estuvieran precipitando y acabaran cortando puro grano «vano.»

Recordó el día que había llevado a Antonio a conocer su primera finca de café. Igual que Manuel, el chico se había enamorado de todo lo relacionado con el bendito grano que finalmente empezaba a sacarlos de pobrezas. Fue en esa primera caminata cuando le había platicado la historia de su descubrimiento, la cual había encantado al muchacho, en ese entonces de sólo trece años. Era la misma historia que Manuel les repetía a sus hijos cada vez que se le subían a las rodillas y le pedían que les contara un cuento. Según esto, un pastor llamado Kaldi cuidaba sus cabras, cuando un buen día cayó en cuenta de que cuando los animales comían de los cafetos se ponían como locos, brincando por todos lados, en un estado perpetuo de agitación. Kaldi, intrigado ante el comportamiento de sus cabras, decidió probar los granos del arbusto al que su rebaño parecía tan afecto. Entusiasmado por la sensación de bienestar que experimentó, corrió a comunicar su feliz descubrimiento. Pronto, el mundo entero pudo disfrutar de los efectos afrodisíacos de la maravillosa bebida.

—Yo sé que vosotros habéis bebido el café de mi taza —siempre bromeaba con sus hijos al llegar al final del cuento—, por eso es que apestáis a cabra.

Con el mismo entusiasmo, Antonio había mostrado gran interés en el proceso de la producción del café y, al poco tiempo de haber empezado a trabajar en las bodegas, ya comprendía que a esa planta había que tratarla con respeto. Con infinita paciencia, Manuel le había impartido todos sus conocimientos, desde la selección de la semilla hasta su exportación. Durante la selección de la semilla, le había aconsejado al chico, había que tener cuidado de escoger sólo las buenas y dejarlas germinar hasta que se hincharan. Después, era cosa de ponerlas en planchas grandes de arena donde lo importante era mantenerlas húmedas y protegidas de los rayos del sol aproximadamente dos meses, para después sembrarlas en bolsas con tierra abonada. En esas bolsas se dejaban reposar durante algunos meses, para después depositarlas en la tierra. Un buen cafeto, había recalcado a Antonio, puede llegar a dar hasta treinta mil flores al año. Y un buen café es aquél que se recoge en su punto justo de maduración. Sólo en una ocasión habían tenido una mala experiencia con esto último. Los finqueros se habían precipitado a cortar el grano antes de tiempo. Por ello, desde entonces, Manuel salía con Antonio para darse sus rondas en las fincas, cosa de la que, además, ambos disfrutaban tremendamente.

Todo esto y más, había aprendido Antonio bajo su tutela. Y qué bien lo había aprendido, reflexionó con tristeza. Ese sueño que Manuel tanto albergó de sacar a Antonio de las bodegas de Esperanza y ponerlo al frente de *El Niágara* para poder regresar tranquilo a la Ciudad de México, que era lo que Felicia venía deseando ya por algún tiempo, se le había derrumbado. ¡Qué verdadera tragedia!

En la distancia, Manuel distinguió la figura elegante del señor Andrade. Junto a él, aguardaba otro hombre igual de bien vestido, fumando un puro. Al verlo, se acercaron a estrecharle la mano.

—Señor Manuel, permítame presentarle a mi colega, el licenciado Estandía, presidente de nuestra Liga, aquí en Escamela.

—Mucho gusto, caballero. Pasen, por favor. ¿Llevan tiempo esperando?

—Acabamos de llegar hace unos momentos.

Si había algo a lo que Manuel no podía acostumbrarse, era a ese protocolo de los hombres de negocios mexicanos, de no tocar el verdadero tema de sus reuniones sin antes haber invertido un buen tiempo discutiendo tonterías. Nunca, que Manuel recordara, había asistido a una comida de negocios en la que se llegara al punto antes del postre. Y mientras más delicado fuera el tema a tratar, más se prolongaba el asunto. Ese día, la paciencia de Manuel se había esfumado cuando la tierra tragó el ataúd donde yacía el cuerpo acuchillado de su cuñado.

—Bueno, señores, habéis dicho que pueden localizar a los culpables, pero no me han dicho su precio.

Los hombres lo miraron confusos.

—¿A qué se refiere, señor Muguira?

—¿No se ofreció usted a encontrar a los culpables?

El señor Andrade extrajo un portafolio y lo extendió en el escritorio.

—Venimos a verlo como representantes de la *Gran Logia Valle de México*. ¿Ha oído usted algo de nuestra fraternidad?

—Bueno, la verdad es que he oído algo, pero es bastante poco y no muy bueno que digamos. Sois una secta secreta o algo parecido…

—Somos masones, señor Muguira. La masonería ha existido en este país desde hace muchos años.

—Estáis en contra de la Iglesia.

—Famosos sacerdotes han pertenecido a la masonería, señor Muguira. Miguel Hidalgo era uno de ellos.

—Bueno, a mí eso de Dios y su Iglesia me tiene sin cuidado. Me interesa más encontrar a los malditos que han matado a mi cuñado.

—La responsabilidad de la *Gran Logia* es ayudar a nuestros hermanos. Nos gustaría que revise estos documentos y que venga a hablar con nuestros líderes. Dada la emergencia de la situación, estarían dispuestos a recibirlo esta misma noche en el templo. Lo podríamos acompañar, si usted gusta.

Tres días después, Manuel trabajaba tarde en la oficina cuando don Juan entró y le entregó el telegrama sin firma: «Evaristo Torreón Guerrero y Francisco José Chávez Guzmán. Detenidos. Confesión obtenida y confirmada. Motivo delito: relación ilícita del difunto con una mujer casada. Favor indicar paso a seguir.»

Don Juan observó a su patrón deletrear su respuesta sobre el mismo telegrama. Con el puño tembloroso y sin mirarlo a los ojos, escribió: *«ojo por ojo».* Después le entregó el papel, dos pesos y tras encender un cigarro, salió a perderse en la neblina de la noche.

40

El abuelo Manuel: Aceptando traiciones

México, D.F. 1946.

La voz de su padre lo había despertado a intervalos durante toda la noche: «Sé un hombre honesto, chico rubio», repetía Domingo, una y otra vez, en euskera. Y a pesar de haber apartado las sábanas a un lado, de haber bebido toda una jarra de café bien cargado y de bañarse con agua fría, las palabras con las que su padre se había despedido de él, hacía muchos años en la estación de autobuses del pueblo de Ramales, seguían retumbando en sus oídos: «Sé un hombre honesto, chico rubio. Ante todo, sé honesto… honesto…»

En el baño, se acercó a la radio y subió el volumen a todo lo que daba de sí el aparato. De inmediato una melodía interpretada por Toña la Negra, silenció su atormentada mente. Con alivio, cerró los ojos y se dejó llevar por ese ritmo que arrullaba sus sentidos. Mirándose en el espejo, acabó de abotonarse la camisa blanca, bien almidonada. Encima se echó su suéter nuevo con cierre al frente.

En el lavabo mojó las puntas de sus dedos y trató de aplacar las cejas rebeldes que apuntaban a todos lados sobre sus ojos. Eran tan largas y tupidas que a veces, cuando deseaba divertir a la gente, entrelazaba en ellas un sinnúmero de artefactos: un cigarro, una pluma, palillos, pajitas y hasta billetes enrollados que sus hijos siempre corrían a arrebatarle de la cara, muertos de risa. Eran las cejas Muguira que, para bien o para mal, la mitad de sus hijos le habían heredado.

Con un peine, cepilló su pelo húmedo hacia la izquierda, exponiendo un ramillete de canas que recientemente brotaba de su sien. Después hurgó debajo del lavamanos hasta encontrar su única loción, un regalo arcaico de Felicia, que usaba sólo para ocasiones especiales. Vació unas gotas en las palmas de las manos, las frotó y de ahí se palmeó el rostro y el cuello recién rasurados, inhalando la refrescante fragancia. Esa junta de negocios que iba a tener con sus socios era una ocasión especial. Vaya sorpresa la que llevarían los desgraciados cuando lo vieran entrar, perfumado y rasurado, cargando un portafolio lleno de billetes. Visualizó el asombro en sus caras y trató de deleitarse ante esa imagen. Pero no pudo. Sabía que su momento de triunfo no le causaría ningún placer. Más bien le daría tristeza, la misma tristeza y lástima que venía arrastrando desde que se percató que a sus socios lo que él opinara o dejara de opinar les importaba poco.

¡Pero, coño! Cómo habían cambiado las cosas en sólo un par de meses. A principios de la cosecha, si alguien se lo hubiese preguntado, habría jurado que sus socios eran sus mejores amigos y que con ellos podía contar hasta la muerte. Ahora se daba cuenta de lo equivocado que estaba; ahora comprendía que la amistad nada tiene que ver con el dinero. Que una cosa es el cariño y otra los billetes, dos fuerzas diferentes que tiran del ser humano hacia lados opuestos. Por ello, ahora resultaba que sus socios, no conformes con lo bien que les estaba yendo con la exportación del café, querían más. Mucho, mucho más. Su codicia no conocía límites y ahora exigían que se invirtiera más capital en el negocio. Y esto sin importarles quién estuviera en posición de hacerlo y quién no. Porque sabían, perfectamente bien, que Manuel apenas sí podía cubrir los gastos del negocio en Esperanza. Así, con esas mismas palabras, se los había expuesto en la última reu-nión. Pero ni con eso los había conmovido. Su única respuesta había sido darle dos opciones: o invertía el capital que le estaban pidiendo, o se salía y les vendía su porcentaje del negocio.

—Pero si sabéis que mi participación no está en venta —había protestado, furioso.

—Con gusto te vendemos la nuestra —había respondido José, atravesándole el alma con sus palabras.

Por eso le gustaban las canciones rancheras, porque no permitían que uno sintiera otra cosa que no fuera el dolor o la dicha del cantante. Se ajustó el cinturón y se sentó al borde de la cama. Buscó en el buró su cajetilla de cigarros y sin prisa, encendió el primero. Inhaló profundo y colocándolo sobre el cenicero, se inclinó a atarse los zapatos. Al terminarse la canción, no pudo evitar que su mente regresara a martirizarlo con el tema de sus socios. De nada le había servido tratar de convencer a ese grupo de idiotas que cometían un grave error, que el negocio iba viento en popa, que el capital invertido era más que suficiente, que bien podían esperar un poco de tiempo antes de poner más dinero. Su discurso había sido una pérdida de tiempo. Ahora se daba cuenta de que en esa reunión los hombres no habían hecho más que participarle una decisión ya tomada tiempo atrás, sin que nadie se hubiera molestado en pedirle su opinión. Porque al parecer, no les interesaba. Pero todo esto era culpa suya. Eso le había pasado por haberse largado a México. Jamás debió de haber permitido que Felicia lo convenciera que el mudarse a la ciudad era necesario para la educación de sus hijos. Porque, coño, primero tenían que comer. Y aunque a su mujer no le pareciera, la realidad era que en Escamela, ese lugar lleno de moscas, calor y mierda de vaca —como ella decía—, estaba el sustento de la familia. De ahí salía el pan de cada día y ahí debió de haberse quedado a cuidar la inversión que tanto esfuerzo le había costado acumular. Mal había hecho en dejar todo en manos de Manuel Revuelta, su cuñado, un chiquillo descuidado con quien sus socios habían hecho lo que les había dado la gana. Pero bastaba de atormentarse. El hecho era que nunca más permitiría que su mujer lo manipulara como lo había hecho. Y dijera lo que dijera, en cuanto saliera de esa desagradable reunión y recuperara su negocio, regresarían a Escamela. Y jamás volvería a asociarse con nadie. Ya estaba bueno de formar sociedades en las que siempre salía perdiendo. De ahí en adelante, cualquier negocio que se le ocurriera sería suyo, exclusivamente, aunque tuviera que endeudarse hasta el pescuezo, como ahora lo estaba haciendo. Sólo Dios sabía cuantos años le llevaría pagar esa cantidad de billetes que apenas sí cabían en su portafolio.

El precio que los socios habían acordado cobrarle por su participación era una suma exagerada. Lo sabía perfectamente bien. Cuando José, durante la reunión, se había atrevido a mencionarla, apenas sí había podido contener su furia.

—¡No habláis en serio! ¡Esto es un robo!

Aquéllos, sin pestañear siquiera, no sólo habían insistido en esa cantidad ridícula, sino que encima, le habían dado el corto plazo de tres semanas para conseguir el dinero y liquidarlos. Y esa actitud intransigente era lo que había terminado de convencerlo, tristemente, que sus socios pretendían hacerle daño. ¡Y qué duro aceptar esa verdad! Sobre todo cuando él había sido el promotor original del negocio, el del entusiasmo, el que por cariño —más que nada— los había invitado y convencido a participar en esa aventura que tantos frutos les había rendido a todos. Pronto se llevarían la sorpresa de su vida, porque él no estaba dispuesto a rendirse tan fácilmente. Y en cierta forma hasta agradecía su descarada insolencia. Porque eso había sido, finalmente, lo que lo había impulsado a recorrer la ciudad, ciego de rabia, tocando puertas que de otra manera nunca se hubiera atrevido a tocar. Con una determinación feroz y una elocuencia que le sorprendió a sí mismo, había logrado convencer a los acreedores que les convenía hacer el préstamo, que desde luego, pagaría con una tasa de intereses justa y atractiva, porque el negocio era todo un éxito. Así lo comprobaban los estados de cuenta. Todas las noches había regresado a su casa espantado, pero además, conmovido por la confianza con la que las gentes le habían extendido los billetes. Por supuesto era gente que lo conocía y sabía que nunca les robaría. La información que compartía con ellos era cierta. Porque después de todo, estaba condenado a ser honesto. Ése era el lema que guiaba su vida. Ser honesto, hombre honesto, chico rubio. La voz de su padre volvió a retumbar en sus oídos.

Apagó su cigarro, desconectó la radio y extrajo de debajo de la cama su pesado portafolio lleno de billetes. Resuelto a dar prisa a ese mal trago que no había manera de evitar, salió a la cocina a buscar a Felicia. Ésta rociaba con limón la cabellera de Gloria para ajustar sus trenzas.

—Ya me voy —se colocó enfrente para que observaran, de manera exagerada, el cierre de su suéter. Era su manera habitual de despedirse.

—Que os divirtáis —exclamó divertida Gloria, copiando la frase de su padre.

Les lanzó un beso con la mano y cerrando la puerta tras de sí, se echó a andar a lo largo de la avenida Melchor Musquis, en la que había vivido con su familia esos últimos meses.

Sabía que el regreso a Escamela no sólo afectaría a Felicia, sino también a sus hijos. Los pequeños, desde Domingo para abajo seguro estarían felices de regresar al campo; sobre todo Domingo, a quien la escuela le importaba un comino. ¡Qué berrinches le hacía pasar a su madre con eso de los estudios! Pero bueno, así igualito de rebelde había sido él mismo. Una ola de ternura lo invadió al pensar en ese chiquillo que a pesar de sus cortos años de vida ya quería atragantarse el mundo. Para sus hijos mayores, Pilar, Cris, Gloria, Esperanza y Nicasio, sí sería duro el cambio. Quizás lo mejor sería dejarlos a ellos en la ciudad a terminar sus estudios. Pilar pronto terminaría el bachillerato y con lo aplicada que era esa chiquilla, sería un crimen que no hiciera carrera. Hablaría con el tío José. Afortunadamente seguía viviendo en la colonia San Rafael y su mujer Amelia no les negaría albergue. Eso seguro. Desde siempre esa noble mujer había abierto las puertas de su casa a la familia de su marido. Allí había albergado a su suegra, doña Adelaida, y a sus cuñadas, Joaquina y Pilar, mientras buscaban marido. Ahí también había recibido a la abuela con todos los nietos huérfanos al ser expulsados de su hogar por el hermano de Vicente. Una mujer de gran corazón, que seguro estaría dispuesta a ayudarlos. Pero Felicia, ella regresaría con él a Escamela, aunque no quisiera. Su obligación era atenderlo igual que a los chiquillos. Además, la necesitaba. Eso era todo.

A las nueve de la mañana, hora acordada para la reunión, atravesó el umbral de la puerta de las oficinas de la compañía *Exportadores S.A.* en su local de la Ciudad de México. Sus socios estaban cómodamente sentados en la mesa circular. Charlaban amenamente como si el motivo de la reunión fuera causa de alegría. Cuando lo vieron entrar, un silencio incómodo invadió el espacio. Manuel saludó con su acostumbrada cortesía y sin sentarse siquiera, colocó el portafolio sobre la mesa. Los socios observaban sus movimientos con una mezcla de curiosidad y de apatía. Las trabillas cedieron fácilmente y al abrirse, los fajos de billetes quedaron expuestos.

—Caballeros, aquí tenéis vuestro pago.

Las caras de asombro que Manuel tanto había imaginado esas últimas noches nunca aparecieron en los rostros de los hombres. Lejos de eso, el único gesto que parecían compartir era indiferencia y quizás algo más que al principio no logró descifrar. Nada de lo que estaba sucediendo parecía una realidad. La escena se desenvolvía como si fuese una obra de teatro que Manuel observaba desde el palco. Poco a poco fue reconociendo ese sentimiento pintado en los semblantes de los hombres que continuaban observándolo. Y al hacerlo, una corriente helada paralizó sus sentidos. Eso era, los hombres lo miraban con lástima. ¡Lástima! No asombro, no admiración, ni respeto. Sus socios lo miraban definitivamente con condolencia, como si la reunión fuera un velorio y él fuera el difunto.

—El dinero está completo, podéis contarlo si así lo deseáis —con la mano temblorosa se apresuró a sacar de la solapa los documentos que su abogado le había preparado—. Lo único que hace falta es que me pongan aquí su firma, por favor.

Los socios permanecieron inmóviles, a excepción de sus miradas, que con infinita lentitud acabaron por reposar en la persona de José. Al fin, éste, levantándose de su asiento como si estuviera a punto de dar su veredicto, pronunció:

—Manuel, hemos decidido no venderte el negocio. Compraremos tu parte y en cuanto acordemos la cantidad, te lo haremos saber. Lo siento mucho, pero la decisión está tomada.

Con el paso del tiempo cada vez que Manuel recordaba el incidente, le parecía increíble que durante las tres semanas que había limos-
neado dejando su orgullo a la altura del barro y esparcido por toda
la ciudad, ni una sola vez se le había ocurrido que así podrían acabar
las cosas. Ni una sola vez había contemplado la posibilidad de que
sus socios, aquéllos que en su momento habían dicho ser sus amigos,
estuvieran dispuestos a dejarlo en la ruina. Mucho después, cuando
ya todo había pasado, el grado de su ingenuidad le parecía absurdo.
Cualquier persona sensata hubiese visto venir esa canallada, pero no
él. Aunque estaba consciente de que sus socios habían sido víctimas
de la avaricia que genera el dinero, nunca los había creído capaces de
dejarlo en la calle sabiendo que tenía nueve hijos y una mujer que
mantener. Años después, Manuel reviviría esa escena y se imaginaría
poniéndolos en su lugar, peleando hasta la muerte, demandándolos,
vengándose y, al final de todo, arruinándolos para siempre, y ya después, con su acostumbrada misericordia, perdonándolos, abriéndoles
las puertas de su negocio, una vez más. Porque de venganzas Manuel
ya sabía bastante y sabía también su precio. Pero en ese momento,
la traición lo había agarrado por sorpresa. Y con ese primer golpe
lo había aniquilado. Al escuchar su condena en los labios de su más
querido socio, José, una ola de cansancio había descendido, compri-
miéndolo, hasta reducirlo a la nada. Quiso balbucear algo, responder
cualquier cosa, aventar algún objeto, golpear la mesa, decirles sus verdades, pero no pudo. De repente, le era difícil, casi imposible, mantener los párpados abiertos para mirar bien las caras de esos hombres
que ya no reconocía. Los miró, uno por uno. Ninguno pudo sostenerle la mirada. Trató de averiguar sus sentimientos, trató de odiarlos y
tampoco pudo. No sentía absolutamente nada.

No había nada que hacer allí. Todo estaba acabado. Sus piernas
flaquearon y temió desplomarse en ese suelo asqueroso. Haciendo un
esfuerzo sobrehumano, con infinito cuidado, recogió sus documentos
y cerró su portafolio. Después, se dio la media vuelta y abandonó esa
pesadilla. Caminó cojeando, agobiado por el peso del dinero prestado
que llevaba en el maletín… y de la vida.

41

El abuelo Manuel: La fábrica de chocolates

México, D.F. 1946.

La compra de la fábrica de chocolates *El Tepeyac*, ubicada en la calle de Artes, se había logrado con la miserable cantidad que sus ex socios le habían pagado al liquidarlo. Mejor hubiera sido, pensó Manuel, mirando a través de la ventana del autobús que lo trasportaba a Esperanza, si en lugar de haber comprado la fábrica hubiera comprado una tortillería. Tarde comprendía que el cacao, a pesar de ser un grano interesante, nunca tendría el mismo consumo en el mercado que el café; y mucho menos que el maíz. Eso ni hablar.

El camión se detuvo perezosamente en la siguiente parada y el camionero, después de abrir la puerta, anunció a grandes voces: «Acatzingo, media hora». Manuel sacó su reloj del bolsillo. Eran las tres de la tarde. Más le valdría bajarse a comprar aunque fuera una torta de chorizo, porque era la última parada. Su vecina de asiento, una anciana que todo el camino había roncado con la boca abierta, empezaba a incorporarse con gran dificultad.

—La ayudo, señora –ofreció, tomándola del codo.

—Muchas gracias, hijo —respondió ella, aceptando también la ayuda del hombre del pasillo que ya le cedía el paso.

Los pasajeros fueron descendiendo, entumecidos por las horas que llevaban atrapados en los asientos incómodos del camión de segunda. Al hacerlo, un círculo de chiquillos mal nutridos corrió a ofrecerles mercancía. Con los ojos hundidos por tanta privación, suplicaban, jalando rebozos y pantalones y empinando sus chucherías en las caras de los cansados viajeros, impidiéndoles el paso.

—Nanches, lleve nanches, doñita.

—¡Hojaldras, hojaldras!

—Tunas, compre tunas, señor.

Manuel hurgó en sus bolsillos y sacó los chocolates aplastados que Porfirio, su encargado del control de calidad de *El Tepeyac*, había rechazado justo esa mañana. Se los había embolsado por hábito, más que por otra cosa. Porque esa costumbre suya de comprar y regalar dulces de limón había terminado desde la compra de la fábrica. Ahora todo era chocolate. Trabajaba, soñaba y alucinaba chocolate. Hasta él mismo olía a chocolate. Olfateó su camisa y sonrió. Era cierto, era un postre ambulante y si no tenía cuidado los hambrientos chiquillos le meterían un mordisco. Ni modo, ese olor amargo a cacao y azúcar quemada que impregnaba su ropa era un gaje del oficio. Por las mañanas, en cuanto echaban a andar las máquinas, el aroma ascendía por las paredes, a través de las viejas vigas que apuradamente sostenían el piso de arriba, donde vivía su familia, a perfumarlos también a ellos.

—Podría ser peor —lo había consolado su hija Pilar, un día que se lo había comentado—. Mi amiga Marisela vive arriba de una pescadería. Y como apesta a pescado, en la escuela nadie quiere sentarse junto a ella.

Los niños hambrientos, al verlo repartir los chocolates, se multiplicaron a su alrededor. Amontonándose, se arrebataban las golosinas.

—Soy el rey de chocolate con nariz de cacahuate —les canturreó Manuel, al mismo tiempo tratando de alejarse. Pero aquéllos lo siguieron, hasta que vació los bolsillos y pudieron comprobar que no le quedaba nada.

En una esquina, bajo un letrero destartalado, se anunciaban las tortas de chorizo. Caminó la breve distancia bajo los rayos del sol, sintiendo más sed que hambre. La humedad del ambiente empapaba su camisa de sudor. Era la hora de la siesta y la gente del pueblo, inmersa en el bochorno, yacía inerte, reposando en sus sillas mecedoras en los corredores de sus casas, o meciéndose en sus hamacas. Nadie tenía prisa. Las mismas moscas parecían volar sólo lo indispensable.

Apresuró el paso y pronto el polvo cubrió sus zapatos recién boleados esa misma mañana en el café donde se había reunido con su acostumbrado grupo de jugadores de ajedrez. Debió habérselos cambiado, pensó, pero con eso de las prisas del viaje, no había tenido tiempo ni de subir a su casa a hacer el equipaje. La llamada urgente de don Juan desde Esperanza, advirtiéndole del asunto del azúcar, no le había permitido hacer nada más que correr a la estación a comprar su boleto. Según don Juan, no había azúcar en las bodegas. Pero Manuel sabía que esto era imposible, y así se lo había dicho. Los reportes del contador claramente indicaban que el depósito de azúcar se había hecho apenas el mes pasado.

—Vamos, hombre, el azúcar no desaparece así nada más —le había reclamado—. Tiene que haber alguna explicación.

Cuando exigió hablar con su cuñado y tocayo, Manolo Revuelta, a cargo de quien estaban las bodegas desde la muerte de Antonio, no hubo forma de localizarlo. Nadie sabía dónde coño se había largado el muchacho. Por ello no había tenido más remedio que comprar su boleto y salir corriendo a Puebla.

Sólo pensar que don Juan tuviera razón y que efectivamente faltara tanto producto en las bodegas, lo ponía a temblar. Eso sería un desastre. Eso lo acabaría. Definitivamente. Las bodegas era lo único que apuradamente le permitía mantener la fábrica de chocolates abierta. Basta, se regañó a sí mismo, deja de martirizarte inútilmente. Seguro que existía una explicación y la más lógica era que Manolo hubiera prestado esa cantidad. Eso debía ser. Porque en ese negocio todos los bodegueros tenían la obligación de ayudarse. Acaso alguno había sufrido un retraso y su cuñado había corrido a dar el préstamo. Claro, así había sido. Aun así, debió consultarle primero. Después de todo, siempre se corría un riesgo de que el bodeguero no regresara el producto a tiempo; eso se lo tendría que dejar bien establecido. En cuanto apareciera el muchacho, lo tendría que regañar no sólo por andar prestando mercancía que no era suya, sino también por desaparecerse sin dejar rastro. Porque además, no era la primera vez que esto sucedía. Desde el asesinato de Antonio, Manolo parecía haber perdido la cabeza. Bebía demasiado y lo peor, apostaba dinero que no tenía. Últimamente parecía comportarse algo mejor, con eso de que andaba enamorado de una chica de Orizaba. Pero bueno, era comprensible que un muchacho de su edad pasara por esos amoríos. Lo mismo le había pasado a él mismo cuando, al enamorarse perdidamente de Felicia, había ocasionado tantos disgustos a los tíos. Bien recordaba cómo había dejado sus obligaciones en la *Casa Gómez Allende* y había corrido a casarse sin un quinto en el bolsillo. Las bobadas que comete uno por una mujer. Quizás nunca debió haber dejado al muchacho al frente del negocio con tantas responsabilidades. Manolo era un buen chico, pero le faltaba madurez. Y la realidad era que la cosa había andado bastante bien mientras su puesto sólo requería que ayudara a su hermano Antonio. Eso lo había hecho bastante bien. Por ello, después de la muerte del hermano, se había arriesgado a darle ese puesto. Pero a lo mejor ahí había estado el error, haberle soltado todo. En cuanto lo viera, hablaría con él. Si lo que pretendía era casarse con esa chica, no lo impediría. Ya verían la manera de que ganara unos pesos más para poder mantenerla. Además, quizás eso era, precisamente, lo que necesitaba el muchacho. Una mujer que lo metiera en cintura y lo ayudara a abandonar la botella y el juego, de una vez por todas.

Se acercó al puesto de tortas, se refugió bajo la sombra del guayabo, y pidió un refresco con mucho hielo y una torta de chorizo con chiles encurtidos. Sediento, bebió la naranjada casi de un trago y después mordisqueó su torta. No tenía hambre. Intentó darle otra mordida, pero enseguida una sensación de náusea le impidió continuar. La señora de las tortas lo miraba con algo de inquietud. Se forzó a comer, masticando despacio.

Miró su reloj. Los pasajeros ya volvían a ascender al camión. Bebió el resto del refresco, se limpió el sudor de su frente con la servilleta, y dándole gracias a la tendera, volvió a reunirse con el resto de los viajeros.

Horas después, en la estación de Puebla, por la ventanilla del autobús, distinguió en la distancia la silueta de su cuñado Manolo. Vaya, pensó con cierto alivio, el desaparecido se había dignado ir a recibirlo. Seguro que don Juan no le había dado alternativa. Pero al acercarse reparó, por primera vez, en el aspecto del joven. Se veía mal, enfermo, como si no hubiese dormido en todo un mes; algo andaba mal. De repente el alma se le congeló, las piernas le flaquearon y eso dificultó su descenso del autobús. Al verlo, el muchacho corrió a su encuentro. Y por la expresión sombría que cuidadosamente esquivaba su mirada, supo que el azúcar había desaparecido. Un gran cansancio se apoderó de su cuerpo y lo obligó a sostenerse en el abrazo que su cuñado le daba.

—Dime que no nos has jodido, Manolo —le susurró, suplicante.

Los sollozos del chico convulsionaron su cuerpo, dándole la temida respuesta.

—Perdóname —gemía, dando rienda a su llanto—, perdóname, Manuel, por favor. Lo pagaré todo. Te lo prometo. Hasta el último centavo.

La gente los miraba y se detenían a contemplar la escena pero Manolo, sin reparar en ello, prosiguió a confesarse. Lo había apostado y perdido todo. No había tenido alternativa. Amaba a Olga, no podía vivir sin ella. El suegro le había prohibido acercarse a su hija, porque no iba permitir que un miserable bodeguero, sin futuro ni fortuna, anduviera cortejándola. Nunca imaginó, se lo juraba por sus difuntos padres y el sagrado recuerdo de su abuelita Adelaida, que las cosas acabarían así. Siempre había tenido buena mano para la baraja, Manuel lo sabía, siempre había salido de allí con algo de morralla en el bolsillo. Había sido una mala jugada, eso era todo.

En la bodega, don Juan los esperaba con el teléfono de don Emilio en la mano. Era el único compañero bodeguero capaz de prestarles las mil toneladas de azúcar que iban a necesitar. Manuel de inmediato regresó al pueblo y con mano temblorosa, entregó la información a la operadora de la oficina de teléfonos.

—Su llamada está lista, don Manuel.

Por supuesto que don Emilio le haría el depósito, con mucho gusto. Sería cosa de un par de días. No había ningún problema, él sabía que don Manuel era un hombre honesto y pagaría.

Honesto, siempre honesto, se repitió Manuel a sí mismo, una y otra vez, durante el viaje de regreso a la Ciudad de México, de regreso a la fábrica de chocolates. La cerraría, por supuesto, lo cual ya no le causaba ni angustia ni dolor. Ésa era la única ventaja de haberlo perdido todo anteriormente, era la sabiduría que uno adquiría con tanto sufrimiento. Uno aprende, por ejemplo, que los negocios quebrados hay que cerrarlos; y mientras más pronto mejor. Porque eso de esperar a que las cosas cambien es un error. No cambian, sólo empeoran. Además, qué bien había aprendido que la quiebra de un negocio no es una derrota total. La vida sigue, los hijos comen, la mujer no lo abandona a uno, se queja, eso sí, y bastante… pero ahí se queda y al final… al final nada. No es más que un sueño pesado. No pasa nada, cerró los ojos, es sólo un punto y aparte, eso es todo…

En la Ciudad de México, Felicia lo recibió en la estación del autobús, deshecha en lágrimas. Entonces fue cuando Manuel comprendió su error. Eso de que después de un fracaso nada pasa y la vida sigue igual, es algo que no entra en la cabeza de un chico enamorado. Apenas un par de horas antes, Manolo Revuelta se había encerrado en un cuarto de hotel para hacer la llamada telefónica más importante de su vida. Había telefoneado a Olga Uribe, la única y verdadera, para exigir que se casara con él. Con una pistola en su sien, la había amenazado con quitarse la vida si osaba negarle el derecho de amarla para siempre. Años después, la señorita Uribe seguiría lamentando haberlo rechazado; nunca creyó que Manolo se atrevería a hacerlo. Nunca esperó oír ese disparo que, hasta el día de hoy, retumba en sus oídos.

42

Meche: La fulana

México, D.F. 1949-1951.

Dicen que la mejor manera de matar un amor verdadero es salpicándolo con celos. Es cuestión de espolvorearlo, no todos los días, sino sólo de vez en cuando. La cantidad no tiene que ser exacta. Igual puede ser sólo una pizca o igual puede ser un chorro, lo mismo da. Porque una vez que ese veneno se agrega, el sabor del amor cambia para siempre. Se agria y al final, se pudre.

Cuenta Meche que el amor verdadero entre los abuelos Manuel y Feli se empezó a agriar el día que la abuela se lo encontró con la pizcadora, una de las trabajadoras de la planta. Dice que ya desde antes había agarrado esa manía de llevar cargando celos porque al abuelo, desde siempre, le habían atraído otras faldas. Pero cuenta que ese día que lo encontró bailando de cachetito con la fulana, se le abrió esa caja tapada de furores y no pudo, nunca más, volver a contenerlos.

Así platica Meche:

«Esto no quiere decir que don Manuel fuera un rabo verde, oiga. Eso tampoco. No era de esos hombres que andan por ahí, viendo nada más que pescan. Ésos que se enredan con cualquiera, la verdulera de la esquina, la mujer de los tamales, las ancianas del asilo de la Cruz Roja. Ya sabe usté de cuáles hablo. Esos degenerados que molestan hasta las cabras, si se descuidan tantito. No, don Manuel no era así, para nada. Lo que sí era, de lo que sí pecaba el pobre, era de ser un romántico empedernido.

»Don Manuel daba lástima porque ¡ay! se enamoraba de todo, hasta de las cucarachas. Mientras algo con falda le sacudiera el trasero al ritmo de un son jarocho ahí estaba el hombre, botado a sus pies. Y con eso de que estaba guapo... Bueno, ya se podrá usté imaginar. ¡Cómo hacía pasar corajes a la pobre de doña Feli! Yo le decía, ay, doña Feli, déjelo usté en paz que perro que ladra no muerde. Además, don Manuel no tiene la culpa de estar tan guapo. Eso de tener los ojos lindos o la barbilla partida —que aquí y en China pos siempre llama la atención—, eso ya es cosa de Dios. Ni modo, así nació el pobre hombre. No es culpa suya. Yo por eso le digo a usté, le doy gracias a Dios de ser fea. Imagínese que la busque un hombre sólo por su cara bonita. Ahí al rato la andan botando por otra, porque ya se le cayeron a una las chichis hasta el suelo o ya se le agrietó la panza, o ya se engordó con cada chamaco que le parió al desgraciado. No, muchas gracias, así estoy feliz, siendo fea desde siempre. Pero, volviendo a don Manuel que siempre *jué* tan guapo, y con eso que le gustaba bailar y divertirse, pos *pior* tantito. Las viejas le revoloteaban por todos lados. Ya sabe usté cómo son esas tipas, bien putillas y atrevidas. No respetan que un hombre sea casado. Y así fue con esa vieja, como se llamaba… oiga pos no me acuerdo ni cómo se llamaba, ¿puede usté creer?… pero pos bueno, pa' qué ponerle nombre a esa tipa tan perversa. Mejor digámosle la fulana. Sí. Porque, que Dios me perdone pero eso era la tipa. Una gran fulana. Y bueno, pos la conoció allá cuando se fue a vivir a Tuxtla a trabajar con eso del café, porque resulta que ella era una de ésas… ¿cómo les dicen por allá? Ah sí. Pizcadoras. Eso es. De esas mujeres que contratan pa' pizcar el café. La conoció así, secando café en el beneficio de San Roque. Era una loca, oiga y ¡ay, debía de ver qué fea! Rete fea, le digo. La mera verdá, no entendí qué carambas le había visto don Manuel a la mujer. Sobre todo teniendo a doña Feli, tan bella ella, tan fina, tan educada. Siempre oliendo bonito. Porque mire yo misma la rociaba con sus perfumes —los corrientitos al principio, cuando no había pa' nada—, y ya de ahí los caros. Todos los días y a veces, dos veces al día, después de sus baños se perjumaba doña Feli porque todo lo olía, viera usté, tenía un olfato impresionante. Y eso es una maldición oiga, sobre todo cuando tiene uno tantos hijos. Porque ¡Ay, Dios! Cómo sufría con esa pila de pañales apestosos. Todo me huele a mierda, se quejaba la pobre. Pero viera qué curiosa, a pesar de todo el trabajo que teníamos en esa casa con tanto chiquillo mugroso, ella siempre andaba arregladita, de uñas pintadas, pelos recogidos, vestidos planchaditos. Siempre, siempre emperifollada de pies a cabeza y no se dejaba ver nunca, Dios no le permitiera, sin estar bien maquillada. La casa podría estar de cabeza, los chamacos corriendo por todos lados, los frijoles quemados, pero eso sí, al final del día todos comían, a veces sólo pan y frijoles pero todos comían, y ella, ella —tal como debe de ser, digo yo,— bien arregladita. Como las señoras de buena cuna. Así siempre fue ella.

»Yo sentí tanta pena por el niño Domingo, le digo, porque pobre chamaco, a él le tocó estar ahí el día de la tragedia. Y ese niño, déjeme que le diga, ¡cómo le hizo pasar corajes a la pobre de doña Feli! ¡Bueno! Había que agarrarlo a porrazos un día sí y otro también porque mire que era terco, terco, terco. *Pior* que una mula. Ese chamaco hacía lo que quería de su madre. Me acuerdo de aquella vez que don Manuel lo tuvo que correr de la casa porque, ya ni sé qué maldad le había hecho a doña Feli. "¿Tú qué te crees?", le preguntó así don Manuel cuando supo del asunto, "¿que ya estás grande?". "Sí", que le contesta el mocoso de trece años, ahí parado, muy machito, "ya estoy grande". "Muy bien", le dice su papá, "pos aquí tienes dos opciones: obedeces a tu madre o te vas a vivir a otro lado. Tú dirás, ahí está la puerta". ¡Y oiga, si no agarra el chamaco y se va! Y ni siquiera se llevó nada, se largó y ya. Bien cabezudo. ¡Ay, cómo se preocupó doña Feli! Y también don Manuel! Pero así estuvo Dominguito un buen tiempo, viviendo quién sabe dónde, con una gringa creo, o no sé con quién demonios, lavando platos o algo así. Ya después, gracias a Dios, volvió en su juicio el testarudo y por eso le tocó la tragedia ésta que le platico. Porque claro, ya para ese entonces había vuelto a su casa y don Manuel se lo había llevado a trabajar con él a Tuxtla.

»Pero le voy a decir la mera verdá. Yo comprendo a don Manuel porque oiga, qué rachita tan mala había tenido el pobre hombre todos esos años. Primero que si la quiebra de la chocolatería. Luego que si el trabajo ése de vender la manteca. ¡Hágame usté favor! Vendiendo manteca. Y de ahí, se tiene que ir a Tuxtla todo solito, pos oiga, así cualquiera. Imagínese nomás con tanta gente que mantener y sin que le fuera bien. Puros trabajos y puras preocupaciones. Y a él que le gustaba tanto andar alegre y divertirse. Porque así era, siempre echando relajo. Pos con algo tenía que entretenerse. Ni modo que *juera* un santo.

»Yo no sé a qué horas se le ocurrió a don Manuel eso de la chocolatería, pero cómo me acuerdo cuando nos llevó a esa casa horrorosa. Yo nomás la vi y enseguida sentí la mala vibra. Había tres pichones negros en el techo haciendo escándalo, como si estuvieran corriéndonos. ¡Ay, virgen santísima! Cómo me persigné y de ahí nomás no quise entrar. Don Manuel se disgustó conmigo, pero a mí no me importó, no dejé que entraran ni los niños. Pero don Manuel, había que verlo, todo emocionado, enseñando los aparatos de la fábrica, diciendo que iban a ser ricos, que pronto iban a vender a España sus chocolates. Pura tontería. Pero cuando nos va saliendo conque ahí mero, en el piso de arriba, íbamos a vivir. ¡Bueno! Casi, casi me pongo a llorar. Sí, oiga, de veras, por poco empaco mi morral y regreso a mi rancho. Pero no pude, porque ya ve usté cómo es la vida, nomás no pude dejar a los chamacos. Tan bonitos todos, viera. Graciosos y rubios, todos menos Nicasio porque ese sí que era feo y viera qué cara de enojado tenía ese muchacho. Lo bueno es que era simpático y cómo nos hacía reír a todos. Pero bueno, hablábamos de esa casa endemoniada. Había de ver qué polvo, ¡Dios misericordioso! Y ratas, de este tamañote, corrían por toda la casa a plena luz del día. Yo dije, Virgen Purísima de la Misericordia, doña Feli, meta en juicio a don Manuel. Aquí no podemos vivir, estos animales un día de estos se tragan a alguna de las criaturas. Pero no hubo manera de convencerlos. Por más que les advertí, a esta casa le han hecho mal del ojo, "está usté loca", me contestaban, "y deje de espantar a los chamacos". Así es que, pos ni modo. En cuanto pude me puse a llenar cántaros con vinagre y sal y sin que se dieran cuenta, los metí en todos lados, bajo el sofá, las cunas, las camas y los roperos, pero qué vá. Ni eso sirvió, la casa estaba bien maldita y pos por eso, ya ve. Les *jue* rete mal. Nadie me hizo caso y por eso el negocio quebró. Y que Dios me perdone, oiga, pero yo estaba feliz de salir de esa casa donde nomás no se podía estar tranquilo.

»Y entonces *jue* que don Manuel decidió ponerse a vender manteca y por eso *jue* que nos *juimos* a la privada de Vallarta, casa trece. Le estoy hablando de por ahí del año cuarenta y nueve, creo. Sí, eso *jué*, porque me acuerdo bien que era una Navidad y hacía un frío espantoso. Ahí *jué* que doña Feli empezó con todo ese lío de la movedera de muebles. De aquí pa'llá había que jalar las mesas, los burós, las camas. Toditito había que mover, el día último del mes. Dígame usté, si no era eso cosa del demonio. Y con ese trabajo que agarró don Manuel con esa compañía, *La Polar*, creo que se llamaba, como ya le dije, vendiendo manteca —bueno, vendían también aceites y dulces—, que lo hacía viajar y viajar por toda la república, pos *pior*. Ahí comenzó doña Feli con sus sospechas. Que si las camisas de don Manuel le apestaban a un perfume de lirios —ya le dije, doña Feli tenía una nariz impresionante y nunca le gustó el olor a lirios—, y ahí me apretaba la camisa a la nariz, "huela aquí, Meche, ¿verdad que huele a vieja de mala vida?" "No, doña Feli", le decía yo, "a mí nomás me huele a sobaco mal lavado". Y de ahí le preguntaba a él, "y ¿por qué no mandaste telegrama en cuánto llegaste a Colima?" "Pos porque no me dio tiempo", decía él. Y así se martirizaba la pobre, y lo único que le calmaba los nervios era esa movedera de muebles. Yo le decía, "doña Feli, ese trabajo no es bueno ni pa' usté ni pa' él". "Pos no hay de otra", me contestaba, "de algo tenemos que vivir". Y sí, era cierto. Don Manuel tenía mucha gente que mantener.

»Ahí por el año cincuenta y uno *jué* que don Toriano llegó y le ofreció a don Manuel ese trabajo en la *San Roque*. ¡Ay! Hubiera visto qué contento andaba don Manuel. Le daba casa, coche, una buena lana y hasta una parte del negocio. ¡Imagínese! Hágase usté de cuenta que se había ganado la lotería. Pero pos, como usté ya sabe, había uno que irse a Chiapas. Y no crea usté que las carreteras eran como son orita, no, oiga, en ese entonces tenía uno que hacer un viaje en autobús de dos días. ¡Imagínese! Yo dije, no pos ya estuvo que nunca regreso a mi rancho. Pobre mi gente. Y pos así *jue*, porque Tuxtla era un pueblito miserable, oiga, y el negocio estaba, vera usté… déjeme pensar, estaba en la Carretera Panamericana, en el kilómetro mil ochenta y nueve, justamente. Bien lejos. Y pos bueno, primero se *jue* don Manuel con los varones, Nicasio y Domingo y ya después se fueron la Cris y Pilar a ayudar a su padre. Había que componer la casa que les habían dado y, según esto, iba a estar lista pa' la Navidad. Yo me quedé atrás con doña Feli, pa' que los chiquillos acabaran sus escuelas, y ya después nos *juimos* a alcanzarlos. Entonces todo empezó a mejorar. Yo decía, ¡Ay, gracias, Diosito! y viera cómo empezaron a caer los centavos. 'Ora sí nos alcanzaba hasta pa' los filetes con papas, que tanto le gustaban a don Manuel. Mire que ya tenía yo rato de no pararme por una carnicería. Alcanzaba pa'l tocino, el chorizo y hasta el jerez que tanto les gustaba pa' postre. ¡Bueno! Con decirle que hasta el sueldo me subieron. Y doña Feli ¡la hubiera visto usté! Compra y compra cosas pa' sus hijos, pa' la casa, pa' sus amigas, porque era muy *gastalona* ella, y también muy regalona y todo lo quería comprar. Y yo decía, ¡bendito sea Dios, 'ora sí que están bien las cosas! Pero ¡qué va! No crea que duró mucho su buena suerte porque pos doña Feli nada más no se callaba. "¡Qué calor tan espantoso!" Se quejaba, y con eso de que no había más que un cine en el pueblo pos pior. Ella era muy *cinera*, no se perdía una película de Cantinflas. "En este mugre pueblo no hay nada que hacer más que ir a Bonampak", se lamentaba. Ahí llevaba a los chamacos a nadar. Hasta que un buen día, doña Feli se desesperó, empacó sus maletas y se *jué* pa' tras. "Voy donde mis hijas", dice, "luego regreso", ese *jué* el pretexto que le dio a don Manuel. Y mire que yo traté de hacerla entrar en juicio. Hace usté mal, doña Feli, le decía yo, no deje usté a su marido así solito. Pos no lo estoy dejando solito, me contestaba, ahí se queda con sus hijos. Ya pa' esto que le digo había pasado un tiempito. No crea que no. Ya Pilar se había casado, por fin, gracias a Dios, porque viera como sufrió esa pobre muchacha porque nada más su güero, el Licho, pos nomás no se animaba. Pero bueno, ya pa' ese entonces don Manuel se había contentado con ese socio suyo, don José, y ya juntos hacían no sé qué tantas cosas con el café. Entonces *jué* que pasó el asunto de la fulana que le platico.

»De eso, lo único que sé es lo que me contaron las malas lenguas. Así que Dios me perdone si levanto falsos platicándole lo que sé. Dicen que aquel día Domingo había ido a recoger a doña Feli a la estación de autobuses. Yo no iba, porque me quedé a ver a las chamacas. Alguien las tenía que atender. No sé por qué no se le ocurrió a doña Feli mandar decir que llegaba pero bueno, el caso es que cuando llegó, ahí mandó a alguien a avisar y un chavo corrió por Domingo. Y ahí que va el hijo a recogerla y de ahí pos a buscar a don Manuel. Pero nadie les daba razón de dónde andaba. *Tonces* doña Feli se sospechó algo, porque según esto en una de las bodegas alguien tenía el radio puesto a toda *riata*. Y ahí *jue* donde se pegaron todos el susto. Adentro, entre los costales de café, estaba don Manuel bailando de cachetito, todo romántico con la fulana. Tenía los ojitos así, todos pa'trás. ¡Ay, que escándalo les armó doña Feli! Cuentan que hasta las paredes de la bodega retumbaban. Yo no la juzgo porque oiga, no es pa' menos. Si hubiera sido yo, hubiera agarrado a la vieja de los pelos y le hubiera metido una gran paliza, por putilla. Pero como *jue* doña Feli, después de desahogar sus enojos, nomás me mandó un telegrama: "Empaca todos mis triques", decía el papel, "y me los mandas de inmediato porque, por desgracia, tengo que quedarme en este pueblo a cuidarle la bragueta a mi marido". Y así acabó el asunto. Pero como le dije al principio… ya de ahí en adelante las cosas cambiaron. No *jue* culpa de ninguno, digo yo. Más bien es ese veneno que todo *arrumba*: los celos.»

SIN CABIDA EN EL MUNDO
DE LAS NIÑAS RICAS

Dice Merceditas que la gente pobre sufre más cuando a fuerzas quiere codearse con la gente rica. Dice también que por eso hay que conformarse con el lugar en el que Dios nos coloca. Porque sólo Él sabe, mejor que nadie, dónde cabemos mejor.

Mis hermanas y yo somos unas chamacas pobres y si vamos a una escuela de monjas es solamente por la lástima que le dio al Padre Torrente cuando supo que papá Licho había quedado viudo y con seis hijos. Fue entonces que el cura habló con las damas de la fundación de el Instituto Rougier y que ellas dijeron que sí, que nos daban una beca, siempre y cuando, no reprobáramos ninguna clase.

—Pos yo prefiero ser pobre a ser la obra de caridad de una de esas viejas antipáticas —declara Merceditas —, porque sépanlo bien niñas, todo, hasta la limosna, tarde o temprano se paga.

Nos damos cuenta de que Merceditas tiene toda la razón, a la hora de probarnos los uniformes en casa de la costurera. Las faldas, que deberían ser plisadas, nos quedan como faldas de bailarina. Cuando les subimos el cierre, en vez de caer por encima de nuestras calcetas, se quedan suspendidas en el aire, como si tuvieran un aro invisible enroscado en la bastilla. Y por más que tratamos de alisarlas, sentándonos encima de ellas y aplastándolas con las manos lo mejor que podemos, vuelven a rebotar, respingándose como crinolinas. Resulta que por querer codearnos con la gente rica, ahora tendremos que andar por toda la escuela de monjas enseñando los calzones.

Cuando salimos del vestidor al cuartito para que la costurera nos tome medidas, mis hermanos Talí y Manolo, nos ven y se carcajean. Están ahí sólo porque Licho los mandó a acompañarnos, porque ellos no necesitan uniformes. Ellos no van a escuela privada, van a la escuela de los pobres.

—Ya llegaron las Adelitas —se burla Talí.

—No, más bien las tres hadas madrinas —se ríe Manolo.

La costurera trata inútilmente de consolarnos.

—No se ven tan mal, hijitas —insiste, con la boca llena de alfileres, mientras alarga el dobladillo—. Quedaron así porque no alcanzó la tela. Lo que pasa es que, para que tengan bonita caída, necesitaba más metros de tela, ¿ven? Y claro, al no alcanzar la tela no hubo más remedio que hacer los tablones al doble del ancho. El resultado es que han quedado, bueno, un poco arremangaditas.

—Se ven bien guapas —sigue fregándonos Talí—. Nomás no se vayan a agachar, no se les vayan a ver los calzones cagados.

Furiosa, mi hermana Noris se le avienta a los trancazos, pero la costurera la detiene.

—No le hagas caso, hijita. Y comprende a tu padre; esta tela sale carísima.

Lo bueno de tener hermanos jodones es que ayudan a hacer callo. Y por eso cuando se llega la hora y vamos a la escuela, las burlas de las hijas de las mujeres antipáticas que, por pura lástima, nos han dado beca, ya no nos molestan tanto. Además, pronto aprendemos que las faldas respingadas no son la verdadera razón por la que no cabemos en el mundo de las niñas ricas. Más bien, el problema es no tener muñecas que hablen, como la muñeca *Mimí* de Amelia Lastro.

La primera vez que vemos la muñeca de Amelia es un domingo después de misa. Estamos en el zócalo con papá Licho, saboreando nuestro helado de limón, cuando una mujer de caderas enormes, se acerca a saludarlo, balanceándolas sobre unos tacones altísimos de color rojo.

—Disculpe, usted es el doctor Victoria, ¿verdad?

Sorprendido, papá Licho se apresura a incorporarse, apoyándose en una de sus muletas. El esfuerzo casi le vuelca el helado en la camisa.

—Agárrame aquí tantito, hija —le pide a Noris, entregándoselo para librar una mano y poder estrechar la que la mujer le extiende.

—A sus órdenes, señora…

—Soy la señora Lastro. Nuestras hijas son compañeras en la escuela.

Con un gesto de la cabeza, la mujer señala a la niña que viene tras ella, empujando una carreola de bebé. La reconozco al instante porque calza botas ortopédicas, con las cuales amenazó patearme, el primer día de la escuela.

«Mi papá es el hombre más importante de todo Veracruz y paga el sueldo de todas estas monjas», me advirtió ése y todos los días que se topaba conmigo en el recreo. Y para que yo pudiera apreciar de cerca el daño que el metal de la punta del botín podría causarme, alzaba la pierna y me plantaba la pata en las narices. «Con esto, te puedo matar si me da la gana.»

En el zócalo, parada detrás de la carreola, nos mira desafiante, lamiendo un pirulí que le pinta la lengua de morado. Sabe perfectamente quién soy pero como para asegurarse que yo también la reconozco, patea el piso con fuerza, como si estuviera matando una cucaracha. Mis hermanas se percatan de las botas y al instante se acuerdan de ella. Me han oído hablar de las botas asesinas, y a pesar de mi descripción exagerada, que las había pintado el doble de grandes y el triple de pesadas, comprenden que esa niña odiosa es la famosa Amelia Lastro. Entonces mi hermana Noris se levanta de la banca, hincha el pecho, estira el pescuezo como gallo listo a pelear hasta la muerte y con desdén, la revisa de arriba abajo. Tere y yo la imitamos y enseguida nos paramos, manos en las caderas, con todo y helado, a hacerle fuerte. Sabemos que Amelia, con su gordura y sus patas de acero, puede ser un contrincante peligroso. Pero la unión hace la fuerza, y sabemos también que de atreverse a dar un mal paso, la escuincla acabará a nuestros pies en cuanto Noris decidiera aplicar su llave de brazo mágico que tira a cualquier niña al suelo, por muy gorda o rica que sea. Nuestra actitud agresiva sorprende a papá Licho. Nos mira consternado y se apresura a tratar de suavizar las cosas.

—Es un placer conocerla, señora.

—Doctor, he oído mucho de usted y me acerco, porque fíjese que veo a Amelita medio pálida. Y bueno, aprovechando que está usted aquí... Ven acá, mi amor, acércate.

El helado de papá Licho empieza a derretirse en la mano de Noris y ella se apresura a lamerlo. Pero eso sí, sin quitarle la vista de encima a Amelia. Llevan un buen rato trabadas en un reto de miradas de discordia que Amelia por fin pierde cuando su madre le gira la cara, y la obliga a mirar a papá Licho.

—¿No le parece que está un poco pálida, doctor? —pregunta.

—Bueno, pues...

—Ay, doctor, es que fíjese que no come nada...

Papá Licho vacila.

—Señora, el peso de su hija se ve normal...

Mis hermanas y yo rompemos a carcajadas y Licho nos mira enojado. La madre de Amelia ignora nuestra majadería con gran dificultad y sólo porque nuestro padre, obviamente avergonzado, ya se agacha a escudriñar de cerca el rostro gordo y pegajoso de la paciente.

—Yo que usted no me preocuparía mucho, señora Lastro.

—¿Cree usted, doctor? ¿No será que tiene anemia?

—No, más bien ha de ser el calor por lo que está inapetente.

—Pero qué calor tan espantoso, ¿verdad, doctor?

—Así es señora, mire, si usted gusta, pase mañana por el consultorio y allí mismo la atenderemos, con mucho gusto.

Pero mis hermanas y yo sabemos que la señora no hará tal cosa. Como la mayoría de la gente adinerada, prefiere la consulta gratis en pleno parque a pagar los veinte pesos de consulta, aunque sea domingo. Aunque sea el día asignado por el Señor para el descanso de todos sus siervos. Especialmente los doctores.

Su respuesta no nos sorprende.

—Muchas gracias, doctor, pero no quisiera molestarlo, con que la haya usted visto ahorita me quedo más tranquila. Por cierto, quería también preguntarle, si no le importa, fíjese que últimamente siento un dolorcito por aquí en el pecho...

Mi hermana Noris sale al rescate y la interrumpe.

—Se derrite tu helado, papi —le dice, entregándoselo.

Papá Licho recibe el helado que chorrea pero ya no sabe qué hacer con él. Lo sostiene lejos de su cuerpo sin atreverse, por educación, a comerlo enfrente de la señora Lastro. Y cuando, después de unos minutos ésta no muestra intención alguna de despedirse, se encamina decidido al basurero, tambaleándose entre sus muletas, y lo arroja dentro, limpiándose después las manos con su pañuelo. Al regresar se disculpa y después de ofrecerle asiento a la dama, se sientan en la banca.

—Qué simpáticas sus hijas, doctor —comenta la señora—. Amelia, mi vida, ¿por qué no juegas con las niñas? —y dirigiéndose a nosotras—. Niñas, vayan ustedes también, anden con ella, que les enseñe su muñeca nueva.

—Anden —nos ordena papá Licho, resignado a tener que dar la consulta—. Vayan a jugar con la niña.

Amelia sale corriendo, y empuja la carreola hacia la fuente, en el centro del parque. Corremos tras ella. Yo por mi parte voy feliz, pues adoro las muñecas y me muero por ver la suya más de cerca. Al llegar a la barda de la fuente se sienta, abre el toldito de la carreola y la saca. Le cuesta trabajo pues la muñeca está grandota, casi de su tamaño. Jamás hemos visto una tan grande. Ni tampoco tan bella. El vestido de encaje resplandece por el destello de las lentejuelas bordadas aquí y allá. Un juego de perlitas decora su cuello y sus orejas. Los ojos, de un azul intenso, se cierran al acostarla y al hacerlo, las tupidas pestañas descansan sobre las delicadas y pecosas mejillas. Cuando Amelia le quita la chambrita, descubrimos que su pelo rubio y ondulado, que cae hasta la cintura, es de verdad. No de plástico, como mi bebé *Bam Bam*, ni de estambre, como las trenzas de mi muñeca *India*. No, su pelo brota del cráneo y forma una cascada dorada de caireles. Cuando trato de tocarla, Amelia tira de ella y la pone fuera de mi alcance.

—Quita tus manos sucias —vocifera.

En vano trato de refrenar la sangre que, ya hirviendo, asciende hasta mis cachetes. Me dan ganas de llorar.

—Déjala —dice Noris, luego me tira de la blusa y me ordena—. Vámonos, deja que se trague su odiosa muñeca ordinaria.

Amelia enseguida protesta.

—Pues no es ordinaria.

Cuando ve que la ignoramos y nos vamos, grita:

—¡Para que lo sepan, mi muñeca *habla*!

Tremenda barbaridad nos para en seco.

—¿Qué dices? —pregunta Noris.

—Que habla, mi muñeca habla.

—Mentirosa —la acusa Tere y le saca la lengua.

—Es cierto —y para convencernos, se apresura a desabrocharle el vestido y a hurgarle algo en la espalda—. Oigan esto.

De repente escuchamos, con toda claridad, una voz melodiosa que dice: «Te quiero mucho.»

Pasmadas, intercambiamos miradas. Amelia, sonríe triunfante, de oreja a oreja. Pela tanto los dientes que toda alma, en el zócalo, podría ver el frijol negro atorado en el colmillo. Me acerco, muerta de curiosidad. Pero Noris, ya repuesta de la sorpresa, me agarra de la manga deteniéndome. Luego exige a Amelia:

—A ver. Vuelve a hacerlo.

Esta vez observamos la maniobra con más cuidado y notamos que tira de un cordón en la espala de la muñeca. Observamos con cuidado la trompa sucia de la gorda odiosa tratando de descubrir cualquier movimiento sospechoso de sus labios. Pero no, no los mueve.

«¿Juegas conmigo?», dice la voz de nuevo.

—Por favor —suplico, abandonando mi orgullo—. ¿Me la prestas?

—Idiota —me insulta Noris—. ¿Que no ves que es un truco?

—¡Es un truco! —repite Tere.

—No es cierto —contesta Amelia, enojadísima—. No es un truco.

—¿Ah no? —se burla Noris—. Pues entonces dale tu muñeca a Lourdes, deja que ella la haga hablar.

Por el escándalo que hemos armado otros niños se han acercado a ver el espectáculo. Ahora contemplan a Amelia, la mentirosa, a la expectativa. Ésta vacila, pero por último se rinde. Señala mis manos con asco exagerado y me dice.

—Primero límpiate esas manos de cerdo.

Ya no me importa el insulto. Tiemblo por tomarla en mis brazos. Corro a la fuente, me mojo las manos y después las froto sobre mi falda de domingo. Ansiosa, extiendo los brazos y al fin… me la entrega. Huele a nueva, como si la acabaran de sacar de su caja. Cuando la abrazo, mi mejilla toca su cabello y así compruebo su suavidad. Es tan delgado como el mío. ¡Es de verdad! Enseguida noto sus delicadas uñas, pintadas de color rosa, pero justo cuando alzo las crinolinas para ver de qué color son los calzones, Amelia me la arranca de las manos, le da la vuelta y me exige que le jale un anillo blanco de plástico, que brota de su espalda. Así lo hago. Un cordón largo se estira como un resorte, retrayéndose en cuanto lo suelto. Al instante, como por magia, la muñeca vuelve a hablar. «Te quiero mucho», dice. Hechizada, repito el procedimiento y lo mismo sucede, «¿Juegas conmigo?» pregunta ahora. Jalo el cordón por tercera vez pero ahí se me acaba el veinte. Amelia me la arrebata.

—¿Lo ven? —dice arrogante—. No es ningún truco. Mi muñeca habla. Y todas mis amigas ya tienen muñecas como la mía. Es más, mañana vamos a jugar con ellas en mi casa. Lástima que ustedes sean pobretonas y no tengan una…

Paradas, sin saber qué decir, contemplamos a la gorda de botas ortopédicas peligrosas empacar su muñeca *Mimí*. Quisiéramos poder bajarle la arrogancia a punta de guamazos. Pero como no nos ha dado un buen pretexto, nos quedamos con las ganas. Yo me trago el coraje porque recuerdo las palabras de Merceditas y supongo que Dios ha decidido que no cabemos en el mundo de las niñas ricas con muñecas que hablan. Pero mi hermana Noris, que nunca ha estado dispuesta a aceptar su lugar en esta vida, se rebela. Entonces pronuncia la mentira más grande de este mundo.

—Pues nosotros también tenemos una muñeca que habla —le dice, enfrente de todos—, y la nuestra es mucho mejor que la tuya.

Tere y yo la miramos, atónitas. Los chamacos que nos rodean, se acercan aún más, divertidísimos. Por supuesto que nadie se lo cree y mucho menos Amelia, pero ella, sin inmutarse, insiste.

—Tu muñeca ya está vieja. Mira qué arrugado tiene el vestido –la señala, desafiante—. Y los pelos ya se le paran y se le ponen tiesos por todos lados. En cambio, nuestra muñeca está nuevecita, todavía dentro de su caja.

Lo dice con tal convicción que de pronto me hace dudar. Mi hermana Tere no pierde el tiempo y le sigue la corriente, agregando:

—Nuestra muñeca dice más cosas, no como la tuya que parece disco rayado.

La confusión en la cara de Amelia es evidente. Nos mira de una a otra, tratando de adivinarnos la mente. Siento el peso de sus ojos interrogantes cuando me los planta encima. Pero yo no me atrevo a mirarla. Miro al suelo y cuento ladrillos. Ya desde entonces presiento que el asunto acabará mal y, por ello, mejor enmudezco. Además, no puedo decir mentiras, acabo de recibir la sagrada eucaristía y no quiero manchar el cuerpo de Jesucristo tan pronto.

Oigo la voz de Amelia que dice:

—¿Ah sí? Pues mañana, después de la escuela, mis amigas y yo iremos a tu casa a verla.

—Pues ahí te esperamos —la reta Noris.

Al llegar a la casa, nos encontramos a Merceditas platicando a través de la reja con el cartero. Cada vez que viene a dejar el correo, estaciona su bicicleta y se queda un buen rato cotorreando con ella. Se queja porque dice que nada más le hace perder el tiempo pero Noris dice que miente.

—Bien que le encanta salir a echar novio. Si así no fuera ¿por qué en cuanto oye el silbido del silbato se encarama la falda hasta arriba de las rodillas y sale corriendo a llevarle una horchata bien fría, que ni siquiera le pide?

Es raro que siendo domingo, cuando no hay correo, venga a la casa. Pero a mí eso no me interesa, así es que rápidamente les platico de Amelia y su muñeca *Mimí,* y de que necesitamos conseguir una de ellas urgentemente para mañana mismo. El cartero se ríe y comenta:

—Híjole, pos 'ora sí que tienen bronca, güeritas. Pero miren, si me regalan a esta chaparrita —señala a Merceditas—, pos a ver cómo le hago; a lo mejor me robo una y se las traigo.

Ella le arrebata el vaso de horchata y pateándole la bicicleta, lo corre.

—Ya, váyase —le dice, toda enojada–, nomás viene a meterle cosas malas en la cabeza a estas chamacas.

Al día siguiente en el patio baldío, dentro del escondite que escarbamos con la cubeta de trapear, trazamos el plan. Como siempre, algo se le ocurre a Noris.

—Tráiganse la caja de cartón de las maletas. Está en el garaje —ordena.

—¿La grandotota? –pregunta Tere—. Pesa un chorro.

—Primero saquen la maleta de adentro, idiotas —responde Noris.

Acarreamos la cajota al patio y Noris la analiza detalladamente. Veo que en las manos trae cargando mi vestido favorito, el rojo de bolitas blancas con crinolina y mis zapatos de charol.

—Ponte esto —me manda.

—¿Para qué?

—Tú póntelo.

Me visto mientras mi hermana abre y cierra la tapa de la caja de la maleta como si fuera una puerta. Abriéndola, me dice:

—Métete, quiero ver si cabes.

Sé que quepo pero no me meto.

—Está sucia —me quejo—. Mira todo ese polvo y las telarañas.

Noris se quita la camiseta y con ella sacude la caja a latigazos, después me mira amenazadoramente y repite:

—Métete.

—Que se meta Tere —protesto, empezando a sospechar el plan.

—Tere no cabe, ¿no ves lo gorda que está?

—No quepo —dice Tere inflando la panza—, mira la lonja que tengo.

Frustrada, le doy a Tere un empujón por gordinflona y me meto en la caja. Mis hermanas cierran y abren la tapa de cartón, y comprobamos que quepo perfectamente. Cada vez que me encierran, siento que me asfixio. Al fin salgo, sacudiendo mi vestido.

—Ya estuvo —dice Noris—. Tú vas a ser nuestra muñeca.

—No —protesto—. Yo no. Ni aunque me pagues.

—Nunca sospecharán —continúa Noris, ignorándome—. El truco está en que no te muevas. Y cuando te jale algo de la espalda, hablas. Pero tienes que estar bien tiesa.

Tere aplaude entusiasmada y yo le doy otro empujón.

—Están locas –declaro—. Amelia no es tan mensa, ¿saben?

—Claro que sí, es mensa, rrrrretemensa —asegura Tere—. Ni siquiera sabe multiplicar la tabla del dos. Órale, que te ves bien linda, muñequita…

Me le aviento a los trancazos pero en eso, oímos el timbre de la puerta. Merceditas la abre y oímos que saluda a alguien.

—Niñas, vengan, que ya llegaron sus amigas con sus muñecotas. Pásenle, pásenle, niñas, qué muñecas tan lindas tienen.

No me da tiempo de defenderme más. Mi hermana Noris me empuja dentro de la caja y cierra la tapa, luego la abre rápidamente y me amenaza una vez más.

—No te muevas, ¿oíste? —me dice, abriéndola y cerrándola—. Y si te mueves, te pellizco.

—Yo también —agrega Tere, aventándome la tapa en la nariz.

Adentro, en la oscuridad que huele a moho, empiezo a sudar. Siento algo en las piernas y estoy segura que es una araña a punto de picarme. Me agacho a quitármela pero, al hacerlo, me pego con la tapa en la cabeza. Alguien me golpea desde afuera advirtiéndome que me esté quieta. Todo se oye y enseguida reconozco la voz de Amelia que dice:

—A ver, pues, ¿dónde está su dichosa muñeca nueva?

—¿De veras tienen una? —pregunta otra voz y enseguida sé que es Rocío, la mejor amiga de Amelia.

Una ola de pánico se apodera de mí. Estoy a punto de hacer el ridículo enfrente de todas las niñas ricas del Instituto Rougier. Jamás podré regresar a mi escuela de monjas. Quiero llorar pero sé que no puedo. Quiero huir pero eso tampoco. Deseo con toda mi alma que todo sea una pesadilla, y cierro los ojos para que al abrirlos me encuentre despertando al primer grito de gallo del rancho *El Coyol*, lejos, lejos de ahí. Rezo a Dios y a la Virgen y a todos los santos para que me salven de la humillación. Justo entonces, algo me pica en la pierna. Comprendo, horrorizada, que Dios ha concedido mi deseo y ahora mismo me manda una muerte fulminante. Sé con certeza que lo que está a punto de picarme la pierna de nuevo es una tarántula. Empujo la tapa con todas mis fuerzas y brinco fuera, palmeándome la pantorrilla, como una loca. No sólo están frente de mí Amelia y Rocío, sino todo el resto de su grupo. Las hijas de las damas de la fundación del Instituto Rougier, me miran estupefactas. Noris me pellizca y de inmediato reacciono y me paro rígida, como robot.

—Esta es nuestra muñeca nueva —anuncia Noris, pellizcándome otra vez cuando nota que titubeo.

Entiesada, procuro no mover ni un pelo. Pero no resisto. Con el rabillo del ojo, veo las caras atónitas de Amelia y Rocío quienes en un instante me reconocen y rompen a carcajadas. Y yo tras ellas. Gran error. Ahora me pellizcan mis dos hermanas. Me vuelvo a entiesar y me trago la risa, empujándola dentro de mi estómago que protesta convulsionándose y la regresa de retache a la garganta donde apenas si logro atraparla.

—Que ponga atención todo el público, por favor —ordena mi hermana Noris—, porque la muñeca está a punto de hablar.

Acto seguido, simula jalar algo de mi espalda pero yo enmudezco porque sé que si abro la boca todo estará perdido y escaparán, como disparos, mis carcajadas.

—Di algo, idiota.

Abro la boca y balbuceo, pero cuando veo que el público se bota de nuevo al suelo de las carcajadas no resisto más. Exploto a reír con ellas. La risa me convulsiona de pies a cabeza y a pesar de los pellizcos no puedo parar. De repente, algo tibio comienza lentamente a empaparme las piernas. Pronto mis zapatos nuevos de charol se encharcan. Sé lo que sucede pero me niego a creerlo. No es a mí a quien le pasan estas cosas, sino a mi hermana Noris. Alzo las crinolinas y compruebo, horrorizada, que me ha contagiado la maldición. Un charco amarillo empieza a formarse a mi alrededor. Lentamente, el líquido se desvía, formando un hilo delgado que, siguiendo los surcos del cemento, se aproxima hasta llegar a las niñas ricas, quienes botadas en el suelo, muertas de risa, no se percatan de la situación. Pronto sus pantalones quedan empapados.

—¡Levántense, niñas! —grita Merceditas, aventando una jerga al piso.

Las niñas ricas, bautizadas de pipí, brincan del suelo y, después de unos momentos de confusión, comprenden lo sucedido. Asqueadas y sin pudor, se quitan los pantalones arrojándolos como si quemaran lejos de ellas. Luego, envolviéndose en las toallas que Merceditas reparte, se despiden aprisa, sin decir adiós. Al salir, Amelia, furiosa, se detiene un momento y le dice a Noris:

—De veras que tu muñeca es mejor que las demás, porque hasta se orina, la muy puerca.

Las chamacas pobres que van a una escuela de monjas por pura lástima, luciendo faldas de bailarinas, limpian mis meados con la jerga y la cubeta, que ya hemos regresado. De regreso al lugar que Dios les ha asignado, pronto se olvidan de las muñecas *Mimí* y vuelven felices a jugar al patio baldío, donde esa misma tarde atrapan diez lagartijas que regalan a sus hermanos los jodones, Talí y Manolo. Y el siguiente domingo, después de misa, con el dinero que se ganan en las apuestas de las carreras de lagartijas, le disparan a Licho un helado de limón, para que ahora sí lo disfrute sin que nadie lo moleste.

43

Talí: «Te espero en el cielo»

Altotonga, Veracruz. 1961.

Alguien gritaba como si lo estuvieran matando. Parecía ser la voz de papá Licho pero no estaba seguro. No oía bien. Unas manos le tapaban las orejas. Empujó esas manos, queriendo quitárselas de encima, pero éstas enseguida lo sujetaron con más fuerza, obligándolo a voltear la cara en dirección opuesta a los alaridos. Quiso abrir los ojos pero los párpados le pesaban demasiado, como si fueran ladrillos. Luchó una vez más por abrirlos y, poco a poco, pudo hacerlo. Ahora ya veía una luz brillante, pero el mundo era de color rojo. No. De color anaranjado. La luz lo deslumbraba y todo a su alrededor era borroso. No veía. Sintió terror. ¡Estaba ciego! Gritó, dio patadas y trató de incorporarse pero alguien le impidió moverse. Jaloneó con fuerza, dispuesto a todo, con tal de liberarse cuando una punzada de dolor en la cabeza lo tumbó de nuevo sobre la cama. Gimió, procuró quedarse quieto hasta que los brazos que lo sujetaban en contra de su voluntad aflojaran. El corazón le tamboreaba en el pecho y los latidos retumbaban en su frente. Por fin, despacio, el dolor fue aminorando. Se armó de valor y volvió a abrir los ojos. Lo borroso aclaraba y ahora sí se enfocaba el rostro que, sobre el suyo, lo miraba con infinita ternura y preocupación. ¡Mamá! Al reconocerla, el grito de auxilio que ya escapaba de su garganta quedó suspendido. Estaba acostada junto a él y le extendía los brazos. Talí se apresuró a refugiarse en ellos. Sano y salvo en la amorosa cobija, ablandó su cuerpo rígido. Entonces sintió frío y comenzó a temblar sin poder controlarse. Mamá lo estrechaba, calmándolo, susurrándole algo que no lograba descifrar. ¿Dónde estaban? ¿Qué pasaba? ¿Por qué gritaba ese hombre? Ansioso, buscó respuestas en los ojos de mamá, pero por el millar de venitas rojas que corrían como serpientes hacia sus pupilas verdes, supo que estaba llorando. Sintió más miedo. ¿Qué le habían hecho a mamá? ¿Por qué había llorado? De repente, tal como si alguien le quitara una venda, al instante comprendió muchas cosas. Supo que le dolía la frente, que alguien le había puesto un parche sobre la ceja, que éste le tapaba un ojo y que el color del desinfectante era lo que lo hacía ver el mundo de color anaranjado. Trató de arrancárselo porque le picaba, pero mamá lo detuvo. Supo también que estaban en un cuarto blanco tendidos en una cama que olía a sangre y a sudor. Y que él estaba apachurrado, como salchicha, entre los cuerpos de papá y mamá. Entonces cayó en cuenta que mamá era la que le había estado tapando las orejas. Y que papá era el hombre que pegaba de gritos como si lo estuvieran matando. Comenzó a llorar. ¿Qué le pasaba a Licho? ¿Qué le habían hecho? ¿Por qué gritaba tanto? Mamá le giró el rostro y lo forzó a mirarla.

—No te muevas, hijito, quédate quieto. ¿Cómo estás? ¿Qué te duele?

Su voz era débil, su rostro pálido.

—¿Qué tiene Licho, mamá, por qué grita, qué le pasa, por qué lloras?

Mamá no llegó a contestar. Una mujer entraba al cuarto y al verlo despierto corrió a cubrirlo hasta la cabeza con la sábana.

—Me llevo al niño de aquí, señora, que ya despertó.

Talí empujó los brazos regordetes que ya se le acercaban a agarrarlo y de un jalón, aventó la sábana a un lado. Volvió a refugiarse en el cuerpo de su madre.

—Déjelo usted un momento, por favor. ¿Estás bien, hijo?

Asintió con un gesto de cabeza. Ella tomó la sábana que la mujer volvía a tenderles encima y la extendió sobre los dos, hasta cubrirlos por completo. Refugiados dentro de esa improvisada tienda de campaña, sintió su aliento, el calor de su cuerpo y las manos que le acariciaban el pelo endurecido y pegajoso por la sangre coagulada. Algo angustiaba a mamá. Algo terrible estaba pasando, algo grave. Trató de no pensar en nada y no ver nada que no fueran los ojos de su madre. Pero imposible hacerlo, porque Licho gritaba cada vez más fuerte. Y sus gritos le congelaban el alma. Se tapó las orejas ahora él mismo pero, aún así, alcanzó a oír la voz de la mujer que decía.

—Señora, ya llegó la ambulancia. Van a llevarla a usted y a su esposo a Veracruz. Al niño se lo lleva este señor aparte. No está bien que su hijo vea todo esto, señora.

Mamá lo estrechó débilmente y él se aferró al vientre donde vivía su hermanito que todavía no nacía. Iba ser varón, de eso estaba seguro. Y cuando creciera Manolo y él le enseñarían cosas: a echar gargajos, a volarse las tortillas de la cocina, a llenar el cuarto de las sirvientas de sapos verdes.

—Aquí está el señor que dice que conoce al niño, señora.

Se preparó para la lucha. A él no se lo llevarían a ningún lado. Que ni trataran de separarlo porque él ahí se quedaba, con mamá. Y que lo fueran sabiendo, no la soltaría nunca. Así es que más valía que ni lo tocaran. La apretó desesperado pero sus manos ya le levantaban la barbilla y lo obligaban a mirarla de nuevo. A través de sus lágrimas mamá le sonreía. Despacio, le quitó la mano de la oreja y le susurró al oído.

—Hijito… —una lágrima resbalaba por su pálida mejilla—, te vas a ir con tu tío Lalo…

—¡Noooo!

Con su dedo índice le cubrió los labios, acallando sus protestas.

—Talí… —hablaba con dificultad— tengo algo importante que decirte, hijo. Necesito que me escuches.

No podía ignorar el esfuerzo que mamá hacía por hablar. Sintió culpa y miedo. La abrazó.

—Acuérdate que Dios Nuestro Señor es misericordioso y bueno…

—No quiero irme a Veracruz, mamá. Me voy contigo.

—Shhhhh. Hijito, déjame hablar porque se nos acaba el tiempo.

Se acurrucó contra su cuerpo, hundió la nariz en el hueco de su cuello. Notó que las manos que lo acariciaban temblaban.

—Dios nos ama y Él sabe por qué hace todo en esta vida. Así es que hijo… si Él decide, en su infinita sabiduría, que lo mejor es llevarnos a tu papito y a mí a su lado… entonces tú, como hijo mayor que eres, quedarás al frente de la familia.

—No quiero.

—Shhhhh. Escucha, hijo, te tocará dar el ejemplo a tus hermanitos. Tienes que ser bueno y valiente. Y tendrás que ayudarlos y cuidarlos siempre, mi hijito. ¿Me lo prometes?

—¡No! Yo quiero irme contigo y con mi papá.

Lo forzó a mirarla de nuevo. Sus verdes ojos lo miraban urgentes, preocupados, suplicantes.

—¿Me lo prometes? ¿Me prometes que vas a cuidar a tus hermanitos?

Talí hundió su cabeza en su pecho y sollozando, asintió. Mamá lo besó en la frente y le dio su bendición.

—En nombre del Padre, del Hijo y del Espíritu…

Frustrado, aventó la mano que acercaba a sus labios en forma de cruz. De inmediato se arrepintió y la besó, aferrándose a ella, llorando. Mamá le acarició los pelos tiesos por última vez.

—No me voy lejos mi vida… Además… siempre acuérdate de esto, pase lo que pase, te espero en el cielo.

Unos brazos fuertes lo arrancaban de los brazos de su madre, lo levantaban con todo y sábana, y lo sacaban del cuarto. Estaba mareado, los párpados le volvían a pesar, la cabeza le retumbaba y la frente le ardía. Sintió sueño, mucho sueño. Entonces hizo de la sábana una almohada y, acomodándose en el hombro del señor que lo cargaba, se perdió en el consuelo de los olores dulces de mamá que aún impregnaban la tela.

44

Licho: Nada como antes

Manzanillo, Colima. 1962.

A lo lejos, una balsa se deslizaba mar adentro sobre el océano reposado. Avanzaba con tal facilidad que cualquiera diría que se desplazaba sobre la laguna de Sontecomapan y no sobre las aguas del océano pacífico. Licho forzó la vista contra el reflejo del sol buscando al capitán que tan hábilmente timoneaba. Seguro era Armengual. Seguro uno de tantos emparentados que de repente brotaban, como burbujas de agua hirviendo, por toda la costa del país. Ni modo, así había sido el abuelo Antonio, y así también había sido Silviano, siempre sondeando las vastas profundidades en búsqueda del pez más grande... del más suculento.

Ah, el abuelo Antonio. De haberle tocado este amanecer, ya estaría en su piragua, jalando huachinangos. Y por ser sábado, ya los hubiera sonsacado, a él y a Silviano, a acompañarlo. Mamá Noya y mamá Chepita, a esas horas ya estarían en el mercado comprando el jitomate, los chiles y las cebollas para el caldo largo. Pero, coño, qué nostalgia sentía últimamente por su infancia. Cualquier detalle lo hundía en el recuerdo de esos días, cuando la vida se le había figurado ser una aventura eterna. Quizás así era la cosa, quizás su psique se lo llevaba hasta atrás a propósito, para no dejarlo caer en recuerdos más recientes. Más valía pensar en su niñez o mejor aún, pensar en el presente, tratar de disfrutarlo, como ese momento. No iba a pensar en Silviano. Ni en él ni en nadie más... No, no ahora.

Qué bien había hecho en llevar a sus hijos a Manzanillo a pasar unos días con las tías. Pobrecillas, se desvivían por atenderlos. Y eso de ver a los chamacos tan contentos, jugando y riendo, como antes... bueno, eso sí era un gran consuelo. A él también le estaba cayendo de perlas el descanso, harto como estaba de hospitales, de consultas, de tratamientos, de gente que aunque bien intencionada, le recordaban, con sus miradas de lástima, la ausencia de ella... a cada momento. Había hecho bien en irse al mar. Qué alivio el suspender, aunque fuera por unos días, esa rutina tormentosa de terapia física a la que se había tenido que someter desde haber salido del hospital. Ejercicios que invariablemente lo dejaban exhausto, adolorido y de mal humor. Pero pues... no había de otra. De alguna manera tenía que demostrarles a esa bola de médicos imbéciles, en cuyas manos desgraciadamente había caído, que para el tratamiento de pacientes como él, no existía herramienta más poderosa que la fe. Porque no quería ni pensar qué hubiera sido de él si se hubiera conformado con el pronóstico que los idiotas le habían despachado, y que lo condenaba a una silla de ruedas de por vida. Y ahora, ahora que ya había rechazado el aparato y caminaba, a chingadazos, pero caminaba, todavía tenían el descaro de justificar su pesimismo invocando un milagro. Tremenda hipocresía. Ahí el único milagro era el hecho de no haberse rendido antes, porque esa lentitud de su progreso...eso sí que era deprimente. Para botar las muletas y agarrar el bastón había tenido que morderse un huevo y derramar lágrimas de sangre. Pero bueno, sus sobacos llagados por la fricción de las camisas con los entronques de las muletas se lo agradecían.

Cómo había cambiado su vida... hacía poco él era quien hacía las curaciones, las cirugías, el que daba consejo, el que consolaba a los incurables. Y ahora, resultaba que el enfermo era él. Pero qué manera tan ruda de aprender que para ciertos trastornos y sufrimientos no existe la cura, ni tampoco el consuelo. Sus piernas, a pura fuerza de voluntad, ya más o menos lo obedecían. Y sabía que algún día volvería a caminar solo, eso ni hablar. Su espíritu... eso era otra cosa. Ese seguro quedaría lisiado para siempre.

Hoy no iba a pensar en nada de eso. Hoy iba a vivir sólo el presente porque sería un pecado no disfrutar de ese paseo que con tanto esmero habían organizado las tías. Desde temprano sus primas se habían puesto a empacar las tortas de queso, los refrescos y las mandarinas para llevarlos al mar de día de campo. Y qué bien habían sabido aguantar su peso, cuando al pisar la arena había perdido el equilibrio, por poco cayéndoles encima. Era humillante tener que depender de esa manera de sus semejantes. Pero si Pilar lo estuviera oyendo, seguro le reprocharía sus quejas. Alegaría que Dios le mandaba esa prueba de humildad porque indudablemente le hacía falta. Pero no. No pensaría en ella. No pensaría en Pilar, ni en el abuelo Antonio ni en Silviano. Es más, no pensaría en nadie ni en nada, mucho menos en ella. No. No en ella. No ahora.

Hacía tiempo que no veía un mar tan bello. Claro, hacía tiempo que no ponía un pie en la playa. Estiró la mano y acarició la arena. Tibia, porosa, mucho más pálida que las playas de Veracruz. Aguas llenas de coral cuyo oleaje, al estrellarse contra el arrecife, lo despedazaba y lo transformaba en esas miles de chispas brillantes, blancas y rosadas. Y quizás por eso, por la ligereza de la blanca arena, les costaba tanto trabajo a Pilita y a Noris construir su castillito de arena. Empanizadas de pies a cabeza, a unos cuantos metros de su silla, desde hacía rato se esmeraban por construir murallas que habrían de proteger a una bella princesa de las garras de monstruos despiadados. Pili, con su típica inteligencia, estudiaba la situación, perpleja. Y por ese ceño fruncido, era fácil adivinar su proceso mental, intensos cálculos matemáticos. Si las proporciones de agua y arena son exactamente las mismas de toda la vida, seguro se preguntaba, entonces ¿por qué carambas se deshacían las malditas murallas? Mientras tanto Noris, indiferente a los retos que presentaba la ingeniería de la construcción, se limitaba a seguir trayendo agua salada, acarreándola en una mitad de coco que la marea había arrojado contra unos troncos. Más allá, a la orilla del mar, Talí y Manolo chapoteaban, aventándose bolas de lodo. Jugueteaban y armaban tremendo escándalo con sus brusquedades. Tenía rato de no escuchar esas carcajadas. Qué delicia era verlos contentos, despreocupados, como antes… Sí, había hecho bien en exigir irse a pasar unos días al mar con sus hijos. La dicha del momento hubiese estado completa si estuvieran ahí también sus chiquitas, Lourdes y Teresa. Pero bueno, eso algún día cercano, algún día… No pensaría en eso tampoco.

—Licho, ¿ya quieres tu refresco?

La tía Margarita esculcaba la hielera. Lo que se le antojaba era una cerveza. Con ese calor le sabría a gloria. Además, ¿qué tanto podrían hacerle daño un par de ellas? Pero no, mejor no empeorar su equilibrio que ya de por sí era pésimo.

—Gracias, Margarita, pero primero quisiera meter las patas al agua.

—Claro, Licho.

Con el bastón, midió la profundidad de la arena. Primero se apoyaría en la pierna buena, la que mejor le respondía, y de ahí se empujaría con el brazo de la silla hasta incorporarse. Ya estando en pie, sería sólo cosa de llevársela tranquilo, paso a paso, al fin que nadie tenía prisa. Respiró profundo, impulsó el cuerpo al borde de la silla y luego, mientras la tía Judith detenía el respaldo del asiento, levantó su peso con la pura fuerza de los brazos. Con cuidado, colocó la pierna en su debido lugar y se enderezó, amortiguando en ella su peso. Al hacerlo, una punzada aguda de dolor corrió de su columna al cuádriceps femoral acuchillándolo, quitándole el aliento. Pues ahí que se chingue, pensó. Y que se fuera acostumbrando porque quisiera o no, iba a llevar su cuerpo al agua. Se metería al mar, aunque tuviera que arrastrarse por la arena para lograrlo. Enterró el bastón de nuevo y columpiando el cuerpo hacia adelante, dio el primer paso. Luego otro. Y otro más. Nerviosas, las tías aprisionaban sus brazos.

—Suéltenme, por favor —pidió, en tono más severo de lo que le hubiera gustado.

—Ay, Licho —gimió la tía Judith—, te vas a caer.

—Lo bueno es que la arena está blanda —contestó, sin dejar de quitar la vista a su meta, que yacía apenas a diez pasos de distancia pero que desde ahí, se le figuraba inalcanzable. Fijó la vista en la arena, no pensaría en la distancia, sólo en el paso siguiente, uno por uno. Bastón, pierna, bastón, pierna. Eso era todo. Uno más. Otro. Otro más. Por fin, la tierra húmeda se hundía bajo su peso, esponjosa, ahora húmeda, ahora mojada. Sus pies desaparecían bajo las pequeñas olas. El agua estaba más fría de lo que se había imaginado. De estar sano, hubiese corrido a sumergirse en ella, para no sentir ese brusco cambio de temperatura. Talí y Manolo, al verlo en la orilla, corrieron a su encuentro.

—Vente, papá —gritó Talí, agarrándole la mano.

—'Pérame, hijo —resistió—. Naden ustedes, 'orita los alcanzo.

—Mira, papá, mira qué bien nado ya.

Manolito se metía más hondo y se sumergía, haciendo maroma y media por capturar su atención. Su cabecilla rubia, recién rapada, subía y bajaba, como bobina, entre las olas.

—No te vayas tan lejos, Manolo.

Paso, bastón, pierna, bastón. La resaca de las olas hundía sus pies y lo jalaba con más insistencia. Hundió el bastón para sostenerse, tanteando la firmeza de la arena movediza. El agua comenzaba ya a llegarle a las pantorrillas y si se descuidaba un poco, la siguiente ola se lo llevaría completo. ¿Era que estaba de plano tan débil o que de veras la marea estaba así de fuerte? Porque desde su silla hubiera jurado que el mar era un plato. Se detuvo a contemplarlo. El oleaje crecía. Viéndolo así, nada tenía que ver con el mar reposado de apenas hacía media hora. El viento comenzaba a acelerarse y por las nubes negras que se agrupaban sobre el horizonte, era casi seguro que pronto habría tormenta. Más valía quedarse en la orilla y más valía que salieran de ahí los chamacos antes de que la cosa se pusiera peor.

—Niños, sálganse, que está muy fuerte la marea.

Con tremendo esfuerzo comenzó su retirada. Bastón, pierna, bastón. De repente, un golpe en la espalda lo aventó de boca. Justo a tiempo sus brazos salieron al rescate, rompiendo la caída y sosteniéndolo en cuclillas. La rodilla de la pierna buena lo sostenía y bendito Dios, no había soltado el bastón. Pero tendría que levantarse rápido, antes de que la siguiente ola llegara a rematarlo. Empujó el bastón con toda la fuerza de sus brazos y se incorporó. Al instante, oyó el escándalo del reventar de la siguiente ola, que ya venía tras él, lanzándosele encima con una fuerza impresionante. A ti sí te domo, desgraciada, le gritó, preparándose para el choque. Endureció cada fibra de su ser y recibió el impacto, tambaleándose. Pero seguía en pie, carajo. No cabía duda, esas olas eran un peligro, ¿dónde andaban los niños? De reojo, confirmó que Talí ya salía, luchando contra esa fuerza que amenazaba tragárselo. Se arrastraba de panza, agarrándose de la arena. Pero Manolito no venía con él. Enfrentó el mar buscándolo. ¿Dónde coño estaba? Su hijo no se veía por ningún lado. Esculcó las olas que a cada momento se acrecentaban más y más. ¿Dónde carajos se había metido ese chamaco?

—¡Manolo! ¡Manolo!

Ansioso, recorrió el mar con la mirada hasta el horizonte. De izquierda a derecha, de derecha a izquierda. Nada. El corazón comenzaba a desbocársele. Por instinto, regresó al mar. Pierna, bastón, pierna, bastón. Más rápido. Agua en los tobillos, en la pantorrilla, en la cadera…

—¡Manolo!

A lo lejos algo chapoteaba tras esa ola enorme. Apenas se lograba distinguir. ¡Era él! Pero Dios mío, ¡qué lejos estaba! Sus bracitos batían la espuma del mar pero lejos de avanzar, la ola se lo llevaba aún más lejos. El terror lo atrapó entre sus garras. Aventó con fuerza el bastón hacia la orilla del mar y girando el cuerpo, se aventó sobre la siguiente ola. Apenas alcanzó a oír los gritos de las tías antes de hundirse. Pero el remolino de agua furiosa, que debió de acarrearlo a las profundidades del mar, no hizo más que aventarlo de cabeza contra la arena. Al caer, sintió su piel raspar contra las conchas. Con una fuerza tremenda, la ola lo vomitaba de regreso a la orilla. Luchó contra ella, arrastrándose mar adentro. Malditas pinches piernas inútiles, gimió, cómo pesaban. No tuvo tiempo de pensar más. Ahí venía la siguiente ola. Apúrate, desgraciada, gritó al viento. Respiró profundo y recibió el impacto dando brazadas frenéticas. Que quedaran ahí los brazos, ya qué carajos importaba nada. Que se rompiera la columna, que acabara el destino con él de una vez por todas pero a su hijo, a ése no le iba a pasar nada. Porque, coño, ya estaba bueno. Como títere, el oleaje atrajo su cuerpo inerte mar adentro. Se dejó ir, dejándose llevar hasta las profundidades, listo a pelear como un demonio. No logró dar la primera brazada porque algo lo detuvo. Eran los brazos de las tías.

—¡Suéltenme, carajo! —les gritó furioso, tragando agua.

Entonces sintió el trancazo en su pierna mala. Algo durísimo había estrellado contra ella. De repente el escándalo del oleaje, los gritos de las tías y los demás ruidos se amortiguaron, y lo único que alcanzó a escuchar, con toda claridad, fue el crujir de esos huesos que apenas empezaban a sanar. No sintió dolor. Estaba entumido. Su único pavor era que su hijo se ahogaba y el mundo giraba en cámara lenta. De un violento empujón libró sus brazos de las garras de las tías y empujándose se preparó a volver al mar. Aun así, no lograba moverse. Algo pesado lo prensaba a la arena. Entonces cayó en cuenta que el bulto que lo comprimía y que acababa de lastimarle la pierna no era el tronco de madera que su mente había imaginado. Sino que era el cuerpo de su hijo Manolito. En su regazo, el niño tosía como un tuberculoso y lo abrazaba. Con la mano temblorosa, Licho acarició la cabecita, perfectamente redondeada y rapada, y lloró. Todo había cambiado. Nada era, ni volvería a ser jamás, como antes.

45

El tío Pollo: Los segundos huérfanos

Seattle, Estados Unidos de Norteamérica. 2003.

Gran duelo constituyó el sepelio del Licenciado Silviano Victoria Armengual, y su hermana política, la señora Química María del Pilar Muguira de Victoria, muertos trágicamente el domingo pasado. La capilla ardiente se instaló en la Agencia Novoa, Avenida Independencia, número 28, donde numerosas familias y relaciones sociales de los ahora desaparecidos estuvieron acompañando a los inconsolables padres, hermanos, hermanas, sobrinos y demás familiares, a los que expresaron sus más sentidas condolencias. El cortejo fúnebre partió a las once y media de la mañana, encabezándola los deudos y gran cantidad de personas y comisiones de instituciones como la del Comité Permanente del Carnaval del que en una época fue presidente el Licenciado Victoria, de la Unión de Profesionales de Veracruz, del que fue distinguido miembro, de la Asociación de Notarios del Estado, del Colegio de Notarios de la ciudad de Veracruz, de la Facultad de Medicina de Veracruz «Miguel Alemán», del Club Rotario, del Club de Sembradores de Amistad, del Club de Leones, y otras agrupaciones en las que el licenciado era muy estimado. El cortejo luctuoso siguió al cementerio veracruzano donde bajaron los restos a su última morada, cubriéndose las tumbas, después de rezados los responsos con numerosas ofrendas florales.

El Dictamen. Veracruz, Ver. 20 de Diciembre, 1961.

Dicen que no existe amor más grande en este mundo que el amor que uno siente por los hijos. Y que por mucho que queramos a nuestros compañeros de vida, nunca llegamos a amarlos con la misma intensidad, el mismo fervor, o la misma entrega desinteresada. Más pronto damos la vida por un hijo que por nadie más.

—Pues eso dirán los que no han sabido amar —comenta el tío Pollo—, porque los que hemos tenido la dicha de vivir un amor verdadero, primero damos la vida por nuestras parejas.

—¿De veras, gordito? — pregunta la tía María Elena, regalándole la misma sonrisa con la que lo cautivó hace ya cuarenta y cuatro años.

—Claro, güera,— le acaricia la mano—. Y eso fue lo que pasó con Pilar. Ella se despidió de esta vida porque pensó que Licho había muerto y no quiso seguir viviendo sin él. Cuando lo vio todo lastimado, creyó que no viviría y seguro dijo, ni loca me quedo aquí sola con siete chamacos. Sobre todo con lo latosos que eran todos ustedes.

El tío ríe, recordando a los chamacos latosos.

—Además, con lo religiosa que era Pilar, sabía que si no se iba arriba a interceder por Licho, San Pedro nunca le iba a abrir las puertas del cielo.

El tío vuelve a reír y entrelaza sus manos con las de su güera. Han venido de visita a la ciudad de Seattle y ahí están, relajados dentro de sus pijamas de franela —a pesar de ser pleno verano—, saboreando una taza de café. A su edad se vive de recuerdos, por eso viajan hacia atrás hasta aquel día que, sin advertencia alguna, llegó a cambiar el rumbo de tantas vidas. Y aunque la conversación no es para nada placentera, se resignan y lo relatan porque guardan la esperanza que al platicar y describir los eventos que —a pesar de tantos años aun duelen—, todo sabrá acomodarse en su debido lugar, dentro del corazón de los sobrevivientes.

—Resulta que aquel día, un diecisiete de diciembre de mil novecientos sesenta y uno –sigue el tío—, María Elena y yo fuimos al cine. Ya ni me acuerdo qué película vimos, pero ha de haber sido un churro, porque de lo que sí me acuerdo es que me estaba durmiendo.

—Sí, gordis, acuérdate que era una de Amparo Rivelles, ya sabes, todas sus películas eran unos dramones.

—Tenía tu tía apenas veintiún años. Fíjate nada más, me la agarré bien pollita…

—Bien pollita —se ríe ella—. Pero ahí estábamos, tu tío a las cabezadas durmiéndose y yo bien entretenida, comiendo mis palomitas, cuando de repente, que empezamos a oír el chiflido del cubano, el marido de la Chata. Pero a ver, síguele tú gordito.

—Pues sí. Que se nos aparece y que nos chifla así.

El tío aprieta la placa postiza y entona el chiflido de la familia Victoria con el que, hasta el día de hoy, se localizan sus miembros, especialmente los nietos extraviados.

—Al verlo le pregunto: «¿Y 'ora cubano? ¿Qué estás haciendo por aquí?» Me extrañó verlo, porque él no era mucho de ir al cine. Y ahí fue entonces que me dijo: «acaban de chocar Silviano y Licho y hay lastimados. ¡Vamos a tu casa para ver qué coche llevamos!». Y al llegar a la casa, ya estaban esperándonos el doctor Díaz Román y Luis Ahrens. Y que le pide su camioneta porque era mejor para la carretera. Y en ella nos fuimos: el cubano, Luis Ahrens, el doctor Díaz Román y yo.

»Al doctor lo habían ido a buscar porque seguro íbamos a necesitarlo. Por desgracia, cuando llegamos, el doctor ya no pudo hacer nada. Claro que eso todavía no lo sabíamos. El caso es que agarramos la carretera, bien preocupados, porque según esto, el accidente había sido contra otro coche, una camioneta llena de gente. Y decían que el otro conductor iba borracho y que en una curva les había aventado el coche encima.»

—Pero a ver, gordis, explica bien por qué habían ido Licho y Pilar a México.

—Ah, porque ellos estaban muy metidos en el Movimiento Familiar Cristiano. Eran fundadores e iban a tener una posada. Entonces fueron a comprar las cosas para la fiesta a México y además, aprovecharon el viaje para hacerles sus compras de Navidad a los chamacos.

—Sí, porque mira —agrega la tía—, la verdad se la estaban viendo duras en ese entonces. No tenían ni un peso. El consultorio de Licho apenas los sacaba de apuros. Claro que tenía su sueldo en el hospital y Pilar daba clases en la universidad, y eso como quiera, era una entradita. Pero con eso nomás les alcanzaba para arroz y frijoles. Porque imagínate tú, con tanta criatura. Pilar, hijo tras hijo, panza tras panza. Con decirte que nunca la vi sin que ella no estuviera embarazada. Cómo me acuerdo que en octubre, que era cuando se celebraba el día del médico, siempre íbamos a bailar. A ella le pesaba tanto la panza que no podía ni moverse. Entonces se acomodaba en una silla, con los brazos cruzados, y se quedaba bien dormida hasta con la boca abierta. Y así fue como murió, con un bebé en camino.

—El caso fue que como Silviano también tenía que ir a Xalapa a arreglar la adquisición de un terreno decidió acompañarlos. Y bueno, Licho finalmente cedió porque así era la cosa, Silviano era muy jodón y siempre se salía con la suya.

»Todos se fueron en el coche de Silviano y ya cuando venían de regreso, muy contentos, Silviano manejando, Licho al frente y Pilar atrás con Talí, a la altura de Perote se les viene encima aquella camioneta llena de gente. Y resulta que atrás venía un coche con un conocido, Carlos Gutiérrez de Velazco. Y cuando vio el accidente se acercó a ver en qué podía ayudar y ahí fue que Pilar, la única que estaba consciente, le dio los teléfonos para que reportara el accidente. Así fue como nos enteramos. Y como te decía al principio, en cuanto supimos lo que pasaba, salimos corriendo en la camioneta prestada. Ya te podrás imaginar. Todo el camino íbamos preocupados, sin saber qué esperar. Y ya después de mucho manejar y de mucha angustia, por fin llegamos a Perote. Ahí unas gentes nos llevaron al lugar donde había sido el trancazo. Cuando llegamos ya estaban las patrullas moviendo los coches a un lado de la carretera. Entonces fue que vi el coche. Estaba destrozado. ¡Cómo habrá estado el golpe que el asiento de atrás estaba completamente al frente! Al ver aquello, supuse que no hubo tiempo de meter los frenos. Y luego que me asomo dentro del coche y miré una cantidad de sangre… Horrible aquello.»

Los ojos del tío miran ausentes. No enfocan nuestros rostros pendientes a su relato sino el interior ensangrentado de aquel coche que describe. Con un pulso inseguro, lleva la taza de café a sus labios. La tía lo observa acongojada.

—Los zapatos estaban todavía ahí adentro. Recuerdo que en el asiento de atrás estaba uno de los zapatitos de Talí. Ahí me di cuenta que si alguien había salido de aquel coche con vida, sería un milagro. Luego la gente del lugar nos dijo que ahí en el pueblo sólo estaban los difuntos, que eran varios. Y que los otros, los heridos, ésos iban en ambulancia rumbo a Altotonga, un pueblo cerca de Xalapa. Y decían que sí, que se habían llevado a una señora que estaba muy mal. Pero no sabían decir nada más. No sabían de qué coche eran los heridos y de cuál los que habían fallecido. Ahí también nos dijeron que al niño no le había pasado nada y que la culpa la había tenido el chofer del camión que iba borracho.

»Yo decía; a lo mejor los muertos son los otros. Porque a pesar de lo destrozado que estaba el auto, no dejábamos de tener esperanza que los nuestros fueran los heridos.

»Después de ver el carro nos llevaron al lugar donde tenían a los difuntos. Era un cuartucho cualquiera. Habían juntado unas mesas y encima estaban alineados varios cuerpos, cubiertos con unas sábanas sucias. Fue tremendo. Las piernas me temblaban, no me quería acercar. Y no sé como le hice, pero me acerqué y que destapo el primer cuerpo y… Era Silviano.»

El tío cesa su narración. La barbilla le tiembla. Intenta sonreír y luego intenta hablar, pero cuando no puede hacer ni una cosa ni otra, planta su mirada en los ojos húmedos de su mujer. Ella se acerca, le quita los lentes de la cara y, con una servilleta le limpia los ojos y luego se seca los suyos. Se sonríen, y al cabo de un rato, el tío continúa, carraspeando:

—Sí, era Silviano. Y yo no quería seguirle. Pensaba en el coche destartalado y estaba seguro que los otros cuerpos ahí alineados en esas mesas, bajo esas sábanas sucias, eran los de Pilar y Licho. Me daba miedo verlos. Ya para qué seguir. Entonces el doctor Díaz Román que se acerca y empieza a destapar a los demás. Pero no, no eran ellos. Para esto había llegado un amigo de Silviano, el francés, Juan Crespo, y al ver la situación se acerca y me dice: «vete a Altotonga a ver cómo están Pilar y Licho, que yo me ocupo de arreglar lo de aquí». Después de eso me tuve que aferrar a la idea de que Pilar y Licho estaban bien.

»La gente de Perote no daba esperanzas. "Estaba muy mal ese señor que usted describe", me decían de Licho. Y también la señora, sangraba mucho. Pero yo pensaba, pues estarán mal pero están vivos, no debajo de estas sábanas.

»Entonces salimos volados a Altotonga y nos fuimos corriendo a la clínica. Pero al llegar, enseguida dijeron que una señora ya había muerto. Al entrar a esa clínica vi a Licho, porque lo tenían en un cuarto y la puerta estaba abierta. No entré porque pedí que me llevaran a ver primero a la señora que decían había muerto. Quería asegurarme que no era Pilar. Y la tenían ahí en pasillo, igual, tapadita con una sábana. No sabía a qué santo rezar para que no fuera ella. Entonces el doctor destapó el rostro y sí, era Pilar. Enseguida pensé en los chamacos. Qué van a hacer sin su mamá, pensaba. Estaban todos chiquitos…»

El tío se quita los lentes y guarda silencio. La tía le acaricia la mano y sale al rescate.

—Para esto, ya había llegado Lalo Mabarak y él enseguida se llevó a Talí a Veracruz. Tenía una rajada en la frente el chamaco y ya le habían puesto unas vendas. Estaba todo espantado, sin su zapatito. La cosa era sacarlo de ahí, para que el niño no estuviera en medio de toda esa cosa. Y ya para entonces los doctores habían decidido que a Licho había que llevarlo a Veracruz. Así es que nos fuimos todos a Veracruz y cuando llegamos al hospital, a Licho lo tenían colgando de una cama. Estaba bien amolado. Dicen que cuando llegó, los doctores pensaron que estaba muerto, de las condiciones en que estaba. Con decirte que yo al principio tampoco lo reconocí, todo hinchado y fregado. Pegaba de gritos como loco. Decían que estaba inconsciente, que no sentía nada, pero a mí no me convencían, algo debió de haber sentido.

»En cuanto los doctores me vieron que me dicen: "su hermano está muy grave y lo más seguro es que no dure la noche, pero de cualquier manera quisiéramos operarlo". "¡Cómo que no dura la noche!" Decía yo. "Sí", me dicen, "es posible que no aguante la cirugía pero si usted quiere, podemos esperar a ver si se estabiliza antes de meterlo al quirófano. Pero eso sí, igual corre el riesgo de empeorarse si nos esperamos. La mera verdad, con cirugía o sin ella, lo más probable es que se nos vaya. Está muy delicado". Así de seria estaba la cosa. Porque según esto, tenía hemorragias internas, fracturas y no sé qué tanto más. Además, había perdido mucha sangre en el camino y para acabarla de amolar, en Altotonga le habían metido una transfusión de sangre que no era compatible. Imagínate. Fue un milagro que hubiera durado tanto.

»Ahí estaba yo. Sin saber qué hacer. Y los doctores frente a mí, exigiendo mi autorización para meterle cuchillo. Y yo que no sabía de esas cosas. Pero había que tomar una decisión en ese instante, así es que dije, ni modo, opérenlo, hagan lo que se pueda.

»Mientras tanto que van llegando papá Talí y mamá Noya y ya te podrás imaginar… deshechos. Para distraerlos, más que nada, que los pongo a investigar la transportación de Silviano y de Pilar, y también a avisarle a la gente, a don Manuel y doña Feli, que tampoco lo podían creer, y enseguida se vinieron corriendo de Tuxtla. Por otro lado, también estaba la cosa de los niños. Debíamos decidir qué hacer con ellos y cómo decirles el asunto.»

—Eso fue bien difícil —comenta la tía—, de veras que yo nada más los veía y me soltaba a llorar. Sobre todo cuando preguntaban por sus papás. Era de partirte el alma.

El tío continúa el relato.

—Tras la operación, Licho empezó a mejorar y nadie podía creerlo. Sobre todos los doctores que decían que no iba a quedar igual. «¿Cómo que no va a quedar igual?» preguntaba yo. «Mire, explicaban, su hermano tiene la columna desecha, y por eso no creemos que pueda volver a caminar». Imagínate, no supe qué era mejor, que se muriera o que quedara condenado a una silla de ruedas. Licho, que estaba siempre tan fuerte con eso de la natación ¿quedarse paralítico? No, dije yo, eso sí no lo va a aguantar.

»También, Licho ya empezaba a tener momentos de lucidez y habíamos decidido no decirle nada de Pilar. Porque con lo delicado que estaba, con una noticia así, a lo mejor se nos rendía y se nos iba. No podíamos darle otro golpe de ese tamaño. A cada rato preguntaba por ella y a mí se me partía el alma…

»Conforme fueron pasando los días, Licho empezó a sospechar que algo pasaba, porque Pilar no iba a verlo, pero nosotros siempre le contestábamos, tú tranquilo, Pilar está bien pero no puede venir a verte todavía, porque a ella la están atendiendo en Xalapa y no se lo permiten los doctores. "¿Pero qué cosa tiene?", preguntaba, preocupado. "¿De qué la atienden? ¿Perdió a la criatura?" Nosotros le decíamos, "no, están bien los dos, lo que pasa es que está fracturada y encamada, pero no te preocupes, está fuera de peligro". Y así le decíamos, qué más podíamos hacer.»

—Además de todo ese lío de su enfermedad —agrega la tía—, estaba el asunto de su consultorio y de su casa.

—La casa de Licho se tuvo que cerrar –explica el tío—, no tenía sentido si nadie la habitaba. También cerré el consultorio y vendí su coche porque ni siquiera sabíamos si iba a poder manejar algún día. El caso es que perdió todo, con todos los sacrificios que habían hecho él y Pilar para tener algunas cositas. Y por eso cada vez que veo a Licho ahora, cómo me acuerdo de aquellos tiempos cuando estaba en su silla de ruedas en casa de mis papás, sin poder caminar, sin su mujer, sin sus hijos y bueno, no puedo evitar acordarme de todo aquello. Y mira, cómo es la vida, ahora aquí estoy, igual que él, con las piernas jodidas. Ahora lo comprendo mejor que nunca.

El tío se quita los lentes, cierra los ojos y llora.

—Y llegó el día que tuvimos que hablarle de la muerte de Pilar. Fue bastante duro, porque él seguía preguntando, cada vez con más insistencia, que dónde estaba Pilar y que por qué no había ido a verlo. Entonces no hubo más remedio que decirle. Yo no podía ni mirarlo a los ojos, estaba deshecho y encabronado, porque no le habíamos dicho. Que lo habíamos engañado, decía. No sabes lo duro que fue.

»Lentamente Licho fue mejorando. Y los doctores decían, esto es un milagro. Nadie podía creer que estuviera vivo y después, ya que nos habían dicho que compráramos una silla de ruedas, porque iba a quedar paralítico, un día que nos da la sorpresa y que se pone a caminar. ¡Imagínate! Un día en su terapia que empieza a pedir que le trajeran unas muletas. Y las enfermeras no querían, les daba miedo que se cayera. Pero aquél insistía: "que me den unas muletas, les digo". Y ahí van aquéllas. Y él que se las acomoda así, bajo los brazos, y hace que lo ayuden a levantarse de la silla. Y que se pone a dar sus pasos. Nadie lo podía creer. Claro que Licho siempre fue fuerte, con eso de la natación, pero con lo de su accidente, estaba todo flaco y jodido. Pero que se pone a darle a las muletas, *tras, tras, tras*. Las enfermeras lo querían agarrar pero él gritaba: "¡Déjenme solo!" Y volvía a darle... *tras, tras, tras*.

»Así fue. Empezó con su terapia y esas cosas, y estuvo dándole y dándole otra vez. Y los doctores admirados. Cuando salió del hospital se fue a vivir con mis padres y de ahí se fue a Manzanillo a pasar unos días con las tías, donde se daba sus baños de mar y hacía sus ejercicios. Para esto los chamacos andaban regados por todos lados. Era un relajo. Un rato los tenía una tía, luego otra, luego se fueron un rato al rancho y así. Del tingo al tango. Ya después se fueron con Licho a vivir a la casa de mis papás.

»El problema era que mis padres ya no tenían ni edad ni carácter, la verdad, para tanta criatura. Ésa es la verdad porque ellos ya habían acabado con los hijos, ya mamá Noya tenía sus cositas, sus flores, su pavo real y los chamacos, pregúntale a cualquiera, eran tremendos. Todo lo destruían. Mis papás no podían con el paquete. Me acuerdo aquel día en que papá Talí habló con Licho, ya en serio. Que lo jala y le dice: "Mira, yo creo que tú no te das cuenta de tu situación, tu consultorio está cerrado, no tienes manera ni posibilidad de mantener a tus hijos, tu salud está bastante delicada y los chamacos están descontrolados. Aquí lo prudente es que los metas en un internado, ahí les darán la educación y disciplina que no puedes darles". "Pues estás en un error", le contesta Licho, "estoy perfectamente consciente de mi situación. Nadie mejor que yo sabe lo jodido que estoy, pero a mis hijos no los mando a ningún lado. Aquí se quedan conmigo, con lo que les queda de padre. Porque, óyelo bien, antes muerto que abandonar a mis hijos..." Así es que enseguida fue a hablar con los del hospital para que le volvieran a dar su planta y ya con esa lanita contrató una muchacha para que los cuidara. Claro que las muchachas no le duraban, salían huyendo. Entonces fue que se trajo a la tía Belén, de Córdoba, a echarle la mano. Y poco a poco fue mejorando, ya andaba bastante mejor con sus muletas, así es que un día que las bota y que agarra el bastón.

»Pero ¡cómo sufrió Licho! Pero bueno, al rato, empezó a poder manejar su coche, puso su consultorio de nuevo y metió ahí a esa enfermera, Teresa, para que lo ayudara.»

—Teresa, la potente —bromea la tía.

—Sí —acuerda el tío—, estaba bien dotada la mujer. Pero eso ayuda, es buena terapia.

Ambos ríen divertidos.

—Y al rato que empiezan a llegar los pacientes. La gente de por sí ya lo buscaba. Porque Licho siempre fue un gran médico. Eso ya lo sabes, llegó a ser director general del departamento de ginecología y obstetricia de la universidad, y no sé que tantas cosas. Desde antes del accidente, ya tenía buena reputación. Y cuando las pacientes supieron que atendía de nuevo, regresaron a buscarlo. Entonces comenzó otra vez a ganar sus centavitos. Pero digo, todo eso de volver a empezar, yo creo que tuvieron mucho que ver los hijos. Licho los adoraba y siempre mantuvo la idea de volver reunirlos a todos. Y por eso un día que lo vino a visitar doña Feli, y venía contigo, ya no te dejó regresar. Y años después, igual se trajo a Teresita. Aunque esto le costó un pleito con la Chata, porque ella la había criado desde chiquita.

»Al final, lo logró. Volvió a reunir a todos sus chiquitos… Y pues ahí tienes la historia de lo que pasó. Ya ves, a unos les tocan más porrazos que a otros. Lo que sí te puedo decir es que a Licho le llovió. Le venía un madrazo y cuando se levantaba, le caía otro encima y luego otro y otro. Y ya cuando creías que se había acabado el tormento, ahí le iba todavía más. Y míralo, después de todo, sigue en pie.

»Mira nada más que día tan soleado nos tocó. ¿No que llovía mucho aquí en Seattle? ¿O será que les trajimos el sol veracruzano? Sí, eso fue. Les trajimos el sol.»

UNA LUZ EN EL HORIZONTE

En esta vida hay una de dos: o nos toca sufrir penas, o nos toca vivir aterrados de que vamos a sufrirlas. Y lo único bueno de estar en el bando de los primeros, comenta la tía Cris, es esa paz que se siente después del dolor, cuando llega el sosiego que trae consigo la resignación.

Licho se resignó a ser un hombre viudo poco después de regresar de Manzanillo. En cuanto su pierna volvió a sanar lo suficiente, planchó su bata blanca, se la vistió y se presentó a pedir trabajo al Hospital Serdán. Se lo dieron al instante, por supuesto, y por ello, al poco tiempo, ya había ahorrado lo suficiente para volver a abrir las puertas de su consultorio en la misma calle de Arista, numero 88, esquina con Clavijero. Pronto la voz corrió por el puerto, como una mecha encendida, de que el convenio del doctor Victoria con la famosa cigüeña se había renovado, y que ésta ya volvía a depositar, en sus hábiles manos, los preciados bodoques, que a gritos, después de una sonora nalgada, llegaban a integrarse a la sociedad jarocha. Entonces volvieron las mujeres, con panzas de diferentes tamaños, y a veces sin ellas —lo cual seguido era el problema—, a solicitar, una vez más, sus servicios. En la puerta los recibía Teresa, aquella enfermera de chichis monumentales y pelos teñidos de amarillo, que la misma doña Pilar, en paz descanse, había contratado poco antes de su muerte, por la facilidad con la que llenaba la agenda de pacientes. Apuntándoles los senos como si fueran pistolas, Teresa exigía pago por adelantado, porque ahora sí, doctor, le alegaba a Licho, no estamos para dar consultas gratis.

Entonces fue que la vida se compadeció de Licho y decidió regresarle lo que le había quitado de sopetón: su salud, su trabajo, su casa y sus hijos. Poco a poco, sus órganos vitales se volvieron a acomodar en su lugar y reanudaron sus funciones como Dios manda. Los tratamientos cesaron y aunque la terapia física continuó por bastante tiempo, al final quedaron sólo tres medicinas y un bastón. Y después, ni eso. Claro, ya en su vejez, su cuerpo recordaría las lesiones sufridas y lo obligaría a encararlas. Pero en ese entonces, cuando todavía triunfaba su fuerza de voluntad, que siempre tuvo de sobra, logró mantener sus achaques al margen, resuelto como estaba a vivir la vida de un hombre sano. Su situación económica también mejoró. Al cabo de unos meses, los ingresos del hospital y el consultorio generaron suficientes centavos para pagar el depósito de un departamento y la primera quincena de una de las tantas nanas desquiciadas que habrían de desfilar por su nuevo hogar. Pero su mayor logro fue, sin duda alguna, el haber reunido a sus hijos quienes, con su acostumbrado jolgorio, volvieron a llenarle su vida de bulla. Y así, distraído, con los percances de su crianza, y su nueva rutina, un buen día se sorprendió sintiéndose feliz.

Por eso imaginemos que un día cualquiera, quizás un sábado por la tarde, Licho lleva a sus hijos a caminar por el bulevar. Es una tarde fresca, sin moscos, que seduce a numerosas familias para salir a pasear. A lo largo de la barda blanca, recién encalada por el municipio, los mercaderes ponen a la vista sus elotes tiernos, sus conos rebosando de rebanadas de jícama y pepino con limón, la horchata de coco, los tamarindos azucarados, los pabellones de fresa, vainilla en barra, trompos de madera y abanicos de palma.

Globos de colores metálicos bailan al capricho de la brisa y atrás del globero, una mujer sopla burbujas de jabón que los niños, a carcajadas, corren a reventar. En la esquina, un hombre cuelga por la cola a tres iguanas vivas, verde fosforescente, que disparan miradas anaranjadas de terror. Los niños ahí se instalan, hipnotizados, a contemplarlas.

A lo lejos, se escucha el rechinar del tranvía que anuncia su llegada. Entonces Licho convoca a sus hijos con el chiflido Victoria y éstos, adivinando el plan, corren a treparse al carro, apiñándose, para ganarse las bancas viejas que dan al mar. En una de ellas están grabadas las iniciales de Silviano que un día, siendo niño, de camino a la escuela, cuando andaba de ocioso, ahí mismo garabateó con su navaja.

Al llegar al zócalo, Licho pide parada y bajan justo enfrente al hotel *Diligencias*. De ahí se encaminan a la florería que queda en una esquina de los portales. Talí no se acerca porque las flores le huelen a cementerio y a muerto, y como Licho lo sabe, no lo obliga. El niño se queda parado junto a los músicos que tocan la marimba y el güiro, invitando a todos a bailar. Mientras tanto, Pilita revisa bien las cubetas llenas de flores, hasta que encuentra el clavel más rojo y más grande de todos. De ahí se atraviesan a la catedral y se arrodillan frente el monumento de la Sagrada Familia. Licho se persigna y después coloca el clavel en la mano de la virgen. Luego regresa al zócalo a comprarles a sus hijos un helado de guanábana. Entonces corren y juegan, felices, espantando palomas y salpicándose con el agua de la fuente.

De regreso en el malecón, cuando comienza a caer la noche, la familia se sienta en hilera sobre la barda del bulevar a disfrutar de esa ceremonia que ahora mismo interpreta el sol. Escabulléndose tras una línea plateada, que viste todos los colores del arco iris, baja apresurado el telón del día. Tal acto final, lejos de acongojarlos los consuela, porque saben que, a pesar de que todo viene y va, nadie podrá arrebatarles el mar, aquella vieja herencia del abuelo Antonio.

Dejemos que la historia termine así.

Índice